Die deutsche Literatur seit 1945

Die deutsche Literatur seit 1945
Herausgegeben von Heinz Ludwig Arnold

»Draußen vor der Tür«
1945–1948 (12081)

»Doppelleben«
1949–1952 (12082)

Im Treibhaus
1953–1956 (12083)

Die Wunderkinder
1957–1960 (12084)

Geteilte Himmel
1961–1966 (12369)

Deutschstunden
1967–1971 (12441)

Die deutsche Literatur seit 1945

Deutschstunden
1967 – 1971

Herausgegeben von Heinz Ludwig Arnold

Originalausgabe
Oktober 1997
Der Deutsche Taschenbuch Verlag dankt den Autoren und Verlagen für die freundlich gewährten Abdruckgenehmigungen.
Die Copyright-Vermerke sind im Anhang des Bandes zu finden.

Umschlaggestaltung: Balk & Brumshagen
Umschlagbild: ›Café Deutschland I‹ (1978) von Jörg Immendorff
Satz: Wallstein Verlag, Göttingen
Druck und Bindung: C. H. Beck'sche Buchdruckerei, Nördlingen
Printed in Germany ISBN 3-423-12441-5

Inhalt

Vorwort

Die 68er Bewegung begann in der Bundesrepublik Deutschland schon 1967. Damals schrieb Hans Magnus Enzensberger über die westdeutsche Gesellschaft, sie sei »heute nicht dem Kommunismus konfrontiert, sondern der Revolution. Das politische System in der Bundesrepublik läßt sich nicht mehr reparieren.« Und warf den Schriftstellern vor, sie hätten sich mit ihm arrangiert. Enzensberger wurde zum intellektuellen Leitwolf einer vornehmlich studentischen Linken, die das Bürgertum, dem sie entstammte, für ein paar Jahre aus der Ruhe gerade wieder erreichter Saturiertheit aufscheuchte und ihm einige Deutschstunden ganz eigener Art zu erteilen suchte: Ihr bürgerliches Publikum sollte sensibilisiert werden für das Unrecht, das vom *herrschenden Establishment* in aller Welt getragen und verantwortet wurde, von den USA in VietNam ebenso wie im Persien des Schahinschah Resa Pahlawi; aber auch in Deutschland selbst, vor allem in der Bundesrepublik, wo die Große Koalition von Christ- und Sozialdemokratie zum Symbol einer demokratiefernen, eine Notstandsgesetzgebung forcierenden Regierung stilisiert wurde, die mit diesem Zusammengehen ihrer Spitzenfiguren, dem Emigranten und Sozialisten Brandt und dem Mitglied der NSDAP Kiesinger, eine falsche, verfrühte, die Vergangenheit des »Dritten Reichs« verdrängende Versöhnung signalisierte. Der Idealismus einer neuen Generation stand gegen den Pragmatismus der Macht: Jener wollte die kulturelle Revolution, dieser bloß eine Reform. Und setzte, wie Enzensberger 1968 im »Kursbuch«, auf »Agitationsmodelle« statt auf »experimentelle Texte«, auf »Faktographien« statt auf »Schelmenromane«; und ließ »darauf pfeifen, Belletristik zu machen und zu kaufen«.

Im selben Jahr erklärte Peter Schneider jene »bürgerliche Literatur« für tot, »die den Massen ihr Elend nur zeigt, um sie daran zu gewöhnen« – der Schriftsteller habe ein »Dolmetscher der Massen« zu sein, wie das Mao Zedong in seinem China der Großen Proletarischen Kulturrevolution zur gleichen Zeit propagierte. Komplementär dazu dekretierte Walter Boehlich in einem »Autodafé«: »Die Kritik ist tot. Welche? Die bürgerliche, die herrschende.« Seine zentralen Lehrsätze: »Die bürgerliche Kritik hält Kultur für Kultur. Sie hält Kunstwerke für Kunstwerke. Sie hält Politik für das eine und die Welt des Geistes für das andere.« Es solle keine politikfreien Räume mehr geben. Alles zeuge politische Konsequenz, und insbesondere das Unpolitische.

Politikfreie Räume gab es in der sozialistischen DDR ja schon von ihrem Anspruch und ihrer staatsideologischen Voraussetzung her nicht. Das hatte das 11. Plenum des Zentralkomitees der SED im Dezember 1965 noch einmal auf rüdeste Weise bestätigt und wiederholt darauf hingewiesen, daß eine vom Staat finanzierte Kultur bei den werktätigen Massen »Optimismus« zu verbreiten habe – jeder Skeptizismus wurde als »zersetzender« Nihilismus verurteilt. Das wirkte nach bis 1971, als Erich Honecker Walter Ulbricht ablöste: Die Dogmatiker mißtrauten jeglicher Subjektivität. Das zeigte sich in der Lyrikdebatte um die Anthologie »In diesem besseren Land« im Sommer 1966 mit Attacken auf Volker Braun, Heinz Czechowski, Karl Mickel und, ohne daß seine Name noch genannt wurde, Wolf Biermann ebenso wie beim Schriftstellerkongreß im Mai 1969, auf dem Reiner Kunzes Gedichte in »Sensible Wege« wegen ihres »lüsternen Individualismus'« und Christa Wolfs »Nachdenken über Christa T.« wegen des darin artikulierten Zweifels an der geforderten sozialistischen »Lebensbewußtheit« heftig angegriffen wurden. Erst als der neue Generalsekretär Honecker Ende 1971 den danach hoffnungsvoll häufig zitierten Satz sprach: »Wenn man von der festen Position des Sozialismus ausgeht, kann es meines Erachtens auf dem Gebiet von Kunst und Literatur keine Tabus geben«, schien sich für die siebziger Jahre eine tauwettrige Zeit anzukündigen. Doch die Geschichte, die mit diesem Satz begann, blieb unvollendet.

In beiden deutschen Staaten sollten die Schriftsteller, aber nicht nur sie, lernen: in der DDR immer wieder das altbekannte Programm; und in der Bundesrepublik jenes neue Programm, das Kunst und Literatur gefügig und operationalisierbar machen, sie den gesellschaftspolitischen Kollektiv-Träumen anpassen und das mit den Begriffen aus der bürgerlichen Welt radikal abrechnen wollte.

Aber die Literatur, das zeigt dieser Band, hat, anders als die lautstarke kulturrevolutionäre Denunziations- und Verbotspraxis gegenüber den Literaturproduzenten es in unserer Erinnerung hinterlassen haben mag, ihre individuellen Phantasieräume verteidigt; obgleich sie auch dort zuweilen von den Phrasen der Zeit erreicht wurde. Ihnen haben viele Schriftstellerinnen und Schriftsteller die eigene Sprache, eine weitgreifende Phantasie und poetische Nachdenklichkeit entgegengesetzt – und noch Enzensberger, der die Revolution der Kultur so harsch von seinen Kollegen Literaturproduzenten einforderte, schrieb im Stillen ›natürlich‹ seine »privaten« Gedichte.

In beiden deutschen Staaten wurden die Deutschstunden in diesen Jahren von Dogmatikern, jungen in der BRD, alten in der DDR, gegeben. Zu ihnen gehörte nie Siegfried Lenz, bei dem ich mir den Titel für diesen sechsten Band der anthologischen Dokumentation zur »Deutschen Literatur seit 1945« leihe. Er hat in seiner »Deutschstunde« auf eigene: moderate und undogmatische Weise literarisch vorgeführt, welche Verbiegungen der Dogmatismus in der Kunst (und der Literatur) hervorbringt.

Die Deutschstunden der späten sechziger Jahre waren gleichwohl lehrreich: Sie haben das Klima in der Bundesrepublik (mehr als in der DDR) nachhaltig verändert. Die Nachkriegszeit ging zu Ende. Das hieß: politisch – erstmals gelang 1969 ein demokratischer Machtwechsel; gesellschaftspolitisch – Aufbruch in eine selbstverantwortliche Bürgergesellschaft, die sich später entschieden individualisierte; literarisch – es entstand eine neue Bewußtheit, die den Weg der Literatur aus dem Feiertag in den Alltag nahelegte; literaturbetrieblich – die Gruppe 47 hörte auf zu existieren. In dieser ›literaturpolitisch‹ wichtigen und einflußreichen Schriftsteller-Gruppe hat sich bis 1967 vorbereitet, was dann bis 1971/1972 allgemeine Erfahrung wurde: das Scheitern des Künstlerischen am bloß eindeutig Grundsätzlichen, die Unvereinbarkeit von literarischem und dogmatischem Denken.

Die Politisierung der Literatur war verbunden mit einer Vision von Zukunft, die nicht realisierbar war, aus unterschiedlichen Gründen, die hier nicht erörtert werden sollen. Ihr Scheitern aber verdankt sich vor allem dem radikalen Idealismus, einem rigorosen Moralismus und der revolutionären Ungeduld, mit denen sie ins Werk gesetzt werden sollte. Sie produzierten eine hochmütige Erwartung, die nie in Erfüllung gehen konnte, weil sie an der harten Wirklichkeit zerschellen mußte. Aus den Scherben dieser Vision entstand schließlich ein von sektiererischem Politikverständnis geblendeter und zugleich mobilisierter Terrorismus, der die bundesrepublikanische Gesellschaft die siebziger Jahre hindurch erschütterte.

Die Literatur, die in der Zeit von 1972 bis zum deutschen Herbst 1977 entstanden ist, hatte eine Menge unvollendeter Geschichten zu erzählen.

Göttingen, im Juli 1997 — Heinz Ludwig Arnold

GREGOR LASCHEN
Landschaft, deutsch

Landschaft, deutsch, von Delphinen
und Düsenjägern
im Tiefflug

durchfahren, behaglich
zubereitet
für das tägliche Hallalii.

Da immer noch schreiten
vom Gebirge herab mal Lenin, mal
Rübezahl:
die sie rufen, mit belegter Zunge,
ahnen vergnüglich dumpf, daß
ihr Vers
schon gekauft,
eh er geschrieben.

Tintenrosen
blühen von den Portalen
der Gehirne. Diese
deutsche Zucht
im Wortversteck, bißchen
wortlos,
bißchen
tangbehangen,

in Anführungszeichen, aber
schwarz auf weiß
und
durchgetrieben
zur
Unkenntlichkeit.

NICOLAS BORN
Marktlage

Was ist los?
Die Hunde gebärden sich heute
wie toll.
Die Bewegungen der Hauswartsfrau
ergeben wieder Reglosigkeit.

Auf dem Markt ist Leben
all die frischen Gemüse und Kräuter
sollen gekauft werden.
Der Fischstand geschlossen
das Angebot an Frischfleisch groß.
Südfrüchte billiger
Schlangengurken Kopfsalat billiger
erstaunlich wie Bananen
verschleudert werden.
Kohl billig Tomaten teuer
Paprikaschoten gehn aus
Chicorée erst in vierzehn Tagen.

Die leeren Flaschen müssen
gestapelt werden, die Winterkleider
gesichtet. Bald werden
die oberen Knöpfe geschlossen.
Die Hunde streunen
die Autos parken länger im Dunkeln.
Über den ersten Schnee gehen alte Damen
an der Seite alter Herren.
Merkwürdig ist der Winter
bevor er kommt.

CHRISTOPH MECKEL
Die Tränke

Des Menschen Freiheit ist in Fett ersoffen.
Der sie am Tag auf freien Fuß gesetzt,
hat in der Nacht den Hund auf sie gehetzt
der fing sie ein, nun kann er wieder hoffen.

Er führt sie an die Tränke voll von Nahrung
und die verhungernd durch das Öd gehuscht
gibt ihren Stolz ihm, der sie packt und kuscht
für Fressens Zeit und Dauer in Verwahrung.

Die in den Fettnapf tritt aus freien Stücken
und stumpf gemästet froh im Fleische ruht
liegt an der Leine satt und heißt sie gut;

er springt derweil und tanzt auf ihrem Rücken
und da sie triefend in der Tränke ruht
glänzt auf sein Aug von Mord und von Entzücken.

Hans Jürgen Fröhlich
Tandelkeller

XV

Er kommt schon zurück. Aber, sagt Gruber, es muß jetzt etwas geschehen. Die Ernährungslage wird täglich schwieriger auch durch den Zuwachs. Einige Personen, das ist bekannt, unterhalten weiterhin Beziehungen zu Schloepke. Ich mache meine Beobachtungen. Ich könnte genau sagen, wer nachts den Keller verläßt, um bei ihm Bedarfsgüter einzuhandeln. Die graufarbigen Einheitskittel, die hier wiederholt gesehen werden während der Beleuchtungsstunden und bei den gemeinsamen Mahlzeiten stammen aus Schloepkes tieferen Beständen. Ich war im Bett hinter dem Bretterverschlag neben meinem aufgeblasenen Bruder. Meine Bauchhaut juckte. Ich kratzte mit zwei Fingern, aber da wurde das Jucken stärker.

Terjong lag noch immer auf der Tür und sprach nachts im Traum mit seiner Frau. Pistorius las oder schrieb einen vergeblichen Brief. Wenn ich erst jetzt dazu komme, die freundlichen Zeilen, es ist mir übermäßig peinlich in meiner momentanen Lage sehe ich mich außerstande, ich habe als selbständiger Kaufmann immer, wenn dieser Geist der allgemeine ist, kann ich vollends nicht umhin, zugleich erkläre ich, daß ich einverstanden bin und erwarte hochachtend.

Ist es gut so? Sag doch was. So!

Ich weiß nicht.

Ich will nicht kratzen. Ich lege meine Hand auf die Bläschen. Ich muß mich ablenken, an etwas anderes denken. Ich denke an Tante

Hannah und das Schaukelpferd. Mottenkopf hat sie mich genannt, wenn ich zu ihr ins Zimmer kam. Sag mal guten Tag.

Guten Tag.

Guten Tag.

Na du Mottenkopf?

Ich schieß dich tot.

Aber zu Weihnachten war Tante Hannah gut. Dann hat sie nicht Mottenkopf gesagt. Auf dem Tisch lagen Bilderbücher Bonbons und Nüsse für Zimmes und Gloriele und für mich und für meinen Bruder und jeder von uns durfte das Schaukelpferd besteigen und fragen

Wohin reite ich

Zwischen den Beinen juckt es jetzt auch. Ich lege meine Hände unter den Kopf. Es hört von selber auf, wenn ich ruhig bleibe. Ich denke nicht an das Jucken. Ich denke nicht daran, an das Jucken zu denken. Ich denke an Rosi an ihren Bauch an ihre langen dünnen Beine an ihre nackten weißen Füße, die sich abdrücken auf dem Kellerboden, wenn sie naß sind. Ich denke, wenn ich ganz stark an Rosi denke, kommt sie zu mir. Meine Hände wollen zum Bauch. Ich halte sie mit dem Kopf fest. Aber ganz kurz darf ich vielleicht kratzen. Oder ich berühre die Bläschen nicht mit den nackten Fingern, sondern reibe den Ausschlag mit einem Zipfel Bettdecke.

Sie liegen hier, warten ab, und zu nichts entschlossen, wenn wir schon so bald aufgeben und nicht unser Recht versuchen.

Es ist sinnlos, sagt Terjong.

Sie sehen es falsch. Wir haben uns einschüchtern lassen durch einige Vorfälle. Mit der Zeit wird sich herausstellen, was für ein Kaufmann dieser Schloepke ist.

Was sind denn wir für Kaufleute, fragt Vanderbilt. Worauf bilden wir uns Vorzüge ein? Auf jahrelange Selbständigkeit. Möglich, daß wir noch im Handelsregister geführt werden. Aber längst sind unsere Firmen erloschen. Es geht doch darum, uns auszuschalten. Mein Geschäft besteht nach wie vor, sagt Tobowolska. Sie backen auf dem Papier.

Wir sind Besitzer öffentlicher Verkaufslokale, sagt Pistorius. Unser Vertrieb ist lebensnotwendig und dient der Bevölkerung und der Notlinderung.

Ich zum Beispiel, sagt Kostelluk, handele mit Fisch, Hering Lachs Karpfen Hecht Scholle Aal. Der Mensch braucht Jod.

Ich, sagt Gruber oder Koopman, bin Textilhändler.

Sie haben Gebrauchtkleidung verkauft, sagt Vanderbilt, das ist was anderes. Sie lebten von Nachlässen und Notverkäufen.

Ich habe auch Stoffe geführt.

Ich kenne Ihre Kollektion.

So oder so. Keiner der Anwesenden hat das Recht, sich Kaufmann zu nennen. Tandler waren wir Winkelhändler. Brack und Trödel haben wir verkauft. Mit kleinen Betrügereien versuchten wir unsere Selbständigkeit zu bewahren.

Und Schloepke?

Das ist ein Mensch, der hat zwei Seiten.

Wir sehen ihn lieber von hinten, sagt Tobowolska.

Aber sein Geschäft geht. Er greift unter den Tisch und hält ein Ei zwischen den Fingern.

Bitte, sagte er. Ein Ei ist kein Ei.

Er greift wieder unter den Tisch.

Und das?

Eine Tüte mit Eiern.

Das sind Äpfel, Frau Kostelluk. Sie haben einen schönen Ring.

Ich hab nie bei ihm gekauft, sagt Frau Kostelluk.

Nur ein Beispiel.

Ich weiß, wer nachts heimlich den Keller verläßt, sagt Gruber. Auch rohes Fleisch wird hier verzehrt. Ich bin den Blutspuren nachgegangen. Ich merke alles. Kälber entzieht man bekanntlich am leichtesten der Überwachung durch die kontrollierenden Organe. Wenn eine Kuh sich nur lange genug nicht auf der Weide sehen läßt, weiß niemand, was in ihrem Inneren vorgeht. Der angestammte Stall ist kein Ort regelmäßiger Überwachung. Die fachgerechten Tötungen nach humanen Grundsätzen geschehen gewöhnlich nachts und sind garantiert schmerzlos für das in Betracht kommende Opfer.

Ich denke fest an Rosi. Aber sie kommt nicht zu mir. Ich habe meine Hände noch immer unter den Kopf geklemmt. Der Juckreiz hält unvermindert an. Wenn ich erst anfange zu kratzen, kann ich nicht wieder aufhören. Doch ich muß jetzt kratzen. Ich falte meine Hände über dem Bauch. Ich denke, mein Bauch ist Rosis Bauch, dann liegen meine Hände auf Rosi oder meine Hände sind Rosis Hände, die auf meinem Bauch liegen oder Rosis Hände sind Rosis Bauch, dann liegen unsere Bäuche übereinander oder Hände und Bauch gehören Rosi und ich seh zu wie sie ihre Hände auf ihren Bauch legt oder mein Bruder ist Rosi, sie liegt auf der Ölhaut und läßt es warm aus ihrem Bauch laufen oder ich laß es bei Rosi warm in den Bauch reinlaufen.

Turnen
sagt Frau Vanderbilt
lenkt ab.

Ich liege in Grundstellung. Knie gestreckt Fersen zusammen, die Füße bilden einen rechten Winkel, die Brust tritt vor, die Arme hängen an beiden Leibseiten runter.

In dieser Stellung ist der Charakter des Menschen deutlich ausgeprägt, da kein anderes Lebewesen der bewohnten Erde auf diese Weise ruht. Würde man den so liegenden Körper mit strammen Gurten ans Bett fesseln und dieses in der Form aufrichten, daß die Füße senkrecht zu stehen kommen, spricht man von einer stehenden Haltung. Sie bietet einen erhabenen Anblick und fördert zugleich die Gesundheitsverhältnisse. Losgeschnallt versucht der Mensch in der Regel, sich zu bewegen und seinen Standort zu wechseln. Ich übe mich liegend im Armheben. Das Armheben wird bestimmt nach den Winkeln, die der Arm zum totalen Körper bildet, also Armheben zum kleinen rechten und großen Winkel, endlich das Armhochheben. Diese Übung kann einarmig wechselarmig und beidarmig ausgeführt werden. Auch kann das Heben mit oder ohne Schwung geschehen. Wer den rechten Arm hebt, hat etwas zu sagen. Wer beide Arme gleichzeitig hochhebt, hat sich ergeben.

Ich lege mich auf die Seite.

Ich bin müde, aber kann nicht schlafen wegen der juckenden Bläschen auf dem unteren Bauch und zwischen den Beinen. Wenn ich bis sagen wir zehn gezählt habe, hört es auf.

Eins zwei drei

Ich muß langsamer zählen, nach eins eine Pause.

Eins, noch nicht weiter, noch nicht, zwei, wie beim Gewitter, wenn man die Entfernung, drei, wenn die Sonne sticht oder plötzlich ein Sturm aufkommt wie, vier, damals, man soll sich nicht unter Bäume stellen und die Nähe von Gewässern und höheren Tieren meiden, fünf, ob es über unserm Keller noch einen Blitzableiter gibt, sechs, schon als Kind beschäftigte sich der berühmte Amerikaner Franklin, sieben, wenn ich jetzt denke, daß es bei zehn aufhört, hört es nicht auf, aber weil ich das jetzt, acht, denke und immer wieder und weiter denke, neun, ich warte noch, noch, noch, neun und eins ist einundzwanzig zweiundzwanzig, Achtung, zehn. Jetzt kratz ich los. Auf dem Bauch sieht man nichts, da ist es dunkel, auch wenn es aus hundert kleinen Löchern und Bläschen blutet und die Haut ein feines Sieb abgibt, oben kann ich singen oder den Mund zumachen, unten mit langen Fingernägeln kratzen. Ich spuck mir auf den Bauch, zisch, und kratze. Ich kratze mit beiden Händen mit zehn Fingern. Es ist schön. Ich denke jetzt nichts mehr. Kratzen ist gesund.

Heinar Kipphardt
Lehren

Seht, sagen sie, ihr habt zu essen
und Fleisch, dreimal die Woche,
von dem ihr das Fett abschneidet
ein Wunder.
Denn es hat zu essen in dieser Welt
statistisch
von dreien nur einer,
und der ißt kein Fleisch.
Und ihr habt uns den Krieg verloren.
Betet,
und haltet Maß in euren fleischigen Ausschweifungen.
Seid dankbar.

Seht, sagen sie, ihr sitzt in Wohnungen,
in die es nicht hineinregnet
und, wenn es Winter wird,
stellt ihr die Ölöfen an.
Ihr badet zweimal die Woche
in eigenen Wannen, wohlig,
und zweimal die Woche beschlaft ihr
die schönen, die rundlichen Frauen,
die dreimal Fleisch gegessen haben.
Das hat, statistisch gesehen, in dieser Welt
nicht der zwanzigste.
Und ihr habt den Krieg verloren.
Ein Wunder.

Bequem in die Sessel gelehnt, am freien Sonnabend,
sagen sie, im eigenen Kino,
genießt ihr ein Fußballspiel,
oder den Besuch einer Königin,
oder das Wort zum Sonntag.
Und trinkt, statistisch berechnet,

zehn Flaschen Schnaps im Jahr
mit euren schöneren Frauen,
und die gesünderen Kinder
trinken am Morgen Kaba.
Während im fernen Vietnam andere
für euch andere Häuser zerschmeißen,
unfreie,
fahrt ihr ins schönere Grüne
im eigenen Volkswagen.

Franz Josef Degenhardt
Deutscher Sonntag

Sonntags in der kleinen Stadt,
wenn die Spinne Langeweile
Fäden spinnt und ohne Eile
giftig-grau die Wand hochkriecht,
wenn's blank und frisch gebadet riecht,
dann bringt mich keiner auf die Straße,
und aus Angst und Ärger lasse
ich mein rotes Barthaar stehn,
lass' den Tag vorübergehn,
hock am Fenster, lese meine
Zeitung, decke Bein mit Beine,
seh, hör und rieche nebenbei
das ganze Sonntagseinerlei.

Da treten sie zum Kirchgang an,
Familienleittiere voran,
Hütchen, Schühchen, Täschchen passend,
ihre Männer unterfassend,
die sie heimlich vorwärts schieben,
weil die gern zu Hause blieben.
Und dann kommen sie zurück
mit dem gleichen bösen Blick,
Hütchen, Schühchen, Täschchen passend,
ihre Männer unterfassend,
die sie heimlich heimwärts ziehn,
daß sie nicht in Kneipen fliehn.

Wenn die Bratendüfte wehen,
Jungfraun den Kaplan umstehen,
der so nette Witzchen macht,
und wenn es dann so harmlos lacht,
wenn auf allen Fensterbänken
Pudding dampft, und aus den Schenken
schallt das Lied vom Wiesengrund
und daß am Bach ein Birklein stund,
alle Glocken läuten mit,
die ganze Stadt kriegt Appetit:
Das ist dann genau die Zeit,
da frier ich vor Gemütlichkeit.

Da hockt die ganze Stadt und mampft,
daß Bratenschweiß aus Fenstern dampft.
Durch die fette Stille dringen
Gaumenschnalzen, Schüsselklingen,
Messer, die auf Knochen stoßen,
und das Blubbern dicker Soßen.
Hat nicht irgendwas geschrien?
Jetzt nicht aus dem Fenster sehn,
wo auf Hausvorgärtenmauern
ausgefranste Krähen lauern.
Was nur da geschrien hat?
Ich werd so entsetzlich satt.

Wenn Zigarrenwolken schweben,
aufgeblähte Nüstern beben,
aus Musiktruhn Donauwellen
plätschern, über Mägen quellen,
hat die Luft sich angestaut,
die ganze Stadt hockt und verdaut.
Woher kam der laute Knall?
Brach ein Flugzeug durch den Schall?
Oder ob mit'm Mal die Stadt
ihr Bäuerchen gelassen hat?
Die Luft riecht süß und säuerlich.
Ich glaube, ich erbreche mich.

Dann geht's zu den Schlachtfeldstätten,
um im Geiste mitzutreten,

mitzuschießen, mitzustechen,
sich für wochentags zu rächen,
um im Chor Worte zu röhren,
die beim Gottesdienst nur stören.
Schinkenspeckgesichter lachen
treuherzig, weil Knochen krachen
werden. Ich verstopf die Ohren
meiner Kinder. Traumverloren
hocken auf den Stadtparkbänken
Greise, die an Sedan denken.

Dann ist die Spaziergangstunde,
durch die Stadt, zweimal die Runde.
Hüte ziehen, spärlich nicken,
wenn ein Chef kommt, tiefer bücken.
Achtung, daß die Sahneballen
dann nicht in den Rinnstein rollen.
Kinder baumeln, ziehen Hände,
man hat ihnen bunte, fremde
Fliegen – Beine ausgefetzt –
sorgsam an den Hals gesetzt,
daß sie die Kinder beißen solln,
wenn sie zum Bahndamm fliehen wolln.

Wenn zur Ruh die Glocken läuten,
Kneipen nur ihr Licht vergeuden,
wird's in Couchecken beschaulich.
Das ist dann die Zeit, da trau ich
mich hinaus, um nachzusehen,
ob die Sterne richtig stehen.
Abendstille überall. Bloß
manchmal Lachen wie ein Windstoß
über ein Mattscheibenspäßchen.
Jeder schlürft noch rasch ein Gläschen
und stöhnt über seinen Bauch
und unsern kranken Nachbarn auch.

Sonntags in der kleinen Stadt,
sonntags in der deutschen Stadt.

Rolf Haufs
Sonntag

Da denk ich ich müßte gleich los
In den Park und auf die Wiesen
Purzelbaum schlagen und laut laut rufen
Dann bliebe ich erst einmal stehn
Vielleicht daß mich wer angeht
Um Feuer oder auch nur um zu reden
Vonwegen der Himmel und daß
Die Kastanien wohl noch werden

Da denk ich ich müßte gleich los
Mit dem Bus ganz weit auf Buckow zu
Die neuen Häuser mit Bad anzusehen
Die Obstbäume wie das alles verblüht
Damit ich begreife: so geht es zu
Vielleicht daß man das alles mal fotografiert
Das Grün und die Schilder am Rande
Den kleinen Vogel Größenwahn

Da denk ich ich müßte gleich los
Die Straße runter und organisieren
Die Träume von Neunzehnhundertundzehn
Die gelben Pfannkuchen und weißt du
Den Garten wo ich die Anni nahm
Und mal gehn und mal sehn
Was aus der Kuhle geworden
So denk ich und gehe gleich los.

Sarah Kirsch
Aus einer kleinen Stadt

Der Mond vorn und hinten fotografiert
hängt wie eh über der Welt dem Land der Stadt
da geh ich
abends über den Bauplatz nach Hause
(noch immer sind Schreibmaschinen zu schwer
zum Umhertragen daß man unterwegs
aufschreibt was einem begegnet
Düngerstreun vom Himmel – ich konnte

mühlos den Piloten erkennen, die ewigen
Hochzeiten zum Wochenende, die Straße
wo die geschmückten Taxen parken
riecht ranzig nach Schmalzgebackenem, Leute
müßt ihr fortwährend heiraten aber ich wünsch euch
Geduld) ich komme
aus einer kleinen Stadt da saßen
vor der Hauptpost mittags die Dichter
unter kunstvoll geschriebenen Schildern in
unnachsichtiger Sonne und wollten
Bücher signieren aber die Leser
lasen zu Hause auf dem Geranienbalkon Unautografiertes oder
lasen schon länger nicht, weil sie das
kannten Erfolg im Betrieb aber die Frau
wenig Verständnis, oder sie klaubten
lieber in ihren Schrebergärten bei dieser Hitze
Steine ausm Weg sortierten die Zwiebeln
der Tulpen fürs andere Jahr, andre
sahen sich schwitzend im Kino
Spartacus breitwandverreckend an
wie die Fliegen in dieser Sonne
dem Gekreuzigten (übrigens das eine Fälschung)
vom Jochbein zur Augenbraue liefen, die Tiere
maßen gut einen viertel Meter, manche
in dieser Stadt standen auf
gingen zur Arbeit stellten her
Butterdosen Motore und
weltbekannte Konserven in Nachtschicht
durch Glasziegel schleuste der Mond sein Licht, alles
war längst vorn und hinten gebucht nächstens
würden wir auf ihm landen

ROLF DIETER BRINKMANN
Der Mond, der Präsident und die amerikanische Prärie
Populäres Gedicht Nr. 11

Der amerikanische
Mond über dem
Kapitol in Washington D. C.
ist ganz aus reinem

Kunststoff, eine
endlose Variation
auf ein altes Thema
wie man deutlich sieht.

Der Präsident
sieht ihn sich
täglich einmal
an und läßt ihn

dann wieder verschwinden.
Einsam über einer Prärie
ganz in der Nähe geht
er aber wieder auf. Dieses

Mal ist es der echte Mond
mit dem Abbild des Prä-
sidenten auf der Rückseite.

Reinhard Baumgart
Pax Americana

Gaius Julius Cäsar schrieb auf Latein:
In Gallien müßte Frieden sein.
Der Zweck fand Mittel: ein Kriegerverein
Fiel friedenstiftend in Gallien ein.
  Lateinisch sprechend
    sterblich und vorwurfsvoll
    sank Cäsar tot vors Capitol.

Das Capitol der Neuen Welt
Erwirbt den Frieden gern mit Geld.
Wer auch bestochen nicht Frieden hält
Hat damit selbst den Krieg gewählt.
  Lateinisch träumend
    vergeßlich und sorgenvoll
    sitzt Cäsar tot im Capitol.

Elisabeth Borchers
Krieg

Ich höre
es ist wieder Krieg
der trägt den Namen
Krieg
        Die Menschen
        haben zu viel Blut
        was zuviel ist
        wird drum
        ausgegossen

Ich höre
es gibt Tag und Nacht
die tragen den Namen
Umgebracht
        Die Menschen
        haben zu viel Herz
        was zuviel ist
        wird drum
        ausgerissen

Ich höre
es wird ein Morgengrauen
keiner steht auf
sich umzuschaun
        Die Menschen
        stehn in einem Licht
        das andre ist
        zerbrochen

Uwe Johnson
Über eine Haltung des Protestierens

Einige gute Leute werden nicht müde, öffentlich zu erklären, daß sie die Beteiligung ihres Landes am Krieg in Vietnam verabscheuen; was mögen sie da im Sinn haben? Die guten Leute sagen sich den Ausspruch nach, es sei Krieg nicht mehr erlaubt unter zivilisierten Nationalstaaten; die guten Leute haben sich nicht gemuckst, als die

Kolonialpolitik zivilisierter Nationalstaaten jene Leute in Vietnam bloß mit Polizei dabei störte, erst einmal eine Nation zu werden. Die guten Leute hört man klagen, es wende das mächtigste Land der Erde gegen ein kleines Land fortgeschrittene Waffensysteme an, zum Teil experimentell, gerade das Probieren mit tüchtigeren Vernichtungsmitteln erbittert die guten Leute; die guten Leute haben still in der Ecke gesessen, als die Armeen sich auswuchsen, noch die Diät der Manöver haben sie dem Militär gegönnt, nun schreien sie über die natürliche Gier der Maschine nach lebensechtem Futter. Die guten Leute haben es mit der Moral, die Einhaltung des Genfer Abkommens wünschen sie sich, Verhandlungen, faire Wahlen, Abzug der fremden Truppen, Anstand sagen sie und Würde des Menschen; sie sprechen zum übermenschlichen Egoismus eines Staatswesens wie zu einer Privatperson mit privaten Tugenden. Die guten Leute mögen am Krieg nicht, daß er sichtbar ist; die guten Leute essen von den Früchten, die ihre Regierungen für sie in der Politik und auf den Märkten Asiens ernten. Die guten Leute wollen einen guten Kapitalismus, einen Verzicht auf Expansion durch Krieg, die guten Leute wollen das sprechende Pferd; was sie nicht wollen, ist der Kommunismus. Die guten Leute wollen eine gute Welt; die guten Leute tun nichts dazu. Die guten Leute hindern nicht die Arbeiter, mit der Herstellung des Kriegswerkzeugs ihr Leben zu verdienen, sie halten nicht die Wehrpflichtigen auf, die in diesem Krieg ihr Leben riskieren, die guten Leute stehen auf dem Markt und weisen auf sich hin als die besseren. Auch diese guten Leute werden demnächst ihre Proteste gegen diesen Krieg verlegen bezeichnen als ihre jugendliche Periode, wie die guten Leute vor ihnen jetzt sprechen über Hiroshima und Demokratie und Cuba. Die guten Leute sollen das Maul halten. Sollen sie gut sein zu ihren Kindern, auch fremden, zu ihren Katzen, auch fremden; sollen sie aufhören zu reden von einem Gutsein, zu dessen Unmöglichkeit sie beitragen.

Günter Grass
In Ohnmacht gefallen

Wir lesen Napalm und stellen Napalm uns vor.
Da wir uns Napalm nicht vorstellen können,
lesen wir über Napalm, bis wir uns mehr
unter Napalm vorstellen können.
Jetzt protestieren wir gegen Napalm.

Nach dem Frühstück, stumm,
auf Fotos sehen wir, was Napalm vermag.
Wir zeigen uns grobe Raster
und sagen: Siehst du, Napalm.
Das machen sie mit Napalm.
Bald wird es preiswerte Bildbände
mit besseren Fotos geben,
auf denen deutlicher wird,
was Napalm vermag.
Wir kauen Nägel und schreiben Proteste.
Aber es gibt, so lesen wir,
Schlimmeres als Napalm.
Schnell protestieren wir gegen Schlimmeres.
Unsere berechtigten Proteste, die wir jederzeit
verfassen falten frankieren dürfen, schlagen zu Buch.
Ohnmacht, an Gummifassaden erprobt.
Ohnmacht legt Platten auf: ohnmächtige Songs.
Ohne Macht mit Guitarre. –
Aber feinmaschig und gelassen
wirkt sich draußen die Macht aus.

REINHARD BAUMGART

Epilog

Wir schreiben Gedichte
Andere laden Gewehre.
Der Schaum
der uns um den Mund steht
ist genießbar.
Mit einem Lungenschuß
sähen wir so lebendig nicht aus.

ERICH FRIED

Fortschritt

Nach neunzehn Jahrhunderten
wurde in Rom verkündet
daß Israel nicht Kollektivschuld
am Tode Christi trägt

Nun werden auch
die toten Juden erklären:
Wir wurden niemals erschlagen
von Christenhand

Heinz Kahlau
Massengrab in Posen

Immer wieder
gibt die geduldige Erde
die Opfer
der Mörder her.
Diesmal in Posen.

Besser als Erde
verbergen noch immer
Gehirne
die Untat.

Hans Frick
Der Plan des Stefan Kaminsky

Stefan setzte sich, nachdem er Isaak Adlers Kinn lange betrachtet hatte. Er bestellte einen Wodka, ließ sich zurückfallen, schaukelte, kam wieder vor, wiederholte unlustig das Spiel. Sein Hocker stand auf den hinteren Beinen. Stefans Oberkörper balancierte, die Fußspitzen schoben sich unter die dicht über dem Fußboden angebrachte Messingstange. Er wiederholte mit der gleichen leisen Stimme wie vorher seine Bestellung: »Einen Wodka, Isaak.«

Dann verlagerte er mit einem Ruck sein Gewicht nach vorn, nickte zufrieden, als die vorderen Beine des Hockers wieder den Teppich berührten, grinste mitten in Adlers Gesicht hinein.

»Er läßt einen glatt verdursten«, sagte er. »Man will einen Wodka trinken, nichts weiter. Herrschaften, der Alkoholausschank unterbleibt für den Rest der Nacht, weil ein gewisser Isaak Adler, der ein ausgezeichneter Talmudkenner ist, beschlossen hat, seine Freunde verdursten zu lassen.«

Adlers Gesicht belebte sich, der offene Mund zeigte vier nebeneinander liegende Goldplomben, die in der Mitte eine Reihe gelblicher Zähne unterbrachen.

»Nie wirst du verstehen«, sagte Isaak Adler, schob das Glas vor Stefan und besah sich mißbilligend das Flaschenetikett.

»Nein?«

»Nie!«

»Und warum nicht, du Philosoph?«

»Weil ...« Isaak Adler betrachtete ihn mitleidig, »weil du Pole bist, mit einer verfluchten Tradition.« Er trank einen Whisky, schüttelte sich, wobei einige weiße Stellen am Kinn bläulich anliefen, und fragte:

»Oder willst du behaupten, ihr hättet nicht so eine Tradition?«

»Schon«, sagte Stefan. »Gegen eine polnische Tradition ist nicht viel einzuwenden.«

»Meinst du ...?«

»Genau das.«

Muß mich beherrschen, um nicht laut zu lachen. Es ist nur natürlich, daß ein polnischer Jude etwas gegen eine polnische Tradition einzuwenden hat. Ein russischer Jude würde genauso etwas gegen eine russische Tradition einzuwenden haben.

»Du bist nie Jude gewesen«, sagte Adler. Er gähnte, hielt die Hand vor den Mund.

»Das gerade nicht«, erwiderte Stefan, »aber es war auch so schlimm genug.«

»Daß du Jude bist, ist nicht das schlimmste.«

»Sondern?«

»Schlimm ist, daß du Zeiten hast, wo du anders sein möchtest.«

»Erstaunlich.«

»Klingt wohl wie ein Widerspruch?«

»Du sagst es, Isaak.«

»Willst du mich aufziehen?«

»Wie kannst du nur so was annehmen.«

»Jedenfalls habe ich keine Lust, jetzt davon anzufangen.«

»Weil du ein Arschloch bist mit deinen idiotischen Komplexen«, sagte Stefan, »und dir einbildest, etwas Besonderes zu sein. Du bist genauso ein blöder Hund wie alle, verstehst du? Ihr mit euren Scheißansichten. Du bist so und ich bin so. Ich huste auf das, was früher war, auf deine polnische Tradition. Sie betrifft mich nicht.«

»Jetzt«, sagte Adler, »jetzt hustet ihr drauf.«

»Ich kann es dir nicht beweisen, aber mir war es immer gleichgültig, ob einer Jude war oder nicht.«

»Dir gleichgültig?«

»Ja, mir!«

»Niemals!«

»Wieso nicht?«

»Ganz einfach: weil du Pole bist.«

»Du bist krank«, sagte Stefan. »Daß ich Pole bin, ist keine vernünftige Erklärung und beweist nichts.« Er trank.

»Ich habe etwas gegen euch, wie ihr etwas gegen uns habt«, sagte Adler.

»Deine Sache.«

»Also doch ...«

»Deine Verdrehungsarien sind typisch.«

»Für die Juden?«

»Nichts, aber auch nichts, ist gegen eine polnische Tradition einzuwenden«, sagte Stefan böse.

»Zugegeben, daß du anders bist.«

»Ich bin so, wie ich bin: anders oder nicht anders.«

»Pole, bitte sehr, immer noch Pole«, warf Adler ein.

»Das ist normal.«

»Normal ist, daß ihr die Juden haßt.«

»Gib mir noch einen.«

»Lenk nicht ab.«

»Einen Wodka«, sagte Stefan nachdrücklich.

Adler schenkte ein, behielt aber die Flasche in der Hand. Er schloß die Augen, wie um sich zu konzentrieren.

»Wodka«, sagte er geringschätzig.

»Wenn einer säuft, wird er schon seine Gründe haben.«

»Ihr habt immer Gründe.« Adler stellte die Flasche vor sich auf die Theke. »Für alles Gründe ...«

Stefan fiel zurück, regulierte mit den Fußspitzen den Schwebezustand. »Will ich etwas von dir, Isaak?«

»Weil du nicht kannst!«

»Was?«

»Pole sein ...«

Stefan lachte. »Hochgradiger Schwachsinn.«

»Unverschämtheit«, stellte Adler entrüstet fest. »Habe ich nicht lange genug in Polen gelebt?«

»Wenn du mich fragst: mir ist noch nie so etwas Verrücktes begegnet. Du bist wirklich eine Nummer.«

»Mit einem Gedächtnis.«

»Gab es jemals eine polnische Gaskammer?«

»Gaskammer nicht.«

»Sondern?«

»Etwas Ähnliches. Ich kann nicht erklären. Aber du solltest wissen ...« Isaak Adler sprach nicht weiter. Er war nicht in der Stimmung, eine so komplizierte Angelegenheit wie den polnischen Antisemitismus zu erläutern. Polen war kommunistisch geworden. Vielleicht bedeutete diese Veränderung sogar eine Abkehr von dem traditionellen polnischen Judenhaß. Den vor ihm sitzenden Stefan streifte er mit einem freundlicheren Blick. Kaminsky war nicht verantwortlich für die Prügel, die er, Isaak Adler, als Schuljunge von anderen Schülern bezogen hatte. Als Zwölfjähriger konnte er sich nicht vorstellen, daß es Länder gab, in denen ein Jude genauso respektiert wurde wie jeder andere Mensch, daß man trotz seines jüdischen Aussehens Schulen besuchen konnte, ohne belästigt zu werden. Er hatte später viel gelesen über die Ursachen des Antisemitismus, der angeblich besonders in katholischen Ländern gedieh. Diese Kirche, begriff er, die dort mächtig geworden war, mußte daran interessiert sein, den Haß gegen die Juden wachzuhalten. Wen er auch nach den Gründen dieses Phänomens fragte, niemand antwortete ihm. So war es nicht verwunderlich, daß er selbst versuchte, eine Antwort zu finden. Dadurch entstanden neue Konflikte. Er isolierte sich, und seine Verwirrung wuchs mit jedem Widerspruch, den er aufgedeckt zu haben glaubte. Begriffe wie Wahrheit, Kirche und Gott waren für ihn nicht länger identisch; er verlor das Vertrauen zu ihnen. Sie logen, und wer ihnen nicht glaubte, wurde diffamiert. Als Isaak Adler größer geworden war und aufblickte, war der Sockel, auf dem der Gott seiner Kindheit gestanden hatte, leer. Er hatte keine Zeit mehr, Betrachtungen anzustellen, historische Ereignisse zu untersuchen, ungelöste Probleme zu erörtern, sich um einen Ersatz zu bemühen. Polen hatte den Krieg gegen Deutschland verloren. Eine neue Zeit brach an, neue Gesetze schufen ein neues Bewußtsein, und die Schatten, die dieses Bewußtsein warf, waren noch weitreichender als die des alten; die Schatten annullierten jede bis zu diesem Zeitpunkt gehabte Erkenntnis, jede Erfahrung. Daß sie ihn in der Schule und häufig auf dem Heimweg geschlagen und verspottet hatten, war zur Selbstverständlichkeit geworden. Er hatte sich damit abgefunden. Das Neue hingegen, wie eine Lawine anschwellend, war anders, ein Arrangement auf der Basis wohlüberlegter Passivität somit unmöglich. Isaak Adler war unvorbereitet wie alle, die es betraf. Das Gewirr seiner Theorien löste sich auf, zurück blieb nur die vage Vorstellung, unter bestimmten Voraussetzungen, die zu definieren er damals allerdings außerstande war, überleben zu können. Sobald er in die Nähe von Passanten geriet, nahm er die Brille ab, suchte mit seinen schlechten jüdischen Augen in ihren Gesichtern nach den Ursachen der Schatten. Da sind sie, sagte er sich, und sie sehen aus, wie sie immer ausgesehen haben. Manche, die ihn erkannten, deuteten auf ihn und schüttelten die Köpfe.

»Was sollte ich wissen?« fragte Stefan, klopfte mit dem Feuerzeug gegen die Wodkaflasche.

»Daß es schon lange vor den Gaskammern Gaskammern gab.«

»Das ist ja nun eine erstaunliche Feststellung.«

»Die du nicht verstehen kannst, weil du immer auf der anderen Seite gestanden hast.«

»Isaak, du spinnst!«

»Es ist in euch.«

»In mir?«

»In jedem!«

»Hör mal«, sagte Stefan ruhig, »wegen mir kannst du denken, was du willst, aber halt jetzt dein Maul davon.«

»Wie du willst«, erwiderte Isaak Adler beleidigt. »Aber du warst damals einfach zu jung, um verstehen zu können, was sie mit uns gemacht haben.«

»Zu jung?«

Sie schwiegen.

Stefan rutschte vom Hocker, ging an der Theke vorbei zum Zigarettenautomat.

Warum widerspreche ich ihm dauernd? Zu jung. Nicht mehr nach Alicja. Bei Gelegenheit werde ich ihm ihre Geschichte erzählen; Beweis, daß ich verstanden habe. Er kennt viele solcher Geschichten.

Stefan drückte auf eine Taste. Der Automat summte, stieß eine Schachtel Zigaretten aus.

Täglich mehrere. Angst. Er wußte ja nicht, daß er überleben würde. Andere Angst als meine. Gebliebene. Ich will nichts davon hören, sagte Igor, sonst kann ich mich nur aufhängen. Gleiche Erinnerung.

Stefan zwängte seine Hand in den Automatenschlitz, fand die Schachtel, ging zu seinem Hocker und fragte:

»Was ist in mir?«

»Bereitschaft.«

»Pole zu sein?«

»Und nicht nur das«, antwortete Isaak Adler.

»Wenn es in jedem ist, dann ist es auch in dir«, sagte Stefan. Er grinste belustigt.

Adlers Gesicht protestierte gegen diese Unterstellung. Mit dünnen Lippen verkündete er: »Bei dir ist eine Schraube locker.«

»Weil du verrückt und unerträglich arrogant bist!«

»Warum beleidigst du mich?«

»Schön«, sagte Stefan, »es ist in allen, aber es ist nicht in dir.«

Nachdem seine Schuhspitzen das Holz der Theke erreicht hatten, sich festklemmten, ihn zurückholten, fügte er hinzu: »Ich scheiße drauf, verstehst du! Auf alles, Isaak, und dabei ist es mir gleichgültig, ob es in dir ist oder in mir.« Sein Feuerzeug schnappte zu. »So kann man sich nicht unterhalten.«

»Du hast doch angefangen.«

»Ich sage dir ...«

»Trink einen auf mich«, forderte Isaak Adler ihn auf, »und wenn du willst, noch einen, aber laß uns von was anderem reden. Ich habe mir vorgenommen, mich nicht mehr aufzuregen.«

Stefan trank. Dann gab er seine Erklärung ab: »Du bist subjektiv und objektiv ein Arschloch. Subjektiv, weil ich persönlich davon überzeugt bin, und objektiv, weil du immer das gleiche blöde Zeug wiederholst. Du bist Pole, sagst du zu mir, also hast du eine Tradition, die grundsätzlich gegen mich als Jude gerichtet ist. Zum letztenmal: ich bin nicht gegen dich.«

Adlers rechte Schulter berührte die Wand. Triumphierend sagte er: »Der Haß gegen die Juden ist euch angeboren.«

»Ich hasse dich?«

»Haß oder Verachtung – wo ist der Unterschied?«

»Ganz bestimmt ist es falsch, zu verallgemeinern.«

Isaak Adler entnahm seiner Brieftasche einige Fotografien, legte sie vor Stefan auf die Theke. »Wenn du persönlich betroffen bist, sieht alles anders aus. Wenn du nicht vergessen kannst.«

Stefan schob die Fotografien mit den Erschießungsszenen zur Seite. Ein Foto interessierte ihn. Er sah ein dreistöckiges Eckhaus mit schmalen Fenstern. Es glich bis auf die Säulen, die den einzigen Balkon der Vorderfront trugen, dem Haus, das seine Eltern bis etwa neunzehnhunderteinundvierzig bewohnt hatten.

»In diesem Zimmer bin ich geboren«, erklärte Adler, deutete auf ein Fenster, dessen Flügel zur Straße hinaus geöffnet waren. Stefan sah in das feiste Gesicht eines neuen Gastes.

»Was sind Erinnerungen«, sagte er. »Du mußt weg davon, wenn nicht alles seinen Sinn verlieren soll.«

»Wenn es so einfach wäre.«

»Weil du sonst überschnappst.«

Isaak Adler lächelte versonnen. »Manchmal habe ich das Gefühl, schon lange verrückt zu sein.« Aufmerksam betrachtete er das Haus, fuhr mit dem Zeigefinger den Konturen nach. »Nein, nicht verrückt. Etwas anderes. Es kommt mir vor, als hätte ich das Zurückliegende schon zum zweitenmal erlebt. Diese Tür ... Wie oft habe ich gezögert, sie aufzumachen. Wie oft habe ich hinter der Säule gestanden und nach Ausreden gesucht, mit denen ich so lächerliche Dinge wie zerbrochene Brillen erklären wollte.« Schnell sammelte er die Bilder ein. »Ich kann nicht sagen, es ist vorbei, so, als wäre es nie geschehen.« Er drehte sich um, sprach mit dem neuen Gast.

ALFRED ANDERSCH
Efraim

Schließlich trat Lampe auf uns zu und richtete jene zwei Sätze an Anna, mit denen es ihm gelang, sie mir so mühelos zu entführen. Ich blickte ihr nach, sah sie immer wieder auftauchen, in ihr Gespräch mit Lampe vertieft. Sie trug ein Kleid aus matter, grüner, ins Silbrige changierender Seide, das herrlich zu dem erloschenen Blond ihrer Haare paßte. Es lag ihr nicht an, sondern deutete, schmal fließend, in irgendeiner Bewegung, die in irgendeine Beleuchtung geriet, Details ihres Körpers an, eines mageren, etwas zu großen, wahrscheinlich blassen Körpers, der nur in Annas nackten Armen seine lange und schlanke Natur offen zeigte.

Ich fragte Sandberg, der gerade an mir vorbei kam, wer sie sei. Er folgte meinem Blick. »Anna Krystek«, sagte er, als er erkannte, wen ich meinte, und fügte lächelnd hinzu: »Eine Kommunistin!« Ich muß eine Grimasse geschnitten haben, denn er wurde fast eifrig. »Nein, keine Salon-Kommunistin, wie Sie vielleicht denken, hier, in diesem Milieu!« Er unterbrach sich. »Anna Krystek wäre eigentlich eine story für Sie«, sagte er dann, »eine junge Ost-Schauspielerin, na, Schauspielerin ist wohl schon zuviel gesagt, sie hat die Schauspielschule besucht, drüben« – er machte eine vage Handbewegung –, »und sollte gerade ihre ersten kleinen Rollen bekommen, am Schiffbauerdamm glaub' ich, da kam die Mauer dazwischen. Die Krystek wohnt nämlich in Westberlin, bei ihren Eltern, und sie hat sich seit dem Mauerbau nicht entscheiden können, nach dem anderen Teil Berlins zu gehen. Das hätte nämlich bedeutet, drüben bleiben zu müssen.«

»Ist sie nur wegen ihrer Eltern hier geblieben«, fragte ich, »oder auch aus politischen Gründen? Weil bei ihr der Groschen fiel, als sie die Mauer sah?«

»Keine Ahnung«, erwiderte Sandberg. »In der Unterhaltung tönt sie ganz links. Fast chinesisch. Sie haben sie ja gehört, vorhin. Deswegen gehen ihr die Leute am liebsten aus dem Weg, obwohl sie doch ein apartes Mädchen ist. Sie soll begabt sein. Lampe hat ihr schon zweimal Rollen angeboten, aber sie hat jedesmal abgelehnt.«

»Warum?«

»Weil Lampe ein Idiot ist. Er will sie ins Fach Salondame schieben, während sie gerne in kitchen-sink-Stücken spielen würde. Aber Lampe interessiert sich überhaupt nicht für Stücke von Leuten wie Pinter oder Osborne.«

»Und andere Regisseure?«

»Woher soll ich das wissen?« Sandberg schüttelte lächelnd den Kopf. »Wissen Sie, Efraim, ich bin aus dem Alter heraus, in dem man junge Aktricen fördert. Und die Krystek ist eine Fanatikerin. Ich kann mit dem Typ nicht viel anfangen.« Er wurde wieder ernst. »Aber ich glaube wirklich, sie ergäbe eine story für Sie! Ich erinnere mich an ein paar Interviews, die Sie in Hanoi anstellten, kurz ehe die Franzosen aufgaben. So in der Art, dachte ich.«

Ich mag es nicht, wenn man mir Vorschläge macht. Ich bin da wie Meg, die jedesmal resolut die Kamera zuklappt, wenn man ihr ein ›Motiv‹ vorschlägt. »Sie mit Ihrem Scheiß-Motiv«, ist sie imstande, dem zu sagen, der es riskiert hat. Zwar übernehme ich Aufträge; wenn Keir mich losschickt, dann liefere ich ihm, was er sich wünscht (nicht immer, doch meistens), aber auf Tips von Kollegen, auch wenn sie noch so gut gemeint sind, reagiere ich sauer. Wenn ich je ein Anna-Krystek-Interview vorgehabt hätte, so wäre die Idee dazu im gleichen Augenblick geplatzt, in dem Sandberg sie mir vorschlug. (*Geplatzt – sauer reagieren* – ich bin ganz stolz auf meine Neuerwerbungen in den Wendungen der deutschen Umgangssprache!) Weder damals noch später habe ich an Anna als an ein Objekt journalistischer Ausbeutung gedacht. Während sie wieder einmal zum Vorschein kam, in kühler Haltung, Lampe neben sich, der auf sie einredete – lehnte sie wieder einmal eine Rolle ab? –, dachte ich darüber nach, ob Sandberg recht hatte, wenn er sie eine Fanatikerin nannte. Heutzutage gilt ja als fanatisch, wer auch nur irgendeine Art von Überzeugung besitzt. Ein paar feste Ansichten haben, diskreditiert schon. Und der Kredit ist wiederhergestellt, wenn man erkennt, daß jemand seine Ansichten aus Berechnung geäußert hat. Sandberg war noch anständig, wenn er Anna für fanatisch hielt; von den übrigen Anwesenden nahmen sicherlich die meisten an, daß Anna nur ihren Preis hochtreiben wollte, wenn sie Rollen ablehnte. In ihren Augen setzte eine solche Taktik Annas Rang nicht herab, sondern erhöhte ihn.

Ich ging eine Weile von Gruppe zu Gruppe, hörte den Gesprächen zu und achtete auf das Erscheinen des grünsilbernen Kleides, wenn die Bewegungen der Gesellschaft den Blick darauf freigaben. Als ich schließlich gehen wollte – ich hatte mich schon dafür entschieden, nicht länger auf die Möglichkeit zu warten, mich nocheinmal mit Anna unterhalten zu können –, kam es dann zu dem Zwischenfall, mit dem ich den Verlauf der Veranstaltung empfindlich gestört habe. Ich stand zuletzt in der Nähe einiger Männer, die miteinander vereinbarten, daß sie den angebrochenen Abend mit einem Zug durch berliner Nachtlokale sinnvoll ergänzen wollten. Als sie einen von ihnen, der, wie aus ihren Reden zu entnehmen war, schon die vergangene Nacht durchbummelt hatte, aufzogen und ihn fragten, ob er genug Standvermögen für eine zweite Nacht dieser Art habe, gab er lachend zur Antwort:

»Bis zur Vergasung!«

Ich ging auf ihn zu, fragte: »Was haben Sie da gesagt?«, wartete aber keine Antwort ab, sondern schlug ihm mit der geballten Faust unters Kinn. Er war einen Kopf größer als ich, wenn auch vielleicht kein sportlicher Typ, und ich habe in der Armee etwas Boxen gelernt. Er taumelte zurück, aber einer von Lampes Rauchtischen, an den er stieß, verhinderte, daß er stürzte. Aschenbecher und Zeitschriften, die auf dem Tisch gelegen hatten, fielen zu Boden. Der Mann faßte, als könne er nicht recht glauben, was ihm da zugestoßen sei, an sein Kinn; dann wollte er sich auf mich stürzen, aber zwei seiner Freunde hielten ihn fest; es erstaunt mich nachträglich, wie schnell sie die Ursache meines Faustschlages begriffen hatten. Einen Augenblick lang war es fast still in dem großen Empfangsraum von Lampes Villa, das Chi-Chi schien zu vibrieren, die Party-Gäste drängten sich um den Schauplatz und gaben sich flüsternd Auskunft, bis aus dem Schweigen sich volltönend und drohend der Ausruf erhob, der die Meinung der Leute zusammenfaßte: »Unerhört!« Ich sah mich spöttisch um, bereit, auch diesem Rufer das Maul zu stopfen, in dessen Stimme sich für mich der freche Hochmut allen respektablen Gesindels auf der ganzen Welt darzustellen schien, als Sandberg mich beim Arm ergriff und freundlich zu mir sagte: »Kommen Sie, Efraim, gehen Sie jetzt!« Ich kam wieder zu mir und ging, und als ich die Türe erreichte, war Anna neben mir und schob ihren Arm unter den meinen, wobei sie mir nicht etwa gefühlvolles Verständnis bezeugte, sondern eher Spott. Sie sah mich an und sagte: »Sie haben wohl nicht mehr alle Tassen im Schrank!« Erst dann gingen wir hinaus und suchten unsere Mäntel.

Draußen, auf der nur von wenigen Lampen erhellten und stillen Grunewaldstraße, habe ich Anna gefragt, ob es sich bei der Redensart *bis zur Vergasung* wirklich und wahrhaftig um eine heute in Deutschland gebräuchliche Formel handle. »Um eine in Westdeutschland gebräuchliche«, erwiderte sie, fügte aber dann, als wolle sie *die Leute hier* entschuldigen, hinzu: »Die Leute hier haben eben kein politisches Bewußtsein.« Ich bemerkte, daß man kein kompliziertes politisches, sondern ein einfaches moralisches Bewußtsein brauche, um gewisse Wörter zu vermeiden, aber sie ließ meinen Einwand nicht gelten. »Die Moral steht in einem dialektischen Zusammenhang mit der Politik«, sagte sie in belehrendem Ton. Anna gebraucht Vokabeln wie *politisches Bewußtsein* oder *dialektischer Zusammenhang* ganz selbstverständlich, sie wirken bei ihr nicht wie eingelernt, obwohl sie ihr natürlich irgendwann einmal eingelernt worden sind. Ich begriff, warum Sandberg sich bei dem Gedanken an ein mögliches Interview der Anna Krystek an meine Unterredungen mit jungen asiatischen Marxisten in Indochina erinnert hatte, die als blasse und stählerne Geister aus dem Dschungel des Regenwaldes auftauchten und wieder verschwanden. In einem Französisch, dessen Laute sich nur eben in dem Raum zwischen ihren Zähnen und ihren Lippen zu bilden schienen, sprachen sie ungefähr dasselbe wie Anna Krystek in Berlin in ihrem sorgfältigen Deutsch der Bühnenhochsprache, in dessen Fluß nur ganz ferne Erinnerungen an das Deutsch von Neukölln trieben. Wir stritten uns intensiv ein ganzes Stück dunklen Grunewalds hindurch und die schon besser beleuchtete und von Autos befahrene Königsallee entlang über Politik und Moral.

»Jedenfalls«, sagte ich, um das Gespräch abzuschließen, weil wir den S-Bahnhof Halensee betraten, »denkt der Mann, den ich geschlagen habe, jetzt zum erstenmal über den Gebrauch eines Wortes nach.«

»Unsinn!« Annas Gesicht wirkte hart in der kalten Beleuchtung des Schalterraums. »Es gibt jetzt nur einen Antisemiten mehr auf der Welt.«

»Na schön«, sagte ich, »auf einen mehr oder weniger kommt es schon nicht mehr an.« Ich spürte, daß Anna mich in diesem Augenblick nicht mochte. Ich hatte jemanden geschlagen, bedauerte mich aber nun selbst. Um sie versöhnlich zu stimmen, nicht aus wirklichem Interesse, fragte ich: »Was schlagen Sie denn vor?«

»Aufklärung«, sagte sie, noch immer zornig, und dann, in ihre Rechthaberei zurückfallend: »Aufklärung und Gesetze!«

»Vielleicht sollten Sie Lehrerin werden«, sagte ich. »Lehrerin, nicht Schauspielerin.«

Sie nahm mir die Bemerkung nicht krumm, schien sogar einen Moment betroffen zu sein. Von den jungen asiatischen Marxisten, die ich kennengelernt hatte, unterschied sie sich insofern, als sie nichts dagegen hatte, daß unser Gespräch eine persönliche Färbung annahm. Außerdem wurden wir uns auf einmal dessen bewußt, daß wir unsere Situation zu klären hatten: wir waren durch ein Stück kühler Dunkelheit, an erleuchteten oder schlafenden Villen vorbei, über denen Kiefernkronen gerauscht hatten, auf einen Bahnhof zugegangen.

Ich stellte mich vor. »Mein Name ist George Efraim«, sagte ich. Frauen fällt es immer schwer, sich selber vorzustellen. Irgendeine uralte Regel hindert sie, ihren Namen auszusprechen. Er muß vermittelt werden. Ich nahm ihr die Peinlichkeit ab, indem ich erzählte, daß ich Sandberg über sie ausgefragt hatte. »Ich weiß alles über Sie, Fräulein Krystek«, sagte ich, halb scherzhaft, halb im Ernst. Sie sollte wissen, daß ich wußte, was man über sie redete. Ihr grünsilbernes Kleid war unter einem Mantel aus grauem Wollstoff verschwunden, der zwei Knopfreihen trug. Ein breiter Kragen mit zwei spitzen Ecken schloß ihn oben ab. Der Mantel machte ihren blassen Kopf unter den aschblonden Haaren, von denen sich Strähnen gelöst hatten, noch magerer, er machte Anna zu einer Schülerin, die mich aufmerksam ansah, als wolle sie etwas von meinen Lippen ablesen. Damit sie ebenso viel über mich wußte, wie ich über sie, erzählte ich ihr, daß ich aus Berlin sei undsoweiter. Es dauerte nicht länger als das Geräusch eines Zuges, der unter unseren Füßen in den Bahnhof einfuhr, hielt und wieder abfuhr.

»Ich hole meinen Freund ab«, sagte Anna, »wollen Sie mitkommen? Er spielt in einem Jazzkeller in Moabit Klavier.«

Ich nickte. Es war ungefähr zehn Uhr, ich wollte noch nicht ins Hotel zurück, und Anna hatte ihre Aufforderung so vorgebracht, daß es mir nicht ungewöhnlich erschien, mit ihr zusammen ihren Freund abzuholen. Ich mußte mich darauf besinnen, wo Moabit lag. Irgendwo nördlich des Tiergartens. Anna löste die Fahrkarten. Als wir auf dem Bahnsteig standen, lief ein Zug mit dem Schild *Wannsee* ein und erinnerte mich daran, daß ich immer noch nicht mein Elternhaus aufgesucht hatte, obwohl ich doch heute nachmittag im Potsdamer Forst spazierengegangen und bis zur Pfaueninsel vorgedrungen war. Aber dann hatte ich doch die Bismarckstraße vermieden und war stattdessen bis nach Kohlhasenbrück gegangen, wo ich ein Taxi gefunden hatte, das mich in die Stadt zurückbrachte. Ich nahm mir vor, morgen endlich in die Bismarckstraße zu gehen. Jetzt fuhr ich mit Anna in entgegengesetzter Richtung, nach Norden. In Westkreuz mußten wir umsteigen. Wir sprachen wenig miteinander. Ich erblickte die Synagoge in der Fasanenstraße, dann, von dem Bogen der Stadtbahngleise aus, die Rückseite meines Hotels, in der sich das Fenster befinden mußte, von dem aus ich am Morgen die Züge sah, die, den Gleisbogen ausfahrend, in der Halle des Bahnhofs Zoo verschwanden. Wir brauchten im Bahnhof Zoo nicht umzusteigen; der Zug, in dem wir saßen, fuhr bis Friedrichstraße. Ich erinnerte mich an Fahrten, die ich als Junge auf dieser Strecke unternommen hatte. Noch immer stand, ehe der Zug über den Landwehrkanal fuhr, ein Dromedar im Licht einer Straßenlaterne, noch immer lag neben der Schleuse ein rotes Boot. Die nächtliche Weite des Tiergartens, an dessen Horizont die Lichter der Stadt einen unruhigen Glanz verstreuten. Es tauchten dann zur Rechten die Türme von Hochhäusern auf, von riesigen Wohnmaschinen, die sich mit Hunderten von beleuchteten Fenstern illuminierten. Sie waren mir schon am Freitag vormittag aufgefallen, als ich auf der gleichen Strecke nach Ostberlin gefahren war, um mir ein Billett für eine Theatervorstellung zu kaufen, aber in der Nacht hatten sie sich entmaterialisiert, waren zu seriellen Anordnungen einer Summe von Lichtern geworden. Anna gab mir keine Erklärung für das Auftauchen dieses statistischen Lichtgitters aus der Metaphysik des Tiergartens; ich vermute, daß ihr der Anblick dieser neuen, weiträumigen, westlich-prosperierenden Stadt mit ihren Kirchen und Kinos ärgerlich war. Ist sie doch eine Fanatikerin, wie Sandberg behauptet? Wir stiegen an der Station Bellevue aus. Ich sah das Schloß in seinem Garten liegen, man strahlte es an, und gleich neben dem Bahnhof erhoben sich zwei der schönen Wohntürme glitzernd in die blaudunkle Nacht. Aber Anna schenkte ihnen und dem Schloß keinen Blick, sondern blieb stehen und sah dem Zug nach, in dem wir gesessen hatten.

»An der nächsten Station ist er schon drüben«, sagte sie.

Helmut Heissenbüttel
Deutschland 1944

hängt ihr am Leben sie geben es brünstig für Höheres niemand zwang sie dazu denn ihres Herzens Schlag ihrer Seele Gebot hängt ihr am Leben sie geben es brünstig für Höheres niemand zwang sie dazu denn ihres Herzens Schlag ihrer Seele Gebot die lange Dauer des Krieges hat zu einer allgemeinen Lockerung der strengen Auffassung über die Verwerflichkeit der zusätzlichen Versorgung der Volksgenossen geführt Blut du lauf um nun verjüngt durch immer blühendere Leiber süß ist des Leibes Musik Worte sind Mosaik das heißt daß zwischen ihnen sich Risse ziehen diese sind logisch gesehen Lücken man muß diese gemeinsten Kreaturen die jemals den Soldatenrock der Geschichte getragen haben dieses Gesindel das sich aus der einstigen Zeit herübergerettet hat abstoßen und austreiben ich stand teils am Fenster teils auf der Wiese um mir bald

diesen bald jenen Eindruck einzuprägen wie jemand der mit einer großen Reihe von Aufnahmen beschäftigt ist vielleicht daß einer spät wenn all dies lang vorbei das Schreckliche versteht die Folter und den Schrei die Front ruft in diesen Wochen nur nach Nachschub und Waffen und das Volk will das Letzte an die Front bringen um die Drohung von unseren Grenzen abzuwenden sehr bemerkenswert ist die starke Zunahme des Interesses an allen möglichen Prophezeiungen über das weitere Kriegsgeschehen Hellseher Astrologen Zigeunerinnen sowie Zahlen- und Buchstabenkabbalistik finden neuerdings wieder besonders große Verbreitung Blut du lauf um nun verjüngt durch immer blühendere Leiber süß ist des Leibes Musik Geschlechtsverkehr bei der Leibstandarte mit andersrassigen Frauen sei sehr häufig das käme schon dadurch daß die

Nachschubinformationen und ähnliche Verbände viele weibliche andersrassige Hilfskräfte hätten und es hätte sich vielfach fast die Einrichtung eines Kebsweibes herausgebildet dabei werde das Problem auch im Zusammenhang mit dem Problem des § 175 gesehen sie hörte wie der Todesschweiß plätscherte die lange Dauer des Krieges hat zu einer allgemeinen Lockerung der strengen Auffassung über die Verwerflichkeit der zusätzlichen Versorgung der Volksgenossen geführt es ist ja immer ergreifend gerade bei einfachen Menschen diesem Vertrauen zu begegnen und diese Waffe müssen wir blank erhalten wie keine andere wir können es nicht dadurch erreichen daß wir möglichst lange versuchen den Leuten Sand in die Augen zu streuen sie mit Ausreden und Beschwichtigungen hinzuhalten wenn sie uns fragen mit Ausreden die wir

selbst nicht glauben wir pflanzen Korn und Lilien in die Asche und Efeu in den Schatten unsrer Schwerter wir sammeln Märzgewölk ob alten Brachen wie ich das alles so hinschreibe erfaßt mich wieder dermaßen die Ungeheuerlichkeit dieser Dinge daß ich meine ich müsse aus einem bösen Traum erwachen es trat an uns die Frage heran wie ist es mit den Frauen und Kindern ich habe mich entschlossen auch hier eine ganz klare Lösung zu finden ich hielt mich nämlich nicht für berechtigt die Männer auszurotten sprich also umzubringen oder umbringen zu lassen und die Rächer in Gestalt der Kinder für unsere Söhne und Enkel groß werden zu lassen es mußte der schwere Entschluß gefaßt werden dieses Volk von der Erde verschwinden zu lassen ich stand teils am Fenster teils auf der Wiese um mir bald diesen bald jenen Eindruck einzuprägen wie

jemand der mit einer großen Reihe von Aufnahmen beschäftigt ist dabei wäre beim Reichswirtschaftsministerium darauf hinzuweisen daß bis heute doch enorme Mengen an Lumpen von den nicht brauchbaren Zivilsachen aus den einzelnen Aktionen in Auschwitz und anderen Lagern zur Ablieferung gelangten und noch weiterhin zur Ablieferung kommen wir dürfen diesen Menschen auch nicht die geringste Andeutung machen und das kann man andernfalls nicht vermeiden in diesem Sauladen sie hörte wie der Todesschweiß plätscherte die Bevölkerung schwankt zwischen der bangen Sorge daß Schlimmes bevorsteht und der stillen Hoffnung daß sich plötzlich alles zu unsern Gunsten ändert man muß diese gemeinsten Kreaturen die jemals den Soldatenrock der Geschichte getragen haben dieses Gesindel das sich aus der einstigen Zeit herübergerettet hat abstoßen und austreiben sehr bemerkenswert ist die starke Zunahme des Interesses an allen möglichen Prophezeiungen über das weitere Kriegsgeschehen Hellseher Astrologen Zigeunerinnen sowie Zahlen- und Buchstabenkabbalistik finden neuerdings wieder besonders große Verbreitung vielleicht daß einer spät wenn all dies lang vorbei das Schreckliche versteht die Folter und den Schrei hängt ihr am Leben sie geben es brünstig für Höheres niemand zwang sie dazu denn ihres Herzens Schlag ihrer Seele Gebot hier kämpft die Nation um ihr Leben und wie das Leben des

Einzelnen vom Ausgang dieses Krieges in seinem Sein oder nicht Sein abhängt so muß er auch mit allen seinen Kräften für diesen Kampf zum Einsatz gebracht werden wir werden uns schlagen wenn nötig sogar am Rhein das ist völlig gleichgültig wir werden

unter allen Umständen diesen Kampf so lange führen bis wie Friedrich der Große gesagt hat einer unserer verfluchten Gegner müde wird weiterzukämpfen wir werden uns schlagen wenn nötig sogar am Rhein das ist völlig gleichgültig wir werden unter allen Umständen diesen Kampf so lange führen bis wie Friedrich der Große gesagt hat einer unserer verfluchten Gegner müde wird weiterzukämpfen denn wenn wir diese Bänder einmal lösen würden dann würde davon seien Sie überzeugt in einer Generation und in kurzer Zeit alles in seine alte Bedeutungslosigkeit zurücksinken vielleicht daß einer spät wenn all dies lang vorbei das Schreckliche versteht die Folter und den Schrei die Chefs der Einsatzgruppen entscheiden über die Exekutionsvorschläge in eigener Verantwortlichkeit und erteilen den Sonderkommandos entsprechende Weisungen man

darf die Dinge nicht unter kleinen ichbezogenen Gesichtspunkten betrachten sondern muß das Gesamtgermanentum ins Auge fassen das ja auch sein Karma hat Blut du lauf um nun verjüngt durch immer blühendere Leiber süß ist des Leibes Musik Gespräche auch darüber wie lange Zeit der Deutsche sich diese Schießbudenfigur vom Halse zu schaffen noch brauchen wird zur Erd gesenkt den Schild und zerhaun das Schwert nackt die lange Dauer des Krieges hat zu einer allgemeinen Lockerung der strengen Auffassung über die Verwerflichkeit der zusätzlichen Versorgung der Volksgenossen geführt zwanzigster Juli 1944 in der Normandie setzte der Feind seine Angriffe im Raum östlich und südöstlich Caen mit starker Panzerartillerie- und Fliegerunterstützung während des ganzen

Tages fort ohne daß ihm der erstrebte Durchbruch gelang nach erbitterten Kämpfen die den ganzen Tag hindurch in St. Lo tobten wurden die Trümmer der Stadt aufgegeben feindliche Vorstöße aus der Stadt heraus nach Süden sowie starke örtliche Angriffe der Nordamerikaner weiter nordwestlich brachen verlustreich zusammen das Vergeltungsfeuer auf London dauerte die ganze Nacht über an nordamerikanische Bomberverbände führten von Westen und Süden Terrorangriffe gegen West- Südwest- und Süddeutschland vor allem in den Wohnbezirken der Städte München Koblenz

Schweinfurt und Saarbrücken entstanden Schäden die Bevölkerung hatte Verluste dabei wurden durch Luftverteidigungskräfte 61 Flugzeuge zum Absturz gebracht Charons schwarzer Nachen kann nicht nach dem andern Ufer finden ohne daß die lichten Horen hier ein Rosensträußchen winden sie hörte wie der Todesschweiß plätscherte

es trat an uns die Frage heran wie ist es mit den Frauen und Kindern ich habe mich entschlossen auch hier eine ganz klare Antwort zu finden ich hielt mich nämlich nicht für berechtigt die Männer auszurotten sprich also umzubringen oder umbringen zu lassen und die Rächer in Gestalt der Kinder für unsere Söhne und Enkel groß werden zu lassen es mußte der schwere Entschluß gefaßt werden dieses Volk von der Erde verschwinden zu lassen um zunächst innerhalb der deutschen Volksgemeinschaft jeder guten Anlage in jedem Volksgenossen die ungehemmte Entfaltung und jeglicher Leistung ihren vollen Lohn zu sichern denn am Ende könne nur auf diese Weise der Bolschewismus und Kommunismus überwunden werden und das erhalten werden wovon das Abendland abhänge nämlich der Einzelne als Persönlichkeit und wenn sich diese Bänder einmal lösen

würden dann würde davon seien Sie überzeugt in einer Generation und in kurzer Zeit alles in seine alte Bedeutungslosigkeit zurücksinken manche Leute bieten Gebet wenige Essen sehr wenige Unterkunft es ist gut für mich in der Stadt zu sein die am meisten aus der Luft angegriffen wird gestern nacht zweimal ich schlief sowieso nicht sondern dachte wie jetzt oft darüber nach wie es zu allem kam hoffe es einmal zu beschreiben man darf die Dinge nicht unter kleinen ich bezogenen Gesichtspunkten betrachten sondern muß das Gesamtgermanentum ins Auge fassen das ja auch sein Karma hat das Uranatom dessen Aufspaltung den Physikern gelang läßt die Möglichkeit ins Auge fassen durch fortgesetztes Aufprallen von Neutronen auf Uranatome in sich multiplizierenden Wirkungen soviel Energien frei zu machen daß die Planeten in Katastrophen verwickelt werden kön-

nen wir pflanzen Korn und Lilien in die Asche und Efeu in den Schatten unsrer Schwerter wir sammeln Märzgewölk ob alten Brachen manche Leute bieten Gebet wenige Essen und sehr wenige Unterkunft es ist gut für mich in der Stadt zu sein die am meisten aus der Luft angegriffen wird gestern nacht zweimal ich schlief sowieso nicht sondern dachte wie jetzt oft darüber nach wie es zu allem kam hoffe es einmal zu beschreiben es trat an uns die Frage heran wie ist es mit den Frauen und Kindern ich habe mich entschlossen auch hier eine ganz klare Lösung zu finden ich hielt mich nämlich nicht für berechtigt die Männer auszurotten sprich also umzubringen oder umbringen zu lassen und die Rächer in Gestalt der Kinder für unsere Söhne und Enkel groß werden zu lassen es mußte der schwere Entschluß gefaßt werden dieses Volk von der Erde verschwinden zu lassen

sie hörte wie der Todesschweiß plätscherte das Uranatom dessen Aufspaltung den Physikern gelang läßt die Möglichkeit ins Auge fassen durch fortgesetztes Aufprallen von Neutronen auf Uranatome in sich multiplizierenden Wirkungen soviel Energien freizumachen daß die Planeten in Katastrophen verwickelt werden können es trat an uns die Frage heran wie ist es mit den Frauen und Kindern ich habe mich entschlossen auch hier eine klare Lösung zu finden ich hielt mich nämlich nicht für berechtigt die Männer auszurotten sprich also umzubringen oder umbringen zu lassen und die Rächer in Gestalt der Kinder für unsere Söhne und Enkel groß werden zu lassen es mußte der schwere Entschluß gefaßt werden dieses Volk von der Erde verschwinden zu lassen sie hörte wie der Todesschweiß plätscherte sie hörte wie der Todesschweiß plätscherte

HEINZ CZECHOWSKI
Auf eine im Feuer versunkene Stadt

1

Ich kann nichts lernen von einigen Dichtern,
Auch nichts von dir, der du vom Feuer sprichst
Wie vom Fernsehn, Mensch unterm Himmel,
Gnadenlos nächtlich beschienen, und Pappeln, gekrümmt
Von rasenden Winden.

Zwischen den Hängen: Geplärr.
In den Wäldern: Ergüsse
Des Frühlings. Soviel Grün!
Und Haut! Und die Luft voll
Von dem Geschmetter der Vögel und Küsse!

Zwischen den Kurven der Mordgrund, da
Bin ich gezeugt: wo ein Beamter erlag,
Und eine Frau wusch noch in nächtlicher Stunde
Die Wäsche; da war sie Beamtin.

Da war die Stadt schon den Feuern geweiht.

Keine Wiege. Kein Lied.
Goebbels' Empfänger, auf Zimmerlautstärke gestellt,
Schrie. Und hinein gings
Ins fröhliche Leben, in
Diese Stadt.

Maskenzüge, die Lidränder streifend,
Kaum Pauken, nur Trommeln,
Hinab in den Keller, atmen
Den Modergeruch der eigenen
Verwesung.

2
Dann dröhnten die Pauken über
Dem nächtlichen Himmel. Da fielen
Phosphor, Thermit.
Da blieb nicht viel von der Stadt.
Da floß nicht Wein
Auf Europens Terrasse.
Da wurden nie schneller
Gräber gegraben.
Da krampften sich Nägel wie nie
In die härtesten Steine.
Da wurden Menschen wie nie
Von klassisch behauenen Steinen erschlagen.

Und wo jetzt die sanften Reptilien der Flüsse
Plätschern und weiß ist die Stadt
Mit ihren Häusern
Und ihren guten Vergessern,
Laufen die Hänge hinab
Die Töchter verdienter Erfinder.

Manchmal,
Ich gebe es zu,
Steht es nicht gut um mich:
Die Stadt seh ich im Feuer, aber
Die Zukunft kommt mir entgegen,
Sicher berechnet,

Doch die Zeit,
Der wir entronnen sind,
Weint.

Heinz Piontek
Die mittleren Jahre

Dreiundzwanzigstes Kapitel

Sie hatten nicht überlebt. Die Steine wußten es. Und ich dachte manchmal, nun wäre es Zeit, und weil uns niemand ins Gewissen redete, würden es jetzt die Steine tun. Auch sie schwiegen. Aber etwas war in mir erwacht, das sich nicht länger beruhigen ließ, darauf bestand, daß ich meine Phantasie zur Hilfe nähme. Da stellte ich sie mir endlich vor, die Medizinstudenten, in Litewken von Feldwebeln, wie sie einen Winter lang die verdunkelte Stadt durchquerten, und einige von ihnen trugen noch die bis zu den Knöcheln reichenden Fuhrmannsmäntel von der Winterfront, von der man sie alle zurückkommandiert hatte, im letzten Moment.

Ich kam immer wieder auf einen, den ich Schmorell nannte, und versuchte zu denken, was er gedacht hatte, zum Beispiel den Satz: *Wir sind euer böses Gewissen.* In meinem Kopf funkelte auf die Erde geworfener Schnee, ich hörte die Flak schießen. Wenn ich mich richtig entsann, erhielt damals ein studierender Soldat monatlich zweihundert Mark sowie Kunsthonig und Kommißbrot unentgeltlich. Warum blickte Schmorell mit so großer Gier auf die Schneekristalle? Im nächsten Augenblick konnte Scholl, der nie gern vom Konkreten abwich, ein weißes Blatt in die Höhe heben und allen Ernstes behaupten, es sei besser als jedes bedruckte.

Der unbeschriebene Schnee. Ich begann zu ahnen, daß er für sie das Gegenteil der Unwahrheit war, gegen die sie sich erhoben hatten. Es war ihr Problem, daß sie die Wahrheit nicht ohne Makel verwirklichen konnten, weiß auf weiß. Schmorell, der lieber Philosophie studiert hätte, zog sich in Zivil um, doch als er das von Kriegsseife verdorbene Hemd überstreifte, mußte er von neuem an das reine Gegenteil denken. Die Not herrschte vor, und Wörter waren Notbehelf. Das war ein Problem von Anfang an.

Stalingrad gefallen, dachte ich, mitten im Fasching. Wo trafen sie sich nach dem Dunkelwerden, Schmorell und die anderen? Ich erfand mehrere Möglichkeiten: ein Atelier, eine Gelehrtenwohnung, hohe alte Räume gegenüber dem Englischen Garten, eine Mansarde. Schmorell stopfte seine Pfeife und lauschte. Der Professor, der Volkslieder sammelte, formulierte mit seinem kleinen, etwas schiefen Mund Sätze, die wie Pfeile in den Brustkorb einschlugen. Es kam jetzt auf die Bestätigung durch Handeln an. Die ersten Flugblätter, noch vor ihrer Verlegung nach Rußland abgefaßt, hatten sie unter der Hand an Gleichgesinnte verteilt. Jetzt war die Zeit gekommen, bis zum Äußersten zu gehen. Sie kamen wieder auf das alte Problem, wieweit sie im Besitz der Wahrheit seien. Schmorell sagte, er glaube fest, daß sich ihr Handeln an den Resultaten erweisen werde. Der Professor dachte sich neue Sätze aus, die Stirn geneigt. *Kein Mensch weiß mehr von der Wahrheit, als er von der Wahrheit ist.* Scholl drängte darauf, daß sie die Metapher von der Weißen Rose aufgeben sollten, statt dessen hart, unmißverständlich: Blätter der Widerstandsbewegung. Alle stimmten zu. Seine zierliche Schwester, in einer Schafwolljacke wie von einem Holzfäller, warf die langen Haare zurück und sagte, daß sie sich *in einem noch unbekannten Sinn zu bewähren* hätten.

Ihr Leben: mein Hirngespinst! Die Luft, die sie geatmet hatten, erzitterte wieder von Sirenen und Metallen, ich sah die Zeitungen voller Todesanzeigen mit Eisernen Kreuzen, sah bis zum Umfallen arbeitende Frauen und Kriegsgefangene in der Autofabrik, wo Panzer hergestellt wurden, die Bottiche mit Kohlsuppe, die Sammelbüchsen, das Schöne vor Angriffen verhüllt. Aus ihrem und meinem Gedächtnis erhoben sich wie aus Schneewehen die Polen, die Russen, die Wesen mit gelben Sternen an Stelle von Gesichtern. Mit Blut beschriebener Schnee. Aber jetzt rüttelte schon der Tauwind an den Traufen. In einem Hotelkeller grölten die schönsten Goldfasane der Partei, daß man es bis auf die Straße hören konnte. Für den Münchner Fasching, dachte ich, komponierte Mozart den *Idomeneo*. Vom Wind, von den blutigen Bildern wachte Schmorell auf. Er vernahm das Grölen. Es war kein Leben.

So ließen sie nicht ab von mir, suchten mich heim. Geister meiner Generation. Wenn sie beisammen waren, teilten sie christlich eine Handvoll Tabak unter sich auf. Es war ein Fest für sie, wenn jeder eine halbe Tasse Bohnenkaffee erhielt. Wurde Alarm gegeben, ging niemand von ihnen in den Keller. Sie löschten nur für alle Fälle das Licht und flüsterten. Manchmal kam eine eigentümliche todesmutige Leichtigkeit auf.

Bei Tag aber war es schwer, an Wörtern und Sätzen festzuhalten. Im Hörsaal. Im Reservelazarett. Famulanten waren sie, die verschiedene Formen von Amputationen zu betrachten hatten. Einmal einen Fall ohne Arme und Beine, sie sollten Fragen stellen, der Verstümmelte mischte sich ein, mit einem Witz, es war greulicher, als wenn er gewimmert hätte. Appelle, Schulung, eine Kundgebung mit dem Gauleiter, Scholl, Probst, Graf, Schmorell.

Ihre Namen waren wie Schneekristalle. Niemand durfte es wagen, sich auf sie zu berufen. Namen wie Eis, rein, scharfkantig. Ich phantasierte von jenem Winter. Auf den Bergen stäubte lautlos der Schnee von Ästen und Federn. Der Wind war umgesprungen, Dörfer ausgestorben, sämtliche Gastwirtschaften des Tals geschlossen. Wenn jemand ein paar Tage Urlaub hatte und einsam wie Schmorell über die Berge ging, mußte er versuchen, sich in den Gehöften aufzuwärmen. Schmorell stieg und stieg. Das Gewölk, das zeitweise blaue Risse gezeigt hatte, stand jetzt fest am Himmel, der graue Wald unter ihm. Er sank oft knietief ein. Elfhundert Meter hoch war es kalt, sauber und still. Wie in seinem Zimmer zu Hause, in das er gestern kurz hineingeschaut hatte: alles kalt, sauber und still auf seinem Platz. Unterwegs zum Bahnhof waren Kinder auf Schlitten eine Böschung hinuntergeglitten, genau auf ihn zu. Aus der Bahn! Das Wort beunruhigte ihn noch immer. Er sah wieder die beiden blauen Bände im Regal vor sich, Arbeiten E. G. Winklers, der sich mit vierundzwanzig Jahren in der Leopoldstraße vergiftet hatte. Aus der Bahn. Wie Winkler schreiben können, dachte er. Nicht um das Nichts, sondern um das reine Gegenteil des Nichts ans Licht zu bringen. Was war das reine Gegenteil? Wäre sein Vater dagewesen, hätte er mit ihm darüber gesprochen, über alles. Schmorell war in Rußland geboren, und sein Vater war noch mit dem alten schweren russischen Scharfsinn in Berührung gekommen. Schurik, hatte die Stiefmutter abends gesagt. Du bist so still, Schurik.

Auch ich empfand, wie unwirklich er durch die Stille wurde, bis er sie mit lautem Denken durchbrach. Wir werden es schon erreichen, daß auch ihr euch Gedanken macht! Es fängt mit dem allerersten Zweifel an. Schmorell auf dem Jägerstieg, in vollkommen grauer, unbewegter Luft. Und ich in dieser Stadt, mit ihm verbunden durch die gleiche Sprache, die gleiche Jugend, den Wahnsinn unseres Landes. Ich phantasierte. Zeiten waren gleichzeitig. Frieden *und* Krieg. Aber Schmorell war jetzt unterwegs, er glaubte, daß sich wenigstens einige durch Anleitung zum Zweifeln aus ihrer Stumpfheit oder Furcht herausreißen lassen würden. Was konnte man darüber hinaus tun? Zwischen denen auf ihrer Seite und den anderen, die gehorchten, einen scharfen Trennungsstrich ziehen.

Ein Beil sein. Vor ihm am Hang hörten die Fußspuren plötzlich auf. Er kam zu einem Stadel, hob die Tür aus und wühlte sich ins Heu ein, schluchzend.

Ich dachte an Schmorells Stelle. Es war kein Leben. Bis seine Gedanken wieder durch meine hindurchschlugen: Nein, der Teufel ist nicht unser Richter! Was er anrichtet, sollen wir nicht wie ein Gericht über uns ergehen lassen. Es ist der Abfall. Der Bruch aller Satzungen. Darum dürfen wir uns auf das Notwehrrecht berufen. Mit unserem Recht müssen wir euch ins Unrecht setzen. Das ist nicht zu ändern. *Wir sind euer böses Gewissen.* Das werden wir bleiben. Nichts mehr von sittlicher Pflicht, Würde, Idealen, zu oft haben diese Wörter in unseren Blättern gestanden. Rein, brutal unterscheiden. Eine Hacke sein. Eine unüberbrückbare Kluft aufreißen. Das sind wir denen schuldig, die in kommenden Zeiten für das reine Gegenteil der Tyrannei einstehen werden; all denen, die lernen werden, daß noch die Luft, die wir gemeinsam atmen, eine streng politische Sache ist.

Gefoltert wurde Schmorell nicht.

Er konnte sich jedenfalls nicht erinnern. An jedem Morgen warfen fette, sehr behutsame Hände Schatten auf seine Augen. Der Häftling, der ihm Wangen und Schädel rasierte, kicherte ihm ins Ohr. Einmal wollte er mit dem dreibeinigen Schemel über jemanden herfallen, der gutmütig dastand, in der Nase bohrend. Aber er war in einem so unbeholfenen Zustand. Die Sonne fiel prall herein, er preßte sich in den Strich Schatten unterm Fenster, jeder Strahl schwächte ihn. Hatte er nicht Gott viel zu wenig geliebt? Sein Friseur steckte ihm eine Zigarette zu. Alle waren sie nett. Auch der bleiche Arzt, der ihm – nach einer Periode von Durchfällen – kein schlechtes Zeugnis ausstellte. Genau wurde seine Gesundheit überwacht. Anfangs, da war er in der Nacht schreiend hochgefahren. Die Scholls hatten es gut. Das hieß nicht, daß er sich beklagen wollte. Der Mann aus Berlin war der letzte, der ihn angebrüllt hatte. Ganz in Rot. Es bestand noch Hoffnung, denn er lebte von einem Teller Krautwasser, in dem eine schwarze Kartoffel schwamm. Er lebte. Aber jetzt war es soweit, daß er sie allesamt verraten wollte: Probst, Scholl, Graf, sogar Sophie, bloß den Professor nicht. Matt schlug er an die Tür: Für ein einziges Kommißbrot! Für ein halbes! Ein viertel! Er schlug sich die Knöchel auf. Der Wärter hieß Kurti. Nenn mich Kurti, hatte er gesagt; weiter möchte ich die Hose nicht runterlassen. Kurtis Zahnlücken gegenüber begriff er plötzlich, daß Hans und Sophie und Christoph nicht mehr am

Leben waren. Aber der Vollstreckungsbefehl, der ihn betraf, kam nicht. Aber sein Gnadengesuch war abgelehnt worden. Es war Sommer. Im Februar, wenige Tage vor seinem eigenen Prozeß, waren die drei abgeurteilt und sofort hingerichtet worden. Dazu hatte sich der Richter aus Berlin herbemüht. *Nieder mit Hitler.* Siebzigmal an die königlichen Fassaden. *Freiheit.* Er träumte von Lettern aus Schnee. Die fetten Hände mit den abgebissenen Fingernägeln rasierten ihn täglich. Kurtis Zahnlücken. Die Stadelheimer Sonne. Nicht ein einziges Mal mehr wurde er an die frische Luft geführt. Weit weg waren der Fluß, die Weinstuben, die Palais. Im Wittelsbacher Palais war er verhört worden. Er hatte geleugnet. Er hatte es zugegeben. In Salzburg soundso viele Flugblätter, in Linz, in Wien. Auch die Parolen? Er hatte versucht, andere zu decken. Ärmel mit dem Streifen SD; Hände, die ihn gegen den Aktenschrank geschleudert hatten: Was haben Sie sich dabei gedacht? Bis zuletzt blieb das Verlangen nach seiner Pfeife und die Liebe zu dem mit dem kleinen, etwas schiefen Mund, der mit ihm verurteilt worden war. Mein Lehrer, nannte er ihn jetzt. Ihn selber rief kein Mensch hier Schurik. Die Hitze, das Krautwasser, das hatte Methode. Er war so elend müde. So apathisch. Im Morgengrauen, hieß es, kämen sie auf Socken, die Schuhe in der Hand, manchmal unter ihnen ein General, je nachdem, schlichen vor die Zellentür, rissen sie auf und fielen über den her, der nun an der Reihe war. Man mußte nach der Vorschrift barfuß, an den Knöcheln gefesselt, in den gefliesten Raum, bis zum Gerüst des Fallbeils mit der zentnerschweren Eisenschneide. Die Frauen in einem Kittel, der um den Hals kreisrund ausgeschnitten war. So verwegen wie Sophie hatte er sich nicht verteidigt, wenn er doch wie sie sterben würde! Kurti hatte durch seine Zahnlücken von Sophie erzählt. Auch der Pfarrer.

Aber es war schwierig, fremden Gedankengängen zu folgen. Plötzlich schlug sein Herz rasend, es wollte sich umbringen. Er war sechsundzwanzig, plötzlich ging es wieder normal. Er glaubte daran, daß in den kommenden Zeiten die jungen Leute Gott danken würden. Münchens Steine wieder rein, die Glocken frei und zwischen Steinen und Glocken ein neuer Frieden, auf russisch, aber mit vielen einheimischen Zithern. Seine früheren Gedanken konnte er sich nicht mehr ins Gedächtnis rufen. Er träumte oft von Schnee. Wer das überlebte, für den würde die Zeit anbrechen mit einem Schrei. Christóss wosskrjéss! Daran hielt er fest. Er wurde aber immer apathischer, eine Fliege saß auf seinem Mund. Sie würde ihn überleben. Zwanzig Jahre später wagte ich nicht, mir Schmorells Ende vorzustellen.

GÜNTER KUNERT
Bedauerlicher Hitler

1
Bedauerlicher Hitler,
gejagt von Plänen ohne Maß,
zu Fuß dabei in seinem Reich von Front zu Front,
zu den Armeen,
die kaum verlassen, schon gefallen sind.

2
Autobahnen Panzerwagen Bomben sogar
schafft er selber, indem er dort Zement aufschüttet,
da eine Panzerplatte walzt und hier
den Sprengstoff einwiegt, wobei
ihn höchstens eine Tasse Brühe stärkt.

3
Auch ständig ohne Schlaf, denn die Gemälde
und Gedichte, die ihn als ihn feiern,
fertigt er zu später Nachtstund
einsam selber.

4
In den Menschenschlächtereien
krepierte keiner, würfe nicht er
mit eigner Hand das Todesgas auf jene, die seiner
erbarmungslos geharrt.
Während er die Leichen, Millionen um Millionen Stück,
vor die Verbrennungsöfen schleppt, bleibt
ihm kaum Rast
von dem belegten Brötchen abzubeißen, das,
halbvertrocknet, er bei sich führt,
der Führer.

5
O trübes Schicksal des gewalttätig Gewaltigen,
daß er alles, was er tat, allein getan, schlachten
seinen Leichnam aus
Wurm und Plutarch junior, Platz zu schaffen
für und für
immer wieder neue alte selbe gleiche:
Kopien ohne Original.

Bernd Jentzsch
Führender Kopf

1
Für die Dauer eines Referats, zehn Minuten
Zufuß aus nationalisierter Wohnung und pünktlich
Wie sein Magenleiden: im Arbeitszimmer
Der kleine, anfangs
Unbewachte Leib.

2
Die gekalkten Wände: Vier Briefe
In aller Form und Frühe. Der erste
Brennend: Eisen-
Bahnschwellen sind und ab sofort kein Holz
Für beispielsweise eiserne Öfen. Der zweite
Tierlieb an sechshundert Schützen
Lettischer Herkunft: Die Heerzunft des Kreml
Vergeude für zwar geräuschvolle Krähen
Keine Patronen, die zweifelsohne
Bestimmt sind für
Menschen, wenigstens
Für gewisse Fälle.
Unleserliches, mitgeteilt an Malkow,
Der dritte. Der vierte
Gespickt mit scharfer Wendung, denkbar wäre
Ein Dekret: Milch für die Kinder.

3
Vor Augen ein gutes Sechstel Welt, um ihn zwei Dutzend Leute, ferner der historisch bedeutsame Rest, das beste, siebenstellig im Land auf Achse.

Rolf Haufs
Landposten in Kohlhasenbrück

In Ihrem Gesicht mein Herr
Vergangenheit
Die roten Ohren Ihres Hundes
Bewachen ein schönes Land

Sie zählen die Schritte
Halt und nicht weiter
Eine andere Sprache versteht man hier nicht

Steh ich auf Ihrer Liste
Im Jackett mein Herr
Halts Maul

Über der schwarzen Havel
Gehorchen auch die Wälder.

HELGA M. NOVAK
Oktobersturm 1965

das Manöver fand im Oktober statt
zwischen Ilm und windigen Hügeln
eine tausendfüßige Herde
zertrat ein Tal
unter glatten Haufen lag Gras das kein Tau mehr aufstellt
über den Winter kein Schnee einweckt
was die eisernen Raupen zerhackten
die Fallschirmjäger aufscharrten
die Pioniere mit Spaten umgruben
klaffte frostig
unter den gelben Haaren der Weiden im Herbst

Russen Polen Deutsche Tschechen
der ganze Warschauer Pakt stürzte aus blechernen Engeln
und demonstrierte im eigenen Sand
den abends verdreckten erschöpften strahlenden Sieger

im kalten kunstledernen Mantel mit Schnallen und Wetterpasse
im Filzhut und mit dem Feldstecher überm Bauch
tauchte der Landesvater bei einem Hügel auf und lobte
und prüfte wie Pulver und Pilze aus fliegender Erde riechen
und sagte: ein Hoch auf den Frieden
aber was bejubelt die Manöverherde
freut sie das Waffenhandwerk
– gewetzte Klingen lachen gerne und fordern den Gegner heraus –

der da als Zaungast herumsteht und zweifelt
der Feige der Faule der Schlappe der Pazifist
der sich im Ernstfall die Kastanien
aus dem Feuer holen läßt
den machen wir mundtot
wir die roten Volksarmisten die manövererprobten
wie heißt es im achten Gebot des sozialistischen Menschen:
DU SOLLST deine Kinder zu charakterfesten
und körperlich gestählten Menschen erziehen

– reich mir den Bulgarwein das thrakische Blut
reich mir das Mädchen aus der Blumenstadt Erfurt
reich mir die Thüringer Klöße mit dem Wildschwein her –

– dein Glas Kamerad Zivilist
na was tut denn Abel
gegen den anrückenden Kain der die Bombe zückt –
– ich weiß es nicht
ich bin jeder Front schlechtester Bruder
aber rüstet er in der Zeit so stirbt er in der Not auch –
– ein Hoch Kamerad auf den Frieden –

GEORG MAURER
Gewitter am Abend

Wasserfälle aus Licht
durch Raster der Jalousien!
In die Poren bohrt sich die elektrische Luft.
Der Messerschnitt durch den Himmel.
Zur Hälfte ist das blaue Feld noch heiter.
Verständigt sind die Vögel – und die Nacht fällt.
Unheimliche Quinten der stillen Blitze.
Wie der Finger eines wahnsinnigen Musikers,
der die gleichen Töne nicht mehr erschöpfen wird,
schlagen sie gegen mein Auge.
Mein Kehlkopf ersetzt die stillen Vögel
schrill wie aus rätselvollem Schilf.
Dann jagt der Regen durch die Gassen.
Die Pflastersteine werfen ihn weiß in die Höhe.
Und der Donner rollt vom Walmdach breit in die Schlucht.

Ich werf mich aus. Geschichtsblätter
taumeln durch mein Zimmer. Aktualitäten
rasen hindurch, von ihrem Grund gelöst.
Und immer die Blitze, die die Nacht öffnen.

Kito Lorenc
Die Struga

Gekrümmt in den Dämmerbogen des Viadukts
stand ich. Der Zug – wollüstig Schauer
Furcht, dröhnend den Rücken entlang:
Wenn es zusammenbräche.
Unter mir Schattenzug der Fische,
Molchspur im Grundschlamm.
Kindheit, Molch, bunter Stein überflossen –
heb ihn ans Licht, wie er bleicht.
Struga, ich bin durchflossen, ruhlos
dein heller Strom Blut in der offenen
Ader der Landschaft, es jagt ihn
mein Herzschlag. Zuckt nicht Erinnerung
noch: Forellensprung, hoch
geschnellt über die Wiesen, ein Ziehen
noch streicht um die Hüften: Schwärme der Weißfische
von Weißwasser her, und ein Leuchten abgründig
ist unterm Lid uns beschlossen
wie von Sternbildern der Dörfer –
Milchstraße durch die Heunächte: Struga.
Aus läutendem Birkentor, eh die Sonne
dreimal hochsprang am Ostermorgen,
stumm und steif zu dir
kamen die Mädchen, in blaue Krüge
schöpfend Jugend und Schönheit:
Nur schweigt, dreht euch nicht um.

Ach schweigen können wir nicht,
grell im Licht, wir rasen über die Brücke,
zurück gegen den johlenden Zugwind
blicken wir furchtlos: was
brach zusammen – die Struga, da
fließt sie, ein Abwasser, trüb.

Blind brennt die Augen uns Spülicht
der Kohlenwäsche. Das neue Bett – klaffend
Hieb von rostiger Klinge
durchs grindige Brachland, Bißspur
der Bagger rings in der welken Haut
noch des Abraums. Struga, wässernde Strieme
im räudigen Fell der Landschaft,
und Kindheit, wo bist du uns, schimmelnder Stein
im Modder – einfallen die Enten, da
sind sie geölt … O Heimat, dreckiges
Schlaraffenland – ich könnt
davonlaufen wie die Lutken, die Zwerge, einst
vor den Glocken, entfliehn wie die Fische
der übelriechenden Struga, ich könnt
zünden darüber die Weihrauch-Triebwerke
des Kirchturms zu Schleife, dieser urtümlichen
Himmelsrakete mit den vielen verschobenen Starts
(es krachen die Fugen aus Eiweiß und Quark,
die Glocken dröhnen wie wild …)

Da – die Station. Aus dem Zug
Forellensprung sorbischer Tänzerin,
Jugend und Schönheit – nichts
brach zusammen, so sprich, dreh
dich um, einfach: die Struga,
in uns eine Saite, sie tönt noch. Ich geh
sie zu stimmen. Heut
geh ich zur Quelle.

JOOCHEN LAABS
Eisenbahnfahrt

Greif, Blick, vorüberrasend, was du fassen kannst!
Das Band der Gleise, das sich durch den Sommer schlägt.
Den Himmel, von der Sonne blank gebrannt.
Den Wald, der ihn auf seinem blauen Rücken trägt.

Geduckt ein Dorf, das Blitzen in den Scheiben.
Die Sonnenblumen hinterm Zaun.
Das Pelargonienfeuer auf den Fensterbrettern.
Halb aufgerichtet in den Gärten Fraun.

Zum Greifen nah. Dann zaust der Wald dazwischen.
Die Kiefernhalle – brausendes Gedröhn.
Der Draht im Sprung von Mast zu Mast und Mast.
Die Birken, die im Sog des Zuges wehn.

Und dann hineinschrein in das Häusermeer der Stadt.
Die Mauern stürzen übernander her.
Die Schlote schießen auf ins weiße Licht.
Und Brücken spannen ihre Schatten quer.

Jetzt bin ich da. Spring in den Menschenwirbel.
Treib einfach mit. Ein Lachen trifft mich dann.
Rollt mir die Straße aus und spült sie bunt und sauber.
Und daß ich da bin! Daß ich da sein kann.

Uwe Berger
Die Fuge

Ein sanftes Brausen, schwillt Orchesterklang,
daraus hebt zögernd sich der klare Ton
und weitet, übersteigt sich, jubelt schon
und zieht die Dunkelheiten nach, und bang

sich zu bewahren suchend, formt nun sich
das Lied, das hohe, das bedrohte Lied
des reinen Wollens wieder, das sich flieht,
um einzukehrn in allem, was ihm wich –

verwandelt ist, der diese Wandlung singt,
die Schwache stark macht und macht Kleine groß,
das Lied der Stummen, welches nichts verschweigt,

die tapfre Menschlichkeit, die glühend schwingt
zu Brüdern – und wir lauschen atemlos
dem, der sich lauschend in die Stille neigt.

Sarah Kirsch
Schneelied

Um den Berg um den Berg
fliegen sieben Raben
das werden meine Brüder sein
die sich verwandelt haben

Sie waren so aufs Essen versessen
sie haben ihre Schwester vergessen
sie flogen weg die Goldkuh schlachten
ach wie sie lachten

Eh sie zur Sonne gekommen sind
waren sie blind

Mein Haus ich blas die Lichter aus
bevor ich schlafen geh
kann ich die schwarzen Federn sehn
im weißen gefrorenen Schnee

Ror Wolf
Pilzer und Pelzer

4 Nachteile des Winters

Kein Ende. Der Wind begann wieder zu wehen, ich fand Pilzer, auch diese Begebenheit fällt in den Abend, am Tisch, der die Spuren einer vergangenen Mahlzeit zeigte. Inzwischen hatte die Kälte, von der ich gesprochen habe, zugenommen. Kalt, kalt, rief mir Pilzer zu. Auch die Witwe hatte etwas mit der Sache zu tun, ich glaube, sie zitterte jetzt, sie wirkte mit einem Mal, ich weiß nicht, wie ich darauf komme, durch einen Windstoß, natürlich nur für einen Moment, wie nackt. Und ich erinnere mich jetzt an Berichte über Wanderungen, über frisch gefallenen Schnee, über trockenen knisternden Schnee, nach einem plötzlich starken Schneefall, ich erinnere mich an Mitteilungen von Verschüttungen, von großen in ihren Häusern erdrückten Familien. Und tatsächlich hörte ich es jetzt donnernd von oben kommen und hinter mir fallen, alles brach jetzt, alles wurde jetzt bis auf den nackten Boden abgerieben, eine große Kahlheit erschien vor dem Fenster.

Ja, ich antwortete auf die allgemeinen Fragen, als ich in dieses Zimmer trat. Ich gab Auskunft über mein Befinden, über den Grund meines Besuchs. Ja, ich hatte eine schöne Reise auf der Eisenbahn, alles verlief unter günstigen Bedingungen, auf einer weichgepolsterten Bank. Ja, ich habe mir alles angesehen, rechts und links die außerordentlichen Erhebungen und Aufschwellungen im Abendlicht, die Lokomotivschuppen, die gewölbten gekuppelten Bahnhofshallen, durch die ich kam, ich habe in Äpfel gebissen und an Zigarren gesogen und mich unter meinem Mantel versteckt, als man von Wildgänsen oder Wildenten sprach, die vorbeiflogen, ich verstand nichts von Gänsen, ich vermied ein Gespräch über Gänse. Ich sah Wasser an mir vorbeifließen von oben nach unten und vergrub mich in Zeitungen und sah ein Gesicht gegenüber in einem Niesen aufplatzen. Bequem sitzend über dem leichten Knacken der Schienen fuhr ich dahin, mit Aufenthalten kurz zischend mit Türenschlagen und Taschentüchern, mit abendlich abgeschnittenen Anblicken, mit Schmelzhütten Schlackenbergen schwarz spuckenden Schornsteinen, Zementwerken bleich überpudert, steif aufgerichteten Aussichtstürmen, alles nach meinem Geschmack. Und Pelzers Gesicht in Erinnerung lächelnd wuchs in die Breite, die dünne Spur im Kopf brach wieder auf, ein Automobil aus der Ferne auftauchend, jetzt stark aus dem Kühler dampfend auf diesem Weg, den er beschrieb, Auspuffgeräusche wie Schüsse oder wirkliche Schüsse hinter dem schaukelnden Wagen, der über Falten und Kerben im Boden hüpft und kleine schillernde Ölpfützen zurückläßt, kleine hustende Sprünge oder bellende Sprünge halb in die Höhe, und plötzlich eine ganz veränderte Bodenbeschaffenheit, schwer zu durchschauen warum, plötzlich Schlickinseln, in die sich die Räder einwühlen, denn nun geht es wirklich nicht weiter, alles dreht sich jetzt blind, alles ist jetzt verstopft, knallt faucht und schüttelt sich vor einer langen Wand, auf der diese mageren Frauen alle in ihren schwarzen Dessous tief im Wasser stehen und dennoch Grund haben zu lächeln, weil ihnen das Wasser nichts anhaben kann, und alle winken sie heraus aus dem Wasser, und alles an ihnen sitzt wirklich vorzüglich straff faltenlos, während die Geräusche des Motors abbrechen und der Wagenschlag aufgeht, denn jetzt führt dieser Weg aus der Vergangenheit einen Hügel hinauf mit trockenem Mund, und da steht auch schon wieder ein großes hohles Gebäude mit einem mürben zerrissenen Fußboden, und natürlich geht es auch hier wieder ein bißchen hinauf in die Höhe, aber diesmal will dieses Hinaufgehen kein Ende mehr nehmen, denn es ist zweifellos ein sehr hohes Gebäude mit einer schaukelnden knarrenden Treppe, und gerade jetzt geht es über ein knapp aufliegendes schwingendes Brett.

Ich trommelte also an die beschlagenen Scheiben und schaute hinab auf die Straße. Die Leute gingen in diesem Schneetreiben rasch aneinander vorüber, es war also Winter. Das Kratzen der Schiebebretter und das Rasseln der Schneeschmelzmaschinen ist mir im Ohr hängengeblieben. Eine Reihe gebückter Gestalten mit flatternden Mänteln und weich beschneiten Mützen mit vorstehenden Schirmen zerflossen im schwachen Schneelicht. Alles, was ich in der Ferne verschwimmen sah, Wasserturm, Gasanstalt, Farbfabrik, paßte in dieses Bild, in dem jetzt der Schneefall so dicht war, daß ich gar nichts mehr sah. Plötzlich Musik. Ein Stück, das ich oft gehört hatte, Auf hoher See oder Auf schwerer See. Jemand zog mich beiseite und begann auf mich einzureden, es war der Direktor, der mit einer merkwürdigen Miene vor mir stand. Er redete von unbeschreiblichen Verhältnissen im Nebenzimmer, von Wänden, die man mit den Schuhspitzen einknicken könne und hinter denen sich Dinge abspielten, die ihm die Sprache verschlügen, ich glaube, ich nickte, wahrscheinlich. Der Panoramamaler mischte sich ein, ich hatte mit einem Mal Lust, eine Zigarre zu rauchen, eine alte Gewohnheit, ich griff also in die äußerste rechte Tasche meiner Jacke, in der ich das Etui vermutete, und so beschäftigt sah ich eine dritte Person dazukommen, es war der von Pelzer beschriebene Zuckerfabrikant, er legte, während ich mein Etui in der äußersten linken Tasche meiner Jacke zu suchen begann, die Hand auf den Arm des Direktors und schien eine Nachricht zu überbringen, in seiner Begleitung befand sich der Präparator, als er die Hand hob, glitt der Ärmel zurück, und während ich, obwohl ich auf eine ausführliche Suche vorbereitet war, mein Etui in der inneren rechten Tasche dieser Jacke fand, trat nun schläfrig gähnend schwerfällig taumelnd mit knarrenden gymnastischen Bewegungen auch der General zu uns heran, um sich an diesem Gespräch, einem Gespräch über die Zustände im Nebenzimmer, zu beteiligen. In diesem Moment, ich habe es nicht vergessen, gelang mir wie sagt man aus heiterem Himmel ein Spaß, ein Scherzwort, eine lustige Wendung des Gesprächs wie man sagt, eine Umbiegung des Satzes, glaube ich, das Gelächter hörte gar nicht mehr auf, ich war tatsächlich jetzt für eine Weile der Mittelpunkt dieser ganzen kleinen Gesellschaft.

Noch nicht Schluß. Pelzer war in dieser Zeit ungewöhnlich schweigsam, in manchem hatte ich sogar den Eindruck von Taubstummheit. Er sah mich freundlich, das muß ich sagen, freundlich, wohlwollend, auch ermunternd, so könnte man sagen, an, er nickte mir zu, das Thermometer zeigte etwa zehn Grad Celsius. Ich bot ihm im folgenden eine Zigarre an, er aber meinte, seinem kürzlich gebrochenen Arm eine Zigarre nicht anvertrauen zu können. Es sei, sagte ich, keine gewöhnliche Zigarre, sondern eine Kurhut. Trotzdem dennoch es sei gleich, zusätzlich sei auch seine Hand verstaucht, seine Finger, sagte er, seien taub und steif, er könne absolut nichts halten, alles fiele hinab, voraussichtlich auch diese Zigarre, diese Kurhut. Tatsächlich sah ich in seinem Umkreis den Boden bedeckt von hinabgefallenen Gegenständen.

Erich Fried
Höre, Israel

Als wir verfolgt wurden
war ich einer von euch
Wie kann ich das bleiben
wenn ihr Verfolger werdet?

Eure Sehnsucht war
wie die anderen Völker zu werden
die euch mordeten
Nun seid ihr geworden wie sie

Ihr habt überlebt
die zu euch grausam waren
Lebt ihre Grausamkeit
in euch jetzt weiter?

Den Geschlagenen habt ihr befohlen:
»Zieht eure Schuhe aus«
Wie den Sündenbock habt ihr sie
in die Wüste getrieben

Der Eindruck der nackten Füße
im Wüstensand
überdauert die Spur
eurer Bomben und Panzer

Heiner Müller
Mauser

Ödipuskommentar

Lajos war König in Theben. Ihm sagte der Gott aus dem Mund der
Priester, sein Sohn werde gehen über ihn. Lajos, unwillig
Zu bezahlen den Preis der Geburt, die kostet das Leben
Riß von den Brüsten der Mutter das Neue, durchbohrte die Zehen ihm
Sorgsam, daß es nicht über ihn geh, und vernähte die dreifach
Gab es, daß der auf dem Tisch der Gebirge den Vögeln es ausleg
Einem Diener, *dieses mein Fleisch wird mich nicht überwachsen*
Und verbreitete so den Fuß, der ihn austrat, durch Vorsicht:
Dem geflügelten Hunger das Kind nicht gönnte der Diener
Gab in andere Hände zu retten in anderes Land es
Dort das hoch Geborene wuchs auf geschwollenen Füßen
Keiner hat meinen Gang, sein Makel sein Name, auf seinen
Füßen und andern seinen Gang ging das Schicksal, aufhaltsam
Jeder Schritt, unaufhaltsam der nächste, ein Schritt ging den andern.
Seht das Gedicht von Ödipus, Lajos Sohn aus Jokaste
Unbekannt mit sich selber, in Theben Tyrann durch Verdienst: er
Löste, weil Flucht vom verkrüppelten Fuß ihm versagt war, das Rätsel
Aufgestellt von der dreimal geborenen Sphinx über Theben
Gab dem Stein zu essen das Menschen essende Dreitier
Und der Mensch war die Lösung. Jahrlang in glücklicher Stadt drauf
Pflügte das Bett, in dem er gepflanzt war, der Glückbringer glücklich.
Länger als Glück ist Zeit, und länger als Unglück: im zehnten
Jahr aus Ungekanntem die Pest fiel über die Stadt her
Solang glücklich. Leiber zerbrach sie und andere Ordnung.
Und im Ring der Beherrschten, das neue Rätsel geschultert
Auf zu großem Fuß stand, umschrien vom Sterben der Stadt, der
Rätsellöser, warf seine Fragen ins Dunkel wie Netze:
Lügt der Bote, sein Ohr, zu den Priestern geschickt, Mund der Götter?
Sagt der Blinde die Wahrheit, der mit zehn Fingern auf ihn weist?
Aus dem Dunkel die Netze schnellen zurück, in den Maschen
Auf der eigenen Spur vom eigenen Schritt überholt: er.

Und sein Grund ist sein Gipfel: er hat die Zeit überrundet
In den Zirkel genommen, *ich und kein Ende*, sich selber.
In den Augenhöhlen begräbt er die Welt. Stand ein Baum hier?
Lebt Fleisch außer ihm? Keines, es gibt keine Bäume, mit
Stimmen
Redet sein Ohr auf ihn ein, der Boden ist sein Gedanke
Schlamm oder Stein, den sein Fuß denkt, aus den Händen ihm
manchmal
Wächst eine Wand, *die Welt eine Warze*, oder es pflanzt sein
Finger ihn fort im Verkehr mit der Luft, bis er auslöscht das
Abbild
Mit der Hand. So lebt er, sein Grab, und kaut seine Toten.
Seht sein Beispiel, der aus blutigen Startlöchern aufbricht
In der Freiheit des Menschen zwischen den Zähnen des Menschen
Auf zu wenigen Füßen, mit Händen zu wenig den Raum greift.

ERICH ARENDT
Troja

Alte,
streu das Schwarze,
Salz deiner Tränen
ins Meer. Gestorben
das Licht der Finger!
Säe den Aschengruß
Liebe hinzu.
Daß
unter schwarzgalliger Wolke
mein Schiff
bestehe!

Auf gesprungener Schwelle
knie, mische
die Karten des Gottes,
würfle – willst du um Wind, um mein
lebendiges Haar? – wissend,
wer zieht, ist
der Verlorene, misch
das Glück, das grausige, unter.

Fels schweigt es
zu Fels: Jedes Lächeln
die eigene Stunde
rächt, blind.

Sahst sie liegen
im Bleichen der Flut, hohlen
Gesichts zugewandt
den gewohnten Sternen
im Weggang.
Eisenrippig, die
bei Namen du riefst
vor das besiegelte Antlitz
Nacht. Und riefst
in den Wind: Die
Rächenden schweigen.

Antwort gaben, wo
du den Schößling gesetzt hast,
am Ufer der Kinder,
totengeldhart
die Blätter.

So, über dem Scheitel das
natternköpfige Blut,
fuhren wir
in die unverrückbare Zeit, im
geweiteten Aug
zähe Verblendung.
Sturmhaube Nacht
über der See der Toten.

Mutter,
Maskenblick unsres
Leids!

Franz Tumler
Die erste Stadt der Welt

Die Liebgliedrige, die liest,
mitliest auf meinem Stuhl,
auf dem ich nicht sitze
in meiner Wohnung Nicht-Haus –

übermorgen lege ich diese Strecke zurück:
schon beschrieben, nicht erkannt,
vorübergezogen in ungeschriebenen Zeichen,
faßbar, fest, undeutbar.

Welcher Tag ist heut vergangen,
welcher kommt morgen,
vergeht übermorgen

– einer, in dem ich nicht mehr bin.

Keiner, in dem ich nicht bin
– als ich auf dem Birkenstamm ein Paar sitzen sah
hinter dem Schild »Anwenden verboten«

und sie entfernten sich auch bald,
als ich weiter hineinging in den Wald Taunus
(meinen Freunden, Römern, vorausging, wohin
sie nicht gekommen waren, mich ausruhte
an ihrer Stelle, bei Dämmerung, und nicht fror)

an diesem Abend, Schuddern, Aufstehn, welches Laub, Taunus,
worauf ich geruht

– ich, ein Zugvogel, Adria, strich mir durchs Gehirn, bläulich
Dämmerung – welche Liebe, Gift, Erneuerung, welche Küste –

je ne suis pas à Florence
dov'è quest' anno il papa
ricercar a noël

bei Empfehlung, die Christbäume abzuschaffen
(siehe »L'Osservatore Romano« laut Zitat in deutschen,
es mißbilligenden Zeitungen von Anfang Dezember)

– Abschaffung wegen Abholzung, die Überschwemmungen hervorgerufen habe in Italien
neuerdings in Florenz
während Italien früher ein waldreiches Land war, nach Zeugnissen,
später von Ziegen abgefressen – nach Zeugnissen

– aber keine Zeugnisse, woher die Ziegen kamen:
»Sacco di Roma«, und die Ersterbung Sienas,
wo sich die Einwohner eines Tages, parteiisch auf der
ghibellinischen Seite (wie Pisa) nach Niederlage durch Florenz
entschlossen haben, nicht mehr weiter zu machen
daher dies seither unberührte Stadtbild,
ausgenommen die Fortpflanzung von Geist in der Musikakademie,
in den Höhlen unter den roten Dächern

aber in dieser ersten freiheitlichen Stadt der Welt,
halbe Strecke von Siena bei dem schienengleichen Eisenbahnübergang Poggibonsi (im Frühjahr Pferdemarkt mit Auftreibung
kläglicher Pferde aus dieser Provinz)

in dieser freiheitlichen Stadt Florenz, überschwemmt,
schlammig, deutlich,
in dieser Anti-Papa-Stadt (Erfindung des Wechsels und der
neueren Geldwirtschaft)
und Erfindung auch der ausgerechneten Kuppel Brunelleschis,
dem alle sagten, sie würde einstürzen

– aber er *rechnete*, zog sie, weil Rechner, als Gerippe auf,
und sie stürzte nicht ein,

diese Kuppel, unter der nächste Woche (Dic 66) der Papst
einkehren wird – sie stürzt nicht ein.

Es sind zu viele Randbemerkungen, die ich zu machen habe,
es wird kein Gedicht,
weil mir zum Beispiel der Platz ein paar Schritt weiter einfällt,
der mit einem Kreis ausgestattet ist:
der Kreis, die Stelle, wo Savonarola in Feuer aufging,
weil er sich florentinisch etwas ausgedacht hatte
in seinem benachbarten Kloster, als Abt
– aber nach florentinischer Manier,

das heißt zu denken
eine Eigenschaft hellgelber Erde, scheint mir,
ungedüngt, außer es denken die unter ihr begrabenen
mitdenkenden Gräberstädte mit

aber das sind Annahmen, Rechtsfragen,
nicht sacra mento, mit welchem der Papst jetzt herbeieilt,
sondern ungeheiligtes Denken, ein Pfiff von Minze dabei,
Ungesichertheit gegen Überschwemmungen;
aber der Schlamm (der Tod ist, aber nicht Unrat) bringt
unvorhergesehen Pflanzen hervor
»come Firenze«

– das in Rom nicht Vorhergesehene. – Aber wir hatten unsere
auspices, behielten sie, aber waren mißtrauisch gegen
jedermann, ungläubig,
und gewohnt an Abrechnung, Freiheit, Blüte: Firenze,
die erste Stadt der Welt.

Paul Celan
Hafen

Wundgeheilt: wo-,
wenn du wie ich wärst, kreuz-
und quergeträumt von
Schnapsflaschenhälsen am
Hurentisch

– würfel
mein Glück zurecht, Meerhaar,
schaufel die Welle zuhauf, die mich trägt, Schwarzfluch,
brich dir den Weg
durch den heißesten Schoß,
Eiskummerfeder –,

wo-
hin
kämst du nicht mit mir zu liegen, auch
auf die Bänke
bei Mutter Clausen, ja sie

weiß, wie oft ich dir bis
in die Kehle hinaufsang, heidideldu,
wie die heidelbeerblaue
Erle der Heimat mit all ihrem Laub,
heidudeldi,
du, wie die
Astralflöte von
jenseits des Weltgrats – auch da
schwammen wir, Nacktnackte, schwammen,
den Abgrundvers auf
brandroter Stirn – unverglüht grub
sich das tief-
innen flutende Gold
seine Wege nach oben –,

hier,
mit bewimperten Segeln,
fuhr auch Erinnrung vorbei, langsam
sprangen die Brände hinüber, ab-
getrennt, du,
abgetrennt auf
den beiden blau-
schwarzen Gedächtnis-
schuten,
doch angetrieben auch jetzt
vom Tausend-
arm, mit dem ich dich hielt,
kreuzen, an Sternwurf-Kaschemmen vorbei,
unsre immer noch trunknen, trinkenden,
nebenweltlichen Münder – ich nenne nur sie –,

bis drüben am zeitgrünen Uhrturm
die Netz-, die Ziffernhaut lautlos
sich ablöst – ein Wahndock,
schwimmend, davor
abweltweiß die
Buchstaben der
Großkräne einen
Unnamen schreiben, an dem
klettert sie hoch, zum Todessprung, die
Laufkatze Leben,

den
baggern die sinn-
gierigen Sätze nach Mitternacht aus,
nach ihm
wirft die neptunische Sünde ihr korn-
schnapsfarbenes Schleppseil,
zwischen
zwölf-
tonigen Liebeslautbojen
– Ziehbrunnenwinde damals, mit dir
singt es im nicht mehr
binnenländischen Chor –
kommen die Leuchtfeuerschiffe getanzt,
weither, aus Odessa,

die Tiefklademarke,
die mit uns sinkt, unsrer Last treu,
eulenspiegelt das alles
hinunter, hinauf und – warum nicht? *wundgeheilt*, *wo-*, *wenn* –
herbei und vorbei und herbei.

THOMAS BERNHARD
Verstörung

Wir sahen hinter Abraham ausgedehnte Obstgärten an den Hängen. Die Bauern hatten die offenen Mostfässer in der Sonne liegen. Die Häuser sind alt. Es gibt kaum eine abgelegenere Gegend als die zwischen Geistthal und Hauenstein.

Wir hätten uns viel zu lange in Stiwoll aufgehalten, sagte mein Vater. In Hauenstein erwarte man ihn schon den ganzen Vormittag. Der Industrielle, der sich dort in ein Jagdhaus zurückgezogen habe, sei auf eine ihn gleichzeitig quälende und von der Qual an sich selber ablenkende schriftstellerische Arbeit konzentriert. Seit über zwei Jahren sei ihm der noch nicht Fünfzigjährige bekannt. Der Industrielle sei nur durch die Post mit der Welt verbunden. Seine Halbschwester teile mit ihm die Einsamkeit, eine, wie ich gleich sehen würde, vollkommene, für den Industriellen, nach seinen eigenen Worten, *ideale*. Das Jagdhaus habe er schon vor fünfzehn Jahren dem Fürsten Saurau, den wir anschließend auf seiner Burg

Hochgobernitz aufsuchten, abgekauft, damals schon im Hinblick auf die schriftstellerische Arbeit über ein *durch und durch philosophisches Thema*, über das er aber niemals spricht. Würde er darüber sprechen, sagte der Industrielle immer wieder zu meinem Vater, darüber zu reden anfangen, ruiniere er sich sofort die schon weit fortgeschrittene Arbeit und er könne sie nicht mehr von vorn anfangen. Er arbeite Tag und Nacht, schreibe und vernichte das Geschriebene wieder, schreibe wieder und wieder und vernichte wieder und nähere sich seinem Ziel. Er gönne sich außer der Arbeit nichts als ein jeweils kürzestes Zusammensein mit seiner Halbschwester in der Bibliothek oder in der Küche, und das nur zu dem Zweck, Ernährungsfragen zu besprechen. Seine Halbschwester gehe zweimal in der Woche nach Geistthal einkaufen, Post aufgeben, Post abholen. Sie hätten in ihrem Jagdhaus einen riesigen Vorrat für einen sogenannten Katastrophenfall angelegt, rührten diesen Vorrat aber nicht an. Die Halbschwester sei eine Tochter seiner Mutter, von einem chilenischen Vater, und er klärte mich, als wir uns langsam Hauenstein näherten, über ihrer beider Verhältnis auf. Sie lebten wie Mann und Frau zusammen; sie ziehe sich sofort in ihr Zimmer zurück, wenn sie meinen Vater in das Jagdhaus hineingelassen und bei ihrem Halbbruder angemeldet habe, und erscheine erst wieder, um meinen Vater zu verabschieden.

Der Industrielle sei zuckerkrank, sagte mein Vater, und müsse sich alle paar Stunden Einspritzungen machen. Monatlich zwei-, dreimal überzeuge sich mein Vater von der immer unveränderten Krankheit. Ihm, meinem Vater, sei nicht bekannt, daß die in Hauenstein jemals einen andern Menschen außer ihm empfangen haben. Er habe oft Leute aus der Umgebung gefragt, ob nach Hauenstein Menschen, vornehmlich solche aus der Stadt kämen, aber sie wußten nichts davon. Das Haus mache auch den Eindruck, als wäre es ausschließlich von dem Industriellen und seiner Halbschwester bewohnt, als wäre schon jahrzehntelang kein anderer Mensch mehr hineingegangen. Es sei nicht, wie sonst Jagdhäuser, mit Wildgeraffel angefüllt, sondern beinahe zur Gänze leer, nur das Allernotwendigste befände sich darin. Auch im Zimmer der Halbschwester des Industriellen sei nichts außer einem Bett, einem Tisch, einem Kasten und einem Sessel. Kein Bild an der Wand, im ganzen Haus kein Bild. Der Industrielle hasse Bilder, hasse Abbildungen. Alles müsse für ihn so leer sein wie möglich, so kahl wie möglich. Das wenige Vorhandene so einfach wie möglich. Die Natur um das Jagdhaus herum, den dichten Wald, empfinde er als Mauer. Der

Briefträger dürfe mit Telegrammen durch diese Mauer herein, aber das Jagdhaus nicht betreten, müsse sich durch Rufen bemerkbar machen, die Post der Halbschwester des Industriellen vor dem Jagdhaus übergeben. Eine Quelle sei hinter dem Haus, sagte mein Vater, das Wasser gut.

Wir befanden uns jetzt in einem Hochtal und fuhren durch nichts als Wald und wieder Wald.

In dem Haus des Industriellen befinde sich auch kein einziges Buch, sagte mein Vater, absichtlich habe der kein einziges Buch im Haus, um nicht irritiert zu sein. Nichts irritiere mehr als Bücher, wenn man für sich sein will, für sich sein *muß*.

Seiner Halbschwester gestatte er das Lesen von Zeitungen, darunter Le Soir und das Aftonbladed, Le Monde und La Prensa, keine einzige deutsche. Aber auch die ihr erlaubten ausländischen Blätter müßten mindestens einen Monat alt sein, *ohne Kraft der Zerstörung, schon poetisch*.

Die Kleidung des Industriellen sei einfach; mein Vater habe ihn nie anders als in Hemd und Hose gesehen. Angeblich spricht er nicht nur sämtliche mitteleuropäischen, sondern nahezu alle ostasiatischen Sprachen.

Er dulde außer Tisch und Sessel nur leeres Papier in seinem Arbeitszimmer, damit er, vollkommen auf sich selbst angewiesen, niemals von seiner Arbeit abgelenkt sei. Als Material für das, was er schreibt, genüge ihm die Erfahrung, die er in mehr als vierzig Jahren in den Großstädten der Welt, in den Industrie- und Handelszentren aller fünf Kontinente gemacht hat.

Seine Besitzungen seien in der ganzen Welt verteilt, vornehmlich in der englischsprechenden. Von Hauenstein aus leite der Industrielle, davon nur eine einzige Stunde am Tag in Anspruch genommen, seine Geschäfte. Ein ungeheuer komplizierter Apparat, in welchem über vierzigtausend Angestellte eingeschlossen und ständig in Bewegung sind, werde von ihm, von Hauenstein aus, in Gang gehalten und funktioniere immer besser.

Dann, wenn er mit seiner Arbeit fertig ist, »möglicherweise bleibt als Ergebnis nur ein einziger Gedanke übrig«, habe er einmal zu meinem Vater gesagt, gedenke er wieder aus Hauenstein wegzugehen, aus dem Hochtal hinaus, es hinter sich zu lassen.

An Essen genüge ihm das einfachste. Weite Spaziergänge, immer tiefer in die Wälder hinein, in die unabsehbare »immergrüne metaphysische Mathematik«, so seine Bezeichnung der Wälder um Hauenstein, genügten, um seine Muskeln nicht erschlaffen zu lassen. Er sei ein Feind des Spaziergangs, er ginge nur spazieren, um nicht »körperlich zugrunde« zu gehn.

Ein kleiner Eisenofen erwärme sein Zimmer, ein zweiter Eisenofen das Zimmer seiner Halbschwester. Es sei ein Glück, habe er einmal zu meinem Vater gesagt, daß er zuckerkrank sei, auf diese Weise komme er wenigstens in Hauenstein mit einem einzigen Menschen außer mit seiner Halbschwester zusammen, mit meinem Vater. Mein Vater verhindere die »vollkommene Konsequenz Hauenstein«, habe er einmal zu ihm gesagt.

Man merke an dem Industriellen gleich, daß er selten spricht und daß, was er spricht, nichts anderes als das Abwehren einer ihm grauenhaften Irritation ist.

Die leeren Zimmer machten auf meinen Vater immer einen fürchterlichen, deprimierenden Eindruck, wenn er bedenke, daß der Mensch, der in ihnen haust, sie von sich aus, nur mit seinen eigenen Phantasien, mit nur *phantastischen Gegenständen*, anfüllen müsse, um nicht verrückt zu werden.

Die einzige Beschäftigung des Industriellen, außer arbeiten und in den Wald hineingehen und sich mit seiner Halbschwester über die Ernährungsfrage besprechen, sei die von Zeit zu Zeit ihn befallende, ihn mehr und mehr affizierende Lust, Schüsse abzugeben auf eine hinter dem Jagdhaus an zwei Baumstämmen befestigte riesige hölzerne Zielscheibe. »Ich übe mich da, ich weiß nicht, worauf hin«, habe er einmal zu meinem Vater gesagt. Man höre ihn in der ganzen Gegend oft stundenlang bis nach Mitternacht schießen.

Absolute Schlaflosigkeit und absolute Lustlosigkeit wechselten in ihm oft tagelang, ohne daß er aus diesem Zustand herauskommen könne, auf die grauenhafteste Weise ab.

An normalen Tagen steht der Industrielle um halb fünf Uhr früh auf und arbeitet bis halb zwei Uhr mittag, ißt etwas und arbeitet bis um sieben Uhr abends.

Seiner Halbschwester lasse er die »größtmögliche« Freiheit in Hauenstein. Schon sechs oder sieben Wochen nach ihrem Einzug in Hauenstein aber habe er an ihr Anzeichen einer allerdings »tief im Klerikalen wurzelnden« Verrücktheit feststellen können. Diese Verrücktheit, meint der Industrielle, könne sich aber sofort wieder aus seiner Halbschwester zurückziehen, wenn sie Hauenstein verlassen. Ganz auf sich selbst angewiesen, sei sie unter der Herrschaft ihres Halbbruders immer nahe daran, sich zu *entleiben*. Ihr Halbbruder aber beobachte, daß sie sich mit Rücksicht auf ihn, für den sie zwar alles tut, den sie aber überhaupt nicht versteht, nicht einmal ein lautes erlösendes Aufschreien, Umsichschlagen gestatte. Genau die Schweigsamkeit, die man an den in Irrenanstalten festgehaltenen verrückten Frauen feststellen kann, beobachte mein Vater an der Person, die auffallend reinlich sei.

»Wahrscheinlich hat ihr Halbbruder ihr verboten, mit mir zu sprechen«, sagte mein Vater, er habe immer das Gefühl, daß sie sich mit ihm unterhalten *möchte*, aber nicht dürfe.

Er komme meistens schon in der Frühe, auf dem Weg zum Saurau in Hochgobernitz, nach Hauenstein, da sei die Luft am reinsten, der Blick auf die Roßbachalpe am schönsten.

Die Straße, die wir fahren, meinte er, habe der Industrielle sich auf eigene Kosten anlegen lassen, sie gehöre in ihrer ganzen Länge ihm. Der Industrielle habe überall, wenn auch unsichtbar, in den Wäldern arbeitslose Müllner, ausgediente Forstarbeiter, arbeitslose Bergmänner als Wächter postiert, die ihm alle Menschen vom Leib halten müssen.

Er denke, sagte mein Vater, daß der Industrielle noch eine Zeit so in Hauenstein verbringen könne, wie er jetzt glaubt, daß er sie verbringen *müsse*, ein paar Jahre noch. An ihm habe er, im Unterschied zu seiner Halbschwester, nie auch nur die geringsten Anzeichen einer Verrücktheit feststellen können. Aber in solch einer vollständigen Abgeschiedenheit zu existieren, könne kein Mensch ohne schwere, ja schwerste Schädigung seines Geistes und seines Gemüts überstehen. Es sei bekannt, daß sich Menschen auf einmal, an dem entscheidenden Wendepunkt in ihrem Leben, das ihnen philosophisch vorkommt, einen Kerker ausfindig machen, den sie dann aufsuchen und in welchem sie ihr Leben dann einer wissenschaftlichen Arbeit oder einer poetisch-wissenschaftlichen Faszination widmen. Und daß solche Menschen immer ein ihnen anhängliches Geschöpf in diesen Kerker hinein mitnehmen. Und meistens richten sie, zuerst immer langsam, dieses von ihnen in ihren Kerker mitgenommene Geschöpf und dann sich selbst früher oder später zugrunde. Den Industriellen aber möchte mein Vater nicht als einen solchen Unglücklichen bezeichnen, im Gegenteil, er führe ja ein ihm vollkommen entsprechendes Leben, zum Unterschied von seiner Halbschwester, die durch ihn ein total unglückliches führen müsse.

Zuerst wehren sich diese Menschen, wie die Halbschwester des Industriellen, sagte mein Vater, sich ihrem Unterdrücker auszuliefern, aber sie sehen bald ein, daß es ihnen nichts nützt. Sie hängen ihm dann, weil ihnen nichts anderes übrigbleibt, in einer fürchterlichen, sie systematisch zerstörenden Verzweiflung an, die mein Vater als »grauenhafte Hörigkeitsverzweiflung« bezeichnet.

Aber dadurch, daß sie bis auf den Grund rücksichtslos sind, erreichen solche Leute, wie der Industrielle, ihr Ziel, mag dieses Ziel und mag auch die Methode, durch welche dieses Ziel erreicht worden ist, der Welt in jedem Fall als eine abstoßende erscheinen, ein Rätsel bleiben.

Elfriede Jelinek
Die Nacht Lisa

lisas
schatten macht einen
wehrlosen fleck
lisa wirft
wehrlos
bettlern in den
rattenschoß
lisas schatten wo
ist er
ist er dort oder ist
er nahe dort
lisas schatten ist ein kind
dunkle sohlen hat der wind

lisa erbricht sich und steht strauchvoll
himbeer lisas schatten wirft das flußbett
es schweigen die ratten in schoßes schat
ten es springt der stern im himbeersaft
der nacht der stern blüht am strauch lisas
lisa ist rot aber lisa ist auch orangen
fleischgelb

an der mauer steht RAUS mit weisender hand
an der mauer auch ein himbeerstrauch ein
hahn zerrinnt an lisa dem kind der schrei
eines hahns zerfließt zu eigelb mitten
in ein schwarzer hahn zerrinnt zu stern
lisas stern biegt sich kreis zu gelbgeschrei
im himbeerstrauch
der rote strauch reißt sein sternmaul auf

ein gelbes ei kräht zitternd
ein herbstspaziergang stolpert
in den schoß voll der ratten
lisas schatten
wo
dort oder nahe hier
schatten ist ein kind

dunkle sohlen hat der wind

Elfriede Gerstl
In diesem Juli

in diesem Juli
mit ihren langen Locken
an der Hauptwache
            fast Mädchen
schlenkern sie
Staub an ihren Hosen

Frankfurt-Mailand-Paris
man trägt wieder dicke Absätze
die Berlinerin hört das gern
wenn sie über das kleinkarierte
                steinharte Steinpflaster

ja in Berlin wird ein
                Haus abgerissen
eine Ruine nennen es die Bauleute
Herr Meinicke
alle Wohnparteien haben die Ruine schon geräumt
sagen die Bauarbeiter

das Haus
sagt Herr Meinicke
      und stopft seine Pfeife
er war Wirt in dieser Straße
      zu seiner Zeit
als er Amalie
mit dem dicken Bauch und der weinerlichen Liebe für Bärenfang

was tut ein Mensch
      der Wondraschek heißt

und in Wien lebt
nicht rot
nicht schwarz
und nicht braun
sondern rosa und mit violetten Tupfen:
er steckt die Hand in die Tasche

und hält mit der anderen
die warme Burenwurst
und es wird Nacht am Stefansplatz
– Farbentragende zeigen ihm
ihre braune Blume –
geh
sagt der Rühm
nach Berlin
ich warte
sagt der Wondraschek
bis unsere Ministerial
– er bekafkat sich –

dschüss
sagt der Rühm
der schon lang in der Welt ist
und steigt in eine BEA-BOEING
die voll ist mit Wiener Dichtern
die Jahresstipendien gespart haben
der Getupfte wischt sich das Fett
von den Fingern
und geht ins aufgesperrte Café Sport
da sitzen sie seit diesem Juli
mit ihren langen Locken
fast Mädchen
trinken hartes Cola
weil es so heiß ist daß
die Fliegen in die Bierpfutzen fallen
vor Schwäche
dein Bier
sagt die Paula
die noch den Konrad Bayer
und den Walter Buchebner gekannt hat
zum nüchternen Schürer

GERHARD RÜHM
Sylvias Ballkleid

Kein Tag ist wie der andere

In ständig wechselnden Situationen ist mit Routine und Schema F nichts zu machen. Gesunder Menschenverstand – darauf kommt es beim Polizeibeamten an.

Nordsee: Stark wolkig, zeitweise leichter Schneefall. Um 2 Grad. Mäßiger Nordostwind.

Ostsee: Überwiegend bedeckt, gelegentlich leichter Schneefall. Am Tage null bis +2 Grad. Mäßiger bis frischer Wind aus östlichen Richtungen.

Als er die Museumstraße hinanstieg, der Morgartenvilla zu, kam ihm der Briefträger entgegen, der oben gerade die Morgenpost abgeliefert hatte.

Sein Mund war ausgetrocknet, er fuhr sich mit der Zunge über die Lippen.

Risse in Ihrer Hausfassade!
Kein schöner Anblick!
MALERMEISTER HANS SEELE
U. MALERMEISTER WILHELM SEELE
100 g Rindervit-Weide pro Tag
sind eine sichere Vorbeuge
vor der Weidetetanie der Milchkühe
Jetzt mit der Fütterung beginnen!
Stürmischer Tag am Dinkelsbühler Faulturm Holzschnitt Rudolf Warnecke

Wir leben so rasch und vergessen so schnell.

Ein paar Jahre später betrat er nach einer Premiere in Berlin ihre Garderobe.

»Sagen Sie es anders«, sagte da Sylvia mit einem Ernst, der die Umstehenden mit leichtem Befremden aufhorchen ließ.

Und während ihre Worte nachklangen, begann sie unvermutet am Schloß ihrer Kette zu nesteln, das zunächst Widerstand zu leisten schien.

Und was Sie für uns verkaufen, das ist begehrt, das ist modern und erfolgsträchtig. Wir machen Sie fit für Ihren Erfolg – auf unsere Kosten! Die für Sie und Ihren Erfolg verantwortliche Führungskraft leitet Sie dann mit sicherer und erfahrener Hand auf den Weg in eine fundierte und bleibend einträgliche Dauerexistenz.

Das ist

DER SCHLÜSSEL
den Sie für das Tor zum Lebens- und Berufserfolg brauchen.
Aber auch von Ihnen erwarten und verlangen wir einiges: Vor allem:
Sie müssen sicher auftreten, überzeugend und zielstrebig verhandeln und planvoll arbeiten können. Ihr Leumund muß tadellos sein.
Nun war es erreicht: sie hatte nicht umsonst die langen Jahre durchgehalten.
Sie hauchte und hauchte an das Glas, bis sie dem Frost ein kreisrundes Loch abgekämpft hatte und ins Dunkel blicken konnte.
Etwas im Schatten der innerpolitischen vietnamesischen Schwierigkeiten verstärkten die Amerikaner in dieser Woche ihre Einheiten in Vietnam auf 240 000 Mann.
Plötzlich, für uns noch nicht faßbar, verloren wir eine unserer besten Mitarbeiterinnen
Frau Friederike Blase
Wir werden sie nicht vergessen
Dann schellte er an der Haustür, schellte ein zweites und drittes Mal.
Ein Zufall, aber ein schöner.
Aber schließlich wiederholte sie die Antwort, die sie schon einmal gegeben hatte.
Ja, wenn man in den Mitmenschen hineinsehen könnte.
Die privaten deutschen Auslandsinvestitionen haben den Betrag von acht Milliarden DM überschritten.
In der Morgendämmerung öffnete sich leise die Tür.
Was war seitdem in ihrem Leben anders geworden?
Sie sah in seine Augen.
LUTZ
14.4.1966
Unser Herzenswunsch erfüllte sich heute mit der Geburt eines zweiten Sohnes
Annemarie Koch
geb. Bollmann
Siegfried Koch
Wir
verloben
uns
Ursula Steindreischer
Hans Herbert Berrar

wir haben uns verlobt
ursula krömer
fritz reising
Wir verloben uns
Hannelore Koch
Friedrich-Wilhelm Weßling
Wir werden
am 17. April 1966
um 13.00 Uhr in der
St.-Marien-Kirche
getraut
Hans-Hermann Borgmann
Karin Borgmann
geb. Kösters
Ihre Vermählung
geben bekannt
Jacques Veysseyre
Angelika Veysseyre
geb. Prosinski
Ihre Vermählung geben bekannt
Bernd Bulmahn
Gisela Bulmahn
geb. Oetterer
LINA TÖRNER
Das führende Bestattungs-Unternehmen Mindens seit 1818
Bestattungen –
Überführungen
Erledigung aller Formalitäten
Thielking
Ruf 8 43 51

Für die vielen Beweise herzlicher Anteilnahme in Wort und Schrift, Kranz- und Blumenspenden, die uns beim Heimgang meiner lieben Frau, unserer guten, unvergessenen Schwester, Schwägerin und Tante

zuteil wurden, sagen wir unseren herzlichen Dank
Bernhard Herber
und Angehörige
Fortsetzung folgt
Kopfschmerzen?
temagin hilft!
1-2 temagin helfen schnell und zuverlässig. Sie merken, wie der

Schmerz nachläßt. Unbeschwert meistern Sie den Tag.

6. Abonnementkonzert der Konzertreihe II
Kammerkonzert
Es spielt das Parrenin-Quartett, Frankreich
Werke:
Ravel Quartett
Beethoven Große Fuge, op. 133
Bartok 5. Quartett

Unsere Gaststätte wird umgebaut, trotzdem findet am Sonntag ab 18 Uhr unser beliebter

Tanzabend
mit den Telstars statt

Sie lesen heute:

Gespräche, die wir nicht zu fürchten brauchen – Unser Leitartikel Minden-Frankfurt – Katastrophe in der Vogelwelt – Transport in den Süden

Schauspieltheater in Hamburg – Schuh und Räck im Kopf-an-Kopf-Rennen – Von Peter Johannsen

Leben und Mensch – Enzyklopädie der biologischen Wissenschaften in acht Bänden – Unsere Bücherecke

Mehr sagte sie nicht, um nicht alles sagen zu müssen.

Den Widerspruch des Ehepaares fegte sie mit ein paar lebhaften Gesten hinweg und bat schließlich fast herrisch um ihren Wagen – »denn es ist schon sehr spät für mich.«

In Wirklichkeit waren es schwere Wochen für den Forstmeister gewesen. Das Rentamt hatte auf sein Ersuchen geschrieben, das Geld sei bereits als Einnahme verbucht, eine Auszahlung sei unmöglich.

Es gibt vielleicht nicht sehr viele Menschen, deren Alltagsdenken in stiller Selbstverständlichkeit mehrere Menschenalter vorausschaut und ebenso selbstverständlich dessen bewußt bleibt, was in vielen Jahrzehnten vor seiner Zeit geschah.

Bundeskanzler Ludwig Erhard soll darüber bereits grundsätzliche Entscheidungen getroffen haben.

Bisher umfaßt das Ministerium rund 20 Beamte, Angestellte und Arbeiter. Nach dem Ausbau soll diese Zahl auf rund 80 Bedienstete anwachsen, darunter 19 Beamte des höheren Dienstes.

Mit großer Erwartung lebte Sylvia dem schicksalhaften Abend entgegen.

Allmählich aber erstarb ihr Lächeln, denn sie war müde geworden.

Er legte einen geöffneten Briefumschlag auf den Tisch, den dazugehörenden Brief hielt Sylvia mit beiden Händen fest.

Dieser Brief war von harter Diktion, denn seine Autoren hatten gesagt, was gesagt werden mußte angesichts der deutschen Wirklichkeit.

ERNST HERHAUS
Die homburgische Hochzeit

Ein großer Tag

Geburt und Tod sind der gleiche phantastische Vorgang: Man fühlt sich wie sein eigenes Gespenst und gleichzeitig wie der Held, der durch den Wald geht und plötzlich die Sprache der Vögel versteht

Im Nervenhaus Rödelheim waren alle Vorbereitungen für die feierliche Begehung des Stiftungstags getroffen worden. Nach einem besonders frugalen Frühstück versammelten sich alle Gehfähigen im Hof, wo uns der Verwaltungssekretär eine überschwengliche Rede über die Großherzigkeit und geniale Vorschau der vor Urzeiten verstorbenen Stifter unserer Freistatt hielt.

Es war Ende Januar, Schnee überall, wir froren in unseren knöchellangen gelben Kutten. Die Kapuzen verhüllten unsere Gesichter, und die alljährliche Prozession der Brüder von Rödelheim in die Frankfurter Innenstadt nahm ihren Anfang. Wir zogen die Alexanderstraße hinauf, vorbei an Sankt Antonius, über die Schloßstraße zum Platz der Republik. Dort empfing uns eine Abordnung der Bürgerschaft. Unsere Wärter verteilten den traditionellen Geisterschnaps, einen mörderisch dünnen Tee aus Brombeerblättern. Wir hörten mit niedergeschlagenen Augen, wie Oberarzt Dr. Weil auf die Beteuerungen des Redners antwortete, dann setzte sich unser Zug wieder in Bewegung.

Neben mir ging Herr von Sobeck.

Diese Dinge, sie überflügeln uns, und leider kann man sie nicht verhindern. Hören Sie die entsetzliche Stille?

Und nach einiger Zeit:

Alle Menschen schweigen in dieser Stadt, selbst die Kinder.

Wir schritten weiter die Straße hinauf. Autos fuhren an uns vorbei, auf den Bürgersteigen drängten sich die Menschen, man hörte kaum einen Laut. An der neuen Oper überholten uns zwei Straßenbahnen.

Na, hören Sie, flüsterte Herr von Sobeck, niemand scheint zu begreifen, daß diese Stadt eine Tragödie durchmacht, niemand spricht, nichts ist zu hören.

Unser Zug bog in die Zeil ein. Die gelben Kutten und Kapuzen erweckten kaum Aufmerksamkeit. In der Straßenschlucht befanden sich Tausende von Menschen. Das Unbeteiligtsein aller gegen alle fiel sogar mir auf. Ich flüsterte meinem Nebenmann zu, daß ich noch heute zurück in die Provinz müsse, da ich in Bergfelden als Sohn Rosemunds auf die Welt käme.

Ihr Provinzdünkel, flüsterte von Sobeck zurück, ist schon das Allergrauenhafteste; alle Menschen kommen in die Stadt, in die riesigen Isolierhäuser, alle verlangt es nach Isolation, sie kommen einzeln, heimlich, von überallher, um sich für immer endgültig isolieren zu lassen; mit den großen Zusammenrottungen aus alten Zeiten hat das nichts mehr zu tun; wer einmal in dieser Stadt angekommen ist, findet nie mehr heraus, einigen gelingt dieser oder jener lächerliche Ausbruchversuch, aber sie kehren zurück, wie unter fremdem Zwang, wer einmal die paradiesischen Lüste des Isoliertseins genossen hat, kehrt immer wieder zurück. Wie Sie vom Lande schwärmen, in dieser naiven Weise, das zeigt, wie sehr Sie dem Provinzwahnsinn verfallen sind; selbst meine alte reaktionäre Mutter ist heimlich in die Stadt gekommen und kann nie mehr zurück nach Westfalen, das sollten Sie bedenken.

Auf dem Platz vor der alten Hauptwache kam unser Zug zum Stehen. Wir wurden Zeuge einer sonderbaren Begebenheit. Das ehrwürdige Gebäude, vor mehr als zweihundert Jahren vom damaligen Stadtbaumeister Jacob Samheimer im barocken Stil erbaut, wurde Stein um Stein abgetragen.

Das letzte Stelldichein verschwindet, raunte von Sobeck. Tiefe Stille. Wir sahen, wie eine Schlange dunkel gekleideter Menschen mit bedeutenden Gesichtern langsam an uns vorbeirückte. Es handelte sich um Mitglieder der ältesten und angesehensten Frankfurter Familien, von denen jeder einen Stein des ehedem reichsstädtischen Gebäudes in Empfang nahm, um damit davonzugehn. Während wir stumm diesem Schauspiel zusahen und uns frierend die gelben Kutten um die Leiber wanden, Zeugen des hier auf offener Straße am hellen Tage ausbrechenden Irrsinns, saßen nebenan im Café Kranzler die Menschen bei Kuchen und Schlagrahm und schienen von alldem nichts zu bemerken. Indessen begann man in unserem Rücken den Turm der berühmten Paulskirche abzubrechen, da sich immer mehr vornehme und traditionsbewußte Frankfurter meldeten, die nachdrücklich verlangten, bei der Verteilung der Steine berücksichtigt zu werden. Alles ging in geordneter Ruhe vonstatten, wenn wir davon absehen, daß einige aus unserem Zug, offenbar leichte Aggressionsfälle, manchmal aus der Reihe schossen, um den Elitebürgern, die ihren Stein feierlich in Empfang nahmen, ein Bein zu stellen.

Da hoben sich aller Augen in die Höhe. In den Zoologischen Gärten hatten sich die Harpyien befreit und trieben nun mit schweren schlaffen Flügeln über uns im Winterhimmel. Einige ließen sich auf den Trümmern der Hauptwache nieder, andere hockten nur wenige Meter über uns auf dem Dach des Kranzlerschen Cafés, und eine blickte ausdruckslos vom halb abgebrochenen Turm der Paulskirche über die Stadt. Von Epochen zerschlissen hockten sie dort, luftmüde und in tierischer Resignation, die einst in mythischer Vorzeit Menschen angefaßt hatten und dennoch niemals ihren Tierkörpern entschlüpfen konnten.

Im Café Kranzler gab der Geiger das Zeichen. Die Herren nahmen das oberste Notenblatt von ihren Stapeln. Ein Hüsteln des Konzertmeisters kündigte an, daß sein Ensemble nun aus dem sicheren Hafen der Tonlosigkeit wieder in die riskante Welt zwitschernder Harmonien aufbrechen werde. Die Herren ergriffen die Bögen. Das Vertrauen in die schöne Verständlichkeit ihrer Kunst stärkte sie. Der Klavierspieler schlug den ersten Septimakkord, der Geiger strich die Melodie an, wobei ihm das Cello assistierte, während der Bassist mit der Miene des Chirurgen im Hintergrunde die Phrasen des Walzers von Berlioz mit rhythmischen Pointen vertiefte.

Die Reste meines ehedem soliden Epithelfadens zerfielen in Zellhäufchen, außerdem enthielt mein Nabelstrang noch ein recht fadenscheiniges Omphalosstielchen, das sich dem Zerfall widersetzte und aus dem Mutterkuchen sproß, was ich als erste diskrete Aufforderung verstand, mich zum Eintritt in die Welt zu rüsten.

Mir ist, als ob der ganze Bauch nach unten rutscht, sagte Rosemund, die ihre bergfeldischen Moralergießungen allmählich eingestellt hatte und ihre Mutter davon in Kenntnis setzte, daß sie in der Klinik von Stein entbinden werde.

Es gab erbitterte Klagen. Ihr Vater legte sich unter Flüchen und Prophezeiungen sogleich ins Bett, simulierte grauenerregende Herzanfälle und brachte die Nachbarschaft außer Rand und Band. Als Rosemund schließlich einwilligte, ihre Leibesfrucht daheim auszutreiben, stand der Alte hochfidel auf, fühlte sich angeblich doppelt und dreifach neu geboren und hielt bereits in Thönes Wirtschaft großmächtige Ansprachen über seinen künftigen Enkel, verlangte von den verdutzten Zuhörern schon jetzt Respekt für seinen Erben und Nachfolger und ließ im übrigen die starke Dore rufen, die weitum berüchtigte und von allen kreißenden homburgischen Weibern gefürchtete Hebamme. Es dauerte eine geschlagene Woche, bis die starke Dore sich auf dem Reuterhof einfand, wo sie zunächst in großer Seelenruhe ein Frühstück zu sich nahm, vor dem zwei ausgehungerte Steinbrecher Angst bekommen hätten.

Keine Übereilung, nichts schadet so sehr wie Hast, sagte sie nach jedem Pfannkuchen.

Dem herumzappelnden Bürgermeister, der in der einen Hand ein Gummipümpchen und in der anderen verzweifelt den Zylinder schwang, redete sie zu wie einem Heckenfechter:

Das Kind kriegen wir schon, wir kriegen es, mit bloßen Händen, wir kriegen es schon, kriegen es bestimmt.

Der Bürgermeister wurde zusehends stiller.

Schließlich begab sich die starke Dore zu Rosemund und fragte, wie die Aktien stünden. Rosemunds Gejammer mißfiel ihr. Sie herrschte sie an:

Sofort hör das Geplärr auf, sonst geh ich, so. Und sonst zieh dir einen Kittel an und hock dich auf den Friedhof und warte, bis du dran bist, so. Es ist alles in bester Ordnung, gegen die Koliken kriegst du heiße Hühnerbrühe aus der Schnabeltasse, und damit basta!

Rosemund wurde zusehends stiller.

Die Wehen kommen wieder, stöhnte Rosemund.

Du redest wie aus der Filmzeitung, polterte die starke Dore, das sind einfach gesunde Koliken, es ist alles zum Umfallen normal!

Mein Kopf hatte seine ungezwungene Haltung längst aufgegeben und senkte sich, mit dem Hinterhaupt voran, tief in Rosemunds Becken. Ihre Portio war fast aufgebraucht, und der Muttermund nahm schon die Fingerkuppe der Hebamme auf. Die Blase stand noch, aber über dem rechten Schambeinast ertastete Dore bereits meine Stirn. In der Küche dampften die kochenden Wasser in den Töpfen.

Du zeichnest schon, sagte Dore mit Genugtuung und wischte das erste Blut fort.

Der Bürgermeister, Wacholderfritz und Keuchhusten-Rudi saßen in der guten Stube und schwadronierten vom Lauf der Welt, bis an die Zähne mit Aquavit bewaffnete Provinzaktionäre der Transzendenz. Besonders der Bürgermeister steigerte sich mit jedem Schnaps in eine immer verworrenere Rührung hinein und hielt sich an guten Vorsätzen schadlos.

Ich wollte immer mit dem Schiff nach Amerika, Freunde, und dann, Freunde, untergehen, in Nacht und Sturmgebraus, und jetzt, wenn ich an die da denke (er zeigte mit dem Daumen gegen die Decke), jetzt fühl ich mich wie auf einem untergehenden Schiff. Wenn das da oben gut geht, Prost, dann soll mich der Deibel holen!

Keiner wußte genau, was von solchen Reden zu halten war. Der Bürgermeister hob die Stimme:

Ich fühl im hohlen Zahn, daß es ein männliches Wesen wird, aus purer Wollust gezeugt! Seitdem steht das Haus auf dem Kopf! Prost, der Deibel soll mich holen.

Wacholderfritz lachte noch, aber der Bürgermeister trank den nächsten Aquavit und prophezeite:

Mit *dem* Kerlchen werden wir in Bergfelden noch unser Damaskus erleben.

Keuchhusten-Rudi fügte hastig und verstört hinzu:

Mit ihm wird die Welt zu rechnen haben.

Der Bürgermeister warf ihm einen Blick zu, als fühlte er so etwas wie astrologisches Sodbrennen. Die drei tranken, sie gönnten sich keine künstlichen Pausen, sie soffen wie homburgische Pflaumenkrämer.

Die Blase sprang, sie sprang und sprang; die starke Dore griff mit beiden Händen durch meine Ohren in meinen Kopf, der in einer Position von schrecklicher Erbärmlichkeit schon den ersten Luftzug eines Februarmorgens spürte.

Die Preßwehen setzten ein. Rosemund wollte schon aktiv werden, die starke Dore wehrte ab. Mein Kopf stand auf Beckenboden, die Pfeilnaht im geraden Durchmesser, mein Kopf rotierte. Wacholderfritz konnte seine Neugierde nicht bezähmen und streckte den Kopf zur Tür herein.

Ist die Jugend schon da?

Die Hebamme ging wütend auf ihn los. Er machte sich schleunigst davon. Unten hielt er eine Rede über die neue Jugend. Die würde große Zeiten erleben, da wären ja geradezu ungeheuerliche Reserven im Gehirn, die noch nie zum Zuge gekommen, Millionen von ungebrauchten Zellen, das würde alle Schranken überschreiten; er fühle mit der Jugend, die eine großartige Zukunft hätte, ungeahnte Perspektiven, keine Grenzen usw.

Rosemund und ich standen unter der Geburt. Ich kannte bereits alle Verrücktheiten meines kommenden Lebens auswendig, kannte alle diese bergfeldischen Helden und ihre Taten und Meinungen, war hier schon abtrünnig geworden, wieder zurückgekehrt und wieder abtrünnig geworden und hatte es dennoch nicht unterlassen können, in genau derselben Kammer wieder zur Welt zu dringen. Diese Geburt, Zeichen meiner aller Wunder baren Irrfahrt und Heimkehr, war wirklich eine Heimkehr in die Kammer, aus der ich einst auszog, das Fürchten zu lernen, und eine Rückkehr zu mir selber, wo ich angesichts meiner lachhaften Niederlagen trotz allem noch meine Zukunft vermutete. Von dieser Kammer waren alle Wege ausgegangen, hierhin führten sie alle zurück, an diesem Ort versammelten sich Sterntonnen skandalumwitterter Zeit und flossen auf und flossen wieder ab. Ich wußte, daß in dieser homburgischen Schlaf-, Lust-, Zeugungs-, Geburts- und Sterbekammer alles geschehen, vergessen war, was je auf der Welt ersonnen und wieder verworfen war oder würde, und fühlte, in den Millionen Hirnzellen, eine ungeheuerliche Verneinung zu alledem und gleichzeitig, in meinen bergfeldischen Erinnerungen, ein absolutes, unverrückbares und ungeheuerliches Einverständnis.

You must understand, that a rose is prized for its poetry and not its food value, telegrafierte mein Freund James F. Sanchez aus Indianapolis.

Die starke Dore stellte sich auf die rechte Seite der kreißenden Rosemund und holte sich deren linkes Bein auf den Rücken, kam so noch näher an den Damm, der gefährlich blaß wurde. Mein Kopf trat durch, meine rechte Schulter rutschte nach, ich riß sofort die Augen auf und sah den Bürgermeister und Wacholderfritz in die Kammer torkeln. Wie in der Hochzeitsnacht kam mir das unbezwingbare, auf keine Weise zu bändigende Gelächter aus der Brust, gepreßt und wild, während Dore und Rosemund mich mit vereinten Kräften aus dem Chaos des Fleisches zerrten und mich auf Lebenszeit kopfüber der Imagination und der Sprachrose überantworteten.

Die betrunkenen Homburger riefen aus einem Mund:

Ein schwerer Junge! Laßt uns tausend Kannen saufen!

Geburt und Tod sind der gleiche phantastische Vorgang: Man fühlt sich wie sein eigenes Gespenst und gleichzeitig wie der Held, der durch den Wald geht und plötzlich die Sprache der Vögel versteht. Bei meiner Geburt zersprangen mein Leib und meine Phantasie in Millionen Bruchstücke: Mein Selbstbewußtsein, mein Narzißmus, meine Schuld und meine Angst, die bis zur Begegnung mit La Divine in der Stadt Frankfurt ein triumphales despotisches Eigenleben auf Kosten eines Bürgers meines Namens geführt hatte, detonierten geräuschlos wie eine vierfach geschärfte Zeitmine. In der Liebe zu La Divine war die erste Eisschicht des Wahnsinns meiner Sprachlosigkeit sanft zusammengebrochen, bei ihrem Sterben hatte ich mich mit meinem Bewußtsein von La Divine identifiziert, das mir nun für immer verborgen bleibt. In Rosemund hatte ich mich neu erzeugt. Das jene verzweifelte Münchhausiade begleitende groteske Gelächter stieg bei der Kunstgeburt in der homburgischen Kammer noch einmal wild und gepreßt aus einer Brust, die nur aus Metaphern und Sätzen besteht. Rosemund is prized for her poetry, which was her food value!

Erich, sagte mein Großvater Kerr, such dir im Leben deine Siebensachen auf deine Weise zusammen, und wenn du sie alle wieder gefunden hast, kannst du abkratzen. In saeculum saeculorum.

REINHARD LETTAU
Erlebnis und Dichtung

Wer
kommt nach Hause mit einem Schweinekopf,
den er neben die Staffelei legt, vor die er sich stellt,
um ihn zu malen,
trägt ihn dann in die Küche, kocht und
ißt ihn später im Wohnzimmer, nachdem er
am Schreibtisch ein Gedicht über ihn gemacht hat, wer
erhebt sich mit dem Skelett und
malt es im gleichen Format?

Ein Kollege, mitten in seiner
klassischen Periode.

Aus dieser einfachen Überlegung: daß
alles gelingt, d.h.

alles fertig wird, d.h.
alles verwendbar ist,
entsteht Klassik.

Dies
ist ein klassisches Gedicht.

Ernst Jandl
fortschreitende räude

him hanfang war das wort hund das wort war bei
gott hund gott war das wort hund das wort hist fleisch
geworden hund hat hunter huns gewohnt

him hanflang war das wort hund das wort war blei
flott hund flott war das wort hund das wort hist fleisch
gewlorden hund hat hunter huns gewlohnt

schim schanflang war das wort schund das wort war blei
flott schund flott war das wort schund das wort schist
fleisch gewlorden schund schat schunter schuns gewlohnt

schim schanschlang schar das wort schlund schasch wort
schar schlei schlott schund flott war das wort schund
schasch fort schist schleisch scheschlorden schund
schat schlunter schluns scheschlohnt

s – – – – – – – – – – – c – – – – – – – – – – – h
s – – – – – – – – – – – c – – – – – – – – – – – h
schllls – – – – – – – – – – – c – – – – – – – – – – – h
flottsch

Dieter Hoffmann
Früher

Als meine Großmutter jung war,
hießen Tomaten
noch Liebesäpfel.
Als sie Süße vermutete,
war sie enttäuscht.

Rolf Dieter Brinkmann
Rote Tomaten

Der überraschende Effekt
wenn man plötzlich rote
Tomaten in einer Ecke
liegen sieht, ohne vorher

überhaupt an Tomaten gedacht
zu haben. Das ist ein Bild
das dich auf der Stelle
umwirft, mitten am Tag

eine geballte Faust, sanft
auf beide Augen gedrückt.
Morgen sieht sowas schon
wieder anders aus, denkt man

und die Tomaten sind dann
weg. Trotzdem hält sich der
Abdruck noch länger auf
beiden Augen, ohne daß man

viel damit anfangen kann. Für
dich ganz allein nimmst
du dir aber vor, noch einmal
von vorne anzufangen in der

Erinnerung an soviel rote
Tomaten wie man vorher
noch nie auf einem Haufen
liegengesehen hat.

Kurt Bartsch
chausseestraße 125

Brecht sitzt wie eh und je
im schaukelstuhl und schnee
fällt auf die gräber hin
Brecht schaukelt her und hin

und lutscht an der zigarr
die nie erkaltet war
rauch steigt schwarz aus dem dach
der winter ist schon schwach
die mütze hängt am nagel
es fallen stein und hagel
bald gibt es blattsalat
(bis man genug von hat)
Brecht schaukelt noch ein stück
er hat noch einmal glück
dann ist es abends acht
kein licht ist angemacht
da seh ich einmal her
der schaukelstuhl ist leer.

Annemarie Zornack
kleiner zwischenfall

heute kam mir
jener alte herr
entgegen

zuerst wirbelte er den stockschirm
nur so
durch die luft

kurz vor mir
hob er den arm
köpfte
am wegrand blumen wie

bei alfred döblin

danach
ging er beschwingt
weiter

Rolf Dieter Brinkmann
Und

jetzt ist es
schon spät

das Licht fällt
weg, ohne daß
etwas anderes

an dessen Stelle
tritt, keine
Musik im Radio

keine Musik, aber
irgendwo sitzt
noch einer und

funkt irgend-
welche Zeichen
in die Luft

klarer als sonst.
Ich sitze still
am Tisch, froh

daß keiner
kommt und
mich fragt

was das zu
bedeuten hat.
Ich wüßte es

nicht.

Franz Mon
herzzero

vorbemerkung
der text erscheint in zwei fassungen, die durch die drucktype unterschieden sind. es ist also jeweils die linke beziehungsweise die rechte spalte im zusammenhang zu lesen. niemand ist es jedoch verwehrt, von der linken in die rechte oder der rechten in die linke hinüberzulesen.

es wird empfohlen, mit bleistift, kugelschreiber und filzstift zu lesen. mit dem bleistift streicht man die stellen an, die zusammengehören, auch wenn sie weit auseinander oder in verschiedenen spalten stehen. mit dem kugelschreiber korrigiert man, was korrekturbedürftig erscheint, ergänzt, was einem zur ergänzung einfällt, nicht nur die anführungszeichen an stellen, wo man jemanden sprechen hört, sondern auch wörter, satzteile, redensarten, sprichwörter, zitate (auch selbstgemachte, vom himmel gefallene, denkbare, sagbare). der filzstift macht unleserlich, was überflüssig erscheint. bedenken sie dabei, daß seine schwarzen würmer zum text gehören werden.

weiss. ich weiss
ich weiss nicht
ich weiss: ich weiss nichts
weisst dus nicht, machts nichts
machst dus nicht, machts ein anderer
man vergisst das nicht so leicht
selbst wenn man es vergisst, kann man es sich leicht wieder ins gedächtnis rufen
man braucht es nur zu sagen, dann weiss man es wieder
auf jeden fall weiss man: es ist einmal gesagt worden
was einmal gesagt worden ist, kann wieder gesagt werden
was sich wiederholen lässt, kann nicht völlig vergessen werden
wird nicht dasselbe gesagt, wird etwas ähnliches gesagt
wird etwas ähnliches gesagt, gibts einen unterschied
ist ein unterschied da, ist der anfang gemacht
aller anfang ist schwer

fang einfach an
was
fang mich
du bist mir einer. fang du lieber an
ehe es überhaupt anfing
was »es«? »es« kann alles mögliche
sein
ja, ehe alles mögliche anfing
das muss sehr lange her sein. ich
erinnere mich kaum mehr
sie haben doch sonst so ein gutes
gedächtnis
sonst wüsste man auch nichts davon
ich weiss auch nichts davon
auch nichts von stockbein
nein
von wem denn
von vornherein

also sags selbst
sims
wie
sims. wie mans spricht
mit zwei ess
vorne und hinten mit scharfem ess
sags mir ins ohr
du hörst doch nicht zu
doch ich höre
ein fieder
ein was
ein fieder. du hörst nicht richtig zu

wer nicht hören will, muss fühlen
fühlst du schon was
nein. fast nichts
von nichts kommt nichts
ich weiss. aber es macht mir nichts
machst du nichts, kommt auch nichts
gib wenigstens eins zu
gut, ich gebe. zählst du mit
eins
richtig. und weiter

ich weiss
weiss und weiss gesellt sich gern
was du weisst, macht mich nicht heiss
nichts ist so heiss, wie es gegessen
wird
mach dir nichts weis
mach ichs nicht, macht es ein anderer
ist überhaupt erst einmal was
gemacht, kann wieder was gemacht
werden
wird wieder was gemacht, wird mans
schon merken
merkt man erst was, macht man auch
was
merkt man erst was, macht mans
lieber selbst. merkt man erst was,
macht man nichts mehr. merkt man
erst was, macht mans verkehrt. merkt
man erst was, ist ein anfang gemacht
mach auch mal was
was denn bloss

fang einfach an
wen denn
es, wie man so schön sagt: »mit gott
fang an, mit gott hör auf, das ist der
schönste«
du bist mir einer
bist du dir denn keiner
fang du lieber was an
zum beispiel
sims
was
sims
was ist das
ein fieder. kennst du nicht
nein
wenn dus nicht fühlst, wirst dus nie
erjagen
ich fühl schon was
was denn
eine feder

eins
macht
nichts. es macht nichts, wenn dus
genau überlegst
doch, es muss was machen
was solls machen
zwei
behauptest du
es ist doch logisch
logisch, aber nicht anschaulich. sagt
man nicht: eins und eins »ist«? und
zwei und zwei »sind«? ich seh da
keinen übergang. so heisst es zum
beispiel: »einst kam ein herr gezogen
wohl durch den weissen schnee.«
dagegen heisst es immer noch: »zwei
reiter sind gezogen wohl übern
grünen klee, ach dass ich sie belogen
und nimmermehr sie seh.« merkst du
den qualitativen unterschied
quantität schlägt um in qualität
und die lässt sich nicht in zahlen
ausdrücken
jedenfalls gehts über eins raus
eins könnte man auch ruhig
vernachlässigen
aber all die andern
die zählen nicht, wenn man sie nicht
zählt. wer weiss, ob es die überhaupt
gibt
wenn es sie aber gibt, werden sie
mitgezählt, wenn alle gezählt werden
denkbar wärs. stell dir zum beispiel
vor, du begibst dich auf einen
grossen, leeren platz. du hast zeit
und wartest. was wird nach einer
weile geschehen
nichts. was soll geschehen
es muß was. sonst wärs ja wie im
himmel
nun ja. es wird dunkel
und dann

also sags auch
genau wie mans spricht
du hörst doch nicht richtig zu
doch ich höre
dein glück. denn wer nicht hören
will, muss fühlen
fühlst dus federchen
vollkommen
und wie ists
überall
und wieviel sinds
eins
falsch
weniger
nein, noch weniger
viel weniger
noch viel weniger
hundert
mehr
hunderttausend
beinah
donnerwetter. und alle für einen
beinahe alle, wenn sie beisammen
sind
alle auf einmal auf einem haufen. man
kann sichs kaum vorstellen

stell dir einfach einen sehr grossen
platz vor, auf dem sich keine
menschenseele befindet. auch kein
vogel, überhaupt kein lebewesen. nur
die sonne scheint. trotzdem wird nach
einer weile was geschehen, ob du
willst oder nicht
ich will ja auch gar nicht
wirst nicht erst gefragt. stell dir ein
iksbeliebiges ereignis vor
wenn gar nichts los ist
zum beispiel: es wird dunkel
wenn das ein ereignis ist,
meintwegen
und noch eins

wenn man lang genug wartet, wird es
wieder hell
und wenn es wieder hell ist
es kommt wer
nein
es könnte wer kommen
kaum
aber es sollte doch wer kommen
wer soll schon auf einen platz
kommen, den wir selbst uns kaum
richtig vorstellen können
zum beispiel funke
wer ist das denn
ein fähnrich
ohne fahnentuch
doch, er hats in der hand
um zu winken
um abzuwinken
dann besser: um ab und zu zu winken
wenn man wüsste, wem er ab und zu
winken soll
dir
wieso mir? mich kennt er doch gar
nicht
aber du kennst ihn
bloss vom sehen
dann kann er auch dich vom sehen
kennen
ich sehe ihn aber noch gar nicht
er winkt ja auch noch nicht
vielleicht ist er davongekommen. auf
und davongekommen
zuzutrauen wärs ihm
mach dir nichts draus. er hat sich eben
rechtzeitig aus dem staub gemacht
wem die hose voll ist, schlägt das
herz höher
es kann auch von der hitze kommen
so heiss ist es doch gar nicht
von der hitze des gefechts, meine
ich. die knallrote fahne passt dazu
eine fahne passt immer dazu

wenns dunkel ist
ja. zum beispiel: es wird wieder hell
einleuchtend. wenns aber wieder hell
ist
das will ich ja von dir hören
was soll schon
es muss was. sonst wärs ja wie im
himmel
es kommt wer
wieso
oder es könnte wer kommen
wer soll schon kommen
aber irgendwer sollte doch kommen
wer soll auf einen platz kommen, den
wir selbst uns nur mit mühe vorstellen
können
ich kann es gut
und was siehst du
funke
was ist das
funke – ein fähnrich
wohl mit ner fahne
jawohl. jedenfalls flattert was. er
winkt
wem soll er winken
zum beispiel dir
aber mich sieht er doch gar nicht
trotzdem kann er dich kennen, wenn
auch nicht vom sehen
und ich, ich sehe ihn erst recht nicht
er ist auch noch ganz klein, mit
blossem auge kaum zu erkennen
vielleicht ist es bloss ein kadett.
oder ein schüler, der einen kadetten-
anzug trägt. oder überhaupt nur ein
kind, das mal ein schüler mit einem
kadettenanzug werden will, ein ganz
kleines kind, das noch kaum laufen
kann, und was da winkt, ist sein
lätzchen, das weht im wind
wenn aber kein wind weht
wenn es ein kind ist, kanns auch ein

warum haben wir eigentlich keine
ja warum. wünschen wir uns einfach
eine
wünschen kann nichts schaden
siehst du, es kräuselt sich schon was
jedenfalls spüre ich ein windchen,
in dem sich was kräuseln könnte
in dem was flattern könnte. hörst dus
nicht schon knattern
nein. bloss das windchen
warten wir ab
ja, warten wir ab

siehstu
semikolon
suppengrün
wächst in meinem garten
will nicht länger warten

liegst du gut
wie erschossen
wie er bellt
bellende hunde beissen nicht
nur der letzte
bück dich mal. siehst du was
den himmel. ein stück vom himmel
und wie sieht er aus
wie immer. er lacht
wenn er lacht, kann er nicht beissen

wind sein
ist es aber ein kind
es muss eins sein. wie erklärst du
sonst, dass es immer kleiner wird,
wenn nicht infolge der kleinheit, die
kleinen kindern eignet? fast sehe ich
es nicht mehr
ich sehe es noch recht gut. es hat
einen lederriemen unters kinn
geschnallt und trägt auf der schulter
eine klappe mit einer nummer. es
kommt genau auf uns zu
weil dus von hinten sich bewegen
siehst, meinst du gleich, es käme auf
uns zu. dann müsste es aber auch
grösser werden. es wird aber immer
kleiner, je länger es dauert
das kann auch von der hitze kommen
so heiss ist es gar nicht bei dem wind
schau bloss, wie das fahnentuch
flattert
das lätzchen, meinst du
ich meine das knallrote fahnentuch
das knallrote lätzchen, daran haben
eben die kleinen ihren spass. es
flattert auch nicht, es kräuselt sich
ein bisschen. bald ist das würmchen
so klein, dass es nicht mal mehr
stehen kann

Friederike Mayröcker
Punkt und Linie
(eine Flugzeugtypen-Prosa)

Ein Fernglas gebrauchen; alle Örter damit abtasten; es immer fort tun auch bei aufsteigendem Ekel und in Verzweiflung; es ansetzend, vom Auge reiszend, es anhebend, es wieder entfernend, es heranbringend, es wieder senkend, es anhebend, es herunterlassend, es erneut ansetzend, es absetzend, es aufnehmend, es entfernend, es wieder zum Auge bringend gebrauchen; durch diese Wiederholungen eine Luftbewegung besonderer Art hervorrufen; diese Art Luft atmen; diese Art Luft ansaugen bei sich einrollender Körperoberfläche weil bereits glühend; ein glühendes Flugzeug besteigen; dem Piloten zurufen don't shoot I surrender; sich von ihm zur Mannschaft des Unterwasser-Hangars fliegen lassen; alle Erklärungen des Piloten bei fortschreitender Ertaubung weil bereits mit verkohlten Ohren laut wiederholen MEINE HAUPTWAFFE – BILDEN DEN GRÖSZTEN TEIL MEINER TRANSPORTFLOTTE – MEINE ZWÖLFMOTORIGEN – BOMBER – RASANTE JÄGER – ERPROBUNGSKOMMANDOS – AUFKLÄRER; alle Eindrücke auch bei verwischten Augen laut sprechend wiedergeben WIE FISCHE MAUL STATT KANZEL – GUT ABGERICHTET – ZAPPELN – ERDRÜCKEN EINANDER FAST – GEHEN AUF FUSZSPITZEN – TRINKEN – KNURREN EINANDER AN – STEHEN MIT BEBENDEN FÄUSTEN STILL – HALTEN JAGDFLUGZEUGE IN IHREN RAUBVOGELKRALLEN – KLETTERN – KAUERN GEGEN DIE WENDEPLATTE; beim Ertönen eines Gongs einen Fallschirm anschnallen der sich nicht öffnet; über dem Hangar aus zwölf hundert Meter Höhe abspringen und sich der Mannschaft anschlieszen; die gestürzte Nacht antreffen; hohl und voll verwechseln; eine rote Wolke über die Erde breiten; die akrobatische Darstellung einer menschlichen Leiter als ihr letztes Glied mitmachen; den Kupfermantel des Mondes greifen.

CHRISTIAN ENZENSBERGER
Größerer Versuch über den Schmutz

Angenommen einer wacht eines Tags auf und bemerkt etwas sehr Sonderbares, nämlich daß jeder seiner Schritte auf dem Boden einen schwarzen Abdruck hinterläßt. Dieses Schwarz kommt ihm kräftiger, aber auch unwirklicher vor als die übrigen Farben. Der darübergewischte Finger bleibt sauber. Er hat Angst auf der Treppe, was soll er nur machen wenn jemand kommt. Aber niemandem fällt etwas auf, auch nicht der Hausmeisterin mit dem Besen. Er freut sich jetzt über die neue Errungenschaft, ist stolz auf seine ständige Leistung. Auf der Straße wendet er sich immer wieder um. Passanten treten, ohne es zu wissen, in seine Abdrücke, und ohne es zu wissen tragen sie sie weiter, aber jeweils nur soviel davon, wie sie vorher im Auftreten berührt hatten, oft nur ganz kleine Monde, oft nur den eckigen Absatz. Seine Spur verzweigt sich rasch, führt hier und da schon in einzelne Häuser; denn auch die schwarzen Monde und Absätze werden von den nächsten Darüberlaufenden, die nichts davon wissen, weitergetragen, wiederum nur teilweise, als noch kleinere Teilmonde und Absatzecken, aber dafür um so öfter.

Es breitet sich das aus mit großer und immer größerer Geschwindigkeit, schon sieht er Autos, die alle anderthalb Meter einen Stempel, er sei größer oder kleiner, auf die Fahrbahn drücken, schon führen die ersten Stapfen oder Teilstapfen in den Bahnhof, zum Flugplatz, und von dort aus wer weiß wohin. Die Straßen färben sich ein, die Fliegen tragen es an die Wände in kleinen Pünktchen, die Liebespaare haben es in den Gesichtern und wissen es nicht, und von ihren fleckigen Wangen fällt oder weht, je nachdem, als schwarzer Rauch die vorbeistreichende Luft.

Bei diesem Anblick erschrickt er zum ersten Mal ernsthaft, wohin soll das denn führen, das muß aufhören, was ist das eigentlich für ein Zeug, wo kommt diese Schweinerei überhaupt her, warum muß das ausgerechnet ihm passieren? Oder geht das am Ende allen andern genauso, und bemerkt er es bei ihnen so wenig, wie sie bei ihm? Jedenfalls will er es lossein, und er wird es auch los, er hinterläßt keine Stapfen mehr, er stellt das an einer weißgebliebenen Stelle fest. Denn es gibt Orte, und erst jetzt zeigen sie sich, an die nie einer kommt, die keiner je braucht, nur er braucht sie jetzt, dringend. Die sucht er also auf, und muß länger und länger nach ihnen suchen, denn was er hinterlassen hat, wird ja immer noch weitergetragen, es wird nun wohl schon in Warschau sein, in Arkansas, und auch dort noch eine Weile solche Niemandsörter übriglassen, aber keiner außer ihm, wäre er dort, könnte sie sehen: und jetzt auch schon das kaum mehr, denn die schwarzen Luftschleier werden dichter und verfinstern das Licht über den geschwärzten Häusern, Hunden und Menschen, die nichts davon wissen. Er hat es langsam schwinden sehen auf seinen weißgebliebenen Händen.

Nachdem die Haut berührt und Schmutz somit erzeugt worden sei, sagte er ganz ohne Aufforderung, geschehe etwas sehr Eigenartiges. Nämlich wünsche die Person Berührung wie Besudelung alsbald fort, und versuche sie so schnell wie möglich zu annullieren. Offenbar dulde sie es nicht, angefaßt zu werden. Sie begreife sich als tabu. Durch Antastung fühle sie sich beschädigt. Dafür spreche auch, daß sie an sich Zonen von verschiedener Beschmutzbarkeit unterscheide; diese sei am kleinsten an den äußeren und unteren Gliedmaßen, steige nach der Mitte und oben zu, sei am größten am oberen Leib und im Gesicht. Das seien aber doch gerade die Teile, von denen sie noch am ehesten vermuten könne, dort befinde sie sich *eigentlich*.

Im Notfall ziehe sie sich auch ins Leibesinnere, also in ihren sichersten Aufenthaltsort, zurück. Diese Regung sei ganz elementar, dem Willen entzogen. Er spreche vom Ekel.

Manfred Bieler
Barbo spricht

Seit Jahren versuche ich, an das Ohr unseres Kaisers zu gelangen. Ich will ihm eine Botschaft überbringen. Da der Kaiser auf meine Briefe nicht antwortet, oder bestenfalls von einem seiner Unterbeamten einen kurzen, ablehnenden Ukas ausfertigen läßt, warte ich die neueste Entwicklung ab, die zwar den Zielen meiner Botschaft zuwiderläuft, es mir aber in nicht allzuferner Zukunft gestatten wird, den Kaiser selbst zu sprechen.

Seit einigen Monaten verlassen nämlich immer mehr Masseure, Köche, Rittmeister und Gärtner unser Land. Sie gehen in den Nachbarstaat, arbeiten dort in ihren früheren Berufen und sind, zumal es keine unüberwindbaren sprachlichen Schwierigkeiten gibt, samt und sonders zufrieden.

In den letzten Wochen melden aber die Grenzposten, daß sich auch ganze Trecks von Maurern, Tischlern, Dachdeckern, ja sogar von Sklaven aus ihren Wohnsitzen entfernt und in den Nachbarstaat begeben haben.

Die Straße, in der ich wohne, beherbergt außer meiner Familie nur noch einen alten Kaufmann, der sich nun, wie meine Frau berichtete, trotz seiner Jahre ebenfalls zum Weggang entschlossen haben soll. Es gibt im Umkreis von mehreren Meilen heute niemanden mehr, mit dem ich mich unterhalten könnte. Meine Freunde haben mich und den Kaiser verlassen. Um zu einer guten Mahlzeit zu kommen, satteln wir sonnabends die Maultiere und sind erst am Montag in einer Herberge, die warmes Essen ausschenkt. Die Reise ist beschwerlich, meine Frau nicht die Jüngste, und so müssen wir oft auf diese einzige Abwechslung verzichten.

Die Schaubuden sind geschlossen: die Schauspieler und Degenschlucker haben das Feld geräumt; und mit wem spiele ich an langen Winterabenden Mayong als mit meinem Sohn, der mich stets, aus Ehrerbietung und Unvermögen gewinnen läßt?

In unserem Gärtchen, nach den großen, jetzt gänzlich verwahrlosten Rieselfeldern hin, haben wir Mais für den täglichen Bedarf angebaut. In den Hof stellen wir zur Regenzeit Bottiche und füllen das Wasser in die Weinfässer; denn die Besatzung des Wasserturms hat das Land verlassen. Eine Menge Ungeziefer macht sich breit, sitzt in den leeren Wohnungen und spielt den Herrn im Haus. Seit gestern blickt auch mein einziger Sohn die Straße hinunter in Richtung auf die Grenze. Er sagt kein Wort, er beschwert sich nicht, aber ich weiß alles. Und – darf ich ihn denn zurückhalten in dieser Einsamkeit, mit einer kranken Mutter, die er wohl mitnehmen würde aus Anhänglichkeit, und einem alten Vater, der vielleicht zu dumm ist, die Zeit zu verstehn?

Nachts reiten noch mitunter die Soldaten des Kaisers durch unsere Stadt. Sie tragen Fackeln in den Händen und suchen nach Deserteuren. Wie mir ein Unteroffizier mitteilte, hat der Kaiser seine Leibgarde, die einst, in den großen Tagen, aus vierundachtzig Kohorten bestand, auf zwölf Bogenschützen reduziert.

Unsere Richter und Philosophen, soweit sie noch im Lande sind, wissen sich keinen Rat, obwohl sie natürlich dem Kaiser mit allerlei Erklärungen kommen, über deren wahren Wert sie sich selbst keiner Illusion hingeben. Sie haben die verbliebene Bevölkerung in Gruppen geteilt, um einen besseren Überblick zu gewinnen. Ich und mein Freund Sinka, der zweitausend Meilen von hier in der Provinz Atamara wohnt, bilden die Gruppe der Unentschlossenen und werden, laut Dekret, bekämpft. Besonders Aufsässige wurden auch in Gefängnisse eingewiesen; doch selbst der Wachmannschaften ist keiner sicher.

In der Residenz des Kaisers, so gehen Gerüchte, soll sich nur noch die kaiserliche Blaskapelle aufhalten, die von den zwölf Bogenschützen beaufsichtigt wird. Aber auch hier bahnen sich Änderungen an: je ein Bogenschütze und zwei Bläser sollen täglich in schweigender Übereinkunft den Palast verlassen und außer Landes gehn. Es kommt der Tag, an dem der Kaiser nicht einmal mehr Musik haben wird.

Dieser Tag wird für mich ein Freudentag sein. Am Morgen werde ich mein Maultier besteigen und in die Hauptstadt reiten. Niemand wird mich hindern, zum Kaiser zu gehn und ihm meine Botschaft zu überbringen. Gewiß hat er Zeit für mich, denn an diesem Tage sind nur noch wir beide im Lande. Endlich werde ich ihm die Augen öffnen und ihm sagen, wie er die Masseure, Köche, Maurer, Rittmeister und Sklaven glücklich machen kann.

Reinhard Lettau
Kurze Rede

Noch ehe er unser Land betrat, hielt der neue Botschafter Reden. Am Dock hatten sich die zahlreichen, hier wohnhaften Bürger des Landes, das er vertritt, auch Beamte unseres Außenbüros und der Stadt eingefunden. Eine Kapelle war aufgestellt worden, deren Leiter, mit der Linken Ruhe gebietend, sich wiederholt nach vorn umwandte und den Taktstock mahnend erhob, dann aber wieder abwinken mußte, da der Botschafter noch nicht da war. Fahnen flatterten, Blumen lagen auf der Tribüne bereit. Wo war der Botschafter? Der Botschafter stand noch an Deck und erzählte, von Seeleuten umgeben, von seinem Land. »Unserem Land«, rief er dann vom zitternden Laufsteg aus zurück aufs Schiff, daß man es auch an Land hören konnte, »gehört die Zukunft«, und die blauen Matrosen klatschten.

Kaum hatte er festen Boden unter den Füßen, drehte er sich, hart an der Mole, noch einmal um und winkte zum Schiff. »Von den Bodenschätzen«, rief er, »ein anderes Mal«, machte aber Anstalten, jetzt schon zurück an Bord zu eilen. Händeklatschen seiner Landsleute feuerte ihn an. Unter den Klängen der endlich triumphierenden Kapelle betrat er die Tribüne.

Den Herrn von unserer Regierung, der ihn hier, sich räuspernd, begrüßte, stieß der Botschafter an: »Schön bei Ihnen«, rief er.

»Ich spreche aber zuerst«, flüsterte dieser, wobei er zusätzlich lächelte, beugte sich über die Mikrophone. Bei den ersten Worten des Beamten trat der hohe Gast, der vorher einen Schritt beiseite gegangen war, auf Zehenspitzen wieder an diesen heran, legte dem jetzt schneller Sprechenden die Hand auf die Schulter und flüsterte in sein Ohr: »Ich finde es bei Ihnen aber schöner als zu Hause.«

»Bitte nicht unterbrechen, ich spreche doch noch«, flüsterte dieser zurück, setzte, da sich, auch vor der Tribüne, Unruhe verbreitete, unsicher geworden, stockend die Rede fort. »Sie haben wohl keine richtige Demokratie hier?« rief der Botschafter.

»Hoheit«, flüsterte der Beamte, »Unterbrechen hat doch nichts mit Demokratie zu tun« und lächelte dabei gleich nach vorn.

Die sich anschließende Rede des neuen Botschafters war kurz, er liebte Gesten. Zuerst erwähnte er die Seereise, zeigte zurück aufs Schiff. Einen Fisch hielt er hoch, steckte ihn zurück in die Tasche. Wie weit der Horizont sei: beide Arme weit ausgebreitet. Die Arme schnellen nach oben. Einer bleibt dort, der andere fällt herab: die

Größe seines Regierungschefs, aus einer bestimmten Entfernung gesehen. Er zählt auf, was es zu Hause gibt. Er hebt ein Bein, stößt es mit Schwung in die Luft: »Die Festigkeit der Häuser der Heimat«, ruft er.

Die Aktentaschen, um sich ganz hingeben zu können, haben die Landsleute des ausländischen Politikers abgesetzt: engeres Zusammenrücken, Beifall, Ausgelassenheit. Sie zeigen aufeinander, dann auf den Redner. »Ich dein Vetter«, meldet sich ein Akzent aus der Menge. Schief steht diese da, von unterschiedlicher Gestalt, einige nur kurz vom Pflaster aufsteigend, als ob sie knieten oder eben mit verklebten Lidern einen Schacht emporgestiegen, der sie, an dieser Stelle, zum erstenmal ans Tageslicht führte. Der Diplomat beobachtet, daß der Blick einiger Herrschaften, von ihm eben in die Ferne gelenkt, durch die Beifallskundgebungen auf die Menge unterhalb der Tribüne gezogen wird.

Der schlechten Wirkung dieser Aussicht entgegenzutreten, ruft der Botschafter, zur Seite zwinkernd: »Von Ausnahmen, natürlich, abgesehen. Natürlich gibt es Ausnahmen. Zum Beispiel Auswanderer sind Ausnahmen. Auswanderer, wenn sie das Schiff betreten, das sie der Heimat entfernt, verändern sich bis zur Unkenntlichkeit.« Murren vor der Tribüne.

»Das dürfen Sie aber nicht sagen«, flüstert der Beamte ihm zu.

»Augenblick«, ruft der Botschafter und zieht den Beamten zur Seite, »ich spreche gleich weiter«, während der schnelle Kapellmeister, beide Arme angewinkelt, eine jubelnde Musik dirigiert, wobei er das Publikum mit nickendem Blick über die Schulter hinweg mustert.

»Sie hielten das wohl für keine gute Bemerkung, was?« fragt der Botschafter lächelnd, gegen die Balustrade gelehnt.

»Offen gesagt«, antwortet der Beamte, »nein«.

»Dann kann ich ja sagen, daß bei uns zu Hause die Leute alle aussehen wie meine Landsleute hier.«

»Hoheit, zu Ihren vorigen Ausführungen würden sich Widersprüche ergeben.«

Der Botschafter denkt nach: »Man kann die Sache ja anders darstellen. Ich kann ja sagen, daß es an Ihrem Land liegt, daß die Leute elend aussehen.«

»Hoheit, vielleicht könnten Sie von etwas ganz anderem sprechen.«

»Von was denn?«

Beide stehen an der Balustrade.

»Oder soll ich sagen, daß ich im falschen Land gelandet bin?« fragt der Botschafter. »Damit wäre doch allen gedient.«

»Da fällt mir im Moment die Entscheidung schwer«, antwortet der Beamte. »Also wenn es im Moment sein muß.«

»Oder soll ich einfach auf Französisch weitersprechen?« fragt der Botschafter.

»Von Ihrer Seite hatte ich eigentlich Beifall erwartet«, sagt der Botschafter.

Dann, nach einigem Nachdenken: »Ich kann doch nicht mit leeren Händen ans Rednerpult zurückkehren.«

Eine einfache Lösung gibt es nicht für die Situation, in der sich der neue Botschafter befindet.

Irmtraud Morgner
Hochzeit in Konstantinopel

Wie mir ein Orden verliehen ward

Als ich eines Abends federleicht nach Hause kam, fand ich im Briefkasten ein großes Kuvert. Ich trug es in die Küche, griff nach dem Brotmesser, besann mich jedoch noch rechtzeitig und schnitt die rötliche Papiertasche auf mit dem Küchenmesser. Ein Bogen gleicher Papierqualität, Format DIN A4, war zweimal quer gefaltet, dreigeteilt also; Kopf: geprägt mit Wappen, Rumpf: anderthalbzeilig, Beine: zwei. Auch leserlich. Dem anderthalbzeiligen Text entlas ich, daß ich gebeten würde, mich am einundzwanzigsten Mai des Jahres siebzehn Uhr fünfundvierzig betreffs Auszeichnung dort und dort einzufinden. Hochachtungsvoll. Stempel. Unterschrift. Unterschrift. Im roten Seidenpapierfutter des Kuverts lag außerdem eine mit Garamond-Antiqua bedruckte Karte folgenden Inhalts: »Es wird gebeten, den höchsten Orden zu tragen und von den weiteren Auszeichnungen die Interimsspangen anzulegen sowie Kleidung dem Charakter der Ehrung gemäß.«

Ich legte sofort gemäße Kleidung an. Drei Tage später fand ich mich damit am angegebenen Ort zur angegebenen Zeit pünktlich ein. Der Ort, eine Kumuluswolke von etlichen Quadratkilometern, war menschenvoll. Ich geriet in einige Verwirrung, ja wandte mich bereits zu gehen, als ein Herr nach meinen Papieren fragte. Ich zeigte ihm einige. Zuletzt den Brief. Er nahm mir den Mantel ab und führte mich in einen Nimbus-Saal. Die Menge auszeichnungswürdiger Menschen beeindruckte mich derart, daß ich einen Kognak nahm. Nach einer Weile betrat eine weißgekleidete Dame den Saal und stellte die Abordnung Wissenschaft zusammen. Als der Kellner den zweiten Kognak brachte, wurde die Abordnung Kunst und Medizin zusammengestellt und abgeführt, nach dem dritten Kognak wurde ich aufgerufen. Von einem weißgekleideten Herrn. Er rief nur Damen auf. Als sich unsere Abordnung zum Abmarsch formierte, gewahrte ich, daß die Kleidung ihrer durchweg jungen Mitglieder Ähnlichkeiten aufwies. Auch den übrigen Anwesenden schien das aufzufallen. Einige schüttelten die Köpfe, als wir den Nimbus-Saal verließen.

Das Schloß lag ebenfalls im siebten Himmelsgeschoß, einige hundert Meter vom Nimbus-Saal entfernt. Sonne, wir gingen zu Fuß, der Wind lag kühl auf der Rückenhaut. Die Schloßwache salutierte. Das Tor ward aufgetan. Mehrere weißgekleidete Herren geleiteten uns die teppichbelegten Stufen hinauf. Es war zauberhaft geheizt.

Der Festsaal lag im ersten Stock. Kumulus, Stratokumulus, Zirrokumulus, Altokumulus, Zirrus, Zirrostratus. Die Sessel waren in Reihen angeordnet, wie in einem Theater etwa, jedoch mit Abständen von mindestens einem Meter Zirrus zwischen den Armlehnen. Der Prälat betrat den Saal durch die linke, zirrokumulisch verzierte Tür. Gefolgt von zwei geflügelten Herren. Ihre Schritte hallten. Als sie den Weg über das zirrostratische Parkett zurückgelegt hatten, flogen die Begleiter hinter einen Tisch, der mit Mappen beladen war. Der Prälat stellte sich ans Mikrophon und hielt eine Rede. Er sprach laut, rhythmisch akzentuiert, wenn er eine Pause machte, schlug er die obere Zahnreihe in die Unterlippe, er hatte einen schönen Mund, einen schönen großen Mund hatte er und eine noch größere Nase und dunkle Augen, so dunkel, daß man die Pupillen nicht erkennen konnte, die Iris, zu einem Drittel verdeckt, hatte einen bläulichen Ring und mehrere Lichter und einen halben Zentimeter Weiß zwischen Iris und Lid. Und blondes Haar hatte er, kurz geschnitten, es wuchs ihm stopplig in Stirn und Nacken, über den weißen Hemdkragen wuchs es, er akzentuierte die Sätze, indem er das zusammengerollte Manuskript seitlich gegen den Oberschenkel schlug, der steckte in einem aufschlaglosen Hosenbein, ziemlich langbeinig war er und schmalhüftig sicherlich und breitschultrig wahrscheinlich und überhaupt ein glänzender Redner. Beifall.

Der erste Begleiter ergriff die auf dem Stoß zuoberst liegende, mit rötlichem Leder bezogene Mappe, gab sie dem zweiten Begleiter, der öffnete sie und reichte sie dem Prälaten. Der Prälat las drei Namen, in der Reihenfolge: Familienname, Vorname, Mädchenname, er stand jetzt einen Schritt vom Mikrophon entfernt und zwei von mir, eine Dame erhob sich, er schlug die obere Zahnreihe in die Unterlippe, als die Dame vor ihm stand, verlas er die Begründung. Dann klappte er die Mappe zu, klemmte sie unter den rechten Oberarm, beugte sich über die linke Schulter der Dame, weit, er war sehr groß, und es machte ihm keine Schwierigkeiten, etwas länger darauf zu verweilen. Danach nahm er wieder Abstand, ergriff eine Hand der Dame, schüttelte sie und überreichte ihr die Urkunde. Im Gegensatz zu den irdischen Orden wurde dieser nicht an der Brust, sondern am Rücken angebracht. In der Mitte des linken Schulterblatts etwa. Er war von rötlicher Farbe, ziemlich groß elliptisch, entlang der Hauptachse verlief eine Aussparung. Er wurde auf der Haut getragen. Als mir der Prälat den Orden auftätowierte, zählte ich. Zehn Sekunden zählte ich. Der Prälat hatte einen sehr schönen großen Mund. Nach sieben Tagen war der Orden verblaßt, und ich bedeckte mich wie zuvor.

An Feiertagen, wenn der höchste Orden und von den weiteren Auszeichnungen die Interimsspangen anzulegen sind, trage ich in der Mitte des linken Schulterblatts ein elliptisches Loch im Kleid.

INGOMAR VON KIESERITZKY
Ossip und Sobolev oder Die Melancholie

15
Am Sonntag Septuagesimae kam Ossips Mutter zu einem Besuch, von dem Ossip hoffte, er werde kurz sein.

Sie war einfach plötzlich da und brachte in einer karierten Tasche 15 Eier [bräunlich gefärbt], zwei Gläser mit Orangenmarmelade und eine blaue quadratische Schachtel mit, in der sich drei, wie Ossip mit einem Blick feststellte, offenbar ungebrauchte Präservative befanden.

Wie geht es Papa, fragte Ossip. [sie saßen im sozialwissenschaftlichen Zimmer auf der Chaiselongue, die ein neues Loch hatte, aus dem kobaltblaue Watte quoll; Sobolev traf sich mit einem Klienten, der ihm ein Angebot über neunzehn schwermütige Doggen aus einer englischen Zucht gemacht hatte.]

Was soll ich sagen, sagte sie, entschloß sich aber dann zu einem wie immer.

Füttert ihr meine Tauben, fragte Ossip.

Doch, sagte sie, das machen wir, und starrte auf das Bild von Rudolf Steiner.

Wer ist das, fragte sie.

Ein Therapeut, sagte Ossip; er hatte viele Klientinnen und sein Säftehaushalt war nicht in Ordnung.

Sei nicht so unappetitlich, sagte seine Mutter.

Entschuldige, Mama, sagte Ossip.

Hast du noch soviel Durchfall, fragte sie.

Nein, Mama, sagte Ossip und stellte die Füße auswärts, es stimmt alles.

Nichts stimmt, Julian, sagte seine Mutter, du siehst schlecht aus. Sie unterbrach sich, führte seine Hand mit vier Ringen an ihren herzförmigen Mund und fragte: was ist das?

Über die Schwelle schaukelte eine junge Ente mit dunklem Gefieder und einem abrasierten Hinterteil; sie hörte auf den Namen Cressida und litt seit ihrer Geburt an partieller Paranoia.

Das, sagte Ossip, ist eine Ente.

Das sehe ich auch, sagte seine Mutter, öffnete ihren herzförmigen Mund und wich einige Schritte zurück, nachdem sie mit hochgerutschtem Rock aufgestanden war. Dabei trat sie in eine kleine Pfütze von Erbrochenem [ein Reflex der Neufundländerin, als Sobolev ihr, gemäß der Theorie Heinroths, Brechweinstein eingeflößt hatte,] und sagte: Was zum Teufel redest du da? Bist du verrückt geworden? Schau doch nur wie die geht.

Ossip bemerkte, ihr Gang sei eine direkte Folge ihrer Introversion. Was hat sie, fragte seine Mutter.

Naja, sagte Ossip nervös, sie glaubt, sie sei links schwerer als rechts, deshalb verlagert sie ihr Gewicht immer nach rechts und verliert dadurch das Gleichgewicht.

Cressida hüpfte mit offen zur Schau gestellter Schlagseite zu einem Napf mit Haferflocken.

Was macht ihr damit, fragte seine Mutter. Sie hatte sich in die Mitte ihres violett geschminkten Dreiecks eine Zigarette gesteckt und sengte vor Nervosität [die sich auf Ossips Beinhaltung übertrug] ihren violetten Kapotthut an.

Wir versuchen sie nach der Le Savoureux-Methode zu heilen, sagte Ossip.

Wovon, fragte seine Mutter und legte zwei Finger auf eine Hinterseite.

Manchmal, erwiderte Ossip, versucht sie Selbstmord zu machen;

erst vor zwei Tagen hat sie soviel Haferflocken gefressen, daß sie beinahe erstickt wäre; wir mußten ihr ein Abführmittel geben.

Cressida hob ihren hübschen Kopf, überlegte einen Augenblick und rannte dann, mit einem nach rechts hängenden und rasierten Hinterteil dreimal um den Napf mit Haferflocken.

Was tut sie jetzt, fragte seine Mutter.

Ich fürchte, sagte Ossip, sie hat einen ihrer Anfälle.

Was macht man dagegen, fragte sie.

Wir spielen ihr Musik vor, sagte Ossip; sie ist, glaube ich, sehr romantisch. Meistens nehmen wir Richard Rogers, mit dem Zwischenspiel haben wir nicht so gute Erfahrungen gemacht –

was für ein Zwischenspiel, fragte seine Mutter, du sollst doch nicht sone Schweinesachen sagen –

Schmidt, Mama, sagte Ossip hastig, die Musik ist von Schmidt, meine ich und ihre Verdauung gerät dann durcheinander und es ist schlecht, wenn in ihrem Zustand die Verdauung –

ich muß gehen, sagte seine Mutter plötzlich.

O, schon, sagte Ossip.

Cressida kam näher und schaute Ossips Mama mit ihren schwarzen kleinen Augen an – ja wirklich, sagte sie, es ist höchste Eisenbahn, machs gut, Junge, rauch nicht soviel [sie war schon an der Tür und preßte eine Hand auf ihr Kapotthütchen, als wollte es davonfliegen], bleib sauber, benutz, was ich dir mitgebracht habe, schreib mal öfter, hörst du, und geh früh schlafen – machs gut, und dann war sie fort.

Ossip machte den Kopf schief und wartete, bis die Tür des Südeingangs zufiel. Beten, liebe Cressida, sagte Ossip und kitzelte sie unter dem Bauch, ist wirklich besser als denken.

Cressida legte ihren Schnabel an das glattrasierte Hinterteil und stützte dabei ihren Bauch auf Ossips Fuß.

16

und sagte: ich sehe, du arbeitest. Entschuldige.

In die Toilette konnte Sobolev nicht – dort war der Hund; also ging er mit dem Käfig in der Hand in die Zelle, die an das Therapiezimmer stieß. Dort öffnete er seinen Mantel aus blauem Sergestoff mit den schwarzen Samtrevers, legte sein rechtes Ohr an die Tapete und hörte folgende Unterhaltung:

Ossip sagte gerade: Ja, er ist sehr intelligent. Er ist belesen, er tut beinahe nichts anderes, er ist gesund und spricht drei tote oder halbtote Sprachen und ißt jeden Morgen Grieß; er sagt, Grieß sei gut für die Drüsen. Er ist der disziplinierteste Mensch, den ich kenne.

Isi lockerte sich und Ossip befreite seine Hand.

Er arbeitet, fuhr Ossip fort, jeden Tag sechzehneinhalb Stunden. Jetzt auch, fragte Isi.

Natürlich, sagte Ossip, jetzt auch; um diese Zeit schreibt er immer. Er schreibt an vier Büchern gleichzeitig, [o, sagte Isi], ja, sagte Ossip, im Augenblick schafft er an einem Losungsbüchlein, so eines für das ganze Jahr, kein Tag ohne Losungen. Aber nur von wirklich positiven Männern, also Steiner, Rittelmeyer, Schweitzer, Jesus, Elsa von Brabant –

Elsa v. Brabant, fragte Isi und sah auf seine Hand, die auf ihrer linken Brust lag [Ossip tat so, als sei sie dort irgendwie eingeschlafen und als habe er es noch nicht bemerkt], sagte ich, fragte er, Elsa v. Brabant –

ja doch, sagte sie, das taten Sie –

also, sagte Ossip, Rahner und Gardine [Guardini, sagte Isi], na gut, Guardini, wiederholte Ossip, und Gertrud von Le Fort, eben nur wirklich positive Aussagen.

O ja, sagte Isi mit einem kleinen Seufzer, diese Leute haben wirklich sehr tiefe Aussagen gemacht.

Ja, sehr tief, sagte Ossip und seufzte.

Ist er auch sportlich, fragte sie.

Sportachso, sagte Ossip, ja ich glaube, er hat einmal einen bedeutenden Staffellauf gewonnen.

Für wen, fragte Isi. Sie war ganz aufgeregt.

Ich glaube, sagte Ossip, es war Albanien.

O, sagte Isi und machte begeistert die Beine etwas auseinander, ich möchte so gern von ihm lernen, wie man die richtige Kraft des positiven Denkens bekommt, und wie man richtig betet und atmet und wie man wirklich richtig gesund sauber und posi –

Sie sind es schon so sehr, sagte Ossip und merkte, daß sie zart nach Tannennadeln und soetwas wie Buttermilch roch, durch und durch gesund, bepudert mit Gesundheit und Sauberkeit, frisch, sportlich, heterosexuell und positiv.

Ich glaube, sagte sie [Isi fing jeden Satz mit der Glaubensformel an, sogar, wenn sie aufs Klo ging], ich glaube, Dr. Sobolev hat eine ungewöhnliche Weltschau, ich muß ihn kennenlernen, ich glaube, er ist ein sehr integrer Mensch –

ein was, fragte Ossip und brachte seinen Handrücken behutsam unter das Futter; mit dem kleinen Finger fuhr er über den elastischen Doppelmuskel, der von der Kniekehle ausging, und ließ ihn dort wieder einschlafen.

Ich will, sagte sie plötzlich, euch nicht als Waisen zurücklassen, ich komme zu euch, Johannes 14, 18, ist das nicht wunderbar.

Ossip sagte, es sei wunderbar.

Diese Gewißheit schon im Irdischen, rief sie.

Ossip nickte, so gut ers vermochte, und sagte, die Gewißheit sei eine schöne Sache; früher, sagte er mit der kindlichsten Stimme, die ihm dazu einfiel, hatte ich richtige Ekstasen, wissen Sie, Isilein, ich war sehr empfindsam, meine Mutter war eine gute Katholikin, wie man so sagt, und wir hatten eine Familienbank inne, stellen Sie sich vor [Isis Mund kam so nah, daß Ossip zwischen zwei ihrer weißen Zähnchen ein Stückchen Mohrrübe entdeckte], meine Mutter neben mir [sie sang eine wunderbare Altstimme], und dazu das Ritual der Heiligen Osternacht, das Gefühl der Gewißheit, dies habe schon ewige Male vorher mit der gleichen Inbrunst stattgefunden, Deus [Ossip hob die Augen an seinen säurebeständigen, garantiert katholischen Himmel], Deus qui per Filium tuum, angularem scilicet lapidem, o Gott, wie schön, claritatis tuae ignem fidelibus – Isi, fragte er, ist Ihnen nicht gut [sie hatte ihre inkongruente Brust an seine wattierte Schulter gedrängt und seufzte so herzzerreißend, daß Ossip seinen Vortrag stoppte. Um sie zu beruhigen, kam er auf seine Mutter zurück und sagte: meine Mutter war 1. Vorsitzende der Gesellschaft Unserer Lieben Frau e. V. und hat auf polnisch eine wichtige Arbeit über das Mysterium Tremendum als intensionale Präfixierung des Absoluten geschrieben, bitte beruhigen Sie sich doch, Isilein, sie duftete immer nach Tannennadeln, und nach frischgewaschener Wäsche, gerade so, wie Sie.

Mit ernster Miene fügte er hinzu: Sie erinnern mich sehr an sie.
O, sagte Isi, ich glaube, Ihre Mutter war eine sehr integre Frau, [integer schien Isis Lieblingslob zu sein, integer.]

Bei Gott, sagte Ossip, das war sie.

Aber, sagte Isi nach einer Pause, in der sie sich die Nase säuberte, wie können Sie alles so rational sehen, ich glaube, das ist nicht richtig, wie sagte doch der Hebräerbrief –

ach Isi, sagte Ossip mit einem Seufzer, der seine Hand aufweckte, wie sagt er –

glauben sollen wir, sagte Isi, und das mit aller Kraft, nicht fragen sondern glauben, Hingabe, Ossip, an etwas, das –

ich habe noch nie –, sagte Ossip, barg seinen Schädel [seine Ohren waren jetzt sehr rot und durchscheinend] an der Innenseite ihres rechten Schenkels [so daß er sich ihrem angewinkelten Stiefelchen aus Wildleder genau gegenüber befand] und bewegte langsam die Finger seiner Hand. Ich habe öfter solche Gedanken, sagte er dazu, mit einer gleichmäßigen einschläfernden Stimme, ich habe beinahe immer solche ähnlichen Gedanken, ja fast immer, manchmal glaube ich, ich zweifle genausoviel, wie ich zu glauben imstande bin, aber, fügte er nach einem Blick auf ihr Dreieck unter dem Rock hinzu [das gleichschenkelig war und an den beiden Schenkelanfängen transparent], das mag an der Ernährung liegen [die ja immer dem Satan dient], oder daran, daß ich nicht sehr sportlich bin oder an meinem Mangel an Gemeinschaftsgeist – [aber, Lieber, sagte sie wieder etwas aufwachend] wie können Sie nur immer nach rationalen Gründen suchen – still in sich horchen, das –

ich, sagte Ossip mit grüblerischer Miene, ich, ich meine [um die Wirkung seines Stammelns zu erhöhen, zwinkerte er sogar], ich will sagen, ich meine, ich glaube, ich glaube ihn, vielleicht nicht so so, na so systematisch wie es nötig wäre, also mit Morgengottesdiensten und Fünfminutenandachten, wie auf den Schulen, damals, – das alles, Isi [er bewegte seinen Unterleib so, daß er die neue Erektion genießen konnte und nicht fürchten mußte, sie werde ihn umbringen] vermisse ich im Grunde, das habe ich noch nie zu jemandem gesagt, hören Sie, hören Sie, wiederholte Ossip, so langsam sich diese zwei Vokabeln mit ihren drei Silben aussprechen ließen, und brachte, während er das sagte, endlich seinen kleinen Finger unter den Rand des gleichschenkelig-transparenten Dreiecks, das seinen Finger unter einer warmen kleinen Woge begrub.

HUBERT FICHTE
Die Palette

29.
VON SUSI BIS LERMONTOV: Jäcki sitzt an dem runden Tisch gegenüber der Theke. Einer kommt rein. Mit Vollbart und Frack.

Fragt:

– Ist Susi da?

Das Mädchen hinter der Theke:

– Nein. Warum denn?

Der Mann im Frack:

– Nur so.

Und er geht wieder raus.

Rar wie drei Grazien am Strand – Matte, Philo, Physik – kommen die drei Studenten vom Professor Friedrich Freiherrn von Weizsäcker rein in die Palette.

Zu dritt auf einem Haufen hat Jäcki sie noch nie gesehen, den RockandRoller, den zweiten, der sicher Cello spielt zu Hause, den dritten, aus der Hamburger Familie, an die man nicht herankommt. Der Cellospieler hat nach allen Seiten viel braunes Haar und der aus der Hamburger Familie sieht so gut aus, daß er Jäcki nicht interessieren würde, wenn er nicht Physik und Mathematik studierte. Jäcki überlegt. Er kann sich nicht einmal mehr an den Unterschied erinnern zwischen Mathematik und Physik. Zwischen Physik und Mathematik schon – aber zwischen Mathematik und Physik?

– Wozu neuneinhalb Jahre in Lokstedt und Niendorf und Scheyern und in der Ahlsenstraße?

Er hätte lieber rohe Raben essen sollen wie Alfred Wöbke.

– Mathematik ist das Höhere, der die Physik gehorcht, der die Mathematik gehorcht.

– Der aus der Hamburger Familie, das ist ein Genie, sagt der RockandRoller.

Und wenn Jäcki ihn ansieht, gibt er ihm keine halbe Stunde an einem Abend mit Whisky oder Campari. Jäcki behauptet das oft und von vielen. Er hat es nie ausprobiert.

– Mit Alkohol oder sagen: Ich habe auch eine interessante Bibliothek. Sie interessieren sich auch für französische Literatur. Was halten Sie denn von André Gide?

Nie.

Der mit den vielen braunen Haaren sieht die Musik-Box und Jäcki und den ersten Raum der Palette gründlich an.

– Das ist auch ein Genie, sagt der grünredende RockandRoller.

Aber der aus der Hamburger Familie würde einmal den Gang der Welt bestimmen.

Der grüne Gedichte schreibende RockandRoller was macht der auf der Uni?

Auf Russen fußt er und über die Wahrscheinlichkeit rechnet er was und bereitet sich auf seinen Doktor vor. Und wenn ihr Professor nach Erlangen geht, müssen sie alle drei mit, weil kein andrer ihnen in ihrer Spezialität mehr was vormachen kann. Bei Weizsäcker hören sie nur zum Spaß.

– In dem Alter, wo die genialen Entdeckungen gemacht werden.

Das kann sich also unter Jäckis Herrn Noelles, Professor Noacks, Fräulein Heydorns herausentwickeln: Drei Heilige, die rosarot, violett, crème à la Fra Angelico in hohen Sphären schweben, mit Zungen reden, die in der Palette keiner versteht und außerdem, wie der RockandRoller, sich Haare über den Kragen wachsen lassen und Trompetenhosen über Samtschuhen tragen und zwei Akteien nacheinander in die Musik-Box werfen.

Schudl kommt von draußen rein:

– Susi hier?

Das Mädchen hinter dem Tresen:

– Nein. Was willst du denn von ihr?

– Ich hab nämlich einen Tripper.

Reimar Renaissancefürstchen:

– Ist Susi da?

Igors Freundin hinter der Theke:

– Hast du auch einen?

– Nein. Was denn?

– Susi ist nicht da.

Mirko kommt:

– Ist Susi da?

– Nein.

Wilfried ist von Tübingen nach Heidelberg gefahren, ein paar Amerikaner führen, die das Schloß besichtigen wollten.

– Er sollte mich irgendwo hinfahren, wo es interessant ist. Fährt mich auch über den Neckar – wenn da der Neckar fließt, also über den Fluß und dann am Fluß längs. Es wird immer dunkler die Gegend. Biegt hoch. Einen Hügel rauf und hält vor einer Gaststätte – irgendwas mit Hirsch. Hier ist es interessant, sagt er. Historische Gaststätte. Ich bezahl und steig aus und seh couleurtragende Studenten rauskommen. – Ach, ein Verbindungshaus? – Nein, auch ein Hotel, sagt der Taxichauffeur. Gehen Sie mal in den ersten Stock. Ich geh rein und finde keine Gaststube. Doch. Gaststube steht links und rechts an der Türen. Ich gehe weiter geradeaus. In dem Gang hängen Bilder und Zeichnungen und Kupferstiche. Büchnerzeit. Ganz feinsinnig. Die Mützen von Chorstudenten, sehr rhythmisch – wie Opart – Wiederholungen von Beinen und Mützen und Händen. In der Mitte zwei wattierte Männer. Mensur im Walde steht drunter und denen in der Mitte sekundieren zwei Kürzere mit Degen oder wie das Zeug heißt. Über den Köpfen schweben kleine Zahlen und unter den Füßen stehen die Zahlen noch mal mit den Namen. Irgendwelche Urgroßväter von unseren Professoren namentlich. Historische Gaststätte steht auch irgendwo. Ich gehe die Treppe hoch. Oben sind Fenster auf einen Innenhof und dort unten so eine Zeichnung als lebendes Bild. Die rhythmischen Linien in natura. Viele rauchen. Frische, große Bandagen um den Kopf, rote Flecken dran. Ganz langsam bin ich die Treppe runter und auf den Hof, wie ich war, angezogen wie ein Berber in Lederjacke und Jeans. Die bemerkten mich gar nicht. Ich dachte mir bloß: Wenn sie dich fragen, sagst du: Ich will auf die Toilette gehen. Sah zur Toilette runter. Da wuschen couleurtragende Studenten, solche mit lustigen bunten Käppis, schwarze Binden aus, von denen das Wasser rosa ablief. Dann roch ich es erst: Über dem ganzen Hof lag so ein Dunst nach Wurstkocherei. Ich ging eine Holztreppe hoch und kam in einen Saal. Keiner hielt mich auf. Alle starrten in eine Richtung. Ich konnte durchgehen bis zu dem Punkt auf den alle starrten. Hinter mir kamen welche von draußen rein. Schon zuende, sagten sie. Ich sah in der Mitte eine kleine schwarze Figur, der wurden schwarze Binden abgewickelt. Welche schlugen ihm tröstend auf die Schulter. Er stand auf und hatte ganz dünne kleine Unterstufenoberschenkel, keine Haare drauf. Schwarze Turnhose hatte er an und stolperte ein paar Schritte vorwärts. Hatte gar nicht mitgekriegt, was eigentlich los war. Das war vielleicht seine erste Mensur und die hatte, nach den Äußerungen der anderen, nicht lange gedauert. Die Binden dampften. Man hatte ihm wohl während der Stecherei viel Kübel warmes Wasser über den Kopf gegossen, damit er nicht an zu brüllen fing, wenn es ihm aus den Adern leckte. Er drehte sich ganz langsam um. Er war jetzt ganz ausgewickelt. Sein Gesicht war gestreift von hellrotem Blut. Einer redete mich an: Sie gehören hier wohl nicht rein. Ich sagte bloß: Nein. Mehr fiel mir nicht ein. – Ich will nicht mehr in Deutschland studieren. Ich studiere in Paris weiter. Am nächsten Tag sieht man dann weißverbundene und braunverkrustete Köpfe in ganz Heidelberg.

– Glaubst du, daß es in Paris besser ist? Proust hat sich auch duelliert.

– Proust! Lermontov auch.

RAINER WERNER FASSBINDER
Katzelmacher

ERICH Von wem ist die Rede?
PAUL Vom Italiener.
ERICH Genau.

GUNDA Und. Was ist?
PAUL Ein Italiener ist das. Sonst nichts.

Bruno kommt.

So. Was ist nun?
BRUNO Kein Italiener nicht.
PAUL Nein?
BRUNO Ein Griech ist es. Von Griechenland.
ERICH So? Aber in Griechenland ist sie gar nicht gewesen, die Elisabeth.
BRUNO Das hat auch nichts zu tun mit dem, weil das ein Fremdarbeiter ist.
GUNDA Was ist das?
BRUNO Wie ich es sage. Ein Fremdarbeiter.
ERICH Wieso! Gibt es denn hier nicht Arbeiter genug?
PAUL Ein Griech von Griechenland.
ERICH Das geht nicht, weil das keine Gerechtigkeit nicht ist.
GUNDA Genau.
ERICH Wir arbeiten auch, und das nicht zu wenig.
PAUL Hat er dir sie schon ausgespannt, die Elisabeth?
GUNDA Wo schläft er?
BRUNO Bei mir im Zimmer.
ERICH Bei dir? Wie das?
BRUNO Weil da ist ein Platz gewesen.
PAUL Und hat er geredet mit dir?
BRUNO Der kann doch nichts reden. Aber zum Schlafen zieht er sich aus. Ganz.
PAUL Nein!
BRUNO Genau.
GUNDA Vor dir?
BRUNO Da kennt der nichts.
ERICH Und wie schaut er aus?
BRUNO Besser wie wir.
ERICH Wie besser?
BRUNO Besser gebaut ist er.
ERICH Wo?
BRUNO Am Schwanz.

Pause.

PAUL In der Krone haben sie jetzt einen Fernseher, da geh ich hin.
GUNDA Ich geh jetzt. Servus.

ERICH Servus. Was zeigen sie denn?
PAUL Schlager singen sie und so.

GUNDA Du bist von Griechenland?
JORGOS Griechenland.
GUNDA Und gefällt es dir da? Ob du hier einen Gefallen hast.
JORGOS Nix verstehn.
GUNDA Deutschland schön?
JORGOS Viel schön.
GUNDA Nix viel Liebe?
JORGOS Nix verstehn Liebe.
GUNDA Vom Herzen.
JORGOS Nix.
GUNDA Nein? Nix Fräulein?
JORGOS Was Fräulein? Fickifick?
GUNDA Ja.
JORGOS Na nix.
GUNDA Warum? Wegen mir?
JORGOS Ja. Nix.

INGRID Ich habe es vom Erich, und der hat es vom Bruno, glaub ich. Heut nacht hat sie sich ausgezogen, hat sich aufs Bett gelegt und nach dem Griech geschrien.
HELGA Und dann?
INGRID Dann ist der Griech rüber, und nach drei Stunden ist er wiedergekommen und hat ganz fertig ausgeschaut.
GUNDA Ich geh gerad heim, da kommt mir der Griech entgegen. Ich grüß, weil ich eine Erziehung hab. Da hält er mich fest und schmeißt mich ins Gras und sagt immer fickifick. Bis ich eine Todesangst gehabt hab. Dann bin ich weggelaufen.
FRANZ Jetzt geht es los mit den fremden Sitten.

ELISABETH Von nichts kommt nichts. Sie müssen schneller werden mit der Arbeit, weil das wegen dem Verdienst ist.
JORGOS Arbeit nixe gut?
ELISABETH Arbeit gut, aber nix schnell.
JORGOS Verstehn, Arbeit schnelle.
ELISABETH Genau, was gearbeitet wird, das verdient sich.

PAUL Und dann hat er sie vergewaltigt, auf dem Feld.
ERICH Die Gunda? Der hat auch keinen Geschmack nicht.
MARIE Ich glaub das nicht von dem, weil der schaut immer so gerad.

Erich Hast ein Feuer gefangen von dem?

Marie Nie tät ich ein Feuer fangen von dem, aber wie einer schaut, das hat seinen Grund.

Paul Ich sag es ja, auf das Feld hat er sie geschmissen und vergewaltigt, und die anderen kommen auch noch dran. Sag ich.

Helga Arm in Arm ist sie gegangen mit ihm durch den Ort, und gelacht haben sie.

Gunda Das geht nicht mehr mit denen. Zur Polizei hätt ich gehen müssen, weil das richtig gewesen wär.

Helga Wenn der mich anfaßt, dann ist er geliefert.

Gunda Totschlagen wär richtig.

Helga Aber die Elisabeth spricht für den, weil die hat einen guten Stand bei die Großen vom Ort.

Gunda Wenn ich mit dem Burger ein Verhältnis gehabt hätte, dann hätt ich auch einen guten Stand.

Helga So ein alter Mann. Und wie alt ist sie gewesen seinerzeit. Siebzehn.

Gunda Eine Scham hat die nicht. Totschlagen solche Leut, glatt totschlagen. Aber das kommt.

Marie Eine Liebe spür ich wie wenn sie singen in ihre Lieder.

Jorgos Liebe viel gut.

Marie Weil sie alle so reden. Von dir und der Elisabeth.

Jorgos Elisabeth nix.

Marie Ich will die einzige sein, mit der du rumziehst, weil ein Mädchen das braucht.

Jorgos Augen wie Sterne.

Marie Augen wie Sterne, schön ist das.

Jorgos Anfassen schön.

Marie Ist das mit andere auch schön gewesen?

Jorgos Nix verstehn.

Marie In Griechenland Fräulein schön?

Jorgos Ja schön. In Griechenland viel schön. Kommen Griechenland zusammen. Viel Sonne und Meer.

Marie Nimmst mich mit, ehrlich?

Jorgos Bestimmt. Viel Liebe.

Marie Ich hab dich auch lieb, ich spür es, ganz weh tut es, bestimmt.

Ruth Rehmann
Die Leute im Tal

Flinz soll in Petereit eine richtige Werkstatt mit Shell-Tankstelle aufgemacht haben. Runkels Schuppen gegenüber der Einmündung der Veltener Bauernstraße ist wieder eine Holzhütte wie vorher, keine zerbeulten Karosserien in der betonierten Einfahrt, am Straßenrand und auf dem Grasfleck gegenüber, kein Flinz im dreckigen, ehemals blauen Overall, die ölverschmierte Schirmmütze schief auf dem Strohhaar, die hellen Augen zu Schlitzen verkniffen, als hätte er immer noch Salzwasser vor sich, Salzwind gegen sich, pfeifend zu der heißen Musik, die aus dem Lautsprecher eines selbstgebastelten Radios kam, oder mit einer kalten Zigarette im Mund, Flinz mit seinen fixen, sparsamen, gezielten Bewegungen und einer höchst verdächtigen, unsoliden Jugendlichkeit, die Falten und Grauhaar überdauert und bei solchen Typen bis zum Tode vorhalten kann. Seit seinem Wegzug sind die Halbstarken von Robend und Umgebung wieder heimatlos geworden, keiner weiß, wo sie sich herumtreiben und was sie anstellen, aber damals brauchte man nur zu Flinz zu gehen, wenn einer fehlte. Da lagen sie unter einer alten Karre oder hockten wie die Stare auf Flinz' Zaun, kauten Kaugummi, saugten aus Strohhalmen Coca-Cola, und im Winter saßen sie drinnen und wärmten sich an Flinz' unvorschriftsmäßigem Kanonenofen. Von Flinz aus starteten sie zu ihren Mopedtouren am Wochenende, kehrten zu Flinz zurück mit ihren Mädchen, auch darüber wußte Flinz Bescheid, hielt aber dicht, sonst hätten sie ihm nie mehr was erzählt. Flinz schickte sie herum, wie er es grade brauchte, von dem ließen sie sich anstellen, ohne einen Pfennig zu verlangen, aber daheim rührten sie keinen Finger. Wie machen Sie das nur? hat Gehrke ihn immer wieder gefragt, wenn er seinen alten Ford zur Reparatur brachte. Wo kriegen Sie die Jungens her? weil Gehrke nie jemanden für die Landarbeit kriegen konnte außer solche von der Fürsorge, und was mit denen los ist, das weiß man ja. Wie machen Sie das, Flinz? Vielleicht weil ich immer Zeit habe, sagte Flinz. Das stimmt auch, zu dem konnten sie immer kommen, sogar nachts, brauchten nur an das Schlafzimmerfenster zu klopfen, und gleich war Flinz draußen, in Overall und Mütze, als hätte er damit im Bett gelegen. Der hatte auch Zeit für den Bruckner Rass, der bei ihm, mit seiner Hilfe, die Norton zusammengebastelt hat, Zeit sogar für Freddy und Herbert, die beiden langhaarigen ungewaschenen Gammler aus der Neuen Heimat, die manchmal vorbeikamen, um auf Flinz' alter Gitarre zu spielen. Warum denn nicht? sagt Flinz, die tun doch keinem Menschen was! Und seine Jungens, was früher seine Jungens waren, sie sagten das auch. Als die Sache mit Freddy passierte, wollte Flinz unbedingt damit vor Gericht gehen, aber damit kam er nicht durch, weil zu viele von den bessern Leuten aus Robend den Finger drauf halten, sagt er, weil nämlich bei einer Verhandlung, wenn eine stattgefunden hätte, alles verkehrt herum gegangen wäre, nämlich die Söhne von den besseren Leuten auf der Armsünderbank, und das Gesindel, wie sie es nennen, wäre Kläger gewesen.

Und hätte vielleicht sogar recht gekriegt, das Gesindel, sagen die Robender, aber das sagen sie nicht zu Flinz, mit dem spricht keiner mehr. Was sind das für Gerichte heutzutage, sagen sie, die nach zwanzig Jahren noch sogenannte Kriegsverbrecher verknacken, die doch nur ihre Pflicht getan haben, und hängen dir alles mögliche an, wenn du gezwungen in der Partei warst, aber Taximörder und Sittlichkeitsverbrecher laufen frei herum, daß man seine unschuldigen Kinder nicht mehr allein aus dem Haus lassen kann.

Hat sich was mit unschuldigen Kindern! sagt Flinz.

Was ist schon dabei, sagen die Robender, wenn ein Junge einem anderen Jungen einen ordentlichen Haarschnitt beibringt? Es sind ja noch Kinder, hatten nichts mit als so eine alte Haarschneidemaschine, mit der die Duschl-Mutter ihrem Mann die Haare schneidet am Samstagabend.

Nur daß er dabei um ein Haar draufgegangen ist, sagt Flinz, und daß er nicht draufgegangen ist, das hat er nicht den guten Jungens zu verdanken, sondern dem bißchen Weidengebüsch, das ihn gerade noch über Wasser gehalten hat, sonst wär er den Wasserfall runter und weg und was dann?

Wenn er so blöd ist und wehrt sich und bricht sich dabei den Schädel, sagen die Robender, statt stillzuhalten wie der andere, der Herbert, dem ist nichts weiter passiert als eine kleine Schur hinten am Kopf, wie es die Pfarrer tragen, der beschwert sich auch nicht.

Weil er Schiß hat, sagt Flinz, so viel Schiß, daß er nicht mal sagt, wer es gewesen ist, so viel Schiß, daß er sich abends nicht mehr allein über die Straße traut, denn der Lagerhaus-Willi hat einen Kurs in Karate gemacht. Und wieso sind die überhaupt über die Brücke und zum Herrnberger Eiskeller gegangen und runter zu der Plattform über dem Wasserfall, wo keiner hingeht, seit sich genau da vor acht Jahren der Mann von der Pilzfrau umgebracht hat, weil er mit der Champignonzucht im Eiskeller nicht zurecht kam, die wollten doch heim in die Neue Heimat, am Eiskeller brauchen sie da nicht vorbei, aber einer ist über die Brücke gekommen, sagt Herbert, der hat gesagt: Geht mal da unten hin, da ist was los, da hat einer geschrien. Herbert wollte nicht hin, aber Freddy muß immer dabeisein, wenn was los ist, also ist Herbert mit, aber wer das war, der da über die Brücke kam, das will er nicht wissen vor lauter Schiß wegen Karate, aber ich hab ihn gesehen! Als Herbert hinterher allein wieder raufkam, war keiner mehr da, Herbert haben sie nämlich losgelassen da unten im Dunkeln, weil Freddy sich wehrte, da sind sie alle auf Freddy, und Herbert ist abgehauen, weil er gegen die keine Chance hat, und es waren auch zu viele.

Als Freddy dann kippte, haben sich alle verdrückt, sind heim und ins Bett gekrochen, wie die guten Leute sagen: um zehn liegen unsere Jungens im Bett oder spätestens um elf, wenn das Fernsehprogramm zu Ende ist.

Ich bin selbst unten gewesen, sagt Flinz, Herbert hat mich gleich geholt, ich hab da gesessen und gewartet, bis Herbert vom Telephonieren zurückkam, weil Herbert nicht allein unten bleiben wollte, und mit raufnehmen konnten wir Freddy nicht, weil ja was kaputt sein konnte in seinem Kopf. Und wenn er nun tot gewesen wäre? Wie hätten sie es dann genannt? Unfall?

Weil solche wie Flinz immer alles schlimmer machen müssen, sagen die Robender, weil sie aus einem Kinderstreich ein Verbrechen machen müssen, aber was die Gastarbeiter treiben, das ist ganz in Ordnung. Schädelbruch, das kann jedem mal passieren, und wenn er aus dem Krankenhaus rauskommt, wird er wenigstens einen anständigen Haarschnitt haben, die Schwestern bringen ihm das schon bei, da kennen sie nichts. Blechen hätten sie müssen, sagt Flinz, wenn dieser Arsch von Herbert nicht soviel Schiß hätte, und Freddy kann sich an nichts erinnern, sonst hätten ein paar von den guten Leuten allerhand blechen müssen, da hätten sie sich ihre Söhne vielleicht mal ein bißchen genauer angeguckt, wenn's bei denen ums Geld geht, werden sie helle.

Aber einen hab ich gesehen, sagt Flinz, wie ich da unten sitze neben Freddy und fühle immer mal nach, ob der Puls noch da ist, guck zwischendurch zur Brücke rauf, die jetzt ganz hell ist, seit sie die Bogenlampen gesetzt haben, aber da unten auf der Plattform ist es stockfinster. Kaum Autos unterwegs auf der Brücke, es war ja schon nach Mitternacht, auf einmal kommt einer von der Eiskellerseite schön langsam die Brücke hinauf bis zur Mitte, da bleibt er stehen, hat was Großes unter dem Arm, so wie ein Atlas oder ein

Zeichenblock, nicht gerollt, nicht geknickt, bleibt stehen und schaut zu mir hinunter, kann aber nichts sehen, weil es unten finster ist, hebt den Block oder Atlas, pfeift so laut, daß ich es trotz Wasserfall gehört hab, wartet, ob einer zurückpfeift, vielleicht hätte ich zurückpfeifen sollen, vielleicht wäre er dann hinuntergekommen mit seinem Block oder Atlas, aber wer es war, weiß ich auch so. Noch einmal hat er gepfiffen, dann ist er weitergegangen, aber umgedreht hat er sich die ganze Zeit, immer genau dahin geschaut, wo ich saß, wo es finster war, bis Herbert von der Robender Seite auf die Brücke gerannt kam, da ist der andere ab wie ein geölter Blitz, links den Leinpfad hinunter, wo es zur Kläranlage geht. Herbert hat ihn nicht mehr gesehen, aber ich möchte wetten, daß es der gleiche gewesen ist, der vorher gesagt hat: Geht doch mal da runter, da ist was los! Ich kann ja nichts beweisen, weil Herbert nichts sagt, aber ich möchte wetten, daß das ganz der gleiche war, der bei den anderen Sachen auch dabei war, immer wie bei Freddy am Rande und ganz zufällig. Ich kann mir schon denken, wer's ist, und was er in dem Block oder Atlas hatte auch, sagt Flinz. Kann aber nichts beweisen, sagen die Robender, bei den anderen Sachen schon gar nicht, die sind schon so lange her, daß es bald nicht mehr wahr ist, und die, die da was aussagen könnten, sind grade die Richtigen, die ein anständiger Mensch nicht mit der Feuerzange anfaßt, also mit denen hält Flinz, sage mir, mit wem du umgehst, und ich sage dir, wer du bist.

Wer war denn auf der Schule immer der Beste im Malen und Schriftzeichnen? sagt Flinz, und dann guckt euch mal die Schilder an, das an der Haustür vom Brandhuber an der Veltener Straße: Bocksreiter und Kommunisten werden am Schwanz aufgehängt! Daneben eine Ratte, die sie tatsächlich mit dem Schwanz an die Tür genagelt haben, und stimmt's etwa nicht? sagen die Robender, daß der Brandhuber ein verdammter Kommunist ist, und wenn fünfundvierzig die Russen gekommen wären und nicht die Amis, dann wäre der Brandhuber Bürgermeister geworden, die Russen haben ihre Leute alle in Listen aufgeschrieben gehabt, und der Brandhuber war einer davon.

Weil die Russen den Robendern ihre Listen zum Lesen gegeben haben, sagt Flinz, und genauso ein schönes, in Tusche gemaltes, verziertes Schild haben sie dem vergifteten Hund vom Südbahnhof um den Hals gehängt: Huren und Zuhälter raus!

Weil es ein Schandfleck ist, sagen die Robender, und man weiß nicht einmal, mit welcher von den böhmischen Schwestern der Kerl mit der schwarzen Brille verheiratet ist, wahrscheinlich mit gar keiner und kommt ja auch selten heim vom Gefängnis.

Aber sie treiben's ja schon lange nicht mehr, sagt Flinz, weil die fromme Fischauer Agnes sie bekehrt hat mit Hilfe der allergnädigsten Jungfrau, jetzt putzen sie im Kreiskrankenhaus, und wenn einer ihnen ein Zimmer gäbe, wären sie längst ausgezogen aus dem Eisenbahnwaggon, aber die will ja keiner von den Robendern im Haus haben, obwohl mancher Bürger sie besucht haben soll, als sie noch jung und knusprig waren, bei Nacht sind alle Katzen grau, aber daß es ein Grieche ist, der nachts zu der Pilzfrau geht, nachdem sie acht Jahre allein bei ihren Champignons im Eiskeller gesessen hat, das haben die Jungens von den guten Leuten wohl gesehen und ein schönes Schild ins Fenster gehängt, nachdem sie es ihr eingeschlagen hatten, darauf stand: Griechensau!

Was braucht die auch einen Griechen, sagen die Robender, hätte auch einen anderen kriegen können, so jung wie die ist und ohne Anhang und nicht häßlich, aber so ein Grieche, der unseren Leuten die Arbeit stiehlt, so einer war ihr gut genug fürs Bett. Sogar Flinz hat ein schönes Schild bekommen, darauf stand: Kein Platz für Nestbeschmutzer! Ich laß es hängen, sagt Flinz, mir macht das nichts aus, ich bin sowieso nicht mehr lange hier, aber wenn ich weggehe, dann nicht wegen den anonymen Briefen oder dem Schild oder aus Schiß vor Karate. Ich bin im Krieg auf Patrouille gegangen, da machst du dir nicht mehr so schnell in die Hose, wenn ich geh, dann nur, weil's hier stinkt. Ich weiß nicht, was mit mir los ist, sagt Flinz, ich hab das, seit ich vom Krieg zurück bin: immer wenn ich die guten Leute höre, dann stinkt's mir, und hier in Robend gibt's viele davon, aber in Petereit, wo früher Depot war, da sind sie noch nicht so weit, da kann man's noch ein paar Jährchen aushalten.

JÜRGEN BECKER
Ränder

Früher war das alles ganz anders. Die Städte alle waren viel größer und die Dörfer waren noch Dörfer. Früher gab es noch Gerechtigkeit, und wer nicht hören wollte, mußte eben fühlen. Da waren unsere Lehrer noch die Lehrer unserer Eltern. Sonntags zogen wir noch Sonntagsanzüge an. Die Kirche stand noch im Dorf. Die Wacht stand noch am Rhein. Früher wußten wir, daß Gott mit uns ist. Früher kam auch noch Hans Muff. Wen wir fingen, der kam an den Marterpfahl. Die Sommer waren richtige Sommer. Die Ferien sahen immer endlos aus. Die Milch war noch gesund. Früher wußten wir, woran wir uns zu halten hatten. Da wurde noch gewandert. Wer im Wirtshaus saß, der saß auch bald im Klingelpütz. Früher ging man noch zu Fuß. Da schützte man seine Anlagen. Da gabs sowas nicht. Da gab es noch Feinde, bei denen man das Weiße im Auge erblicken konnte. Wohin man auch ging, man traf immer auf Gleichgesinnte. Wer es nicht besser wußte, der hielt auch den Mund, und wem es absolut nicht passen wollte, der konnte ja bleiben, wo der Pfeffer wächst. Früher gab es noch Mohren, Indianer und Chinesen. Früher ging das alles viel einfacher. Da wäre doch sowas nie passiert. Da gab es das doch alles nicht. Früher hörte man noch zu, wenn man von früher erzählte.

Barbara Frischmuth
Die Klosterschule

Das Glück

Dem Kruzifixus gegenüber streichen wir unsere Brote. Der Tisch, an dem wir sitzen, ist für zwölf Schülerinnen gedacht. Zehn fehlen, sie haben den Speisesaal bereits verlassen.

In der Mitte des Tisches steht eine hölzerne Kiste, eine ehemalige Schmalzkiste, die mit blauem Packpapier ausgelegt wurde. In der Kiste befindet sich Zukost; Margarine, Wurst, Marmelade.

Jede Schachtel, jede Dose, jedes Glas ist mit einer Nummer versehen. Ich habe 122. Unter dieser Nummer kann man bei Brandgefahr die Feuerwehr rufen.

Wir essen. Milla ist beim fünften Brot, ich bin beim sechsten. Margarine – Marmelade. Wir halten ein Fest. Natürlich haben wir nicht vergessen, daß Freitag ist, wir essen weder Wurst noch Fleisch. Wir feiern, um die Gerechtigkeit auszugleichen. Es ist uns verboten worden, am Wochenende zu den Eltern nach Hause zu fahren. Man hat uns dabei ertappt, wie wir abends im Schlafsaal Geschichten erzählten, als das Licht nicht mehr brannte. Zu gewissen Zeiten ist es verboten, Geschichten zu erzählen – und die Nacht ist eine gewisse Zeit. Sie beginnt mit dem Löschen des Lichts um 21 Uhr und endet mit dem Wecken um 6 Uhr 30. Wir haben zu dieser gewissen Zeit schon oft Geschichten erzählt, auch gewisse Geschichten. Sr. Assunta weiß das. Sie sitzt auf ihrem Stuhl hinter der Glastür und hört zu, mit gehobenen Haubenflügeln, den Rosenkranz ums Gelenk geschlungen. Bei den gewissen Geschichten steht Sr. Assunta auf, wandelt den Gang entlang, das offene Brevier vor sich hinhaltend, wie eine Suppenterrine, ein Fest des Glaubens, gefestigt im Glauben, fest in dem Glauben, es würde uns vergeben werden, wie auch sie uns vergab, was uns nicht zukam. Wie reich wir doch waren an allem, was vor uns lag, und sie kannte kein Reich außer dem, das in ihr war, und jenem, in das man eingehen sollte, denn das, in dem sie lebte, war kein Reich mehr, und das Reich der Vergangenheit hatte sie ausgetragen aus ihrem Gedächtnis. Wenn dereinst der Tod käme, würde auch sie reich sein, die arm war an täglicher Freude und viel Willen an sich hatte geschehen lassen. Also wollte sie ihrer Schuldiger Schuld nicht vermehrt wissen, auf daß sie nicht in Versuchung und andere Übel fiele, aus denen sie erst erlöst werden müßte, in der Stunde ihres Aus-der-Welt-Gehens.

Es war Sr. Theodora, die uns ertappt hatte, während Sr. Assunta an Exerzitien teilnahm und also gar nicht da war. Wir stellten uns alle schlafend, und als das nichts half, meldete sich eine von uns freiwillig, aber auch das half nichts. Sr. Theodora fragte, ob da jemand wäre, der nicht zugehört hätte, und das getraute sich denn doch niemand zu behaupten. Wir sollten gemeinsam bestraft werden, wir würden schon sehen wie. So erfuhren wir, daß wir am nächsten Wochenende, das für einen Besuch bei den Eltern vorgesehen war, nicht nach Hause fahren durften. Da wollten dann einige doch nicht hingehört haben und behaupteten, sie hätten alles verschlafen, auch daß wir ertappt worden wären. Aber beweisen konnte es niemand.

Wir essen. Biß um Biß dringen unsere Zähne ins Brot, kauen und zermahlen es zu einem Brei, den wir in regelmäßigen Abständen hinunterschlucken. Dazwischen trinken wir Tee – Kamillen-, Hagebutten-, Lindenblütentee – aus den bereitstehenden Gläsern.

Der Geschmack wird immer stärker. Margarine, Brot und Marmelade werden zu einem, die verschiedenen Bestandteile lassen sich nicht mehr voneinander abschmecken. Immer fester drücken wir mit der Zunge an den Gaumen, damit der Geschmack sich im ganzen Mund ausbreiten kann. Wenn wir während des Essens sprechen, geschieht dies nur, um den Geschmack nicht stumpf werden zu lassen. Unsere Mägen schwellen unter den Schürzen, die zu tragen man uns anhält. Es fällt uns langsam schwer, Atem zu holen. Weder zu Mittag noch am Abend essen wir auf diese Weise. Das Essen, das uns vorgesetzt wird, schmeckt uns nicht. Es ist ein Essen, von dem angenommen wird, daß wir es für unser Wachstum brauchen. Wenn die Präfektin, die mit der silbernen Tischglocke in der

Hand an ihrem Pult sitzt, nicht zusieht, pflegen wir die vollen Teller übereinander zu stellen.

Nachmittags, zwischen vier und fünf, ist das anders. Die Zukost stammt nämlich aus Paketen, die wir von zu Hause bekommen. Sie werden vor den Augen der Präfektin geöffnet. Ein Zehntel ihres Inhalts ist an ärmere Mitschülerinnen abzuführen, der gerechtfertigte eigene Anteil wird dann mit einer Nummer versehen und als Zukost freigegeben.

Nicht immer bereiten wir uns das Vergnügen zu essen. Es muß einen Grund dafür geben. Ein Mißgeschick zum Beispiel, das uns ereilt, veranlaßt uns zum Essen. Wenn wir wirklich essen, tun wir das, um glücklich zu werden. Das Glück, das dabei entsteht, kann auf bestimmte, uns bekannte Weise erreicht werden. Dies ist eine Sache, die einen vergleichsmäßig geringen Aufwand erfordert, um Erfolg zu haben. Ein sicheres Glück, das wir uns in traurigen Zeiten nicht vorenthalten. Seine Folgen, wenn es welche hat, sind zwar unerfreulich, aber bei welchem Glück fragt man schon nach den Folgen. Wir essen, solange es Brot in den Körben gibt.

Wenn alles gut geht, kommt die Präfektin erst kurz vor fünf ein zweitesmal in den Speisesaal, um nachzusehen, ob wir ihn wohl alle schon längst verlassen hätten.

Karl Krolow
Schultag

Aus den Schreibwarenhandlungen
stürzen Kinder
mit frisch gespitzten Bleistiften.
Der gekritzelte Tag
entsteht auf liniertem Papier.
Das Schulheft riecht
nach Luft und dünnen Strichen.
Im lustigen Wetter leben
die Rechenaufgaben,
die Botanik mit getrockneten
Jahreszeiten.
Alles wird zur Zeichnung,
mit dem Lehrer
in der unteren Ecke,
mit den Ferien oben.

GISELA ELSNER
Der Nachwuchs

Erst als das Haus abbezahlt war, als sich die Zimmer über unseren Köpfen leerten, als ein Untermieter nach dem anderen auszog, nahmen sich meine Ernährer Zeit, aus mir einen anderen Menschen zu machen. Sie faßten die besten Vorsätze. Selbst meine Eigenheiten sollten mir bleiben. Sie versprachen einander eines vor allem: keine Gewalt anzuwenden. Und das muß ich ihnen lassen, sie versuchten es im Guten. Sie bereiteten sich für ihre Unterredungen sorgfältig vor. Sie berieten, welche Beispiele sie anführen sollten. Und wenn ihnen von den lebensnahen nur die abschreckenden einfielen, so erfanden sie sich die nachahmenswerten hinzu. Jedes Mittel war ihnen recht, mich aufzurütteln. Sie stritten sich herum, ob die schlechten Beispiele besser als die guten oder ob die guten besser als die schlechten auf mich wirken würden. Er behauptete, ihn hätten immer nur die schlechten auf den rechten Weg gelenkt, andersherum stände er mit leeren Händen da. Sie behauptete, nur das Ohrenschließen und das Scheuklappenanlegen vor schlechten hätte sie redlich und rechtschaffen gemacht, andersherum hätte sie für sich und ihr Standvermögen nicht die Hand ins Feuer legen können.

Das laute Hin und Her machte mein Lauschen mit einem Ohr an der Wand und mit einem Finger im anderen Ohr überflüssig. Ich hörte zu. So bereitete auch ich mich vor. Wenn sie sich auf das Sowohlalsauch geeinigt hatten, schluckten sie Beruhigungsmittel. Sie warteten die Wirkung ab. Sie versuchten, an mich zu denken, bestätigten einander, daß sie der Gedanke an mich nach wie vor verbittere und erbose. Sie schluckten eine zweite Kapsel. Dann machten sie sich auf den Weg zu mir. Sie achteten auf die Umgangsformen. Sie klopften an, mehr noch: sie ließen nach dem Anklopfen die zum Zuknöpfen notwendige Zeit verstreichen, dann erst traten sie ein. Mein Herein dringt nicht bis zur anderen Seite der Tür. Von einer Aussprache oder einem Wort unter vier Augen war nicht mehr die Rede. Sie murmelten etwas wie: Malebenfüreinensprungherein-schauenwollen, als wohnte ich nicht Wand an Wand, sondern eine Ecke weiter. Sie sahen sich um. Sie suchten nach einem Punkt in meiner Bleibe, nach einem für ihre Augen erfreulichen Anblick. Mich zogen sie erst gar nicht in Betracht. Sie sahen und übersahen sofort meinen Sessel mit mir, das Fell über meinen Beinen, die Spiegel, Lupen, Kämme und Pinzetten auf meinem Schoß, den Heizofen vor meinen Füßen, sie sahen und übersahen sofort den rund um meinen Sessel mit Grindstücken, Hornhautfetzen, ausgerissenen Haaren, abgebrochenen Fingernägeln besäten Teppich, und ein Stück weiter sahen und übersahen sie sofort den mit Socken mit glänzenden Sohlen, den mit stellenweise gelbgefleckten Unterhosen, den mit Läppchen, mit Tupftüchlein, mit Wattebäuschen und Stäbchen bedeckten Teppich, nein, nach unten konnten sie nicht schauen, ich stecke die Dinger nicht fort, ich lasse sie fallen, da, wo ich bin, sie sahen und übersahen die Waage, die sie an mein Übergewicht erinnerte, sie sahen und übersahen die Wände mit den Aufnahmen von mir, das heißt mich noch einmal schwarz auf weiß, sie sahen das Bett, in dem ich mich träumend über die Sachen wälzte, die ich beim Erwachen zur Hand haben wollte, und das Bett übersehend mit einem ruckartigen Blick in die entgegengesetzte Richtung, sahen und übersahen sie sofort den all dies verdoppelnden Spiegel in der offenen Schranktür. Weil ich mich nicht nach der Decke streckte, war oben alles ansehnlich. Doch den Blick nach oben richten, das wirkt hochmütig und anmaßend. Also setzten sie sich neben mich und starrten auf ihre Hände im Schoß.

Sie fragten, ob ich mir noch immer so groß vorkomme, sie fragten, ob ich nie den unverhohlenen Neid eines Kleinen angesichts meiner bemerkt habe, ob ich mich noch immer messe, ob ich mich nicht vermessen habe in der Aufregung und aus Furcht vor einem zusätzlichen Zentimeter, ob ich mich nie neben Eibischs Sohn gestellt habe, unauffällig, das versteht sich, der gleichgroß sei, aber überall als groß und wohlgemerkt nicht zu groß gelte, außerdem könne man nicht groß genug sein, ob ich nicht wisse, daß mancher Kleine für einen Millimeter mehr Länge Weib und Kind verraten und verkaufen würde, wenn er könnte, oder ob ich jetzt lieber nicht darüber reden möchte, sie fragten, ob ich mir in dieser Haltung mit dem Rücken zum Fenster am hellichten Tage nicht die Augen verderbe, ob ich bitte die Hand vom Mund nehmen könne, ob ich überhaupt zuhöre, ob ich bitte die Hand vom Mund nehmen könne, ob sie mir einen Bildband besorgen sollten, bei dem ich dann die Unterschriften weglassen könne, ob ich es mir nicht doch noch einmal überlegen wolle, ob ich überhaupt zuhöre, ob ich nicht wisse, wieviel Wissenswertes es gebe, aus dem Staunen komme man da überhaupt nicht heraus, und sie wollten, sie hätten Zeit wie ich dazu, ob ich anderer Ansicht sei, ob ich aus Feigheit oder aus Bequemlichkeit nicht widerspreche, ob ich weiterhin das Haar so tragen wolle, ob ich wirklich nicht anderer Ansicht sei, ob ich nicht das Lügen wenigstens lassen und ganz offen meinen Standpunkt, auch den gegenteiligen verfechten wolle mit einem klaren Nein, ob ich nicht die Hand vom Mund nehmen könne, ob ich mit meinem ewigen Ja nur einen Streit vermeiden wolle, den es gar nicht gäbe, denn ich irrte, wenn ich ihnen eine Engstirnigkeit unterstellte, die nichts als den eigenen Standpunkt gelten läßt, ob ich überhaupt zuhöre, ob ich mir das wenigstens einmal durch den Kopf gehen lassen wolle, ob das Haar letzte Woche wirklich nicht länger gewesen sei und wie oft ich mir das eigentlich schneide, ob es hier nicht zu heiß sei, ob ich einen Wunsch habe, ob ich wisse, daß Eibischs Sohn den Führerschein gemacht habe, ob ich mich nicht mit Eibischs Sohn anfreunden wolle, ob er mir zu alt sei, ob das ein Witz sein solle, daß der drei Jahre ältere Eibisch mir zu jung sei, ob es mir hier nicht zu heiß sei, ob ich dann wenigstens einen Führerschein machen wolle, ob ich überhaupt zuhöre, ob ich mal eben wiederholen würde, was sie mich gerade gefragt haben, ob ich es nicht einmal versuchen wolle, mir die Verkehrszeichen spaßeshalber zu merken, ob ich mir nichts merken könne oder ob ich mir nichts merken wolle, ob ich nicht endlich die Hand, und zwar soweit es die Länge meines Armes zuließe, vom Mund entfernen könne, ob ich das aushielte, mit dem Heizofen vor den Füßen und dem Fell über den Beinen, ob ich überhaupt zuhöre, ob mir nie etwas anderes als Ja und Nein einfalle, ob das Haar eigentlich so langsam wachse, ob ich deshalb diese Hitze machte, damit ich nicht einmal auf den Gedanken komme, daß mein Kopf außer zum Abscheren zum Nachdenken da sei und nicht zum dumpfen Dösen, ob ich während der Woche auf etwas gekommen sei, ob sie das Fenster öffnen könnten oder zumindest den Heizofen ein Stück abrücken, ob ich es ertrüge, so vor mir selber dazustehen, ganz zu schweigen von der Meinung meiner Mitmenschen, aus der ich mir ja ohnehin nicht das geringste machte und wie oft ich mir eigentlich das Haar abschnitte, ob ich etwas gesagt hätte, ob ich nicht deutlicher sprechen könne, ob ich wisse, daß da, wo ich mich nicht sehen lasse, draußen nämlich, Hochsommer herrsche, ob ich nicht den Mund aufmachen könne, ob das eine Art sei, sich die Wörter von den Lippen ablesen zu lassen, ob ich diese Verhöre einer Unterhaltung vorziehe, ob man mir wie einem Kind die Hand festbinden müsse, ob ich überhaupt zuhöre, ob sie wenigstens eine Röhre des Heizofens ausschalten könnten, ob ich mir das Haar in Gottes Namen etwas länger wachsen lassen könne, zu einem kurzen Stutzerkopf beispielsweise, ob ich etwas gesagt habe, ob ich wisse, daß wahrscheinlich der Ofen hier außer dem im Krematorium der einzig brennende in diesen Breiten sei, ob ich ihnen den Grund für mein gekränktes Schweigen sagen könne, ob das zuviel verlangt sei, daß ich eine Woche lang nicht Hand an meinen Mund lege oder ob ich ihn mit Absicht nicht ausheilen lasse, ob ich hier Brote backen wolle, ob ich überhaupt zuhöre, ob ich mit dieser Hitze etwas bezweckte, ob ich mit meinem kahlgeschorenen Schädel wohl auch etwas bezweckte, ob ich nicht nur unaufrichtig, sondern heuchlerisch und hinterhältig sei, ob ich dächte, sie durchschauten nicht, daß ich mit meinem kahlgeschorenen Schädel wie ein Sträfling wirken wolle, nur damit sie mich nirgendwo mitnehmen könnten, ohne daß es so aussieht, als würde ich von ihnen abgeführt, ob ich mich dazu vielleicht äußern wolle, ob ich meinen Mund in Zukunft nur noch als Eßwerkzeug verwenden wolle, ob ich dächte, sie seien zu dumm, die Sache mit der Hitze hier zu durchschauen, ob ich mich wohl für gerissen hielte, ob das da auf dem Teppich meine Tagesleistung sei oder ob ich eine Woche dazu brauche, das so anzuhäufen, ob sie mir vielleicht gratulieren sollten, ob ich noch etwas anderes vorzuweisen hätte als Grind, Nägel, Hornhaut und Haar, ob ich den Beweis, daß es mir viel zu heiß sei, nicht röche, ob ich dächte, sie durchschauten nicht, daß ich sie mit dieser Hitze und dem Beweis, daß es außer ihnen mir wohlgemerkt zu heiß sei, meinem Schweißgeruch nämlich, herausekeln und von mir fernhalten wolle, nur damit ich hier in aller Ruhe tun könne, was ich wolle, nämlich nichts, ob ich mich vielleicht aus meinem Fell wickeln könne, ob ich vielleicht etwas schneller aufstehen würde, ob sie mir Beine machen sollten, ob ich meinte, ich hätte etwas anderes verdient, ob ich meinte, mit einem wie mir nehme man sich Zeit für Feinfühligkeiten, ob ich vielleicht meinen Mund zumachen könne, ob ich mit meinem Geschrei wohl etwas bezweckte, ob ich wohl meine, ich brächte damit auch nur einen auf meine Seite, ob ich meinte, auch nur einer habe auch nur einen Funken Mitleid mit mir, ob ich nicht etwas leiser schreien könne oder ob sie mich zum Schweigen bringen sollten.

Ich lag unten mit dem Sessel auf mir. Ich sollte mir keine Hoffnungen machen. Ich sollte sehen, was es heißt, mit leeren Händen dazustehen. Der Stecker des Heizofens wurde aus der Dose gerissen. Ich sollte sehen, wie weit ich kommen würde, als Habenichts, nach dem kein Hahn krähte. Sie stürzten zum Fenster. Ich sollte das nicht falsch verstehen. Diesmal, sagten sie, sei es endgültig.

Jürgen Theobaldy
Familientag

Blicklos taub
erdverhaftet
blutgebunden
austretend die Bahnen der Überlieferung, jahrtausendelang,
um weniges erweiternd,
ohne inneres Aufbegehren,
auch jetzt nicht,
wo nur asymptotische Annäherung möglich ist,
wo die Spektralanalyse
längst die Entscheidungen übernommen hat.

Ein alter Mann gebückt
zerfurchten Gesichts steigt er
das Treppenhaus hoch
unschlüssig hält er inne
klingelt streift hastig seine
Maske über nun weiß er
das Losungswort widerwillig
sieht er die Wände
zurückweichen Blut schießt
in sein falsches Gesicht
sein Herz beschleunigt unter
dem Einfluß des Sympathicus
die Tätigkeit unverwandt
tritt er über die Schwelle.

Von alledem nicht viel, eine schleimige Spur vielleicht,
die schnell trocknet, niedergetretenes Gras, das sich bald
wieder aufrichtet, mehr nicht.

Diesseits
zwei sich begattende Tiere
ein Hermaphrodit mit steilem Glied
eine Nymphomanin.

Erinnerungen machen sich breit,
tasten die Peripherie der Blickfelder ab,
erschöpfen sich innerhalb ihrer eigenen Grenzen: alle
sind sie jetzt versammelt

und deuten
die Zukunft
aus der Anordnung des Suppengrüns in den Tellern
        (das Ritual wird streng eingehalten,
        die Bestecke sollen nicht mißtrauisch werden).

            Simon von Kyrene, der nur widerwillig
            ein Kreuz trägt, läßt seine Frau
            warten, heißschenkelig. Vor ihrem Haus,
            fensterlos, einstöckig, mit Strohdach,
            formt der Vater mit lehmigen Händen
            einen lehmigen Topf. Eine junge Sonne
            brennt an einem ewigen Himmel.

Nochmals die Vergangenheit,
Sekunden der Wahrnehmung Verirrung,
des Festhaltens von Un-
wesentlichem: Nun
                        findet das Muster
des Marmorkuchens
                        warme Verfechter
Gesichtshülsen
                    neigen sich
über alte Rezepte.

Der Handelsweg nach Indien ist erschlossen im Zwielicht
des Winternachmittags kauert Da Gama unter dem Ladentisch
der Händler starrt in sein fahles Antlitz weiß nicht
wie er sich verhalten soll ob er die Hand zum
Gruß heben soll oder einfach über ihn hinwegsehen es riecht
nach Zimt und Muskat.

Blicklos taub
der Spaziergang durchs Tertiär,
Braunkohlenwälder Verwerfungen Tiere mit wenig Gehirnmasse,
die Dimensionen sind abgesteckt.

                Ophelia kniet am Rande des Teiches
                erschaut auf dem Grund den Kern
                ihrer Trauer während sie eins wird
                mit ihrer Bestimmung verfällt ihre
                Saisonkarte im Schatten der Weide.

Nichts davon. Die vor-
eheliche Zeugung eines Kindes, einer Tochter.

Die Rückkehr wird erleichtert,
Verwesendes umgangen,
die Gegenwart der Toten
im schlaflosen Blattwerk.
Träume rascheln nicht mehr
ungestillt durchs Laub,
Sonntag, fast ein Idyll.

(Die Planeten
halten ihre Bahnen
weiterhin ein.)

Der Schlüssel dreht sich ins Schloß,
Vereinigung zweier Entsprechungen,
kausaler Zusammenhang,
die Familie an ihrem Ausgangspunkt.

Alle, die da
über die Schwelle treten,
maskenhaft,
Körper mit gut und weniger gut
funktionierendem Organismus,
ein Vater eine Tochter, Ophelia
ist nicht dabei liegt auf dem Grund
ihres Geheimnisses, Simon fehlt
hat wortlos
das Kreuz abgestellt ist un-
gläubig geblieben bei seiner Frau,

alle, die da
über die Schwelle treten,
maskenhaft,
triebgeleitet, Träger der Lustsekunde,
alle sind sie voll Unkenntnis
hinüberverschlagen
an ein flaches Gestade,
ohne Entscheidungsmöglichkeit
oder Anleitung zur Revolte.

Während Opferrauch zur Decke steigt,
die Frauen das Gastmahl bereiten,
gibt die Erde einen Mond frei,
ohne Anteilnahme oder Gier nach Geständnis.
Die Schiffe liegen im Hafen bereit,
den Mast gehoben, das Segel gespannt,
Wellen plätschern am hölzernen Bug,
die Sklaven erwarten das Kommando
zur Heimfahrt.

GÜNTER EICH
Hausgenossen

Was mir am meisten auf der Welt zuwider ist, sind meine Eltern. Wo ich auch hingehe, sie verfolgen mich, da nützt kein Umzug, kein Ausland. Kaum habe ich einen Stuhl gefunden, öffnet sich die Tür und einer von beiden starrt herein, Vater Staat oder Mutter Natur. Ich werfe einen Federhalter, ganz umsonst. Sie tuscheln miteinander, sie verstehen sich. In der Küche sitzt der Haushalt, bleich, hager und verängstigt. Er ist auch ekelhaft, manchmal tut er mir leid. Er ist nicht mit mir verwandt, ist aber nicht wegzubringen.

Eine halbe Stunde habe ich Freude an Literatur. Die Kinks, denke ich, sind soviel besser als die Dave Clark Five. Aber plötzlich kommt sie wieder, mit blutverschmiertem Mund, und zeigt mir ihr neues Modell. Alles zweigeteilt, sagt sie, ein Stilprinzip, Männchen und Weibchen. Fällt dir nichts besseres ein, frage ich. Tu nicht so, alter Junge, sagt sie. Hier, die Gottesanbeterin. Während sein Hinterleib sie begattet, frißt sie seinen Vorderleib. Pfui Teufel, Mama, sage ich, du bist unappetitlich. Aber die Sonnenuntergänge, kichert sie.

Ich versuche, mich zu beruhigen, und will meine Bakunin-Biographie um ein paar Zeilen weitertreiben. Da hat dich der Marx aber ganz schön fertiggemacht, Michael Alexandrowitsch, sage ich laut, und schon steht Papa im Zimmer. Er fieselt an einem Rekrutenknochen. Ich ziehe unter seinem mißtrauischen Blick den Staatsanzeiger über mein Manuskript. Du singst zuwenig, sagt er, und ich merke erst, als er wieder draußen ist, daß er mein Portemonnaie mitgenommen hat.

In der Küche weint der Haushalt ohne Hemmung. Ich mache die Augen zu, stopfe mir die Finger in die Ohren. Mit Recht.

Sammlerglück

Ich glaube, meine Sammlung historischer Gummiknüppel aus Ost und West war die einzige ihrer Art. Jetzt habe ich sie an einen schwedischen Interessenten en bloc abgestoßen, gerade noch rechtzeitig, wie ich glaube, vor den Notstandsgesetzen. Man kann solche Gegenstände zu meiner Überraschung nicht immer im legalen Handel erwerben. Allmählich wäre ich in Schwierigkeiten gekommen.

Bebilderte Kataloge habe ich noch, in magerer Siebencicero auf Rotationspapier gedruckt und geschmackvoll geheftet. Interessenten können ihn gegen Voreinsendung von DeEm fünfzig erhalten. Der Versand erfolgt diskret.

Meine Sammlung war nicht vollständig – wie sollte sie auch – hatte aber Höhepunkte, hatte Stücke voller Poesie. Ihr kennt die Muscheln, in denen man das Rauschen des Meeres hört. Mein Stück 77 München muß man allerdings höher ansetzen als am Ohr, aber die Wirkung einiger auch leichter Schläge ist ganz ähnlich. Man hört noch heute ein Stück Schwabinger Bohème, Wasserwerfer, Einsatz der Berittenen, die Oberstimme aus dem Funkwagen, und die Akklamation nordmünchner Heimatdichter, – ein verspätetes Schwabinger Glück, woran doch sonst die Vergänglichkeit nagt und einen mit Wehmut erfüllt. An einem andern Modell, 67 Berlin, finden sich unter einem guten Fixativ Mädchenhaar und Mädchenhaut, wie sie beide so oft besungen werden. Hier scheinen sie gewissermaßen als stenographische Kürzel auf.

Manchen Abend habe ich sinnend inmitten meiner Sammlung verbracht, träumend und mit weit schweifenden Gedanken zwischen Marquis de Sade und Paul Lincke.

Das freilich ist nun vorbei. Ich sammle jetzt Einwegflaschen und bin damit jeder Änderung des Grundgesetzes gewachsen.

KARL KROLOW
Staatsgewalt

Einen dieser sorgfältig verpackten Polizisten
nehme ich aus der Schachtel,
stelle ihn
als blauen Schutzmann
an die Straßenecke

an einem Tag, der mit seinem blauen Wetter
bis zum Lieben Gott reicht.
Die Staatsgewalt lasse ich
mit Stimme
aus einem Buch mit schönen Gesetzen
vorlesen.
Die Passanten glauben ihr,
die Haustiere, die Vögel.
Sie halten an und staunen,
daß alles so gut geht.

Arnfrid Astel

Notstand

Notstand, das ist laut Brockhaus
ein fester Stand, in dem
besonders widersetzliche Pferde
und Rinder zum Hufbeschlag,
zur tierärztlichen Untersuchung
oder zur Durchführung kleinerer
Operationen befestigt werden.

Sauberer Krieg

Die reinlichen Amerikaner
entblättern in Vietnam
die Bäume des Dschungels
durch ein chemisches Mittel,
welches gleichzeitig
die verborgenen Vietcong
durch Hautfärbung markiert.
Sie haben auch ein Gerät entwickelt,
das den Gegner
aufgrund seiner Körperwärme aufspürt.

VOLKER VON TÖRNE
Regierungserklärung

Die Regierung der USA bedauert,
daß sie den Kampf gegen die Armut
hat einstellen müssen,
um den Krieg
gegen die Armen
fortführen zu können.

Besorgt suchen die Augen
der Bauern, die den Boden
für den Reis bereiten,
den Himmel ab.

PAUL CELAN

Wer
herrscht?

Farbenbelagert das Leben, zahlenbedrängt.

Die Uhr,
stiehlt sich die Zeit beim Kometen,
die Degen
angeln,
der Name
vergoldet die Finten,
das Springkraut, behelmt,
beziffert die Punkte im Stein.

Schmerz, als Wegschneckenschatten.
Ich höre, es wird gar nicht später.
Fad und Falsch, in den Sätteln,
messen auch dieses hier aus.

Kugellampen statt deiner.
Lichtfallen, grenzgöttisch, statt
unsrer Häuser.

Die schwarzdiaphane
Gauklergösch
in unterer
Kulmination.

Der erkämpfte Umlaut im Unwort:
dein Abglanz: der Grabschild
eines der Denkschatten
hier.

Volker von Törne
Bleibende Werte

1
Das war ein Tag den man nicht vergißt. Götter-
und Heldensagen. Winterhilfswerk. Wotan.
Mohrenköpfe. Dr. Goebbels. Altpapier.
Lumpen. Liebesknochen. Der deutsche Mensch.

2
Die ärmsten Söhne des Volkes sind die treusten.
Was sich unsre Hörer wünschten. Vorsicht
waren von geringem Wert. Hände weg
von Vogelnestern. Juden raus. Auch du
Volksgenosse gehörst zu uns.

3
Deutsche Erzeugnisse haben Weltruf. Goethe
und Schiller. Dr. Oetker. Die Reichsautobahn
ist eine Großtat deutscher Technik. Die Maschine
arbeitet genauer als der Mensch. Findlinge
sind Überreste aus der Eiszeit.

4
Entwarnung. Kohlenklau. Das Eintopfessen. Der Führer
spricht. Urahne Großmutter Mutter und Kind.
Hermann Göring. Die Wunderwaffen. Feind
hört mit. Die Kruppwerke in Essen. Endsieg.

5
Persil bleibt Persil

WALTER BOEHLICH
Autodafé

trágala, trágala, trágala, perro!

Die Kritik ist tot.

Welche?

Die bürgerliche, die herrschende.

Sie ist gestorben an sich selbst, gestorben mit der bürgerlichen Welt, zu der sie gehört hat, gestorben mit der bürgerlichen Literatur, die sie schulterklopfend begleitet hat, gestorben mit der bürgerlichen Ästhetik, auf die sie ihre Regeln gegründet hat, gestorben mit dem bürgerlichen Gott, der ihr seinen Segen gegeben hat.

Aber werden dem toten Gott nicht immer neue Kirchen gebaut?

Hilft die tote Ästhetik nicht nach wie vor, das zu annihilieren, was lebendig ist?

Blüht die tote Literatur nicht prächtiger als je?

Entfaltet die tote Welt nicht eine unvorhersehbare Macht?

Findet die tote Kritik nicht den größten Glauben?

Ist das wirklich alles tot?

Nicht nur scheintot?

Es ist scheinlebendig.

Was wie Leben aussieht, ist Agonie.

Was wie Agonie aussieht, ist Tod.

Die bürgerliche Kritik ist zum Gesellschaftsspiel geworden.

Die bürgerliche Welt zerstört sich selbst, indem sie sich zu verteidigen glaubt.

An die bürgerliche Literatur glauben nicht einmal mehr die bürgerlichen Literaten.

Die bürgerliche Ästhetik unterhält sich mit sich selbst über ihre eigenen Fiktionen.

Die Kirchen des bürgerlichen Gottes stehen leer.

Die Füße derer, die den toten Gott begraben haben, sind vor der Tür und werden die Kritik hinaustragen.

Man weiß das.

Man weiß das längst.

Man weiß es seit spätestens vierzig Jahren.

Aber die Herrschenden, die über die Kommunikationsmittel verfügen, sträuben sich. Da sie ein Monopol besitzen, stellen sie die Welt dar, die sie gern hätten, und hoffen, daß die dargestellte Welt sich durch Reproduktion als reale erweist.

Ihr Monopol bröckelt.

Das Neue, das Nichtbürgerliche, das Lebendige findet Unterstützung, Zustimmung. Es artikuliert sich, es wirkt.

Das Unbehagen wächst, und mit ihm die Angst.

Wie tot ist die bürgerliche Kritik?

Sie ist so tot, daß sie nicht einmal mehr hervorbringt, was die bürgerliche Welt allemal hervorgebracht hat: »Größe«.

Es gibt keine »großen« Kritiker mehr.

Es gibt höchstens Großkritiker.

Die bürgerliche Kritik wirkt nicht mehr über den ersten Tag hinaus. Sie bewirkt ihr eigenes Vergessen. Sie produziert Eintagsfliegen. Jeder Kritiker produziert seine eigenen. Alle widersprechen einander, alle sind unglaubwürdig.

Wo die bürgerliche Kritik für die Dauer zu produzieren vorgibt, nicht auf Zeitungspapier also, sondern zwischen Buchdeckeln, schauderts selbst die Bürger.

Wird nach drei Jahren, oder nach fünf Jahren, oder nach zehn Jahren glaubwürdiger, was Glaubwürdigkeit schon im ersten Augenblick nicht besaß? Was sogar innerhalb des Systems, dem es sich geliehen hat, desavouiert ist durch Widerspruch, durch Veränderung, durch den schleichenden Tod?

Die bürgerliche Kritik hält Kultur für Kultur. Sie hält Kunstwerke für Kunstwerke. Sie hält Politik für das eine und die Welt des Geistes für das andere.

Sie ist nicht fähig, zu verstehen, daß es einen politikfreien Raum nicht länger gibt, daß auch Geist politisch ist, wenn er Geist ist, daß auch das vorgeblich Unpolitische politische Folgen hat.

Sie ist nicht fähig, zu begreifen, daß sie selbst dem Geist, den zu verteidigen sie vorgibt, im Wege steht.

Sie ist nicht fähig, einzusehen, daß sie mit toten Begriffen von toten Dingen redet.

Sie glaubt noch immer, daß der Geist das Höchste sei, daß Geist sich ohne Macht verwirklichen könne, daß Geist Macht sei; sie hat ihre eigene Entmachtung dankbar hingenommen. Sie hat sich verbannen lassen auf die letzten Seiten der Zeitungen, der Wochenschriften, der Zeitschriften. Sie nimmt hin, daß die Politik, die auf den ersten Seiten gemacht wird, selbst in ihren eigenen Augen der Kritik widerspricht, die sie auf den letzten Seiten übt.

Sie glaubt immer noch, daß sie trotzdem etwas bewirken könne. Sie nimmt sich hin als liberalen Flitter einer längst nicht mehr liberalen Gewalt. Sie läßt sich jeden Tag demütigen, weil sie ja jeden Tag ihre Meinung sagen darf. Ihre bürgerliche Meinung.

Dürfte sie auch ihre Bürgermeinung sagen?

Dürfte in der bürgerlichen Welt Kritik sich politisch verstehen, das Leben gegen den Tod ausspielen?

Dürfte in der bürgerlichen Welt Kritik aufhören, mit einem nutzlosen und hilflosen, längst dem Gelächter preisgegebenen Vokabular das Sterbende, das Tote, für lebendig auszugeben und mit einem neuen Vokabular, gewiß tastend, gewiß experimentierend, gewiß den Versuch nur einen Versuch nennend, das Unbürgerliche, Gegenbürgerliche als das Neue und Künftige verstehen?

Können wir keine Kritik haben, die nicht um Jahrzehnte hinter der Praxis zurück ist, die alles über Bord wirft, was sie hindert, zu verstehen, was noch nicht verstanden ist, aber verstanden werden muß, wenn die Agonie nicht noch Jahrzehnte dauern soll?

Können wir keine Kritik haben, die den fadenscheinig gewordenen Kunstwerk-Begriff über Bord wirft und endlich die gesellschaftliche Funktion jeglicher Literatur als das Entscheidende versteht und damit die künstlerische Funktion als eine beiläufige erkennt?

Können wir keine Kritik haben, deren Scheinautorität sich nicht länger darauf gründet, daß der Kritiker mehr gelesen hat als seine Leser, Fachmann im Lesen ist, ein besseres Gespür hat, seine Ästhetik studiert hat?

Können wir keine Kritik haben, deren Autorität sich darauf gründet, daß der Kritiker sich über die Funktion klar ist, die Literatur hat, und daß von dieser Funktion abhängen muß, was über Literatur gesagt wird?

Können wir keine Kritik haben, die nicht vom überzeitlichen Charakter des Kunstwerks ausgeht, sondern vom jeweils zeitlichen Charakter, die Literatur nicht länger als das begreift, was sie angeblich ist, sondern als das, wozu sie dient und was mit ihr geschieht?

Diese Kritik wäre lebendig; sie ließe keine Trauer über die tote Kritik aufkommen.

HANS MAGNUS ENZENSBERGER
Gemeinplätze, die Neueste Literatur betreffend

1. Pompes funèbres. Jetzt also hören wir es wieder läuten, das Sterbeglöcklein für die Literatur. Kleine sorgfältige Blechkränze werden ihr gewunden. Einladungen hagelt es zur Grablegung. Die

Leichenschmäuse sind, wie es heißt, sehr gut besucht: ein Messeschlager. Unter den Trauergästen scheint wenig Schwermut zu herrschen. Eher macht sich eine manische Ausgelassenheit breit, eine angeheiterte Wut. Nur scheinbar stören vereinzelte Grübler im Abseits das Fest. Sie machen ihren Trip auf eigene Faust, sorglos, als hätten sie Tee im Pfeifchen.

Der Leichenzug hinterläßt eine Staubwolke von Theorien, an denen wenig Neues ist. Die Literaten feiern das Ende der Literatur. Die Poeten beweisen sich und andern die Unmöglichkeit, Poesie zu machen. Die Kritiker besingen den definitiven Hinschied der Kritik. Die Bildhauer stellen Plastiksärge her für die Plastik. Die ganze Veranstaltung schmückt sich mit dem Namen der Kulturrevolution, aber sie sieht einem Jahrmarkt verzweifelt ähnlich. Die Sekunden, in denen es Ernst wird, sind selten und verglimmen rasch. Was bleibet, stiftet das Fernsehen: Podiumsdiskussionen über Die Rolle des Schriftstellers in der Gesellschaft.

2. *Bedenkfrist*. Nach Gewißheit verlangt es die meisten, und wäre es die, daß es aus und vorbei sei mit dem Schreiben. Auch das wäre offenbar noch eine Art von Beruhigung. Aber die Erleichterung der einen ist so verfrüht wie die Schadenfreude und die Panik der andern. Alte Gewohnheiten sind zäh; eingefleischte Dichter sind selbst durch lautstarke Entziehungskuren kaum zu bekehren; das Geräusch der Säge täuscht darüber hinweg, wie dick der Ast noch ist, auf dem sie sitzt, die Literatur.

Auch gibt zu denken, daß der »Tod der Literatur« selber eine literarische Metapher ist, und zwar die jüngste nicht. Seit wenigstens hundert Jahren, sagen wir: seit Lautréamont, befindet sich die Totgesagte, nicht unähnlich der bürgerlichen Gesellschaft, in einer permanenten Agonie, und wie diese hat sie es verstanden, die eigene Krisis sich zur Existenzgrundlage zu machen. Ihr Leichenbegängnis ist eine Veranstaltung, deren Ende sich gar nicht absehen läßt, und bei dem die Verblichene in unheimlicher Frische, immer aufgekratzter und immer wilder aufgeschminkt, sich einfindet.

Das Trauergefolge bleibt unter sich, nämlich in der Minderheit. Was die Massen angeht, so haben sie ganz andere Sorgen. Sie möchten vom Ableben dieser Literatur, die nie bis an den Kiosk gedrungen ist, ebensowenig Notiz nehmen wie von ihrem Leben. Nicht einmal das Buchgeschäft hat Grund zur Besorgnis; denn um sieben Uhr morgens, wenn die Dahingegangene sich ausschläft, ist die Welt jeweils wieder in Ordnung.

Dennoch, trotz der platten Thesen, der kurzatmigen Einlagen und des monotonen Geblöks, die es begleiten, wäre ein Achselzucken zuwenig angesichts des Leichenspektakels. Denn die Stimmung, von der es zehrt und die es nicht zu artikulieren vermag, sitzt tief. Die Schwundsymptome sind nicht zu leugnen. Nicht nur die aktuelle Produktion ist davon betroffen, die den Selbstzweifel zur dominierenden Kategorie ihrer Ästhetik gemacht hat. Unbehagen, Ungeduld und Unlust haben die Schreiber und die Leser in einem Grad erfaßt, der zumindest für die zweite deutsche Republik neu und unerhört ist. Beide haben auf einmal begriffen, was doch schon immer so war: daß das Gesetz des Marktes sich die Literatur ebenso, ja vielleicht noch mehr unterworfen hat als andere Erzeugnisse. Da sich aber die Herstellung von Margarine offenbar leichter monopolistisch verwalten läßt als die von Literatur, stellt eine solche Einsicht deren Betrieb direkt in Frage. Liefern schlucken liefern schlucken: das ist der Imperativ des Marktes; wenn Schreiber und Leser bemerken, daß, wer liefert, geschluckt wird und wer schluckt, geliefert ist, so führt das zu Stockungen.

Gerade der elitäre Charakter unserer Literatur macht sie anfällig für solche Anwandlungen. Störungsfrei kann sie nur operieren, solang ihr Bewußtsein von der eigenen Lage gestört ist. Da sie von wenigen für wenige gemacht wird, genügen wenige, um sie aus dem Gleichgewicht zu bringen. Wenn die intelligentesten Köpfe zwischen zwanzig und dreißig mehr auf ein Agitationsmodell geben als auf einen »experimentellen Text«; wenn sie lieber Faktographien benutzen als Schelmenromane; wenn sie darauf pfeifen, Belletristik zu machen und zu kaufen: Das sind freilich gute Zeichen. Aber sie müssen begriffen werden.

(...)

7. Ja das Schreiben und das Lesen. Für Schriftsteller, die sich mit ihrer Harmlosigkeit nicht abfinden können, und wieviele werden das sein? habe ich nur bescheidene, ja geradezu dürftige Vorschläge zu machen. Vor allem schlüge uns vermutlich zum Vorteil aus, was offenbar am schwersten fällt: eine angemessene Einschätzung unserer eigenen Bedeutung. Es ist nichts damit gewonnen, wenn wir, vom Selbstzweifel angenagt und durch Sprechchöre verschüchtert, die herkömmliche Imponier- mit einer neu eingeübten Demutsgeste vertauschen. So schwer sollte es in einer Gesellschaft, in der das politische Analphabetentum Triumphe feiert, doch nicht sein, für Leute, die lesen und schreiben können, begrenzte, aber nutzbringende Beschäftigungen zu finden. Das ist schließlich keine neue Aufgabe; Börne hat sie vor hundertfünfzig Jahren in Deutschland in Angriff genommen, und Rosa Luxemburg ist schon fünfzig Jahre tot. Was uns heute zur Hand liegt, wirkt, an solchen Vorbildern gemessen, allerdings bescheiden: beispielsweise Günter Wallraffs Reportagen aus deutschen Fabriken, Bahman Nirumands Persien-Buch, Ulrike Meinhofs Kolumnen, Georg Alsheimers Bericht aus Vietnam. Den Nutzen solcher Arbeiten halte ich für unbestreitbar. Das Mißverhältnis zwischen der Aufgabe, die sie sich stellen, und den Ergebnissen, die sie erbracht haben, läßt sich nicht auf Talentfragen reduzieren. Es ist auf die Produktionsverhältnisse der Bewußtseins-Industrie zurückzuführen, die zu überspielen die Alphabetisierer bisher außerstande waren. Die Verfasser halten an den traditionellen Mitteln fest: am Buch, an der individuellen Urheberschaft, an den Distributionsgesetzen des Marktes, an der Scheidung von theoretischer und praktischer Arbeit. Ein Gegenbeispiel gibt die Arbeit Fritz Teufels ab. Andere, weniger an die Person gebundene Möglichkeiten müssen erdacht und erprobt werden.

Die politische Alphabetisierung Deutschlands ist ein gigantisches Projekt. Sie hätte selbstverständlich, wie jedes derartige Unternehmen, mit der Alphabetisierung der Alphabetisierer zu beginnen. Schon dies ist ein langwieriger und mühseliger Prozeß. Ferner beruht jedes solche Vorhaben auf dem Prinzip der Gegenseitigkeit. Es eignet sich dafür nur, wer fortwährend von jenen lernt, die von ihm lernen. Das ist übrigens eine der angenehmsten Seiten der Arbeit, die ich meine. Der Schriftsteller, der sich auf sie einläßt, verspürt plötzlich eine kritische Wechselwirkung, ein feedback zwischen Leser und Schreiber, von dem er sich als Belletrist nichts konnte träumen lassen. Statt blöder Rezensionen, in denen ihm bescheinigt wurde, daß er sich von seinem zweiten bis zu seinem dritten Buch vielversprechend weiterentwickelt habe, wohingegen sein viertes eine herbe Enttäuschung gewesen sei, erfährt er nun Korrekturen, Widerstände, Beschimpfungen, Gegenbeweise, mit einem Wort: Folgen. Was er sagt und was ihm gesagt wird, ist anwendbar, kann Praxis werden, sogar eine gemeinsame Praxis. Diese Folgen sind bruchstückhaft und vorläufig. Sie sind vereinzelt. Aber es besteht kein prinzipieller Grund dafür, daß sie es bleiben müßten. Vielleicht erreicht der Alphabetisierer eines Tages sogar, was ihm versagt bleiben mußte, solang er auf Kunst aus war: daß der Gebrauchswert seiner Arbeit ihrem Marktwert über den Kopf wächst.

MARTIN WALSER
Berichte aus der Klassengesellschaft

»Man wurde nicht irrsinnig.« Maria B., Putzfrau, Bottrop.

Die Politiker aller bei uns zugelassenen Parteien reden uns andauernd ein, wir lebten schon in einer Demokratie.

Die Politik-Beobachter und -Macher in den Zeitungen bestätigen das. Jeder hat es hundertmal gehört: Marx hat sich getäuscht, der aufgeklärte Kapitalismus läßt die Arbeiter nicht verelenden, er sorgt für sie, die Klassengesellschaft ist überwunden. Die Aussagen, die in diesem Buch gedruckt werden, beweisen, daß die Politiker und die ihnen zugehörigen Journalisten zumindest einer Selbsttäuschung verfallen sind.

Es stimmt, ich lebe in einer Demokratie, die Politiker leben in einer Demokratie, die Journalisten leben in einer Demokratie. Die Arbeiter und Arbeiterinnen, die hier zu Wort kommen, leben nicht in derselben Demokratie. Wir wollen das nicht wissen. Wir wissen es auch gar nicht. Die Arbeiter und ihre Familien in Bottrop kommen ja nicht zu Wort. Sie schreiben nicht in der Zeitung, sitzen nicht im Parlament, schreiben keine Bücher. Natürlich ist es jedem von ihnen erlaubt, Bücher zu schreiben, Journalisten zu werden oder Bundestagsabgeordneter. Auch die schlimmsten Liberalen haben heute nichts mehr dagegen, daß Arbeiterkinder studieren, daß die nach bürgerlichen Maßstäben besonders Begabten überlaufen dürfen, um die bürgerliche Gesellschaft mit Leistung zu nähren und selber dafür aufgenommen zu werden ins privilegienreiche Bürgertum. Das ist überhaupt die Eigenschaft, die das Bürgertum am Leben erhält: diese sogenannte Liberalität, die jedem, der sich der bürgerlichen Leistungsregel gewachsen zeigt, den Übertritt ermöglicht. Dieser Übertritt heißt Aufstieg, heißt Karriere, heißt Erfolg. Er ist mit Annehmlichkeit gesegnet. Wer es geschafft hat, der hat nichts mehr zu tun mit dem Bereich, den er verlassen hat. Er ist oben. Die, die es nicht schaffen, bleiben unten. Die haben sich das selber zuzuschreiben. Die sind einfach nicht tüchtig genug. Die haben schlechte Zensuren von der Schule bis zur Bahre. Daß jeder bei uns hochkommen kann, daß auch heute noch Imperien gegründet werden können, das steht oft genug in der Zeitung. Die Menschen sind nun einmal nicht gleich. Und die bürgerliche Regel fördert die Ungleichheit, sie belohnt und straft, sie versteht sich selbst als eine Art Naturgesetz; und tatsächlich, es geht unter diesem Gesetz zu wie im Tierreich: man muß sich durchsetzen; der Stärkere überlebt leichter und länger.

In der Theorie, in der Politik, überhaupt im Selbstverständnis und in der Darstellung nennt sich das Bürgertum demokratisch, human usw. Zweifellos nicht nur aus Verruchtheit und böser Absicht, sondern aus der natürlichen Neigung jedes Menschen (und jeder Klasse), sich für gerecht und für gerechtfertigt zu halten.

Das Bürgertum braucht nur an seine schlimmeren Vorläufer zu denken, und schon hält es die bürgerliche Gesellschaft für die beste mögliche Gesellschaftsordnung und sich selbst für das Ziel aller menschlichen Geschichte.

Die Berichte der Leute aus Bottrop heben diesen bürgerlichen Anspruch auf. Das sind Leute, die kein Talent zum Überlaufen und zum Aufstieg haben. Leute, die bei uns auch von keiner Partei und von keiner Zeitung vertreten sind. Leute also, die nicht zu Wort kommen.

Ist das zu grob gesehen und gesagt? Ist die SPD denn gar nichts mehr? Die SPD ist schon noch etwas: Volkspartei. Das ist ein gewähltes Wort.

Da die Mehrheit des Volkes aus »Arbeitnehmern« besteht, wäre die SPD wohl eher Volkspartei geworden, wenn sie Arbeiterpartei geblieben wäre. Aber die SPD hält das deutsche Volk offenbar für eine unveränderbar rechtskonservative Masse, also läuft sie über und gibt sich her für den stillsten Staatsstreich unserer Geschichte, den man die Große Koalition nennt; »große« schreibt man da einfach groß. Das war vor allem für das Großbürgertum ein größerer Sieg als jeder bisherige Wahlsieg der CDU. In einem Bonner Nachrichtendienst für die Wirtschaft konnte man solche Sätze lesen: »Die Wirtschaftsverbände und Unternehmen wollen ihren Kontakt zur SPD verbessern.« »Den Gewerkschaften wird von den SPD-Führern gesagt, sie sollten die Sozialdemokraten nicht als ihre Partei ansehen.« »Bisher galt Schiller bei den Unternehmern als Ausnahme-Sozialdemokrat. Jetzt scheint die Parteiführung stärker auf seinen wirtschafts- und sozialpolitischen Kurs einzuschwenken. Für die Wirtschaft wird der Fächer des politischen Geschäfts breiter.« Das alles läßt vermuten, daß die Leute in Bottrop in der SPD je länger je weniger zu Wort kommen.

Und in Soziologiebüchern? Da verringert sich die Realität dieser Klasse zu solchen Sätzen: »Arbeiter erleben die Gesellschaft dichotomisch.« Also nicht: unsere Gesellschaft *ist* geteilt in oben und unten, sondern Arbeiter *erleben* sie so. Oder: »Arbeiter haben einen anderen Zeitsinn. Ihnen fehlt das mittelständische Muster der aufgeschobenen Befriedigung, also des Verzichts auf unmittelbaren Genuß zugunsten eines größeren späteren.« Ach, Herr Professor Dahrendorf, warum sagen Sie nicht gleich: Arbeiter versaufen und verfressen ihren Zahltag, haben nur Kino und Fernsehen und Fußball im Kopf, anstatt daß sie ans Sparkonto und die Kapitalbildung denken ...

Nein, in Soziologiebüchern kommen sie auch nicht zu Wort, auch wenn der Soziologe sich noch so tierforscherisch liebevoll mit dieser fremden Sorte beschäftigt. In Literatur und Film kommen sie auch so gut wie nicht zu Wort. Es ist lächerlich, von Schriftstellern, die in der bürgerlichen Gesellschaft das Leben »freier Schriftsteller« leben, zu erwarten, sie könnten mit Hilfe einer Talmi-Gnade und der sogenannten schöpferischen Begabung Arbeiter-Dasein im Kunstaggregat imitieren oder gar zur Sprache bringen. Alle Literatur ist bürgerlich. Bei uns. Auch wenn sie sich noch so antibürgerlich gebärdet. Ich bin nicht so sicher, daß sie nichts als »affirmativ« sei, aber bürgerlich ist sie sicher. Das heißt: sie drückt bürgerliche Existenz aus, Leben unter bürgerlichen Umständen, Gewissen, Genuß, Hoffnung und Kater in bürgerlicher Gesellschaft. Arbeiter kommen in ihr vor wie Gänseblümchen, Ägypter, Sonnenstaub, Kreuzritter und Kondensstreifen. Arbeiter kommen in ihr vor. Mehr nicht.

Hier, in diesem Buch, kommen sie zu Wort. Wer diese Aussagen und Erzählungen gelesen hat, wird wünschen, daß Erika Runge sich wieder auf den Weg macht mit ihrem Tonbandgerät, um weitere Bottrops aufzunehmen, weitere von böser Erfahrung geschärfte Aussagen, weitere Seufzer, Flüche, Sprüche und Widersprüche, weitere Zeugnisse einer immer noch nach minderem Recht lebenden Klasse.

ERIKA RUNGE
Bottroper Protokolle
Erna E.
Hausfrau

Wenn mein Mann mal Frühschicht hat, stehen wir um 5 Uhr auf, um 6 Uhr fängt die Frühschicht an, wenn er normale Frühschicht hat. Um 1/2 6 Uhr geht er ausm Haus. Wo ich den Kleinen noch nicht hatte, den Martin, hab ich mich noch hingelegt bis 1/2 7 immer, dann bin ich auch aufgestanden, wegen die beiden, Ralph und Simone. Ja, und jetzt muß ich auch aufbleiben, weil um 6 Uhr der Kleine kommt, denn hab ich ihn auch um ½ 7 fertig, und dann kommt der raus, der Große, der wacht von alleine auf. Und denn zieh ich ihn an, und wenn ich ihn angezogen hab, dann mach ich eben noch mal was andres, dann ist die schon wieder da. Na, dann tun wir zusammen Frühstück essen, dann bring ich den Ralph jetzt zum Kindergarten, ja, und denn is 9 Uhr, ¼ vor 9, bis ich wieder hier bin, dann geht die Arbeit hier los. 10 Uhr kommt der Kleine, der muß gebadet werden und muß auch versorgt werden. Dann wird eingekauft, schnell alles im Laufschritt gemacht. Essen gekocht für die Kinder, für mein Mann, 12 Uhr den Kleinen wieder abholen, den Ralph, ja und dann leg ich die auch noch immer hin. Ja, und wenn mein Mann dann kommt – erst tut er essen, dann beschäftigt er sich mit de Kinder, überhaupt mit der Simone. Ja, dann hat er ja auch noch andere Sachen zu tun, für die Gewerkschaft hauptsächlich, überhaupt jetzt, wo die Zeche stillgelegt wird. Meistens, nachmittags, geh ich dann mit die Kinder raus, wenn schön Wetter ist, die müssen ja auch frische Luft haben, dann geh ich meistens nach Hause zu meiner Mutter hin. Und ja, kommt man nach Hause, dann wirds wieder Zeit für Abendbrotmachen und dann die Kinder in Bett bringen, die Sachen auswaschen, die sie vom Tag hatten, ja, und dann bin ich mal froh, wenn ich zwei Stunden sitzen kann. Dann guck ich manchmal Fernsehen, oder ich stopf oder strick, muß ja immer was gemacht werden. Ins Bett gehn – ja, um 11, ½ 11. Da, wo der Kleine noch nicht war, bin ich ja früher gegangen, wenn mein Mann dann abends weg war, dann bin ich auch schon mal um 9 gegangen, ½ 10, aber so, jetzt komm ich erst immer um 11, ½ 11 im Bett. Das ist jetzt jeden Abend. Man muß ja durchhalten.

Wir sind eigentlich von Ostpreußen. Mein Vater war schon 46 hier, wir kamen 48 her. 44 bin ich geboren. Mein Vater war vorher in der Landwirtschaft, dann hat er auf Zeche angefangen, hier in *Rheinbaben.* Ich hab drei Geschwister, eine Schwester und zwei Brüder. Meine Schwester ist auch verheiratet hier, die hat auch schon drei Kinder. Mein Bruder ist Bergmann auf *Rheinbaben*, hat auch drei Kinder, und mein kleiner Bruder, der ist 17 und auch Bergmann, Lehrling.

Ich hab hier meine Volksschule gemacht, dann hab ich zwei Jahre Lehre gemacht als Strickerin. Eigentlich wollt ich Konditorin werden, in der Bäckerei die Torten machen und so. Wo ich noch in der

Schule war, hab ich meiner Mutter immer viel backen geholfen, wir haben zu Hause nur gebacken, jeden Sonntag oder auch Weihnachten, Plätzchen und Torten, alles ham wir selbst gemacht. Und da hatt ich nachher Lust gehabt, inne Konditorei, so Torten machen und so, auch die kleinen Plätzchen, Berliner Ballen und so. Auf einmal hab ich dann keinen Spaß mehr dran gehabt. Aber wo ich denn da in die Lehre ging, dat gefiel mir nachher alles nicht, da dacht ich doch: hätt ich man lieber den andern Beruf gewählt. Und da hieß es ja nur noch: wir wollen Geld verdienen. Ich ging in die Lehre rein, da war ich 14. Erst war man immer in e Schule, hat man nichts andres gekannt wie Schule – und dann auf einmal muß man, dann steht man auf eignen zwei Beinen. Erst, da gefiel mir dat nicht. Aber nachher denkt man: du mußt das sowieso schaffen, und du schaffst das. Strengt man sich schon von allein an, nich? Es ging nachher. Aber es war ja auch keine große Strickerei.

Drei Jahre war ich dann in ne Strickfabrik, zwei Jahre Lehrzeit, und dann noch ein Jahr so. Im Haushalt war ich auch noch tätig, das kann man ja immer mal gebrauchen, nich. Im Haushalt hatt ich auch mehr gehabt, da hatt ich freie Kost, und ich konnte da meine Wäsche waschen, alles, und hab 100 Mark gekriegt im Monat. Das war nur für mich. Da war ich 17 und hatte 100 Mark gehabt, das war viel. Die ham alle gesagt: das war viel gewesen. Und da war ich so 3/4 Jahr gewesen, und dann bin ich nachher zu B. in die Kleiderfabrik. Da fing ich mit 1,38 Stundenlohn an und war im Akkord. Ich war noch keine 18, und das darf man ja nicht, und war am Band am arbeiten und im Akkord. Und die im Akkord haben alle über 2 Mark gehabt. Und da hab ich mich mal beschwert, und da sagt der drauf, ich hätte ja schon meine Lehre ausgehabt, er könnte mich nicht mehr ans Jugendband setzen, wo keine Akkordarbeit ist, sie haben überall Akkordarbeit, nich. Da sage ich, dann soll er mich bei die Lehrmädchen hinsetzen, für 1,38. Da sagt er: »Nee, dat kommt nich in Frage, da ham wir kein Platz für.« Da sag ich: »Tut mir ja leid, aber dann kann ich auch nicht weiter hier arbeiten. Für 1,38 im Akkord, da tu ich das nicht.«

Da bin ich nachher noch woanders hingekommen, und da wars genauso, da hatt ich 2 Pfennig dann mehr gekriegt, war auch Akkord gewesen, und da mußte man immer so viel Kästen schieben und sowat alles. Und wo ich dann nachher gesagt hab: »Ich geh nicht im Akkord.« Da hat er mir auch nich mehr gegeben, und da hab ich dann auch aufgehört. Das tut ja keiner, für so wenig Geld im Akkord arbeiten. Wir haben jede 10 Tage Geld gekriegt, wat war dat: 50 Mark. 1961 war das. Hinterher war ich nochmal in der Strickerei gewesen. Da ging ich wohl auch klein ran, aber das hat sich nachher gesteigert, und da hatt ich nachher 68 Mark in der Woche, jeden Freitag 68 Mark, und das hat sich nachher gesteigert bis 70, 75 Mark. Und dann konnte man sich dat ja mitnehmen, und da bin ich nachher auch geblieben.

Wir hatten hier in Bottrop son Klub gehabt, nen Jugendklub gehabt, Deutscher Freier Jugendklub nannte der sich, einfach n Jugendklub war das, nich, und da sind wir, die ganzen jungen Mädchen und die Jungens, alle da drin gewesen. Da haben wir uns kennengelernt, so flüchtig, mein Mann und ich. Nachher, von mein Nachbar der Junge, hatte Geburtstag gehabt, der war auch im Klub gewesen, der hat Geburtstag gehabt, da kam mein Mann auch zufällig gerade hin – so haben wir uns denn da kennengelernt. Wir haben da gefeiert, und anschließend bin ich, hat mein Mann mich nach Haus gefahren, der hatn Wagen gehabt zu der Zeit noch. Und n andern Tag kam er denn wieder, hat mich abgeholt, dann sind wir tanzen gegangen, dann sind wir auch mal abends zusammen im Kino gewesen. Ja, 4 Jahre sind wir jetzt verheiratet. Als der Ralph geboren wurde, hab ich noch gearbeitet. Der war ja so schwer krank gewesen, der hat ne Darmverschlingung gehabt und n Magenpförtnerkrampf. Da war er 3 1/2 Wochen, wo er im Krankenhaus kam. Mit nem halben Jahr hab ich ihn denn rausgekriegt, da hab ich aufgehört zu arbeiten. Ja, und dann war er bei meine Mutter, ich hab ihn dann ja nicht gekriegt, meine Mutter hat ihn mir ja nicht gegeben. Der Junge war so krank gewesen, und ich hab noch bei meine Schwiegermutter wohnen müssen, wir hatten ja nicht sofort diese Wohnung, und da hab ich nur ein Zimmer gehabt, dadrauf mußt ich kochen und schlafen, da konnt ich den Jungen ja auch nicht gebrauchen.

Träume hatte ich … Erstens: nicht so früh heiraten. Hatt ich überhaupt nicht vorgehabt. Und zweitens – mit 22 schon 3 Kinder, das ist auch n bißchen viel. Ich wollte, wo wir geheiratet hatten, und so, wie ich früher immer schon gesagt hatte: »Wenn ich mal später heirate, dann ein Kind, und dann geh ich so lange arbeiten, bis man alles hat.« Hatt ich immer gesagt, früher. Da hab ich meinen Mann noch gar nicht gekannt, nich. Da sagt ich: »Ein Kind, arbeiten – und ich willn Auto haben.« Fürn Auto würd ich auch noch arbeiten. Da sagt mein Mann nachher, wo ich meinen Mann kennengelernt hab: »Ja, du wolltst doch arbeiten gehn?« »Ja«, sag ich, »wenn ich den Ralph nur hätte, wär ich bestimmt gegangen, denn den hätte meine

Mutter genommen.« Aber es ging ja nicht. Ja, und dann? Mit Geld so knausern, hätt ich mir auch nicht vorgestellt. Jede 10 Tage, es kommt drauf an, wieviele Schichten dat warn, kam er mal mit 120, 150, mal hat er auch 160 gehabt, zweimal im Monat. Und wenn er dann Rest-Lohn hatte, er hat ja denn einmal im Monat Rest-Lohn, ja, dann kam er mal mit 300 Mark nach Hause. Und damit kann man keine großen Sprünge machen. Hier die Miete kostet 109 Mark. Jetzt kriegen wir nochn Zuschuß von der Zeche, aber wenn der dann wegfällt, dann zahlen wir hier 150 Mark dafür. Und dann soll man das alles aufbringen. Bei dem wenigen Lohn, was er hat, und dann so viel Miete. Und die Kinder wolln essen, die Kinder wolln angezogen werden. Dat hab ich mir wirklich früher nie vorgestellt, daß mir das später mal so schlecht gehen würde. Ich konnte mein Geld für mich selbst behalten, früher, ich hab mich eingekleidet, alles. Ich hatte Sachen gehabt! Aber heutzutage – ich weiß nicht, wie ich mit dem Geld rumkommen soll, das mein Mann nach Hause bringt. Ich mach mir die Haare selbst, da hab ich ja kein Geld für, zum Frisör. Ich war beim Frisör gewesen, kurz bevor ich ins Krankenhaus kam mit dem Kleinen, da hab ich ne Lockwelle gehabt, ne einfache Lockwelle und Haare abgeschnitten, da hab ich 9 Mark bezahlt. Und da kann man nich jeden Monat für nachn Frisör gehen.

Meine Mutter kommt mir viel helfen, davon ab. Morgen fahr ich wieder zur Stadt, mein Mann hat Krankenschein gehabt, jetzt muß ich morgen Krankengeld abholn, jetzt kann ich ja nicht alle drei mitnehmen, muß meine Mutter morgen komm. Mein Mann, wenn der Zeit hat, der hilft mir auch. Der macht viel. Der paßt auf die Kinder auf, der tut schon mal saugen oder blankreiben, und dann tut er mir schon mal helfen abtrocknen. Aber ich sag ja: nur wenn er grade Zeit hat. Dat macht er schon. Und er sagt schon mal: »Geh und nimm die Simone und geh schon mal ne Stunde raus.« Dann paßt er auf die andern beiden auf.

Wat ich früher alles gemacht hab, wo ich noch nich verheiratet war! Wir warn viel tanzen gewesen, und ich war auch in der Gewerkschaft drin. Gewerkschaftsjugend, bunten Nachmittag und so, das fehlt mir heutzutage. Ich hab auch mitgemacht, hat eine Hand die andre gewaschen, mal hat man dies gemacht, dann hat man das gemacht. N bunten Nachmittag, bekannte Solisten, die ham gesungen, und abends war dann anschließend, um 10 Uhr, war dann Tanz gewesen. Und da hat man auch Lose verkauft und son bißchen gemacht. War wirklich schön gewesen. Und – wie lange war ich schon nicht mehr tanzen. Ich geh so gerne tanzen! Mein Mann auch ... Bin ja neugierig, wann wir dies Jahr mal Karneval feiern könn. Wir tun in der Wirtschaft feiern, das is immer einmalig. Bei *Fortuna*, im Fußballklub die Feste, einmalig ... Ich glaub aber nich, daß dat dies Jahr geht. Wegen die Kinder und wegen dem wenigen Geld. Erst sind Feierschichten wieder, dann wird die Zeche stillgelegt, dann wieder die Sorgen. Wegen die Kinder, ach, da könnte man schon für ein Tag die Mutter holn, wär ja nich schlimm gewesen, aber die Geldsorgen ... Ich hatte nie geglaubt, daß die Zeche mal stillgelegt wird.

Ich interessier mir eigentlich nicht für Politik. Mein Mann, der schimpft da schon immer. Sagt er: »Interessier dich mal n bißchen dafür, dat is gut für dich.« Naja, wenn ich mal meine Arbeit fertig hab ... Jetzt komm ich bald überhaupt nicht mehr zum Zeitunglesen. Sonst komm ich schon mal beim Frühstück und so zum Zeitunglesen, aber jetzt, wo die Kleinen schon alleine sitzen, alleine essen wolln, da komm ich überhaupt gar nicht mehr dazu, nich. Ich hör schon mal Tagesschau oder guck schon schnell inne Tageszeitung rein, wat da Neues drinsteht oder so, nich, aber muß schon sagen, sonst interessier ich mich auch nich für Politik.

Und wegen *Rheinbaben*, die sind alle so am Sagen: »Dat wird noch wat geben, dat wird noch wat geben!« Ja, dat wird noch wat geben, dat steht fest. Aber wat soll man dagegen tun? Wir Armen könn ja auch nichts dagegen tun, daß die Zeche stillgelegt wird. Heute Mittag, wo ich einkaufen gegangen bin, da sagte mir die Geschäftsfrau auch: »Mein Gott«, sagt se, »wat wird dat noch geben? Früher ham se die Taschen immer voll geholt, und heute holn sie se nur noch zur Hälfte.« Ich sag: »Da seid ihr auch ein Teil mit Schuld. Verkauft doch eure Ware nicht so teuer, verkaufts doch n bißchen billiger.« »Ja«, sagt sie, »wenn wir die billiger machen, dann wird woanders wieder aufgeschlagen.« Ich sag: »Dann müßt ihr alle zusammengreifen, dann müßt ihr alle zusammen sagen: jetzt ist stopp, jetzt wenn wir mal die Preise n bißchen senken. Und dann werd ihr auch wieder eure Ware los.« »Ja«, sagt sie, »ich versteh das nicht. Und jetzt überhaupt noch, wenn sie *Rheinbaben* stillegen, dann wer ich überhaupt nichts mehr los, dann könn wir unser Geschäft bald schließen.« Da sagt ich auch: »Kann ich nichts dafür. Ich kauf nur dat ein, was ich ganz nötig brauche und wat die Kinder brauchen, dat andre kann ich mir auch nicht mehr leisten.« Jeden Tag hab ich sonst Obst gekauft, jetzt kann ich höchstens zweimal in der Woche, wenn hier Markt ist. Freitags hol ich Obst, und dann hol ich nochmal Mittwoch in der Stadt Obst. Und im Nu is ja dat Obst weg, weil die Kinder viel Obst essen. Und auch die Wirtschaften, wat wern die denn jetzt machen. Die wern jetzt alle langsam zumachen. Ganz bestimmt. Hier schießen doch immer nur Wirtschaften und Imbiß-Stuben aus de Erde raus. Aber Krankenhäuser oder sowas, das baun se nich. Hier in Bottrop gibt es zwei Krankenhäuser, und die sind überfüllt.

Ich war jetzt bein Hausarzt gewesen, und der Hausarzt, von selbst hat ers ja nicht gesagt, aber ich hab ihn gefragt, ob ich die Pille kriegen kann, und da hat er gesagt: »Ja.« Meine Schwester, die hat sie ja direkt vom Arzt gekriegt, weil sie so unregelmäßig ihre Periode gehabt hat, und die braucht sie nicht zu bezahlen, die braucht nur 50 Pfennig fürs Rezept zahlen. Und wir müssen se zahlen, 5 Mark. Aber dafür gibt man lieber die 5 Mark aus. Ich könnt mir dat auch gar nicht vorstellen: 4 Kinder. Nee!

Meine Kinder solln alle 3 die Schule besuchen, dat sie was wern. Nämlich ich konnte dat nich, meine Eltern, die konnten dat einfach nicht aufbringen, es is keiner von uns auf e höhere Schule gegangen, aber meine Kinder solln das machen. Da soll keiner aufn Pütt. Die Zeche wird et dann sowieso nich mehr geben. Aber so, die sollen irgendwie wat anderes wern. Die solln auf e Schule gehen. Dat hab ich auch schon zu mein Mann gesagt: »Dat kann ich nich haben, daß die mal so arm wern wie wir. Die sollns mal n bißchen besser haben wie wir.« Nich, is doch wahr! Unsereiner, der maloocht und arbeitet und arbeitet und hat doch nichts.

Und ich hab schon gesagt, wenn der Kleine, der ganz Kleine, 2 oder 3 Jahre alt ist, daß ich dann einen hab für die zum Aufpassen, dann würd ich ne Arbeit nehmen, und wenns von morgens früh ist bis mittags, dann würd ich noch arbeiten gehen, ja. Man muß ja auch warten, wat mein Mann nachher für ne Beschäftigung hat, wieviel Geld er nach Hause bringt, man kann ja nicht sagen – je nachdem, wolln wir erstmal gucken. Wenn er genug verdienen sollte, ja – ein Auto möcht ich haben. Nämlich, ein Mann allein schafft dat nich, und dann noch die Familie und die teure Miete, schafft einer nich allein. Da möcht ich schon gerne arbeiten fürs Auto. Daß man Samstag oder Sonntag mal rausfahren kann und nich immer hier im Kohlenpott bleiben muß. Man will ja auch mal rausfahren und die Welt mal sehn, nich? Nach n Sauerland runter oder so. Et gibt hier in Deutschland so schöne Sachen, so schöne Städte, nich. Noch nie war ich weggewesen, ich war noch nie raus gewesen. Zur Erholung war ich wohl, zwei Mal, nach Norderney.

Aber sonst ... Oder wir ham früher, vom Klub, schon mal son paar Fahrten gemacht, aber das war höchstens mal so fürn halben Tag gewesen. Anschließend sind sie dann in die Wirtschaft gegangen, ham getanzt und so. Aber da sieht man ja nichts, ich möcht ja mal was sehn! Es gibt so schöne Gegenden hier in Deutschland, überhaupt hier so in der Gegend, oder nachn Sauerland runter. Ja, fürn Auto, daß man Samstag oder Sonntag mal wegfahren könnte, dafür würd ich noch arbeiten.

Rolf Dieter Brinkmann
Lebenslauf einer Frau

Jeden Morgen derselbe nackte
Körper. Da ist der Rest Milch
in der Flasche, und da sind
Haare im Kamm. Sie zieht sich

ihre Strümpfe an und steht
dann da. Der Tag ist bald schon
wieder aus, und sie steht da in
Strümpfen ganz allein. Wenn sie

noch etwas länger stehenbleibt
wird dieser Milchrest in der
Flasche sauer und die Haare
in dem Kamm werden ganz alt. Ein

Tag vergeht so schnell, und sie
rollt ihre Strümpfe von den
Beinen ab, die wehtun von dem
langen Stehen vor sich selbst

und dem, was alles übrigbleibt
wenn man sich einmal auf der
Stelle rührt, um dann so dazustehen
nackt, mit dem Rest Milch und

all den Haaren dort im Kamm.

HELGA M. NOVAK
Der Filetiertisch

Montag
Die Platte ist fingerdick und aus durchsichtigem Kunststoff. Sie ist groß, rechteckig. Sie liegt auf einem eisernen Gestell. Die Platte liegt lose auf. Sie ist schwer.

Unter der Platte, die Längsseiten entlang, hängen in dem Gestell zwei Glaskästen, in denen je eine Neonröhre brennt. Die Platte erscheint dreigeteilt. Ein langes Drittel ist grellgelb, die Mitte weiß und matt, die gegenüberliegende Seite ist wieder gelb.

Die Platte ist trocken. Die Glaskästen, das Eisengestell sind trocken. Über die Platte flieht beißender Äther und zieht Tränen aus den Augen.

Dienstag
Die wachsfarbene Platte ist trocken. Sie ist befleckt. Die Glaskästen sind feucht, beschlagen. Die zerquetschten Tropfen zwischen ihren Deckelscheiben und der Platte sehen aus wie Amöben unter dem Mikroskop.

Die Platte ist naß. Auf dem dunkleren Mittelstreifen bilden sich Pfützen zu einem langen See.

Mittwoch
Die Platte ist hart. Über den belichteten Rechtecken ist sie zerkratzt.

Fischhaut, Schuppen, Flossenteile kleben auf der Platte, dem Gestell. Schwere Tropfen rinnen die eisernen Stangen hinab. Sie laufen unten zusammen und bleiben auf dem Boden stehen. Tropfen fallen von den Glaskästen.

Die Platte ist weich. Sie ist grau und verschmiert. Unter der Platte und über der Platte riecht es faul.

Donnerstag
Die Platte riecht wie ein Kühlschrank – offengelassen im Sommer. Die Kästen scheinen jetzt aus Rillenglas zu sein. Die Eisenbeine sind schleimig und rauh.

Freitag
Die reine, weiße, mattglänzende Kunststoffplatte lehnt an dem Gestell. Die Glaskästen sind offen und voll Seifenlauge. Die Neonröhren liegen in einem Korb und laufen ab. Naß und schwarz sind die Eisenbeine. Sie riechen nach Lux.

Die Wände und Böden der Glaskästen sind trocken und blinken. Die Neonröhren sind eingelassen. Sie sind dunkel. Die Deckel sind aufgelegt und werfen Gesichter zurück.

Poliert liegt die Platte auf dem Gestell. Sie ist kalt. Sie ist hart.

Die Eisenteile sind trocken. Rostfladen tauchen auf.

Sonnabend
Der Tisch wird mit Salmiak besprüht. Der Dunst macht die Augen feucht.

Angelika Mechtel
Die feinen Totengräber

I.
Das Bestattungsunternehmen Mertens, das Alfred I. mit dem Totenhemd der Tante Elisabeth und einem Sarg begründet hatte, besteht seit 1863 im westlichen Stadtzentrum, nahe dem Städtischen Krankenhaus. Tante Elisabeth kam damals zwar nackt, dafür aber züchtig in Fichte gebettet, unter den Rasen, und seitdem erarbeitete sich die Familie Mertens von einem Alfred zum nächsten ein krisenfestes Unternehmen. Alfred, der vierte Mertens, machte mit achtzehn Jahren das Abitur, trat fast neunzehnjährig in den väterlichen Betrieb ein und wurde in der Betreuung von Kunden angelernt.

Er schlug nicht aus der Art. Mit fünfundzwanzig Jahren übernahm er den Betrieb und heiratete die hinterbliebene Nichte eines mittleren Industriellen, den er für zweitausendachthundert Deutsche Mark eingeäschert hatte. In der Hochzeitsnacht zeugte Alfred IV. den fünften Alfred, und das Geschäft florierte.

Ich fand den fünften Alfred süß, denn schon frühzeitig begann er mit Spielzeugsärgen und Totenhemden zu spielen.

II.
In der Wäscherei des Städtischen Krankenhauses arbeitet Paul seit zehn Jahren, seit er die Sonderschule verlassen hat, und bedient die städtischen Waschautomaten. Morgens gegen halb acht Uhr schiebt ihm das Mädchen Helene die Karren voll Krankenwäsche aus dem Flur in die Waschhalle. Helene ist blond und schwingt das Hinterteil aus den Hüften, während ihre Augen glasig blau stehen und sich auch dann kaum bewegen, wenn Paul das Mädchen zwischen den

breiten Oberschenkeln berührt. Er kann Helene nicht zwischen der übelriechenden Wäsche das Hinterteil schwingen sehen, ohne sie zu fassen.

Wenn er dann die Maschine gefüllt, das Bullauge geschlossen und den Bedienungshebel gezogen hat, wenn das Wasser einzurauschen beginnt, läßt sich Helene hinter einem Wäschewagen morgendlich einnehmen.

Helene ist immer feucht.

Ich hatte Paul nicht.

Aber Paul hatte die Idee. Es war nicht eigentlich sein Gedanke. Ein anderer hatte erzählt, daß mancher der Pfleger sich ein gutes Handgeld verdient. Sie geben Garantien an Beerdigungsinstitute ab, so zahlen sich die Toten aus.

Helene konnte zwar nur Wagen schieben und den Speichel nicht halten, wenn einer der Hilfsarbeiter ihr Spaß brachte, aber Paul entschloß sich, Geld für sie zu machen. Er nahm daher einen freien Nachmittag und den Sonntagsanzug aus dem Schrank.

III.

Alfred V. sagte, wenn man es von ihm verlangte, bereits mit zwei Jahren die Bestattungskostentabelle seines Vaters auswendig auf und machte damit zu Weihnachten seinen Großeltern Freude.

IV.

Paul wollte nur mit dem Chef persönlich sprechen.

Wenn aber der Chef schläft, darf er nicht vor der Zeit geweckt werden. Deshalb entschließt sich der erste Buchhalter, die junge Frau Anneliese zu rufen. Sie bringt ihren Sohn mit. Er taxiert Paul. Fichte, Mama, sagt der Kleine, der Onkel kann nicht mal Fichte bezahlen, er hat Flecke vorne auf der Hose, wo man sie zumacht.

Paul lächelt.

Magst du ein Bonbon? sagt er.

Ich nehme nichts von Kunden.

Paul sagt: Ich hätte fünfzehn Tote für Sie, fünfzehn im Monat, sagt er, was zahlen Sie dafür?

Anneliese sagt, sie könne das nicht entscheiden, woher er denn die Toten nehme?

Aus dem Krankenhaus, sagt Paul, fünfzehn könne er garantieren, fünfzehn ließen sich machen, manchmal vielleicht auch sechzehn.

Sagt der kleine Alfred: Der Mann macht Geschäfte.

Schlagen Sie ein, sagt Paul und hält ihr die Hand hin.

Anneliese sagt: Ich frage meinen Mann. Sie läßt das Kind zurück. Alfred, sagt sie und beugt sich dem Schlafenden in den Nacken, machen wir das, fünfzehn Tote im Monat?

Fünfzehn?

Der Mann sagt, er könne fünfzehn garantieren.

Garantieren?

Alfred IV. erwacht. Garantieren? sagt er, kommt er denn mit den Patienten in Berührung? Er bürstet sich Schnurrbart und Kopfhaar, geht der Sache auf den Grund. Seine Frau folgt ihm. Sind Sie Pfleger? fragt Alfred.

Das nicht, sagt Paul.

Aber, kräht der Kleine, er wäscht die schmutzige Wäsche mit der Helene.

Wie wollen Sie dann eine Garantie übernehmen?

Mit schmutziger Wäsche, sagt Paul, läßt sich viel machen. Da kann ich Ihnen auch mal eine Epidemie liefern.

Abgemacht, sagt Alfred und schlägt ein.

V.

Es ist hoffnungslos, sagt die Schwester, die das Haus mit Obstgarten, den Mann und den Sohn hat. Sie weiß es, sagt sie, aber wir sollen es nicht wissen. Sie paßt kaum noch ins Bett. Der Arzt gibt ihr vierzehn Tage.

VI.

Anneliese hat sich entschlossen, im Geschäft mitzuarbeiten, da ihr Mann, obwohl erst Anfang Dreißig, das Zeugen aufgegeben hat. Sie läßt sich einlernen und weiß bald Kunden zu betreuen. Das Geschäft mit Paul hat sich bewährt. Fünfzehn Leichen im Monat genügen, um zwei mittlere Bestattungsunternehmen auf gute Füße zu stellen. Alfred der Vierte hat daraus in kurzer Zeit einen Großbetrieb aufgebaut, während Paul weiterhin Wäsche wäscht. Seine Provision ist nicht hoch, und Helene wackelt so schön. Während Wasser hinter dem Bullauge einrauscht, öffnet Paul die Hose für Helene.

Aber für April, sagt Alfred IV., hat Paul seine Provision noch nicht abgeholt. Anneliese, sagt er, sieh nach. Wir können uns keinen Ausfall leisten.

Anneliese rückt ihr Haarteil zurecht und den Ozelot, sie verläßt den Betrieb und fährt im Taxi zum Städtischen Krankenhaus.

Ich will Paul sprechen, sagt sie zur Pfortenschwester.

Er wird keine Zeit haben, sagt die Nonne, am frühen Morgen muß er fleißig sein.

Es ist dringend, sagt Anneliese, ein Sterbefall.

Gott, sagt die Schwester, schenke ihm die ewige Ruhe. Am Ende des Ganges, sagt sie, die letzte Tür mit dem Schild Zutritt verboten.

Anneliese betritt den verbotenen Raum. Gefüllte Wäschewagen stehen vor großäugigen Maschinen. Gestank quillt ihr entgegen. Sie entdeckt Paul hinter dem vierten Wäschewagen mit gespreizten Beinen gegen die Wand stehen, die sabbernde Helene vor den Bauch gespannt.

Alfred hat nicht lange gezeugt.

Ich sehe zu.

Anneliese gerät in Unruhe. Es beginnt zwischen den Beinen, läßt sie aufbrechen aus dem Geruch des Beerdigungsinstituts und unvorbereitet ausspeien.

Wir machen uns Sorgen, sagt Anneliese.

Was macht ihr euch Sorgen? sagt Paul.

Wir können uns keine Pleite leisten.

Klappt doch alles.

Und das Geschäft?

Ihr kriegt eure fünfzehn Leichen, sagt Paul und beginnt den fünften Wagen abzuladen. Die Wäsche stopft er in das klaffende Maul der Maschine.

Keiner hat mich Aufruhr gelehrt.

Alfred aber zieht mit monatlich fünfzehn Toten den Familienbetrieb zum Industriebetrieb hoch, spannt Leichen als Paradepferde vor und lenkt selbst den Leichenwagen.

Anneliese nähert sich Paul.

Dein Geld, sagt sie und hält ihm die Scheine hin.

Die erste Leiche, sagt er, ist morgen fällig.

Anneliese findet an Paul Gefallen. Morgen, sagt sie, könntest du zu uns kommen.

Aber Anneliese bewegt sich nicht wie Helene, sie scheint mager statt prall.

VII.

Auf dem gegenüberliegenden Platz spielt ein Jahrmarkt. Öffnet die Krankenschwester das Fenster, um den Geruch des bevorstehenden Todes hinauszulassen, kann die Kranke deutlich die Drehorgelmusik des Kinderkarussells vom Beat der Autoscooter unterscheiden, manchmal versteht sie den Marktschreier, der seinen Schlangenmenschen ansagt.

In ihrem Alter, sagt der Arzt, sterben sie am schwersten.

Am zweiten Tag läßt sie das Bett umstellen, daß sie zum Fenster hinaussehen kann.

Nachts sieht sie die Scheinwerfer des Jahrmarkts.

VIII.

Alfred IV. entdeckte seine Frau abends gegen sechs Uhr im gemeinsamen Schlafzimmer. Sie lag nackt auf dem Bettvorleger und reagierte nicht auf seine wohlgemeinte Ansprache. Sie ist krank, sagte Alfred IV. und bestellte den Hausarzt.

IX.

Ich will Paul sprechen, sagt Anneliese zu der Pfortenschwester, und das ewige Licht leuchte ihnen.

Achgott, sagt die Schwester, ein neuer Sterbefall, oder der gleiche?

Anneliese betritt den verbotenen Zugang. Die Mäuler der Maschinen hängen aufgeklappt im Saal. Paul sitzt auf einem umgestülpten Wäschekorb und raucht. Er ist häßlich und dumm.

Sie sagt ihm, daß sie bis sechs Uhr gewartet hat.

Sie sagt ihm, daß sie verrückt nach ihm ist. Sie zieht den Ozelot aus und nimmt die Perücke ab, sie entblößt die Beine.

Paul sagt: Das machst du falsch.

Was mache ich falsch?

Sieh dir Helene an.

Die gehört in eine Anstalt.

Eben, sagt Paul, das mag ich. In drei Tagen, sagt er, kommt die nächste Leiche.

Helene schiebt Wagen um Wagen herein, die Halle füllt sich mit Gestank. Nachdem er die erste Maschine angeworfen hat, nimmt er Helene.

Anneliese kann das Zusehen nicht lassen.

Sie kommt jeden Morgen wieder, zwischen halb acht und acht Uhr, dann bringt sie Alfred V. zur Schule.

Erzählt der Kleine von der Schule, sagt er: Die wenigsten Lehrer können sich eine Bestattung im Talar leisten.

Solche Kunden, sagt sein Vater, betreuen wir nicht.

Seine Frau Anneliese schürt den Aufruhr.

X.

Nach Weihnachten stirbt der Oberlandesgerichtsdirektor Mehling, Frau Anneliese arrangiert die Bestattung und betreut den Sohn des Verstorbenen, den Staatsanwalt Mehling jun. Sie nimmt ihn für sich ein.

Dann packe ich aus.

Fünfzehn Leichen zu liefern, sage ich, ist das legal?

Der Staatsanwalt kontert: Hat dich einer betrogen?

Ich sage: Gibt es einen Paragraphen dafür, daß einer an fünfzehn Toten verdient?

Damit, sagt er, mußt du woandershin, ich bearbeite augenblicklich nur Verkehrsdelikte.

Der Staatsanwalt stolperte nicht über fünfzehn Leichen. Und der Verband dementierte.

XI.

Als Alfred IV. vom Verrat seiner Frau erfuhr, ließ er sie entmündigen und in eine Anstalt einweisen.

Deine Mutter, sagt er zu Alfred V., ist verreist.

Wirst du deine Paradepferde vor ihren Leichenwagen spannen? fragt der Kleine.

Ich fand den Kleinen süß.

XII.

Gestern konnte ich noch den Unterschied zwischen Kinderkarussell und Autoscooter ausmachen, jetzt hat man mich betäubt. Als sie mich vor zehn Jahren aus der Heilanstalt entließen, bestand mein Sohn das Abitur. Inzwischen wird Alfred V. den Betrieb und eine junge Frau übernommen haben. Nicht einmal Fichte kann ich mir leisten, deshalb wird mein Körper zwei Winter lang von Studenten seziert und dann ohne Kosten beigesetzt werden. So habe ich es im Vollbesitz meiner geistigen Kräfte unterschrieben. Der Jahrmarkt schießt ein Feuerwerk ab.

Wolf Biermann
Drei Kugeln auf Rudi Dutschke

1
Drei Kugeln auf Rudi Dutschke
Ein blutiges Attentat
Wir haben genau gesehen
Wer da geschossen hat

Ach Deutschland, deine Mörder!
Es ist das alte Lied
Schon wieder Blut und Tränen
Was gehst Du denn mit denen
Du weißt doch was Dir blüht!

2
Die Kugel Nummer Eins kam
Aus Springers Zeitungswald
Ihr habt dem Mann die Groschen
Auch noch dafür bezahlt

Ach Deutschland, deine Mörder!

3
Des zweiten Schusses Schütze
Im Schöneberger Haus
Sein *Mund* war ja die Mündung
da kam die Kugel raus

Ach Deutschland, deine Mörder!

4
Der Edel-Nazi-Kanzler
Schoß Kugel Nummer Drei
Er legte gleich der Witwe
den Beileidsbrief mit bei

Ach Deutschland, deine Mörder!

5
Drei Kugeln auf Rudi Dutschke
Ihm galten sie nicht allein

Wenn wir uns jetzt nicht wehren
Wirst Du der Nächste sein

Ach Deutschland, deine Mörder!

6
Es haben die paar Herren
So viel schon umgebracht
Statt daß sie *Euch* zerbrechen
Zerbrecht jetzt ihre Macht!

Ach Deutschland, deine Mörder!
Es ist das alte Lied
Schon wieder Blut und Tränen
Was gehst Du denn mit denen
Du weißt doch was Dir blüht!

CHRISTA WOLF
Nachdenken über Christa T.

6
Was braucht die Welt zu ihrer Vollkommenheit?

Das und nichts anderes war ihre Frage, die sie in sich verschloß, tiefer noch aber die anmaßende Hoffnung, sie, sie selbst, Christa T., wie sie war, könnte der Welt zu ihrer Vollkommenheit nötig sein. Nichts Geringeres hat sie zum Leben gebraucht, der Anspruch ist allerdings gewagt und die Gefahr, sich zu überanstrengen, groß. Nicht umsonst hat die Schwester sie gewarnt, die auf ihrem Dorf ihrer Schule treu geblieben und sogar im Begriff ist, sich vernünftig zu verheiraten. Christa T., in den Briefen, die sie ihr schreibt, schwankt zwischen neidvoller Bewunderung: Sie ist doch tüchtig, die Schwester, sie packt das Leben an, sie überläßt sich nicht unfruchtbaren Grübeleien – und dem Vorwurf, die Schwester gebe sich zu früh zufrieden, bescheide sich, hole nicht alles aus sich heraus. Aber was tu' ich denn! endet ein solcher Brief. Wird auch nicht jeder abgeschickt.

Sie ging in die Vorlesungen, saß auf ihrem Platz im Lesesaal, folgte mit den Augen den Reihen der Bücherrücken und fürchtete auf einmal, hier könnte schon auf jede Frage eine Antwort stehen. Da sprang sie auf, lief hinaus, fuhr mit der Straßenbahn den weiten Weg zur Stadt zurück, schon wieder war Nebel, sie fror. *Gestern bin ich,* schreibt sie der Schwester, *abends durch die Altstadt nach Hause gegangen. War plötzlich rasend abgespannt, landete in einer feuchten Spelunke, die Damen und Herren glotzten mich an. Ein durchreisender Plantagenbesitzer aus dem Magdeburgischen hat sich von seiner professionellen Begleiterin freigemacht und ist zu mir gekommen. Gerne hätte er sich mit mir einen vergnügten Abend in Auerbachs Keller gemacht. Wir politisierten, nicht zu seinem größten Vergnügen, tranken und rauchten tüchtig auf seine Kosten, schließlich ließ ich ihn sitzen und flitzte weg. – Ich rauche zu stark, bin oft zerschlagen und traurig ...*

Ein erstes Anzeichen, vereinzelt, nicht beachtet, ihr selbst nicht erklärbar. Ab Trümoh, sagte sie sich, schmeiß die Pantoffeln! Dann war sie auch wieder ganz obenauf, weil sie, so lächerlich das klingt, ihren Inder getroffen hatte: Klingsor – anders konnte er nicht heißen – mit seinem glutvollen Blick, dem schneeweißen Turban und den leider durchlöcherten Socken, das soll sie nicht rühren! Niemand wird sich um ihn kümmern, hat sie sich gesagt und ist in seiner Nähe geblieben, auf der Buchmesse, solange es ging, ohne aufzufallen. Und auch dann noch, warum bloß nicht? Denn er hat sie natürlich schon bemerkt, ist stehengeblieben, hat ausprobiert, wohin sie ihm folgte. Und hat, du wirst es nicht glauben, mir zugenickt, als wir uns endlich doch trennen mußten.

In der Nacht habe ich dann von ihm geträumt. Auf der Technischen Messe, träumte ich, wohin ich sonst nicht gegangen bin, habe ich ihn wiedergetroffen, er hat mich an der Hand genommen und zu den Werkzeugmaschinen geführt: Komm, mein Kind, ein Dichter muß sich auch um die Nachbardisziplinen kümmern ... Ich bin am nächsten Tag natürlich zur Technischen Messe gegangen. Dort hab' ich ihn, bei den Werkzeugmaschinen, getroffen. Er hat sich so wenig gewundert wie ich und mir eine echt Klingsorsche Verbeugung gemacht.

Nein, gewundert hab' ich mich nicht. Gefühl und Traum hatten nicht getrogen.

Sie hat nicht gemerkt oder nicht zugegeben, wozu der ganze Traum gemacht war. Denn nur in dieser romantischen Verkleidung, unter soviel umständlichen Vorkehrungen war dem Wort gestattet hervorzutreten: Dichter hat jemand sie genannt, und sie ist leicht darüber hinweggegangen. Aber was sie gehört hat, hat sie gehört.

Es hat keinen Sinn, sich zu entrüsten, daß sie mit uns allen Versteck gespielt hat: Mit sich selber hielt sie es nicht anders. Wie ich alle ihre Ausflüchte jetzt durchschaue! Wie ich ihr ihre Versuche, sich zu entziehen, jetzt durchkreuzen würde! Da hat sie sich endgültig entzogen. Das war die Krankheit, die Krankheit war es, Gertrud.

Merkwürdig oder nicht – in jenen Jahren hat sie zu schreiben begonnen. Wieso merkwürdig? Sollte nicht jede Zeit gleich gut oder gleich schlecht für den Versuch sein, sich in und außer sich zu suchen? Denn das war, soviel ich sehe, damals ihr Fall. Heute wird man schwer verstehen, was daran erstaunlich sein soll.

Christa T. hat, auch wenn sie lässig schien, anstrengend gelebt, das soll bezeugt sein, obwohl es hier nicht darum gehen kann, sie zu verteidigen: Kein Verfahren findet statt, kein Urteil wird gesprochen, nicht über sie noch über irgend jemanden sonst, am wenigsten über das, was wir »die Zeit« nennen, womit nicht viel gesagt ist. Sie hat nicht versucht, sich davonzumachen, womit gerade in jenen Jahren so mancher begonnen hat. Wenn sie ihren Namen aufrufen hörte: »Christa T.!«, dann stand sie auf und ging hin und tat, was von ihr erwartet wurde, aber wem soll sie sagen, daß sie lange dem Namensruf nachlauschen muß: Bin wirklich ich gemeint? Oder sollte es nur mein Name sein, der gebraucht wird? Zu anderen Namen gezählt, emsig addiert vor dem Gleichheitszeichen? Und ich könnte ebensogut abwesend sein, keiner würde es bemerken? Sie sah auch, wie man anfing, zu entschlüpfen, die bloße Hülle, den Namen zurückzulassen. Das hat sie nicht gekonnt.

Aber auch die Fähigkeit, in einem Rausch zu leben, ist ihr abgegangen. Die heftigen, sich überschlagenden Worte, die geschwungenen Fahnen, die überlauten Lieder, die hoch über unseren Köpfen im Takt klatschenden Hände. Sie hat gefühlt, wie die Worte sich zu verwandeln beginnen, wenn nicht mehr guter Glaube und Ungeschick und Übereifer sie hervorschleudern, sondern Berechnung, Schläue, Anpassungstrieb. Unsere Worte, nicht einmal falsch – wie leicht wäre es sonst! –, nur der sie ausspricht, ist ein anderer. Verändert das alles?

Christa T., sehr früh, wenn man es heute bedenkt, fing an, sich zu fragen, was denn das heißt: Veränderung. Die neuen Worte? Das neue Haus? Maschinen, größere Felder? Der neue Mensch, hörte sie sagen und begann, in sich hineinzublicken.

Denn die Menschen waren nicht leicht zu sehen hinter den überlebensgroßen Papptafeln, die sie trugen, und an die wir uns, was sehr merkwürdig ist, schließlich sogar gewöhnten. Für die wir dann zu streiten anfingen: Wer würde heute noch an sie erinnern, wenn sie wirklich ganz und gar draußen geblieben und nicht auf vielen

Wegen in uns eingedrungen wären? So daß nicht mehr sie uns mißtrauten, sie und die schrecklich strahlenden Helden der Zeitungen, Filme und Bücher, sondern wir uns selber: Wir hatten den Maßstab angenommen und – beklommen, erschrocken – begonnen, uns mit jenen zu vergleichen. Es war dafür gesorgt, daß der Vergleich zu unseren Ungunsten ausfiel. So entstand um uns herum, oder auch in uns, was dasselbe war, ein hermetischer Raum, der seine Gesetze aus sich selber zog, dessen Sterne und Sonnen scheinbar mühelos um eine Mitte kreisten, die keinen Gesetzen und keiner Veränderung und am wenigsten dem Zweifel unterworfen war. Der Mechanismus, nach dem sich das alles bewegte – aber bewegte es sich denn? –, die Zahnräder, Schnüre und Stangen waren ins Dunkel getaucht, man erfreute sich an der absoluten Perfektion und Zweckmäßigkeit des Apparats, den reibungslos in Gang zu halten kein Opfer groß genug schien – selbst nicht das: sich auslöschen. Schräubchen sein. Und erst heute kommt das rechte Erstaunen darüber bei uns an: So weit ist der Weg der Gefühle.

Welche Idee: Sie, Christa T., hätte diesem Mechanismus ihr *Kind am Abend* entgegengesetzt! So direkt darf man sich Wirkung und Gegenwirkung nicht vorstellen. Sie hat, übrigens, unter keine ihrer Arbeiten ein Datum geschrieben. Aber alles, die Schreibart der Manuskripte, die Beschaffenheit und das Alter des Papiers, deutet darauf hin, daß die Skizzen über ihre Kindheit eben aus jener Zeit stammen. Schwer zu sagen, ob sie das ernst nahm, ob sie den Ernst vor sich verbarg. Ganz sicher aber hat sie nicht gewußt, warum sie gerade jetzt dem Kind in sich selbst nachgehen mußte. Wie aber innerlich beteiligtes Schreiben immer auch mit Selbstbehauptung und Selbstentdeckung zu tun hat; wie jeder nicht nur die Leiden, sondern auch die Ermutigungen hat, die zu ihm passen, so hat sie, abends in ihrem Zimmer, unter den vielen Schildern, keineswegs im reinen mit sich, doch die Genugtuung gehabt, das Kind am Abend wieder aufstehen zu sehen: ängstlich, an die Latten der Gartenpforte geklammert, den Auszug der Zigeunerfamilie beobachtend. Schmerz empfinden, Sehnsucht, etwas wie eine zweite Geburt. Und am Ende »ich« sagen: Ich bin anders.

Manche, die sie damals kannten, haben sie wirklichkeitsfremd genannt. Wahr ist: Sie kam mit ihrem Geld nicht zurecht. Sie rauchte, kaufte sich teure Seife und konnte sich ohne Sinn und Verstand in eine der neuen HO-Gaststätten setzen und für zehn Mark Bratkartoffeln mit Sülze essen, dabei schnaufte sie vor Behagen. Dann trank sie, wenn sie ganz verrückt wurde, auch noch Wein, und in ihrer Gesellschaft, wenn sie auf Gesellschaft aus war, war sie nicht wählerisch. Jeden fragte sie aus, schnitt ihm das Wort ab, wenn er abschweifte: Keine Deutung, mein Lieber, die wahre Wirklichkeit, das wirkliche Leben. Wirklichkeitshungrig saß sie in ihren Seminaren und wurde nicht satt von den Lehrmeinungen über Bücher, sah reihenweise die Dichter der Vergangenheit noch einmal ins Grab sinken, da sie nicht genügten, uns nicht. Kaltblütig ließen wir sie hinter uns in ihrer Unvollkommenheit. Christa T., angreifbar durch Liebe und Ehrfurcht, zog sie abends wieder hervor, wenn sie bis zuletzt, bis keiner mehr da war, im Seminar blieb. Die Stimmen, die tagsüber nicht mehr stritten – denn der heftige Streit der früheren Jahre war in Einstimmigkeit übergegangen, Monologe nach dem immer gleichen Textbuch wurden gehalten –, nachts in ihr kamen sie wieder auf. Die Macht der Tatsachen, an die wir glaubten … Aber was ist Macht? Was sind Tatsachen? Und schafft nicht auch – Nachdenken Tatsachen? Oder bereitet sie doch vor? *Der Pilot*, schrieb sie auf den Rand eines Heftes, *der die Bombe auf Hiroshima geworfen hat, ist ins Irrenhaus gegangen.*

Sie machte sich auf den Weg nach Hause. Vor einem Blumenladen in der Innenstadt standen ein Dutzend Menschen, die schweigend warteten, daß um Mitternacht eine seltene, hell angeleuchtete Orchidee für wenige Stunden ihre Blüte entfalten sollte. Schweigend stellte Christa T. sich dazu. Dann ging sie getröstet und zerrissen nach Hause.

Sie erinnerte sich später nicht, wie sie in ihr Zimmer und ins Bett gekommen war. Als sie am nächsten Mittag erwachte, hatte sie eine Klausurarbeit verschlafen. Sie trat ans Fenster und sah, daß nur noch kleine Inseln von Schnee im Vorgarten sich hielten. Bald, dachte sie, glücklich ohne Grund, wird es wieder an der Zeit sein, diese Ziersteine abzuwaschen. Sie lachte und sang, sie ging in die Küche zu der Dame Schmidt und überzeugte sie, daß sie nicht umhin kam, mitten in der Woche ein Bad zu nehmen. Die Dame Schmidt ergab sich seufzend – aber nicht vollaufen lassen die Wanne! –, Christa T. lachte immer noch und ließ das Wasser bis an den Rand steigen. Dann zog sie sich frisch an und kaufte für ihr letztes Geld das teure Vogelbuch, das sie schon lange haben wollte. Sie setzte sich in den zerschlissenen Lederstuhl und sah es in Ruhe an. Morgen würde sie sich allerlei Entschuldigungen ausdenken, aber sie war nicht bange, daß sie sie im rechten Augenblick überzeugend zur Hand haben würde.

Siegfried Lenz
Deutschstunde

1 Die Strafarbeit

Sie haben mir eine Strafarbeit gegeben. Joswig selbst hat mich in mein festes Zimmer gebracht, hat die Gitter vor dem Fenster beklopft, den Strohsack massiert, hat sodann, unser Lieblingswärter, meinen metallenen Schrank durchforscht und mein altes Versteck hinter dem Spiegel. Schweigend, schweigend und gekränkt hat er weiterhin den Tisch inspiziert und den mit Kerben bedeckten Hocker, hat dem Ausguß sein Interesse gewidmet, hat sogar, mit forderndem Knöchel, dem Fensterbrett ein paar pochende Fragen gestellt, den Ofen auf Neutralität untersucht, und danach ist er zu mir gekommen, um mich gemächlich abzutasten von der Schulter bis zum Knie und sich beweisen zu lassen, daß ich nichts Schädliches in meinen Taschen trug. Dann hat er vorwurfsvoll das Heft auf meinen Tisch gelegt, das Aufsatzheft – auf dem grauen Etikett steht: Deutsche Aufsätze von Siggi Jepsen –, ist grußlos zur Tür gegangen, enttäuscht, gekränkt in seiner Güte; denn unter den Strafen, die man uns gelegentlich zuerkennt, leidet Joswig, unser Lieblingswärter, empfindlicher, auch länger und folgenreicher als wir. Nicht durch Worte, aber durch die Art, wie er abschloß, hat er mir seinen Kummer zu verstehen gegeben: lustlos, mit stochernder Ratlosigkeit fuhr sein Schlüssel ins Schloß, er zauderte vor der ersten Drehung, verharrte wiederum, ließ das Schloß noch einmal aufschnappen und beantwortete sogleich diese Unentschiedenheit, sich selbst verweisend, mit zwei schroffen Umdrehungen. Niemand anders als Karl Joswig, ein zierlicher, scheuer Mann, hat mich zur Strafarbeit eingeschlossen.

Obwohl ich fast einen Tag lang so sitze, kann und kann ich nicht anfangen: schau ich zum Fenster hinaus, fließt da durch mein weiches Spiegelbild die Elbe; mach ich die Augen zu, hört sie nicht auf zu fließen, ganz bedeckt mit bläulich schimmerndem Treibeis. Ich muß die Schlepper verfolgen, die mit krustigem, befendertem Bug graue Schnittmuster entwerfen, muß dem Strom zusehen, wie er von seinem Überfluß Eisschollen an unseren Strand abgibt, sie hinaufdrückt, knirschend höherschiebt bis zu den trockenen Schilfstoppeln, wo er sie vergißt. Widerwillig beobachte ich die Krähen, die, scheint's, eine Verabredung bei Stade haben: von Wedel her, von Finkenwerder und Hahnöfer-Sand schwingen sie einzeln heran, vereinigen sich über unserer Insel zu einem Schwarm, steigen und wenden in verwinkeltem Flug, bis sie sich auf einmal einem günstigen Wind anbieten, der sie nach Stade wirft. Das knotige Weidengebüsch lenkt mich ab, das glasiert ist und mit trockenem Reif gepudert; der weiße Maschendraht, die Werkräume, die Warntafeln am Strand, die hartgefrorenen Klumpen des Gemüselandes, das wir im Frühjahr unter Aufsicht der Wärter selbst bebauen: alles und sogar die Sonne lenkt mich ab, die, wie durch Milchglas getrübt, lange, keilförmige Schatten fordert. Und bin ich trotzdem einmal nahe daran, anzufangen, fällt mein Blick unweigerlich auf den zerschrammten, an Ketten hängenden Anlegeponton, an dem die gedrungene, messingblitzende Barkasse aus Hamburg festmacht, um pro Woche, sagen wir mal, bis zu zwölfhundert Psychologen abzusetzen, die sich geradezu krankhaft für schwer erziehbare Jugendliche interessieren. Ich kann nicht wegsehen, wenn sie den gekrümmten Strandweg heraufkommen, ins blaue Direktionsgebäude geführt werden und nach üblicher Begrüßung, womöglich auch nach Ermahnungen zu Vorsicht und unauffälligem Forschen, ungeduldig hinausdrängen, scheinbar absichtslos über unsere Insel schwärmen und sich an meine Freunde heranmachen: an Pelle Kastner zum Beispiel, an Eddi Sillus und den jähzornigen Kurtchen Nickel. Vielleicht interessieren sie sich deshalb so für uns, weil die Direktion errechnet hat, daß jeder, der auf dieser Insel gebessert worden ist, nach seiner Entlassung mit achtzigprozentiger Wahrscheinlichkeit nicht wieder straffällig wird. Wenn Joswig mich nicht zur Strafarbeit eingeschlossen hätte, wären sie jetzt wohl auch hinter mir her, würden meinen Lebenslauf unter ihr wissenschaftliches Brennglas halten und sich bemühen, ein Bild von mir zu gewinnen. Aber ich muß die doppelte Deutschstunde nachholen, muß die Arbeit liefern, die ein hagerer, schreckhafter Doktor Korbjuhn und unser Direktor Himpel von mir erwarten. Auf Hahnöfer-Sand, der Nachbarinsel, die ebenfalls elbabwärts liegt Richtung Twielenfleth Wischhafen und auf der, wie bei uns, schwer erziehbare Jugendliche festgehalten und gebessert werden, wäre das nicht möglich: zwar gleichen sich die beiden Inseln sehr, zwar werden sie vom gleichen öltrüben Wasser belagert, von den gleichen Schiffen passiert, von den gleichen Möwen beansprucht, doch auf Hahnöfer-Sand gibt es keinen Doktor Korbjuhn, keine Deutschstunden, keine Aufsatzthemen, unter denen, Ehrenwort, die meisten sogar körperlich leiden. Viele von uns möchten daher lieber auf Hahnöfer-Sand gebessert werden, wo die seegehenden Schiffe zuerst vorbeikommen und wo die knatternde, zerrissene Flamme über der Raffinerie jeden dauerhaft grüßt.

Auf der Schwesterinsel, das ist sicher, hätte ich keine Strafarbeit erhalten, denn dort kann nicht geschehen, was bei uns geschah: hier genügte es, daß ein hagerer, nach Salbe riechender Mensch auf Korbjuhnsche Art in den Klassenraum trat, uns höhnisch, aber auch schreckhaft musterte, sich ein »Guten-Morgen-Herr-Doktor« wünschen ließ und ohne Ankündigung, ohne Warnung die Aufsatzhefte verteilte. Er sagte nichts. Er trat vielmehr, und ich meine: genußvoll, an die Tafel, ergriff die Kreide, hob die unansehnliche Hand und schrieb, während ihm der Ärmel bis zum Ellenbogen hinabrutschte, dabei einen trockenen, gelblichen, wenigstens hundertjährigen Arm freigab, das Thema an die Tafel, in seiner geduckten, schrägen Schrift, in der Schräge der Scheinheiligkeit. Es hieß: »Die Freuden der Pflicht.« Ich blickte erschrocken in die Klasse, sah nur gekrümmte Rücken, verstörte Gesichter; da lief ein Zischen von Bank zu Bank, Füße scharrten, Tischplatten wurden mit Seufzern gespickt. Ole Plötz, mein Nebenmann, bewegte seine fleischigen Lippen, las halblaut mit und bereitete seine Krämpfe vor. Charlie Friedländer, der begabt genug ist, nach Belieben blaß, grünlich, jedenfalls alarmierend ungesund zu erscheinen, so daß alle Erzieher ihn spontan von jeder Arbeit befreien – Charlie ließ bereits seine Atemkunst spielen, verfärbte sich zwar noch nicht, machte sich jedoch schon, unter geschickter Mitwirkung der Halsschlagader, Schweißperlen auf Stirn und Oberlippe. Ich zog meinen Taschenspiegel heraus, winkelte ihn in Richtung zum Fenster, fing mir etwas Sonne und warf die Sonne gegen die Tafel, worauf Doktor Korbjuhn sich erschreckt umwandte, mit zwei Schritten die Sicherheit des Katheders gewann und uns von dort herab befahl, anzufangen. Noch einmal flog sein trockener Arm hoch, sein Zeigefinger wies in fordernder Starre auf das Thema: »Die Freuden der Pflicht«, und um allen Fragen auszuweichen, verfügte er: Jeder kann schreiben, was er will; nur muß die Arbeit von den Freuden der Pflicht handeln.

Ich halte meine Strafarbeit – bei gleichzeitiger Einschließung und vorläufigem Besuchsverbot – für unverdient; denn man läßt mich nicht dafür büßen, daß meiner Erinnerung oder meiner Phantasie nichts gelang, vielmehr hat man mir diese Abgeschiedenheit verordnet, weil ich, gehorsam nach den Freuden der Pflicht suchend, plötzlich zuviel zu erzählen hatte, oder doch so viel, daß mir kein Anfang gelang, so sehr ich mich auch anstrengte. Da es nicht beliebige, da es die Freuden der Pflicht sein sollten, die Korbjuhn sich von uns entdeckt, beschrieben, ausgekostet, jedenfalls eindeutig bewiesen wünschte, konnte mir niemand anderes erscheinen als mein Vater Jens Ole Jepsen, seine Uniform, sein Dienstfahrrad, das Fernglas, der Regenumhang, seine in unablässigem Westwind segelnde Silhouette auf dem Kamm des Deiches. Unter Doktor Korbjuhns mahnendem Blick fiel er mir sogleich ein: im Frühjahr, nein, im Herbst, dann also an einem dunklen, windfrischen Tag im Sommer schob er sein Fahrrad wie immer zum schmächtigen Ziegelweg hinab, hielt, wie immer, unter dem Schild »Polizeiposten Rugbüll«, brachte die Pedale, indem er das Hinterrad hob, in die gewünschte Ausgangsstellung, verschaffte sich wie immer mit zwei Stößen den nötigen Schwung zum Aufsitzen und fuhr, zunächst schlingernd, stuckernd, vom Westwind aufgebauscht, ein Stück in Richtung zur Husumer Chaussee, die nach Heide und Hamburg weiterführt, bog beim Torfteich ab und fuhr, jetzt mit seitlichem Wind, an den maulwurfsgrauen Gräben entlang zum Deich, wie immer an der flügellosen Mühle vorbei, saß hinter der Holzbrücke ab und schob das Fahrrad schräg den wulstigen Deich hinauf, gewann dort oben, vor der Leere des Horizonts, eine unerwartete, den Raum betreffende Bedeutung, schwang sich abermals in den Sattel und segelte nun, eine einsame Tjalk, mit prallem, geblähtem und fast explodierendem Umhang, auf dem Kamm des Deiches entlang, nach Bleekenwarf, wie immer nach Bleekenwarf. Nie vergaß er seinen Auftrag. Wenn der Herbstwind Korvetten über den Himmel von Schleswig-Holstein trieb: mein Vater war unterwegs. Im scheckigen Frühjahr, bei Regen, an trüben Sonntagen, morgens und abends, in Krieg und Frieden schwang er sich auf sein Fahrrad und strampelte in die Sackgasse seiner Mission, die ihn immer nur nach Bleekenwarf führte von Ewigkeit zu Ewigkeit, Amen.

Dies Bild, wie gesagt, diese mühselige Fahrt, zu der der Außenposten der Landpolizei Rugbüll – der nördlichste Polizeiposten Deutschlands – andauernd aufbrach, gelang meiner Erinnerung sofort, und um Korbjuhn zu dienen, dachte ich mich noch näher heran, band mir einen Schal um, ließ mich auf den Gepäckträger des Dienstfahrrades setzen und fuhr einfach mit nach Bleekenwarf wie so oft, hielt mich, wie so oft, mit klammen Fingern am Koppel meines Vaters fest, während der Gepäckträger mir mit seinem harten Gestänge rote Flecken in die Oberschenkel kniff. Ich fuhr mit und sah uns gleichzeitig, gegen den Hintergrund unentbehrlicher Abendwolken, gemeinsam auf dem Deich entlangfahren, ich spürte die Windstöße frei und scharf von der Einöde des Watts und sah uns beide von fern schwanken unter denselben Windstößen, und ich hörte meinen Vater stöhnen vor Anstrengung, nicht verzweifelt oder zornig über den Wind, sondern nur ordnungsgemäß stöhnen und, wie mir schien, mit heimlicher Genugtuung. Am Watt, am schwarzen winterlichen Meer entlang, fuhren wir nach Bleekenwarf, das ich kannte wie kein Anwesen außer der zerfallenden Mühle und unserm Haus; ich sah es daliegen auf schmutzigem Erdsockel, von Erlen flankiert, deren Kronen scharf gestriegelt und nach Osten hingebogen waren, ich versetzte mich vor das schwingende Holztor, öffnete es, blickte forschend auf Wohnhaus, Stall, Schuppen und das Atelier, aus dem mir, wie so oft, Max Ludwig Nansen zuwinkte, listig und vorsorglich drohend.

Sie hatten ihm damals verboten zu malen, und mein Vater, der Polizeiposten Rugbüll, hatte die Einhaltung des Malverbots zu überwachen durch alle Tages- und Jahreszeiten; er hatte, um das auch zu erwähnen, jede Erfahrung und Entstehung eines Bildes zu unterbinden, alle unerwünschten Behauptungen des Lichts, überhaupt polizeilich dafür zu sorgen, daß in Bleekenwarf nicht mehr gemalt wurde. Mein Vater und Max Ludwig Nansen kannten sich lange, ich meine: seit ihrer Kindheit, und da sie beide aus Glüserup stammten, wußten sie, was sie voneinander zu erwarten hatten, und vielleicht auch, was ihnen bevorstand und was einer dem anderen bereiten würde bei längerer Dauer der Lage.

Weniges liegt so wohlverwahrt im Tresor meiner Erinnerung wie die Begegnungen zwischen meinem Vater und Max Ludwig Nansen; deshalb schlug ich zuversichtlich mein Heft auf, legte meinen Taschenspiegel daneben und suchte die Fahrten meines Vaters nach Bleekenwarf zu beschreiben, nein, nicht allein die Fahrten, sondern auch all die Finten und Fallen, die er sich ausdachte für Nansen, die schlichten und komplizierten Listen, Pläne, die seinem langsamen Argwohn einfielen, Tricks, Täuschungen und, weil Doktor Korbjuhn es sich gewünscht hatte, schließlich auch die Freuden, die bei der Ausübung der Pflicht wohl abfielen. Es gelang nicht. Es glückte nicht. Immer wieder setzte ich an, schickte meinen Vater den Deich hinab, mit und ohne Umhang, bei Wind und bei Windstille, mittwochs und sonnabends: es half nicht. Da herrschte zuviel Unruhe, zuviel Bewegung und liederliche Fülle; noch bevor er Bleekenwarf erreichte, verlor ich ihn aus den Augen, weil es einen Aufruhr von Möwen gab, weil ein alter Torfkahn mit seiner Fracht kenterte oder ein Fallschirm über dem Watt schwebte.

Vor allem aber lief über den Vordergrund eine kleine, unternehmungslustige Flamme, die alle erinnerten Bilder und Begebenheiten versehrte, sie schmelzen und auflodern ließ, und, wenn die Flamme sie nicht erwischte, krümmte oder verkohlte oder, was auch vorkam, sie unter dem Zittern ihrer Glut verbarg.

GÜNTER DE BRUYN
Buridans Esel

6
Da die Hauptpersonen dieses Berichts keine Schlafmittel nahmen und aller Seelenlage durch Verlust einiger Illusionen gestört war, schlief nachts drei Uhr keiner von dreien. Jeder lag im Bett (im eignen) auf dem Rücken (Fräulein Broder auf Seegrasmatratzen, Erp und Elisabeth auf Schlaraffia), starrte an die Decke, dachte an den Gestaltwandel des anderen und sprach ihn schuldig, dem Bild, das er sich von ihm gemacht hatte, nicht zu gleichen, Elisabeth allein mit einigem Recht; denn so, wie sie Erp gesehen hatte, war er ja gewesen, nicht ihr Bild von ihm hatte sich als falsch erwiesen, sondern er.

Was heißt hier falsch oder richtig, Recht oder Unrecht, Schuld oder Unschuld? Karl hatte sich geändert, das stimmt, aber alles ändert sich, Stillstand gibt es nicht.

Dialektik als Entschuldigung für Ehebruch?

Von Ehebruch konnte in diesem Stadium noch gar nicht die Rede sein, der schien weiter entfernt als je zuvor. Das wußte auch Elisabeth. Was sie erschreckte, war auch weniger seine (von ihr vage geahnte) Bereitschaft dazu als vielmehr die an sich unbedeutenden Veränderungen, die sie in der nächtlichen halben Stunde an ihm wahrgenommen hatte. Sie hatte um halb drei fest geschlafen, hatte ihn nicht vorfahren hören, war erst durchs Türöffnen erwacht, hatte seine Entschuldigung (»Ich dachte, du wartest noch auf mich«) stillschweigend akzeptiert, auf seinen Wunsch kein Licht gemacht und sofort mit Widerwillen den Schnapsgeruch gespürt.

Sagen wir besser nicht: mit Widerwillen, sondern: mit Ärger, denn Abstinenzler war schließlich nicht sie, sondern er, vor allem zu Hause, wo Alkohol lediglich gekauft wurde, um vor Gästen nicht lächerlich zu wirken. Da Elisabeth gern öfter mal getrunken hätte, stand ihr stille Wut wohl zu, wenn sie von Erps (allerdings seltenen) Trinkereien nur die Fahne mitbekam. Mit Befremden registrierte sie auch die späte Heimkehr (die er der festgelegten Schlafstunden wegen sonst zu vermeiden wußte) und den außergewöhnlichen Drang zur sofortigen Mitteilung.

Deren Quelle Karls Bedürfnis nach Ehrlichkeit war. Denn seit zwölf oder gar vierzehn Jahren hatte er keine Geheimnisse vor ihr gehabt (da sie für alles Verständnis gezeigt oder sich mindestens schweigend darum bemüht hatte). Da alles noch so nah war, fiel es ihm schwer, Wichtiges von Unwichtigem zu trennen. Trotzdem genügte eine halbe Stunde, denn das Ehepaar war aufeinander eingespielt; oft reichten Andeutungen und Stichworte aus. Erst erzählte er chronologisch: die Leitungssitzung, sein lächelndes Erwachen (ja, so ehrlich war er!), das Gespräch mit Kratzsch, Fräulein Broders Straße, das Haus, ihr Zimmer (mit Flurküche, das Klo – für alle Mieter – im zweiten Stock), die Einrichtung (Bücherregal mit der seltenen Mendelssohn-Ausgabe, Tisch, Sessel, Bett), Holz-Zitat: Ihr Dach stieß fast ..., die weißen Wände, die Taubengeräusche von oben, die Friedhofsbäume vorm Fenster, das Fernsehstück von nebenan (als Hörspiel durch die von einem Kleiderschrank verstellte Tür genossen, gestelzte Dialoge); dann versuchte er sich der Themen zu erinnern, die sie beschäftigt hatten (aber das gelang schon nicht mehr so gut), Berlin natürlich und Bibliotheksprobleme, Urlaubswünsche, Christa Wolf, Kulturpolitik, Enzensbergers Katechismus, Reiner Kunzes Lyrik, die Deutschen, die Preußen, die Mauer, Leserpsychologie, zeitiges Aufstehen, die Atombombe, Pfefferminztee, Sport und Sportenthusiasten, Frau und Beruf, der Spießer, Katalogsysteme, Johnnie Walker und Kleingärtner und DEFA-Filme und Bundeswehr, worüber hatten sie nicht gesprochen? Über Persönliches, das schien tabu zu sein; noch verworrener, aber ausführlicher wurde dann sein Bericht über ihre Eigenarten, sich beim Zuhören ständig die Augenbrauen glattzustreichen zum Beispiel, kein Berlinisch zuzulassen (nicht einmal das jot-ähnliche G am Silbenanfang), jeden Gedankengang mit einem Anlauf zu beginnen, dessen Schwung sie nicht nur weit, sondern auch tief führte, ihre Unfähigkeit zum Witzeerzählen und ihr verzweifeltes Bemühen, es immer wieder zu versuchen, ihre unglaublich detailreichen Geschichtskenntnisse, ihre Freude an Fremdwörtern, die sie superkorrekt aussprach und manchmal des Guten zuviel tat (das schlichtlateinische pur beispielsweise zu pür französisierte), was aber seltsamerweise bei ihr weder lächerlich noch blaustrümpfig wirkte, man wußte nicht, warum; und dann schloß er mit einem Gesamturteil: Zum Teufel mit diesen durchwachten Nächten, verflucht diese Diskutiererei, gelobt die angenehmen Abende zu Hause mit Frau und Kindern, mit Radio und Büchern; und falls es nicht schon deutlich geworden sei, noch einmal: Sie ist das intellektuellste und anstrengendste Mädchen, das ihm bisher über den Weg gelaufen war, mit scharfem, oft vorschnellem Urteil, gebildet, aber unweise, intolerant aus Lebensunerfahrenheit, Musterexemplar einer nächsten Generation, die man so ganz nicht mehr versteht, weil sie in anderer Umwelt, mit anderen Büchern groß geworden ist. »Als sie sechsundvierzig das Abc lernte, hatten wir den Krieg schon hinter uns; unsere Erfahrungen sind für sie Geschichtsstoff; wir werden alt, Eli.« Er war wirklich enttäuscht und verärgert, aber Elisabeth ging nicht auf ihn ein, lag reglos im Dunkeln, spürte schon Gefahr (aber auch Kraft, ihr zu begegnen) und unterbrach ihn, weil sie mit all den für ihn bezeichnenden Einzelheiten (die weißen Wände ohne Schmuck, Bücher und so fort) nichts anzufangen wußte, nur einmal (ganz Ehefrau) mit der Frage nach dem Aussehen der Dame. Und als er fertig war und, enttäuscht von ihrer Stummheit, ging, sagte sie: »Du hast dich also verliebt.«

Den Strom, der ihm da halbstündlich entfloß, aus dem Bedürfnis nach Ehrlichkeit quellen zu lassen ist nur halbe oder Viertelwahrheit, also Unwahrheit; da waren mehrere munter plätschernde oder auch versteckt rieselnde Zuflüsse am Werk: der simple Drang nach seelischer Entleerung, das Beichtbedürfnis zur Reinigung des Gewissens, die Sorge um Beunruhigung ehefraulichen Gemüts, die Angst vor Vorwürfen. Natürlich sprudelte auch (sachte) der Quell der Ehrlichkeit, doch weiß man ja, wie es darum bei Liebenden und Eheleuten steht. Im Anfang, am Tage 0, ist das Beichten groß und ehrlich und die Absolution gewiß, denn alles, was geschah, war ja Vergangenheit, geschah vor der Zeitwende, gilt nicht mehr, man ist ein anderer geworden, nun hat sich alles, alles gewendet; ja, gewendet, denn vom Tage 1 an wird Ehrlichkeit zum Schmerz für den anderen, und man will dem Geliebten nicht Schmerz zufügen, aber auch lügen will man nicht, und wenn der andere sagt: Ich will alles wissen, stimmt das nur teilweise, denn auch er fürchtet den Schmerz durch Details, und deshalb begnügt man sich mit polierten Wahrheiten, schleift ihnen die wundenreißenden Kanten ab oder hackt sie in Stücke, wodurch sie leichter scheinen und nach und nach ohne Beschwerden geschluckt werden können. Man kann zum Beispiel auf die Frage nach dem Aussehen der anderen (eine sehr geschickte Frage Elisabeths, denn sie kannte sowohl den Typ, auf den er ansprang, als auch die Äußerungsformen aller Schattierungen seiner Begeisterung) schmerzlos vorgehen, ohne zu lügen, indem man statt gertenschlank, zerbrechlich wie altes Porzellan, kurvenreich, wohlproportioniert, wie eine Rubensgestalt (oder was immer sonst die Begeisterung für Klischeewendungen findet), auch dürr, eine genormte Sexbombe, dicklich sagen oder gar witzig werden kann: Die hält nur noch der Glaube an ihre bibliothekarische Berufung aufrecht, oder: Viel Verstand braucht eben ein Riesengefäß (wobei dann noch eine simulierte Fehlleistung ein s anstelle des f unterlaufen lassen kann). So weit ging Erp natürlich nicht, das war nicht seine Art, das wäre Verleumdung gewesen, das konnte er nicht, selbst wenn er es für nötig gehalten hätte, aber er handhabte Sandpapier und Feile auch in seiner Weise sehr geschickt (das Beil wurde erst später nötig), sagte zum Beispiel etwas Freundlich-Lobendes über ihr Gesicht, ließ aber dabei das Wörtchen fremd einfließen, was ehrlich war, denn entsetzlich fremd war ihm ihr Gesicht gewesen – von nah gesehen, aus einer Entfernung von fünf bis zehn Zentimetern nämlich, als er versucht hatte, das Fräulein zu küssen und sie, nicht unwillig, nicht böse, nur müde und gelangweilt, ihn angesehen und dadurch den Kuß vereitelt hatte, was natürlich der Feile zum Opfer fiel, wie schon vorher der selbstherrliche Entschluß, zu ihr zu fahren (der unausgesprochen als Auftrag deklariert worden war), der Schnapskauf unterwegs und um neun Uhr der plötzliche Griff nach der Tasche: »Ach, ich habe zufällig Wodka bei mir. Dürfen Sie? Möchten Sie?« Auch die Gesprächsthemen waren selbstverständlich so harmlos nicht, wie die knappen Andeutungen es glauben machen sollten. Ganz sachlich (Dienst ist Dienst, und der Schnaps steckt noch in der Tasche) ging es zu, als vom Beschluß des Leitungskollektivs die Rede war, aber dann ist Berlin dran, es wird gefragt und geantwortet (ist Berlin eine schöne Stadt, aber die Umgebung, die märkischen Seen, die Laubenkolonien, die berühmte Luft, warum eigentlich Scheunenviertel, der preußische Barock, die Gründerjahre, die Neubausiedlungen, mußte das Schloß wirklich abgerissen werden, war es schade drum, der ehemals rote Wedding, die Viersektorenstadt, die Zweiweltenstadt, die zwei Weltstädte), und sie hat zu allem eine Meinung, enorme Kenntnisse, ein scharfes Urteil, interessant, interessant, wichtig aber ist nur, was man scheinbar am Rande durch geschicktes Fragen mitkriegt. In dieser Wohnung also ist sie geboren, schon damals gurrten die Tauben (da war er schon im letzten Schuljahr, dann kam das Landjahr in Ostpreußen, dann die Lehrzeit, ein unmöglicher Altersunterschied ist das nicht), und sie will hierbleiben, aber ein Mann steckt wohl nicht dahinter, oder doch?, nein, wohl nicht, wie kommt das? Enttäuschungen? Sie weicht aus, Persönliches ist tabu, allerdings nur bei ihr, er kommt immer wieder darauf zurück, Kinder würde er hier zwischen bröckelndem Putz und Asphalt nicht aufziehen wollen, überhaupt die Ehe (aber da geht nachts in Elisabeths Zimmer das Sandpapier 'rüber). Wie ist es zu erklären, daß die besten Frauen nicht am ehesten geheiratet werden? Ist es biologisch oder historisch bedingt, daß Frauen sich nach der Sklaverei der Ehe sehnen? Ist Gleichberechtigung in der Ehe überhaupt möglich? Wie wirkte das auf Kinder: die (kleiner Anlauf) Nutten in den Straßen der Nachkriegszeit? Sie hat auf alles Antworten parat, aber ohne von sich zu reden oder ihn nach etwas zu fragen, wovon er gern erzählen würde, Niederlage auf Niederlage, und um eins, als die Flasche leer ist, redet er plötzlich von sich, anfänglich um sie herauszufordern, eigentlich aber weil es eine Lust ist, ihr seinen Kummer zu beichten, wo sonst kann er das, wer versteht ihn, Elisabeth, die gute, selbstgenügsame, bestimmt nicht (aber das sagt er nicht, Elisabeth ist für ihn tabu). Er redet von seiner Laufbahn, von den Schwierigkeiten des Anfangs (der ehemalige Gärtner, Soldat, Kriegsgefangene auf den Bänken der Bibliothekarschule, sie kennt ja Kants Aula, so war es, genauso, schwer und herrlich, herrlich und schwer), von seinen Erfolgen, vom Haus, vom Garten, vom Auto: Alles, was man sich erträumt hat, ist da – und was nun? Aber Fräulein Broder spielt gelangweilt mit dem Schnapsglas, und Erp hat das Gefühl, etwas falsch gemacht zu haben. Vielleicht mag sie jammernde Männer nicht, sicher ist sie enttäuscht, daß er das Bild, das er äußerlich bietet, selbst zerstört, vielleicht fühlt sie sich vernachlässigt. Und er wechselt von einer Sekunde zur anderen das Thema und beginnt über intellektuelle Mädchen zu reden, wie schwer die das haben, weil die Männer (die anderen natürlich) nicht vertragen können, daß weibliche Wesen gleichwertig oder gar überlegen sind; es scheint da Gesetze der Erotik zu geben oder der Sexualität, aber die gibt es – oder doch? – ja gar nicht so rein (pur traut er sich nicht zu sagen, um sie nicht verbessern zu müssen), er versteht das nicht, weiß aber, wie die Männer über so etwas reden. Aber da wird Fräulein Broder persönlich, gibt ihm deutlich zu verstehen, daß das ihr Problem nicht ist, daß sie sich (vielen Dank für die Sorgen!) darüber nicht beklagen kann, und das faßt er (Idiot) falsch auf, glaubt seine Stunde gekommen, steht auf, geht um den Tisch herum und nähert sein Gesicht dem ihren. Als er wieder sitzt, fragt sie ihn plötzlich was, was Persönliches, was man nach Mitternacht und einer Flasche Wodka (dem teuersten, Import) und vielleicht überhaupt nicht fragen darf, so wenig wie: Glaubst du an Gott? Hast du schon einmal deine

Frau betrogen? Welche Partei hast du 1933 gewählt? Sie fragt also (nach fast sechs Stunden ergebnislosen Flirts): »Warum sind Sie in der Partei?« Wie günstig war da (Nebenzufluß Berechnung) ein knapp bemessenes Nachtgespräch mit der Ehefrau, das Ausführlichkeit nicht zuließ. Denn die Wahrheit zu sagen fällt nicht nur schwer, wenn sie den anderen schmerzt, sondern auch, wenn mit ihr zugegeben werden müßte, daß man sich wie ein Hampelmann benommen hat. Wie bitte? Wiederholung der Frage. Er weicht in Galanterien aus: Mit einer so schönen Frau nachts allein und dann das? »Wissen Sie eigentlich, wie schön Sie sind?« – »Das hat man mir schon origineller gesagt.« Und sie wiederholt noch einmal ihre Frage. Er beginnt schließlich ganz von vorn, der Krieg, die falschen Ideale, der innere Zusammenbruch, die lächerlichen Aufbauparolen, die man erst ernst nimmt, als die ersten Erfolge sich zeigen, die Antifaschistin als Leiterin der Bibliothekarschule, die Literatur, der Frieden, die FDJ, Marx ..., aber sie unterbricht ihn, will nicht wissen, warum er beitrat, sondern warum er drin ist, heute. Er fühlt sich angegriffen und versucht herauszubekommen, was sie ihm vorwirft. Seinen Katzenjammer (alles erreicht – und jetzt?), seine mangelnde Moral? Aber sie wirft ihm nichts vor, ist nur sachlich interessiert, ist überhaupt beleidigend sachlich. Letzte Rettung ist ein Blick auf die Uhr, Erschrecken. Sie hält ihn nicht zurück. Ehrlich war dann in häuslicher Dunkelheit das Gesamturteil über den Abend. Er war verärgert. Aber warum? Elisabeths Schlußworte erklärte er ehrlichen Herzens für Blödsinn. Aber es beruhigte ihn. Liebe war verzeihlich. Schlimmer wäre gewesen, sie hätte die Wahrheit gewußt: daß er nämlich die Kollegin mit der Absicht besucht hatte, einen nicht gar so verbindlichen Ehebruch mit ihr zu begehen.

HANNS CIBULKA
Mater terra

Kein Steinkoloß,
blindlings
vom Gravitationsgesetz
getrieben,
unsere Erde
reicht weit hinaus
in den Raum,

umfangen vom Atem
der Sonne.

Die Erde
darf ich nicht
verraten,
weil ich der Mutter
immer wieder bedarf,
um Mensch zu sein.

Willst du
in einem Hause wohnen,
wo die Mauern
fliegender Staub,
der Dachstuhl
aus Wind?

Alle Sonnen,
flammend,
zwischen Orion,
Andromeda
wiegen das Leben
nicht auf.

KARL KROLOW
Naturgeschichte

Die Naturgeschichte
blüht in verschiedenen Sträuchern.

Leute gehen vorüber
sagen grün oder gelb.

Abgewendet
duftet eine Rose
für ihren Dichter.

Goethes Veilchen
dauert im Papierbukett.

Der Sommer stellt mit Nelken
Frauen nach.

Geschnittene Astern
hält man der schwächer werdenden Sonne
vor die Augen.

Das pflanzenkundliche Jahr
erholt sich in immer anderen
Farben.

FRIEDRICH GEORG JÜNGER
Abend des Einsamen

Abends besucht mich der Fuchs, und wir sprechen
Wieder von Gott und der Welt,
Sprechen vom Truge des ruhlosen Menschen,
Von seiner List und dem Geld.

Geht in die Wiesen hinaus er und braut,
Öffn' ich das Fenster und sehe hinaus.
Nebel steigt weiss aus der Senke.
Ich bin allein im Haus.

Und es rührt sich das Haus jetzt und redet,
Redet mit mir und der Nacht.
Raunend und knisternd bedenkt es,
Was ich am Tage bedacht.

Auf seiner Treppe steigen die Toten
Wieder gewichtlos herauf,
Treten durch Türen und Schlösser und schliessen
Alles Verschlossene auf.

Bringen die Schmerzen und süssen Scherze,
Die uns im Haus einst erfreut,
Und es flüstert das Haus in ihr Flüstern
Von der vergangenen Zeit.

Zeit ist's, dass ich ins Bett geh.
Zieh dich aus und lösche das Licht.
Schön ist der Wechsel des Jahrs und der klare
Stern, der den Nebel durchbricht.

MAX HÖLZER
Sète

Berauscht von Abwesenheit, oh nicht mehr
in der Fessel der Adern ... Ein Meer erglänzt.
Kaum lebloser als ein verlassener Traum –
die kubischen Blöcke, das Eisengestänge
des Forts: Insekt auf dem Grund des Steinbruchs.

Bis in die Tiefe toter Leben
wäscht das Verlangen, heller Sturzbach,
von allem Aufschub rein die Insel.
Graufältiges wirft die Sonne sich über,
der Horizont ist verwischt wie ein Staunen.

Der Berg kommt zu sich bis in den Staub,
er öffnet die Wege dem sinkenden Licht.
In dir war das Meer. Seine Nacktheit strömt
herauf mit der Luft, der blauen Brust,
und reibt sich milchig am Felsenleib.

ROLF DIETER BRINKMANN
Keiner weiß mehr

Er hatte es gewollt, und es war gar nicht dazu gekommen. Er hatte abziehen müssen, so daß es kurz darauf noch einmal der leere, schwarze Platz war mit den hoch in der Dunkelheit stehenden Lampen, über den er ging, vorbei an der Imbißstube, die nun dunkel lag, die Coca-Cola-Reklame war erloschen, innen war kein Licht mehr zu sehen, dann kam die Unterführung, der Bahnhof, links der schäbige Vorplatz mit der Reiterstatue und rechts die leere, breite Straße, in der das Hotel lag, Christliches Hospiz, wohin er sich zurückgetastet hatte, stell dir das mal vor, hahaha, um sich dort angezogen aufs Bett zu setzen und starr sitzen zu bleiben, bis er mit einemmal ganz ruhig war und genau wußte, er fuhr nicht zurück, ein Entschluß, sehr klar und eindeutig. Er konnte erst jetzt sehen, was diese Reise wert war, was sie bedeutete, sie bedeutete diesen ruhigen, klaren Entschluß. Sie hatte sich gelohnt, sagte er sich. Ich fahr nicht zurück. Mochte sie recht haben oder nicht. Das spielte keine Rolle. Es ist nun alles schön ruhig. Sein Herumlaufen vorher ist nur ein zufälliges Herumlaufen gewesen. Der Abbau von alten Vorstellungen, durch die er schon lange nicht mehr richtig hindurchgeblickt hatte. Jetzt sah er durch sie hindurch. Er konnte sich selber sehen. Da war er. War aufgestanden und in eine schaukelnde Bewegung gekommen, die stärker wurde, mehr reibend, und mit jeder dieser auf und ab reibenden Bewegungen ließ er die gestaute Erregung aus sich heraus und erschöpfte sich endgültig, noch immer im Mantel, die Hose aufgeknöpft.

Er stand da neben dem Bett in dem kurzen Lackmäntelchen allein in dem Hotelzimmer spätnachts auf Socken. Die Socken waren rosa. Er fühlte sich innen sehr leicht. Jetzt war ja alles gut. Das Reiben tat gut. War nur ein bißchen alles noch zu trocken. Er spuckte sich auf die Finger, damit sie schneller, angenehmer über die Haut gleiten konnten. Das braune Häutchen flutschte leicht über den angeschwollenen Kopf, während er sich zunehmend versteifte, je heftiger er rieb, die Augen geschlossen und ganz auf sich selbst konzentriert, in sich hineinstarrend, in einen glasigen, durchsichtigen Raum, gefüllt mit seinem eigenen aufgetriebenen Gefühl. Das war er selber. Dieser glasige, durchsichtige Raum. Eine Ansammlung von Gefühl, das sich durcheinanderbewegte. Darin eine Hand, die immer weiter und schneller auf und ab glitt. Ein Kämmen war es, ein unablässiges Kämmen, das Durchkämmen des eigenen lang gewachsenen Gefühls. Und es tat gut. Sotsch, sotsch machte es bei jedem Mal, es sind ganz winzige, naßsaugende Geräusche beim Vor- und Zurückziehen der Vorhaut. Es glimmt. Die Postkartenbilder fluppen schnell hintereinander vorbei, ich meine Postkartenbilder, ich meine Dias, ich meine so Serien, so ein sanfter Terror im Gehirn, kontrolliert, nicht kontrolliert, Glimmertierchen, die lautlos zerplatzen, aber nachwachsen, lautlos. Der Raum ist das, was man schall-tot nennt. Der Griff an die eigenen Eier. Der Sack schwillt, die Fältchen, und die Sacknaht wird steif. Fotzen öffnen sich und schließen sich selbständig wie kleine rosafeuchte Münder. Ihr Inneres ist ganz zart. Weiche klebrige Schleimhäute, leicht zerreißbares Gewebe. Bunte Punkte leuchten schnell auf, das Aufleuchten beschleunigt sich, es werden mehr Punkte, ist bereits ein Gewimmel von bunten Punkten, Glimmertierchen, die weiter springen. Techniker: Die Maschine ist in Ordnung, sie läuft tadellos, sonst welche Beschwerden? Aah! Das nenn ich kämmen! Mensch, kämmen! Die Zunge hängt ihm schon bald aus dem Mund heraus, ein flabbernder, roter Lappen. Er hat einen trockenen Mund und wichst in dem Hotel Christliches Hospiz, Hannover,

Schumacherstraße, und ist nicht da. Verschwunden. Denn gleichzeitig ist es auch ein Vorgang, als wäre er draußen und er müßte gegen etwas ankommen, einfach nur ankommen, sich dagegenstemmen. Von Literatur hier keine Rede mehr! Was es genau ist, kann er nicht sagen. Es ist soviel, gegen das er zum letztenmal ankommen muß, kotzen, darüber sich erbrechen, alles einfach auskotzen und zukotzen, während sie reden und reden, wer? Da sind doch welche! In dem schall-toten Raum rumort was. Das ist er selber. Schmierig, erschöpft, innen sehr trocken. Auch auf seinem Schwanz ist es schon wieder trocken. Die Finger gleiten schon nicht mehr so weich wie gerade noch auf und ab. Noch einmal muß er etwas Speichel dazunehmen. Also ist es diese Trockenheit, eine Art von Trockenheit unter vielen gleichen, die Art der Trockenheit, seine eigene, gegen die er anreibt und weiter reibt, und gleichzeitig auch wiederum nicht. Es ist das starre Sehen auf was, das steife Dastehen im Mantel neben dem Bett auf Socken, durch die er die glatte Kühle des sauberen, blankgebohnerten Zimmerbodens spürt. Er spürt sie sehr intensiv. Und jetzt schon nicht mehr. Seine Frau ist plötzlich da. Sie hat sich eingeschlossen in einer sauberen, weißen Toilettenkabine und hockt auf dem Beckenrand, die Oberschenkel auseinandergeklappt und breit gedrückt. Der Rock ist hochgeschlagen. Auf den Schuhen liegt zusammengesackt die Unterhose. Mit zwei Fingern fährt sie über die haarige Kuppe in den Schlitz über das angeschwollene Zäpfchen dicht vor ihrem Fickloch. Sie sagt, nein, nein, und wehrt ihn ab, will seinen Kopf zurückstoßen, es geht nicht mehr, hör auf, während er noch weitermachen will, um es ihr unbedingt zu verschaffen. Deswegen ist es auch nicht länger mehr diese saubere, weiße Toilettenkabine, in der sie still vor sich hinträumen kann vielleicht von irgend so einem riesigen Ding, das sich ganz auf sie drauflegt und sie fertigmacht, ausdauernd ist, zäh, nicht nachgibt, dabei aber so weich und schleimig, eine nichtidentifizierbare Masse, ein neuer Stoff, bisher noch nicht entdeckt, der es ihr endgültig besorgt. Es ist vielmehr jetzt mittags und alle Geräusche sind gedämpft. Die Stille wird in der Nähe nur unterbrochen durch einen Stoß Wasser, das aus den Nickelknöpfen kommt und die Porzellanwand breit, fächerförmig ausgebreitet hinuntergeströmt, vor der stumm, ohne sich viel zu bewegen zwei, drei Männer nebeneinanderstehen. Dann stöhnt Rainer kaum hörbar auf und drückt den Atem ins Kissen. Die langsam leckende Zunge rutscht abwärts über den Rücken hinunter zum Gesäß in die Rinne hinein zwischen den Hinterbacken bis zum Arschloch, in das sie hineinstößt. Es ist eine überdimensional große, steife, erigierte Zunge, die Zunge überhaupt. Sie hört nicht auf zu schlecken. Das Gefühl ist total. Ein absolutes Gefühl, das fertigmacht. Ein Moment der Freiheit. Der Heizkörper summt und summt. Laß alles stehen und liegen und spring. Spring doch endlich. Spring. Das Fluggefühl in der Sekunde des Absprungs ist das beste. Ich komme. Die Zunge ist verschwunden, statt dessen ist ein Gesicht da, breit und groß, das näher kommt und im Näherkommen sich aufweicht, ein Schwamm, der sofort alles aufsaugt. Er fließt auseinander und färbt sich zu einer enthäuteten rosa Masse in dem Augenblick, wo sich das zitternde Glied dahineinbohrt, das Glied wird verschluckt. Es ist einfach vom Körper aufgesogen worden. Nun ist da eine leere, haarlose Stelle wie auf den Photographien in den kleinen, billigen Magazinen, die es zu Dutzenden gibt. Trotzdem macht man weiter. In seinem abgedunkelten Mietzimmer steht Gerald. Das Zimmer ist aufgeräumt. Auf dem Tisch unter dem vorhanglosen quadratischen Dachfenster der abgeschrägten Außenwand liegt aufgeschlagen ein Buch. Das Kofferradio ist auf Radio Caroline eingestellt und bringt Musik von Alka Seltzer, gagaga, und langsam, ohne etwas dagegen machen zu können außer zu denken, daß durch die Einheit der gedoppelten Tätigkeit stets alle Glieder des Organismus erhalten sind und stets in die Idealität ihrer Belebung zurückgenommen und die Glieder diese Idealität denn auch sogleich darin zeigen, daß ihnen ihre belebte Einheit nicht gleichgültig, sondern im Gegenteil die Substanz ist, in welcher und durch welche sie allein ihre besondere Individualität bewahren können und daß gerade dies den wesentlichen Unterschied von Teil eines Ganzen und Glied eines Organismus ausmacht, kommt es bei ihm herausgeflossen in die Hose. Die Hand zum Beispiel, abgehauen, verliert ihr selbständiges Bestehen, sie bleibt nicht, wie sie im Organismus war, ihre Regsamkeit, Bewegung, Gestalt, Farbe und so fort verändert sich, ja sie geht in Fäulnis über und ihre ganze Existenz löst sich auf. Es hat ein Geräusch gegeben, in der Toilette schwoll das Wasser an, immer noch einmal wurde nachgespült und gezogen. Das Geräusch kam wieder. Noch einmal. Da war das Kind weg, ab in die Kloake, eine letzte Luftblase, ein letztes Blubblub als allerletztes Winken, bevor es verschwand, auf Wiedersehen, auf Wiedersehen, auf Wiedersehen, au revoir, good bye, lebt alle wohl, weg, abgezogen. So sind sie alle beschäftigt. Und in Plastikbeuteln hängen die zurückbehaltenen einzelnen Teile als Erinnerung an irgendwas, man weiß nicht mehr was, Brüste zum Nuckeln, Fotzen zum Lecken, Schwänze zum

Kauen, und Ärsche zum Wienern. Kommt raus aus eueren stumpfsinnigen Körpern, ihr namenlosen Arschlöcher! Das ganze Scheißhaus fliegt in die Luft. Und wir drehen alle zusammen durch. Sie. Gerald. Rainer. Ich. Hochkatapultiert in die Luft, wo wir uns zerstreuen. Sie wird wolkig. Gerald trifft Hegel persönlich. Die Begegnung verläuft friedlich. Rainer kämmt sich die Haare und sprayt sie sich ein. Die Frisur sitzt. Ab geht's. Und was mach ich, was mach ich? Hallo, hallo, keiner mehr da, niemand, nichts, alle verschwunden in dem schall-toten Raum wie ein Röcheln als das Blubbern von nichtidentifizierbaren Flugobjekten,

alles vergorene Möglichkeiten, alle Möglichkeiten vergoren, bis sie dann aber nach einiger Zeit wieder zusammensitzen wie vorher in seinem Zimmer, Schallplattenmusik läuft ab, die Rolling Stones, Mick, Keith, Brian, Bill, Charlie recorded live at the Royal Albert Hall, Sonderanfertigung der Teldec für Hör zu, in der er sich immer so gern auf der vorletzten Seite die beiden Bilder ansah, Original und Fälschung. Nachahmung verboten. Wer das widerrechtlich für andere Zwecke benutzt, wird unnachsichtig gerichtlich verfolgt. Klar. Er suchte ja bloß die 20 Fehler in der Fälschung, sonst nichts. Dazu der Gesang Mick Jaggers über Lady Jane, das Stück, das Gerald am besten fand mit dem aufschwärmenden Gekreisch von Mädchen im Hintergrund die ganze Platte über durch den großen, hohen Saal, ein treibendes, ziehendes Mädchengeschrei, das ihn, Gerald, jedesmal an von Mädchenkörpern losgelöste haarige Geschlechtsteile erinnerte, weiche, haarige Gebilde, etwas formlos und ungenau vorstellbar diese Dinger als ein wenig langhaarige, vielleicht ovale Fleischstückchen.

Sie lachten darüber, und das war wie immer. Im Badezimmer wusch seine Frau gerade das Kind in der Wanne ab. Das Kind plantschte herum und quietschte hoch auf. Sie zog es aus dem Wasser an den Armen heraus, ein länglich gestreckter, weicher Körper, der in der Luft über der Badewanne hängt, tropfend, aufquietschend, und dann, abgesetzt auf das Badetuch, wieder in sich zusammengezogen dahockt als ein noch unbeholfen sich bewegendes Kleinkind, das sofort in das Frottiertuch eingeschlagen wird, so daß nur noch der große, dünn und sehr weichhaarig behaarte runde Kopf heraussieht, nicht tot, nicht weggeworfen, lallend, quietschend, da, da, da, da, da, da, und auch sie lallend da, da, da, da, da, da, nicht verschwunden, aber endgültig vom ihm dort in der Wohnung zurückgelassen, dachte er, beruhigt, das zurücklassen zu können, es hinter sich gebracht zu haben, die Wohnung, das Kind, seine

Frau. Er fuhr anstatt zurück nun woanders hin, ganz woanders, er würde sehen, und nicht zurück, obwohl zunächst einmal dieselbe Strecke zurück mit dem Zug, aber nicht zurück. Er war wieder in Bewegung gekommen, er fuhr, saß am Fenster, im Zug, zurückfahrend, beruhigt, daß der Zug fuhr.

Ernst Meister
In meinem Bett

In meinem Bett
nachts
auf dem Stern,
dessen Fahren
ich nicht gewahre,
im harmlosen Dunkel
des Zimmers
die Arme zusammengelegt
überm ungehörten
Herzschlag,
saus ich gleichwohl
in der blutigen
Finsternis Haus.

In dem Gewölbe, dem

In dem Gewölbe, dem
festen Schein, mit dem sich
der Abgrund, Himmel,
schmiegt um die seltene Erde,

kann sich zeigen ein Riß,
ein Klaffen, aus dem
das jenseitige Schwarz
trieft: grauser Äther.

Nichts

Nichts
dir so bekannt,
wie daß
auch Vernunft
sterblich sei.

Sie, des Traums
Seherin.

Paul Celan

Die Wahrheit, angeseilt an
die entäußerten Traumrelikte,
kommt als ein Kind
über den Grat.

Die Krücke im Tal,
von Erdklumpen umschwirrt,
von Geröll, von
Augensamen,
blättert im hoch
oben erblühenden Nein – in der
Krone.

Denk dir

Denk dir:
der Moorsoldat von Massada
bringt sich Heimat bei, aufs
unauslöschlichste,
wider
allen Dorn im Draht.

Denk dir:
die Augenlosen ohne Gestalt
führen dich frei durchs Gewühl, du
erstarkst und
erstarkst.

Denk dir: deine
eigene Hand
hat dies wieder
ins Leben empor-
gelittene
Stück
bewohnbarer Erde
gehalten.

Denk dir:
das kam auf mich zu,
namenwach, handwach
für immer,
vom Unbestattbaren her.

HORST BIENEK
Die Zelle

ich stand in der Zelle an das kühle Eisen der Tür gelehnt, spürte wie die Kälte meine Handflächen in Besitz nahm und sich in meinem ganzen Körper ausbreitete, ich ging zwei Schritte und befand mich nun mitten in der Zelle, überall um mich herum Luft und Leere und Stille und Geruch von Schweiß und Chlor und Urin, ich stand da und wartete auf die Angst ... ich wünschte plötzlich, sie kämen, mich zu foltern, denn ich wollte schreien, aber niemand kam, ich blieb allein, allein in der Zelle, allein in der weißen, schäumenden Finsternis; ich wußte, einmal wird der Moment kommen, wo ich mich auf den Strohsack werfen und meinen Körper in die Welt strecken werde, so weit, daß ich mit den Haaren das Ende dieser Stadt berühre und mit den Füßen weit ins Land reiche, und dann werde ich an die Decke blicken, die mich in ihrer weißgetünchten Enge zunächst verwirren wird, die ich aber in ihrer winzigen Unendlichkeit annehmen werde, ich werde daliegen, die Unterhosen, die sie mir gelassen haben, über meinen Bauch ziehen, vielleicht werde ich mich im Nacken kratzen, vielleicht werde ich an meiner linken Achselhöhle riechen, vielleicht wird meine rechte Hand das Geschlecht anfassen – und ich werde die Schlafdecke über mich ausbreiten, langsam, sie wird nicht ausreichen, mich zu bedecken, ich werde einschlafen und ich werde erwachen, und dann wieder in der Zelle sein: eine Zeit ohne Wunder! Ich rührte mich nicht, ich stand da, mitten in der Zelle, und wartete, ich lauschte, in meinen Ohren war noch das Geräusch der zuschlagenden Zellentür: ich werde es niemals vergessen. Ich ging einen Schritt weiter und stieß an die Wand, drei Schritte also dauerte die Durchquerung meiner Zelle von der Tür bis zur Wand, nun wollte ich auch den Abstand zwischen den beiden anderen Wänden ausmessen, ich ging zurück, wieder zur Mitte der Zelle, dann nach links bis zur Wand, ich drehte mich um, lehnte mich fest an sie, von hier waren es bis zur Pritsche an der gegenüberliegenden Wand nur zwei kleine Schritte, ich blieb stehen und sah um mich: der Boden grauschwarz, aus Zement, die Tür blau angestrichen, eine Eisentür, an einer Wand ein Fenster, ich nannte sie die Fensterwand, an der anderen Wand der Kübel, ich nannte sie die Kübelwand, an der dritten Wand die Pritsche, ich nannte sie die Pritschenwand, und über der Zellentür, in einem Loch in der Mauer, hinter einem Drahtnetz, der Scheinwerfer: das war die Zelle, man hatte sie mir zugewiesen, und ich war dabei, sie mehr und mehr in Besitz zu nehmen

WALTER KEMPOWSKI
Im Block. Ein Haftbericht

Im Morgengrauen holten sie mich aus dem Bett. Zwei trugen Lederjacken. Da hast du was zu melden, wenn du wieder rüberkommst, dachte ich.

Einer nahm aus dem Wäscheschrank Briefe und Tagebücher. Ein anderer strich über die Tapete.

Meinen Ring konnte ich unbemerkt in die Nachttischschublade abstreifen.

Sie legten mir keine Handschellen an. Beim Hinuntergehen faßte einer mit zwei Fingern meinen Ellenbogen.

Oben stand meine Mutter mit aufgelöstem Haar. Auf der Straße Doppelposten mit Gewehr.

Im Fenster des Hausmeisters bewegte sich die Gardine. Im Schaufenster der Drogerie Fotos vom Strand.

Wir fuhren ab. Trug der Fahrer eine Pickelmütze?

(In Riga erstach man die Stadtverordneten und warf sie in einen Brunnen.)

Ich hielt mich an der Troddel fest und suchte die Straße nach Bekannten ab. Drüben hatte immer der alte Weltzin in seinem Erker gesessen.

Ein Bretterzaun versperrte die verbotene Straße. Glatzköpfige Russenkinder davor. Rasch war der Schlagbaum aufgeseilt, ein Ausweis wurde nicht verlangt. Alle Türen standen offen.

Von Offizieren begleitet, schritt ich die Treppe hinauf. Oben ein Posten – unbewegt.

Der Wachhabende saß auf einem Gartenstuhl. Er hatte die Ärmel hochgestreift.

Im Keller nahm mich ein freundlicher Mongole entgegen. Krawatte abbinden – ich trug eine rote –, Schnürsenkel rausziehen, Brieftasche hingeben. (Das einzige Foto von H.) Brille ab.

Mit Stacheldraht umwobene Gitterstäbe: Kette und Schuß. Vor der Nachbarzelle eine Beinprothese.

Erstes Verhör.

An der Wand ein Stalin-Bild. Drei Offiziere mit hängenden Orden um mich herum. Ich antwortete nach allen Seiten.

Einer strich mir übers Haar: Guter Junge.

Er stellte ein Bein auf den Stuhl, fummelte an meinem *Identification Pass* und zählte es mir an den Fingern her: Aus'm Westen gekommen, Labor Company der *US Army*, Ami-Hemd – also Spion.

Im Straßenlautsprecher Chopin.

Ich war drei Schritt hinter mir. Große Entfernung trotz Naheinstellung. Zahlenziffern am Fadenkreuz. Kein Hätte-doch, kein Gedanke an Morgen, keinerlei Reim.

Reines Heute.

Ich mußte ins Auto steigen. Rasche Fahrt durch Regen. Der Begleiter gab mir fortgesetzt Zigaretten.

An einer Bahnschranke gab's Aufenthalt. Gute Fluchtgelegenheit: Sie ließen mich raus zum Füße vertreten. Keine Hunde, keine Fessel, Wald.

Der Zug fuhr langsam vorüber.

Spätabends waren wir am Ziel.

Dunkle Toreinfahrt in weißbeworfener Wand. Auf der Zinne zerbrochenes Glas.

(Hier kriegst du Prügel.)

Der Begleiter bekam für mich eine Quittung und ging fort, ohne mich noch einmal anzusehen.

Ein Mensch, vor dem ich fürchterlich erschrak, öffnete mir Jacke und Hose.

Er suchte nach Waffen.

Dann trieb er mich durch Gänge und schob mich in eine Zelle. Es war die Nummer 54.

Würde man hier später eine Bronzetafel zur Erinnerung an meine Leidenszeit anbringen?

»Nix sprechen, nix liegen, nix schlafen, nix singen, nix klopfen, nix Fenstergucken«, sagte er. Alle übrigen Verbote hatte ich zu ahnen.

Ich hängte meinen Mantel an einen Haken in der Tür. Da klatschte es draußen. Ich hatte eine Signalvorrichtung ausgelöst, durch die der Posten herbeigerufen wurde.

Er kam schimpfend angerannt und donnerte gegen die Tür.

Ich stellte mich an die Heizung und wärmte mir die Füße.

Die Zelle war völlig leer. Die Pritsche mit Strohsack war einziger Einrichtungsgegenstand.

Irgendwo klopfte es. Im Terrazzofußboden tausend Bilder: Hund, Fisch, Palme. Eine alte Frau mit Holz.

Jemand hatte ins Trinkwasser gespuckt.

Ich legte mich auf die Pritsche.

Kaum lag ich, kam der Posten rein. »Nix liegen!« Erst wenn die Glocke klingelte, dürfte ich mich hinlegen.

Also wieder hoch und warten. Bis gegen Mitternacht wanderte ich hin und her, dann endlich klingelte es.

Am anderen Morgen studierte ich an den gekalkten Wänden die Inschriften.

»Und wieder ging ein junges Leben
unaufgeblüht ins Grab,
das allzu hast'ge Streben
riß ihm den Faden ab.«

Ein Mensch namens Lunow hatte sich wohl zwanzigmal verewigt.

Ich schrieb meinen Namen überall dahinter.

An allen Wänden Kalender. Einer mit siebzig Strichen.

Ich legte mir gleich drei an. Überm Bett einen, wenn ich aufwachte, an der Tür und unterm Fenster. Die Striche machte ich für eine Woche im voraus. So lange würde ich ja doch noch sitzen …

Mit dem Austreten war's schwierig; als Kübel diente eine Vase mit engem Hals.

Gegen neun Uhr reichte mir der Posten einen Kanten Brot. Dazu gesüßten Gerstenkaffee und eine Vitamintablette.

Endlich konnte ich auch das Trinkwasser wechseln. Der Schleim schwamm davon.

Zu Mittag bekam ich Rübenwasser mit angebratenem Speck. Und wieder gab mir der Koch eine Vitamintablette.

Ein Zellennachbar morste: »Dünn wie Pisse!«

Das Brot teilte ich mit dem Löffelstiel in dreißig fingerlange Stücke. Die Krusten legte ich extra, desgleichen das »Marzipan«: eine millimeterstarke Schliffschicht.

Ich betete, dann wandte ich mich vom Spion ab und lutschte Stück für Stück.

Hin und wieder durchfuhr es mich: hast du auch ganz bestimmt gebetet? Vielleicht sollte ich es sicherheitshalber noch einmal tun.

In der Nacht holten sie mich zur Vernehmung. Durch Käfigventile und Gitterschleusen trottete ich hinter dem Posten her. Auf jeder Treppe Schlüsselsignale am Geländer: Hier dürfen Gefangene sich nicht begegnen.

Über eine Seufzerbrücke ging's ins Justizgebäude. Draußen ein Kokshaufen, der würde mich abfangen … Oder die Treppe runterrasen … am Posten vorbei.

Halb elf. Uhrzeit merken.

Der Untersuchungsrichter schritt über die Ankerteppiche, Hände auf dem Rücken. Wie sollte er anfangen?

Vera, die hübsche Dolmetscherin, kaute Nägel.

Gardinen und Übergardinen, Deckenlampen wie umgedrehte Puddingschüsseln: Mein Stuhl stand, wie kein Stuhl in der Welt, am äußersten Rand des Zimmers.

Der Untersuchungsrichter sah mir ins Auge. Gleich mußte es sich entscheiden, ob er mich schlagen würde. Ein paar Sekunden starrten wir uns an. Dann lächelte er und gab mir eine Zigarette.

In der Ferne tutete ein Zug.

Drei Stunden später waren wir im reinen. Indizien erleichtern die Verständigung.

Ein anderer Offizier, Kapitän Scherkow, übernahm die Ausschmückung meines Falls. Sein Dolmetscher hieß Nikolai, ein Arbeiterjunge.

Scherkow hatte drei Orden. Er spuckte in die Schublade seines Tisches.

Hunderte von Seiten schrieb er voll. Sorgfältig. Zwischendurch Fingermassage und hin und wieder eine Frage.

Unvermittelt sagte er auch so etwas: »Apfelblumen alle kapuht!« (In der Nacht hatte es gefroren.)

Weil ich die Sowjetunion Rußland nannte, mußte ich in der Ecke stehen.

Ob ich Gummerstock kennte?

Gummerstock? Nein, ein Herr dieses Namens sei mir wirklich unbekannt.

Da riß er einen Gummiknüppel heraus und rief, mit dem würde ich es gleich zu tun bekommen, wenn ich nicht die Wahrheit sagte!

Nikolai ordnete Lineal und Bleistifte und wischte Tabakkrümel vom Tisch. Ab und zu unterhielt er sich mit mir.

Warum ich Spionage gemacht hätte, wollte er wissen. Die Sowjetunion verfüge über 200 Millionen Menschen, demnächst würden es sogar 220 Millionen sein, und gegen die hätte ich mich aufgelehnt!

Wer zwischen die Mühlsteine gerate, werde zerquetscht.

Er hatte Angst vor irgendeiner Prüfung. Ich half ihm bei den Schularbeiten. Was ein »Landser« sei und »Kimme und Korn« …

Er behauptete, es heiße »trotz alles«. »Trotz« regiere den zweiten Fall.

Ich konnte ihn nicht davon abbringen.

Es täte mir leid, sagte ich, daß ich gegen die Sowjetunion gearbeitet hätte. Ich würde den Schaden gern wiedergutmachen …

»Dazu sind Sie zu dumm«, antwortete Nikolai.

»Könnte ich einen Pfarrer sprechen?« fragte ich.

Nikolai lachte und antwortete: »Wenn Sie beichten wollen, dann tun Sie das hier.«

Dem Pfarrer hätte ich Grüße an meine Mutter zugeraunt: Hau ab nach Berlin!

Hin und wieder gab mir Scherkow was zu Rauchen. Einmal bedankte ich mich zweisprachig: »*Spassibo*, danke schön.« Das fand er witzig. Ob ich das auch auf englisch sagen könnte?

Ich tat es.

Da freute er sich: Was für einen Gefangenen haben wir! Er erklärte es sogar dem Posten, der nicht wußte, ob er darüber lachen durfte.

Ich wollte es noch besser machen und fügte »*merci, monsieur*« hinzu.

Da winkte er ab. Nun sei es genug.

Nach zehn Tagen machte ich ihn darauf aufmerksam, daß mein Interzonenpaß bald ablaufe.

Darüber sollte ich mir man keine Sorgen machen, meinte er und lachte.

Manchmal ließ er erst nach Mitternacht von mir ab. Die Fragen verfolgten mich bis in die Träume.

»Nennen Sie spionische Agenten ...«

Einmal schrie ich im Schlaf und schreckte auf. Der Posten kam, deckte mich zu und sagte: »Ruhig, Waltera ...«

Um endlich Ruhe zu haben, dachte ich mir Agenten aus. Die Namen lieh ich mir aus Shakespeares Dramen.

Auf meiner Arbeitsstelle in Wiesbaden, da sei so eine merkwürdige Type gewesen, sicher ein Spion. Ein gewisser Rosenkranz.

Und in Hamburg, in der Adolfstraße, da wohne ein Mensch namens Güldenstern, der habe mich mal um Informationen gebeten.

Sofort kriegte ich Zigaretten. Alles wurde notiert.

Saß ich zu lange beim Verhör, dann wurde mir das Essen warm gestellt. Die Vitamintablette lag im Löffel.

Ich versuchte, Scherkow zu einer Tatortbesichtigung zu verleiten, wegen meines Grenzübertritts nach Westdeutschland im vorigen Jahr. Er lachte.

Die Liste der Agenten erweiterte sich stattlich. Ich mußte sie täglich repetieren: Paul Jago, Güldenstern und Richard Gloster.

Ernst Siegfried Steffen
Das Vorleben

Mein Vater war Oberfeldwebel
und starb in Stalingrad,
von wo er als mein Onkel zurückkehrte.
Er war ein guter Onkel.

Nach neunzehnhundertfünfundvierzig
nahm er jedoch
eine schwarze Hautfarbe an.
Das irritierte mich.
Ich war so jung damals.

Der staatlich geprüfte Jugendpsychiater
erzählte mir eine Geschichte,
in der ein Mann namens Oedipus vorkam,
und ich sei kein schlechter Junge,
sagte er;

der Krieg sei schuld,
so und so,
auch an der Null-acht,
mit der ich so sehr ins Schwarze getroffen hatte
zwischen den weißen Augen.

Er brachte mich dann selbst
in das Erziehungsheim,
weil sein Freud recht behalten hatte.

Im Heim erhielt ich eine Tante,
die sich meiner Komplexe annahm
und schließlich meiner Libido.
Ich war so hübsch damals.

Als sie ein Kind bekam,
begann ich den Vorgang zu verstehen

und erhielt wieder einen Onkel.
Irgend jemand sagte mir dann,
Flucht sei ein Ausweg.
Unterwegs lernte ich Motorrad fahren,
weil ich Blasen an den Füßen hatte.

Dann brachte man mich vor einen Onkel,
der von Schuld sprach
und mich seiner Gnade versicherte.

Im Jugendgefängnis lernte ich,
was er damit gemeint hatte.
Ich lernte viel im Gefängnis.
Besonders mochte ich Goethe leiden.
Er schrieb eine Farbenlehre.

Renate Rasp
Ordnung

Für das
langsame Ausfallen
meiner Zähne
mache ich meine
Eltern verantwortlich
auch dafür
daß meine Haare
so schlecht sind
überhaupt alles
die Dämmerung
wie sie die Stadt
einrollt
um eine bestimmte Stunde
die man schon weiß
das Ganze
was man so kennt
oder noch nicht.
Manchmal
wird man
natürlich auch
überrascht.

Friedrich Christian Delius
Selbstschutz I

Selbstschutz verpflichtet Personen zum Selbstschutz bei
feindlichem Angriff,
möglichst zu retten den Leib oder das Leben wie folgt.

Aufsuchen soll der Verpflichtete, jedermann, hör ich Sirenen,
ich, einen Keller und Raum, welcher mich schützt bei Gefahr,
darf, wird entwarnt, diesen Schutzraum verlassen und darf meinen
Vorrat,
den ich mir vorher beschafft, essen, bei Hunger, zur Not.
Bis zu dem vierzehnten Tag wird der Vorrat nicht ausgehn, doch
keine
Panik, denn doppelt ernährt den sein Brot, dem es schmeckt.
Geht das zur Neige, dann zeigt die Bevorratung sauberen Wassers:
Selbstschutz wird retten stets den, welcher für Selbstschutz
gesorgt.

Bricht wo ein Brand aus, so wolln wir mit diesen Geräten ihn
löschen:
Einstellspritze nehm ich, Einreißhaken nimmst du,
aber den leichten natürlich, den Wasserbehälter nimmt sie und
er nimmt die Fangleine mit Tragbeutel, so wird gelöscht.
Jeder Besitzer beweglicher und nicht beweglicher Sachen
hat, wenn im Geltungsbereich dieses Gesetzes, allzeit
Sorge zu tragen, daß möglich wird, diese sofort zu verdunkeln.
Schnell zu entrümpeln sind dann Boden- und Dachräume auch.

Selbstbefreiung verlangt nun ein weit intensiveres Training.
Gutes Gerät aber hilft immer dem Menschen, ders nützt.
Sind erst die Schaufeln und Spaten in Händen, befreit es sich
leichter,
nötig sind Meißel und Beil, ich schwör auf Brechstangen und
Spitzhacke, Handsäge, Fäustel, so komm ich schon raus aus den
Trümmern,
stark und gewiß, daß am End uns noch das Bergungstuch bleibt.

Hans Magnus Enzensberger
an alle fernsprechteilnehmer

etwas, das keine farbe hat, etwas,
das nach nichts riecht, etwas zähes,
trieft aus den verstärkerämtern,
setzt sich fest in die nähte der zeit
und der schuhe, etwas gedunsenes,
kommt aus den kokereien, bläht
wie eine fahle brise die dividenden
und die blutigen segel der hospitäler,
mischt sich klebrig in das getuschel
um professuren und primgelder, rinnt,
etwas zähes, davon der salm stirbt,
in die flüsse, und sickert, farblos,
und tötet den butt auf den bänken.

die minderzahl hat die mehrheit,
die toten sind überstimmt.

in den staatsdruckereien
rüstet das tückische blei auf,
die ministerien mauscheln, nach phlox
und erloschenen resolutionen riecht
der august. das plenum ist leer.
an den himmel darüber schreibt
die radarspinne ihr zähes netz.

die tanker auf ihren helligen
wissen es schon, eh der lotse kommt,
und der embryo weiß es dunkel
in seinem warmen, zuckenden sarg:

es ist etwas in der luft, klebrig
und zäh, etwas, das keine farbe hat
(nur die jungen aktien spüren es nicht):
gegen uns geht es, gegen den seestern
und das getreide. und wir essen davon
und verleiben uns ein etwas zähes,
und schlafen im blühenden boom,
im fünfjahresplan, arglos

schlafend im brennenden hemd,
wie geiseln umzingelt von einem zähen,
farblosen, einem gedunsenen schlund.

Dieter Wellershoff
Die Schattengrenze

Seit einiger Zeit hörte er es, ein rauhes Geräusch, ein Bocken, das den Wagen manchmal durchlief. Wenn er das Pedal durchtrat, schien der Motor sich zu verschlucken und kam dann wieder mit einem Ruck. Das konnte die Benzinleitung sein oder die Zündung, vielleicht ein Kolben, der sich festfraß. Er hatte ungenaue Vorstellungen davon, wie der Motor funktionierte, es schien besser zu sein, wenn er ihn hochtourig fuhr. Sonst war nichts. Oder doch, zwei Kolben, die nicht richtig arbeiteten, das Bocken, das er bis in die Hände spürte, und das Gas, das sich nicht richtig dosieren ließ. Wenn der Motor ausfiel, mußte er den Wagen stehen lassen, hier irgendwo weit sichtbar an der Landstraße, wo ihn die Polizei am nächsten Morgen finden würde. Weit konnte er dann nicht sein, wenn es ihm nicht gelang, über die Grenze zu kommen. Sie mußte ein paar Kilometer links von der Straße sein, wenn er sich nicht täuschte. Die Richtung konnte sich geändert haben. Vielleicht war die Grenze ganz nah oder er fuhr wieder nach Osten, wie er es sich schon einmal überlegt hatte. Die Nacht begann erst. Ab morgen mußte er verschwunden sein, untergetaucht in einem Versteck. Schlafen hinter einer verschlossenen Tür, durch die er nichts hören konnte. Er horchte auf das Motorgeräusch, das gedämpft war durch das Prasseln des Regens. Das rote Warnlicht war nicht an, also mußte der Motor Öl haben. Wenn es die Zündung war, hätte er es wohl an den Wischern bemerkt. Das war es also auch nicht. Oder gingen sie ungleichmäßig? Sie rieben nur einen kleinen Winkel frei.

Es gab keine Gründe aufzugeben, außer er wollte es. Wollte, daß es aufhörte, auch dieser Stillstand. Warum legte er sich nicht hin und machte die Augen zu, er konnte sich ja sagen, daß das Licht an war und er nicht in der Dunkelheit lag, nicht darin verschwand, nur die Augen schloß.

Nicht verschwand.

Er war sofort naß, als er ausstieg und den Wagen an den Straßenrand schob. Ohne Taschenlampe brauchte er die Motorhaube gar nicht aufzumachen. Er kroch auf seinen Sitz zurück und schaltete die Scheinwerfer aus. In der Dunkelheit schien der Regen lauter zu werden, ein dichtes Dröhnen auf dem Wagenblech, das ihn einhüllte und benommen machte. Ab und zu, in immer größeren Abständen, ließ er den Anlasser jaulen, um etwas anderes zu hören als den Regen. Vielleicht kamen sie bald und fanden ihn, holten ihn heraus aus dieser Finsternis und dem unaufhörlichen Geräusch um seinen Kopf. Draußen vor dem Wagen bewegte sich etwas. Mit einem Ruck schaltete er die Scheinwerfer an – nasse farblose graue Baumstämme, die Straße, auf der der Regen platzte, weiß, unaufhörlich, in einem kleinen beleuchteten Streifen in der stumpfen Schwärze. Wieder versuchte er den Motor anzulassen, in immer größeren Abständen, weil das Zündlicht schwächer wurde. Die Dunkelheit nahm wellige Formen an. Steife Formen der Kälte, er wurde mit Kälte verpackt. Stufen, in denen er mit den Zähnen festhing, ohne hinaufzukommen. Kalt. Eine Farbe, die er nicht kannte. Er lag gekrümmt in der Nässe mit klebenden Kleidern. Besser, sie kamen und holten ihn hier heraus. Es war zwecklos, sich das einzureden, weil sie nicht wußten, wo er war. Er wußte nicht, wo er war. Mit dem Kopf nach unten hielt er es besser aus. Sie schliefen und er war geschützt, wenn er auch schlafen konnte, er krümmte sich auf dem Liegesitz, zog sich zusammen, als läge er in einem Loch. Das war immer das Rauschen, der Regen. Mit geschlossenen Augen sah er dauernd etwas, das sich bewegte und veränderte, es war dünn und lautlos, Linien, Stangen, mit steif wehenden Fetzen über ihm, dann tief in die Ferne gestaffelt und kleiner werdend. Das ist die Grenze, dachte er und bemühte sich, dahin zu kommen. Wenn er sich anstrengte, war etwas über ihm, das wie eine Wespe rauschte. Das störte ihn, das war viel zu groß, zu trocken, etwas, das wie eine Wespe rasselte, das war die Kälte, kalt, darin eingepackt, und er konnte nicht weg.

Er spürte es in den Kiefern, die er nicht auseinanderbrachte, als presse er gegen die Kälte an, um sie festzuhalten, oder gegen den Schmerz, der in ihm vordrang und sich ausdehnte, und irgend etwas machte er mit seinem Mund, der voll war mit dicken tauben Stollen, die sich nicht voneinander lösten, sie klebten aufeinander, und wenn er sie auseinanderriß, würde sofort das Zittern beginnen, das festsaß in seinem Körper, auf der Gesichtshaut, auch in den Händen, die zwischen den Oberschenkeln steckten. Sonst fühlte er die Beine nicht, und er war auch unfähig, die Augen zu öffnen oder den Kopf zu bewegen, mit der Stirn war er gegen etwas Glattes Kaltes gedrückt. Irgend etwas machte er mit seinem Mund, um es auszuhalten. Da in den Kiefern saß seine ganze Kraft, die ebenso stark sein mußte, aber nicht lange mehr ebenso stark wie das angehaltene Zittern, die Ohren schienen von der Anstrengung verstopft zu sein, denn er hörte nichts, obwohl er wußte, daß er laut mit den Zähnen knirschte. Wahrscheinlich machte er das schon lange, unbeweglich auf der Seite liegend in seinen nassen Kleidern auf dem Liegesitz. Über ihm, unerreichbar waren die Fenster, und er wußte nicht, was draußen war, Felder, ein Dorf oder die Grenze, aber es begann hell zu werden, und bald würde der Verkehr beginnen. Dann kam Hilfe, oder man würde ihn erkennen. Im Augenblick war das gleichgültig, weil er sich nicht rühren konnte. Oder nur langsam, stückweise. Solange er den Arm nicht hochbekam, war er blind hinter den beschlagenen Fenstern, sie waren undurchsichtig von seinem Atem, und dahinter konnte er sich aufrichten. Er sah auf seiner Uhr, daß es vier Uhr morgens war. Noch Zeit, vielleicht konnte er den Wagen wieder in Gang bringen. Draußen mußte es noch kälter sein. Schwadige Nebelluft kam herein, als er die Tür aufschob und die Beine heraushängen ließ, die noch zu taub waren, um stehen zu können. Er zitterte jetzt, auch weil er rauchen wollte. Es war nur schwierig, die Streichhölzer ruhig an die Zigarette zu halten, er beugte sich über die kleine Flamme und wartete, daß er wieder zu sich kam in dieser lautlosen, nach feuchter Erde riechenden Luft. Das war ein Rübenfeld, die krautigen dunkelgrünen vor Nässe glänzenden Blätter, weiter weg verschwamm alles, blaß und grau, kaum unterschiedene dunstige Streifen, in denen sich etwas zu unbestimmten Körpern sammelte und zerfloß. Es konnte jetzt ein Haus sein, jetzt nicht, wurde wieder aufgesogen von der blassen wäßrigen Stille. Es gab keine Geräusche, nichts, und es gab auch ihn nicht. Er war irgendwo geblieben in der vergangenen Zeit, wo die anderen sich wie zum Schein noch bewegten, er war da geblieben, hatte sich aufgelöst, denn er konnte das nicht sein, hier am Straßenrand, konnte niemand mehr sein, weil es nicht weiterging, die Straße setzte sich noch ein Stück durch den Nebel fort, dann verschwand sie und dort hörte auch die Zeit auf. Es ging von jetzt an nicht weiter. Vier Uhr, es war immer noch vier Uhr. Schwindelig ging er um das Auto herum, mit der Hand auf das vom Tau beschlagene Blech gestützt. Die Kälte zählt meine Knochen, dachte er, und glaubte es fühlen zu können, das helle beinerne Gerüst, den starren Widerstand in seiner Schwäche, in der er doch immer weitermachte, die Motorhaube aufklappte und sich darüber beugte. Der Vergaser, die Benzinleitung, er rüttelte sinnlos daran, eisiges, klammes Metall, von dem ein schwacher Öl- und Benzingeruch aufstieg, nicht, als ob etwas defekt wäre, sondern eher wie von einem lange stillgelegten verschrotteten Motor, den er jetzt zerlegen und ausbeuten sollte. Er bewegte das Gestänge zum Gashebel, die Drosselklappe und richtete sich wieder auf. Wie ein lautloser weicher Federball flog etwas über seinen Kopf, dann wieder etwas, Vögel, die sich verfolgten. Er fühlte sich steif und hilflos, jetzt mußte er das Werkzeug holen und die Beschreibung des Motors, die im Handschuhfach lag. Er hatte sie nie angesehen. Wenn er etwas ausbaute, mußte er alle Teile auf eine Zeitung legen, wie sie zusammengehörten. Die Zeitung hatte er unter den Sitz geschoben, und es strengte ihn an, sie hervorzuholen.

Bande von Autodieben gefaßt, einer ist flüchtig. Unterschlagungen aufgedeckt.

Er legte die Dichtungsringe darauf, die Schrauben, das Benzinsieb, alles in einer bestimmten Ordnung, aber nicht er machte das, sondern jemand, den er sich ausdachte.

Bande von Autodieben, flüchtig, schon ins Ausland geflohen. Das war er nicht. Das war nicht vorgesehen.

Es war unverständlich, trotzdem bemühte er sich, wie für einen anderen, dessen Stelle er eingenommen hatte und der zurückkommen würde, um ihn abzulösen. Der andere war vorausgegangen, nicht auf der Straße, sondern in der Zeit, um zu sehen, ob noch irgend etwas geschehen könnte, ob er noch lebte. Es mußte weitergehen, da, später, unvorstellbar, das mußte er wissen, um seine steifen Finger zu zwingen, seinen ausgehöhlten Kopf, in dem die Augen brannten, wenn er auf die kleinen Buchstaben und haarfeinen Striche neben der Motorzeichnung starrte und dann in der Spalte daneben die Bezeichnungen las und dann wieder in dem Motor herumtastete, um die Schrauben, Leitungen und Ventile zu finden. Er fror und die Augen brannten, und er mußte sich sagen, ich bin es, das ist seltsam, ich darf nicht aufgeben, ich muß den Wagen in Gang bringen, ich muß mich bewegen, um nicht krank zu werden, ich hab nicht mehr viel Geld, der Wagen ist mein Geld.

Während er sich aufrichtete, wurde ihm schwindelig, er griff nach dem Scheinwerfer und blieb stehen. Alles schwamm in einer kreisenden milchigen Helligkeit und in ihm machte etwas die Bewegung mit. Er brauchte Ruhe, einen Augenblick. Er gähnte.

Hans Magnus Enzensberger
blindlings

siegreich sein
wird die sache der sehenden
die einäugigen
haben sie in die hand genommen
die macht ergriffen
und den blinden zum könig gemacht

an der abgeriegelten grenze stehn
blindekuhspielende polizisten
zuweilen erhaschen sie einen augenarzt
nach dem gefahndet wird
wegen staatsgefährdender umtriebe

sämtliche leitende herren tragen
ein schwarzes pflästerchen
über dem rechten aug
auf den fundämtern schimmeln
abgeliefert von blindenhunden
herrenlose lupen und brillen

strebsame junge astronomen
lassen sich glasaugen einsetzen
weitblickende eltern
unterrichten ihre kinder beizeiten
in der fortschrittlichen kunst des schielens

der feind schwärzt borwasser ein
für die bindehaut seiner agenten
anständige bürger aber trauen
mit rücksicht auf die verhältnisse
ihren augen nicht
streuen sich pfeffer und salz ins gesicht
betasten weinend die sehenswürdigkeiten
und erlernen die blindenschrift

der könig soll kürzlich erklärt haben
er blicke voll zuversicht in die zukunft

Hannelies Taschau
Fernsehen

Spielmanns dritter Versuch er streicht die
Haare zur falschen Seite
gesiegt hat der Sohn von dem Sänger eine Binde
am Sprungbein
Inder sind genau so unausstehlich
das Bild von dem Rattentempel wird man
nicht mehr los
Klar war das Indien
Wann endlich kommt was über Biafra. Jedenfalls
wird vorher nicht gespendet
Wie schön das gewesen ist: Loß jonn Schäl
jadoch Tünnes. Aber das ist ein regionales
Problem
Wir haben nicht viel im Haus. Aber es wird keiner
kommen
Wer alles weiß über das Überholen kann jetzt
essen
Peterchen ist drei und Chef vom ADAC
In Schwarz-Weiß ist Blut wirklich keins
Und dann nimm den geflochtenen nicht der knarrt
nimm den ledernen
Eintracht zwischen Staat und Kirche – das ist
doch nicht griechisch
Aber es geht weiter. Bestimmt nicht
vergessen nicht den Chiropraktiker
gestern
den Sohn
den Auspuff
die Anzeige. Ein englischer
englische sind immer ganz spannend

ROLF DIETER BRINKMANN
Cinemascope

Der Himmel
    heute
        klarer als sonst
            ein Himmel

ganz blau: wir verschwinden
beinahe darin (aber das
ist zu schön ausgedrückt!)

– es sind die Bilder, die
wir sehen, nicht das, was
es wirklich ist –

            ein Mann zieht
            in der Ferne
            seinen Hut, und

            eine Frau winkt ihm
            von ferne zu! Und

es ist diese Ferne, die wir
zusammen meinen, die endlose
Ausdehnung von Celluloid, wenn

der
     Himmel
                  klarer
                           ist
                               als
                                   sonst!

(Dahinter ist eine weiße Lein-
wand, sie ist absolut weiß, und
das ist die Leinwand, sie ist ab-

            solut: weiß!)

HORST BIENEK
Transparente

Amerika ist ein papiertiger
China ist ein papiertiger
Die Sowjet-Union ist ein papiertiger
de Gaulle ist ein papiertiger
die KPF ist ein papiertiger
die polizei ist ein papiertiger
die Sowjet-Union ist ein papiertiger
Benda ist ein papiertiger
die APO ist ein papiertiger
HABERMAS IST EIN PAPIERTIGER
die Sowjet-Union ist ein papiertiger
Gowon ist ein papiertiger
Wilson ist ein papiertiger
die labour-party ist ein papiertiger
die Sowjet-Union ist ein papiertiger
die justiz ist kein papiertiger sie
frißt menschen

GERT JONKE
Geometrischer Heimatroman

Bemerkung zur allgemeinen Situation Nummer sieben: Das neue Gesetz

Das neue Gesetz der Regierung wird an allen Scheunenwänden angeschlagen. Die Hämmer schlagen die Nägel durchs Papier, das aus Schilfrohren erzeugt worden ist, ins Holz. Wenn die Spitzen der Nägel an den Rändern der Verordnungsblätter das Papier durchbohren, rascheln die weißen Fasern. Es zischt im Weiß, bevor der Nagel, gestoßen vom Schlag des Hammers, das Scheunenholz verletzt. Du kannst Plakatiererhände Hämmer halten sehen, sie legen die Nägel vor dem Schlag an, sie stehen einbeinig vor den braunen Wänden, das zweite Bein hochgehoben, angezogen, so daß die Kniescheibe den unteren Rand des Verordnungsblattes an die Wand preßt, während sie den ersten Nagel durch eine der beiden oberen Ecken des Gesetzblattes schlagen, hernach stehen sie beidbeinig vor der Wand, pressen einen der beiden Unterarme an den noch nicht befestigten oberen Rand des Gesetzblattes, vergleichen, um zu kontrollieren, ob das Blatt gerade hängen wird, die Begrenzung des oberen Gesetzblattabschnitts mit der Linie des Scheunendachvorsprunges, hernach erst wird der zweite Nagel durch die andere obere Ecke der Verordnungsschrift geschlagen, hernach tritt der Plakatierer zwei Schritte nach rückwärts, um mit einem kritischen Blick die voraussichtliche psychologische Wirkung nach Höhe, Seite und vom Papier unterbrochenen Holzfasernlinienführungen der Scheunenwand abschätzen zu können, er geht wieder zur Wand, nimmt aus der ihm zu Füßen liegenden Tasche noch zwei Nägel und schlägt sie durch die unteren zwei Ecken des Gesetzblattes ins Scheunenholz, wobei der Plakatierer meistens in gebückter oder halb gebeugter Haltung anzutreffen sein wird, die beiden vom Plakatieruniformhosenstoff verdeckten Gesäßapfelhälften im Rhythmus des Schlages einmal nach links und einmal nach rechts ausschwenken läßt.

Plakatierer sind meistens vollbärtige Leute mit Nickelbrillen, verschiedenartigen Ärztetaschen, Bergschuhen, Filzstutzen, Knickerbockerhosen, Rucksäcken mit aufgeschnallten Pickeln, Filzhüten mit aufgesteckten Fasan-, Auerhahn-, Rebhühner- oder Hühnerfedern und Bergsteigerausrüstung, tauchen in den entlegensten Teilen des Landes auf, werden von den Kindern aufs freudigste und freundlichste begrüßt, da sie ihnen des öfteren überflüssige, meistens aber verbogene Nägel, zerknitterte Papierfetzen, ausrangierte Hosengummis, abmontierte rostige Scharniere in verschiedensten Größen, gerissene Hosenträger und abgebrochene Stacheldrahtteile schenken und müssen aber immer wieder auf der Hut sein, daß ihnen die Plakate, die sie eingerollt unterm Arm tragen, nicht andauernd gestohlen werden.

Wenn keine Scheunenwände zur Verfügung stehen, nagelt der Plakatierer die Verordnungen auf Bäume, Schweineställe, Bänke, Bauernhöfe, Getreidesilos oder Almhütten, stört im letzteren Fall aber oftmals eine käsende oder butterrührende Sennerin, weckt sie im schlimmsten Fall aus dem Schlaf, wenn's sehr früh ist, die von den Schlägen des Plakatierers Geweckte öffnet aber sogleich das Fenster, winkt und lächelt freundlich heraus.

Das neue Gesetz der Regierung besagt folgendes:

Aus Sicherheitsgründen wird es hinkünftig verboten sein, durch Wälder und Alleen zu gehen, um die Bevölkerung vor den *schwarzen Männern*, die sich hinter den Bäumen verstecken, zu schützen;

der Hintergedanke der Justiz ist allerdings freilich der, daß die Leute, die sich ab jetzt *nur mehr im freien und offenen Land* bewegen dürfen, von dem für den jeweiligen Sichtbezirk zuständigen öffentlichen Personal, Geometern, Vermessern, Gendarmen, Polizisten, Soldaten und deren Gehilfen *sofort entdeckt* und, wenn es für notwendig gehalten wird, perlustriert werden können; Leute, die im jeweiligen Sichtbezirk den *Horizontstrich* nach vor, zurück, links oder rechts überschreiten, können durch die Regelungen des neuen Gesetzes sofort sogar zwei- oder dreifach vermessen, registriert und eingestuft werden; vor dem Zeitpunkt des Erlasses des neuen Gesetzes ist dergleichen trotz allen Anstrengungen, Bemühungen und Bestrebungen von seiten der öffentlichen Stellen nie in dieser Vollkommenheit möglich, ja manchmal gar nicht durchführbar gewesen, da die Leute fast immer durch Wälder und Alleen gegangen sind und dadurch sogar des öfteren leider irrtümlicherweise mit hinter Bäumen versteckten schwarzen Männern verwechselt worden sind, und um Unstimmigkeiten und Unzufriedenheiten, die dadurch in vielen Bevölkerungskreisen hervorgerufen worden sind, in Hinkunft auf alle Fälle zu vermeiden, ist das neue Gesetz möglichst rasch beschlossen und verabschiedet worden und tritt ab sofort hiemit auch in Kraft; Leute, die sich diesem Gesetz fügen, werden keine Ursache mehr zur Unzufriedenheit haben, solche jedoch, die sich nicht fügen, werden weiters Schwierigkeiten auf sich laden und zudem noch als Gesetzesverletzer betrachtet, behandelt und verurteilt werden müssen. In Gegenden, in denen es notwendig ist, durch Wälder und Alleen zu gehen, da es kein freies und offenes Land gibt und die Verkehrsverbindungen von Bäumen begleitet werden, werden die Wege genau programmiert, bestimmt und vorgeschrieben; am Beginn und Ende eines jeden Wald- oder Alleeweges wird zum Schutz der Bevölkerung öffentliches Personal postiert, und wenn es durch die Tatsache der außerordentlichen Länge eines Weges als notwendig und durchaus zum allgemeinen Vorteile der Bewohner des Landes gereichend erscheint, Zwischenposten inmitten der Wälder und Alleen; es können beliebig oft und beliebig viele Perlustrierungen vorgenommen werden, die als technische und statistische Daten dem Staate und der Justiz zu allgemeinen Maßnahmen der Verbesserung der sozialen Zustände des Landes dienen und sehr willkommen sind.

PETER HANDKE
Die drei Lesungen des Gesetzes

1.
Jeder Staatsbürger hat das Recht –
Beifall
seine Persönlichkeit frei zu entfalten –
Beifall
insbesondere hat er das Recht auf:
Arbeit –
Beifall
Freizeit –
Beifall
Freizügigkeit –
Beifall
Bildung –
Beifall
Versammlung –
Beifall
sowie auf Unantastbarkeit der Person –
starker Beifall.

2.
Jeder Staatsbürger hat das Recht –
Beifall
im Rahmen der Gesetze seine Persönlichkeit frei zu entfalten –
Rufe: Hört! Hört!
Insbesondere hat er das Recht auf:
Arbeit entsprechend den gesellschaftlichen Erfordernissen –
Unruhe, Beifall
auf Freizeit nach Maßgabe seiner gesellschaftlich notwendigen Arbeitskraft –
Zischen, Beifall, amüsiertes Lachen, Unruhe
auf Freizügigkeit, ausgenommen die Fälle, in denen eine ausreichende Lebensgrundlage nicht vorhanden ist und der Allgemeinheit daraus besondere Lasten entstehen würden –
schwacher Beifall, höhnisches Lachen, Scharren, Unruhe
auf Bildung, soweit die ökonomischen Verhältnisse sie sowohl zulassen als auch nötig machen –
starke Unruhe, Murren, unverständliche Zwischenrufe, Türenschlagen, höhnischer Beifall

auf Versammlung nach Maßgabe der Unterstützung der Interessen der Mitglieder der Allgemeinheit –
Pultdeckelschlagen, Pfeifen, allgemeine Unruhe, Lärm, vereinzelte Bravorufe, Protestklatschen, Rufe wie: Endlich! oder: Das hat uns noch gefehlt!, Trampeln, Gebrüll, Platzen von Papiertüten
sowie auf Unantastbarkeit der Person –
Unruhe und höhnischer Beifall.

3.
Jeder Staatsbürger hat das Recht,
im Rahmen der Gesetze und der guten Sitten seine Persönlichkeit frei zu entfalten,
insbesondere hat er das Recht auf Arbeit entsprechend den wirtschaftlichen und sittlichen Grundsätzen der Allgemeinheit –
das Recht auf Freizeit nach Maßgabe der allgemeinen wirtschaftlichen Erfordernisse und den Möglichkeiten eines durchschnittlich leistungsfähigen Bürgers –
das Recht auf Freizügigkeit, ausgenommen die Fälle, in denen eine ausreichende Lebensgrundlage nicht vorhanden ist und der Allgemeinheit dadurch besondere Lasten entstehen würden oder aber zur Abwehr einer drohenden Gefahr für den Bestand der Allgemeinheit oder zum Schutz vor sittlicher und leistungsabträglicher Verwahrlosung oder zur Erhaltung eines geordneten Ehe- Familien- und Gemeinschaftslebens –
das Recht auf Bildung, soweit sie für den wirtschaftlich-sittlichen Fortschritt der Allgemeinheit sowohl zuträglich als auch erforderlich ist und soweit sie nicht Gefahr läuft, den Bestand der Allgemeinheit in ihren Grundlagen und Zielsetzungen zu gefährden –
das Recht auf Versammlung nach Maßgabe sowohl der Festigung als auch des Nutzens der Allgemeinheit und unter Berücksichtigung von Seuchengefahr, Brandgefahr, und drohenden Naturkatastrophen –
sowie das Recht auf Unantastbarkeit der Person:
Allgemeiner stürmischer, nichtendenwollender Beifall.

Yaak Karsunke
konzertierte aktion

weiterhin spielt kapital
die erste geige
politiker stoßen ins horn
die unternehmer
haun auf die pauke
daß vom schellenbaum klirrend
der sozialklimbim abfällt
(den arbeitern bringt man
die flötentöne noch bei)

:wann endlich
wird das publikum pfeifen?

Reiner Kunze
Fanfare für Vietnam

Meine worte will ich schicken gegen
bomber
            bomber
                        bomber

Mit meinen worten will ich auffangen
bomben
            bomben
                        bomben

Meine worte aber haben
                                    handschellen

Günter Grass
örtlich betäubt

2
Als sich der Studienrat Eberhard Starusch in zahnärztliche Behandlung begeben mußte, wurde an ihm ein Eingriff vorgenommen, der seinen Unterkiefer wie seinen Oberkiefer betraf und seine Bißlage korrigieren sollte.

Nach der Behandlung des Unterkiefers vereinbarten der Zahnarzt und der Studienrat eine vierzehntägige Pause; und mit dem Wort Pause auf dicker Zunge verließ der Studienrat die Praxis des Zahnarztes bei nachlassender örtlicher Betäubung. Die halbe Lossprechung, das befristete Vakuum, der Zeitgewinn. »Sie wissen ja, was Ihnen noch bevorsteht. Erholen Sie sich ein wenig.«

Als sich der Studienrat in einem Taxi seinem Wohnbezirk näherte, wollten die beiden Arantil-Tabletten, die er in der Praxis des Zahnarztes zu sich genommen hatte, noch nicht wirken. Mit Schmerzen verließ er das Taxi und drückte seinen Haustürschlüssel. Vor dem Haus, neben den acht mal sechs Klingelknöpfen, wartete ein Schüler auf den Studienrat und wollte ihn sprechen, wie Schüler manchmal ihren Lehrer sprechen müssen: »Dringend.«

Der Studienrat mußte bei zwei Grad unter Null den Mund öffnen: »Jetzt nicht, Scherbaum. Ich komme vom Zahnarzt. Eilt das sehr?«

Der Schüler Scherbaum sagte: »Das hat auch Zeit bis morgen. Aber dringend ist es schon.«

Er führte einen Hund bei sich, einen Langhaardackel. Beide liefen davon, bevor ich das Haus betrat.

Er lehrt, geht spazieren, bereitet sich vor, hofft auf, faßt zusammen, denkt sich was anderes aus, nennt ein Beispiel, wertet, erzieht.

Der Lehrer ist ein Begriff. Vom Lehrer wird etwas erwartet. Von einem Lehrer erwarten wir etwas mehr. Es fehlen Lehrer. Die Schüler setzen sich und blicken nach vorne.

Als sich der Lehrer einer zahnärztlichen Behandlung unterwerfen mußte, sagte er zu seinen Schülerinnen und Schülern: »Nehmt bitte Rücksicht auf euren armen Lehrer. Er hat sich einem Zahnklempner ausliefern müssen, er leidet.«

Der Lehrer an sich. (Er sitzt im Glashaus und korrigiert Aufsätze.) Der Lehrer, in Kästchen verteilt, als Grundschullehrer, Realschullehrer, als Studienrat, Internatslehrer, auch Gewerbelehrer. Der Erzieher oder Pädagoge. (Wenn wir Lehrer sagen, meinen wir den deutschen Lehrer.) Er bewohnt eine noch nicht ausgemessene, im Entwurf schon reformbedürftige, bei aller Enge weltweit gedachte pädagogische Provinz.

Der Lehrer ist eine Figur. Früher war der Lehrer ein Original. Auch heute noch sagen die Schüler leichthin »Pauker«, wenn sie den Lehrer meinen; wie ich vor meinen Schülern von einem Zahnklempner sprach, als ich meinem Zahnarzt einen sadistischen Anstrich geben wollte. (Als wir noch miteinander plauderten, ließen wir den Klempner, den Pauker dahingestellt sein, ohne unter diesen groben Klassifizierungen zu leiden.)

Er sagte: »Es gibt natürlich ein Unmenge Anekdötchen, in denen der Zahnarzt als moderner Folterknecht Pointen liefern muß. Der ewige Doktor Eisenbarth.«

Ich sagte: »Dem Lehrer steht, gleich, welche Schule oder Klasse, welchen Schulhof er betreten will, gleich, welcher Elternversammlung er Rede und Antwort stehen muß, die Figur des Lehrers im Wege. Lehrer haben an andere Lehrer zu erinnern. Nicht nur an solche, die man gehabt hat, auch an literarische Lehrerfiguren, zum Beispiel an Kluges Doktor Windhebel oder an irgend eine Lehrergestalt bei Otto Ernst; wie überhaupt die sogenannte Gestalt des Lehrers Maßstäbe setzt. Der Lehrer bei Jeremias Gotthelf. (Immer noch werden wir an den Freuden und Leiden eines Dorfschulmeisters gemessen.) Der Lehrer als Sohn eines Lehrers, wie ihn Raabe in der ›Chronik der Sperlingsgasse‹ sieht. Ich sage Ihnen, all diese Schulmeisterlein Wuz, diese schwindsüchtigen Karl Silberlöffel, selbst Flachsmann als Erzieher und die pädagogischen Brosamen des Schulrates Pollack, den Heideschulmeister Karsten, auch Grimms Lehrer Rölke, ach, und die Studienräte, von denen gesagt wird, sie nahmen, als Philologen, schon immer eine Sonderstellung ein, den Studienrat bei Wiechert, den Studienrat bei Binding, alle, alle müssen wir mitschleppen, damit wir an ihnen gemessen werden können: Meiner war ganz anders ... Meiner erinnert mich an ... Und meiner, haben Sie mal ›Feldmünster‹ gelesen? – Deshalb sage ich: Wie meine Lehrer in meine Erinnerung eingingen und sich, gemessen an literarischen Lehrergestalten, auch solchen, die im Film vorkommen, nahezu fiktiv benehmen – wie wollte mein armer Professor Wendt gegen einen Professor Unrat ankommen, zumal er an Unrat erinnerte und nicht Unrat an ihn – so werde auch ich meinen Schülern zur Erinnerung werden, verglichen womit?«

Mein Zahnarzt bemerkte, daß es mir an zeitgenössisch literarischen Lehrergestalten mangelte: »Machen Sie sich nichts draus. Auch Zahnärzte kommen in der Literatur kaum, nicht mal in Lustspielen vor. (Es sei denn in Spionageromanen: Der Mikrofilm in der Degudentbrücke.) Wir geben nichts her. Oder: Heute geben wir nichts mehr her. Allenfalls Nebenrollen. Wir arbeiten zu schmerzlos unauffällig. Die Lokalanästhesie hindert uns, Originale zu werden.«

Dabei kamen mir seine Reformbestrebungen reichlich verschroben vor; wie er meine revolutionären Aufschwünge komisch fand, wenn nicht albern. Seine weltweite Krankenfürsorge – meine weltweite pädagogische Provinz. Zwei betriebsblinde Utopisten, verschroben er und ich albern. (Bin ich das? Muß der Lehrende, winzig vor seinem Lehrstoff, den er in Häppchen aufteilen muß, den Spott seiner Schüler fördern?)

Meine Schüler lächeln, sobald ich die Lehrbücher in Zweifel ziehe: »Da ist aber kein Sinn, sondern nur organisiertes Chaos. – Warum lächeln Sie, Scherbaum?«

»Weil Sie trotzdem unterrichten und – das nehme ich ziemlich stark an – trotzdem einen Sinn in der Geschichte suchen.«

(Was soll ich machen? Aus dem Unterricht laufen, mich auf den Schulhof oder in die nächste Konferenz stellen und Aufhören! Aufhören! rufen?

»Zwar weiß ich nicht, was richtig ist, weiß ich noch nicht, was richtig ist, aber das muß aufhören, aufhören ...«)

Auf meinen Zettelchen steht: Ich mag diesen Schüler. Er beunruhigt mich. Was wollte er vorhin? Was hat Zeit bis morgen? (Will er nun doch die Schülerzeitung übernehmen? Will er Chefredakteur werden?)

Oft behandelt mich Scherbaum mit Nachsicht: »Sie sollten das mit der Geschichte und so nicht so tragisch nehmen. Der Frühling ist ja auch sinnlos – oder?«

Vielleicht bin ich doch ein Original. Ich hätte weghören sollen: Mein Lieblingsschüler hat einen Plan.

Zu meinem Zahnarzt sagte ich durch das Telefon: »Einer meiner Schüler hat einen Plan. Hören Sie sich das an. Nach der Stunde kommt der Junge zu mir und sagt: ›Ich hab was vor.‹

Ich darauf: ›Darf ich wissen, was? Etwa auswandern?‹

Er: ›Ich werde meinen Hund verbrennen.‹

Ich machte ›Soso‹, was auch hätte heißen können: ›Was Sie nicht sagen.‹

Er wurde genauer: ›Auf dem Kudamm, vor dem Kempinski. Und zwar am Nachmittag, wenn da Betrieb ist.‹

Jetzt hätte ich abwinken sollen. (›Ihre Sache, Scherbaum.‹) Einfach Kehrtmachen (›Was soll der Unsinn.‹) Aber ich blieb: ›Und warum gerade dort?‹

›Damit die kuchenfressenden Topfhüte was zu sehen bekommen.‹

›Ein Hund ist nicht zum Verbrennen da.‹

›Menschen auch nicht.‹

›Zugegeben. Aber warum ein Hund?‹

›Weil die Berliner Hunde am meisten lieben.‹

›Und warum Ihren Hund?‹

›Weil ich an Max hänge.‹

›Also ein Opfer?‹

›Ich nenne das: Demonstrative Aufklärung.‹

›Ein Hund brennt nicht so einfach.‹

›Ich werde ihn mit Benzin übergießen.‹

›Aber ein Tier. Es handelt sich um ein Tier!‹

›Benzin kriege ich noch. Ich werde die Presse, das Fernsehen hinbestellen und ein Schild malen: Das ist Benzin und kein Napalm. – Die sollen das sehen. Und Max wird, wenn er brennt, laufen. Auf die Tische zu mit dem Kuchen drauf. Vielleicht fängt was Feuer. Vielleicht begreifen sie dann …‹

›Was sollen sie begreifen?‹

›Na wie das ist, verbrennen.‹

›Totschlagen wird man Sie.‹

›Schon möglich.‹

›Wollen Sie das?‹

›Nein.‹«

Ich sprach etwa zehn Minuten lang mit Scherbaum. Eigentlich war ich sicher, daß seinem Dackel nichts passieren konnte. Und zu meinem Zahnarzt sagte ich: »Was meinen Sie, soll man das ernst nehmen oder nur so tun …«

Er fragte, ob die Entzündung meines Zahnfleisches zurückgegangen sei und ob die kleine Brandwunde an der Unterlippe abzuheilen beginne. Dann dozierte er: »Fragen wir uns zuerst, warum soll etwas geschehen? Da nichts geschieht, soll etwas geschehen. Denn wie spricht Seneca über Zirkusspiele? ›Aber es ist doch Pause? – So soll man derweile den Leuten die Kehle durchschneiden, damit wenigstens etwas geschieht!‹ – Ein ähnlicher Pausenfüller ist das Feuer: Öffentliche Verbrennungen schrecken nicht ab, sondern befriedigen Lust.« (Das werde ich Scherbaum sagen, das werde ich Scherbaum sagen …)

Dein Vater hatte mich gerufen, er stand unten im Flur, sein Schrei hallte, sich im Echo verheddernd, durch die Gänge: Kraz. Es ist etwas passiert, so kommen Sie doch zur Hilfe, der Bub isch verbrennt. Die Konstanzerin hatte mich am Wickel: Laß dich auf nichts ein, der Kittel hing mir am Rücken, beengte mich, und ich fragte mich, über die Staffeln jagend, welcher es sei, der in Flammen stehe, Immanuel oder Georg, hielt eher auf Immanuel, der könnte sich an seinem Eifer leibhaftig entzündet haben und Gott hat's ihm beigebracht, ein Wunder mehr, eines, das sich zudem auslegen ließe, aber der Stadtschreiber korrigierte mich rasch: Der Georg, und er habe es vermutlich selbst getan, dieser Wahn, nur irgendwen zu schänden und sich selbst, der alte Lauterbach stammelte, war außer sich, sah den Stand seiner Familie ruiniert, und es wurmte ihn, daß nichts mehr vertuscht werden konnte. Auf der Marktstraße und im Höfle sammelten sich die Neugierigen. Denkbar ist es, daß es ein Landstreicher war, einiges könne so gedeutet werden. Sie führten das Kind, verrußt und verstört an mir vorbei, ich rief dich: Georg!, doch der sah nicht zur Seite, und mir war, als brenne er erst jetzt, im Garten brotzelten nur noch Holzbohlen, Herr, betete ich, Herr, nimm ihn nicht wahr, und der Ströher stieß mich, zum Beten lange es noch; daß der Immanuel keinen Schaden davongetragen habe, sei ein wahres Glück, er habe den Bruder, trotz aller Mißhelligkeiten, zu retten versucht, mit den bloßen Händen im Feuer gewühlt, aber der Immanuel war verschwunden, und die Leute fingen an, nachzuplappern, was der Kraz ihnen vorgeredet hatte, ein Landstreicher sei der Täter gewesen, die Gendarmerie unterstützte das in ihren Nachforschungen noch – du hast dich nie darüber geäußert, Georg, verfangen in einer Trauer, die nicht mehr von dir wich, bis auf den Tag. Es war dein Sieg, ich habe es gewußt. Du wärst ihre Fackel gewesen, ein Menetekel, und die Qualen, die dir Immanuel in seinem Wahn auferlegt hatte, hast du entgolten, hättest es noch besser können als Fackel, die durch den glühenden Lack gesprungen ist, in den Garten hinein, aufs Höfle und dann ein Aschenhaufen für die Tränen, das hast du dir gewünscht.

Kraz in seinem Eifer, das makabre Ereignis zu vergegenwärtigen, war auf ihn eingedrungen und war laut geworden. Die Konstanzerin hatte zugehört, an den Türrahmen gelehnt, mit höhnisch verzogenen Mundwinkeln Krazens Geschichte bezweifelnd. Georg spürte ihre Nähe, und als sie sich zwischen sie schob, leise, kätzisch, stellte sich bei ihm die Knabenfurcht ein. Ihr rundes Gesicht war, wie eh, wüst und schön, durch die wie unter dauerndem Schrecken aufgerissenen Augen, schwarz und ohne Empfindung, den kräftigen Strich der Brauen darüber, die hochgeschobenen Backenknochen. Er grüßte sie mit einem Kopfnicken, merkte, daß sie ihn nicht wiedererkannte, murmelte seinen Namen, den sie nicht verstand, und Kraz triumphierte, das sei der Georg, der kloi Narrekaschper, den er so oft bei sich gehabt hätte, der Professor Lauterbach, was aber nichts zu besagen habe, fiel Georg ihm ins Wort, ach, deswegen die Feuermär, sagte sie, oder das, was sich der Magister zurechtgelegt habe.

Sie war jung geblieben, Kraz forderte sie auf, den Trollinger zu holen, er habe den Georg am Brunnen getroffen, sie seien mit größter Vorsicht die Treppen heraufgekommen, doch da sie ohnedies wach geworden sei, möge sie mitfeiern, wer weiß, wie lang es den Professor in Nürtingen halte, das sei kein Pflaster mehr für ihn. Sie tat's, als sie zurückkam, hatte sie sich die Schürze abgebunden, ein neues Kleid übergestreift; hatte, ein wenig hastig, ihr üppiges Dekolleté gepudert, doch beim Eintritt hatte sie, die gehörte Erzählung memorierend, schon vergessen, daß sie Aufsehen erregen wollte. Sie setzte hastig Gläser vor die beiden Männer, schenkte ein, zog sich einen Stuhl zum Tisch, nachdem sie die Vorhänge aufgezogen hatte; eine helle Nacht sei's; das, was du erzählt hast, Kraz, ist erstunken und erlogen und hat den Herrn verärgert. Zum ersten Male erlaubte sie sich, vertraulich zu sein vor einem Gast. Kraz begehrte auf, Georg wartete. Es müsse aufs Wohl des Professors getrunken werden, Kraz hob das Glas, die Konstanzerin tat es ihm nach, und Georg erwiderte ihren Zutrunk. Dann lachte er auf. Daß sie es besser wissen sollten, Gnädigste, hätte mir früher in den Sinn kommen können.

Sie schloß die Augen.

Kraz war mürrisch, das Spiel der Frau behagte ihm nicht. Sie hatte sich, vor Fremden, grau zu tarnen. Nun blühte sie auf, achtete seiner nicht. Ihre Stimme war hell, melodisch und jeden Satz beendete sie mit einem Glucksen, als würden die Wörter von einem steten, kaum verhohlenen Gelächter getragen.

Der hat's nur büßen müssen. Sie sah Lauterbach in die Augen, eine Echse: Mit wem er sich denn im Pavillon versteckt habe, bezeugt sei's, mit wem, mit Philine, jener Schwester, der er, wider alles christliche Gesetz, verfallen sei.

Kraz schlug auf den Tisch, sein Glas sprang, und der Wein floß auf seine Hose –: Daß sie ihre böswillige Einbildung nicht einmal in Anwesenheit Lauterbachs zügeln könne! Doch Georg griff ihn fest am Arm: Er möge sie ausreden lassen, auch im Ungeheuerlichen könne ein Kern Wahrheit stecken, und die Madame sei eben geneigt, sich und andere nicht zu schonen.

Awas, schrie Kraz, aus isch dr Spuk.

Die Konstanzerin war aufgestanden, gelassen, wischte mit einem Tuch den Wein ab, und Lauterbach fühlte einen Augenblick lang ihre Haut; sie schockierte ihn, er genoß es.

Fahren Sie fort, Madame, bat Lauterbach, er hatte Krazens Arm nicht losgelassen.

Sie habe diese Sympathie beobachtet, unter Furcht, und sie sei, nehme sie an, die einzige gewesen, die, von fern, an der gefährlichen Heimlichkeit teilgenommen habe.

Geschwister! unterbrach sie Kraz, Geschwister, was daran befremde?

Frag ihn selbst.

Kraz glitt in sein grünes Ebenbild. Seine Wut fuhr auf Lauterbach ein: Sag's Kerle, verteidig dich!

Weshalb er sich verteidigen solle, er bitte Madame nur, sich nicht mehr stören zu lassen in ihrem Bericht. Sie sind durch den Garten gelaufen, Hand in Hand, Georg und Philine, vor dem Pavillon sind sie stehengeblieben, einander zugewandt, lange reglos, sie seien festlich gekleidet gewesen und ihr Anblick habe sie melancholisch gestimmt; wie zu einer Hochzeit.

Sie redeten miteinander, genauer, Georg sprach auf Philine ein; sie nickte ergeben. Er nahm sie um die Taille, sie schlossen sich in den Pavillon ein. In den Flammen haben sie ihre unglückselige Liebe besiegeln wollen, eine romantische Tat, die keiner würde aufklären können: die armen Kinder, was ist ihnen zugestoßen, Immanuels Opfermut hingegen verhinderte ihren Wunsch, Philine gelang's, durch das Feuer zu fliehen, Georg blieb, die Wahrheit zu vertuschen, was ihm, die Erzählung Krazens sei ein Beispiel, trefflich gelang.

Georg stand auf, verbeugte sich vor ihr: Besten Dank, Madame, es ist Ihre Wahrheit, Ihre Geschichte; vorher war es seine Wahrheit, seine Geschichte – er zeigte auf Kraz.

Und Ihre? sie beugt sich über den Tisch.

Sie gehört mir, sie ist nicht von Interesse, denn alles, was sie extemporierten über einen Fall, den ich kenne, dient mir allein.

Seine Philosophie, Kraz atmete auf.

Damals, als der Magister mich prügelte, weil ich es ablehnte, in der Klasse zu beten, faßte ich den Anfang eines Gedanken, es war nicht mehr als eine Ahnung, unaussprechbar; noch war ich nicht kühn genug, mir und anderen gegenüber zu behaupten: ich bin die Welt, ihr Verlauf, ihr Ende,

es ist einfach und vereinfacht, sagte Kraz

es ist furchtbar, sagte die Konstanzerin, es raubt uns die Vielfalt, die Schattierungen.

Sie werden uns gegeben. Wir nehmen die Geschichte als Teil unserer eigenen Wirklichkeit an. Geschichte, den allgemeineren Verlauf, aufgezeichnet von weltklugen Historiographen, enträtselt und verflacht, gibt es nicht. Sie erlöscht mit dem, der sie treibt. Sie ist der Geist, der sie durchfährt. Was weiß ich von Frédéric le Grand, einige Daten, gewonnene, verlorene Schlachten, kenne Reden, Verordnungen. Was hat ihn bewogen, diesen Krieg anzuzetteln, jenen Frieden, die Gegnerin überraschend, zu schließen? Die Historiker deuten bekräftigend, geben endlich als Resultate aus, was allenfalls Vermutung ist. Sie kennen die Empfindungen seiner Freunde nicht, Ziethens, des Prinzen Heinrich, seiner Gegner nicht, der Kaiserin, Laudons, sie verirren sich in selbstersonnenen Legenden, in herkömmlicher Seelenkunde. Seine Welt wurde mit ihm zu Grabe getragen; was ihr kolportiert, das ist eure Welt, eine Spiegelung, die glaubwürdig ist und wiederum erlischt. Meine ist anders: Kraz belebte sie früh, und die heikle Gegenwart der Konstanzerin trifft mich zu spät.

Ich erzähle euch um. Es ist meine Geschichte.

Die Konstanzerin war aufgestanden, hatte sich über ihn gebeugt, ihre Wärme griff ihn an, sie küßte ihn auf die Stirn: Das ist waghalsig, Herr Professor; er hörte sie nicht gehen, saß mit Kraz allein, der die Frau entschuldigte, sie sei unberechenbar, doch ein Glück für ihn, und er trage es.

Ob wir uns noch einmal sehen, fragte Georg.

Eine Welt weniger, sagte Kraz, was geht es Sie an.

Er ging durch das Schulhaus, zwanzig Jahre zurück. Im Höfle traf er Philine, er nahm sie am Arm, sie solle ihn an den Neckar begleiten, der habe ihm gefehlt, streichelte ihren Nacken, sie wehrte ab, sie atmet wie ich, sagte er sich, sagte: Eben haben sie uns angetraut. Du frevelst, Georg, sagte sie. Die Welt hat dir nicht gut getan.

Federle, sagte er, die Welt? welche? meine, deine, seine?

Jurek Becker
Jakob der Lügner

»Ich kann nicht mehr«, sagt Jakob.

Kowalski läßt ihm Zeit, er weiß nicht, daß Jakob die bedingungslose Kapitulation vorbereitet, das schlimmste aller Eingeständnisse. Er sieht nur sein knochiges Gesicht, auf die Hände gestützt, vielleicht etwas bleicher als sonst, womöglich etwas müder, aber doch das Gesicht desselben Jakob, den man kennt wie keinen zweiten. Beunruhigt ist er, weil solche Anfälle von Trübsinnigkeit bei Jakob vollkommen ungewohnt sind, mürrisch und zänkisch ist er von Zeit zu Zeit, aber das ist ein Unterschied. Wehklagend kennt man ihn nicht, wehklagen alle anderen, Jakob war so etwas Ähnliches wie ein Seelentröster. Man ist, ob bewußt oder unbewußt, nicht selten zu ihm gegangen, um sich die eigenen Schwachheiten austreiben zu lassen. Schon vor der Radiozeit, eigentlich sogar schon vor der Ghettozeit. Wenn ein besonders beschissener Tag vorüber war, wenn man von früh bis spät hinter der Schaufensterscheibe gestanden hat und vergeblich Ausschau nach Kunden gehalten, oder irgendeine Riesenrechnung ist gekommen, und es wollte einem im Traum nicht einfallen, aus welcher Tasche man sie bezahlen sollte, wohin ist man dann am Abend gegangen? In seine Diele, aber nicht, weil bei ihm der Schnaps besonders gut geschmeckt hätte. Es war derselbe wie überall, dazu noch verboten, da ohne Lizenz ausgeschenkt. Man ist hingegangen, weil die Welt nach solchem Besuch ein kleines bißchen rosiger ausgesehen hat, weil er eine Kleinigkeit überzeugender als andere »Kopf hoch« sagen konnte oder »es wird schon wieder werden« oder etwas in der Art. Vielleicht auch deswegen, weil er der einzige im dünn gesäten Bekanntenkreis war, der sich überhaupt die Mühe gegeben hat, einem so etwas zu sagen. Kowalski läßt ihm Zeit.

Da fängt Jakob zu reden an, dem Schein nach zu Kowalski, denn kein anderer ist im Zimmer, den Worten nach zu einem größeren Auditorium, also einfach vor sich hin in die Luft, mit Wehmut in der leisen Stimme und mit dieser nie gehörten Resignation, die letzte einer verschwenderischen Vielzahl von Meldungen an alle. Daß sie ihm, wenn es ihre schwachen Kräfte erlauben, nicht böse sein sollen, er hat nämlich gar kein Radio, er hat nie eins besessen. Er weiß auch nicht, wo die Russen sind, vielleicht kommen sie morgen, vielleicht kommen sie nie, sie stehen in Pry oder in Tobolin oder in Kiew oder in Poltawa oder noch viel weiter entfernt, vielleicht sind sie inzwischen sogar vernichtend geschlagen, nicht einmal das weiß er. Das einzige, was er mit Gewißheit sagen kann, sie haben vor so und so langer Zeit um Bezanika gekämpft, woher die Gewißheit, das ist eine ganze Geschichte für sich, die interessiert heute keinen Menschen mehr, jedenfalls ist es die Wahrheit. Und daß er sich wohl vorstellen kann, wie bestürzend dieses Geständnis in ihren Ohren klingen muß, darum noch einmal die Bitte um Nachsicht, er wollte nur das Beste, aber seine Pläne haben sich zerschlagen.

Dann ist es lange still im Zimmer, ein König hat gewissermaßen abgedankt, Jakob versucht vergeblich, in Kowalskis Gesicht Bewegung zu entdecken, der sieht durch ihn hindurch und sitzt wie eine Salzsäule. Natürlich fallen Jakob, kaum ist das letzte Wort verklungen, Gewissensbisse an, nicht wegen der Mitteilung selbst, die war notgedrungen fällig und duldete keinen Aufschub. Aber ob man sie schonender hätte vortragen können, eventuell in einen Rückzug der Russen eingebettet, die ganze Last nicht mit einemmal auf andere Schultern abwälzen, die auch nicht breiter sind als die eigenen. Ob Kowalski unbedingt der richtige Mann war, in dessen Gegenwart der Schlußstrich gezogen werden müsse, gerade Kowalski. Wenn er es von einem Fremden gehört hätte, von einem Jakob nicht so Nahestehenden, sicher hätte er an einen Irrtum geglaubt oder an gehässige Verleumdung, nach einer Nacht voller Zweifel hätte er dir gesagt: »Weißt du, was sich die Idioten erzählen? Daß du kein Radio hast!« – »Das stimmt«, wäre dann die Antwort gewesen, sie hätte ihn auch getroffen, aber vielleicht nicht so sehr, weil er in der Nacht zuvor diese Möglichkeit zumindest erwogen hätte. Und es wäre auch irgendwie einzurichten gewesen, genau so, Kowalskis Pech, daß er ausgerechnet an diesem Abend gekommen ist.

»Du sagst nichts?« sagt Jakob.

»Was soll ich sagen.«

Aus unergründlichen Tiefen fördert Kowalski sein Lächeln, ohne dieses Lächeln wäre er nicht Kowalski, sieht Jakob auch wieder an, mit Augen zwar, die weniger lächeln als der Mund, aber dennoch nicht vom Ende aller Hoffnung künden, eher pfiffig blicken, als sähen sie, wie immer, so auch diesmal hinter die Dinge.

»Was soll ich sagen, Jakob? Ich verstehe dich schon, ich verstehe dich sehr gut. Weißt du, ich bin so ziemlich das Gegenteil von einem Husaren, du kennst mich lange genug. Wenn ich hier ein Radio gehabt hätte, von mir hätte wahrscheinlich kein Mensch ein Wort erfahren. Oder noch wahrscheinlicher, ich hätte es aus Angst einfach verbrannt, ich mache mir da gar nichts vor. Ein ganzes Ghetto mit Nachrichten zu beliefern! So weit wäre ich nie gegangen, weiß man, wer mithört? Wenn ich irgendwann im Leben jemand verstanden habe, dann dich jetzt.«

Solchen Flug der Gedanken konnte Jakob nicht erwarten, der durchtriebene Kowalski hat sich selbst übertroffen, hat seine Berechnungen sogar da angestellt, wo es nichts zu rechnen gab. Wie willst du ihn überzeugen, daß du wenigstens jetzt die Wahrheit sagst, du kannst ihm höchstens anbieten, alle Winkel in Stube und Keller zu durchstöbern. Doch mit nach außen gekehrten Handflächen beteuern: »Wann habe ich dich je belogen?«, das kannst du nun nicht mehr. Und wenn du ihn tatsächlich aufforderst zu suchen, alle Radios, die du bei mir findest, Kowalski, gehören dir, er wird dir wissend zublinkern und etwas Ähnliches entgegnen wie: »Lassen wir doch die Späße, Jakob, wozu kennt man sich vierzig Jahre?« Er wird dir zu verstehen geben, daß jedes Versteckspiel überflüssig ist. Unmögliches läßt sich durch nichts beweisen, Jakob sagt erschrocken: »Du glaubst mir nicht?«

»Glauben, nicht glauben, was heißt das schon«, sagt Kowalski, leise und abwesender als erwartet, in einem ähnlichen Tonfall wie Jakob eben, bei seiner kleinen Rede an alle. Weiter sagt er nichts, vorerst, er klopft mit den Fingern ein getragenes Motiv auf den Tisch und hält den Kopf weit zurückgelehnt, in verborgene Gedanken vertieft.

Jakob erwägt weitere Rechtfertigungen, er legt Wert darauf, daß seine Verurteilung glimpflich ausfällt, dazu muß man seine Gründe für das Unternehmen kennen und auch die Gründe für den plötzlichen Abbruch. Aber über die ist er sich selber noch nicht im klaren, deswegen, und weil er begreift, daß es bei all dem nicht nur um ihn geht, auch um Kowalski, schweigt er und hebt sich die Bitte um mildernde Umstände für einen späteren Zeitpunkt auf.

Dann folgt die ernüchternde Überlegung, daß es überhaupt nicht um ihn geht, kein Mensch im Ghetto ist unwichtiger als er, ohne Radio. Von Bedeutung sind nur seine Abnehmer, Kowalski neben vielen anderen. Und die pfeifen auf noch so plausibel klingende Rechtfertigungen, die haben andere Sorgen, und nicht eben kleine, die wollen zum Beispiel wissen, wie es nach Pry nun weitergeht.

Kowalski beendet Geklopfe und Gegrübel, er steht auf, legt Jakob die freundschaftliche Hand auf die Schulter. Er sagt: »Keine Angst, Alter, vor mir bist du sicher. Ich werde dich nicht mehr fragen.«

Er geht zur Tür, das Lächeln von neuem belebend, bevor er sie öffnet, dreht er sich noch einmal um, zwinkert tatsächlich, mit beiden Augen.

»Und ich bin dir nicht böse.«

Und geht.

Am nächsten Morgen, nach der schlaflosesten Nacht seit langem, ist Jakob auf dem Weg zur Arbeit. Er hat, ehe er auf die Straße trat, Kirschbaums Türklinke verstohlen niedergedrückt, warum auch immer, doch die Tür war verschlossen. Der Nachbar Horowitz hat ihn am nichtssagenden Schlüsselloch ertappt und gefragt: »Suchen Sie was Bestimmtes?«

Natürlich suchte Jakob nichts Bestimmtes, nur so, menschliche Neugier, er hat sich Horowitz flüchtig erklärt und ist gegangen. Dann war da der bunte Fleck vor dem Haus, auf der Fahrbahn, wo gestern der kleine deutsche Lastwagen gestanden hatte. Ein paar Tropfen Öl waren ihm entfallen und prangten nun als dünne Fäden in allen möglichen Farben auf dem versickernden Rest eines Stausees, den Siegfried und Rafael gemeinsam dort errichtet hatten, zuerst durch die Hosenbeine, dann, als ihre Quellen versiegt waren, mit Hilfe eines Wassereimers. Unmittelbar nach Elisa Kirschbaums Abfahrt hatten sie sich an die Arbeit gemacht, denn solche Gelegenheit findet sich nicht alle Tage, bei dem Autoverkehr. Jakob stand noch mit der über die Ferkelei entrüsteten Lina hinter dem Fenster und beobachtete sie dabei.

Aber zurück auf den Weg, schon von weitem sieht Jakob eine größere Menschenansammlung, an einer Straßenecke, genau vor dem Haus, in dem Kowalski wohnt. Jakobs erster Gedanke, er vermutet Kowalski mitten in dem Haufen, der beste Freund ist bestimmt auf die Straße gekommen und hat, wie es ihm angeboren ist, den Mund nicht halten können. Entweder ist er beim nächtlichen Klären doch noch zu der Überzeugung gelangt, daß man ihm die Wahrheit gesagt hat, oder, was bei Kowalski wahrscheinlicher ist, er glaubt weiterhin nicht, tut aber so nach außen hin, denn wahre Freundschaft heißt zusammenhalten. Ist aus dem Haus getreten und hat im Handumdrehen die Juden mit der Hiobsbotschaft zu Tode erschreckt, weil er unbedingt der Erste sein muß, ob in die Hölle oder ins Paradies, Kowalski immer vorneweg. Hat einem damit alle Rückzugswege abgeschnitten, die man nach langem Erwägen zwar nicht beschreiten wollte, aber was geht das Kowalski an?

Jakob bekommt Lust zurückzugehen, erzählt er, und einen kleinen Umweg zu machen, es wird auch so schon schwer genug, auf dem Bahnhof werden sie ihn noch genug foltern. Das hier soll Kowalski alleine durchstehen, das ist seine Sache, das ist eine günstige Gelegenheit, sich nicht einzumischen. Da fällt Jakob, noch in einiger Entfernung von der Gruppe, auf, daß die Leute kaum reden, dabei müßten sie aufgeregt sein nach der vermuteten Nachricht, die meisten stehen stumm und betroffen, wie sich beim Näherkommen erweist, einige schauen nach oben. Zu einem geöffneten Fenster, an dem auf den ersten Blick nichts Absonderliches ist, einfach leer und offen. Jakob weiß nicht genau, ob es sich um Kowalskis Fenster handelt oder um eins daneben. Auf den zweiten Blick sieht er doch das Besondere, ein kurzes Stück Schnur, am Fensterkreuz und gerade fingerlang, darum so spät bemerkt.

Jakob stürzt durch den Auflauf in das Haus, er versucht zwei Stufen auf einmal, aber nur die beiden ersten gelingen ihm so, zum Glück wohnt Kowalski in der ersten Etage. Die Tür steht offen wie das Fenster, es zieht also, die drei Zimmernachbarn Kowalskis, von denen wir einen willkürlich auf den Namen Abraham getauft haben, sind nicht mehr zu Hause. Nur Kowalski ist zu Hause, und zwei Wildfremde im Zimmer, die ihn als erste der Vorübergehenden hängen sahen. Sie haben ihn abgeschnitten und auf das Bett gelegt, jetzt stehen sie hilflos herum und wissen nicht, was weiter zu tun wäre. Einer von ihnen fragt Jakob: »Haben Sie ihn gekannt?«

»Was?« fragt Jakob vor dem Bett.

»Ob Sie ihn gekannt haben?«

»Ja«, sagt Jakob.

Als er sich nach einer Weile umdreht, ist er alleine, die Tür haben sie zugemacht. Jakob geht zum Fenster und sieht auf die Straße, nichts mehr von Menschenansammlung, nur noch Passanten. Er will das Fenster schließen, aber es klemmt, er muß vorher die doppelt verknotete Schnur vom Rahmen lösen. Dann zieht er den Vorhang zu, das wenige Licht macht ihm Kowalskis Gesicht erträglicher. Er rückt einen Stuhl heran, auf das Bett möchte er sich nicht setzen, er nimmt Platz für ungewisse Zeit. Ich sage ungewiß, denn über die Länge seines Aufenthalts kann er später keine Angaben machen.

Der Anblick von Toten ist Jakob alles andere als ungewohnt, nicht selten muß man über irgendeinen die Füße heben, der verhungert auf dem Gehsteig liegt und vom Räumkommando noch nicht ausgemacht wurde. Aber Kowalski ist nicht irgendeiner, gütiger

Gott, das ist er nicht, Kowalski ist Kowalski. Ein Geständnis hatte seinen Tod zur Folge, dazu noch eins, das er vorgab, nicht zu glauben, warum bist du Wahnsinniger nicht gestern abend geblieben? Wir hätten alles in Ruhe beredet und uns schon das bißchen Mut zum Weiterleben verschafft. Was haben wir uns nicht schon alles verschafft, reell oder unreell, wenn es gelingt, fragt keiner hinterher nach Art und Weise, warum mußtest du an deinem letzten Abend den Pokerspieler spielen? Wir hätten uns gegenseitig helfen können, aber nur du hast gewußt, wie es in uns beiden aussah, du hast dich vor deinem Freund Jakob Heym verborgen, du hast mir das falsche Gesicht gezeigt, und dabei hätten wir weiterleben können, Kowalski, an uns sollte es nicht liegen.

Von Beruf Friseur, hatte etwas Geld versteckt, wie man weiß, mit der Absicht, sich später zu verändern, wäre aber vermutlich weiterhin Friseur geblieben, war ausstaffiert mit dieser und jener fragwürdigen Eigenschaft, war mißtrauisch, verschroben, ungeschickt, geschwätzig, obergescheit, wenn man alles zusammenrechnet, im Nachhinein, plötzlich liebenswert, hat Jakob einmal aus einer schrecklichen Lage befreit, aus einem deutschen Klosett, legte sich aus Werbegründen den »Völkischen Landboten« zu, konnte zeitweilig sieben große Kartoffelpuffer hintereinander essen, vertrug aber kein Eis, borgte lieber als er zurückgab, wollte berechnend wirken, war es aber so gar nicht, bis auf einmal.

Wie nicht anders zu erwarten, in Jakobs Kopf überstürzen sich die Selbstvorwürfe, er hätte Kowalski auf dem Gewissen, er mit seiner kleinlichen Müdigkeit wäre schuld daran, daß Kowalski zum Strick griff, was man einmal anfängt, muß man auch durchhalten, man muß seine Kräfte vorher einschätzen. Ich habe Jakob unterbrochen, ich habe ihm an dieser Stelle gesagt: »Du redest Unsinn. Du hast deine Kräfte nicht überschätzt, denn du konntest nicht wissen, daß es so lange dauert.« Und ich habe ihm gesagt: »Nicht du bist schuld an Kowalskis Tod, sondern er hatte es dir zu verdanken, daß er bis zu diesem Tag gelebt hat.« – »Ja, ja«, hat mir Jakob geantwortet, »aber das hilft alles nichts.«

Schließlich steht Jakob auf. Er zieht den Vorhang wieder zur Seite, läßt auch, als er geht, die Tür weit offen, damit einer der Nachbarn, wenn er von der Arbeit kommt, den Vorfall bemerkt und das Nötige in die Wege leitet. Für den Bahnhof ist es längst zu spät, man kann dem Posten am Tor schlecht sagen, man wäre unterwegs aufgehalten worden, das Mittagessen fällt unabänderlich aus. Jakob geht nach Hause, mit der einzigen Hoffnung, daß Kowalski seine Gründe für sich behalten hat, daß er ausnahmsweise einmal verschwiegen gewesen ist. Denn Jakob hat wieder sein Radio gefunden.

Johannes Poethen
Die aber das zeichen noch tragen

Die aber das zeichen noch tragen
die aufgewacht sind aus den verlassenen scherben
die sich behutsam aus scherben zusammenfügen
die zu den toten auferstanden sind

die sich üben in der sprache der urnen
die sich im scheine der toten erkennen
die über gräberfeldern die toten aushorchen
die aber das zeichen noch tragen

denen manchmal quellen aufbrechen in ihrer blutbahn
springfluten mit schuppenflügeln über dem roten flügge geworden
keine röhren die adern: unverdeckte flüsse zusammenschäumend

fliegender strom abwärts mit gleichmäßigen herzschlägen
münder beißen sich fest an den rückenflossen
und es zieht sie der fischzug aus der bucht ins offene

weithin vorauseilender sturm der süchtigen blätter
brandungsgeheul der leerstimmen aus anwachsenden kehlen
grüne chöre taktierend gegen die ufer der nackten insel.

Dagmar Nick
Den Generälen ins Soldbuch

Ordnet die Himmel neu,
ihr Herrscher der Heerscharen,
setzt den Monden,
die ihr mit euren Sonden beleidigt,
neue Gezeiten,
teilt die Sonnensysteme
unter euch auf,

ihr braucht Raum für die Toten,
fügt ins Sternbild der Zwietracht
den Kainsstern, das Brudermal,
Grabmal für einen und tausend Gemordete,
der Messias wird euch nicht hindern,
künftige Stahlsärge
in den Staub der Planeten zu senken
im Namen der Väter und der Söhne
und der geheiligten Hybris,
ordnet die Himmel neu,
die uns verheißen sind,
aber vergeßt nicht die Hölle,
ihr Herrscher der Heerscharen,
eine neue Hölle für uns,
die wir zu überleben hofften
am Rande des Chaos.

Wulf Kirsten
Schlachtfeld

aus dem wiesenschaum schwelt erdmilch.
im frühschein fallen die lichtschnüre ein.
über saat und gras ergrünt der morgen
im geruch des lands – eingeschrieben sind ihm
die bibelsprüche mit schmiedeeisen:
»die pflüger haben auf meinem rücken
geackert und ihre furchen lang gezogen«
(in den bemessenen friedenszeiten).
nach der Schlacht bei Kesselsdorf galt:
»alles fleisch wird gras.«
soll den propheten der grabenbagger auslegen,
der in die bodenwelle wasserläufe kerbt.
hier am böschungsfuß, erdunter,
chronologisch geordnet, schichtweise
die kriege mit ihren schröpfhörnern,
aufbewahrt die marsfossilien
im blutigen lehm: stahlhelm und
panzerfaust – tornisterschnallen
und marschallstäbe.
martialische flurnamen blieben als lesespuren,

andenken an scharpiezupfer und blessurakte.
grasüberwucherte historien: einzugsbereich
für zinngießer.
ansichtig maiwiesen, milchadern,
hinter dem erdwall kalkwerk und ziegelei.
jetzt ausmessen das land im frühschein.
ich nehm's unter die füße und seh:
die sommerfahne *der* feldherrn weht grün.

Reiner Kunze
Sensible Wege

Sensibel
ist die erde über den quellen: kein baum darf
gefällt, keine wurzel
gerodet werden

Die quellen könnten
versiegen

Wie viele bäume werden
gefällt, wie viele wurzeln
gerodet

in uns

Peter Bichsel
Ein Tisch ist ein Tisch

Ich will von einem alten Mann erzählen, von einem Mann, der kein Wort mehr sagt, ein müdes Gesicht hat, zu müd zum Lächeln und zu müd, um böse zu sein. Er wohnt in einer kleinen Stadt, am Ende der Straße oder nahe der Kreuzung. Es lohnt sich fast nicht, ihn zu beschreiben, kaum etwas unterscheidet ihn von andern. Er trägt einen grauen Hut, graue Hosen, einen grauen Rock und im Winter den langen grauen Mantel, und er hat einen dünnen Hals, dessen Haut trocken und runzelig ist, die weißen Hemdkragen sind ihm viel zu weit.

Im obersten Stock des Hauses hat er sein Zimmer, vielleicht war er verheiratet und hatte Kinder, vielleicht wohnte er früher in einer andern Stadt. Bestimmt war er einmal ein Kind, aber das war zu einer Zeit, wo die Kinder wie Erwachsene angezogen waren. Man sieht sie so im Fotoalbum der Großmutter. In seinem Zimmer sind zwei Stühle, ein Tisch, ein Teppich, ein Bett und ein Schrank. Auf einem kleinen Tisch steht ein Wecker, daneben liegen alte Zeitungen und das Fotoalbum, an der Wand hängen ein Spiegel und ein Bild.

Der alte Mann machte morgens einen Spaziergang und nachmittags einen Spaziergang, sprach ein paar Worte mit seinem Nachbarn, und abends saß er an seinem Tisch.

Das änderte sich nie, auch sonntags war das so. Und wenn der Mann am Tisch saß, hörte er den Wecker ticken, immer den Wecker ticken.

Dann gab es einmal einen besonderen Tag, einen Tag mit Sonne, nicht zu heiß, nicht zu kalt, mit Vogelgezwitscher, mit freundlichen Leuten, mit Kindern, die spielten – und das Besondere war, daß das alles dem Mann plötzlich gefiel.

Er lächelte.

»Jetzt wird sich alles ändern«, dachte er. Er öffnete den obersten Hemdknopf, nahm den Hut in die Hand, beschleunigte seinen Gang, wippte sogar beim Gehen in den Knien und freute sich. Er kam in seine Straße, nickte den Kindern zu, ging vor sein Haus, stieg die Treppe hoch, nahm die Schlüssel aus der Tasche und schloß sein Zimmer auf.

Aber im Zimmer war alles gleich, ein Tisch, zwei Stühle, ein Bett. Und wie er sich hinsetzte, hörte er wieder das Ticken. Und alle Freude war vorbei, denn nichts hatte sich geändert.

Und den Mann überkam eine große Wut.

Er sah im Spiegel sein Gesicht rot anlaufen, sah, wie er die Augen zukniff; dann verkrampfte er seine Hände zu Fäusten, hob sie und schlug mit ihnen auf die Tischplatte, erst nur einen Schlag, dann noch einen, und dann begann er auf den Tisch zu trommeln und schrie dazu immer wieder:

»Es muß sich ändern, es muß sich ändern!«

Und er hörte den Wecker nicht mehr. Dann begannen seine Hände zu schmerzen, seine Stimme versagte, dann hörte er den Wecker wieder, und nichts änderte sich.

»Immer derselbe Tisch«, sagte der Mann, »dieselben Stühle, das Bett, das Bild. Und dem Tisch sage ich Tisch, dem Bild sage ich Bild, das Bett heißt Bett, und den Stuhl nennt man Stuhl. Warum denn eigentlich?« Die Franzosen sagen dem Bett »li«, dem Tisch »tabl«, nennen das Bild »tablo« und den Stuhl »schäs«, und sie verstehen sich. Und die Chinesen verstehen sich auch.

»Weshalb heißt das Bett nicht Bild«, dachte der Mann und lächelte, dann lachte er, lachte, bis die Nachbarn an die Wand klopften und »Ruhe« riefen.

»Jetzt ändert es sich«, rief er, und er sagte von nun an dem Bett »Bild«.

»Ich bin müde, ich will ins Bild«, sagte er, und morgens blieb er oft lange im Bild liegen und überlegte, wie er nun dem Stuhl sagen wolle, und er nannte den Stuhl »Wecker«.

Er stand also auf, zog sich an, setzte sich auf den Wecker und stützte die Arme auf den Tisch. Aber der Tisch hieß jetzt nicht mehr Tisch, er hieß jetzt Teppich. Am Morgen verließ also der Mann das Bild, zog sich an, setzte sich an den Teppich auf den Wecker und überlegte, wem er wie sagen könnte.

Dem Bett sagte er Bild.
Dem Tisch sagte er Teppich.
Dem Stuhl sagte er Wecker.
Der Zeitung sagte er Bett.
Dem Spiegel sagte er Stuhl.
Dem Wecker sagte er Fotoalbum.
Dem Schrank sagte er Zeitung.
Dem Teppich sagte er Schrank.
Dem Bild sagte er Tisch.
Und dem Fotoalbum sagte er Spiegel.
Also:

Am Morgen blieb der alte Mann lange im Bild liegen, um neun läutete das Fotoalbum, der Mann stand auf und stellte sich auf den Schrank, damit er nicht an die Füße fror, dann nahm er seine Kleider aus der Zeitung, zog sich an, schaute in den Stuhl an der Wand, setzte sich dann auf den Wecker an den Teppich und blätterte den Spiegel durch, bis er den Tisch seiner Mutter fand.

Der Mann fand das lustig, und er übte den ganzen Tag und prägte sich die neuen Wörter ein. Jetzt wurde alles umbenannt: Er war jetzt kein Mann mehr, sondern ein Fuß, und der Fuß war ein Morgen und der Morgen ein Mann.

Jetzt könnt ihr die Geschichte selbst weiterschreiben. Und dann könnt ihr, so wie es der Mann machte, auch die anderen Wörter austauschen:

läuten heißt stellen,

frieren heißt schauen,
liegen heißt läuten,
stehen heißt frieren,
stellen heißt blättern.
So daß es dann heißt:

Am Mann blieb der alte Fuß lange im Bild läuten, um neun stellte das Fotoalbum, der Fuß fror auf und blätterte sich auf den Schrank, damit er nicht an die Morgen schaute.

Der alte Mann kaufte sich blaue Schulhefte und schrieb sie mit den neuen Wörtern voll, und er hatte viel zu tun damit, und man sah ihn nur noch selten auf der Straße.

Dann lernte er für alle Dinge die neuen Bezeichnungen und vergaß dabei mehr und mehr die richtigen. Er hatte jetzt eine neue Sprache, die ihm ganz allein gehörte.

Hie und da träumte er schon in der neuen Sprache, und dann übersetzte er die Lieder aus seiner Schulzeit in seine Sprache, und er sang sie leise vor sich hin.

Aber bald fiel ihm auch das Übersetzen schwer, er hatte seine alte Sprache fast vergessen, und er mußte die richtigen Wörter in seinen blauen Heften suchen. Und es machte ihm Angst, mit den Leuten zu sprechen. Er mußte lange nachdenken, wie die Leute zu den Dingen sagen.

Seinem Bild sagen die Leute Bett.
Seinem Teppich sagen die Leute Tisch.
Seinem Wecker sagen die Leute Stuhl.
Seinem Bett sagen die Leute Zeitung.
Seinem Stuhl sagen die Leute Spiegel.
Seinem Fotoalbum sagen die Leute Wecker.
Seiner Zeitung sagen die Leute Schrank.
Seinem Schrank sagen die Leute Teppich.
Seinem Tisch sagen die Leute Bild.
Seinem Spiegel sagen die Leute Fotoalbum.

Und es kam so weit, daß der Mann lachen mußte, wenn er die Leute reden hörte.

Er mußte lachen, wenn er hörte, wie jemand sagte:

»Gehen Sie morgen auch zum Fußballspiel?« Oder wenn jemand sagte: »Jetzt regnet es schon zwei Monate lang.« Oder wenn jemand sagte: »Ich habe einen Onkel in Amerika.«

Er mußte lachen, weil er all das nicht verstand.

Aber eine lustige Geschichte ist das nicht. Sie hat traurig angefangen und hört traurig auf.

Der alte Mann im grauen Mantel konnte die Leute nicht mehr verstehen, das war nicht so schlimm.
Viel schlimmer war, sie konnten ihn nicht mehr verstehen.
Und deshalb sagte er nichts mehr.
Er schwieg,
sprach nur noch mit sich selbst,
grüßte nicht einmal mehr.

CHRISTA REINIG
Schwalbe von Olevano

Schwalbe, der Himmel ist dick wie ein Wasser und in Scheiben geschnitten.
Schwalbe, der Himmel ist schwer wie ein Tier, das Pfeilspitzen aushustet.
Schwalbe, der Himmel ist atemlos und fällt keuchend zur Erde.
Der Himmel ist ein Blatt Papier.

Eine Klappe war weggezogen und wo nichts war noch sein wird, erschreckt eine Wolke aus Messerklingen den Feind.
Wir glauben und sehen den Tanz, sie aber meinen ein Sternbild zu sein reglos und über Kreuz genagelt am Wind.
Aus der ältesten Ader fiel Tropfen auf Tropfen empor, fing sich im Eis und schärfte sein Gefieder.
In Olevano, das heißt Öl und Wein, sagen die einen, die anderen, das bedeute, daß die Vorfahren aus dem Libanon kamen, wie dem auch sei –

In Olevano schrieben die Schwalben auf das Papier und ich bog mich herab und versuchte zu lesen.
Ich bin und bin unter mir, unter mir das Papier, ich schreibe auf dem Papier.

Jeder, der schneller fliegt, als meine Zeichen fliegen, kann meine Zeichen lesen, jeder kann sie lesen.
Sechs Räder hatte der Bus untergeschnallt, die Steigung zu überwinden.

Sag mal, wie hast du den Sommer verbracht, hast du im Urlaub auch fleißig geschwitzt?

Ich war faul, ich war in Olevano, ich habe geschaut und gelesen, was sie schrieben mit Federn auf das Papier.

Kurz bevor sie das Gras absicheln, biegt sich die Schwinge und sie stürzen im Aufstrich zum Punkt.

HARALD GERLACH
Der Mondwald

Nachher
und vorhin, immer
Wolken
über dem Vogelwind.

Monde, Regen,
die Wetter; Sand
rieselt durchs Geäst.
Was
übertönt die Sprache der Stille?

Schwankend stieg der Mond
auf die Linde – dort
saß der Abend, die Lieder
verhallten über der Heide.

Wolken wehn in der
Grasharfe, Syrinxruf
vom Wacholder,

Träume im Dornbusch,
verborgen noch
Knospen, blühen hoch
aus der Wurzel.
Von dort duftet Erde.

Christa Reinig
Gesang auf die Benommenheit im Wind

Er steht benommen in dem Wind.
Wind hats genommen.
Was Wesen war, wurde Wind.
Was Wind ward, ist gewesen.
Nichts mehr sein.
Erbärmlich sein.
Vielleicht sind die Steine barmherzig.

Einmal sein.
Einmal nicht nichts sein.
Nicht Papier sein.
Papier ist ungeduldig.
Papier ist nicht Stein.
Stein ist Benommensein.

Vielleicht, wenn der Wind weht, weht er zu Stein.

Günter Bruno Fuchs
Raus mit der Sprache

Seltsames Jahr, das

letzte. Woher wissen Sie? Seltsames
Jahr, das letzte. Woher
wissen Sie? Seltsames Jahr, das letzte. Demonstrieren
Sie nicht! Verbitte mir das. Seltsames
Jahr, das

letzte. Schon

gut, woher
wissen Sie? Ich sagte soeben: Seltsames
Jahr, das letzte. Das ist
Ihre Antwort? Bitte
spucken Sie nicht. Wasserwerfen Sie nicht. Oh,
polizeihn Sie bitte! – Bitte. Alle
auf einen. Still, hat da nicht einer –? Nein.

Nein? Woher
wissen Sie? Seltsames

Jahr, das letzte. Hat da nicht einer –? Doch.
Einer
auf einen. Einer auf
einen. Krieg
mal den. Alle auf einen. Krieg mal den. Einer
auf einen. Und einer
auf einen. Was heißt das? Raus

mit der Sprache! Hierher
mit der Sprache? Still, hat da nicht
einer –? Nein. Nein? Woher wissen Sie? Seltsames Jahr, das letzte.
Demonstrieren

Sie nicht! Still, das war

weit weg. Hat einer
geschrien? Geschossen? Weitweg? Ich sagte:
Geschrien. Ich
sagte: Geschossen. Was
stimmt nun? Raus mit der Sprache! Seltsames
Jahr, das
letzte. Verbitte mir

das letzte

Jahr. Still, hat da
schon wieder –? keiner
geschossen! Keiner? Woher wissen Sie? Einer.
Viele.
Viele. Viele. So viele Finger
zum Aufzählen habe ich nicht. Dann sagen Sie
mal

was Schönes

auf. Gut
ist ein gutes Jahr. Weiter! Besser ist
ein bessres Jahr. Moment, hat da
schon wieder – Nein, nicht

einer! Verstehe

nichts. Raus mit der
Sprache! Ein andrer auf einen. Ein andrer
auf einen. Ein
andrer auf

einen. Schluss! Verbieten

Sie das! Sofort! Ich
verbiete das. Sie verbieten das. Was
verbieten Sie denn? Raus
mit der Sprache! Das. – Aufsagen, los! Einer
auf einen. Zwei auf zwei. Alle auf einen. Drei
auf drei. Zehn auf zehn. Jeder auf diesen. Elf
auf elf. Vierzig auf vierzig. Gut ist

ein gutes Jahr. Gut ist ein
gutes Jahr. Still! Hat da schon wieder –? Nein.
Nein? Woher wissen Sie? Seltsames Jahr, das
letzte. Schönschön, woher

wissen Sie? Gehört? Was gehört? Demonstrieren
Sie nicht! Raus
mit der Sprache! Nur
gehört. Und wohin
mit der Sprache? Still! Hat da schon wieder –?
Ja, einer

auf einen. So viele

Finger zum Aufzählen habe ich nicht. Verbieten
Sie das! Sprechen Sie nach: Ich verbiete hiermit, daß einer auf einen – Ich
verbiete hiermit, daß einer
auf einen – Still! Hat da schon wieder –? keiner
geschossen! Ich wollte
sagen: Geschrien. Ich sagte
soeben: Geschossen. Zum Teufel, was
stimmt nun? Seltsames

Jahr, das letzte. Woher wissen Sie? Gehört. Verbieten Sie das! Ich verbiete das letzte Jahr. Nein! Sie verbieten gefälligst, daß im letzten Jahr einer auf einen – Daß im letzten Jahr zwei auf zwei – Daß im letzten Jahr – Raus mit der Sprache! Gut

ist ein gutes Jahr. Woher wissen Sie? Gehört. Wo gehört? Wann? Wie oft? Nur gehört. Bei Tag? Bei Nacht? Bitte
spucken Sie nicht. Wasserwerfen Sie nicht. Seltsames Jahr, das letzte. Ich höre

nichts mehr. Krieg

nichts mehr mit. Ich sagte soeben: Seltsames Jahr, das letzte. Hören Sie das? Verbieten Sie das! Was verbieten? Was? Zu weit weg. Weitweg. Verbieten Sie das! Was verbieten? Hören Sie das? Ich sage: Was verbieten? Besser ist ein bessres Jahr. Woher wissen Sie? Hören Sie mich? Ich sage: Woher

wissen Sie?

OSWALD WIENER
Die Verbesserung von Mitteleuropa

kritik,
die anmassung des schreibers, durch die art seiner aussprache neben die bedeutung seiner sätze treten zu wollen, die wahrheit und ihr diener unzertrennlich.
bestechung in jeder originalität zweck.

verbesserung
macht den fortschritt aus. die kritik verliert sich im anlass. vor dem hirnschiss trepanation.
ich scheue diese öffentlichkeit und kann mich nicht verbergen.
vor dieser politik in diese kunst, wo ist mein standpunkt der fällt: ein urteil.
jeder ausdruck ein verdacht, jeden begriff greife an zerstöre er gehört zu dieser welt
jeden satz vernichte er verbessert die folter.
destruam et aedificabo: ein hausherr.

politisches.
ich lobe diese jahre.
man kann keine bessere zeit geben ich bin in diesen gross geworden. niemand hat meinen fluch beschlagnahmt, die waffen meines geists, bakterien, ich züchte sie.
fördert die unsicherheit bestecht um zu korrumpieren schreiben sie denn diese flut soll noch nicht aufhören konsumiert der schwachsinn ist lebensfähig ihr werdet unbehelligt bleiben.
ein arschloch findet was zu protestieren, wer diese zeit nicht nützt!!
macht euch klar:
die unsicherheit ist die der polizei
diese verfahrenheit die des verfahrens
diese korruption die des geistes
dieser streit der der wissenschaft
dieses dilemma das der logik
die probleme die der redaktionen
diese sonntagskleider die der christen
diese arbeit die der proleten
die begriffe die der philosophie (amtsdeutsch)
revolutionen der dichter
diese freiheit die der diebe
den rednern stabreime.
hindert nicht das leben dieser situation.

etwas zu sagen ist jede terminologie recht;
wenn du beschimpft wirst, greif es auf, das wort das dich beschimpft bezeichnet dich, die verhöhnung deiner person ist verständlich, mit ihr kannst du dich verständlich machen, man weiss wovon du redest.

du wünschst dir eine weltanschauung und dann deutet alles auf sie hin.
wie überzeugen?
was du über einen satz denkst in den ersten kapiteln schreiben. jener ist die notwendige folge der gedanken, die nach ihm ausgetüftelt worden sind.
eine abhandlung aus den gedanken über ihren ersten satz, eine impotenz das muster der deduktiven methode.

(...)

der zeit ihre freiheit.
längst schon ist die metaphysik durch die theorie ersetzt.
ich aber lasse mir den unerbittlichen zwang des logischen muss nicht gefallen.
schöpfung ist theorie, der schaffende schafft sich selber als denkmal seiner borniertheit. das schöpferische legt dich fest gestalten ist sich unterwerfen, disziplin.
eure ideen bestechen euch, knechte eurer originalität.
wie gott einst überleben eure werke nun die zeit, da ist bleibendes.
deine leibeigenschaft heisst geistiges eigentum.
du aber wirst hin, der erziehung vorwand.
ich nehme mir die freiheit: abzulehnen, die ablehnung allein ist unbeschränkt:
lass dich leben, es geht ohne motiv.
ausbaldowern!
je stärker die fundamente, desto älter wirds, desto starrer ein kern der geschichte, das system sein eigener nachruf, aristoteles der zeuge gegen mich, diskussion gerichtsverhandlung, noch immer bestehendes ist staat.

die entsagung der wissenschaft.
physiker ist man nur von beruf das metier gegenstand der soziologie, wenn die nicht auch ein wenig wissenschaft wäre. achte auf den stil des positivismus, mythos der beschränkung: heroismus milde schizophren sein, pathos der grundsätze.*

wissenschaft ist ein zug des spiessertums.
rilke der popanz des feierabends, da schöpft man verdacht das ist nämlich allzumenschlich.

die norm.
ists eine kerbe, markstein der vorstellung, der büttel braucht geräte, zentrum des allgemeinen.
man nähere sich dieser gut abgeschmackten ja unverdaulichen idee und gerate an die arbeit, zur freude des endlich wirklichen sprachvandalismus komme man zum *lexikon der sätze*.
das lexikon der sätze taugt wohl nichts, es ist jedoch ganz brühwarm *wichtig*.

* man spricht, nicht ohne gerührte bewunderung der eigenen haltung, von der »nüchternen Öde der Naturgesetze« (k. conrad).

blyth, 1960, nannte
»lehrmaschinen ein mittel, angemessener als bisher möglich das demokratische erziehungsziel zu erreichen.«

sehr zu unrecht spottet der materialist der religion, und sobald er vom staat zurechtweisung erhalten dessen, was die religion den aberglauben nennt.
dämonen gott und elektromagnetische wellen, es ist derselbe komplex, verwandter stil; indessen berechtigt der fortschritt in der methode zur kritik, immerhin ist der fortschritt des stils der allein merkbare – so elend er auch der sache nach ist.
das arschloch im laboratorium spottet über das arschloch im pfahlbau und gibt damit vor, dass die neuzeit die erfüllung der damaligen ideale geworden ist.

der eigentliche beruf der psychologie ist die psychotechnik der meinungsbildung: der demokratie. der staat der grosse unternehmer: die welt offeriert wovon sie glaubt er könne es gebrauchen. was dem staat frommt ist schade!

wesen und wiederholbarkeit.
was gesetzen folgt muss eben drum vorhanden sein. nicht wenige wesen unsrer vorstellung verdanken ihr dasein der erfindung von gesetzen, quasi als werde die schöpfung fortgesetzt. die welt als ebenbild der sprache. machen wir eine ganz neue sprache, dann haben wir eine feinprima funkelneue welt nichtwahr.

literatur.
beginnt zu lesen und setzt sich mit dem gelesenen zusammen, lernt eine scheinwelt kennen der sich fast niemand entzieht, der lernt eine andere sprache kennen die diese scheinwelt legitimiert.
eine sprache deren gebilde zugeschnitten sind zur klösterei; zum denken deren komplexe ideen versteinern, blosse gedanken geschichtsreif machen sich in den alltag drängeln; es gibt die welt der literatur, dämpfiger schwarm der erörterung da dringst du ein geeicht zu werden wider willen.
muffiges abonnement von wirklichkeiten die einen gesünder lassen wenn man sie nur halb versteht. *lass streichen*! wen haben noch nicht geduckt die unbilden der informiertheit die als bildung die demokratie hart macht.
anders und miserabler denkt, wer liest.

nie! nie ich schwöre es! werdet ihr mich dazu bringen kierkegaard zu lesen!

politik; statistik & persönlichkeit.
was antwortest du, wenn ich dir plötzlich eine frage stelle präzision die du erst gegen ein künftiges ereignis erwartet hast, und wie wirst du dich an deine antwort halten, wird sie der leitstern deines benehmens sein?
du bist ein scheiss-trottel.

H. C. ARTMANN
how lovecraft saved the world

die uraufführung dieses melodrams fand am 18.2.1934 im kinosaal der gemeinde arkham, mass. statt:

h. p. lovecraft, esq. .... franchot tone
pickman, ein kunstmaler .... bela lugosi
kutlyoos schatten .... charles laughton, esq.

lovecraft trifft in einer mitternächtigen straße auf den maler pickman, der sich mit einem kolossalgemälde durch die schreckliche, schwefeldunkle finsternis bewegt:

PICKMAN *der lovecraft nicht gewahrt*
snrrllech snephat orhll umph astrogath!
LOVECRAFT no, there can be no mistake – it *is* pickman!
PICKMAN verfluchtes ding! ich kann es unmöglich mit einem einzigen arm umfassen ...
er lehnt das kolossalgemälde an eine langsam vermodernde wand
schweiß und dämonie – infernalische zwillinge, die meinen letzten lebensnerv vernichten ... ohh!
LOVECRAFT hullo, pickman, is it you?
PICKMAN tausend ghoule über mich; sollte das nicht lovecraftens stimme sein?!
LOVECRAFT sie ist es, freund pickman! was treibt dich um diese zeit noch mit kolossalgemälden durch die finsternisse der stadt boston?
PICKMAN komme aus dem federal art club ...

LOVECRAFT und? …
PICKMAN hollister hat mir mit schneidender stimme den rest gegeben – man hat mich für alle zukunft …
LOVECRAFT halt! ich habe es bereits erraten …
PICKMAN und?
LOVECRAFT hollister ist ein altes waschweib, ein abergläubischer schlappschwanz, er sollte nicht präsident eines kunstclubs sein, sondern patient einer heilstätte für paranoiker …

kutlyoos schatten lagert sich über das kolossalgemälde pickmans, wird aber, da unsichtbar, von keinem der beiden nachtwandler bemerkt:

LOVECRAFT ich möchte nicht unbescheiden sein, pickman, aber dürfte ich das kolossalgemälde einmal bei licht betrachten?
PICKMAN hast du eine taschenlampe?
LOVECRAFT eine ausgezeichnete sogar – hier, wie immer griffbereit in der innentasche meines dunklen überziehers. ich gehe ohne sie nicht mehr aus dem haus, du weißt …

das kolossalgemälde beginnt unter seltsamen, ungeheuerlichen schmatzlauten zu schmelzen – es ist, als ob sich die langsam vermodernde wand mit ekelhaftem grauem schleim bedecke …:

KUTLYOO der tote ctulhu wartet träumend in seinem untermietszimmer in wigmore-street! unghll unghll yoghsothot!
PICKMAN verdammt, mein kolossalgemälde! die gesamten ratten dieser verfluchten gegend sind über es hergefallen! es war eines meiner besten!
LOVECRAFT wo befinden wir uns hier?
PICKMAN in wigmore-street und keine zehn schritte vom friedhof aus dem jahre 1681.
LOVECRAFT dann sind es keine menschlichen ratten mehr, pickman! hier herrscht bereits das namenlose grauen der uralten!

er knipst seine elektrische stablampe an und richtet sie gegen das bereits schäumende und sinistre blasen blubbernde kolossalgemälde; ein donner rollt über die bislang stockdunkle bühne, die straßenbeleuchtung flammt auf, man erkennt ein uraltes straßenschild: es ist tatsächlich die unselige wigmore-street. lovecraft und pickman schreien entsetzt auf, als sie den grausig brodelnden haufen er-

blicken, der an der stelle, wo sich noch vor kurzem das kolossalgemälde befunden hat, allmählich kleiner und kleiner wird und schließlich verschwindet.:

PICKMAN *schaudernd*
es hat seinen bruder geholt, lovecraft ...
LOVECRAFT und ohne diese gute taschenlampe hätte es auch uns und die ganze menschliche rasse geholt ...
KUTLYOO *von ganz ferne, fast schon aus einer anderen welt*
urghll urghll rhyll niarhchll edison edison onkhtphot onktht-phot!

ein höllischer gestank breitet sich in dem kinosaal der gemeinde arkham aus, die zuschauer verlassen in panischer angst die vorstellung, die nun ein vorhang, über und über bedeckt von pickman'schen motiven, beendet.

Wolfgang Bauer
Change

IV
Animierlokal. Theke. Im Hintergrund Vorhang zu den Separées. Matter Betrieb. Hie und da kommt ein Herr aus dem Vorhang, frisiert sich und verläßt das Lokal. Uschi an der Theke, Amanda und Susanne zeigen sich nur selten, sie sind hinterm Vorhang beschäftigt, leise Musik.
Amanda kommt heraus, richtet sich ihre Haare.
Amanda Was isn heut los, heit geht nix weiter.
Uschi Mittwoch immer.
Amanda Mittwoch sans alle bei ihre Weiberln zaus.
Uschi Trinkt der ane no an Sekt?
Amanda A! Jetz hob i eh scho die halbe Flaschn ausgschüttet, is er no immer net fertig, der Kracher.
Stimmen (*von hinten*) Amanda! Amanda!
Amanda Jaja ...
Uschi Geh zuerst zum Rainer, weil die Susi beim Hütterer is. Ich komm dann schon.
Amanda Okay.
Stimme Susi! Susilein!

AMANDA Ich komm ja schon ...
(*Blasi und Fery treten ein.*)
USCHI (*gierig*) Meine Herren!
BLASI Hochachtung allgemeine!
USCHI (*pfeift*)
BLASI Na? Samma am Fußballplatz, oder wie. Ein Benehmen is das! Was Fery?!
FERY Genau. (*Amanda erscheint.*)
AMANDA Abend, die Herren. Trink ma a Flascherl zu dritt?
FERY Na, danke, wir bleiben gleich an der Bar.
USCHI Bitte die Herren, zuerst einen Longdrink! Whisky?
BLASI Na soll ma net doch reingehn, Fery?
(*Fery deutet: zuwenig Geld.*)
AMANDA Na, kommts, ihr zwei Hübschen!
BLASI Naja ... danke einstweilen keinen Bedarf ... wir werden doch lieber einen *Longdrink* zuerst heben.
FERY Zwa Bier. (*Amanda ab.*)
USCHI Erst a bisserl an Mut antrinken.
BLASI Red net so bled daher, Tante, ich wer dich gleich da auf der Theke niederrammeln!
USCHI Hui! Das schau i ma aber an.
STIMME Uschi! Uschi!
USCHI Sofort! Prost ihr zwei Milchbubis! (*Ab*)
BLASI Wieso gehn wir daher? Was trinken kömma überall.
FERY Du, aber net so angenehm wie da. Ich find das dahier eine angenehme Umgebung. Die inspiriert mich irgendwie. Prost! (*Sie trinken.*) Is a lockere Umgebung und das is immer wichtig. Das schlagt sich dann alles in der Kunst nieder, verstehst? (*Gekicher hinterm Vorhang.*)
BLASI Das Kichern dieser Untermenschen macht mich verrückt!
FERY Sag net Untermenschen, du hast noch immer das ganze blöde faschistische Vokabular deiner Erziehung in dir. Das wirst ablegen müssen, wannst da was erreichen willst. Sicher, du hast in zwei Monaten eine Ausstellung, okay, aber du mußt aufpassen, Blasi. Die haun dich schnell wieder nieder. Und vor allem: immer wieder: lockern. Deine Bilder sind zu starr ... verstehst, gut gemalt, in Ordnung, manche ganz witzig, aber es bewegt sich nix, Blasi. Da nützt der ganze Fleiß nix, du mußt noch viel viel lesen ... entschuldige, wenn ich jetzt so lehrhaft werde, aber lies amal einen Beckett, den Molloy beispielsweise ...
BLASI Molloy, klingt nicht schlecht.

FERY Oder den Ulysses von Joyce, wenigstens den zweiten Band ... oder den Laurence Sterne ...
BLASI Sag laßt sich mit den Dirndln da glaubst ohne Geld nix anfangen?
FERY A. Oder lies das Buch vom Paul Klee über die Maltechniken oder die Kunst der Irren ... vastehst. Talent is ja schön ... und du hast Talent ... aber so ohne jeden Hintergrund kommst net weiter ... du bist ja net blöd ...
(*Amanda kommt mit einer leeren Sektflasche heraus.*)
AMANDA (*zu Blasi*) So schön und noch so unerfahren! (*Zeigt ihm die Zunge.*)
BLASI So häßlich und so ausgefahren! An deiner Stell tät ich net das Maul so weit aufreißn, da sieht man nämlich deine schwarzen Stummeln, genannt Zähne.
AMANDA (*streichelt Blasi die Brust*) Aber Bärli!
BLASI (*zu Fery*) I halts net mehr aus!
(*Amanda mit einer neuen Flasche ab.*)
FERY Oder im Jazz, da kennst dich ja auch überhaupt no net aus, Albert Ayler, Charlie Mingus ... kennst net, gell?
BLASI Na.
FERY Du hast an unhamlichen Nachholbedarf in Sachen Kultur ... waßt, naiv sein is ja ganz schön ... hat gewiß auch seine Vorteile, auch in der Malerei hats eine ganz eigene Faszination, aber letzten Endes bist immer der Teschek.
BLASI Du, ich geh jetzt da rein.
FERY Jetzt bleib da, ohne Geld hast ka Chance, und außerdem will ich mich mit dir unterhalten!
BLASI Hör zu, Fery. Ich bin ja dein Freund.
FERY Ja, sicher.
BLASI Ich kann bei euch wohnen.
FERY Ja, sowieso!
BLASI I muß dir nämlich was sagen ... deine Redereien sind bei mir zwecklos ...
FERY Aber ...
BLASI Paß auf; ich hab neulich mit deiner ... wie haßt sie ... Freundin.
FERY Guggi.
BLASI Ja, ich hab mir ihr gschlafm.
FERY (*perplex*) Naja, ausgezeichnet ... i hab mirs eh dacht ...
BLASI Paß auf; und da hat sie mir gsagt, daß du was mit mir vorhast, daß du mich »aufbaun« willst ...

Fery Geh …
Blasi Sie hat gsagt, daß ich mich dann am Schluß umbringen wer. Genau hab ichs ja gar net verstanden … des war alles so komisch da in der Küche … aber sag, was hast du dir dabei gedacht?!
Fery Des is ja gar net wahr …
Blasi Was hast du dir dabei gedacht, du kleiner Picasso?!
(*Zwickt ihn in die Nase. – Uschi kommt heraus.*)
Uschi Na? Schon entschieden?
Blasi Überleg da das derweil. (*Zu Uschi*) Auf gehts, eine Flasche!
Uschi Und der andere Herr auch eine?
Blasi Der muß nachdenken.
Uschi A klana Gelehrter! Hi! (*Nimmt eine Flasche, verzieht sich mit Blasi hinter den Vorhang.*)
Stimme Uschi!
Stimme Blasis Die Uschi kannst da am Huat steckn!
(*Fery sitzt eine Zeit lang allein da, kramt nach Geld, legt es auf die Theke. Reicher tritt ein.*)
Reicher Heil Meister!
Fery Servus Otto …
Reicher Bist allein?
Fery Na, der Blasi ist auch da.
Reicher A … haha … der is wahrscheinlich im Aufbau begriffen … hehe
Fery Naja, er is a ziemlich hoffnungsloser Fall …
Reicher Der trainiert scho für morgen die Entblätterung … haha …
Fery I waß net …
Reicher Was isn los, was hast denn?
Fery Was sull i denn haben?
Reicher Gehts da guat?
Fery Sicher …
Reicher Weil ausschaun tuast net so … du schaust aus, als wärst du in einer beschissenen Lage …
Fery Was waßt du von meiner Lage …
Reicher Man is immer in der Lage, in der ma glaubt, daß einen die anderen vermuten … ein altes Bonmot von mir.
Fery Ein Bonmot …
(*Amanda kommt heraus. Ein Herr geht.*)
Amanda Wiederschaun, Herr Rainer! (*Zu Otto*) Ja, servus Ottoschatz!
Reicher Servas … wie gehts da denn?

AMANDA Was trinkst denn?
REICHER Gib ma was für den Magen ... an Fernet vielleicht ...
AMANDA Trinkt der Herr Gelehrte auch no was?
FERY Na danke.
REICHER A gib ihm no a Bier, Amanda.
AMANDA Aber bittesehr!
(*Erregte Stimmen im Separee, Uschi, Blasi.*)
USCHI Was bestellst denn dann was, wannst es net amal zahlen kannst! Außi!
BLASI Bist du des Wahnsinns? Jetzt wos schön wird?
USCHI Außi geh! Außi mit dir! (*Blasi erscheint.*)
BLASI Skandal! Servus Otto, du Obersäufer!
REICHER Was isn los, brennts?
USCHI Zahln will er net, der Gammler, der schleißige!
REICHER Um welchen Betrag dreht es sich denn?
USCHI Zwahundertfufzig!
BLASI Du glaubst doch net, daß ich dir was zahln wer! Dir und dem Schwarzzahn! Ihr könnts überhaupt froh sein, daß ihr so ein bildhübsches Mannsbüld wie mich anrühren dürfts, ihr zwei ungewaschenen Kaulquappen!
REICHER Silentium. (*Zahlt*) Da, gebts a Ruh. Komm Blasi. (*Schnappt mit dem Finger.*) Amanda! (*Zu Fery*) Fery, du auch? Zur Feier des Tages?
FERY Danke für Obst.
BLASI (*mit Reicher verschwindend*) Jetzt erleben die Viecher was!
FERY I krieg no a Bier.
AMANDA Aber bitte, Herr Professor!

Vorhang

JÜRGEN BECKER
Umgebungen

Geselliges Beisammensein.

Ihr seid meine lieben Freunde, ich bewundere Euch. Ich bewundere Euren Mut, Euren Witz und Eure Aggressivität, Eure Kaminfeuer und Urlaubspläne, ich finde Euch hinreißend in der Sicherheit Eures Auftretens, Eurer Antworten, Eurer Beurteilungen, in Eurem Charme, Eurer Verschwiegenheit, Eurer Gelassenheit, ich bewundere Euren Familiensinn, ich finde es unwiderstehlich, wie Ihr mit Telefonen und Sekretärinnen umgeht, mit dem Tankwart und dem Intendanten, Ihr seid gute Piloten und Taucher, kein Drink wirft Euch um, Ihr seid Feinschmecker, ich bewundere Eure intakten Gehirne, Eure Art frei und sicher zu sprechen, Ihr werdet nie grob, Ihr seid großzügig und manchmal regelrecht verschwenderisch, Ihr seid mit Alka-Seltzer gleich wieder in Form, Eure Skrupel ehren Euch, Eure Rücksicht macht mich verlegen, Eure Ehrlichkeit treibt mir die Röte ins Gesicht, Ihr überzeugt mich, ich lerne von Euch, ich kann schon einen Gin von einem Wodka unterscheiden, ich lerne langsam wie man fliegt und taucht, ich kann schon den Akzent der Bedeutung verschieben, wenn ich schweige, dann nicht mehr, weil es mir die Worte verschlagen hat, wenn ich wegbleibe, dann nicht, weil ich vor lauter Befangenheit nicht unter die Leute gehen kann, ich lerne mein Mienenspiel kontrollieren, Ihr werdet mich nicht wiedererkennen, ich werde bald in der Lage sein, mich von Euch zum Kandidaten aufstellen zu lassen, ich werde schon bald Euer Mann sein und dafür sorgen, daß alles das anders wird, was Euch so verstört, trübe, miese, ängstlich, gemein und grausam macht. Liebe Freunde, seht, Ihr bleibt meine lieben Freunde, und bald brauche ich Euch nicht mehr.

Helmut Heissenbüttel
Der kommende Mann

Der kommende Mann ist blond und blauäugig. Er fängt eben an, kahl zu werden. Seine Nase ist eher groß als klein, eher fleischig als knochig. War Friedrich Nietzsche ein Produkt des deutschen Pfarrhauses im 19. Jahrhundert, ist er ein Produkt des deutschen Pfarrhauses im 20. Jahrhundert. Er liebt das Überlieferte und interessiert sich für das Naheliegende. Sein Interesse für das Naheliegende bringt ihn aber nicht in Versuchung. Er ist konservativ. Seine konservative Einstellung gibt sich liberal. Sein konservativer Liberalismus gebärdet sich progressiv (wenn es sein muß: mit linker Färbung). Er ist für generelle Lösungen und bezeichnet sie als vernünftige. Lösungen erscheinen ihm als annehmbar. Er ist gegen grundsätzliche Fragen. Seine Karriere vollzieht sich in stillschweigendem Triumph. Ist er ein Intrigant? Die ihn schätzen, unterschätzen ihn. Man sollte ihn nicht unterschätzen. Sein Seelenhaushalt ist ausgeglichen. Sein Innenleben ist gesund. Sein Sexualverhalten ist sauber. Er trinkt nicht (manchmal (häufig (nur abends, wenn er allein ist, dann bis zur Besinnungslosigkeit))). Das Musische ist ihm teuer. Seine Familie (die er noch nicht hat) wird ihm wert sein, aber nicht heilig. Er ist auf keinem Gebiet Fachmann, aber auf jede Weise Kenner. Er versteht von nichts was, aber beschäftigt sich mit allem. Er ist hellhörig und dickfellig. Er ist intelligenter als man meint; aber nicht so intelligent wie er sich einbildet. Wovon er nichts versteht, darüber kann er reden. Er ist so berechnend wie man mit ihm rechnen muß. Man muß mit dem kommenden Mann rechnen, ob man will oder nicht. Der kommende Mann ist derjenige, der die Fäden spinnt, die er in der Hand behalten kann. Er ist blauäugig und vorausschauend. Er fängt eben an, kahl zu werden. Das Musische ist ihm teuer. Aber er verachtet brotlose Künste. Er ist übersichtlich und nicht zu übersehen. Wenn der kommende Mann gekommen sein wird, wird seine Unübersehbarkeit nicht mehr zu übersehen sein. Er ist durchschnittlich, seine Durchschnittlichkeit überdurchschnittlich. Sein Mund zuckt. Seine Füße zucken. Er wird von Ehrgeiz zerfressen. Er ist unglaublich eitel. Sein Seelenhaushalt ist ausgeglichen. Sein Innenleben ist gesund. Sein Sexualverhalten ist sauber (er onaniert nicht mehr als dreimal in vierundzwanzig Stunden). Seine Vergangenheit liegt auf der Hand. Anzubringende Korrekturen würden jederzeit der Nachprüfbarkeit standhalten. Die Fortsetzung seiner Vergangenheit ist auf Nachprüfbarkeit angelegt. Er hält sich an alles, was mit einiger Wahrscheinlichkeit für wahrscheinlich gehalten wird. Das Erkennen der Wahrscheinlichkeit, mit der etwas für wahrscheinlich gehalten wird, bedeutet für ihn eine Wissenschaft, auf die er sich mit Fleiß geworfen hat und wirft. Das Angewandte verwendet er gewandt. Er beschäftigt sich mit allem möglichen. Er beschäftigt sich zum Beispiel mit allen möglichen organisatorischen Verbesserungsmöglichkeiten. Aufklärung wiederum findet für ihn ihre Grenze zum Beispiel an natürlicher Sittlichkeit. Diese wiederum steht für ihn beispielsweise außer Frage. Sein Innenleben ist gesund. Er kann sich mit allem abfinden. Er erkennt beispielsweise in allem möglichen theologische Relevanz. Er ist davon überzeugt, daß die Mehrzahl aller Leute beispielsweise für ein anständiges Zusammenleben ist. Er kann sich allerdings kein unanständiges Zusammenleben der Mehrzahl aller Leute vorstellen. Er ist in seinem aufrechten Charakter selbstgerecht und rechtgläubig. Das Musische ist ihm teuer. Die Fortsetzung seiner Vergangenheit ist auf Nachprüfbarkeit angelegt. Seine Gegenwart ist astrein. Er ist ein lupenreiner

Charakter. Er ist ein lupenreines Charakterschwein. Der kommende Mann kommt da vor, wo man mit ihm auskommen will und wo man ohne ihn nicht hinkommt. Der kommende Mann muß allerdings ankommen. Wenn er nicht ankommt, ist er nicht einmal ein kommender Mann gewesen. Angekommen bei denen, die ihn haben kommen sehen, muß er allerdings gute Miene machen zum bösen Spiel. Zumindest eine gute Figur, damit er nicht zur komischen wird. Noch hat er seine letzte, ja vielleicht noch nicht einmal seine vorletzte Verwandlung erreicht. Einen toten d'Alembert zu finden, ist ein schlechtes Omen für einen kommenden Mann. Noch ist er nicht dort angekommen, wo er den mausgrauen Mercedes 220 oder den weinroten Citroen ID oder den eigelben NSU RO 80 bewältigt. Noch ist er zu stoppen. Und selbst dann. Einen toten d'Alembert zu finden ist ein schlechtes Omen für einen kommenden Mann. Weiß er das?

Elfriede Jelinek
wir sind lockvögel baby!

1. kapitel die funktion ottos

die funktion ottos denn alles was er bisher gezeigt hatte war verstel lung nun brach sein wahres naturell mit aller macht durch. so ein finzeliges wesen ist das sagt irma die magd erstaunt als er aus ihrem bauch kriecht wie soll sie sich mit diesem unbedachten ausspruch noch täuschen hoch otto steht es schon in kurzer zeit an allen pissoirwänden verankert mergel springt ab pfropfig so ein süd deutscher asterfang einer der bei der national hümne lacht der da gemacht worden war musste aller welt kundgetan sein. otto ist das störende element im anwesen seines illegitimen vaters als fett hintersitziger schrecken kriecht er über die heide und fällt mit dem ratzekahlen hintern über eine versteckte würstchenbude dass alles weg schrie & john george paul ringo die hintermänner dieses bubenstreichs sich beinahe von ihm losgesagt hätten. diese chor knaben zu willenlosen werkzeugen zu machen ist freilich arg. die menschen beginnen sich zu langweilen sie wenden sich der uralten rummelplatzattraktion zu: otto mit unterleib und beriesler & als ob er damit noch nicht genug des schabernacks angerichtet hätte so packte er auch noch einen rammler mitten um den bauch & watete durch das trübe schlammige gewässer das ihm ob seiner riesen haftigkeit nicht einmal bis zum knie reichte. das versöhnt john paul george ringo im handumdrehn unbefangen reichen sie ihm ihre rechten die er ergreift drückt umtut und ein fünffachdecker steigt so gen st. pölten in einer wolke dunkler krammetsvögel die dort zu nisten pflegen in au & haag. so eine umwandlung ist staunenswert und die melkerin taucht an seiner seite auf keuchend vom schnellen lauf und flussend so wie duftend. lasst mich los schreit otto der weilen aber der körper gehorcht dem willen nicht. alles wird schwarz um ihn dann schwinden ihm die sinne und sind weg. paul versorgte auch die andren mit mautnersenf purzelbaumte einige male um das bedrückende gefühl der schwerelosigkeit wieder los zuwerden von den andren schlug ihm beissender rauch und der finkgeruch nach brennendem tuch und schmorendem gummi ent gegen. i am the walrus dachte er tapfer und stürzte sich löschend und bierspritzend in das getümmel von armen beinen köpfen rümpfen & leibern. obwohl otto unter andrem auch praktischer arzt ist hier weiss er sich doch keinen rat mehr als zu blasen. sofort erhielt er vier schallende ohrfeigen. er hat also wieder einmal das richtige getan: einen aufstand.

anschliessend gingen sie bummeln und weckten mit ihrem süssen gemeindegesang die benachbarten kleinhäusler die fröhlich mit einstimmten. ja auf otto ist verlass wie wir noch des öfteren merken werden. otto zersetzt jedes staatsgefüge mit seinem super durch bläser.

2. kapitel sie ist jung

sie ist jung & bildhübsch die fünfzehnjährige elisabeth f. und sie hasst ihre mutter mit aller kraft ihres reinen noch ungeweckten herzens weil die ihr den geliebten mann weggenommen hat. noch ehe der wagen richtig hält stösst elisabeth die tür auf springt heraus rennt über den gehsteig zur kreuzung läuft bei rot über die strasse verschwindet. helmut lässt sich in den sitz des wagens zurückfallen schlägt die hände vors gesicht. seine schultern beginnen zu zucken. in einer kleinen züricher pension versteckt sich elisabeth und ahnt nicht dass ein junger arzt dr. bernd b. der in ganz kurzer zeit durch seine assistenz bei der 1. deutschen herztransplantation von sich reden machen wird mit seinem schneeweissen karman ghia ver zweifelt nach ihr sucht. immer wieder steht das furchtbare bild vor ihren augen ihre mutter im chinchilla hausanzug der sich verschiebt ein stück ihrer blossen marmorkühlen elisabeth hat eine kühle mutterhaut preisgebend und ben ihr ben der ihr gerade mit der rasierklinge ihres verstorbenen vaters ein kreisrundes loch in den pelz zwischen den beinen schneidet. du tust mir weh flüstert trude in der dunkelheit des schlafzimmers und er kann das schmerzhafte einsaugen ihres atems hören. ist ja schon gut erwidert er und dreht sich auf die andre seite. das bett knarrt dann ist es still totenstill. elisabeth jagt durch die nacht. vor ihr taucht das brackige wasser des kanals auf während sie dicht hinter sich die schritte der beiden männer hört. der gedanke trifft sie wie ein blitzschlag. meine mutter denkt sie voll scham und mein ben mit den harten fäusten. der geile pensionswirt unterbricht sie wieder einmal bei ihren überlegungen. sein schrei gellt durch das haus ein spitzer fast weiblicher schrei.

diese deutschen sind rupert stoessli ein dorn im auge besonders wenn sie so schön sind wie die fünfzehnjährige mit dem erfahrenen gesicht einer achtzigjährigen und dem körper eines kindes. seine instinkte reagiert herr stoessli der osterhase ab indem er ein loch in elisabeths wuschelkopf bohrt und mit der kopfflüssigkeit die herausrinnt vergraute und vergilbte gardinen und herrenwäsche reinigt. sind auch sie der ansicht dass frische duftige wäsche zum wohlbefinden der ganzen familie beiträgt? sicher finden sie es an genehm in einem frisch bezogenen bett zu schlafen. sorgen sie dafür dass ihre lieben wenigstens alle 3 wochen in frisch bezogenen betten schlafen. elisabeth fühlt sich auch gleich viel wohler diese unanstän digen bilder quälen sie nicht mehr so. herr stoessli will elisabeth demnächst in seiner trommelwaschmaschine ausprobieren.

3. kapitel amstetten um mitternacht

amstetten um mitternacht ist eine gespenstische stadt. nicht im sommer wenn sich die turisten im breiten strom über bulevards und plätze ergiessen aber im herbst wenn stürme das laub vor sich her treiben wenn die alleen sich schütteln. dann ist amstetten eine gespenstische stadt. der junge doktor fröstelte als er die gruppe von 3 mädchen sah in jeans verwaschenen pullovern das blonde haar strähnig auf die schultern fallend die campingbeutel lässig über den rücken geworfen. jugendliche ausreisserinnen aus deutschland viel leicht oder aus england aus skandinavien. mädchen die wahrschein lich als grund angeben würden meine eltern kotzen mich an. was soll ich mit einem reitpferd. in einer woche in einem monat in einem jahr aber würde die grosse reue kommen. dies soll aber kein reise bericht sein. von den dolly sisters schlug ihm ein sonderbarer ge ruch entgegen der wilde stepptanz hätte wärme in die erstarrten glieder bringen sollen stattdessen ermattete er nur mit mühe konnte er der langgliedrigen portugiesin widerstehen die ihm aus einem erleuchteten parterrefenster der fremdenverkehrszentrale eifrig zeichen zumorst. die tasche mit seinen kostbaren medizinischen instrumenten und der teufelsdroge lsd an die brust gepresst betrat er den raum. er wusste was er zu tun hatte als arzt & als mensch. dies soll keine reisebeschreibung sein sondern der bericht einer kosme tischen operation an der verwachsenen eurasierin (siehe bd. 25 seite 368) die kang fo der führer der gelben messer die im raum von amstetten industrie spionage für rotchina zu betreiben pflegen auf den leitenden ingenieur als lockvogel ansetzen möchte. das geht nicht gegen die ärztliche berufsehre & während im vorhof maschi nengewehre hämmern & der riesige kang fo den mitgliedern des kameradschaftstreffens brennende bambussplitter unter die finger nägel steckt setzt der arzt mit gewohnt ruhiger hand sein berühmtes radioaktives platinskalpell an das unbewegliche gelbe gesicht der schönen eurasierin. da ein schrei! zwei hünenhafte dicke gelbhäu tige ringer schleppen eine sich wehrende zarte weisse beute durch die nacht ein sogenanntes opfer. das messer stockt dem arzt sofort. alle revolvermündungen richten sich wie auf kommando auf ihn. war das nicht elisabeths stimme seine elisabeth oder war er nur eines der zahllosen opfer die kang fo der herrscher für seine dienste benötigt (der teufel in menschengestalt). er will gewissheit. so eilt er ein rudel schreiender wurmartiger chinesen an sich überall nach-schleifend an seinem schlanken weissgekleideten sterilen körper in die finsternis. die frisch operierte quiekt wie ein schwein durfte der doktor sie hier in dieser wenig vertrauenerweckenden gegend allein lassen? nein. sein gewissen als arzt und helfer bäumt sich auf aber da ist elisabeth vielleicht in gefahr. sie braucht ihn. mit jähem über menschlichen ruck fliegt das schlatzige geschmeiss ins gebüsch der blutige ärztemantel eilt davon. elisabeth ich komme halte aus. diese voreiligkeit soll dr. b. denn um diesen und keinen andren handelt es sich tatsächlich noch bitter bereuen denn eben quetscht kang fo durch sein vergoldetes gebiss go! & folgt dem weissen teufel bringt ihn tot oder lebendig besser tot denn tote halten den mund der be reitschaftswagen prescht mit quietschenden reifen durch das haupt tor scheinwerfer tauchen alles in taghelle. suchhunde hecheln. er hat fast schon die deckung erreicht als eine der schweren kugeln klat schend in seine schulter schlägt und ihn aufs gesicht wirft. er hat es lediglich dem glück zu verdanken dass er in eine bodenmulde ge fallen ist und die übrigen geschosse dieser gefährlich nahe liegenden salve um ihn herum in den schlamm schlagen.

dies soll aber kein reisebericht sein.

Peter Handke
Die Angst des Tormanns beim Elfmeter

Dem Monteur Josef Bloch, der früher ein bekannter Tormann gewesen war, wurde, als er sich am Vormittag zur Arbeit meldete, mitgeteilt, daß er entlassen sei. Jedenfalls legte Bloch die Tatsache, daß bei seinem Erscheinen in der Tür der Bauhütte, wo sich die Arbeiter gerade aufhielten, nur der Polier von der Jause aufschaute, als eine solche Mitteilung aus und verließ das Baugelände. Auf der Straße hob er den Arm, aber das Auto, das an ihm vorbeifuhr, war – wenn Bloch den Arm auch gar nicht um ein Taxi gehoben hatte – kein Taxi gewesen. Schließlich hörte er vor sich ein Bremsgeräusch; Bloch drehte sich um: hinter ihm stand ein Taxi, der Taxifahrer schimpfte; Bloch drehte sich wieder um, stieg ein und ließ sich zum Naschmarkt fahren.

Es war ein schöner Oktobertag. Bloch aß an einem Stand eine heiße Wurst und ging dann zwischen den Ständen durch zu einem Kino. Alles, was er sah, störte ihn; er versuchte, möglichst wenig wahrzunehmen. Im Kino drinnen atmete er auf.

Im nachhinein wunderte er sich, daß die Kassiererin die Geste, mit der er das Geld, ohne etwas zu sagen, auf den drehbaren Teller gelegt hatte, mit einer anderen Geste wie selbstverständlich beantwortet hatte. Neben der Leinwand bemerkte er eine elektrische Uhr mit beleuchtetem Zifferblatt. Mitten im Film hörte er eine Glocke läuten; er war lange unschlüssig, ob sie in dem Film läutete oder draußen in dem Kirchturm neben dem Naschmarkt.

Wieder auf der Straße, kaufte er sich Weintrauben, die zu dieser Jahreszeit besonders billig waren. Er ging weiter, aß dabei die Trauben und spuckte die Hülsen weg. Das erste Hotel, in dem er um ein Zimmer fragte, wies ihn ab, weil er nur eine Aktentasche bei sich hatte; der Portier des zweiten Hotels, das in einer Nebengasse lag, führte ihn selber hinauf in das Zimmer. Während der Portier noch am Hinausgehen war, legte sich Bloch auf das Bett und schlief bald ein.

Am Abend verließ er das Hotel und betrank sich. Später wurde er wieder nüchtern und versuchte, Freunde anzurufen; da diese

Freunde oft nicht im Stadtgebiet wohnten und der Fernsprecher die Münzen nicht herausgab, ging Bloch bald das Kleingeld aus. Ein Polizist, den er grüßte, in der Meinung, ihn zum Stehenbleiben bewegen zu können, grüßte nicht zurück. Bloch fragte sich, ob der Polizist die Worte, die er ihm über die Straße zugerufen hatte, vielleicht nicht richtig ausgelegt hatte, und dachte an die Selbstverständlichkeit, mit der dagegen die Kinokassiererin den Teller mit der Eintrittskarte ihm zugedreht hatte. Er war über die Schnelligkeit der Bewegung so erstaunt gewesen, daß er fast versäumt hatte, die Karte aus dem Teller zu nehmen. Er beschloß, die Kassiererin aufzusuchen.

Als er zu dem Kino kam, wurden die Schaukästen gerade dunkel. Bloch erblickte einen Mann, der, auf einer Leiter stehend, die Lettern für den Film mit den Lettern für den morgigen Film vertauschte. Er wartete ab, bis er den Titel des anderen Filmes lesen konnte; dann ging er ins Hotel zurück.

Der nächste Tag war ein Samstag. Bloch entschloß sich, einen weiteren Tag in dem Hotel zu bleiben. Außer einem amerikanischen Ehepaar war er allein im Frühstücksraum; eine Zeitlang hörte er dem Gespräch zu, das er, weil er früher einige Male mit seiner Mannschaft zu einem Turnier in New York gewesen war, leidlich verstehen konnte; dann ging er schnell hinaus, um ein paar Zeitungen zu kaufen. Die Zeitungen, weil es sich um Wochenendausgaben handelte, waren an diesem Tag besonders schwer; er faltete sie nicht, sondern trug sie unter dem Arm zum Hotel zurück. Er setzte sich wieder an den Frühstückstisch, den man schon abgeräumt hatte, und entfernte die Anzeigenbeilagen; das bedrückte ihn. Draußen sah er zwei Leute mit dicken Zeitungen gehen. Er hielt den Atem an, bis sie vorbei waren. Jetzt erst bemerkte er, daß es sich um die beiden Amerikaner gehandelt hatte; im Freien hatte er sie, die er vorher nur im Frühstückszimmer, an einem Tisch, gesehen hatte, nicht wiedererkannt.

In einem Kaffeehaus trank er dann lange an dem Leitungswasser, das man in einem Glas zu dem Kaffee servierte. Ab und zu stand er auf und holte sich eine Illustrierte von den Stapeln, die auf den eigens dazu bestimmten Stühlen und Tischen lagen; die Serviererin, als sie einmal die neben ihm gehäuften Illustrierten abholte, gebrauchte im Weggehen das Wort ›Zeitungstisch‹. Bloch, der einerseits das Durchblättern der Zeitschriften schwer ertrug, andrerseits kein Heft, bevor er es ganz durchgeblättert hatte, zur Seite legen konnte, versuchte, zwischendurch ein wenig auf die Straße zu schauen; der Gegensatz zwischen dem Illustriertenblatt und den wechselnden Bildern draußen erleichterte ihn. Beim Hinausgehen legte er selber die Illustrierte auf den Tisch zurück.

Die Stände auf dem Naschmarkt waren schon geschlossen. Bloch schob eine Zeitlang weggeworfenes Gemüse und Obst, das ihm vor die Füße kam, beiläufig vor sich hin. Irgendwo zwischen den Ständen verrichtete er die Notdurft. Dabei sah er, daß überall die Wände der Holzbaracken schwarz von Urin waren.

Die Weintraubenhülsen, die er am Tag zuvor ausgespuckt hatte, lagen immer noch auf dem Gehsteig. Als Bloch den Geldschein auf den Kassierteller legte, verfing der Schein sich beim Drehen; Bloch hatte Anlaß, etwas zu sagen. Die Kassiererin antwortete. Er sagte wieder etwas. Weil das ungewöhnlich war, schaute die Kassiererin ihn an. Daraus ergab sich für ihn ein Anlaß weiterzureden. Wieder im Kino, erinnerte sich Bloch an das Romanheft und den Elektrokocher neben der Kassiererin; er lehnte sich zurück und fing an, auf der Leinwand Einzelheiten zu unterscheiden.

Am späten Nachmittag fuhr er mit der Straßenbahn hinaus ins Stadion. Er nahm einen Stehplatz, setzte sich dann aber auf die Zeitungen, die er noch immer nicht weggeworfen hatte; daß ihm die Zuschauer vorne die Sicht verstellten, störte ihn nicht. Im Lauf des Spiels setzten sich die meisten. Bloch wurde nicht erkannt. Er ließ die Zeitungen liegen, stellte eine Bierflasche darauf und ging vor dem Schlußpfiff, um nicht ins Gedränge zu geraten, aus dem Stadion. Die große Anzahl der wartenden, fast leeren Busse und Straßenbahnen vor dem Stadion – es handelte sich um ein Schlagerspiel – befremdete ihn. Er setzte sich in eine Straßenbahn. Er saß so lange fast allein darin, bis er zu warten anfing. Ob der Schiedsrichter nachspielen ließ? Als Bloch aufschaute, sah er, daß die Sonne unterging. Ohne daß er damit etwas ausdrücken wollte, senkte er den Kopf.

Draußen wurde es plötzlich windig. Fast zugleich mit dem Schlußpfiff, der aus drei langgezogenen Einzelpfiffen bestand, stiegen Fahrer und Schaffner in die Busse und Straßenbahnen, und die Leute kamen aus dem Stadion gelaufen. Bloch bildete sich ein, die Geräusche zu hören, mit denen die Bierflaschen aufs Spielfeld fielen; zugleich hörte er Staub gegen die Scheiben schlagen. Hatte er sich im Kino zurückgelehnt, so lehnte er sich jetzt, als die Zuschauer in den Straßenbahnwagen eindrangen, vor. Zum Glück hatte er ein Programmheft zu dem Film bei sich. Es kam ihm vor, als hätte man im Stadion gerade die Flutlichtanlage eingeschaltet.

Ein unsinniger Gedanke, sagte Bloch. Er war ein schlechter Flutlichttormann gewesen.

In der Innenstadt versuchte er einige Zeit, eine Telefonzelle zu finden; als er eine leere Zelle fand, lag dort der Hörer abgerissen auf dem Boden. Er ging weiter. Schließlich konnte er vom Westbahnhof aus anrufen. Weil Samstag war, erreichte er kaum jemanden. Als sich endlich eine Frau, die er von früher kannte, meldete, mußte er einige Zeit reden, bis sie wußte, wer er war. Sie verabredeten sich in einer Gaststätte in der Nähe des Westbahnhofs, wo sich, wie Bloch wußte, eine Musicbox befand. Er vertrieb sich die Zeit, bis die Frau kam, indem er Münzen in den Automaten warf und andere Leute für sich drücken ließ; unterdessen schaute er die Fotos und Unterschriften der Fußballspieler an den Wänden an; das Lokal hatte vor einigen Jahren ein Stürmer der Nationalelf gepachtet, der dann als Trainer einer der wilden amerikanischen Ligamannschaften nach Übersee gegangen und jetzt, nach der Auflösung der Liga, dort verschollen war. Bloch kam mit einem Mädchen ins Gespräch, das von dem Tisch neben dem Automaten aus blind hinter sich griff und immer dieselbe Platte wählte. Sie verließ mit ihm das Lokal. Er versuchte, mit ihr in den nächstbesten Hauseingang zu gehen, aber die Haustore waren überall schon abgesperrt. Als ein Tor sich öffnen ließ, erwies sich, daß, dem Gesang nach zu urteilen, hinter einer zweiten Tür gerade ein Gottesdienst stattfand. Sie traten in einen Lift, der sich zwischen der ersten und der zweiten Tür befand; Bloch drückte auf den Knopf für das oberste Stockwerk. Noch bevor der Lift anfuhr, wollte das Mädchen wieder aussteigen. Bloch drückte nun auf den Knopf für das erste Stockwerk; sie stiegen dort aus und blieben im Stiegenhaus stehen; jetzt wurde das Mädchen zärtlich. Sie liefen miteinander die Stiege hinauf. Im Dachgeschoß stand der Lift; sie stiegen ein, fuhren hinunter und gingen zurück auf die Straße.

Bloch ging eine Zeitlang neben dem Mädchen her, dann kehrte er um und suchte wieder die Gaststätte auf. Die Frau, noch im Mantel, wartete schon. Bloch erklärte der Freundin des Mädchens, die noch am Tisch neben dem Automaten wartete, daß das Mädchen nicht zurückkommen werde, und verließ mit der Frau die Gaststätte.

Bloch sagte: »Ich komme mir lächerlich vor, so ohne Mantel, wenn du einen Mantel trägst.« Die Frau hängte sich in ihn ein. Um den Arm wieder freizubekommen, tat Bloch, als wollte er ihr etwas zeigen. Dann wußte er nicht, was er ihr zeigen sollte. Unvermittelt hatte er den Wunsch, eine Abendzeitung zu kaufen. Sie gingen durch verschiedene Straßen, ohne einen Zeitungsverkäufer zu sehen. Schließlich fuhren sie mit dem Bus zum Südbahnhof, aber der Bahnhof war schon geschlossen. Bloch tat, als sei er erschrocken; aber auch in Wirklichkeit war er erschrocken. Zu der Frau, die ihm schon im Bus, indem sie die Handtasche aufmachte und darin mit verschiedenen Gegenständen spielte, angedeutet hatte, daß sie unwohl sei, sagte er: »Ich habe vergessen, einen Zettel zu hinterlegen«, ohne zu wissen, was er mit den Worten ›Zettel‹ und ›hinterlegen‹ eigentlich meinte. Jedenfalls stieg er allein in ein Taxi und fuhr zum Naschmarkt.

Da das Kino am Samstag Nachtvorstellung hatte, kam Bloch sogar noch zu früh. Er ging in ein Selbstbedienungsrestaurant in der Nähe und aß im Stehen eine Frikadelle. Er versuchte, der Kellnerin in möglichst kurzer Zeit einen Witz zu erzählen; als die Zeit um war und er den Witz noch immer nicht fertig erzählt hatte, brach er mitten im Satz ab und zahlte. Die Kellnerin lachte.

Auf der Straße traf er einen Bekannten, der ihn um Geld anging. Bloch beschimpfte ihn. Als der Betrunkene Bloch ans Hemd faßte, wurde die Straße dunkel. Der Betrunkene ließ die Hand erschrocken fallen. Bloch, der darauf gefaßt gewesen war, daß die Leuchtreklame des Kinos erlöschen würde, entfernte sich schnell. Vor dem Kino traf er die Kassiererin; sie war dabei, zu einem Mann ins Auto zu steigen.

Bloch schaute zu ihr hin. Sie erwiderte, schon im Auto auf dem Beifahrersitz, seinen Blick, indem sie das Kleid unter sich auf dem Sitz zurechtzog; zumindest faßte Bloch das als Erwiderung auf. Es gab keine Zwischenfälle; sie hatte die Tür zugezogen, und das Auto war abgefahren.

Bloch kehrte zum Hotel zurück. Er fand den Vorraum des Hotels erleuchtet, aber menschenleer; als er den Schlüssel vom Haken nahm, fiel ein zusammengefalteter Zettel aus dem Fach; er faltete ihn auf: es war die Rechnung. Während Bloch noch mit dem Zettel in der Hand im Vorraum stand und den einzelnen Koffer, der neben der Tür stand, betrachtete, kam der Portier aus der Abstellkammer. Bloch fragte ihn sofort nach einer Zeitung und schaute dabei durch die offene Tür in die Abstellkammer, in der der Portier offensichtlich auf einem Stuhl, den er sich aus dem Vorraum geholt hatte, eingeschlafen gewesen war. Der Portier schloß die Tür, so daß Bloch nur noch eine kleine Stehleiter mit einem Suppennapf obenauf sehen konnte, und setzte erst, als er sich hinter den Portiertisch begeben hatte, zu sprechen an. Aber Bloch hatte schon das

Schließen der Tür als eine abschlägige Antwort aufgefaßt und ging die Treppe hinauf zu seinem Zimmer. Nur vor einer der Türen in dem recht langen Gang erblickte er ein Paar Schuhe; im Zimmer streifte er sich, ohne die Schnürbänder aufzulösen, die eigenen Schuhe ab und stellte sie gleichfalls vor die Tür. Er legte sich aufs Bett und schlief auf der Stelle ein.

Gabriele Wohmann
Ablenkung

Warum so verkrampft? Ich mag doch das Autofahren – übrigens nur mit Paul am Steuer. Ich entschloß mich, nicht mehr an das Unerfreuliche der Fahrt zu denken. Jede Sache hat ihr Gutes, heißt es nicht so? Allerdings erinnere ich mich an eine Menge Sachen, die uns »ihr Gutes« nicht offenbart haben.

Von der Packerei und allem möglichen Gezeter war ich erschöpft, als ich schließlich auf meinem Stammplatz neben Paul saß. Es regnete, ich habe das gern im Auto. Die Gegend sah gut aus, Flachland und Alleen kamen vor, Gehölz wie ich es liebe, dazu das Geniesel, und Paul einsilbig. Die Zutaten waren mein Geschmack, ich jedoch kam nicht in Stimmung. Also schön und gut, ich wollte mich dann wenigstens auf die Rückfahrt mit der Rast bei den Philips freuen. Ich stellte mir das Wohnzimmer dort vor, nasse Scheiben im Erker. Es wäre nett, wenn ich erst von Philips selbstgemachtem Kunstwein aus Kartoffelschalen nippte – es sah wie Nippen aus, ging aber rasch in vielen kleinen Schlucken, und jedesmal geriet ich dabei sehr bald in die richtige Verfassung, dort im riesigen weichen Sessel neben der Kaminattrappe. Ich würde auf ein gemeinsames Abendessen dringen, vielleicht im »Onkel Heinrich«. Neuerdings habe ich auch viel übrig für die Zeisser Festhallen am See. Die Umgebung da draußen ist nett. Ich hoffte, Paul gäbe durch die gewisse Niedergeschlagenheit, der auch er, ja auch er erlegen war, meinen bescheidenen Verführungsversuchen nach: Abendessen ohne Tanz kam mir wahrhaftig nicht unpassend vor in unserer Lage, auch nicht anspruchsvoll. Und doch könnte es mir passieren, daß Paul bei der Ausfahrt Cranz einfach durchführe – ade Kniebusch, ade Ablenkung. Ablenkung, mein Stichwort. Wer Ablenkung braucht, dem geht etwas nah, eben das, wovon er abgelenkt werden muß. Und mir ging es nah, o ja.

Übrigens, Paul hatte dem Plan auch nicht leichten Herzens zugestimmt. Nie habe ich Gerede über Paul geduldet. Sogar damals von Richard nicht und von all den Leuten auf seiner Seite. Er sperrt seine Frau ein, er muß ihr mehr Freiheit lassen – wie mir der Chor auf die Nerven ging. Richard und ich, Liebe! Passé, was es auch war, dem gehe ich nicht mehr nach.

Dann war es überstanden, und ich würde nach Möglichkeit eins ums andere vergessen: Ankunft, Auspacken, das gute Zureden, Versprechungen, Abschied – mit einem friedlichen Verlauf hatte ich gar nicht gerechnet. Es sieht dort doch alles nett und ordentlich aus, sagte ich zu Paul, der sich offenbar nicht äußern wollte. Auf der Rückfahrt ging es mir besser, wenn auch von Fahrtgenuß erst die Rede sein konnte, als Paul nachgab und in Cranz nach Kniebusch abbog. Ich brauche einfach etwas Ablenkung, sagte ich. Den Satz wiederholte ich, das Glas mit Pauls Wein in der Hand, tief im Sessel. Die gasbeheizte Holzstoßattrappe flammte im Kamin. Wie gut ich dich verstehe, sagte Nora. Ein paar ordentliche Steaks und die Welt sieht wieder anders aus, sagte Philip. Für alle Beteiligten war es das beste so, für sie und für euch beide, sagte Nora. Ihr habt es vollkommen richtig gemacht. Mir ging es etwas auf die Nerven, daß Nora ständig unnötige Beteuerungen von sich gab. Ich weiß selber, was ich richtig mache, was falsch. Falsch? Es hat nicht nur jede Sache ihr Gutes, jede ist auch von mindestens zwei Seiten aus zu beurteilen. Was Paul und mir gut tut, ist für meine Schwester entsetzlich – Unsinn. Was für sie selber richtig ist, weiß sie bloß nicht, die Arme.

Beim Abschied von den Philips leierte ich mein Seitenfenster runter und streckte den Kopf in die gute Nachtluft von Kniebusch. Ihr seid zu beneiden, sagte ich, und an diesem Abend empfand ich es besonders deutlich. Auf der letzten Strecke bis zu unserer Stadtwohnung befriedigte mich ein neuer Gedanke. In Kniebusch, mit einem Häuschen, wie die Philips es haben, Garten ringsum, angrenzender Wald und See, in so einer Szenerie hätten Paul und ich uns anders entschieden. Nur die enge Stadtwohnung war daran schuld, was heißt: Schuld! Ein großes Wort.

War es nicht ausgesprochen beruhigend, zum ersten Mal in eine leere Wohnung zurückzukehren? Mich hat sie nicht weiter gestört, sagte Paul. Ich sagte ihm, das sei kein Wunder, er verbringe ja auch den größten Teil des Tages im Büro. Dann machte seine Ruhe mich ärgerlich. Ob sie dich nun gestört hat oder nicht, deine Schimpferei mit ihr konnte ich nicht länger ertragen, sagte ich. Trotz unseres

Geplänkels bestand ich darauf, daß Paul die vorgesehene Flasche Sekt öffnete. Zur Ablenkung hatte ich das so arrangiert, und als mein Glas gefüllt war, fühlte ich mich in der Lage, mit Paul weiter zu streiten. Seine Schuld an allem war mir nun klar. Besser man sprach sich aus. Aber Paul wollte ins Bett. Er ging voraus ins Badezimmer. Tatsächlich, es ging ihm nicht so nah. Ich selber war traurig und fand es deshalb nicht übel, daß er mir einen ganz schönen Rest Sekt übriggelassen hatte. Allein trinken, was für ein Genuß. Ich machte mir klar, daß ich auf die Dauer krank geworden wäre: länger mit ihr in der Wohnung. Nicht einmal Flaschen sicher vor ihr. Alkohol wäre ja wohl das letzte gewesen, was man so einer armen Labilen hätte anbieten dürfen. Prost, Therese, sagte ich laut, prost, Schwesterchen!

Dann habe ich doch noch geweint. Sollte ich weinend vor Paul erscheinen? Oder mich in diesem Zustand in Thereses leeres Zimmer einschließen? Ehe ich mich entschieden hatte, weinte ich mehr und jetzt ohne Genugtuung. Das Anstaltsbett neben dem gekalkten Sims, das Bett in der langen Reihe ging mir nicht aus dem Kopf. Ablenkung!

WALTER HELMUT FRITZ
Die Verwechslung

Er ist da, er ist nicht da. Sie weiß schon nach einigen Augenblicken nicht mehr, was stimmt.

Sie ist im Café, hat sich so gesetzt, daß sie durch die offene Tür auf die Straße sehen kann. Vor einigen Tagen ist sie mit Robert dagewesen.

Er ist heute schon früh ins Institut gegangen. Eine Stunde früher als gewöhnlich. Diese langen Versuchsreihen, von denen er manchmal erzählt, diese unablässigen Beobachtungen.

Aber je genauer man hinsehe, desto mehr ziehe sich das, was man beobachte, zurück, sagte er schon einige Male. Das beschäftige ihn seit Jahren stärker als vieles andere.

Zu Hause, gegen Abend. Sie leert einen Aschenbecher, entfernt aus einer Vase am Fenster ein paar verblühte Tulpen, rückt im Flur den Fußabstreifer zurecht.

Als sie nach der Uhr sieht, geschieht es mehr aus Gewohnheit als aus Ungeduld.

In der Küche schneidet sie noch einige Scheiben Brot. Sie steht am Fenster. An den Mauern der Häuser bewegen sich Menschen entlang, bewegen sich daran vorbei. Sie bewegen die Arme. Manche scheinen die Arme an dieser Bewegung hindern zu wollen.

Sie sieht einem Lieferwagen nach, der Eisenstangen geladen hat. Ein großer Mann mit zu kleinem Kopf geht vorüber. Zwei Mädchen nähern sich, bleiben stehen, weil das, was sie miteinander sprechen, sie wohl so beschäftigt, daß sie nicht ans Weitergehen denken.

Der Platz, an dem Robert gewöhnlich hält, ist frei.

Es ist gleich sieben. Um sechs kommt er sonst zurück. Wenn er sich einmal verspätet, was selten vorkommt, ruft er rechtzeitig an, damit sie Bescheid weiß.

Sie läutet bei der Nachbarin und bittet sie um Streichhölzer, läßt sich gern aufhalten, sagt mehrere Male, sie habe noch zu tun, ihr Mann komme gleich, und ist doch froh, wenn die Frau (immer trägt sie Halsketten aus blauen Perlen) noch einmal zu reden beginnt.

Die beiden Hochhäuser in der Straße sehen aus wie Aquarien. Die Fenster leuchten grün. Das Auge gleitet daran ab.

Er wird im Institut sein, zwischen Trägern aus Glas und Quarz, Kupferkesseln und Mikroskopen, Nährlösungen, Wattefiltern.

Er ist sicher noch dort.

Sie tut es nicht gern, sie will ihre Unruhe nicht zeigen. Aber sie überwindet ihr Zögern; fürchtet, da der Apparat in der fernen Wohnung mehrere Male läutet, ohne daß jemand abhebt, daß niemand zu Hause sei; ist erleichtert, als sie die ihr vertraute Stimme hört.

Sie solle sich keine Sorgen machen, sagt Klaus, dazu sei kein Grund, sicher würde Robert bald kommen, wahrscheinlich sei er gerade unterwegs.

– Es ist seit Monaten nicht vorgekommen. Ist dir nichts aufgefallen, war er überhaupt im Institut?

– Natürlich.

– Hast du mit ihm gesprochen?

– Wir haben sogar einiges miteinander präpariert für die nächsten Versuche.

– Hat er so lange wie sonst gearbeitet?

– Ich weiß es nicht, weil ich nachmittags nur kurz hier war.

– Siehst du ... Was soll ich tun?

– Er wird bestimmt kommen.

– Aber für den Fall –
– Ruf mich bitte gleich an, wenn er da ist.

Der Abend des nächsten Tages. Sie läßt die Tür zum Flur offen, um nicht zu überhören, wenn es läuten würde.

Obwohl sie sich dagegen wehrt, stellt sie sich Robert in einer Schlucht liegend vor, tot, eingekeilt in die Trümmer seines Wagens. Er ist, wer weiß warum, abends in die Berge gefahren, ist an einer unübersichtlichen Stelle von der Straße abgekommen und mit seinem Wagen den ziemlich steilen Hang hinuntergestürzt. Obwohl er im allgemeinen vorsichtig gefahren ist, hat es Augenblicke gegeben, in denen er abwesend und leichtsinnig war, vor Kurven die Geschwindigkeit nicht genügend verminderte oder das Lenkrad nur mit zwei Fingern hielt. Die Straße ist dort, wo er die Herrschaft über seinen Wagen verloren hat, nicht abgesichert. Er ist lange gefahren, hat kein Zimmer gefunden, hat sich vorgenommen, bis zur nächsten größeren Stadt, die noch hundertzwanzig Kilometer entfernt ist, weiterzufahren, hat wieder nicht damit gerechnet, daß er abends zu rasch müde wird. Er ist abgestürzt zu einem Zeitpunkt, da die Straße frei war, niemand den Vorgang hat sehen können. Es darf nicht sein.

Aber warum bleibt er weg, ohne ihr etwas zu sagen. Sie spürt in sich eine Empörung, die sie verwundert angesichts dessen, was sie eben noch gedacht hat.

Sie sitzt an ihrem Tisch, das Gesicht in die Hände gestützt, bedeckt von den Händen, die Augen geschlossen. Sie würde von der Müdigkeit ausgelöscht werden.

Ihr Puls wird regelmäßiger. Aber sie kann sich jetzt nicht schlafen legen. Sie muß zumindest warten, bis Robert da ist.

In der Wohnung über ihr hört sie einen kurzen, heftigen Wortwechsel.

Sie nimmt die Hände vom Gesicht, öffnet die Augen, lehnt sich zurück. Die Augen schmerzen, von der Müdigkeit und vom Licht der Tischlampe.

Ein Flugzeug. Es muß, dem Geräusch nach zu schließen, eine ältere Maschine sein, die möglicherweise auf dem zu schmalen Flugplatz landen würde, auf dem es keinen regelmäßigen Flugverkehr mehr gibt, auf dem nur ein paar Übungsmaschinen stationiert sind. Ein Flugplatz aus der Zeit vor dem Krieg, mit zu kurzen Rollbahnen. Sie dreht den Schirm der Stehlampe zur Seite, damit die Augen im Schatten sind.

In der Küche trinkt sie kalten Tee, ißt Schokolade, trinkt noch einmal Tee, um die Süßigkeit nicht mehr zu schmecken.

Es ist so still, daß sie gespannt auf ihre Schritte hört.

Sie will zum Fenster gehen, unterläßt es. Sie möchte nicht warten.

Sie steht im Zimmer.

Dreht das Radio an, wieder ab.

Wo kann er sein.

Sie nimmt ein Kissen, legt es gegen die Sessellehne, den Kopf dagegen, schließt die Augen, spürt, daß sie brennen.

Sie ist bei der Kriminalpolizei, sagt dem Mann, was los ist, fragt ihn, ob man nicht etwas unternehmen könne.

– Nein, leider nicht.

– Aber –

– Nach einem erwachsenen Mann, der weggeht, dürfen wir nicht suchen.

– Denken Sie doch daran, daß –

– Es sei denn, es läge der begründete Verdacht auf ein Verbrechen oder auf Selbstmord vor. Halten Sie Selbstmord für möglich?

– Ich kann es mir nicht denken. Aber man kann doch jemanden nicht einfach fortgehen lassen. Kommt so etwas oft vor?

– Fast täglich. Manchmal kommen die Leute nach einiger Zeit wieder zurück, manchmal schreiben sie von unterwegs, aber es gibt auch genügend Fälle, bei denen sich jede Spur verliert.

Ihre linke Schulter schmerzt, der Nacken. Ihr Kopf ist zur Seite gesunken. Der Druck hinter den Augen, der Stirn, hat sich verstärkt. Sie bleibt regungslos sitzen, noch lange. Sie ist versucht, vor sich hinzusprechen, warum kommst du denn nicht.

Aber die Worte würden zur ihr zurückkehren.

Er würde wiederkommen. Er würde nicht mehr kommen. Warum sollte er nicht wiederkommen.

Sie gewöhnt sich an das Warten, ist überrascht, daß sie sich daran gewöhnt.

Manchmal hat sie beinahe den Eindruck, ihr Mann sei in der Wohnung und müsse jeden Augenblick das Zimmer wieder betreten, das er kurz zuvor verlassen hat.

Sie ist fast ruhig.

Sieht ihre Hände, unbewegt, auf der Sessellehne. Dann bewegt sich eine Hand, gleitet nach vorn, auf dem rauhen Stoff, nimmt ein Stück Faden weg, das dort haften geblieben ist. Zwei Finger rollen es zu einer winzigen Kugel zusammen.

Ihre Hand ist wieder ohne Bewegung.

Man braucht nur regungslos zu bleiben, schon entfernt man sich von sich selbst.

Später erhebt sie sich, wendet sich dem Fenster zu, an dem sie die Vorhänge noch nicht zugezogen hat. Sie sieht sich auf sich selbst zukommen.

Das Zimmer vergrößert sich durch die Spiegelung. Sie geht nicht ganz bis zum Fenster, sie dreht sich wieder um und bleibt in der Mitte des Zimmers stehen.

Niemand außer dem Portier hat ihn fortgehen sehen.

– Hat er Sie noch etwas gefragt?

– Nein. Er sagte auf Wiedersehn, im Vorbeigehn, wie immer.

– War er allein?

– Ja.

– Haben Sie gesehen, daß er in seinen Wagen stieg?

– Nein, der stand wohl nicht vor dem Haus, sondern auf dem Parkplatz um die Ecke.

– Ist Ihnen nicht aufgefallen, daß er so früh wegging?

– Doch, aber ich habe angenommen, daß er an dem Nachmittag noch einmal käme.

Sie ist erstaunt darüber, daß sie sich nicht mehr frei fühlt, seit Robert weg ist.

An dem Morgen, an dem er fortgegangen ist, ist er gewesen wie sonst, wie sie ihn gekannt hat. Es ist ein schöner Morgen gewesen, mit etwas Nebel zuerst. Er hat von dem Versuch gesprochen, Viren auf künstlichen Nährböden zu züchten. Bevor er davongefahren ist, hat er die Motorhaube geöffnet. Er hat noch gewinkt, hat mit zwei Fingern angedeutet, daß der Ölstand zu niedrig sei; dann eine wegwerfende Geste, die wohl meinte, es werde schon noch reichen. Er hat noch einmal gewinkt, als er an der Kreuzung hat halten müssen; fast beiläufig, als wolle er sagen, bis gleich also.

Der Tag besteht jetzt aus zu viel Zeit. Sie sieht sich zu, wie sie herumhantiert, wie sie wieder einhält.

Das Läuten an der Tür kehrt wieder. Die Verwunderung, die Fragen, die Anteilnahme, die Neugier.

– Tatsächlich?

– Einfach verschwunden?

– Aber das ist doch nicht möglich.

– Er muß Ihnen doch irgendeine Nachricht hinterlassen haben.
– Sie werden sehen, er wird wieder kommen.
– Daß er zu so etwas imstande war.
– Kann ich Ihnen etwas helfen?
– Er kann doch nicht einfach –
– Wenn Sie es uns nicht selbst gesagt hätten –

Vielleicht geht er in einer Stadt spazieren, sieht eine junge Frau, die ihm entgegenkommt, er läßt sie vorbeigehen, wendet sich um und folgt ihr. Er hat kein bestimmtes Ziel, warum soll er ihr nicht folgen.

Er weiß noch nicht, ob er sie ansprechen wird. Er wird zuerst sehen, ob sie etwas vorhat; ob sie eine Touristin ist; ob sie darauf wartet, angesprochen zu werden. Er wird ihr einfach folgen, in nicht zu geringem Abstand. Er sieht sie die Straße überqueren. Eine weiße Tasche tanzt an ihrem Arm. Einen Augenblick lang wird sie fast verdeckt von Passanten, die sich vor seinen Blick schieben.

Er geht schneller, um sie nicht zu verlieren. Da ist sie wieder. Dann verschwindet sie in einem Reisebüro. Er geht auf die andere Straßenseite, kann die Frau in dem Büro erkennen. Nachher erscheint sie in der Tür, zögert, kommt herüber, es ergibt sich alles von selbst.

War sie selbst die Frau, die darauf gewartet hat, von einem Mann angesprochen zu werden? Überträgt sie auf Robert, was sie mit dem Mann erlebte, den sie vor vielen Jahren in der Nähe eines Reisebüros traf?

Daß er weg ist, ohne ihr eine Nachricht zu geben, widerspricht allem, was sie von ihm weiß, allem, was er davor getan hat. Wenn sie wüßte, daß er tot ist. Es wäre eine Gewißheit. Aber so. Er bräuchte ihr keine Erklärung zu geben, keine Ausrede zu finden; sie würde sich sogar damit abfinden, wenn er schriebe, er sei da und da, es gehe ihm gut, aber er komme nicht wieder, er könne nicht wieder kommen. Schon das wäre genug. Sie würde sich damit abfinden. Sie würde sich natürlich nicht damit abfinden.

Als er sie an dem Morgen verlassen hat, hat er vielleicht noch nicht daran gedacht, abends nicht zurückzukehren. Das hätte sie doch gemerkt. Das hätte er doch nicht verbergen können.

Oder sollte doch alles ganz anders gewesen sein, was ihn betraf?

Wenn sie versuchte, die Stille, die um sie ist, zu durchbrechen, bedürfte es einer großen Anstrengung.

Sie müßte rufen.

Aber sie wäre nicht imstande dazu. Wie wäre es, wenn sie plötzlich riefe? Sie würde den Widerhall hören.

Die Nachbarn würden kommen, wenn sie da wären. Möglicherweise würden sie kommen.

Vielleicht würde es jemand auf der Straße hören. Er würde sich vielleicht wundern, sich umdrehen, in die Höhe sehen, auf die andere Straßenseite, dann würde er die Achseln zucken und weitergehen. Es hätte ja seine Schwierigkeiten, sich zu erkundigen in dem Haus, oder in einem der Häuser, was gewesen sei, ob jemand um Hilfe gerufen habe. Man könnte sich nicht einfach in die Angelegenheiten anderer einmischen, wenn sie es nicht verlangen, wenn nicht jemand offensichtlich in Not ist. Aber es ist ja nichts geschehen.

Sie hat keinen Grund zu rufen.

Sie hat plötzlich den Eindruck, das Haus sei sehr abgelegen; obwohl es doch mitten in der Stadt steht, an einer Kreuzung.

Es scheint weit hinausgerückt.

Sie hält sich darin auf, diese Frau, mit diesem Körper. Die Mühe, zu begreifen, daß sie es ist. Sie geht einige Male auf und ab, wie um sich zu vergewissern, daß sie da ist. Wenn sie auf und ab gehen kann, muß sie da sein. Außerdem sieht sie durch das Fenster Männer und Frauen und Autos, und eine Trambahn fährt vorbei.

GERT JONKE
Wiederholung eines Festes

Eigentlich ist alles der Wiederholung gemäß gekommen.

Alles ist der Wiederholung zu Hilfe gekommen.

Man hat sogar die selben Lampions wie vor einem Jahr an die Wände und Plafonds gehängt.

Es hat sehr viel Mühe gekostet, in die selben Kaufhäuser zu gehn und nach den gleichen Kerzen, dem gleichen Whisky, dem gleichen Cognac, den gleichen Farben, die zur Dekoration verwendet worden waren und worden sind, dem gleichen Papier, den gleichen Tischen und Tischtüchern, den gleichen Aschenbechern und den gleichen Kleidern zu suchen.

Es hat den Friseuren sehr viel Mühe bereitet, die gleichen Frisuren anzufertigen.

In den Drogerien hat man die gleichen Parfums und Rasierwasser gekauft.

Man hat auch letzten Endes die selben Leute eingeladen. Jedenfalls ist alles geschehn, um eine Wiederholung des Festes, das im vorigen Jahr zu Beginn des Sommers veranstaltet worden war, zu ermöglichen.

Man hat keine Mühe gescheut.

Man wollte wissen, ob die Wiederholung eines Festes möglich ist.

Der Versuch einer zeitlich hintereinander gereihten Kongruenz von Empfindungen, Gefühlen und menschlichen Beziehungen.

Dem ist freilich auch zugute gekommen, daß im vorigen Jahr, als noch niemand etwas über die beabsichtigte Wiederholung des Festes ein Jahr später gewußt hat, das Fest in einem verhältnismäßig kleinen Rahmen aufgezogen worden ist.

Warum hat man denn alles wiederholen wollen?

Wahrscheinlich aus Neugier, ob auch jene Gäste, die nichts von der Absicht der Wiederholung des Festes gewußt haben, – außer den Veranstaltern und mir, da ich der Sache auf den Grund gegangen bin, ist nie jemandem etwas diesbezügliches zu Ohren gekommen –

unbewußt in den Verlauf der Handlungen, Gefühle und Beziehungen »vorschriftsmäßig«, wie vor einem Jahr, eingehen würden.

Am Abend sind die selben Gäste empfangen worden, die selben Lampions haben aufgeleuchtet, und die gleichen Kerzen sind angezündet worden.

Plötzlich haben sich die selben Leute miteinander unterhalten. Plötzlich sind zu den selben bestimmten gleichen Stunden die selben bestimmten gleichen Leute gleich an der selben bestimmten gleichen Theke gestanden, haben auf die selbe Art und Weise die selben bestimmten gleichen Getränke wie im vorigen Jahr getrunken und über die selbe bestimmte gleiche Politik wie im vorigen Jahr geschimpft.

Was übriggeblieben ist:

Die gleichen zerschlagenen Lampen wie im vorigen Jahr, das gleiche am Boden zerronnene Wachs wie im vorigen Jahr, und die selben, einiges befürchtenden Gedanken des selben Personals, die gleichen mühsamen Aufräumungsarbeiten am gleichen darauffolgenden selben Nachmittag betreffend.

Es ist wie im vorigen Jahr in keiner Weise ein besonderes Fest gewesen.

Es ist trotzdem gelungen.

Man hat erreicht, was man erreichen wollte.

Man hat plötzlich gewußt, daß die Wiederholung eines Festes, eine zeitlich hintereinander gereihte Kongruenz, auf einmal möglich sein kann.

Zumindest ist es bei diesem Fest möglich gewesen.

Für die Veranstalter ist es ein Erfolg gewesen, wie man ihn sich nie zu erträumen gewagt hätte.

Auch zwei Freunde sind während des Festes von der Wiederholung des Festes in Bann gezogen worden, wie auch ich von der Wiederholung des Festes in Bann gezogen worden bin.

Das hat sich insoferne ausgewirkt, als wir nach dem gleichen Ende der gleichen Veranstaltung das gleiche Bedürfnis gehabt haben, im selben See, die selben paar Kilometer von uns entfernt, zu baden.

Ein kühler Morgen, etwa fünf Uhr früh, wir sind die selbe Chaussee wie im vorigen Jahr entlang gegangen und haben kein einziges Wort gewechselt.

Als wir den See erreicht hatten, haben wir gemerkt, daß das Strandbad genau wie im vorigen Jahr noch versperrt war.

Da die übrigen Uferteile von einem breiten Schilfgürtel umgeben sind, ist es unmöglich, in diesem See woanders als im Strandbad zu baden.

Wir sind über den Zaun gestiegen.

Da sich in meiner Kabine nur zwei Leute zugleich umziehen können, da drei Leute in der Kabine nicht Platz haben, sind zwei von uns in die Kabine gegangen, um sich umzuziehen, der dritte ist auf die Brücke vorausgegangen, um sich dort umzuziehen, was durchaus möglich gewesen ist, da um diese Zeit genau wie im vorigen Jahr noch kein Mensch im Strandbad gewesen ist.

Auch im vorigen Jahr hatten sich zwei in der Kabine umgezogen, und der dritte war auf die Brücke vorausgegangen.

Wir sind dann auf die Brücke gegangen, wo die Kleider unseres Freundes herumgelegen sind.

Wir sind dann ins Wasser gesprungen und haben ein paar Kraulbewegungen gemacht, doch ist uns bald kalt geworden.

Wir sind dann in die Kabine zurückgelaufen und haben uns wieder angezogen.

Wir sind dann wieder auf die Brücke zurückgegangen, um auf unseren Freund zu warten.

Auch im vorigen Jahr hatten wir sehr lange, mindestens eine halbe Stunde, auf unseren Freund warten müssen.

Wie im vorigen Jahr haben wir kein einziges Wort gewechselt.

Es ist noch nicht sieben gewesen.

Um diese Zeit wird das Strandbad geöffnet.

Da wir befürchteten, von den Strandwärtern als Einbrecher, Diebe oder Landstreicher verhaftet zu werden, da wir ja über den Zaun gestiegen waren, und das Bad, wenn es geschlossen ist, nur über den Zaun betreten werden kann, haben wir uns wieder vorsichtig über den Zaun davongeschlichen, um nicht gesehn zu werden. Wir sind uns wirklich ein wenig wie Landstreicher oder Diebe vorgekommen, weil wir nicht auf unseren Freund gewartet, sondern ihn im Stich gelassen hatten.

Wir haben unseren Freund nie wieder gesehn.

Auch die anderen Leute haben ihn seit damals nicht mehr gesehn, geschweige denn aufgefunden.

Einige Leute behaupteten, er sei sicher ertrunken, müsse im See auf alle Fälle unglücklicherweise ertrunken sein.

Auch das konnte niemand beweisen.

Die einzigen auf unseren Freund hindeutenden Spuren waren seine Kleider, die man auf der Brücke gefunden hat.

Unser Freund muß irgendwie spurlos verschwunden sein.

Es ist durchaus möglich, daß sein Verschwinden, sein spurloses Verschwinden notwendig war, da sein Verschwinden das einzige war, was sich im vorigen Jahr nicht abgespielt hat.

Wäre er nicht verschwunden, hätte sich wahrscheinlich von diesem Zeitpunkt an alles weiterhin wie im vorigen Jahr wiederholt, vermutlich hätte sich alles weiterhin wie im vorigen Jahr abgespielt, und alles wäre plötzlich auf einmal wieder so gewesen wie im vorigen Jahr.

GEROLD SPÄTH
Unschlecht

Das siebzehnte Kapitel
erzählt von Paula Buchsers Unterwasserkreuzzügen.

Es ist Ihnen wie damals den zuständigen städtischen Amtsstellen ein Todesfall zu melden, der dritte seiner für den Seebezirk im Sommer typischen Art, der dritte innert weniger Wochen.

Ein Spanier und ein Italiener: Beide am ersten Mai – bezahlter blauer Montag – beim Baden unten geblieben, nicht mehr hochgekommen. Der eine im Stampf neben der Jonamündung bei den menschenfressenden Baggerlöchern, der Spanier im Chlorwasser des freundlichblauen Lidobassins, dieser zweite nach einem trefflich gelungenen geschraubten Kunstsprung vom Fünfmeterbrett, und zwar mit noch warmem Tellerservice im Magen – nämlich: Ossobuco alla Cremolata, Risotto au Parmesan und Insalata. Sind beide beim erfrischenden Baden kalt geworden. Sind aber beide schnell geborgen und geländet worden. Und ›Aus!‹ sagte der Doktor Delber, zweimal: ›Aus!‹, dann unterschrieb er zweimal einen Totenschein; und beide, Italiener und Spanier, wurden im Totenhäuschen neben der Spielwiese in der Gieße auf Metalltische gelegt, wurden gründlich aufgemacht und durchsucht und erst nach anderthalb blutigen Stunden wieder zugedeckt. Unser sezierfreudiger Doktor sagte befriedigt nochmals: ›Aus!‹ und spülte seine nur noch für Tote tauglichen, den Leichen reservierten und bei derartig günstigen Gelegenheiten immer wieder mit Lust probierten Werkzeuge. Dann ließ er den Wasserschlauch kräftiger werden und spülte seine blutigen Unterarme, spülte auch die Metalltische, spülte alles mit wedelndem Schlauch von den Tischen auf den Boden und vom Zement ins Abflußloch. Noch dreiviertel Stunden später schlierte Halbgeronnenes schwarzschleimig aus der über kurze fünfzehn Meter grad vom Totenhäuschen zum Seeufer verlegten Sielröhre. Doktor Delber wußte genau, was er meinte, wenn er ›Ein sauber aufgeräumtes Totenhäuschen‹ sagte. Seine Meinung kam den Möwen zugute; vor der Ufermauer machten sie sich die Blutspende strittig. Derweil wurden die beiden tot Geschröpften zweifach eingesargt und verlötet; dann kam ein Lieferwagen und übernahm die Lieferung bis zum Bahnhof. Dort teilen sich ihre Wege: Wohlversorgt mit den nötigen Papieren reiste der eine auf der Gotthardlinie, der andere über Zürich, Bern, Genève, in Güterwagen der Schweizerischen Bundesbahn über die Grenze; es rollten beide südwärts durch die linde Mainacht ins Grab.

Der dritte, sozusagen der einheimische Fall, stellte keine Transportprobleme, war also nicht reisefertig in Zink und Zinn zu betten; was allerdings nicht heißen soll, daß er keine Umtriebe verursacht hätte. Als nämlich die Seepolizei eine Stunde später die mit gelben und blauen Flaschen beschwerten Froschmänner in der Gieße über Bord ihres Seerettungsbootes kippen ließ, schleifte der Saum von Paula Buchsers dunkelblauem Wäscherinnenrock schon gute zweihundert Meter weiter draußen in der Tiefe über den Seegrund. Und er brachte noch einmal hundert Meter hinter sich, schon nicht mehr dunkelblau, schwarz, nur noch schwarz, derweil die Froschmänner noch außerhalb des Stadtbachs im Seegras rumorten und Schlamm aufwirbelten. Paula hatte die Augen verdreht, reglos und weiß. Offen war ihr Mund voll blanker Zähne. Sie schlingerte kopfunten, gewissermaßen kieloben mit schlaffen Armen und gespreizt gebogenen Beinen; die waren trübweiß wie von Milchglas. Sie zeigte ihre rosa Unterwäsche, die in der Tiefe violett schimmerte. Ihre Lungen waren voll Wasser. Sie war tot, tot, tot. Fischfutter für Trüschen und Aale.

Paula Buchser – keine konnte jeden Fisch, auch den Aal oder die Trüsche, so gut zubereiten wie sie –, Pankraz Buchsers Paula ist mit knapp fünfzig Jahren am Ende ihrer Tage auf Erden. Sie hat sich auf tiefgründige Unterwasserfahrt begeben. Sie kreuzt über Wyssen und Halden und durch hochstehende Seegrasfelder. Verschollen, ungefunden, unbegraben weht sie durch brackige Algenplätze am Ufer entlang und wandert über liebliche Schlingpflanzenfelder abseits der Strömungen. Manchmal bewegt sie sich schlaff, treibt im Takt des Sees, geht mit der Dünung, kreist mit den trägen Wassern der Bucht. Oft liegt sie tief vorm Hafen, bis sie der Sog eines Dampfschiffs sacht vom Grund heraufhebt; dann schaukelt sie friedlich im Kielwasser, kaum zwei Meter unter dem sonnblinkenden Seespiegel am Tannli vorbei, nimmt weiter draußen Kurs auf die Zürichsteine; erst auf halber Höhe zwischen Gubelfels und Schirmensee rastet sie ein wenig. Aber sonst ist sie immer unterwegs unter Wasser.

Buchser war überzeugt davon; ›Meine Paula läßt sich nicht von den Fischen fressen‹, sagte er grimmig. ›Meine Paula nicht, todsicher nicht!‹ Zweimal noch tauchte sie auf: Am dritten Tag nach ihrem Untergang kam sie, wie fast jede Wasserleiche, außerhalb der Bucht in der Nähe des Kapuzinerzipfels zum erstenmal herauf. Sie war schwabblig verquollen und hing schlenkernd im Wellengekräusel. Ihre Augen waren schon schlierig und konnten nichts ausmachen. Sie bewegte sich langsam auf die Badeanstalt zu. Außerhalb des westlichen Floßes hielt es sie eine Weile, dann steuerte sie auf die rotweiße Faßboje zu, und dann sank sie wieder ab. – ›Ich hab's geträumt. Ich hab' sie im Traum gesehen‹, sagte Buchser, ›ganz genau gesehen.‹

Zum zweitenmal steigt sie sieben Tage später etwa einen Kilometer weiter unten, gegen Feldbach zu, jetzt schon unförmig aufgeblasen und gebläht voll Wasser und Gas. Bei diesem letzten Mal bleibt sie länger oben. Es ist Donnerstag, fünfzehnter Juni, Vitus, und bald wird es Abend. Sie schaukelt mit dem leichten, vom Föhn seit anderthalb Tagen geplagten Wasser und stiert quallig, grinst mit umspülten, gelblich verfärbten Zähnen unter straff gespannten Käseweißlippen. Es wird Nacht, und als der zunehmende Mond frühmorgens am sechzehnten, Justinus, erlischt, stößt sie oben und unten und hinten und vorn Gas aus, läßt Blasen steigen, wird schlapper, schwerer, versinkt. – ›Sie hat ganz unheimlich gelacht und ist abgesoffen‹, sagt Buchser. Er sieht alt aus, er ist grau im Gesicht. Er hat in jenen föhnigen Nächten schwere Träume. Er verkriecht sich, fischt nicht mehr, ißt wenig, wäscht sich selten, sein Gesicht ist voll grauer Stachelstoppeln, und er sagt, sie rufe ihn; immer habe er ihre Stimme im Ohr: ›Pan! Pan!‹ mache es nächtelang vom See her.

Das alte Krötengesicht der Leichenwäscherin Hasler machte umsonst Froschaugen. Sie wartete vergeblich. Bürsten, Lappen und Klistiere wurden nicht benötigt. Paula Buchser tauchte kein drittes Mal auf. Sie blieb unter Fischen und Wasser und weidete kreuz und quer auf grüner Seegrasaue. Darum war dieser dritte Fall jenes Sommers nicht zu begraben. Doktor Delber brauchte seine Arme nicht zu waschen, der Spülschlauch konnte zusammengerollt am Haken im Totenhäuschen hängenbleiben. Die Möwen schrillten beim Schererinseli neben dem Heilighüsli über anderen Futterplätzen. Es gab keine Bahre, es blieb nur Totenklage.

Unschlechts Freund, ganz klein, ganz still, Zacharias Zünd, dieser zu Rettungsaktionen unfähige Sürmel hat sich nie mehr um sein Seevögelartikelchen bemüht. Hat nie mehr nach dem Milan gefragt. War ganz zerknirscht, als er am Dienstagabend sein fehlendes Artikelchen für die Mittwochausgabe zusammenstammelte und unserer lieben Paula den schönsten Nachruf des Sommers schrieb. Zweispaltig trostlos traurig und tiefschwarz umrahmte sein Abgesang ein Brustbildchen unserer lieben Ertrunkenen. Sie lächelte heiter aus den Spalten des ›Stadtbach und Rapperswiler Anzeiger‹. – ›Ich habe ihr tausendmal gesagt, sie könne ihre Lumpen auch in der Au baden: Aber nein, sie will in die Gieße, ums Verrecken in die Gieße. Jetzt hat sie den Dreck!‹ klagte Pankraz Buchser. Er war geschlagen und unbeweglich und hatte glasige Augen.

Ich ruderte ihn über den lautlosen See und sagte kein Wort.

Wulf Kirsten
satzanfang

den winterschlaf abtun und
die wunschsätze verwandeln!
saataufgang heißt mein satzanfang.
die entwürfe in grün überflügeln
meiner wortfelder langsamen wuchs.

im überschwang sich erkühnen
zu trigonometrischer interpunktion!
ans licht bringen
die biografien aller sagbaren dinge
eines erdstrichs zwischenein.

inständig benennen: die leute vom dorf,
ihre ausdauer, ihre werktagsgeduld.
aus wortfiguren standbilder setzen
einer dynastie von feldbestellern
ohne resonanznamen.

den redefluß hinab im widerschein
die hafergelben flanken
meines gelobten lands.
seine rauhe, rissige erde
nehm ich ins wort.

Karl Krolow
Blindekuh

Als Blindekuh,
ohne Blick und Ahnung
von Stadt und Land
mit Menschen, die sich
sehen lassen können,
taste ich mit der Hand
nach ihrer Geschichte.
Über ihre sichtbare Haut
streicheln meine Spielfinger
mit ihrem Gefühl für den Augenblick.

Vor den Augen die Binde,
vom Luftzug gehalten,
drückt nicht mehr.
Ich finde mich gut zurecht
in meinem glaubwürdigen
Dunkel.

Günter Kunert
Vorschlag

Ramme einen Pfahl
in die dahinschießende Zeit.
Durch deine Hand rinnt der Sand
und bildet Formlosigkeiten,
die sogleich auf Nimmerwiedersehen
in sich selbst einsinken:
vertanes Leben.

Was du nicht erschaffst, du
bist es nicht. Dein Sein nur Gleichung
für Tätigsein: Wie will denn,
wer nicht Treppen zimmert,
über sich hinausgelangen?
Wie will heim zu sich selber finden,
der ohne Weggenossen?

Hinterlaß mehr als die Spur
deiner Tatze, das Testament
ausgestorbener Bestien, davon die Welt
übergenug schon erblickt.

Ramme einen Pfahl ein. Ramme
einen einzigen, einen neuen Gedanken
als geheimes Denkmal
deiner einmaligen Gegenwart
in den Deich
gegen die ewige Flut.

Uwe Johnson
Jahrestage

11. Oktober, 1967 Mittwoch

Wie es geregnet hat gestern nacht! Die Fensterscheiben knisterten seit Mittag, und zur Zeit des Büroschlusses kam das Wasser in schweren dichten Güssen hinunter auf die Dritte Avenue, auf die Zeitungen und Taschen, die die Passanten über ihre Köpfe hielten. Vor den Schacht zur Ubahn in der 42. Straße hatte der Regen uns eine breitflächige schwarze Pfütze am Rinnstein gesetzt, und die Polizei ein langlebiges Rotlicht. Gegen zehn Uhr wurde der Park unverhofft still, kein Tropfen war mehr zu hören. Aber das Licht der Laternen zwischen den vernarbten Platanenstämmen war in schmierigen Höfen aufgehalten, die Luft war nicht klar.

An diesem Morgen bringt die New York Times das Leichenbild des Agitators Ernesto Che Guevara. Die offenen Augen lassen ihn wach aussehen. Aber das Gesicht sieht schon krank aus, und der Kopf wird gestützt von einer Hand, die zeigt: Das kann man jetzt mit ihm machen. Dagegen kann er sich nicht mehr wehren.

Der Staatssekretär für die Verteidigung hat ausgesagt, daß die Bombardierung Nord Viet Nams dies Land nicht in seiner Kriegführung hat beeinträchtigen können.

»Warum hören wir dann nicht auf mit all dem Bombardieren da im Norden und machen bloß so weiter mit den Verlusten an amerikanischen Leben im Süden?« sagte ein Senator aus Missouri (Demokrat).

Die Briefe, die Cresspahl in diesem November 1932 aus Jerichow bekam, waren von den Leuten aus Peter Wulffs Hinterzimmer, frotzelnde Bemerkungen über ihr Bier und sein Eheglück, dazu Geschichten, die Satz für Satz aus beiläufiger Erwähnung von Vornamen zusammenwuchsen, auch aus Ausschnitten von Zeitungen. Sie schrieben aber nicht von sich, sondern von den Kommunisten aus Gnecz und Gadebusch, die sich mit nächtlichen Besuchen und Versammlungen wieder lieb Kind machen wollten. Aber diese Sozialdemokraten ohne Amt konnten denen den vorigen August nicht vergessen, als die Kommunisten zusammen mit den Nazis gegen die preußische Regierung gestimmt hatten. Da war doch von der »Bonzenwirtschaft« der Regierungssozis die Rede gewesen, nicht wahr. Nun wieder boten die ein Bündnis gegen die Nazis an. Da hatte die deutsche Sozialdemokratie ein anderes Gefühl für Würde, kannst mal sehen.

Die sind doch tief im Absaufen. Cresspahl. Sollen wir uns da reinziehen lassen?

Der Anlaß dieses politischen Kampfes in Jerichow waren die Zigaretten einer dresdner Firma, Marke »Trommler«. Die Fabrik war mit den Nazis im Geschäft und legte jeder Packung das Bildnis eines nationalsozialistischen Politikers bei. Böhnhase, Tabakwarenhändler in der Stadtstraße schräg gegenüber Papenbrocks Speicher, hatte die in gefälligen Stapeln an seinem Flammenspender liegen. Die Kommunisten hatten nun eine sozialdemokratische Vermittlung für die Marken ihrer eigenen Manufaktur in Berlin erbeten, ohne Erfolg. Einer war darauf gekommen, Böhnhase in Person zu fragen. Böhnhase wollte die Sorte »Kollektive« nicht nehmen, weil er den Namen nicht verstand. Aber von »Rote Sorte« hatte er Probelieferungen bestellt, und Böhnhase war D.N.V.P., der ließ sich von Sozialdemokraten nichts sagen. Die »Rote Sorte« war beliebt geworden bei Landarbeitern und Bauern, wegen des Anklangs an Kartoffeln und Rüben.

Es waren auch nicht die Sozialdemokraten gewesen, die das Denkmal für die Toten des ersten Weltkriegs befreit hatten von dem angeberischen Gedenkkranz, den Hitlers S.A. da hingelegt hatte. Darüber wurden die Reden im Lübecker Hof geführt. – Es ist mir nicht bekannt, daß diese Rotzbengel S.A. Blutzoll im Kriege entrichteten: sollte Gutspächter Kleinschulte ausgerufen haben, vielleicht im Suff und zu später Stunde, aber doch unter Beifall, in Anwesenheit eines jungen von Plessen. Dann hatte er das Gerippe des Kranzes auf seinem Misthaufen ausgestellt. Horst Papenbrock konnte das nicht begreifen, da Kleinschulte früher Bargeld gespendet hatte an die Nazipartei. Kleinschulte, Herr über achtzig Hektar an der Ostsee, kniff neuerdings ein Auge zu, wenn er in seinem Kutschwagen an dem jungen Papenbrock vorbeifuhr, so daß er noch verschlafener und tückischer aussah als sonst, und das nüchtern.

Auf der Straße nach Rande war ein junger Schuster, eingeschriebenes Mitglied der Hitlerjugend, so kräftig verprügelt worden, daß er drei Stunden brauchte, um zum Krankenhaus in Jerichow zurückzukriechen. Der Oberlandjäger war in Urlaub, und die Stadtpolizei erklärte sich für überlastet. Die Ritterschaft war einverstanden. – Wer schwängert, soll auch schwören: sollte Kleinschulte gesagt haben, und nicht im Hinterzimmer des Lübecker Hofs, sondern in einer Sitzung der Stadtverordneten, zu Protokoll.

Dem Jungen, der immer noch festlag mit einem gebrochenen Arm, war unheimlich wegen des Märtyrerlärms, den die Ortsgruppe Jerichow der N.S.D.A.P. um ihn anstellte, und als er sein Bild zum zweiten Mal im Gneezer Tageblatt gesehen hatte, ließ er sich nachts an zwei Laken auf die Straße hinunter und verzog sich aus der Gegend. Wenn man Frieda Klütz glauben wollte, so war er jetzt in Hamburg, denn von da war ein Telegramm an seine Eltern gekommen, zwar ohne Unterschrift. Frieda Klütz war bereit, auch den Inhalt des Telegramms zu erzählen, aber Peter Wulff kannte ihn schon und ließ das aufgeregte alte Mädchen stehen, damit es platzte von seinem ungesagten Geheimnis. Erich Schulz hieß der, von den Schulzens in Jerichow-Ausbau, dem kleinen Weiler östlich der Rander Chaussee.

– Haben wir hier auch: schrieb Cresspahl. – Faschisten nennen die sich hier. In Chelsea ist ihr Hauptquartier, mit Wachen vor der Tür und Truppentransportwagen auf dem Hof. Freikorps spielen die. Aber totschlagen dürfen sie, glaube ich, noch nicht. Kennst du eine Elisabeth Lieplow aus Kröpelin? Schreib mal, dann schreiben wir uns.

Die New York Times hat sich für uns im East Village von Manhattan umgehört. Was sagen die Bewohner des Viertels über die Hippies?

– Die Sache mit der Liebe ist tot. Die Sache mit den Blumen ist tot. (Ein hochgewachsener junger Mann, mit Stahlbrille.)

– Die Hippies gehen uns wirklich auf die Nerven, weil wir wissen, die können hier runter kommen, eine Zeit lang ihre Spiele spielen und dann abhauen. Und wir können das nicht, Mann. (Ein junger Neger.)

– Die sagen, zieh dich zurück aus der Gesellschaft. Darum geht es eben nicht für unsere Jungen. Die wollen rein! (Ein junger Neger, früher Bandenchef, jetzt Jugendfürsorger.)

– Groovy Hutchinson wäre in vier Jahren so wie so tot gewesen. Er hatte es mit *meth*, und Sie wissen ja, wie es heißt: »Geschwindigkeit ist tödlich«. Aber ihm machte das nichts. Er war großartig. (Ein Mädchen, genannt Gespenst.)

PAUL WÜHR
Sauftour
durch Gegenmünchen
Startplatz:
Ausschank: Max-Emanuel-Brauerei

(Sagt ER)
Was ich schon weiß
mein Bett
soll warm
nicht zu   der Kopf muß kühl   Lektüre Apfel
oder
ein Glas Bier Zitronenwasser
                         Scheißvollzug   die Helle
                         rechtfertigt ihren Preis
                         umseitig
                         schlafen   wer schon aller aus mir blickt
                         als Dauerauftrag   ohne Kosten
          heute   ein Gesicht in meinem
                         wieviel Aussegnungen
                                   schaukelt
der Ballon mit meiner Luft vor der Leiche bis früher
ich danke für froh gewesen
zwar traurig
sei froh
ich danke für traurig gewesen   das Schweben
gegangen zur Schrift   bei sitzender Lebensweise
gefallen in Freiheit
                Pflicht zur substantiellen befreit   mir steht
        der Schweiß auf der Stirn
                                   wird
        im Spiegel abgetrocknet   und morgen
        möchte ich mitlaufen
        aber nicht nur in die verkehrte Richtung
        auch einmal abwärts
        wollte ich noch sagen
        meine richtigen Sätze
        meine falschen
        sehr traurig
        sehr traurig
        übermorgen

eine Ideologie des Irrtums ausarbeiten
fleißig
Scheißvollzug
dann bin ich dran
leben
handeln als einer der und
als einer der dann
bin ich dran
wegschauen
weghören
wenn ich fließend rückwärts
bis 0 zähle
und die endgültige Verwirrung
mir
und anderen klarmachen werde
oder
die Paranoia als Basis
daß ich nicht lache
Scheißvollzug
übrigens
Gott ist tot
auch so ein Unbekannter
wie wir
uns fassen sie nicht
Position
Paranoia (affirmativ)
Affirmation (paranoid)
Feind unbekannt
die Situation
des unbekannten Feindes er ist
Gegner eines irrationalen Gegners
strategischer Wert dieser Irrationalität
rational
volkstümlich da hast du deinen Dreck
Maximierung
der Unversöhnlichkeit
in Ermangelung
versöhnlich gestimmter Sieger
Siege ausgeschlossen
die Affirmation
nicht perfekt

da Auflehnung stattfindet
es wird auch gejammert
aber
nicht leider
da die Affirmation der Auflehnung diese
als unmöglich erweist
was aber von mir
nicht eingesehen wird ich widerspreche
der Affirmation
und damit meiner eigenen Strategie
die als Affirmation das Gegenteil
von Affirmation war
Ergebnis
Selbstaufhebung wo in Gegenmünchen
sage ich
da hast du dein München
sage ich
da hast du mich zu wem
es ist (sagt ER)
schon jetzt viel geschehen
und wird immer mehr bis nur noch
übrigbleibt
im Chor
ist der Widerstand
die unterschlagenen Veränderungen
beim Namen nennen
wir
halten der Nekropole den Spiegel in den
Schutt
wächst
die Stadt höher bis die Hügel
mit der besten Aussicht
auf
dem Gipfel der Gegenstadt
hier langfristig
die Helle
eine konkrete Utopie
Freiheit
Freiheit
kann nur durch Freiheit
geschaffen werden

Scheißvollzug
                    die Stunde kommt
ist schon da
ist schon da
am Karfreitag
                    die aufgehängten Gräber
die Fenster
              in der Gegenstadt
splittern   die Straßen
führen weiter hinaus
                    hinaus

Hilde Domin
Ich will dich

Freiheit
ich will dich
aufrauhen mit Schmirgelpapier
du geleckte

(die ich meine
meine
unsere
Freiheit von und zu)
Modefratz

Du wirst geleckt
mit Zungenspitzen
bis du ganz rund bist
Kugel
auf allen Tüchern

Freiheit Wort
das ich aufrauhen will
ich will dich mit Glassplittern spicken
daß man dich schwer auf die Zunge nimmt
und du niemandes Ball bist

Dich
und andere
Worte möchte ich mit Glassplittern spicken
wie es Konfuzius befiehlt
der alte Chinese

Die Eckenschale sagt er
muß
Ecken haben
sagt er
Oder der Staat geht zugrunde

Nichts weiter sagt er
ist vonnöten
Nennt
das Rund rund
und das Eckige eckig

GÜNTER BRUNO FUCHS
Erlernter Beruf eines Vogels

1
Gut geschlafen hat der Vogel im Vogelhaus. Er öffnet
die Augen, er freut sich auf etwas sehr Schönes, er sagt:
Sehr schön sind Wasser und Körner, er frühstückt Wasser
und Körner. Das macht ihn fröhlich, er tanzt, er holt
seinen Hut, hebt die Flügel und fliegt.

2
Im Fliegen sagt er: Ich flieg über ein sehr schönes Land,
da unten frühstückt ein Mensch, ich werde ihm sagen:
Sehr schön ist ein Mensch, der ohne Pickelhaube frühstücken
kann, nicht minder ein Land, das den Menschen in jede
Vogelrichtung sprechen, schauen, frühstücken läßt.

3
So, sagt der Vogel, das war recht einfach gesagt, aber es
mußte gesagt sein, denn solche Klarstellung gehört ins
Kapitel der Freiheit, will sagen, zum erlernten Beruf
eines Vogels.

Harald Hartung
Geben und Nehmen

I
Der Arbeitgeber gibt uns Arbeit.
Damit vergibt er sich nichts.
Uns hat er viel zu vergeben,
wenig zu geben.

Der Arbeitnehmer nimmt sich Arbeit.
Das ist ihm nicht zu nehmen.
Aber wer nimmt, dem wird genommen,
wer gibt, dem wird gegeben.

II
Fromme Sprüche. Wer hat der hat.
Selig die da geben und doch nehmen.
Man gibt dir zu beißen
und sagt während du schluckst:
mit vollem Munde spricht man nicht.
Du lächelst noch. Die Zähne knirschen.

Heinrich Henkel
Eisenwichser

Lötscher He! – Was machst du denn?
Volker Wieso?
Lötscher Du streichst ja auch die Blauen!
Volker Wo?
Lötscher Ich habe extra gesagt, nur die Grauen. Nur die grauen Rohre. *Er klettert zu Boden. Nach oben blickend läuft er umher.*
Volker Wo denn?
Lötscher *zeigt mit den Fingern* Da! – Ist das kein blaues Rohr? – Du hast es grau gestrichen! Verdammt noch mal.
Volker nimmt die Lampe und leuchtet die Rohre ab.
Lötscher Da! Da hinten! Sieh doch, da!
Volker Ja, ich seh's. Ist doch kein Grund zum Schreien.
Lötscher Was mach ich jetzt? Das Blau hat seine Bedeutung. Ich hab extra gesagt …
Volker Ja, ich hab's gehört.

LÖTSCHER Es werden nur die Grauen gestrichen und nicht die Blauen! Paß doch auf, was ich sage. – Was mach ich denn jetzt? Wenn jetzt eine Kontrolle kommt und das sieht.

VOLKER Das ist doch nicht so schlimm.

LÖTSCHER Hör auf! – Das denkst du. Verflucht und zugenäht, wenn man bei euch nicht dauernd aufpaßt!

VOLKER Mach doch nicht so'n Wind. Streichen wir halt Blau drüber, fertig.

LÖTSCHER Fertig! Einfach: fertig! So! Das gibt es hier nicht. Wenn du gleichgültig bist, kannst du deine Sachen packen und gehen.

VOLKER Jaja.

LÖTSCHER Jetzt muß ich auch jeden Meter von dir nachkontrollieren, ob du keinen Juden gelassen hast!

VOLKER Mach's doch!

LÖTSCHER So geht das nicht. Das mußt du doch einsehn. Wir fliegen raus, wenn wir nicht zuverlässig arbeiten. Dir macht's vielleicht nichts. Aber mir! Wie steh ich da? Es heißt, ich hätte dir nicht genug auf die Finger gesehn.

VOLKER Mach doch nicht so ein Geschiß. Gib mir Blau, und ich streich drüber.

LÖTSCHER *schreit* Nein, darauf kommt es nicht an! – Du bist unzuverlässig! Das ist es! *Ruhiger.* Gleichgültig. So geht es nicht. – Wie willst du jetzt da rankommen? Ringsum ist alles frisch.

VOLKER Unzuverlässig. – Was soll das heißen? *Laut.* Bei dieser Scheißbeleuchtung muß das ja passieren! Ich hab's nicht gesehen! Von wegen unzuverlässig! Meinst du, ich bin eine Schleiereule? Schließlich bin ich noch keine dreißig Jahre hier!

LÖTSCHER Das geht mich nichts an!

VOLKER Doch!

LÖTSCHER Da mußt du als Neuling besser aufpassen!

VOLKER Reg dich wieder ab. Morgen früh …

LÖTSCHER Sei nicht so frech! – Ich haß das! Komm runter! Geh! Du bist mir zu frech.

VOLKER *kommt herab, schreit Lötscher an.* Ich bleib hier! Und ich streich weiter! Klar? Ich laß mich wegen einem Irrtum nicht wegschicken.

LÖTSCHER Hier bestimme ich! Nichts als Spinnkram hast du im Kopf. Entweder wird hier zuverlässig gearbeitet, oder du gehst.

VOLKER Dann kannste ja weiterarbeiten. Morgen früh streich ich die Stelle nach.

LÖTSCHER Morgen früh? – Heute! Wenn Feierabend ist!

VOLKER *ruhig*. Spinnst wohl, was?

LÖTSCHER Geh! Pack deinen Kram, geh! Hier bei mir machst du keinen Pinselstrich mehr. Melde dich beim Chef.

VOLKER *faßt Lötscher am Kragen und schreit*. Nimm dich in acht! *Leise.* Wir beide streichen jetzt weiter Rohre, Alter! Und schrei mich nicht mehr an. Laß dir diese Scheißrohre nicht so zu Kopf steigen!

LÖTSCHER *außer sich.* Laß mich los, du Hund! *Wehrt Volker ab.* Hier bin ich der Chef!

VOLKER Von mir aus. Aber nicht so! Kommandieren laß ich mich nicht.

LÖTSCHER Das wird man dir hoffentlich noch beibringen!

VOLKER Ich gehe, wenn ich will. Und jetzt sagst du unserem Alten kein Wort, sonst hast du ebenfalls die längste Zeit Scheißrohre gestrichen.

LÖTSCHER Das sind keine Scheißrohre!

VOLKER Scheißrohre sind das! Und du hast dein Leben damit verbracht, als wären sie extra für dich gebaut worden.

LÖTSCHER *schreit.* Nimm dich in acht, Bürschchen!

VOLKER Tu nicht so, als sei hier deine gute Stube.

LÖTSCHER Hätt nicht gedacht, daß du so frech bist! Nie! Nie. – Ich will noch einige Zeit leben ... nicht von dir kaputtärgern lassen. Besser, du verschwindest.

VOLKER Langsam, langsam.

LÖTSCHER Brauchst morgen nicht mehr zu kommen. Verzichte! Hab die Nase voll von dir. So geht das nicht. Nein.

VOLKER Mensch, jetzt langt's aber.

LÖTSCHER Nein! Es langt nicht! Diesen Vorfall werde ich mir ...

VOLKER *brüllt.* Ruhe jetzt!

LÖTSCHER ... merken. Schrei mich bloß an, du frecher Hund. Wirst schon sehn. So wahr ich Lötscher heiße.

VOLKER *ergreift und schüttelt ihn.* Noch einmal Hund zu mir, und ich schlag dir das Gebiß aus der Fresse! Du jähzorniges Arschloch. Hast 'nen Dünkel? Bist was Besonderes?

LÖTSCHER *wehrt sich.* Laß los! Au! Laß mich!

VOLKER Nur wegen deinen dreißig Jahren? Scheißrohre! Kriegst einen Orden dafür. Und wenn du vorher abkratzt, wirst du ersetzt. Für zwanzig Pfennig gibt's 'nen Neuen! Anruf genügt. *Läßt ihn los.*

LÖTSCHER *setzt sich keuchend auf einen Farbkessel.* So sind sie. Das sind die Richtigen. Genau die Richtigen. Frech und gewalttätig. Keine Rücksicht. Na gut. Warte. Das wird sich noch ändern.

VOLKER Wer hat denn angefangen?

LÖTSCHER Blaue Rohre werden blau gestrichen. Und nicht anders. Eher laß ich mich totschlagen. Und nicht grau.

VOLKER *klettert zwischen die Rohre.* Beruhig dich endlich.

LÖTSCHER *schwach.* Ich beruhige mich. Das wirst du sehen. Das wirst du sehn. Wink des Schicksals. Jetzt weiß ich Bescheid. Darum bist du hier. So ist das. Ich soll mich aufregen. Jetzt aber – bleib ich ruhig. Ich reg mich nicht mehr auf. Nein. – Du streichst mir keine blauen Rohre mehr grau. Du nicht mehr.

VOLKER Ich paß jetzt auf.

LÖTSCHER Darauf werde ich achten. Verlaß dich darauf. Mich bringt man nicht in Verruf. Nein. Solange ich noch da bin, werden blaue Rohre blau und rote rot. Nachher ist's egal. Dann kann ich nichts mehr machen. Aber jetzt! – Verlaß dich darauf. So wahr ich Lötscher heiße.

VOLKER Komm – laß uns weiterstreichen. In zwei Stunden bessere ich die blauen Rohre aus.

LÖTSCHER Das wirst du tun. Verlaß dich drauf. Mich machst du nicht fertig. So schnell kann mich keiner ersetzen. Das wär ja gelacht! – Siebenundzwanzig Jahre. Hier bestimme ich. Ich trage hier die Verantwortung. Nur ich. Nicht du. Du mußt noch viel lernen, bevor du überhaupt daran denken darfst, mein Nachfolger zu werden.

VOLKER Komm jetzt rauf.

LÖTSCHER *erhebt sich.* Das hätte ich nie erwartet. *Er erreicht mühsam seinen Arbeitsplatz.* Müssen ja weiterstreichen. Zeit verloren. – Aber das laß ich mir nicht mehr gefallen.

VOLKER Hör doch jetzt auf. – Der Vorfall ist vergessen.

LÖTSCHER Nein, nein. So schnell, wie du glaubst, nicht. Du hast mich angegriffen. Das vergeß ich nicht.

VOLKER Da haben wir doch beide nichts von.

LÖTSCHER Das sagst du jetzt.

VOLKER Ich geb meinen Fehler ja zu.

LÖTSCHER Jetzt, auf einmal.

Schweigend streichen sie.

Volker Braun
Fragen eines Arbeiters während der Revolution

So viele Berichte.
So wenig Fragen.
Die Zeitungen melden unsere Macht.
Wie viele von uns
Nur weil sie nichts zu melden hatten
Halten noch immer den Mund versteckt
Wie ein Schamteil?
Die Sender funken der Welt unsern Kurs.
Wie, an den laufenden Maschinen, bleibt
Uns eine Wahl zwischen zwei Hebeln? –
Auf den Plätzen stehn unsere Namen.
Steht jeder auf dem Platz
Die neuen Beschlüsse
Zu verfügen? Manche verfügen sich nur
In die Fabriken. Auf den Thronen sitzen
Unsre Leute: fragt ihr uns
Oft genug? Warum
Reden wir nicht immer?

Erich Fried
Revisionismusrevisionismus

Zugegeben es wurden Fehler gemacht
Weil aber bei ihrer Bekämpfung die Tendenzen
nach der entgegengesetzten Richtung zu übertreiben
zu stark sind
bekämpfen wir diese Fehler am besten

erstens indem wir sie nicht zugeben
und zweitens
indem wir sie von Zeit zu Zeit wieder machen
besonders dann wenn sie uns zur Bekämpfung
der ihnen entgegengesetzten Tendenzen dienen

Da aber diese Tendenzen immer den Hauptgrund
für die Rechtfertigung der begangenen Fehler sind
entzieht ihre Unterdrückung

auch diesen Fehlern den Boden
So kommen wir endlich auf unseren richtigen Kurs

Dieter Forte
Martin Luther & Thomas Münzer
oder Die Einführung der Buchhaltung

Tisch vorne rechts
Luther ist elegant gekleidet. Eine Jacke aus dunklem Tuch, die Ärmel sind mit Atlas eingefaßt. Sein Umhang ist mit Pelz gefüttert und hat einen breiten Pelzkragen. Auf dem Kopf trägt er ein rotes Barett. Um den Hals eine schwere, goldene Kette. An den Fingern goldene Ringe. Er steht vor einer Schar Bauern und fuchtelt mit einem Brief herum.

Luther Alles Aufrührer. Alles Schwarmgeister. Ich sehe euch alle brennen, alle, wie ihr da seid. Pöbel. Denkt ja nicht, daß ich viel Zeit für euch habe. Wir haben in Wittenberg Wichtigeres zu tun. Wo steckt denn euer Pfarrer, der kluge Herr? Ihr solltet ihn besser rausschmeißen.

Karlstadt (*tritt auf. Er trägt einen verschmutzten, grauen Bauernkittel und einen alten Filzhut*) Geht es um mich?

Luther Wie siehst du denn aus? Fastnacht?

Karlstadt Es ist der Rock der armen Leute, und die haben bekanntlich das ganze Jahr über Fastnacht, weil es ihnen so gut geht.

Luther Deine Sache. (*Zum Volk*) Ihr habt mir einen feindseligen Brief geschrieben.

Bauer Feindselig?

Luther Ihr gebt mir meinen Titel nicht. Ich verlange, mit dem richtigen Titel angeredet zu werden. Selbst Fürsten und Herren, die meine Feinde sind, geben mir meinen Titel.

Bauer Es ist nicht mit Absicht geschehen, auch nicht feindselig –

Luther Hier steht: Dem christlichen Lehrer Martin Luther, unserem Bruder in Christo. Wenn das nicht feindselig ist. Ohne jeden Titel.

Karlstadt Wir sind hier alle Brüder. Wir machen da keinen Unterschied.

Luther Wieso?

Karlstadt Wir sind alle gleich.

Luther Wer?
Karlstadt Die Bürger unserer Stadt.
Luther Und du? Was bist du?
Karlstadt Ja, was bin ich. Ich würde sagen, ein neuer Laie.
Luther Du? Professor und zweifacher Doktor.
Karlstadt Wir sagen hier nicht mehr Herr Doktor, Herr Professor.
Luther Was sagt ihr denn?
Karlstadt Bruder, Nachbar. Es ist ja nicht so wichtig.
Luther Und was macht der Herr Nachbar?
Karlstadt Er arbeitet. Ich ernähre mich mit meiner Hände Arbeit, wie es so schön heißt.
Luther Als Bauer?
Karlstadt Als Bauer. Ich möchte nicht auf Kosten der Gemeinde leben. Leute wie wir haben viel zu lange auf Kosten anderer gelebt. Ich wollte, ich könnte den armen Leuten alles wiedergeben.
Luther Und da arbeitest du?
Karlstadt Ja.
Luther So richtig, Pflug, Hacke?
Karlstadt Ja.
Luther Doch Fastnacht. Ein Bauernkittel, der Hebräisch spricht. (*Er lacht*)
Karlstadt Was nützt dem Volk eine Gelehrsamkeit, die nur dazu dient, die Obrigkeit zu erhalten. Was du und all die anderen Professoren so verkünden, ist für diese Menschen doch ganz unwichtig. Aber es findet seit Jahrhunderten den Beifall der Herrschenden. Es wird bezahlt, gefördert, breitet sich aus und nennt sich am Ende gar Wissenschaft. Auf so eine Wissenschaft wollen wir gerne verzichten. Wir brauchen eine neue Bildung. Einen neuen Menschen.
Luther Deine Sache, wenn du dich mit dem Pöbel gemein machst.
Karlstadt Was meinst du, Luther, ob diese Blasen nicht ehrlicher in den Händen stehen als goldene Ringe?
Luther (*steckt die Hände in die Taschen*) Du weißt, weshalb ich hier bin?
Karlstadt Ich kann es mir denken.
Luther Deine Predigten erregen Mißfallen.
Karlstadt Beim Fürsten oder bei dir?
Luther Beim Fürst und bei mir.
Karlstadt Habe ich zuviel Erfolg?
Luther Du predigst Aufruhr. Das Volk wird unruhig.

KARLSTADT Wo siehst du hier Aufruhr? Zeig ihn mir.

LUTHER Wenn ich sage Aufruhr, dann ist Aufruhr. Pack deine Sachen und komm mit.

KARLSTADT Wohin?

LUTHER Zurück an die Universität und an das Stift.

KARLSTADT Damit ihr mich unter Kontrolle habt?

LUTHER Pack deine Sachen.

KARLSTADT Ich bin hier Pfarrer.

LUTHER Wir können dich zwingen.

KARLSTADT Nach dem alten Kirchenrecht. Aber soviel ich weiß, hast du ja verkündet, daß jede Gemeinde ihren Pfarrer frei wählen kann.

LUTHER Du bist deines Postens enthoben. (*Das Volk murrt*)

KARLSTADT Die Gemeinde ist anscheinend anderer Ansicht.

LUTHER (*brüllt die Bauern an*) Ihr haltet das Maul. Ich habe drei Jahre für den rechten Glauben gebraucht. Da werdet ihr wohl noch etwas länger brauchen.

KARLSTADT Es steht nirgends geschrieben, daß Gott nur Dr. Luther berufen hat, sein Wort zu verkünden. Und auch die Leute fragen sich, warum nur Dr. Luther die Bibel in ihrem rechten Sinn erklären kann.

LUTHER Du unterstellst dich der Zensur der Universität oder deine Schriften werden verboten.

KARLSTADT Du würdest sogar die Apostel auf den Scheiterhaufen bringen. Ja, vor dir könnte nicht einmal Christus bestehen.

LUTHER Bauernprofessor.

KARLSTADT Fürstenprofessor.

LUTHER Ich kenn dich, Bürschchen.

KARLSTADT Und ich dich auch.

LUTHER Du willst groß auftrumpfen, hoch einherfahren, Ehre und Ansehen haben.

KARLSTADT Ich sehe, wer groß auftrumpft und hoch einherfährt, wer sich selbst am höchsten rühmt und hohe Ehren sucht.

LUTHER Damals in Leipzig, da warst du auch so hochmütig und wolltest vor mir diskutieren.

KARLSTADT Ich mußte ja. Du wurdest erst später zugelassen. Das weißt du. Warum lügst du also? Du mußt immer und überall so reden, daß du dir deinen Ruhm erhältst und gegen andere Haß erregst. Was hast du heute anderes getan, als das Volk gegen mich aufzuhetzen? Mach weiter so, andere werden das Ihre zu sagen wissen.

LUTHER Willst du gegen mich schreiben?

KARLSTADT Warum nicht?

LUTHER Nur zu, nur zu, raus damit, predige, schreibe, greif mich an. Ich bezahl dich sogar. Hier hast du einen Hunderter. (*Er wirft ein Goldstück auf den Boden. Karlstadt hebt es auf.*)

KARLSTADT Liebe Brüder, dieses Goldstück ist der Beweis, daß ich das Recht habe, gegen Dr. Luther zu schreiben. Ihr seid Zeugen. Macht es überall bekannt.

LUTHER Zeugen, Zeugen. Das bedarf es nicht. Wir brauchen doch keine Zeugen, alter Junge, so unter uns. Habt ihr Bier? (*zwei Krüge werden gereicht*) Hier, alter Knabe, auf dein Wohl. (*Sie stoßen an und trinken. Karlstadt und die Bauern ab. Luther nach links.*)

Tisch vorne links

LUTHER Ich verlange, daß Karlstadt sofort des Landes verwiesen wird.

SPALATIN Er will nach Wittenberg kommen und sich rechtfertigen.

LUTHER Er muß ausgewiesen werden. Sofort.

SPALATIN Die Gemeinde hat uns geschrieben. Jetzt im Winter. Er hat ein kleines Kind, und seine Frau ist schwanger. Die Leute stehen auf seiner Seite, das gibt doch nur Unruhen.

LUTHER Ich bestehe darauf, und ich bestehe darauf. Und der Münzer muß auch weg. Alle beide weg. Sonst garantiere ich für nichts mehr. Aufruhr, Mord, Revolution.

SPALATIN Das laßt unsere Sorge sein.

LUTHER Eure Sorge? Auf einmal? Das ist ja nett. In tausend Jahren ist keiner wie ich für die Herren eingetreten. Erst durch mich haben die Herrschenden ein gutes Gewissen.

SPALATIN Wird dankbar anerkannt.

LUTHER Fast könnte ich mich rühmen, daß seit der Zeit der Apostel weltliche Macht und Obrigkeit nie so klar beschrieben worden ist als durch mich. Auch meine Feinde müssen das zugestehen. Dafür habe ich dann als Lohn den Dank verdient, daß meine Lehre als aufrührerisch und als der Obrigkeit widerstrebend gescholten und verdammt wird.

SPALATIN Ein Irrtum der Journalisten.

LUTHER An dem Ihr fleißig mitgewirkt habt. Ihr habt da mit mir in Worms ein Stücklein aufgeführt, das wird Euch nie vergessen werden. Da saßet Ihr wie die Larven und Götzen um den Kaiser, der von diesen Dingen nichts verstand, und ich mußte tun, was Euch gefiel, und dann habt Ihr mich ohne alles Recht verdammt.

SPALATIN Nur pro forma. Ihr wißt das.

LUTHER (*brüllt*) Aber die Welt nicht! Wie steh ich denn da? Als Aufrührer, Empörer, Revolutionär. Aber Ihr werdet noch sehen. Ich bin der Block, der Gott im Wege liegt. Wenn ich sterbe, so wird er dreinschlagen.

SPALATIN Ihr übertreibt, wie immer.

LUTHER Und wenn nun mein Leben vor Gott so viel gilt, daß, wo ich nicht lebe, Ihr Eures Lebens und Eurer Herrschaft nicht mehr sicher wäret? Wenn nun mein Tod Euer aller Unglück wäre?

SPALATIN Werdet bitte nicht hysterisch.

LUTHER (*reißt seine Jacke auf*) Tötet mich doch, bitte, hier bin ich, tötet mich, und weckt mich ja nicht noch mal auf. (*Spalatin schaut gelangweilt umher. Luther knöpft seine Jacke wieder zu.*) Ja, ich weiß, ich habe von den Tyrannen dieser Welt nichts zu leiden, während andere ermordet und verbrannt werden. Dafür habe ich aber um so mehr mit dem Teufel zu kämpfen.

SPALATIN Das ist nun wirklich Eure Sache.

LUTHER Der Karlstadt muß weg. Er verfälscht die reine Lehre.

SPALATIN Also gut. Ausweisung.

LUTHER Und der Münzer auch.

SPALATIN Um den kümmern *wir* uns schon.

LUTHER Ich danke Gott. (*Beide ab*)

DIETER KÜHN
N

Kein Kniefall Frankreichs vor einem jungen Konsul N gemalt, der galant der Dame wieder auf die Füße hilft; kein Bericht über Bocksprünge im Park von Malmaison, und der Maler Isabey verwechselt N mit einem Spielpartner, weil er krumm geht, mit den Händen auf dem Rücken: Isabey bespringt ihn, springt zu kurz, sitzt im Nacken auf, reißt N zu Boden; kein feuriges Pferd gemalt, Vorderläufe dramatisch erhoben, Mähne und Schweif nach vorn geweht, die Augen groß zum Reiter hochgedreht, dessen Umhang ebenfalls nach vorn weht, dessen Hand voranzeigt, ein Kanonentransport im Hintergrund; kein Kaiserkopf N als Handgriff eines Siegelstocks; kein mittelgroßes Arbeitszimmer beschrieben in einem Schloß Malmaison, Fenster zum Garten, ein broncebeschlagener, auf Greifentatzen ruhender Schreibtisch, ein Stuhl in antiker Form, die Lehne mit grünem Kaschmir bezogen; kein Gespräch in einer Bauernhütte am Vorabend einer Schlacht, und N sagt, die Politik und nicht ein antikes Verhängnis müsse Triebfeder moderner Tragödien sein; kein Großgemälde, das N in Herrscherpose zeigt an erhöhtem Tisch im Staatsrat, geduckt und schräg hochschauend ein Protokollführer, viele Arme ausgestreckt zum Gruß; keine N-Köpfe aus bunt bemaltem Porzellan zum Aufstellen auf Regalen; kein Mameluck, dessen Name Roustam überliefert wird, nebst Beschreibung seines weißen Turbans, seiner roten Samtweste, seiner weiten Pluderhosen, seiner kunstvoll gearbeiteten Pistolen im Gürtel; kein Schlachtengemälde von Jena, Bewegung nach links, Murats Dragoner greifen die Sachsen an, Attacke im staubenden Galopp, N auf einem Schimmel, grauer Mantel, Dreispitz, das Offizierkorps auf unruhigen Pferden; keine Gazellen, die im Park von St. Cloud vertraulich zum Kaiser kommen, sobald er Tabak schnupft; keine Bewegung von Truppenkarrees, schachbrettförmig, nach ägyptischem Muster, zwischen Scharatitz und Kobelnitz, zwischen Posorzitz und Telnitz, zwischen Sokolnitz und Krenowitz, zwischen Bellowitz und Blaschowitz; kein Erster Konsul gemalt vor Malmaison, das Schloß rechts im Bildhintergrund, Wiesen, geschlängelte Wege, seine rechte Hand über dem dritten Westenknopf in die Weste geschoben, hautenge, helle Beinkleidung, Stulpenstiefel, schwarzer Hut mit historischer Kontur; kein Kaiserkopf N mit Lorbeer auf einem Parfumflacon; kein Marsch durch polnisches Gebiet, Stiefel, die im Schlamm steckenbleiben, sich festsaugen, und die Soldaten müssen sie mit beiden Händen herausreißen wie Rüben; keine Jagden, vor denen sich die Gäste fürchten, weil N rasch schießt, ungenau zielt, nie fest genug anlegt, die Gewehre zu stark mit Pulver geladen, statt einem Eber ein Treiber angeschossen; kein Kaiser N mit zweckentsprechend weitem Mantel als Tischglocke; kein Schlachtengemälde von Austerlitz, N reitet von rechts heran, siegessicher, Walstatt mit zerstörter Kanone, toten Kanonieren malerisch gruppiert, ein Verwundeter hebt die Hand, Rapp sprengt heran, Kopfbedeckung verloren, orientalischer Krummsäbel locker am Handgelenk, eine Hand weist zurück auf einen gefangenen Fürsten; keine Berichte über Ns Lektüre im Reisewagen, Bücherseiten mit dem Zeigefinger aufgefetzt, unwichtige Bücher aus dem Fenster geworfen, wichtige Bücher aufbewahrt, mit Strichen, Notizen; kein Triumphzug gemalt, nackte Kindergenien voran mit Flügelchen und Palmwedeln, vier Pferde, ihrer historischen Bedeutung mimisch bewußt, drei Grazien, eine in Saiten greifend, weitere allegorische Damen rechts und links von N im römischen Siegeswagen, die Kleider unter den Busen modisch tailliert; keine Füsilierten an polnischen Straßen, Plünderer und Tafeln an Pfählen, Warnungen in gelber Ölfarbe an nachrückende Truppen; kein karikierter Kaiserkopf auf der zweizinkigen Gabel von John Bull; keine Berichte über ein Wasserfaß, das auf einer Straße explodiert, wenn sein Wagen vorbeifährt, 8 Tote, 28 Verwundete, Sachschaden rund 150 000 Francs, N fährt unverletzt weiter zur Oper; kein Notlazarett vor Preußisch-Eylau, abgeschnittene Arme, Beine, Schenkel zwischen den Toten vor der Remise, Chirurgen blutverschmiert, Verwundete brüllen vor Kälte und Schmerzen; keine kaiserliche Silhouette gemalt vor grauem Himmel, berühmter Hut, Truppen im Hintergrund, eine Mühle und Grenadiere, die maulen, aber folgen; kein Marsch über das Guadarramagebirge, Schneesturm, ein Soldat hält sich am anderen fest, N rittlings auf einer Kanone, Durchquerung des Winterflusses, Beine krebsrot, im Laufschritt weiter, zweite Durchquerung des gleichen Flusses, Erschöpfte bleiben zurück, Erschöpfte erschießen sich; keine Berichte über Arbeitsgewohnheiten des Kaisers N, der sich frühmorgens Zeitungen und Berichte an die Badewanne bringen läßt; keine Krönung gemalt auf riesiger Fläche zur Zufriedenheit des Kaisers. Hofstaat, Geistliche, Offiziere, ein Papst, Damen lächelnd, Herren ernst, Mutter bewundernd, Vater leider abwesend, feierliche Bewegung, N setzt sich die Krone selbst auf; kein Kaiser N auf wildem Pferd, mit Hut grüßend, auf Kaminuhren; kein Leutnant sieht, wie hunderte von Pferden im Morast steckenbleiben beim Vormarsch in Rußland, wie sich Soldaten nachts an Bäume lehnen müssen, weil der Morast zu tief ist zum Hinlegen; keine Berichte über eine Begegnung zweier Kaiser auf einem Floß im Njemen, auf dem Dach des Verhandlungsraumes Wetterfahnen in Nationalfarben, Wände bemalt, Laubgirlanden, kaiserliche Insignien über den Türen; keine Ruhr unter den Truppen in Rußland, und der Offizier muß im Biwak die Windrichtung bestimmen, bevor die Soldaten in den Wald laufen, weil sonst nach wenigen Minuten das Lager verpestet ist; keine Kaiserpuppen mit sehr großen Ferngläsern vor dem Bauch; kein Kaiser N gemalt auf einem Schlachtfeld bei Preußisch-Eylau, Schnee, Wolken, Rauch, eine Kirche mit Friedhof im Hintergrund, Marschkolonnen, Schützenreihen, Batteriestellungen, und Tote, Verwundete im Vordergrund garniert, Glotzaugen, unter zwei Toten hervor winkt ein Verwundeter, weil der Kaiser auf einem Schimmel heranreitet, segnende Gebärde, immer noch jemand, der N zuwinkt; kein Hohlweg von Ebensberg, mit Leichen fast aufgefüllt: zusammengeschossen, niedergestochen, von Kartätschen zerfetzt, von eigenen Kanonen überrollt beim Entlastungsangriff, weg über Tote, Verwundete, Erschöpfte, blutiges, angekohltes Fleisch, in dem Pferdehufe versinken, Fleischbrei, Fleischmatsch, die Straße muß freigeschaufelt werden; keine kaiserlichen Unterhosen aus Leinwand, Unterhemden aus feinstem englischen Flanell, Stück für Stück mit gekröntem N gezeichnet; keine Schlacht bei Borodino, Kavallerie unter hohen Verlusten vorgeschickt gegen massiertes Gewehr- und Artilleriefeuer, Murat vorne, er wirft seiner dezimierten Truppe nach jeder feindlichen Salve Kußhände zu; kein Major schneidet sich in Rußland wegen völliger Erschöpfung mit seinem Rasiermesser die Kehle durch; kein Kamin gemalt, an dem der Kaiser sitzt, Beine ausgestreckt, Arme verschränkt, Kopf mit Hut nachdenklich gesenkt, eine Kerze auf dem Tisch neben ihm, ein unbenutztes Bett hinter ihm; keine Munitionswagen, Kanonen hinweg über Tote, Verwundete, Erfrorene, Erschöpfte, über Soldaten, die vereiste Straßen hochkriechen; kein Kaiser N als Handgriff von Brieföffnern; keine Gefangenen nackt in den Schnee gelegt, fünf Dutzend, die Köpfe auf einen gefällten Kiefernstamm gereiht, und russische Bauernfrauen schlagen mit Knüppeln auf diese Köpfe, ringsum bewaffnete Bauern; kein Kaiser N auf englischer Karikatur in kollegialem Gespräch mit dem Tod als Gerippe, der eine auf einer Trommel, der andere auf einem Kanonenrohr; keinem erkrankten und völlig erschöpften Oberleutnant wird in Rußland befohlen, von seinem Tornister aufzustehen, Schreierei, weil er wankt und nicht weiterkommt, er reißt dem nächsten Soldaten das Bajonett vom Gewehr, stößt es sich in den Bauch, verreckt nach vierundzwanzig Stunden; keine Pferde, denen das Fleisch von den Knochen geschält wird, bevor sie tot sind, das Fleisch roh verschlungen; kein Bericht über ein russisches Haus, das niederbrennt, und die Soldaten drinnen kommen nicht raus, hatten Fenster und Türen mit Balken verrammelt, um nicht aus der Wärme vertrieben zu werden: draußen Soldaten, die sich an diesem Feuer wärmen, Schreie drinnen, draußen Soldaten, die am Bajonett Pferdefleisch in das Feuer halten, Schreie drinnen, draußen Soldaten, die sich die Hände am Feuer wärmen, Schreie drinnen; kein Tableau von Philippoteaux gemalt, Episode des russischen Rückmarschs, Mann mit Bart und Kopftuch, ein Arm in der Binde, ein Arm mit Pistole um ein Kind gelegt, das erfroren ist, erfrieren wird, Leichen im Schnee, Vögel aus grauem Himmel herab; keine Rajewski-Schanze gestürmt: Pferdekadaver, Leichen, Verwundete, Verstümmelte, Zerfetzte, Schreiende in sechs bis acht Schichten übereinander, Soldaten, die über die Leichen steigen, Tornister plündern, Chasseurs, die sich an den Ecken von Leichenquadraten aufstellen müssen, und die Körper werden abgezählt; kein General muß um Suppe feilschen, die Soldaten in einer Hütte kochen, sechs Francs für zehn Löffel, und er muß nach dem ersten Löffel fragen, woraus die Suppe gekocht sei, muß erfahren, sie sei aus Menschenfleisch gekocht, ein recht gutes Essen; kein Übergang über die Beresina, schreiende Flucht vor anrückenden Russen, Körper in Morast gestampft, Körper zwischen Eisschollen versackend, Körper niedergetrampelt, Kolben in Gesichter gestoßen, Körper, die sich an Körper festkrallen, Körper, die sich von Körpern losschneiden, Körper, die Körper ins Wasser reißen, 17 000 Tote und Verwundete; kein Lazarett in Wilna mit 7 500 Leichen im Hof, in den Gängen gestapelt, Fensteröffnungen gegen den Eiswind zugestopft mit amputierten Armen, Füßen, Händen, Beinen, Rümpfen, Schädeln

KLAUS STILLER
H. Protokoll

Mein ganzes Leben war nichts
als ein ständiges Überreden.

Hitler, Tischgespräche 18.1.1942

Zum Beispiel würde er es für völlig verfehlt halten, die Ahnen als irgendwelche toten Geister zu verherrlichen, denn erstens habe er persönlich mehr als einen tiefgreifenden Einblick in das Reich jener Heroen gewinnen dürfen, und zweitens lebe in seinem eisernen Willen etwas von jenem gewaltigen Kampfesmut weiter, von dem die verklärten Leiber besagter Heldengestalten gewiß noch Jahrtausende später ein bezeichnendes Lied würden singen können.

Nur müsse er immer wieder nachdrücklichst davor warnen, die vielerorts verstaubten Bilder der Ahnen in der Rumpelkammer der Weltgeschichte zu belassen, wo dann vielleicht einem wirklichen Helden von Größe und Gewicht eines Siegfried das erbärmliche Schicksal irgendeines barbarischen Untermenschen zuteil würde. Die Heldentaten der Ahnen könnten immer nur durch völlige Einstimmung in vergangene, nebelumwitterte Zeitläufte verstanden

werden. Außerdem gäbe es absolut keine todsichere Garantie dafür, daß nach seinem Ableben dereinst nicht irgendein schwachköpfiges Würstchen auftauche und sein Maul mit der abgeschmackten Bemerkung voll nehme, er als der alleinige Organisator einer schlagkräftigen Truppe mutigster Musketiere habe das gesamte Strauchrittertum noch viel zu sanft angepackt. Ja, vielleicht ginge ein solcher Einfaltspinsel dann sogar noch so weit, ihn als einen erbitterten Geflügelfeind hinzustellen, nur weil er im Verlauf des Rachefeldzugs alle Elemente rücksichtslos an die Wand würde haben stellen lassen, die es sich in den Kopf gesetzt haben würden, bis zum letzten Atemzug den Strauchdieben ihre stinkigen Brathühner aus der Hand zu reißen.
Dabei sei doch allgemein bekannt, daß solch siebengescheite Jämmerlinge ihre Mäuler immer nur genauso voll zu nehmen pflegten, wie es ihnen an persönlicher Schneid ermangele, auch nur einer winzigen Mücke ein Haar zu krümmen.

Ohne eherne Schilde und stahlharte Schwerter hätten die heldenmütigen Ahnen in grauer Vorzeit niemals mit sämtlichen Widersachern aufräumen können und nur mit Hilfe siegreichster Lanzen habe man einst das Reich der Ahnen auf einem mit Heldenblut völlig durchtränkten Boden zu einem wahrhaftigen Hort aus Donner und Blitz zusammenzuschweißen vermocht. Ein Mann wie Siegfried habe sich bei seinem Kampf mit Drachen und Untieren wohl weniger auf irgendeinen wackeligen Kompaß verlassen als vielmehr auf seine in heißester Feuersglut geschmiedeten Waffen.

Nicht nur das Beispiel der Spartaner verdeutliche immer wieder, daß das größtmögliche Maß an absolutem Todesmut stets nur durch straffste Zusammenfassung sämtlicher aus bestem Menschenmaterial hervorgegangenen kampfbereiten Musketieren zu erreichen sei. Denn Kampf sei Opfertum, Opfertum aber erfordere Todesbereitschaft. Was würde wohl von den einstmals stolzen Heldenburgen und -tempeln der hehren Ahnen übrigbleiben, wenn jene Heldengestalten in ihm nicht ihren vertrauenswürdigsten Verbündeten gefunden hätten, der sich der baldmöglichsten Renovierung jener Prachtbauten mit tiefinnerster Seele zu widmen wünsche.

Ohne eine starke Hand und ohne eine zu letzten Konsequenzen entschlossene Kämpfernatur, wie sie seiner Persönlichkeit eigen seien, könne der gesamte Schmutz nicht weggeräumt werden, der sich in Jahrhunderten der Kulturlosigkeit nun leider angesammelt habe. Der große Rachefeldzug habe sich gleichsam im grandiosen

Mammutunternehmen der geplanten Restaurierungsarbeiten widerzuspiegeln. Je früher man den Schritt wage, die von Wind und Wetter bis zur Baufälligkeit ausgehöhlten Heldenburgen und -tempel in ihrer einstigen Größe wiederherzustellen, desto eher würde das gesamte, heute noch in warmer Stube dahinsiechende Kleinbürgertum in den Genuß kommen, in dem dräuend über die Lande schauenden uralten Gemäuer den geheimnisvollen Hort des von den titanischen Ahnen gehüteten Erbes bruchstückhaft zu erahnen.

Allein, die Modernisierung der verwitterten Heldenburgen und -tempel dürfe nicht in die verwelkten Hände irgendwelcher feinsinniger Kaffeetanten oder hochtrabenden Hanswurste gelegt werden, so als handele es sich bei diesem längst fälligen Mammutunternehmen um das höchstprivate Steckenpferd hinterwäldlerischer Naturfreunde oder Heimatkundler, denen jene unvergleichlichen Meisterwerke der Baukunst ohnehin nichts weiter bedeuteten als, wiewohl gigantische, Fixpunkte in der durch und durch unheroischen Landschaft, ja, deren allerliebste Vorstellung es vielleicht sei, jene Prachtbauten mit völlig verkitschten Pastellfarben über und über zu beschmieren, um sie auf Schleichwegen ihres wahren Charakters und ihrer wilden Größe zu berauben.

Wenn er immer wieder die Wahl des richtigen Farbtons hervorhebe, so geschehe das nicht etwa nur aufgrund scines feinen natürlichen Farbempfindens, sondern sei eigentlich die einzig denkbare Konsequenz, die er aus dem Studium des gesamten, noch vorhandenen einschlägigen Bauplan-Materials gezogen habe. Nichts rechne er sich persönlich so hoch an, als herausgefunden zu haben, daß die Ahnen die Außenwände ihrer Burgen und Tempel mit geradezu himmelschreienden Farbtönen zu verzieren gepflogen hätten, wobei das Hauptaugenmerk natürlich darauf gerichtet gewesen sei, einen möglichst großen Prozentsatz feindlichen Bluts in die Farbe selbst mithineinzumischen.

Überhaupt spiele er mit dem Gedanken, ob man jene Prachtbauten nicht ganz und gar mit feindlichem Blut anstreichen sollte, und zwar immer und immer wieder, so lange, bis die altehrwürdigen Gemäuer jedes an den unvergänglichen Heldentaten der Ahnen orientierte Gemüt unverzüglich würde höher schlagen lassen und jeder hinterlistig lauernde Wegelagerer wie ein Blitz in sein verrottetes Schlupfloch würde zurücksausen müssen.

Und was die innere Ausgestaltung der Heldenburgen und -tempel betreffe, so wolle er sich dereinst ein ganz besonderes Vergnügen daraus machen, aus allerlei geheimen Schubladen eine ganz ungeheure Flut persönlicher Entwürfe hervorzuzaubern, wie er sie auf einsamen Wanderungen seiner Jugendjahre immer wieder angefertigt habe, nicht viel mehr mit sich führend als ein paar bescheiden anmutende Rot-, Blau- und Grünstifte. Denn gerade ihn, der von frühester Kindheit an den Künsten gelebt und gedient habe, beschäftige der Gedanke an die Innenausstattung, wie man sich denken könne, immer wieder ganz außerordentlich.

Deswegen sei er fest entschlossen, im günstigsten Augenblick diese seine dreifarbigen frühen Skizzen völlig offen und für jedermann sichtbar auf den Tisch zu legen, damit sich sofort alle diejenigen würden melden können, die mit besserer Kost aufwarten zu können vermeinten. Ganz abgesehen davon, daß es, weltgeschichtlich gesehen, ein ausgesprochen unverzeihlicher Frevel, ja eine bodenlose Frechheit wäre, die allerschönsten Denkmäler ausgerechnet den Wegelagerern und Strauchdieben als Tummelplatz für ihre Orgien zu überlassen, damit sie dort, sich wie Tiere benehmend, ihre stinkende Notdurft verrichteten.

Er selber wolle auch keineswegs verhehlen, notfalls brachialste Mittel zum Einsatz zu bringen, um die zunehmend dreister werdenden Strauchritter von den weltgeschichtlich bedeutsamsten Baulichkeiten entfernt zu halten. Nur so sei die absolute Garantie dafür gegeben, daß bei den in Aussicht genommenen Restaurationsarbeiten nicht jedesmal wieder eine komplette Lastwagen-Kolonne mit Kotladungen in Gang gesetzt werden müsse.

Wenn er im derzeitigen Augenblick auch mutterseelenallein den Gesamtplan für dieses wirklich gigantische Werk zu Ehren der titanischen Ahnen schlechthin ausarbeite, so sei er nichtsdestoweniger zutiefst von der heiligen Überzeugung beseelt, daß schon bald viele freiwillige Helfershelfer an seiner Seite stehen würden, und zwar in so massenhafter Zahl, daß es hernach wirklich schwer fallen könnte, unter diesen für ganz andere Riesenaufgaben von heute auf morgen wiederum die rücksichtslosesten Burschen herauszuschälen.

Hermann Lenz
Im inneren Bezirk

4

Er fuhr wieder hinaus nach Lochham zum Hof dieses Geheimrats Bachschmid. Er kannte sich dort aus, und es war so, als ob er immer bei den Bachschmids gewohnt hätte. Sich im Fremden zu Hause fühlen, das hatte er gelernt. Jede Veränderung fällt dir gewissermaßen leicht; du gewöhnst dich sehr rasch ein … Überhaupt: was war es schon, das ein Leben ausmachte? Ein Abwechseln verschiedener Lebenssphären, ein unmerkliches Anderswerden, ein Verschieben der Kulissen; und du wirst anders, ohne daß du's merkst (trotz deiner siebenundfünfzig Jahre); und daß du keine andern Leute kennenlernst als solche, die zu dir gehören, weißt du auch … Jedes andere Tor blieb fest verschlossen, und daß er beispielsweise niemals mit Hausmeister Weigold befreundet sein konnte, obwohl der bei ihm in der Kompanie gewesen war, das dürfte selbstverständlich sein. Schließlich wär es dasselbe gewesen, wenn er sich mit Zipf befreundet hätte … So etwas ging nicht.

Aber auch mit Bachschmid war er nicht befreundet; er war nur hier, weil sie über eine gewisse Sache gleicher Meinung waren und weil Geheimrat Bachschmid viele Leute kannte. Der Mann dachte ans Geld, ein Finanzexperte, und war als solcher für eine neue Regierung brauchbar, die ein Wunschtraum blieb.

Der Geheimrat war ein Menschenkenner wie alle, welche nah am Boden lebten; ein Försterssohn, der sich einen Gutshof erworben hatte, weil der Herr seines Vaters Gutsbesitzer gewesen war. Er überließ das Gut einem Verwalter und verwirklichte einen Wunschtraum seines Vaters, blieb aber trotzdem außerhalb. Und du selbst bist Offizier geworden, weil dein Vater Offizier gewesen ist, obwohl du am liebsten nichts tätest, weil du dich nirgends zugehörig fühlst. Immer haben dich nur Fäden mit etwas verbunden wie jetzt mit diesem Bachschmid und mit denen, die sonst noch dazugehören. Aber nur lose und recht locker hängst du mit denen im gleichen Netz; sie sind deine Kameraden, und letzthin gehen sie dich gar nichts an … Wie Stühmer, der auch nur deshalb mit Geheimräten und Diplomaten in Verbindung steht, weil er, wie du, der Meinung ist, der Regierungschef müsse verschwinden; und Stühmer würde es niemals einfallen, mitzumachen und sich verantwortlich zu fühlen, wenn das Ziel erreicht war. Denn was war letzthin mit dieser ›Verantwortung‹? Es gab sie nicht, weil damit doch nur Egoismus gemeint war. Man blieb dabei und machte mit, solang es währte; und alles währte nur so lange, bis es nicht mehr galt. Weshalb es dann aber auf einmal nicht mehr galt, das wußte niemand.

Selbstgespräche eines älteren Herrn über Kurzlebigkeit. Und was war dauerhaft? Beispielsweise dieses lockere und durchlässige Dach über der Gartenmauer: Akazienlaub, das sich aus dem Garten emporreckte und an Nußbaumblätter rührte, die sich von der andern Straßenseite über den Weg streckten. Die Zweige hatten Goldblätter wie Münzen, und alles war luftig geschichtet, übereinander ausgelegt, gefaltet und gefächert. Die Straße senkte sich, was wichtig war; denn nur ein Weg, der sich sanft senkte, hatte jene nachhaltige Wirkung aufs Gemüt eines älteren Herrn, der lieber hier vorbeigegangen wäre, als drüben im Gutshof etwas zu tun, das man einen Auftrag erfüllen nannte; denn so etwas war immer schlecht.

Er blieb stehen, wartete. Am Weg lag ein modernder Baumstrunk; mit der Stockspitze stieß er hinein und dachte: nachgiebiger als Brot ist es auf jeden Fall. Und er bückte sich, hob ein Stück des aufgeweichten Stamms wie einen mürben Deckel ab und sah in ein Nest gallertiger Kugeln, jede perlengroß und innen einen braunen Punkt: Eidechsen-, Blindschleichen- oder Kröteneier und bisher ungestört.

Dann kam Max auf ihn zu, der Sohn des Geheimrats; den hatte er für seine Tochter vorgemerkt. – »Haben Sie einen Schatz gefunden?« fragte der, und dann sahen sie zusammen diese Reptilieneier an, die im feuchten Mulme ruhten. – »Beim Väti ist ein Mann drinnen, den hab' ich hier noch nicht gesehen«, sagte Max.

Er fragte, wie er aussehe, und erfuhr, es sei ein Hagerer. Hatten sie also bei der Gestapo schon etwas gemerkt, obwohl dort Stühmer alles abgedichtet hatte? Vielleicht war es einer von Stühmers Leuten, der auf ihn wartete. Und er ging mit Max ins Haus.

Es war ein angegrauter Mann im Lodenmantel, der neben dem Geheimrat auf einen Platz zeigte und sagte: »Dann geht die Leitung also hier durch.« Sein rissiger Fingernagel strich übers Kartenblatt. Der Geheimrat nahm die randlose Brille ab, sah in den Garten und sagte: »Dort ist's am günstigsten. Dort zapfen Sie das Kabel an.« Und zu Max: »Es handelt sich um eine Alarmanlage. Sie wollen uns eine Sirene aufs Dach setzen. Der Herr ist vom Luftschutz.«

Draußen schlug der Gong. Maxens Schwester Marlene kam herein und griff sich auf der Schulter unters rote Kleid. Sie fragte den

Geheimrat: »Ist der da auch beim Abendessen?« und deutete auf den Mann im Lodenmantel. Bachschmid schüttelte den Kopf. Marlene kämmte sich ihre dichte Mähne mit den Fingern, die Augen weit und den Mund dick geschminkt. Sie zündete sich eine Zigarette an: Rauch quoll über ihre Zähne; sie hatte große und gesunde Zähne und grinste ungestüm.

Beim Essen saß er neben ihr und fragte, wie sie lebte. – »Sie meinen in Italien? Elegant und mit Komfort in einer alten Villa. Der Garten ist weit, und die Villa hat rötliche Sandsteinflanken. Im Garten sind Springbrunnen, wie es sich gehört.« – »Und Ihr Mann?« – »Er trägt oft Uniform. Schwarz und Gold: Enorm dekorativ!« – »Mehr ist über ihn nicht zu berichten?« – »Was wollen Sie, er ist doch Funktionär.«

Max lachte und sagte: »Hoffentlich funktioniert er auch innerhalb des Hauses.« Das war zwar grob, aber Marlene schien es zu gefallen. Sie lachte und schob einen Kerzenleuchter auf die Seite; dann nahm sie vom Salat, der ihr zwischen den Zähnen knirschte, denn es war Chicoree aus Italien, ein bitterlich schmeckendes Kraut. Max sagte, wenn sie hinter hohen Hecken und in der Stille wohne, könne sie ihr Haus Verschwörern zur Verfügung stellen, er meine: als Treffpunkt und als Unterschlupf …

Marlene sah den Geheimrat an, fragte Max, ob er spinne, und streifte ihren Nachbarn mit einem Blick, den er nicht deuten konnte; vielleicht wollte sie sagen: Ich weiß mehr, als du mir zutraust … Wenn sie mit ihrem Mann, dem Parteifunktionär, schlecht stand, konnte es möglich sein, daß sie sich andere Gedanken machte und deshalb vom Geheimrat eingeweiht worden war. Nein, der erzählte nichts.

»In der Jugend«, sagte Marlene, die fünfundzwanzig Jahre alt sein mochte, »lockt es jeden, gegen so etwas wie ›das Bürgerliche‹ aufzumucken.«

»Heute nicht. Und warum? Weil die Atmosphäre knistert. Das Unerwartete hängt über uns. Ich meine: Die Regierenden sorgen heutzutage schon für Abwechslung«, sagte von Sy.

»Ich möchte in keiner anderen Zeit leben«, sagte Max. Er sprach laut, und seine Augen waren zwei stählerne Ritzen.

»Aber was mich betrifft, so bin ich mehr fürs Uninteressante. Und meine Tochter Margot …«

»Ja, erzählen Sie von ihr. Das ist unterhaltsamer als Kampfgeschrei«, sagte Marlene, und er versuchte, seine Tochter zu beschreiben, allerdings von innen her, obwohl er ihr Gesicht beim Erzählen vor sich sah; übrigens ein wegblickendes Gesicht und keines, das genau zuschaute. Aber seine Tochter fand jede Art von Getümmel sozusagen unerfreulich, auch durchdringende Stimmen, Kommandotöne undsoweiter, waren nicht nach ihrem Sinn. Sie wolle unabhängig bleiben, suche aber wahrscheinlich trotzdem einen Menschen, mit dem sie sich eventuell verstehe; das sei gut möglich … Beim Gehen sah sie hinaus in die Straßen, aber mehr so, als ob sie ihr Gesicht als Schild benütze, oder wenigstens als engmaschiges Sieb … Denn alles durfte nicht ins Gehirn dringen, was von außen kam, o nein. ›Zutritt verboten‹, sagte sie zu vielerlei, freilich ohne es auszusprechen. Deshalb wirkte sie auf Außenstehende teils verschlossen, teils geheimnisvoll. Und einmal hatte sie zu ihm gesagt: »Den Regierungschef verstehe ich nicht ganz. Warum will er denn eigentlich alles umkrempeln? Es wird ja doch nicht anders. Mir kommt's vor, als wär der immer sechzehn.« Und als er dies am Tisch erzählte, fügte er hinzu, er glaube, sie habe es wahrscheinlich positiv gemeint, also weil der Mensch doch zwischen sechzehn und fünfundzwanzig unbefangen sei. – »Eben als Jugendlicher, meine ich, und viele sind so bis ins hohe Alter«, sagte er und wollte noch erzählen, daß seine Tochter Margot letzthin nur mit älteren Männern etwas anfangen könne, verbiß sich's aber, als er Max anschaute. Und er dachte, daß er das Ziel (seine Tochter mit ihm bekanntzumachen) nicht genau genug verfolge, daß ihm zuviel dazwischenkomme, unter anderem auch der Gedanke, er tauge weder zum Verschwörer noch zum Kuppler. Und dann, daß er angesaugt werde von etwas, das vielleicht in ihm lag oder auch außer ihm, und das verhinderte, daß er seine Gelenke lockern konnte; also etwas, das ihn lähmte; das ihn auch im Gespräch entweder abschweifen oder verstummen ließ. Jetzt beispielsweise war er verstummt und drehte Brotkrümel, die an graue Schrotkugeln erinnerten; aber damit einen guten Gedanken treffen, das war Glücksache … Und als Marlene sagte: »Einer, der wie sechzehn ist, will das Leben verändern!« und lachte, kam er mit ihr in ein Gespräch hinein, von dem er dachte, daß es nüchtern sei. »Da will einer das Leben ändern, und worauf läuft seine Anstrengung hinaus? Auf Grausamkeit. Uns andern bleibt nichts andres übrig als es abzuwarten.« Und er erzählte von Höhlenzeichnungen in Spanien und in Südfrankreich, die er im letzten Jahr gesehen hatte: »Zwischen vierzigtausend und zehntausend vor Christi Geburt in die Wand gekratzt und mit Wisentblut gefärbt. Frisch, wie gestern gemacht. Und den Gelehrten kommt's dabei auf dreißigtausend Jahre hin oder her nicht an ... Also, ich meine: Diese enormen Zwischenräume, und alle voll Leben, und niemand weiß darüber irgendwas Genaues ... Eigentlich beruhigend, nicht wahr?« Und es kam ihm vor, als ob er neben seiner Tochter säße. Dann überlegte er, ob er einmal ›der Regierungschef‹ oder ›der Führer‹ gesagt hatte, denn vor Max hätte er ›der Führer‹ sagen müssen. Bei Marlene freilich machte es nichts aus, denn die war verheiratet mit einem faschistischen Funktionär; die kannte doch dieses nach außen gleißende Gehäuse, diesen Gralsberg der Regierenden von innen her; und innen hatte solch ein Gralsberg an allen Mauern eine pelzige, faulende Schicht, von der Säure herabtropfte.

Aber er geriet ins Spintisieren. Vielleicht war die Nähe der Nacht schuld daran, die vor den Fenstern ruhte. Nachher würde er mit Bachschmid die Chancen für diese geheime Sache, den Versuch, der in Berlin mißglückt war, überlegen und über Stühmer berichten; denn Stühmer glaubte auch nicht mehr daran. Es fehlte ja die sogenannte Resonanz im Volk.

Guntram Vesper
Kriegerdenkmal ganz hinten

Endlich darf eine große schwere Arbeit unserer männlichen Jugend nicht unberührt bleiben, welche die allgemeine Pflicht auf ein Jahr unter die Waffen ruft: der Militärdienst. Die Entwicklung der Operationen verbietet augenblicklich noch eine Beschreibung der bisherigen schweren Kämpfe. Soviel kann aber bereits heute gesagt werden: unser Land darf stolz sein auf seine Söhne, die unter unerhört schwierigen Verhältnissen ihren harten Dienst erfüllen. Die feindliche Besatzung erwiderte das Geschützfeuer zwar, doch vermochte sie den Belagernden nicht zu schaden. Ich weiß mich außerordentlich verletzlich und fühle, wie Metall mein Fleisch zerreißt. Noch heute aber stecken die Mütter ihren Söhnen vor der Musterung eine Schachtel Tabletten zu. Alles Gewohnte soll anders werden. Sofort verließ der Feind Eschefeld und Frohburg und zog sich in der Richtung gegen Lausick zurück. Sein Versuch, die Brücke über die Wyhra anzuzünden, wurde verhindert, und so erreichte man ihn bei Steinbach und Flößberg. Das Rittergut Flößberg besaß hundertfünfzig Hektar Land und zeichnete sich durch einen weitläufigen Gutshof aus. Der Markierer jedoch glaubte eine Rüstungsfabrik unter sich zu haben und begann gegen drei Uhr am Morgen Christbäume zu setzen. Mittags hätten die Polen sich des überraschend angefallenen Fohlenbratens erbarmt. In den letzten Krieg zogen Tausende mit gedruckten Schutzbriefen, die kugelfest machen sollten und Himmelsbriefe hießen, weil sie vom Himmel herabgefallen zu sein vorgaben. An der Wolga angekommen, vernahmen viele die Versprechungen ihrer Hinterbliebenen kaum noch. Und aus der Ferne, was hören wir. Selbst das auf seine Freiheit so stolze Amerika trennt Kinder von ihrer Mutter und verkauft sie einzeln, wenn es nicht die Familie samt und sonders unterbringt. In den Arbeiterstädten unserer alten Welt sind ganze Familien zu harter Arbeit verdammt, ohne dadurch auch nur bleibend vor Mißgunst bewahrt zu sein, dieser Mutter der Verzweiflung, dieser Lehrerin des Verbrechens. Als Kampfschwimmer ist er der Prototyp des modernen Soldaten. Serien werden nicht nur entwickelt, sondern auch präsentiert. Das erste Stipendium erhalten Sie bei uns für ein Studium in moderner Führungspraxis. Das zweite Stipendium bewilligen Sie sich selbst durch Ihre geldliche Abfindung. Wir gewähren sie Ihnen für den Fall, daß Sie nur eine Zeitlang bei uns Erfahrungen sammeln wollen. Außerdem, wieviele stehende Szenen von Krieg, Metzelei und Schrecken reichen nur mit einer fernen Ahnung in unsere glücklichen Gegenden. Als der Bauer S vor Rostow eine Mine an seinen Nebenmann weiterreichte, explodierte diese und zog ihn in Mitleidenschaft. Daher ist er für eine Idylle ungeeignet: Er kann seinen Kindern nicht über die Haare streichen: Er hat weder Kinder noch Hände. Der General fuhr gleich mir in der Ersten Klasse. Herr General, hätte ich gerne gesagt, ich überlasse Ihnen das Abteil, ich weiche der Gewalt. Hinter Kassel bot er mir von seiner Wiener Mischung an. Will er mich für das gewaltsame Austragen von Streitigkeiten gewinnen. Als der Kaiser den Kraftwagen verließ, wurde er mit drei donnernden Hurras begrüßt. Die Soldaten umringten und umjubelten ihn und stimmten dann die Lieder: Heil dir im Siegerkranz und Deutschland Deutschland über alles an. Es war eine tiefergreifende, welthistorische Szene. Der Kaiser kommandierte nun: stillgestanden und hielt eine kurze markige Ansprache an seine lautlos ihn umgebenden Soldaten. Hinter dem Kaiser ragte als Ruine die ziegelrote, im Ordensstil erbaute Kirche auf, deren mächtiger Turm völlig ausgebrannt und deren Dachstuhl zerstört war. Die Häuserreihen rechts und links von Seiner Majestät waren bis auf die Grundmauern niedergebrannt. Verkohlende Balken ragten in einen trostlosen Himmel. Inmitten dieses Bildes der Zerstörung war nur eines erhalten geblieben: das Kriegerdenkmal. Meinem Bruder wurden achtzehn Monate lang Erfahrungen vermittelt, die in Wolokolamsk hätten gesammelt worden sein können. Er kann endlich endlich ein Schießkino bedienen. Wer hätte das vor einigen Jahren gedacht. Nach zehn Tagen wurden in einer Scheune zu Möckern hundertvierundsiebzig französische Soldaten gefunden, die verwundet dahin gebracht worden waren und die nun verblutet und verhungert dalagen. Außer einer Katze, die zwischen den halbverwesten Leichnamen bemerkt wurde, hatte sich kein lebendes Wesen zu ihnen gesellt. Schon damals gab es Gründe, verlegen zu werden.

Jakov Lind
Selbstporträt

»Alle Juden raus aus den Häusern!« rief jemand im Stiegenhaus auf holländisch. Eine Lautsprecherstimme schrie auf holländisch und deutsch: »Wer nicht sofort mit Gepäck herauskommt, kommt in ein Straflager. Letzte Warnung. Wohnungsschlüssel mitbringen und abgeben.«

Die Stimmen wiederholten dies drei- oder viermal, und gleich darauf hören wir Männer die Treppe heraufkommen, gegen die Wohnungstüren schlagen und an den Klinken rütteln. Die Bodenluke, die dank der niedrigen Decke im zweiten Stock verborgen war, sahen sie nicht. Man hätte ganz hinaufsteigen müssen, um sie zu sehen. Und was lag schon daran, wenn diesmal eine oder zwei Judenfamilien entwischten? Falls zu viele übrigbleiben, wird eben nächste Woche wieder eine Razzia veranstaltet. Darum also kamen die Polizisten nicht ganz die Treppe herauf und auch, weil man am späten Nachmittag, nach einem Tag anstrengender und noch dazu unerfreulicher Arbeit, müde ist.

Die Polizisten, die die Juden abholen sollten, haben die Juden ebensowenig gehaßt, wie ihre Vorgesetzten sie haßten (mit wenigen Ausnahmen). Aus den Prozessen der Nachkriegszeit wissen wir: Sie haben nur ihre Pflicht getan. Und genauso sah es auch aus. Die Judenfrage mußte gelöst werden. Sie wurde auf rechtliche, juristisch einwandfreie Weise gelöst, nicht durch ein Massaker, nicht von betrunkenen Kosaken. Eichmann hat gesagt, er habe die Juden nie gehaßt. Hitler hat es vermutlich getan. Aber es war ja gar keine Frage des Hasses, sondern es galt, Anordnungen auszuführen. Sie kamen nicht, um Juden zu töten – das war nur die bedauerliche logische Konsequenz einer lobenswerten Aktion: Dreck mußte weggeräumt, Krummes begradigt, Chaotisches geordnet werden. Dies geschah nicht im barbarischen Blutrausch, sondern mit lutheranischer Kaltblütigkeit, unter dem lutheranischen Zwang, jegliche Art von ›Dreck‹ zu beseitigen. Wenn Juden Schweine sind (ob nun Furzens Mutter vor der Hinrichtung das Geschirr noch abwäscht oder nicht), dann bleiben sie auch Schweine. Das Töten von Tieren und das Vernichten von Ungeziefer (denn auch so nannten sie uns) ist nicht unmenschlich. Die vorsätzliche Vernichtung von Menschen hätte den Massen in Deutschland und in den besetzten Gebieten nicht gefallen. Weil die Juden generationenlang unter Leuten gelebt hatten, die sie gerne beseitigt hätten, waren sie nun darauf gefaßt, beseitigt zu werden. Auch sie glaubten an die Endlösung.

Wenige Minuten, nachdem das letzte Gebrüll verklungen war, gingen sie hinunter, erschreckt bei dem Gedanken an das Straflager, einer nach dem anderen. Eben darum blieb ich zurück. Ich wollte mit diesen Menschen nichts zu tun haben, mit dieser entfernten Verwandtschaft. Zu vertraut war mir die Art, wie sie zusammengedrängt auf den Holzbänken der LKW hockten, sich an ihr Gepäck klammerten, zu Füßen die Kinder mit ihrem Spielzeug und den Puppen. Dieser Lärm, dieses Gewimmel – nicht einmal von Amsterdam nach Utrecht hätte ich im gleichen Abteil mit ihnen reisen wollen, und schon gar nicht den ganzen Weg nach Polen. Es sind langweilige, stumpfe Leute, man kann kein gescheites Wort mit ihnen reden. Typische Verwandte eben.

Als die Verwandten endlich weg waren, kletterte ich sicherheitshalber durch das kleine Fenster aufs Dach. Das ging erst jetzt, zuvor hätten sie vermutlich gemault. Zwei Stunden lang lag ich auf dem Bauch und schaute durchs Dachfenster wie ein Wissenschaftler, der seltene organische Zellen beobachtet. Es waren aber keine mehr vorhanden, ausgenommen ich selber und mein verpfuschtes Leben. Es war beinahe dunkel, so gegen zehn Uhr; auf dem Dach gegenüber blitzte eine Taschenlampe auf und wanderte einmal im Kreise. Augenscheinlich bemerkte man mich nicht. Eine halbe Stunde später war die Welt so normal wie an jedem anderen Abend. Ich kletterte durchs Dachfenster zurück und schlich auf Zehenspitzen treppab. Die Wohnung war verschlossen und versiegelt. Die Gegenstände darin gehörten jetzt dem Reich, vielleicht gar Eichmann und Rauter persönlich, und niemand durfte sie anfassen. Der dumme Granaat hatte geglaubt, Eichmann und Rauter verstünden nicht, sich ihres neuen Besitzes anzunehmen. Keiner durfte wissen, daß noch jemand im Haus war, und unnötiger Lärm konnte nur schaden; überdies ist es gar nicht leicht, eine Tür ohne Werkzeug aufzubrechen. Ich ging wieder nach oben, kroch zur Dachrinne und kletterte daran hinunter bis auf den Küchenbalkon. Hier und dort drang Licht durch Ritzen in der Verdunkelung. Die Küchentür war ebenfalls verschlossen, doch ich brauchte meinen Koffer und Robs Kennkarte, die unter dem Linoleumbelag in meinem Zimmer lag. Außerdem war ich halb verhungert und mußte dringend aufs Klosett.

Ich drückte das kleine Fenster ein. Das hörte sich an wie eine Explosion. Ein Licht ging an und wieder aus. Auf dem Herd standen die Reste vom gestrigen Mittagessen. Grüne Erbsen. Ein halber Topf voll. Ich hätte zu gerne die Stiefel ausgezogen, sie drückten fürchterlich, ich wollte auch keinen Lärm machen, allerdings nicht wegen der Nichtjuden, die im Hinterhof noch Licht brannten; die konnten mich unmöglich hören, waren übrigens auch fast alle zuverlässig. Ich aß alle Erbsen und versuchte, die Stiefel abzuziehen. Als das nicht gelang, als es mehr weh tat, die Stiefel auszuziehen als anzubehalten, dachte ich, am besten, ich lasse es bleiben. Ziehe ich die Stiefel aus, tun mir die Füße nicht mehr weh, ich lege mich aufs Bett und schlafe durch bis Mittag. Lieber will ich unruhig schlafen, bei Tagesanbruch aufwachen (ohne Wecker) und kein Risiko eingehen. Um sechs ist das Ausgehverbot zu Ende, ich kann also um Viertel nach sechs an der Straßenbahnhaltestelle sein und die erste 3 erwischen.

Ich erwachte um fünf Minuten vor sechs, brachte meine wenigen Sachen im kleinen Koffer unter (ein Koffer muß die richtige Größe haben, man wird dauernd nach Schwarzmarktware durchsucht), steckte mein Naziabzeichen an den Rockaufschlag, setzte den grauen Hut mit der nach unten gebogenen Krempe auf, band einen schwarzen Schlips zum grauen Hemd um und sah (im Spiegel) aus wie ein Nazi, der vom Dienst zurückkommt. Ich machte ein finsteres Gesicht und marschierte zur Linie 3. Ich ging mit militärischem Schritt und schaute stur geradeaus. Niemand stand an der Haltestelle. In der Straßenbahn wichen mir Büroangestellte und Arbeiter aus. Mehr als die Deutschen haßten die Holländer ihre eigenen Nazis. In meiner Aufmachung würde mich keiner anhalten. Robs Kennkarte hatte ich doch lieber unter dem Linoleum gelassen. Notfalls mußte ich eben improvisieren, das war immer noch besser, als eine offenkundig gefälschte Kennkarte vorzuweisen. An der Munt stieg ich in die 24 um, die nach dem Nieuwen Zuid fuhr; ich wollte sehen, wie es meiner Schwester und ihren Pflegeeltern ging. Ich war ein guter sentimentaler jüdischer Bruder. Sie hatten den Tag in der Abstellkammer ihrer Wohnung verbracht, sahen etwas bläßlich aus, waren aber wohlauf. Lange wollte ich nicht bleiben; eigentlich hätte ich überhaupt nicht kommen sollen, vielleicht war ich beobachtet worden. Willkommen war ich hier nicht.

Mit der Straßenbahn fuhr ich zur Hemonylaan 20, zum Stadtbüro der Pioniere. Zu meiner Überraschung sah ich mindestens zwanzig gelbe Judensterne auf der Straße. Das Büro war offen und arbeitete mit Volldampf. Ich war nicht der einzige, der der Razzia entwischt war, es gab noch hunderte andere. Wer einen zionistischen Verwandten vorweisen konnte, bat jetzt um Hilfe. Fünfzig Stühle standen für ein knappes halbes Dutzend Wartende zur Verfügung. Die Überlebenden waren über die ganze Stadt verstreut. Ganz wie nach einem Erdbeben waren manche noch zu verschreckt, um sich von dem Ort fortzuwagen, wo die Katastrophe sie getroffen hatte. Man akzeptierte mich und ein weiteres Dutzend Leute, die früher in Gouda gewesen waren. Falls ich das Geld auftreiben könnte, würde man mir Papiere verschaffen. Man hätte es auch umsonst getan, brauchte aber jeden Pfennig für Bestechung und Schwarzmarkt. Ich mußte warten, bis ich an der Reihe war, und entdeckte, daß auch Ilse wartete. Als wir allein miteinander zurückblieben, schob ich mein rechtes Knie zwischen ihre Schenkel, und sie streichelte abschiednehmend meinen Penis. Sie hat wohl auf jemanden gewartet, denn als ich aus dem Büro kam, war sie fort. Sie und ihr Mann haben den Krieg überlebt, sie ist mir aber nicht wieder begegnet.

Ich weiß nicht mehr, wo ich mich herumgetrieben habe, bis ich in der Niersstraat 22 meine Papiere bekam. Aus der Straße, wo ich wenige Monate zuvor als österreichischer Emigrant und Jude gewohnt hatte, geboren zu Wien am 10. Februar 1927, entfernte ich mich nunmehr als ein gewisser Jan Gerrit Overbeek, geboren zu Aalten, Provinz Geldern, am 7. Januar 1926. Ich war kein Wassermann mehr, dafür aber zweimal geboren. Der Geburtshelfer, der mir zu diesem neuen Leben verhalf, war Gideon Drach, Halbjude aus Deutschland. Das Geld für die Kennkarte stammte wieder von Louis Polak, dem Ziehvater meiner Schwester, der auch für mich eine Art Vater war. Seine Großmut ist nicht mit ihm gestorben. Ich möchte Gideon Drach gerne wiedersehen. Was ich ihm sagen würde, weiß ich nicht. Kann man sagen: »Danke schön«, weil man am Leben und für immer verdammt ist, dieses Faktum als Folge einer angenommenen Identität erklären zu müssen? Ich weiß nicht einmal, ob ich schon aus dem Krieg zurück bin. Dieser Krieg hat noch gar nicht aufgehört.

Michael Scharang
Die Ausbreitung des Unglaubens

Wir glauben dem Lehrer nicht mehr, daß die Periode des Faschismus im Jahr 1945 ihr Ende gefunden hat

Deshalb
schauen wir dem Lehrer auf die Finger
schauen wir in andere Bücher als in die Schulbücher
klopfen wir an andere Türen als an die Schultüren
schauen wir in eine andere Richtung als in die durch einen Erlaß des Ministeriums festgelegte

Wir glauben der Gewerkschaft nicht mehr, daß die Kollektivverträge unseren Bedürfnissen entsprechen

Deshalb
pfeifen wir den Gewerkschaftsführer aus
erwarten wir von der Gewerkschaft keine entscheidende Initiative
wollen wir nicht mehr aus dem letzten Loch pfeifen

Wir glauben dem Fernsehkommentator nicht mehr, daß die Konferenzen der Imperialisten Friedenskonferenzen sind

Deshalb
prangern wir den Kommentator als bezahlten Agenten an
verlangen wir die Richtigstellung der verbreiteten Unwahrheiten
prangern wir den Fernsehdirektor als Hintermann an
verlangen wir die Durchführung der Richtungstellung durch uns

Wir glauben dem Fabrikanten nicht mehr, daß das Rüstungsgeschäft für ihn nicht ins Gewicht fällt

Deshalb
erzwingen wir Einsicht in die Auftrags- und Geschäftsbücher
fordern wir Mitbestimmung über das was wir produzieren
fordern wir die Abfertigung des Fabrikanten mit einer schönen Pension

Wir glauben dem Innenminister nicht mehr, daß er sich mit inneren Angelegenheiten beschäftigt

Deshalb
rufen wir ihm in Sprechchören erbauliche Sprüche zu
rufen wir sein Inneres wach
überhäufen wir ihn mit Gewissensbissen

Wir glauben der Wohnbaugenossenschaft nicht mehr, daß sie gemeinnützig ist

Deshalb
mauern wir Vorstand und Aufsichtsrat der Wohnbaugenossenschaft in einem gemeinnützigen Zimmer ein
verringern wir die Profite um hundert Prozent
vergrößern wir den Wohnraum um hundert Prozent
verwenden wir die Kinderplanschbecken als führende Köpfe der Bauwirtschaft.

PAUL CELAN
Einem Bruder in Asien

Die selbstverklärten
Geschütze
fahren gen Himmel,

zehn
Bomber gähnen,

ein Schnellfeuer blüht,
so gewiß wie der Frieden,

eine Handvoll Reis
erstirbt als dein Freund.

Peter Schneider
Über die Mühen des Kampfes in Deutschland

Wenn ich lese daß im März
dreihundert Vietcong getötet wurden
nachdem sie den Imperialisten Schaden zufügten
und im gleichen Zeitraum bei uns
ungefähr gleichviele Autofahrer
kämpfend für was, was hinterlassend?

Oder die großen Städte jenseits des Ozeans
in Flammen aufgehen weil ihre Erbauer
nicht länger Hauswart spielen wollen
während bei uns ein Warenhausbrand
weil einer vergaß, das Licht auszumachen

Oder in einem persischen Dorf die Leute
sich von einer Plage ernähren den Heuschrecken
und der König der Könige seine Staatskarosse
aus Wien einfliegen läßt
während bei uns eine vorvorrevolutionäre Stimmung entsteht
weil sich der Schweinefleischpreis um 10 Pfennig erhöhte

Oder Regis Debray die Kybernetik
der amerikanischen Bomber durcheinanderbringt
mit ein paar hastig geäußerten Gedanken
vom anderen Ende der Welt her
während wir hier Bibliotheken
über den Untergang des Kapitalismus vollschreiben
und uns dann ein Prozeß wegen übler Nachrede gemacht wird

Ja wenn ich lese daß die Analphabeten in Amerika
Gewehre kaufen dann Bücher
und aus ihrem Haß einen Bürgerkrieg machen
während wir hier sitzen, lesend
unsere Wut in uns hineinfressen
romantisch vor Ohnmacht und wenn es hochkommt
dann fliegt mal ein Stein

wenn ich das alles lese und wiederlese, Genossen
verliere ich oft den Mut

Sollen wir denn kämpfen für die Zukunft derer
die ihre Zukunft für dreimal versichert halten
Hungerstreiks machen für Leute
denen nichts weiter fehlt als der Mangel
unsere Guitarren ins Leihhaus tragen
um Konzertabonnenten die Kultur zu bringen
agitieren statt für die Befreiung
für das Bedürfnis nach Befreiung
sollen wir da nicht lieber dorthin gehen
wo wir nicht Gelehrte sein müssen
um die revolutionäre Klasse zu finden?

Nein. Denn bei uns ist es wo die großen Bomber
ihre Lasten aufnehmen und starten
zu den weit entfernten Schauplätzen der Kriege
dort werfen sie ihre Last nur ab und zu uns
kehren sie leer und wehrlos zurück.
Unsere Väter sind es doch
die dem Klamottenkaiser von Persien
das Öl des persischen Volkes abkaufen
als wäre das alles eine Art
persönlicher Ausscheidung seiner Majestät
und mit ihren Wechseln bezahlt er seine Killer

Der Stein, den wir in die amerikanische Botschaft werfen
ist soviel wert wie eine Flugzeugrakete in Vietnam
und ein wilder Streik bei Siemens AEG Dow Chemical
ist wie eine im voraus gewonnene Vietcongoffensive

ERICH FRIED
Beim Lesen von H. M. Enzensbergers ›zweifel‹

»im großen und ganzen«

Im großen und ganzen
sagt er im großen und ganzen
so freundlich
daß man
an etwas großes
und ganzes denkt

Erst bei seinem
zweiten
im großen und ganzen
merkt man
er meint im kleinen
und im zerbrochenen

:

*»denen mein zweifel gleichgültig ist
die haben andere sorgen«*

Die Sorgen der Gleichgültigen
gleichgültig ob sie
andere Sorgen haben
als unseren Zweifel
zu unserer Sorge zu machen
dafür müßten wir sorgen

Ich mache mir Sorgen
denn wenn es uns nicht gelingt
ihre Sorgen als ebenso gültig
wie unsere zu erkennen
werden wir bald
andere Sorgen haben

Günter Kunert
Mündliche Verlautbarung

Das ganze Problem ist
da es das eine der Welt
ist es unwirklich und einfach zugleich
wie der Traum:
den Fuß in die stählerne Weiche geklemmt
den Zug auf sich zufahren sehen.

Mit der Lokomotive wurde geredet:
ihr eigen ist volles Verständnis
aber kann selber nicht einhalten.
Ein ernsthaftes Wort gesprochen auch
mit der Schiene die aus eigenem Antrieb

keinesfalls
den Fuß festhält.

Wir alle sind uns einig darüber
daß unsere Lage aussichtslos ist.

Ja besser
es wäre vorher kein Kessel angeheizt worden.
Ja besser ungestellt die Weichen.
Ja nimmermehr begangen
wäre besser geblieben
die alte Strecke.

KARL KROLOW
Hinreichend

Alles ist hinreichend beschrieben –
wie es anfängt und weitergeht,
übrig bleibt
die verbrauchte Landschaft,
Einverständnis, Empfindungen,
guter Rat, zu teuer
für den, der ihn ausführt.
Alles bleibt genügend bekannt.
Ein gesundes Bild
ergibt sich nicht, das man
aus Papier schneidet
und an die Wand heftet.
Die Mängel sieht man ein
als sonderbare Vorzüge.
Phantasiegold
liegt auf der Straße.
Die Liebe ist
zum Greifen nah,
die Gegend ohne Hintergrund.
Behutsam steigt man
durch ein Gelände,
abgesteckt von denen,
die alles rechtzeitig
in Besitz nehmen.

Heinz Kahlau
Der Sturz des Ikarus

Einst, als Ikarus den Himmel sah,
sah er Blitz und Sonne, Sturm und Regen.
Götter ahnte er auf ihren Wegen,
und die Vögel waren immer da.

Einmal wollte Ikarus ein Vogel sein,
in das über ihm Gewaltige zu steigen.
Aufzuschwingen in das Licht, das Schweigen,
gab ihm jeder seiner Träume ein.

So flog Ikarus. In naher Zeit
steigt der Mensch zu anderen Planeten.
Statt der Götter ziehen schon Raketen,
und es hängen Bomben dort bereit.

Ikarus kam nackt und ohne Wehr.
Aus der Sonne, blind und noch verwegen,
stürzte er der Erde stumm entgegen,
und er warf sich in das laute Meer.

Nie mehr wollte Ikarus ein Vogel sein.
Nur ein Wunsch war noch: dem Fisch zu gleichen.
So die dunkle Tiefe zu erreichen,
drang er suchend in die Stille ein.

Ikarus versank. Und tief im Meer
liegt mit ihm sein letzter Wunsch begraben.
Dieser Wunsch, den so viel Träume haben:
Gebt mir meinen Himmel wieder her!

Volker Braun
Wir und nicht sie

Eins könnte mich trösten: wir haben das halbe
Land frei für den Frieden. Vor den verbrannten
Ufern der Länder, wo das Gras wächst

Liegt es, das seine Zeitungen loben und die Sprecher
Des Volks, mein Land, nicht mehr gefürchtet
Von seinen Bewohnern. Nach dem Jahrhundert
Des Granatenrechts, das wir brachen
Als die Städte brachen, müßt ich, da Freiheit
Bis heut von fern gefeiert war, ihr Lob stärker
Singen als jeder! aber sie tröstet mich nicht.
Denn wer alles auch sagt, uns kümmere nur
Dies eine, das wir schützen können, ich kenne
Nicht mein und dein vor diesen verletzlichen Ländern
Die kleineren Kriege, die beschreiblichen
Waren. Mich schert
Diese lockere Erde jeglicher Landschaft, die mein Gebein
Befliegen kann schichtweis. Und seis nur eine
Quadratmeile See unterm Raketenschiff:
Oder der Batzen Rhön, fern neben meiner Schulter
Das ist mein Land, das seh ich: und keine Welt
Tröstet mich. Ich versuche es ja, ich halte
Dies Ländchen im Auge, in meinen Händen
Als wenns mir gefiele, und was ihr macht, ich
Mach es, den Beton und den Pudding, ich fahr vom Kap
Zu den Kuppen, ich faste auf Festen, die mit Worten
Den Ruhm des Friedens mästen: es ist da um mich
Klein und lebendig, ich bin dort wie ihr

Marie Luise Kaschnitz
Steht noch dahin

Ob wir davonkommen, ohne gefoltert zu werden, ob wir eines natürlichen Todes sterben, ob wir nicht wieder hungern, die Abfalleimer nach Kartoffelschalen durchsuchen, ob wir getrieben werden in Rudeln, wir haben's gesehen. Ob wir nicht noch die Zellenklopfsprache lernen, den Nächsten belauern, vom Nächsten belauert werden und bei dem Wort Freiheit weinen müssen. Ob wir uns fortstehlen rechtzeitig auf ein weißes Bett oder zugrunde gehen am hundertfachen Atomblitz, ob wir es fertigbringen, mit einer Hoffnung zu sterben, steht noch dahin, steht alles noch dahin.

Brandsatz

Einen Brandsatz heimlich in ein Warenhaus legen ist kein Kunststück, Fräulein, und dann weglaufen und es brennt in der Nacht. Wenn Sie protestieren wollen, verbrennen Sie sich doch selber, natürlich öffentlich, etwa vor der Hauptwache, beim U-Bahn-Eingang, auf dem neuen versenkten Platz. Sie müssen nur genug Petroleum mitnehmen und Streichhölzer und ein leichtes Sommerkleid anziehen, am besten eines aus Nylon, das gibt eine schöne Flamme, und fremdes Eigentum beschädigen Sie dabei nicht. Euereins will immer davonkommen, etwas anzetteln und davonkommen mit heiler Haut. Kerls, wollt ihr denn ewig leben, sagte einmal ein König zu seinen jungen Soldaten, er selbst war da schon alt, aber gerade deswegen, nur die alten Leute sind Idealisten, und, Kellner, noch ein Bier.

Ein Mensch

Ein Mensch ist ein Neger, den viele verfolgen, der rennt und rennt. Ein Mensch ist ein Polizist, der seine Pflicht tut, oder ein Mädchen, das sagt, es macht ihm nichts aus, heiraten oder nicht geheiratet zu werden. Ein Mensch ist ein Auge am Elektronenmikroskop, eine Gummihand in der Bauchhöhle des Nächsten, eine Müdigkeit im Oktober, ein Finger am Abzugshahn. Auch die Frau war ein Mensch, die ihr Gespendetes aus dem Biafrasammeltopf fischte und sagte, pardon, ich dachte, Sie sammeln für Tiere.

National

Einige machen sich Gedanken über ihren Nationalismus. Sie lieben ihr Land, aber nicht, wenn es vor Tüchtigkeit birst, sondern wenn es an sich zweifelt und weint. Da das sehr selten der Fall ist, lieben sie es selten. Bei sportlichen Wettkämpfen, sogenannten Weltmeisterschaften, zittern sie bei dem Gedanken, ihr Land könne siegen und sie müßten am nächsten Tag lauter geschwellten Hemdbrüsten begegnen. Sie lieben ihr Land, seinen kalten Frühling, seinen leuchtenden Herbst, seine Kinder, seine Sprache und einiges aus seiner Literatur. Sie möchten nicht dazu verurteilt werden, ganz in einem Lande zu leben, in dem man ihre Sprache nicht spricht. Trotzdem haben sie ihrem Land beständig am Zeuge zu flicken. Das zeigt, daß sie Nationalisten sind.

Aus großer Zeit

Er habe, sagte der Angeklagte, Schilfwände aufrichten lassen und hinter diesen Wänden die Leichen aus einem Massengrab ausgraben und an Ort und Stelle verbrennen lassen, womit kurz vor dem Ende des Krieges eine Untat vertuscht werden sollte. Etwaiger Schmuck und Zahnersatzteile seien in Sieben aufgefangen worden. Weder der Angeklagte noch die anderen Herren hätten sich die Finger dabei schmutzig gemacht. Die Häftlinge und Strafgefangenen, welche die Arbeit ausführen mußten, seien danach alle erschossen worden. Der Angeklagte hatte auf Befehl gehandelt. Die Erschießung der Zeugen war ihm unmenschlich vorgekommen, aber er sei der Ansicht gewesen, der König habe immer recht.

Pause

Einmal ausruhen, nichts aufnehmen, nichts annehmen, nichts gutheißen, schlechtheißen, in Zusammenhang bringen. Vielmehr nur dasein, wie am lateinischen Ufer, wenn auch ohne Sand zwischen den Fingern, ohne Wellen im Blick. Oder doch Wellen, die alten Gezeiten, das immer Gleiche, nicht gerade Heutige, die schöne lange Weile, sie mißlingt und mißlingt und mißlingt. Komm, Trost der Nacht, aber gerade in der Nacht stehen sie da, reißen dir die Lider auf, verlangen die Zeugenaussage, von dir, ja gerade von dir.

Leeres Papier

Seit einiger Zeit finde ich die tags zuvor von mir beschriebenen Blätter am Morgen, wenn ich mich zur Arbeit setze, leer. Ich kann mich auch beim besten Willen nicht erinnern, was ich da zu Papier gebracht habe. Die wenigen Worte, die etwa stehengeblieben sind, kann ich nicht entziffern, oft verbringe ich ganze Vormittage damit, an ihnen herumzurätseln, was ich herauslese, ergibt keinen Sinn. Allerdings kommt es auch vor, daß mich gerade diese närrischen Worte auf eine neue Spur setzen, die ich dann eifrig verfolge. Meine Hundenase wittert und wühlt, wieder habe ich etwas, das ich ans Tageslicht bringen kann. Am Abend sind zwei oder drei Seiten vollgeschrieben, die ich erfreut überlese. Am Morgen wird es sein wie gestern, alles verblichen und verschwunden, nur ein paar fadendünne Wörter stehengeblieben, hindostanisch, suaheli, Traumsprache, wenn ich nicht mit allem etwas anzufangen wüßte, stünde es schlimm.

GÜNTER HERBURGER
Jesus in Osaka

Wir sehen ihn auf einer Wiese an einem See zwischen vielen alten Leuten. Die meisten haben Blumen im Haar oder bemühen sich, Kränze zu flechten, die aber so unförmig werden, daß sie nur von mehreren gemeinsam getragen werden können. Wenige liegen im Gras und sterben gerade, doch es fällt nicht auf, auch scheint es ihnen keine Mühe zu bereiten. Eine alte Frau läßt sich im Vertrauen darauf, daß sie aufgefangen wird, einfach rückwärts fallen. Viele essen und trinken, Fleisch, Brot und Wein; ein alter Mann kriecht am Rande des Feldes und netzt aus einer Essigflasche kleinen, wilden Hafer, bevor er ihn abweidet. Auf den Ästen eines kahlen Baumes sitzen einige der rüstigsten Greise und lassen ihre Früchte fallen. Greisinnen, die um den Baum stehen und zusehen, klatschen, wenn wieder etwas Kot aus einem der alten After tropft. Junge Marabus auf einem Nest in der Krone des Baumes schreien triumphierend und probieren hopsend ihre Flügel aus.

Am Ufer des Sees herrscht Gedränge, denn mehrere versuchen, über das Wasser zu gehen. Eine alte Frau breitet die Arme aus und macht vorsichtig die ersten Schritte. Bei jedem sinkt sie mehr ein, bis sie so tief watet, daß sie ihre Beine nicht mehr aus dem Wasser bekommt. Beifall belohnt ihre Bemühungen.

Eine andere Frau, bekleidet mit einem Tanzkostüm aus Schleiern und Perlenschnüren, gelangt schon weiter. Sie gleitet eher, als daß sie geht, läßt ihre Gewänder wehen und nützt geschickt kleine Wellen aus, die ihr immer wieder Schwung geben. Leider stolpert sie, weil Blumen, die ihr bei einer heftigen Bewegung aus dem Haar fallen, sie behindern. Sie stürzt der Länge nach hin und versinkt. Als sie wieder auftaucht, erhält sie Beifall und Zuspruch vom Ufer. Ein Hund jagt ins Wasser und schwimmt ihr entgegen.

Mehrere alte Frauen versuchen nun, auf dem See zu gehen, einzeln oder in Ketten sich an Händen haltend. Sie kommen unterschiedlich weit, kriechen zum Teil auf allen Vieren, bevor sie untergehen, oder setzen sich hin, sobald sie glauben, daß sie das Wasser nicht mehr trägt. Zwei oder drei müssen gerettet werden, weil sie nicht schwimmen können; eine geht mit dem Kopf voraus, die Beine in die Höhe gestreckt, wie ein Schiff unter und taucht nicht mehr auf.

Johlend und gestikulierend probiert nun ein dicker, alter Mann in einem Trikot, der schon einige Zeit ungeduldig am Rande des

Sees, Leute zur Seite stoßend, auf- und abgegangen war, seine Künste aus. Er stampft einfach los, und tatsächlich, das Wasser trägt ihn. Rücksichtslos trampelt er über Wellen und Schwimmer, drückt einen Kopf nach unten, tritt ein Stück Schaumkrone los, daß es in die Höhe wirbelt und zerflattert. Ein Perlhuhn, das neben ihm auftaucht, verschwindet kreischend wieder in der Tiefe. Je weiter der Alte vorwärtskommt, desto wilder werden seine Bewegungen. Er dirigiert sich und das Geschrei von der Wiese, das ihn anfeuert, dreht sich um und winkt höhnisch, die anderen sollen ihm folgen. Plötzlich bleibt er stehen, hebt ein Bein, spreizt es, schwankt, streckt die Arme aus, als müsse er mit allen Mittel versuchen, Balance zu halten, und versinkt langsam und wortlos wie ein großes Haus, verschluckt von einem Traum. Über seinem mächtigen Kopf bildet sich ein Wirbel, der Sandalen und einen Gürtel ausspeit.

In der nachfolgenden Stille betritt Jesus den See. Er hat wieder einen Plastikmantel an, der sich in der Brise wie ein Flügelpaar bauscht. Reflexe des Wassers vervielfältigen sich in dem durchsichtigen Material, so daß Jesus von Licht getragen wird, Licht mit sich zieht und ausschickt. Leicht wandelt er über das Wasser und grüßt Gestürzte und Schwimmer. Als Möwen um ihn flattern, die alle auf ihm Platz nehmen wollen und seinen Gang behindern, muß er sie verjagen. Mit seinen Glöckchen, die er um ein Fußgelenk trägt, gibt er Zeichen, bis der Schwarm aufgestiegen ist und sich in sicherer Entfernung sammelt.

In der Mitte des Sees bleibt er stehen und wendet sich nach den Zuschauern um. Er breitet die Arme aus und ruft etwas, ruft wieder, leise und undeutlich, es ist nicht zu verstehen. Als niemand Mut findet, ihm trotz beinahe geglückter Beispiele entgegenzugehen, da versinkt er lachend und winkend. In diesem Augenblick stürzen sich viele in den See und schwimmen auf ihn zu. Das Wasser ist mit Blumen und Kränzen bedeckt wie das Meer von Hongkong, wenn Jesus, der auch in Not geraten kann, gerettet und von der Menge singend zu fernen Ufern begleitet wird.

Oder wir sehen ihn, wie er als Arbeiter in einer Gruppe eine Straße asphaltiert, die mitten durch eine Raffinerie geht. Dünne Aluminiumtürme ragen auf, untereinander durch Leitungsbündel verbunden, die dann, zu parallelen Formationen vereint, in Barrieren von Pumpstationen münden. Die ganze Anlage arbeitet fast geräuschlos, nur eine Art gärendes Kochen ist zu hören. Über der silbrigen Landschaft zieht eine Düsenmaschine ihre Bahn mit einem Schweif.

Auf der Straße fällt das heiße, klebrige Teer- und Kiesgemengsel in Fladen aus der Maschine, wird von nachfolgenden Walzen plattgedrückt und mit feinem Sand bestreut. Die Arbeiter auf der Maschine, die die Fahrbahndecke legt, sehen vor Dreck und Schweiß wie Neger aus. Ihre Gebisse leuchten und reißen Kapselverschlüsse von Bierflaschen. Einer, der mit einer langen Stange in den Verteilerrechen der Maschine stochert, trägt einen gespaltenen Plastikhelm, aus dem sich ein Haarschopf sträubt. Über dem schwarzen, an der Oberfläche noch siedenden Asphalt zittert die Hitze.

Als die Straßenarbeiter bemerken, daß sie von Arbeitern in weißen Schutzanzügen, die nebeneinander auf einer Brücke stehen, beobachtet werden, machen sie Front und beginnen, mit Bierflaschen zu werfen. Auch Jesus schleudert eine Flasche, aus der er gerade getrunken hat; das Band, das er wegen seiner langen Haare um den Kopf trägt, platzt. Die Arbeiter auf der Brücke rühren sich nicht, auch nicht, als eine Sirene ertönt.

Mit drehenden Rotlichtern fahren neben der Asphaltmaschine Löschzüge der Werkspolizei auf. Jeder Unfug müsse unterbleiben, wird den Straßenarbeitern gesagt, in der Anlage herrsche Explosionsgefahr. Der Arbeiter mit dem gespaltenen Plastikhelm schreit, die anderen hätten angefangen, die silbernen Affen, die den ganzen Tag nichts tun würden, als herumzulaufen und blöde Witze zu machen. Jeder habe seine genau bestimmte Aufgabe in der Raffinerie, erwidert ein Werkspolizist, wer sich den Bestimmungen nicht füge, werde mitgenommen. Jesus sagt, asphaltieren sei eine schwere Arbeit, man werde müde und gereizt davon. Er bekommt einen Stoß und fliegt von der Maschine. Sofort springt er wieder auf und schlägt zurück, andere Arbeiter machen mit. Als einer der Löschzüge zu spritzen anfängt, faßt Jesus die Streitenden um die Schultern, und gemeinsam bieten sie sich johlend dem Strahl dar, bis sie alle zusammen von der Maschine stürzen. Der frische Asphalt dampft unter den Wassergüssen.

Zuletzt sehen wir Jesus in einem Eisenbahnabteil unter Jungen und Mädchen sitzen, die zum Teil noch in kindlichem Alter sind. Alle tragen sie uniformähnliche Kleidungsstücke und rauchen Zigarren, obwohl es einigen davon sichtlich schlecht wird. Vor dem Fenster zieht eine tropische Landschaft vorbei mit Buschland, Zuckerrohrplantagen, Küstenregionen und Hotelpalästen, hinter denen die von Dreck und Menschen überfüllten Kanisterstädte beginnen. Sie bedecken alle Hänge bis zum Horizont. Jesus zwinkert uns zu, dann beugt er sich wieder über seine Kinder. Eines erklärt gerade mit großem Ernst ein zerlegtes Gewehrschloß.

Fred Wander
Der siebente Brunnen

Gesichter

Um fünf Uhr früh war der Wald von Reif bedeckt. Aber um acht schon floß der Spuk davon, tropfte, ergoß sich in metallisch klingenden Bächen. Funkelnde Kristalle auf jedem Ast, die Luft geschwängert von Frühling. Aus den Hütten stieg hellblauer Rauch. Es krachte in den Eisdecken, murmelte aus allen Löchern, regte sich in der Borke, ließ die Würmer an die Oberfläche kommen und Humus aufwühlen, nicht mit Panzern, aber mit der sanften Gewalt einer alles umfassenden Bewegung, die, hätte man sie ballen können, die ganze Erde aufgespalten hätte wie einen reifen Kürbis.

Ein Kampf des Wachstums gegen Erstarrung, der Blutströme gegen Schlacken, der weißen Phagozyten gegen Viren, der Hoffnung gegen den Tod. März 1945. Fünftausend Häftlinge marschierten in Richtung Ost. Dieser versteckte, blindwütige und hartnäckige Kampf in jedem von uns und in jeder Zelle unseres Körpers (Durchhalten, Kinder! Mensch, reiß dich zusammen. Ne te laisse pas tomber, c'est la fin de la guerre!), dieser unauffällige Kampf hätte einen Goya inspirieren können: Protuberanzen unbeugsamer Lebenskraft! – Aber gleichzeitig hätte man sagen können: Seht sie euch an, welch ein kläglicher Haufen. Sind das noch Menschen?

An den Füßen Holzschuhe, die mancher bald wegwarf auf dem langen Marsch, weil sie Wunden rieben, ein Zementsack am Körper unter der Jacke und fest unter den Arm geklemmt ein Stück Brot. Wir hatten Brot gefaßt, jeder ein Kilo Brot, beim Verlassen des Lagers. Natürlich wußten wir, das mochte für die nächsten vier bis sieben Tage alles sein! Und die meisten verschlangen das Brot sofort. Der Körper vergeudete nichts, er hatte das bessere System, jeden Tropfen Wasser und jedes Korn zu verteilen und zu speichern. Die Gesichter der Männer waren fast unkenntlich geworden. Von Bartstoppeln, Flechten, Wunden und Schwellungen entstellt. Was für Gesichter! Sie hatten längst alle Fettpolster des Alltags, der Gleichgültigkeit und Selbstzufriedenheit verloren, waren gezeichnet von Entbehrung und Leid. Manche Augen schwammen noch in einem Kranz winziger Fältchen, vom Lachen gezogen, noch sah man vereinzeltes Blitzen von Schlauheit und Witz. Aber weggeblasen war die Leere des Wohlergehens, die Glätte ruhiger Tage, die feisten Backen langer Perioden der Sattheit. Ein hartes Gesetz der Auslese hatte die körperlich und seelisch Schwächeren hinweggerafft. Wer jetzt noch auf dem Marsch war, hatte hundert Proben bestanden. Und trotzdem – der achtzig Kilometer lange Weg zurück nach Buchenwald war gesäumt von Toten, die oft noch zuckten, wenn wir sie sahen.

Das Gesicht eines ukrainischen Bauern, der sich schleppt, mit wunden Füßen. Ein Gesicht wie ein Rübenacker, braun und gegerbt mit tiefen Furchen und zwei wasserblauen Augen, klar, hell und offen, wie der Himmel über dem Acker. Es hat wohl nie jene Glätte müßiger Tage gekannt, das Gesicht. Arbeit hat es gehärtet. Kein Muskel darin, nur zum Täuschen gemacht, und doch auch die List. (Wie sagte Tolstoi: sie stellen sich dumm, darin liegt ihre Stärke!) Aber jetzt lag nur Angst in dem Gesicht, es brannte von dem Willen zu leben. Weiß Gott, wem er es schuldete, für sich selbst hätte er es nicht vermocht. Ich beobachtete, wie dieses Gesicht erlahmte und ein starker Wille brach. Ruhe breitete sich darin aus, eine befremdende Ruhe. Am Abend des ersten Tages auf diesem Transport, als er längst wußte – weit schaffe ich es nicht mehr (und jeder von uns das Drama oft gesehen hatte: ein Mann gibt auf, geht zur Seite, dann ein Schuß!), verloren seine Augen jede Farbe. Sie wurden weiß und blickten aus erschreckender Ferne. Ich wußte nun, was geschehen würde. Seine Schritte wurden schleppender. Über seiner Gestalt, die sich immer mehr beugte, über seinem Gesicht, dessen Spannung sich lockerte, lag die Mattigkeit der Erlösung. Es fällt alles ab von solch einem Gesicht. Alles Angelernte, Gewohnte fällt ab, wie eine Schale. Und was bleibt zurück? Ich beobachtete die Verwandlung, ich hatte diesen Prozeß der Vergeistigung bisher nur bei Toten gesehen: Ein seltsames Leuchten liegt plötzlich über dem Gesicht, und du erkennst selbst den Freund nicht mehr. So viel Ernst, Sammlung und Würde hast du nie in ihm gesehen. Wie konnte er es verbergen? Aber dann begreifst du: Das Gesicht des Menschen ist Jahrtausende alt. Die wenigen Jahre seines eigenen Lebens sind abgefallen, alles Ungereimte und Schwache. Zurück bleibt das Gesicht der Väter und Mütter. Der Ausdruck einer großen Mühe, Mensch zu sein.

In der Dämmerung war es: Die unabsehbar lange Kolonne der Häftlinge schob sich schwerfällig dahin. Der Bauer murmelte ein

Gebet. Nicht inbrünstig oder verklärt, nur sehr gefaßt. Dann bewegte er sich zum Straßenrand, ließ sich auf die Knie fallen, das Gesicht zum Himmel gewandt, aber die Augen schon geschlossen, und machte mehrmals das Zeichen des Kreuzes. Niemand brauchte hier lange zu warten. Die Langeweile der Gestiefelten auf diesem Marsch trieb sie zu allerlei derben Späßen an. Ich beobachtete einen jungen SS-Mann, ein Milchgesicht und obendrein recht hübsch. Er hatte als erster den Alten entdeckt. Nervös versuchte er den Revolver zu ziehen, denn meist, wenn man nicht flink war, kam einem ein anderer zuvor. Sie rissen sich darum, zu schießen, sie wetteiferten darin. (Und gewiß zählten sie die Treffer wie beim Billard!) Kurz, der Jüngling hatte Schwierigkeiten, das Schießeisen zu ziehen, der Verschluß der Tasche funktionierte nicht. Sein Gesicht war hektisch rot, gierig und verlegen, nicht bösartig. Wäre er nur böse gewesen, wie leicht wäre das zu erklären. Da war nicht Haß oder der Wille zu töten, nur eine Art sportlicher Eifer, Kitzel der Macht. (Ich kann es tun, es ist fast gar nichts dabei, nur so wie beim Taubenschießen!) Und was er befürchtete, trat ein: Ein anderer, gewitzterer Stiefelträger kommt herbei. Er hält die Pistole schon schußbereit in der Hand. Sorgfältig zielt er, dann grinst er, wirft einen Blick auf den Jüngeren, lächelt gönnerhaft und sagt: Na schieß schon, beeil dich! Der Junge schießt, trifft aber nicht. Der Häftling macht gerade noch einmal das Zeichen des Kreuzes. Er weiß nicht, weiß selbst nicht, ist das nun der Tod? Noch ist er nicht getroffen, aber irgend etwas wirft ihn um, er stürzt schwer auf den Rücken und liegt da wie ein gefällter Baum. Der bessere Schütze ist nun an der Reihe, zielt noch einmal und trifft den Häftling mitten in die Stirn. Er bewegt sich nicht mehr, der Getroffene. Ausgebreitet auf der fremden Erde liegt er da.

Das Gesicht eines Juden, er war plötzlich der Länge nach hingefallen und liegengeblieben. Kameraden drehten ihn um. Er lebte noch und lächelte mit geschlossenem Mund. Blut sickerte über seine Lippen. Sein Kind stand dabei, ein vielleicht zwölfjähriger Bub. Er schaute erschrocken um sich. Der Stiefelträger näherte sich gemächlich und hielt die Waffe schon bereit. Kameraden halfen dem Mann auf die Beine, aber marschieren konnte er nicht. Sie führten ihn zu einem Baumstumpf am Rande der Straße, dort hockte er sich hin, beugte sich rücksichtsvoll nach hinten und entleerte den Mund. Geh, sagte er dann zu seinem Jungen und stieß ihn liebevoll von sich. Er lächelte dabei. Was für ein seltsames Lächeln, verlegen und schuldbewußt. Der Junge umklammerte seine Füße, der Vater wand sich in Ängsten um den Sohn. Er streichelte seinen Kopf mit der einen Hand, mit der andern stieß er ihn von sich. Häftlinge packten den Jungen und zogen ihn fort. Der Junge fing an zu schreien und mit Händen und Füßen zu stoßen. Der Vater lächelte und sagte gebrochen: Ich bitte dich, geh! Hinter ihm stand der Gestiefelte, wie der leibhaftige Tod. Die Häftlinge hielten dem Jungen die Augen zu, verschwanden mit ihm in der Menge. Den Knall, den hörte man kaum.

Paul Celan

Warum dieses jähe Zuhause, mittenaus, mittenein?
Ich kann mich, schau, in dich senken, gletschrig,
du selbst erschlägst deine Brüder:
eher als sie
war ich bei dir, Geschneete.

Wirf deine Tropen
zum Rest:
einer will wissen,
warum ich bei Gott
nicht anders war als bei dir,

einer
will drin ersaufen,
zwei Bücher an Stelle der Lungen,

einer, der sich in dich stach,
beatmet den Stich,

einer, er war dir der nächste,
geht sich verloren,

einer schmückt dein Geschlecht
mit deinem und seinem Verrat,

vielleicht
war ich jeder

WOLFGANG KOEPPEN
Jugend

Sie hatten ihn erschlagen, sie hatten ihn im Wald erschlagen, er hatte um Hilfe geschrien, vielleicht hatte er auch nicht um Hilfe geschrien, denn er wußte ja, daß alle Ohren taub waren und einer hatte einen Spaten, einen Feldspaten mit kurzem Stiel, die Waffe, die die Generäle überrascht hatte, mit der die Generäle nicht fertig geworden waren, die den Krieg entschieden verloren oder gewonnen hatten, sie konnten den Spaten am Koppel tragen, und sie trugen ihn gern am Koppel, auch als sie nicht mehr dazu gezwungen waren den Spaten am Koppel oder sonstwo zu tragen, und sie hätten gehen können wohin sie gewollt hätten, auseinanderlaufen, von der Fahne fort die es schon lange nicht mehr gab, aus der erzwungenen Gemeinschaft weg, vom Regiment des Todes, aber sie wollten nicht auseinanderlaufen, nicht von der Gemeinschaft weg, vom Tod und dem Befehl, sie fürchteten, ihre Körper könnten verlorengehen in der Freiheit, hinweggezaubert werden, plötzlich nicht mehr da sein, sie brauchten ein Koppel um den Leib und ein festes Schloß mit Gott für König und Vaterland oder nur mit Gott mit uns, und einer schlug mit dem Spaten auf ihn ein, von hinten, sie hatten ihn vorangehen lassen, sie trotteten durch den Wald, der eine traf seinen Hinterkopf gut und von hinten dann fiel er, fiel auf den Waldboden, fiel in das Eichenlaub das Lindenlaub die Buchenblätter das Birkenholz, er schmeckte noch das Moos, bitter, und vielleicht hätte er Kresse gemocht zum Karpfen oder zum Heilbutt, wenn er Pastor gewesen wäre wie er Pastor hatte werden wollen, am Karfreitag oder am Heiligen Abend nach dem heiligen Abendmahl nach der Predigt, und sie drehten ihn auf den Rücken und traten ihn mit ihren genagelten Marschstiefeln die zurückmarschiert waren von Verdun, Brest, Litowsk und Gallipoli, sie marschierten vorwärts mit ihren genagelten Marschstiefeln in sein Gedärme hinein, zerquetschten seine Brust, stampften die Marschnägel der Knobelbecher auf seine Augen, bohrten die metallbeschlagenen Stiefelspitzen in seine gespaltene Stirn, sahen schließlich was sie sehen wollten, sein Hirn, begriffen nichts, blickten stumpf auf graue Zellen, auf den Abfall eines Menschen, der gehabt hatte womit sie nicht gesegnet waren, Einmaligkeit, Verstand, ein Herz, eine Zunge zu reden, den Glauben an die Unsterblichkeit seiner Seele, der mutig gewesen war, nicht nur vor Verdun, nicht nur auf Befehl, den der Tod geschmerzt hatte wo er ihn erblickte, der Verwundungen erlitten hatte, sichtbare und unsichtbare, und der in sich gespeichert hatte die Schätze seines menschlichen Erbes, Bibliotheken von Ephesos, von Babylon, von Alexandria, die Bergpredigt, die Freiheit eines Christenmenschen im Pfarrhaus besprochen, die Menschenrechte aller Menschen, die lateinische die griechische die hebräische Sprache, Tolstoi im Wintersturm ein armer Bauer auf Jasnaja Poljana und der ferne Sturm der O-Mensch-Rufe an Berliner Caféhaus-Tischen, und dann gruben sie ihn ein, wozu hatten sie den Spaten, sie mühten sich nicht sehr, sie höhlten das Loch mit dem blutbeschmierten Eisen, oberflächlich, sie hatten nichts zu fürchten, sie fluchten nur über die Wurzeln der Bäume die sie hinderten, sie hackten mit dem Spaten in die weitverzweigten Wurzeln hinein, sie gaben seinem Leichnam den letzten Tritt in die Grube, sie scharrten ihn zu. Hier lag ein Hünengrab. Ein Fuchs fand sein Fleisch. Oder ein Eber. Er war ihnen zu mager.

Er lag im Wald verscharrt, bis sie ihn ausgruben und auf den Seziertisch der Anatomie legten, auf die ekle Gummidecke, auf die naßkalte feuchtschnauzige Haut eines Frosches, auf das algenglatte schneckenschleimige gänsefrostweckende geschundene Kleid einer Schlange oder eines anderen Reptils, vor dem ihm gegraust hatte wenn sie die Kröte oder den Salamander oder die Blindschleiche in seine Schulmappe getan hatten, und das Gelächter dann als er nach dem Geschichtsbuch gegriffen, die Siege, die Niederlagen, die Könige und all die Erschlagenen, der Institutsdiener konnte das Tuch mit einem Strahl aus dem Wasserleitungsschlauch abspülen wie er die Hinrichtungsstätte in einem Zuchthaus abspritzte, seine Nebenbeschäftigung, nach dem Urteil, nach dem Gebet, nach der Exekution, die nach den wohl ausgedachten Regeln der kaiserlich-republikanischen Hinrichtungsordnung geschah, feierlich und unsagbar schäbig, nach einem Protokoll wie beim Besuch von Majestäten, nicht von Präsidenten, blank gebürstete Zylinderhüte waren der Gattinnen Stolz, belebten Erinnerungen an den Traualtar und das legitime Bett und die Hoffnung auf ein honoriges Begräbnis, Orden zeigten, daß man wer war und daß man nichts war, nur daß man oben saß und mächtig blieb und allen Feinden trotzte, den Vorgesetzten ein Diener, oder doch teilhatte an der Macht, zumindest, sie trugen urgemeine erzverschlagene gründlich habgierige verlogene Gesichter, spritzt ab das Blut, spült fort die Leibesnot, hinweg mit dem schüchtern im Hals würgenden Mitleid und ins stinkende chlorende Abflußrohr das Gebot, du sollst nicht töten, auf das sie sich beriefen wenn sie das Beil fallen ließen, und sie öffneten diesen Leib, soweit er noch nicht geöffnet war, ihre Gummihände und ihre Skalpelle bastelten bohrten sich den Weg, sie wollten lernen, sie lernten zu, ihr Herz schlug, ich hoffe es, unter der Gummischürze, schlug es wirklich, es schlug versteckt, sie hörten es selber nicht, es war fest eingewickelt von erhebenden Gefühlen, es war gepanzert mit falscher Geschichte, es war, sie lobten es selbst, ein Herz aus Kanonen- und Granatenstahl und, wie sie und ihre Väter dachten, bewahrt vor Versuchungen, die vielleicht doch kommen mochten, eines Tages, zu unvorhergesehener Stunde, in der Nacht, nach dem ersten Schlaf, oder auch am Mittag, wenn man müde war vom Essen und vom Bier, dies Herz war isoliert vom immerhin kommunizierenden Strom der Welt, entzogen einer Brüderlichkeit die sein sollte, sie lernten von ihm der nun kälter war als die froschige Unterlage als die wärmelose Gummihaut über ihren Händen als der feste Gummipanzer ihrer Schürzen, fühlloser nun war unter ihrem Messer als die kühlen Klingen, sie lernten schnell, daß man sich so nicht verhalten durfte wenn man vorankommen wollte im Leben, und sie wollten vorankommen, nicht so wie er, und sie billigten es, daß man es so wie er nicht durfte, sie waren sehr zufrieden, daß es so übel ausgegangen war, denn sie sympathisierten offen mit seinen Mördern, Beflissene der Medizin, Kandidaten der gerichtsmedizinischen der vereidigt sachverständigen Karriere, Nachwuchs, Schondavongekommene, die nicht wußten wie und sich benachteiligt fühlten gegen die Toten, sie schätzten feldgraue Joppen über zu eng oder zu weit gewordenen Zivilhosen oder umgekehrt feldgraue ausgebuchtete Breeches, das Gesäß mit Leder besetzt, verschwitzt und blankgerieben, und das Pferd war tot, war zerfetzt auf dem Ausflug geblieben, oder das Pferd war immer nur ein Traum gewesen, zu bürgerlichen Jacken die im Schrank gehangen hatten oder vom Bruder, für den es keine Auferstehung gab, geerbt waren, Heimgekehrte aus dem Kriege, Überlebende von den Leichenfeldern fern hinter dem Horizont, Gespenster vom Toten Mann, ins Väterreich zurückgekrochen, in die Väterlüge eingelullt, in die Väterschuld aufgenommen, gemeinsam haftend, freiwillig wie eh und je, verhärtet, zornig, aber zornig gegen wen, sie blickten zurück auf so viele Tote, daß sie nicht sahen wie tot die geretteten oder die niemals gefährdeten, die wieder gewonnenhabenden Alten waren, die sie hinausgeschickt hatten zu sterben, und sie krochen zu Kreuz und waren sich ihrer Unterwerfung nicht bewußt, der Vergeblichkeit müde, des Lebens müde, nicht des Todes müde, allem aber nicht mehr der Wahrheit gewachsen, Geschlagene (doch nicht im Feld) und bis zum Lebensende Betäubte von den leeren Gesängen, von den dröhnenden hohlen Trompeten, von den dröhnenden aufgeblasenen Trommeln, von den dummstolzen Worten, den windeiernden Lehren, die sie hatten leiden lassen, es war gelungen, es war vollbracht, sie glaubten nun an diese Welt der Alten, die sie nicht verteidigt hatten und doch stützten, sie beugten sich gierig unter das Joch von dem sie ausgezogen waren in Wandervogeltracht und auf der Straße nach Langemark, Burschen der Burschenschaft, Brüder der Corps, dachten: das Schwein, dachten dies ist sein Leib, studierten was sie vor sich sahen, was von ihm übriggeblieben war, vorläufig, waren angewidert, wünschten sich ein Bier, tief in die Kanne gestiegen, und der Chef Alter Herr der Corps oder der Burschenschaft und seiner Bänder Jugend kahles Reis dachte wie sie: ihm ist Recht geschehen, und er erzog sie nach seinem großen Vorbild, kleine heranwachsende Chefs, wenn sie Glück hatten und sich brav verhielten und untertan blieben der wahren der unzerstörbaren Macht, die wohl das Gesicht wechselte aber nicht die Gesinnung, und der Prosektor dachte: rechtgeschehen, und er dienerte, Chef zu werden, und sie waren voll Verachtung für den Toten und voll Eifer für die Lebenden, sie schrieben mißmutig den Befund, den der Staatsanwalt, einer Meinung mit ihnen, mißmutig empfing, sie taten sein Skelett nicht in das Glasspind ihrer Sammlungen, er hatte zu viele gebrochene Knochen, zu viele zerschossene verwachsene Knorpel, die das Eiserne Kreuz bedeckt hatte, es war auch zu viel der Ehre für ihn, wer ein Bein haben wollte oder den Arm oder den Kiefer nahm das Glied mit, legte es auf den Nußbaumschreibtisch im möblierten Zimmer unter die schwarzweißrote oder die Stahlhelm- oder Hakenkreuzfahne, vergaß es abzustauben.

Hubert Fichte
Detlevs Imitationen »Grünspan«

Jäcki denkt:

– Was ist das Gegenteil von Jubiläum. 1968 kann man das zwanzigjährige Jubiläum der Währungsreform begehen.

– Ein Jubiläum begehen!

– 1968 begeht man zum 25. Mal

– begeht man den 25. Jahrestag des

– Terrorangriffs

– damit bedienen Sie sich des nationalsozialistischen Ausdrucks

– des Bombardements auf
– der Katastrophe vom Juli 1943.
Jäcki nimmt sich Jürgen aus der »Palette« zum Vorbild.
Jürgen, den Frühdemonstrierenden, am Bismarck die Uhr Aufziehenden, Jürgen, der zur ständigen
– Mahnung heißt das!
an die KL's Fotos von präparierten Embryos aus einer Festschrift mit sich herumtrug.
Jäcki will alles über den Terrorangriff lesen.
– Wer wirft mir das Wort vor? Das Wort ist reingerüttelt in meinen Bregen von einigen zigtausend Kilo Sprengstoff. Das bedeutet für mich kein Kürzel mehr für die Propaganda von Dr. Joseph Goebbels. Für mich: Zebras in der Julius-Vosselerstraße. Der Geruch der Leichen am Krüppelheim. Der Verlust des Begriffes Dauer. Wörterbuch des Unmenschen? Was ist ein Unmensch?
– Ist der style nun der homme oder nicht?
Jäckis Studien fangen immer in der Staatsbibliothek an.
– Hier lehrte das Wilhelm-Gymnasium.
– Für uns heute mit verschiedenen Bärten die geschätzte Technokratenaltmodlerkulisse – eine Konzentrierungsanstalt ehemals für vierzehnjährige Gymnasiasten.
Luftangriffe. Schlagwortkatalog.
Die Bestellungen gehen jetzt elektronisch. Dafür klappt es nicht.
Das wenige, was da ist
– »Der Tod im Luftangriff«
kommt nicht über:
Der Mann, der an den Knöpfen sitzt, schickt Jäcki in die Medizinische nach Eppendorf.
Da werden die gemütlichen Todespavillönchen mehr und mehr in den Schatten gestellt von neuen Hamburg-Einheits-Mies-van-der-Rohe-Konstruktionen.
Die Medizinische Bibliothek ist wegen Neubaus umquartiert.
Drei Fahrstühle.
Intensivstation.
– Sie müssen noch eins höher.
Jäcki soll wieder drei Formulare ausfüllen und dann drückt er es endlich an sich, das zarte Bändchen, 1948 erschienen. Quittengelbe dicke Vorwährungsreformblätter:
Ergebnisse pathologisch-anatomischer Untersuchungen anläßlich der Angriffe auf Hamburg in den Jahren 1943-1945. Mit dreißig Abbildungen und elf Tafeln.

Jäcki setzt sich in den Park. Kühler Wind um Flieder. Im Hintergrund die Klappe, Tasse, Pißbude, um die nachts Alstertunten schwärmen. Und blättert in dem Leihbuch.

b. Die Autopsie der Schrumpfleiche. Zur Verarbeitung lagen somit Hitzeschrumpfleichen mit den Begleiterscheinungen mehr oder weniger vorgeschrittener Fäulnis vor. Bei diesen Schrumpfleichen konnte von einer Sektion mit Messer und Schere keine Rede sein. Als erstes waren die Kleider zu entfernen, was bei der außergewöhnlichen Starre der Körper in der Regel nur durch Zerschneiden oder Zerfetzen und unter Beschädigung einzelner Körperteile zu bewerkstelligen war. Köpfe oder Extremitäten konnten je nach der Trockenheit der Gelenkverbindungen vielfach mühelos abgebrochen werden, wofern sie überhaupt noch im Laufe der Bergung und des Transportes den Zusammenhang mit dem Körper bewahrt hatten. Insoweit die Körperhöhlen nicht schon durch Zerstörung der Decken frei vorlagen, bedurfte es der Knochenschere oder der Säge, um die erhärtete Haut zu durchtrennen. Verfestigung und Schrumpfung der inneren Organe verhinderten Messerschnitte; vielfach konnten die einzelnen Organe, besonders die Brustorgane auch mit anhängender Trachea, Aorta und Karotiden, mit Zwerchfell, Leber oder Nieren als Ganzes herausgebrochen werden. Organe, die sich in fortgeschrittener Autolyse befanden oder durch die Hitzewirkung vollkommen durchhärtet waren, waren mit dem Messer meist schwer zu durchtrennen: faulende, weich-feste, lehmartige, schmierige oder zundrig-bröcklige Gewebsmassen oder Organrückstände wurden zerbrochen, zerrissen, zerkrümelt oder zerpflückt.

– Magister Graeff – der Alsterdante.

Jäcki telefoniert mit Livio Olivieri, der von seinem Gouvernement dafür bezahlt wird, auf Empfängen, Premièren, Erster-Mai-Feiern der Gastarbeiter La Cultura Italiana zu repräsentieren.

– In »Kaputt« gibt es doch eine Stelle über Phosphorleichen usw.

Aber Livio bedauert. Die ehrlichen italientrunkenen Hamburger klauen die Bestseller, erotische Literatur des Seicento und Giuseppe Ungarettis Sämtliches aus den Regalen der Kulturstätte.

Vielleicht bietet das Museum für Hamburgische Geschichte etwas.

Jetzt wird es Frühling. Und wenn Jäcki im Augenblick der Samengeruch über dem Heiligengeistfeld wenig beeindruckt, sieht er doch, daß die ewigen Hamburger Jungen endgültig ihre Knie zeigen.

Der Lesesaal, sehr sauber, sehr gerade – eine leicht expressionistische Gemütlichkeit.

Hans, der Altmodler, würde sich hier wohlfühlen und die Hand in geisteswissenschaftlicher Art auf eine hohe Stuhllehne stützen.

– Wissen Sie, daß Gauleiter Kaufmann noch in Wellingsbüttel lebt!

Sonst ist nicht viel zu holen.

Ein paar Blättchen vom Statistischen Landesamt.

In 48 Stunden 900 000 Menschen evakuiert.

Die Hamburger Luftkriegsopfer 1943 Juli männlich 11 686 weiblich 18 246 zusammen 29 932.

Ein bißchen was in »Hamburg und seine Bauten«:

– Es muß einer späteren Zeit überlassen bleiben, diese erschütternden Ereignisse zu beschreiben und zu deuten.

Caidin vom Intelligence Office: »The Night Hamburg died«.

Detlev Möller: »Das letzte Kapitel«:

– 1200 Minenbomben, 25 000 Sprengbomben, 3 Millionen Stabbrandbomben, 80 000 Phosphorbrandbomben.

– Kinder durch die Naturgewalten

– Naturgewalten

– von der elterlichen Hand losgerissen, sah man wie Ast- und Laubwerk in das Feuer wirbeln.

– Solche Erschütterungen zeigen sich begreiflicherweise bei dem älteren und gereifteren Teil der hamburgischen Bevölkerung. Dem größten Teil der Hamburger Jugend ist der Umfang und das Entsetzliche dieser Ereignisse kaum zum Bewußtsein gekommen.

– Der Kurt Detlev Möller verheimlichte, daß er in der Nazizeit antisemitische Reden geschwungen hatte und kriegte deshalb viel Ärger.

– Das wundert mich auch bei dem Stil nicht weiter.

– Sind Sie Stendhals Auffassung »Le style c'est l'homme«?

– War das Stendhals Auffassung?

– Jetzt machen Sie mich auch unsicher.

In die moderne Gartenarchitektur der Wallanlagen ordnen ein paar dünntittige Twiggies Kindergartenkinder.

– Anfassen!

– Aufstellen in einer Reihe!

– Steh doch gerade!

– Putz dir die Nase!

– Komm doch her!

– Geh jetzt endlich weg!

– Warum hast du so dreckige Hände?

– Dein Träger sitzt schief!

– Jetzt kriegst du welche runter!

Der wilhelminische Botanische Garten ist von den Verkrampfungen zur Internationalen Gartenbauausstellung verhältnismäßig wenig versaut.

Jäcki genießt ein Ostasienerlebnis à la Lao: Auf einem morschen Stück Holz im Wasser brütet ein brauner Vogel mit rotem Schnabel; daneben sonnt sich eine kleine Schildkröte.

Jäcki setzt sich auf die Bank gegenüber und beobachtet, wie Damen in den Wechseljahren und in Persianern mit Nerzkrägen die Idylle beobachten.

»The Night Hamburg died« heißt in Italien bei Mondadori »Operazione Gomorra«.

Arthur Harris, der du bist im Himmel,

die schwule Stadt mit Phosphorstabbrandbomben einäschernd, komm mit mir, Azze, wir suchen uns in Neu-Sodom zwei Gomorrhöer und ich weiß eine Absteige, da sitzt ein siebzigjähriges Rumpelstilzchen, das erzählt, wie die Tunten vor Angst aus den paar Mixi-Mixi-Bars, die es tatsächlich auch unter Adolf gab, in die Walddörfer gehuscht sind, um sich in Todesangst einen abzuschütteln, Arthur Harris, denn dein ist das Reich, und auf dem Hannöverschen Bahnhof umhalste der Geliebte den Geliebten im Landserrock

– Wovon kann ein Landser denn nur träumen?

Er träumt von seiner Monika, Erika, Angelika!

und schrie:

– Du kommst mir nicht wieder! Ich weiß, du kommst mir nicht wieder! Komm, wir gehen pissen, da kannst du den Siebzigjährigen weinen sehen um seinen gefallenen Mann.

Möchtest du ein Bier, Vater Harris? Im »Laubfrosch« erzählt dir ein Wisperer vom Heimaturlaub eine Woche vor der Zerstörung und von dem schwulen Lokal, Brandstwiete, wo man quasi auf den Koffern saß, weil man fürchtete, jeden Augenblick von dir, Sir, eins auf die Nuß zu bekommen.

– Was zu machen, hatte ja keiner mehr Lust, sagte der Wisperer. Oder komm, wir gehen in eine andre Absteige. Da sitzt ein forscher Sechziger, der behauptet:

– Es war viel los. Die Klappe an der Kirchenallee war bei Fliegeralarm so überfüllt, daß man kaum treten konnte. Und was in den Bunkern alles los war! Die »Theaterklause« war voller als unsere

Lokale heute. Die Besitzerin nannten wir den »Goldfasan«, weil sie das Goldene Parteiabzeichen hatte. Deshalb konnte ihr nichts passieren.

Begleiten Sie mich nach Eppendorf! Einen Alsterarm entlang. Chopin perlt über die eben aufknospenden Weiden. Hier lohnte es nicht zu bombardieren, nicht wahr?

– Die Tendenz war, die Arbeitsstätten und die Wohnstätten der breiten Schicht der Arbeiter zu treffen. Aber es stimmt nicht, daß die vornehmen Viertel der Stadt im Hinblick auf die spätere Besatzung und auf verwandtschaftliche Bindungen der Geldaristokratie verschont wurden.

An der Elbchaussee und in Winterhude konnte wegen der Bauweise ja kaum was getroffen werden und wenn, dann gab es höchstens zwei Tote. Sehen Sie hier die Sammlung früher chinesischer Plastik.

– Nehmen Sie Milch in den Café? Ich habe uns ein paar Stücke Sandtorte abgeschnitten.

Gomorrha.

– Angst.

Jeder Stoß konnte den Tod bedeuten. Denunziation genügte. Man kam nicht ins Gefängnis. Damit ein Verfahren umgangen werden konnte, verschwand man in einem KZ oder KL, wie Sie wollen.

Manfred Jendryschik
Periodicum

Aber einmal war alles anders. Karschunke hatte das im Gefühl: wenn der Morgen seine richtige Bläue hatte, dieses matte Seeblau bei bestimmter Lichtbrechung, und er sicher war, daß die Sonne vormittags ihren Platz hinter den Bäumen einnahm, waren schon die Schritte früh zur Waschschüssel entsprechend, die Bewegungen der Arme feierlicher, er hatte ein Lächeln, das man nur an den Lippen erkannte. Er wusch sich ausführlich und ging auch mit der Zahnbürste um, was ihm nicht immer gelingen wollte, besonders, weil er ständig eine Pfeife zwischen den Zähnen hatte und an ihr Gelb längst gewöhnt war, auch die anderen, Willi und Labahn und die Genossen vom Wohnbezirk, und rasierte sich, ein weißes Tuch um den Hals geschlungen, und zog sein bestes Hemd über den Kopf. Einmal im Monat.

Einmal im Monat fuhr Karschunke nicht mit dem Fahrrad zum Stadtpark, sondern in der Straßenbahn und lief armeschlenkernd, obwohl um Gemessenheit bemüht, zu dem kleinen Stall und gab dem Pony Rix gleich zwei Stück Zucker und hielt eine größere Ansprache, die lautete: Na, Rix, sind wir bereit, Rix. Wie geht es uns, Rix? und gab dem Pony noch einen Zuckerwürfel.

Rix zuckelte dann mit dem Wägelchen durch den Park, ein paar tausend Petunien hinter sich oder Studentenblumen oder das nasse Herbstlaub oder winters den Streusand, sie arbeiteten auch an diesem Tag, aber nur bis Mittag, so zwölf Uhr, dann kamen die ersten Schulkinder, und wenn sie Karschunke mit Pony und Wagen und seinem besten Hemd an der Ecke zum Stadtpark stehen sahen, wußten sie gleich Bescheid und umringten ihn und redeten auf ihn ein und schenkten ihm Pfefferminzbalken oder Nüsse, was sie gerade bei sich trugen, manchmal auch Kokosflocken, und es kam vor, daß ihm ein Mädchen ein blaues Halstuch umband, weil sie alle die Ansicht hatten, er wäre als Pionierleiter 'ne Klasse und daß er zu ihnen an die Schule kommen sollte für den doofen Herrn Ambros, wie sie sagten, der *Die Trommel* an den Mann zu bringen suchte mit Worten wie: Liebe Kinder, kauft die Zeitung, es steht was drin von Tieren und von Menschen. Natürlich kaufte keiner das Blatt, und Karschunke war bißchen verwirrt vor Stolz über das Angebot, und er verstaute Pfefferminzbalken und Nüsse, denn Geschenke durfte er nicht abschlagen, und die Rundfahrt begann.

Die Leute, die auf den Bänken saßen, sahen verwundert das Gefährt, das Pony und das luftbereifte Wägelchen und sechs Kinder darauf und Karschunke dahinter gehend, eine Traube Jungen und Mädchen neben sich, und sie konnten hören, daß er von Glasenapp und dem Hutziehen des Königs sprach, von der Krupskaja und dem Enkel Aljoscha, von der Pariser Kommune, von Jenny Marx, von Mohr und den Raben von London, wie er es in einem Buch gelesen hatte, von Lenin am Rasliw-See, und manchmal mußte er mit dem Pferdeglöckchen klingeln, weil sie alle laut durcheinanderredeten und jeder zuerst seine Frage beantwortet haben wollte, und die neuen Kinder, die um eins oder dreiviertel zwei aus der Schule kamen, wollten auch ihre Rundfahrt und ihre Geschichte, zum Beispiel über Thälmann in Hamburg, und an Teddy konnte er sich ja genau erinnern, da kamen die vielen Bilder wieder, die auch Herr Kardorf, sein Vorgesetzter, den Leuten erzählte, als sie das Benehmen Karschunkes reichlich seltsam fanden und sich beschweren wollten, weil er einmal im Monat mit all den Kindern durch den

Park zog, bis in den späten Nachmittag, und sich dazu auch seinen Schnaps genehmigte, und Herr Kardorf erzählte also von Maikämpfen und Saalschlachten und daß der Jungkommunist Karschunke einem späteren Gauleiter eine rote Fahne aufs Dach setzte, kurz vor den letzten Wahlen, das vergaßen die ihm nicht, und im KZ Oranienburg hatte ihm ein Hüne der SS-Bewachung so gegen die Schläfe geschlagen, daß er künftig Schmerzen beim Überlegen haben sollte und viel frische Luft brauchte, auch in den Unterleib getreten, wurde zeugungsunfähig, und das hatte ihn mehr durcheinandergebracht als seine Hirnverletzungen. Entlassen, mit monatlicher Meldung bei der Polizei, nahm er diese Stelle als Parkgärtner an, denn als Schlosser konnte er nicht mehr arbeiten, verständlich, ja, und gleich nach fünfundvierzig begann er mit dieser Tour, und gegen Abend, wenn er das Pony in den Stall brachte, konnte man ihn reden hören, jetzt mit lauterer Stimme als früh, seine Schlußansprache: Na, Rix, bist 'n doller Kerl, und den letzten Zuckerwürfel gab er dazu, verschloß den Stall, sagte durch die Tür: Bis morgen, suchte den Himmel nach der letzten Sonne ab und war mit ihr zufrieden. Später fuhr er mit der Straßenbahn nach Haus.

Werner Heiduczek
Mark Aurel oder Ein Semester Zärtlichkeit

Mein Vater kam heut schon am frühen Nachmittag nach Haus. Es mußte etwas Außergewöhnliches passiert sein. Drei Tage war er im Kombinat geblieben. Aber ich fragte ihn nicht. Ich wußte, er würde allein anfangen zu erzählen. Wenn er so durch die Wohnung läuft, vor sich hinpfeift und das Radio anmacht, hat er das Verlangen zu sprechen.

Er hatte Cinzano mitgebracht und Kognak. Wir lagen in seinem Zimmer auf dem Fell, er auf dem Rücken, ich auf dem Bauch. Die erste Versuchsproduktion ihres Blautones lief. Beim Gelbton hatten sie noch die Pilotanlage gebraucht. Diesmal hatten sie alles im Rechner simuliert und waren vom Labor gleich in die Produktion gegangen.

»Warst du dir so sicher?« fragte ich.

»Ich hatte Angst, aber einmal muß man anfangen.«

»Und wenn es schiefgegangen wäre?«

»Ich weiß nicht, eigentlich war alles exakt berechnet.«

»Ein Augenblick Glück kostet hundert Jahre Arbeit«, sagte ich. Er lachte und trank seinen Kognak.

»Ich stelle mir vor«, sagte ich, »wir beide finden einmal die ideale Farbqualität.«

»So lange können wir nicht warten«, antwortete er und goß in mein Glas Cinzano nach. »Am dreißigsten November muß der Farbstoff RT produziert werden.«

Und ich dachte, er versteht nicht, was ich meine. Bis zum dreißigsten November sieht er nur das und sein Netzwerk und seine Computerberechnungen. Jedes Forscherkollektiv muß an einem bestimmten Tag seine Teilerfindung vorlegen.

»Und wenn ein Kollektiv seine Erfindung zum bestimmten Termin nicht hat?«

»Es hat sie.«

»Aber es könnte doch vorkommen.«

Darauf wollte er sich nicht einlassen. Wahrscheinlich dachte er, wenn er's einkalkuliert, passiert's wirklich, und sie haben mit ihrem RT Schwierigkeiten auf dem Weltmarkt.

»Dann finden wir beide etwas anderes«, sagte ich, »und wenn wir es gefunden haben, kaufen wir die Datsche.«

Er wußte sofort, was ich meinte. Seit drei Jahren spricht er davon, daß er eine Datsche kaufen will. Übers Wochenende sollen wir dann immer hinfahren. Meine Schwester glaubt noch daran. Meine Mutter und ich nicht mehr. Wenn mein Vater von der Datsche anfängt, müssen wir lachen, und meine Mutter sagt: »Laß ihn. Er glaubt selber nicht an die Datsche. Aber er braucht das.«

»Ja«, sagte er, »dann kaufen wir die Datsche.«

Ich legte meinen Kopf auf seine Schulter. Wir lagen da und schwiegen. Vielleicht ist es ganz gut, daß alles so gekommen ist, dachte ich. Zuvor hatte ich immer Angst, ich finde nicht den richtigen Mann. Ich bekam Depressionen, wenn ich sah, wie andere sich verlobten oder heirateten. Jetzt suche ich nicht mehr und warte nicht mehr. So was muß von allein kommen. Etwas Unerfülltes bleibt jedem. Ich muß wieder an die kleine Frau im Krankenhaus denken, wie sie im Bett saß und den Männern aus ihrem Betrieb Anweisungen gab. Ihr Mann war dann überflüssig. Ich glaube, sie führten ihre Ehe nur noch aus Gewohnheit weiter. Glücklich war sie mit den anderen. Ich wollte mein Diplom machen und in die Forschung gehen. Etwas suchen sie immer, dachte ich. Es nimmt kein Ende.

»Warum hast du zu mir nie über Tolja gesprochen?« fragte mein Vater.

»Manches muß man auch allein schaffen«, sagte ich.

Ich weiß nicht, was Tolja dazu trieb, immer wieder auf mein Zimmer zu kommen, obwohl ich ihm gesagt hatte, daß es aus ist zwischen uns. Vielleicht konnte er nicht ertragen, daß ich es war, die Schluß gemacht hatte. Er war in seinem Stolz gekränkt oder in seiner Eitelkeit. Vielleicht hatte er auch einfach Angst, so plötzlich allein zu sein. Er hörte nicht auf, mir aufzulauern. Manchmal war er betrunken. Ich war ganz fertig. Und dann kam dieser Abend. Am nächsten Tag hatte ich Prüfung in organischer Chemie. Tolja klopfte an mein Zimmer. Es war schon nach elf Uhr. Ich weiß überhaupt nicht, wie er um diese Zeit ins Mädcheninternat hereingekommen war. Zuerst dachte ich noch, es sei einer seiner wilden Witze, als er sagte: »Deine Paukerei macht aus dir noch mal einen Homunkulus oder einen Beamten. Laß die Prüfung morgen sausen. El Hachemi hat Geburtstag. Du sollst mit rüberkommen.«

Mir war nicht nach Feiern zumute. Ich hatte Kopfschmerzen und Magenschmerzen.

Er wollte mich nehmen und abküssen, wie er es früher immer getan hatte, wenn ich nicht machte, was er wünschte. Er hatte dann immer gesagt: »Dein ganzes Gefühlsleben stammt noch aus der Zeit des Übergangs vom Feudalismus zum Kapitalismus. Da muß man was gegen tun, sonst bist du für den Sozialismus unergiebig.«

Aber ich wollte nicht mehr, daß er mich anfaßte. Es war schon zu viel kaputt zwischen uns. Und ich war in den vergangenen Tagen froh gewesen, mich auf die Prüfung vorbereiten zu müssen. Die Arbeit hatte mich ein wenig ruhiger gemacht.

»Ich habe keine Lust«, sagte ich, »und du mußt jetzt auch hier weg. Wenn jemand kommt, was meinst du, was da los ist.«

»Wenn schon«, sagte er, »was soll los sein. Mir macht's nichts.«

»Aber ich hab keine Lust und überhaupt«, sagte ich. »Ich muß jetzt rein. Tschüs.«

»Was, und überhaupt?«

Ich merkte, er war sehr wütend. Man erkennt das zuerst an seinen Augen. Sie werden ganz dunkel.

»Ich bringe dich runter«, sagte ich.

Ich dachte, er würde sich dadurch wieder beruhigen. Aber es regte ihn nur noch mehr auf.

Er wiederholte immer nur diesen einen Satz: »Was überhaupt.«

Als wenn er alle anderen Wörter vergessen hätte. Und plötzlich sagte er: »Wenn du nicht mitkommst, sperre ich dich die ganze Nacht in den Kochraum.«

Ich lachte ihn aus. Ich dachte, das macht er sowieso nicht. Er hat seine Wut und redet dummes Zeug.

»Ich sperre dich ein«, sagte er, »ich sperre dich ein.«

»Du machst dich lächerlich«, sagte ich.

Es machte mir Vergnügen, ihn zu reizen. Er stand da, den Hals vorgestreckt, den Mund offen. Und er schielte. Ich hatte das noch nie bemerkt, plötzlich sah ich, daß er schielte. Ich kam mir gesund vor und frei und ohne Angst.

»Weißt du, wie du jetzt aussiehst«, sagte ich, »wie ein Pygmäe.« Ich drehte mich um und wollte in mein Zimmer. Er packte mich und schleppte mich in den Kochraum.

»Ich schreie«, sagte ich. »Wenn du mich nicht losläßt, schreie ich.«

»Schrei doch«, sagte er, »du bist ja viel zu feige.«

Er kannte mich genau. Er wußte, daß ich nicht schreien würde. Ich wollte nicht, daß man über mich lacht.

»Du bist ein richtiger Sklave«, sagte er. »Immer nur den anderen alles recht machen. Immer freundlich sein, lächeln, nicken. Nur immer gut dastehen in ihrer Meinung. Das ist zum Kotzen mit deiner Abhängigkeit. Mach doch mal was ganz Verrücktes, Mensch.« Das war für ihn etwas ganz Verrücktes, daß er mich in den Kochraum zerrte. Daß er mich anschrie: »Guck sie dir doch an, Mensch, die Herren Dozenten und Doktoren. Du wirst einmal eine Assistentin, wie sie im Buche steht. Ein richtiges Leitbild wirst du. Die Professoren werden sich um dich reißen. In Bunt werden sie dich zeigen und in Schwarzweiß.«

Tolja kam mir plötzlich entsetzlich komisch vor, und ich fing an, laut zu lachen. Ihn machte mein Lachen rasend, und er schlug mir ins Gesicht. Ich glaube, er war darüber noch mehr erschrocken als ich. Er drückte mich an sich, küßte mein Haar, mein Gesicht. Ich konnte nicht begreifen, was geschehen war. Geschlagen hatte mich noch niemand.

Ich stieß ihn weg.

»Geh«, sagte ich.

Als Tolja wieder versuchte, mich anzufassen, schrie ich los. Es war mir gleich, ob jemand aus dem Zimmer kam.

In dieser Nacht konnte ich nicht schlafen. Ich lief stundenlang durch die Stadt. Ich wollte nicht mehr zurück ins Internat. Ich hatte die verrückte Vorstellung, Tolja wartete dort auf mich. Ich ging in den Wartesaal auf dem Bahnhof. Ich mußte daran denken, daß Tolja einmal gesagt hatte, er liebe Bahnhöfe, sie hätten sehr viel Hoffnung. Ich fror und hatte wohl schon ein wenig Fieber.

Wenn ich herauszufinden versuche, warum ich an diesem Morgen zu Tolja in die Baracke gegangen bin, muß ich an die Stunden im Wartesaal denken. An die warme verbrauchte Luft, die auf meine Augen drückte. An den Geruch von abgestandenem Essen. Und an die Uhr über der Tür. Mir kommt es heute vor, als hätte ich die ganze Zeit über auf das Rücken der Zeiger gesehen. Etwas, wußte ich, mußte geschehen. Vielleicht würde ich die Universität wechseln. Ich konnte auch das Studium abbrechen und ins Kombinat gehen. Ich hatte meinen Abschluß als Chemiefacharbeiter. Mir war gleich, was ich tat. Nur von Tolja wollte ich weg. Aber dann dachte ich, warum immer ich. Walters wegen hatte ich das Auslandsstudium aufgegeben. Toljas wegen gab ich schon das Studium überhaupt auf. Zuletzt würde ich nichts Eigenes mehr behalten und unbrauchbar werden für alles. Und dann fand ich wieder, ich hatte einen jämmerlichen Charakter, daß ich nur an mich dachte. Was war geblieben von meiner Liebe? Von dem großen Gefühl, für zwei leben zu können. Jetzt, wo ich schlappmachte, schlug ich um mich, um über Wasser zu bleiben. Tolja saß jetzt vielleicht auf seinem Bett im dunklen Barackenraum oder lief durch die Stadt. Er konnte ebensowenig schlafen wie ich. Im Grunde genommen war er der Unglücklichere. Aber wir hatten beide keine andere Chance. Tolja mußte aus dem Internat fort und etwas anderes anfangen. Mit seinem Selbststudium machte er sich etwas vor.

Ich hatte starke Kopfschmerzen.

Als ich am Morgen in die Baracke kam, saß Tolja auf seinem Bett. Er hatte die alberne Brille nicht auf. Sein Gesicht war sehr schmal und blaß. Einige aus dem Zimmer schliefen noch, andere saßen beim Frühstück. In der Ecke spielte ein Radio. Für einen Augenblick kam es mir vor, als wollte Tolja aufspringen und mir entgegenlaufen. Aber dann rückte er nur ein Stück zur Seite, daß ich mich zu ihm setzen konnte. Die Studenten am Tisch gaben sich Mühe, uns nicht zu beachten. Mir war gleich, was sie dachten. Ich hatte nichts mehr zu verbergen. Ich wußte, es hatte in der vergangenen Nacht endgültig etwas aufgehört. Und auch Tolja wußte es. Wir hatten beide Angst zu sprechen. Tolja stand auf und fing an, seinen Schrank auszuräumen.

»Wo wirst du hingehen?« fragte ich.

Er zuckte die Schultern. Ich verspürte das Verlangen, seine Hand zu nehmen oder ihn hier vor allen zu küssen, wie ich es damals auf der Straße gemacht hatte, nach unserem Streit auf dem Bahnhof. Aber ich blieb auf dem Bett sitzen. Ich wollte nicht, daß wir wieder anfingen, uns selbst zu betrügen.

»Vielleicht gehe ich auf den Bau oder hoch zum Hafen«, sagte er. »Es findet sich was.«

Er brachte mich zur Tür. Wir gaben uns die Hand, als würden wir uns am Abend schon wiedersehen.

»Leg dich ins Bett«, sagte Tolja, »du siehst nicht gut aus.«

Ich ging, ohne zu frühstücken, ins Labor. Ich weiß sonst nichts mehr von diesem Morgen. Nur noch, daß der Raum auf einmal unendlich groß wurde. Als ich den Bunsenbrenner unter den Kolben schob, muß ich umgekippt sein.

Heute kam der Kurbescheid. Ich habe ihn zurückgeschickt. Nach den Messeferien gehe ich wieder ins Institut.

Hans Magnus Enzensberger
Aufbruch in die siebziger Jahre

Blumenkohl ist bekömmlich.
Aber darum geht es nicht.
Was die Liebe betrifft,
so würde ich sagen:
Siehe die Kleinanzeigen.
Je weniger Revolution
im *Spiegel*, desto besser.
Die Zuwachsrate,
der Todestrieb,
noch einmal
die Rolling Stones.
Die Bedenken gegen die Kunst
gehen auf keine Kuhhaut.
Vom Salz der Erde
hört man in der letzten Zeit
auch immer weniger.
Die Gegenkultur
baumelt an ihren Kopfhörern.
Bei Bodennebel

fällt sogar
die sexuelle Befreiung aus.
Jeden Tag
eine neue Plattform.
Dazu kommen dann noch
die ständigen Anträge
zur Geschäftsordnung,
die Maßnahmen
des Zentralbankrates
und die Organisationsfrage.
Das hält doch kein Schwein aus.

Heinrich Böll
Gruppenbild mit Dame

Weibliche Trägerin der Handlung in der ersten Abteilung ist eine Frau von achtundvierzig Jahren, Deutsche; sie ist 1,71 groß, wiegt 68,8 kg (in Hauskleidung), liegt also nur etwa 300-400 Gramm unter dem Idealgewicht; sie hat zwischen Dunkelblau und Schwarz changierende Augen, leicht ergrautes, sehr dichtes blondes Haar, das lose herabhängt; glatt, helmartig umgibt es ihren Kopf. Die Frau heißt Leni Pfeiffer, ist eine geborene Gruyten, sie hat zweiunddreißig Jahre lang, mit Unterbrechungen versteht sich, jenem merkwürdigen Prozeß unterlegen, den man den Arbeitsprozeß nennt: fünf Jahre lang als ungelernte Hilfskraft im Büro ihres Vaters, siebenundzwanzig Jahre als ungelernte Gärtnereiarbeiterin. Da sie ein erhebliches immobiles Vermögen, ein solides Mietshaus in der Neustadt, das heute gut und gerne vierhunderttausend Mark wert wäre, unter inflationistischen Umständen leichtfertig weggegeben hat, ist sie ziemlich mittellos, seitdem sie ihre Arbeit unbegründet und ohne krank oder alt genug zu sein, aufgegeben hat. Da sie im Jahre 1941 einmal drei Tage lang mit einem Berufsunteroffizier der Deutschen Wehrmacht verheiratet war, bezieht sie eine Kriegerwitwenrente, deren Aufbesserung durch eine Sozialrente noch aussteht. Man kann wohl sagen, daß es Leni im Augenblick – nicht nur in finanzieller Hinsicht – ziemlich dreckig geht, besonders seitdem ihr geliebter Sohn im Gefängnis sitzt.

Würde Leni ihr Haar kürzer schneiden, es noch ein wenig grauer färben, sie sähe wie eine gut erhaltene Vierzigerin aus; so wie sie ihr Haar jetzt trägt, ist die Differenz zwischen der jugendlichen Haartracht und ihrem nicht mehr ganz so jugendlichen Gesicht zu groß, und man schätzt sie auf Ende vierzig; das ist ihr wahres Alter, und doch begibt sie sich einer Chance, die sie wahrnehmen sollte, sie wirkt wie eine verblühte Blondine, die – was keineswegs zutrifft – einen losen Lebenswandel führt oder sucht. Leni ist eine der ganz seltenen Frauen ihres Alters, die es sich leisten könnte, einen Minirock zu tragen: ihre Beine und Schenkel zeigen weder Äderung noch Erschlaffung. Doch Leni hält sich an eine Rocklänge, die ungefähr im Jahr 1942 Mode war, das liegt zum größten Teil daran, daß sie immer noch ihre alten Röcke trägt, Jacken und Blusen bevorzugt, weil ihr angesichts ihrer Brust (mit einer gewissen Berechtigung) Pullover zu aufdringlich erscheinen. Was ihre Mäntel und Schuhe betrifft, so lebt sie immer noch von den sehr guten und sehr gut erhaltenen Beständen, die sie in ihrer Jugend, als ihre Eltern vorübergehend wohlhabend waren, erwerben konnte. Kräftig genoppter Tweed, grau-rosa, grün-blau, schwarz-weiß, himmelblau (uni), und falls sie eine Kopfbedeckung für angebracht hält, bedient sie sich eines Kopftuchs; ihre Schuhe sind solche, wie man sie – wenn man entsprechend bei Kasse war – in den Jahren 1935-39 als »Unverwüstliche« kaufen konnte.

Da Leni im Augenblick ohne ständigen männlichen Schutz oder Rat in der Welt steht, unterliegt sie, was ihre Haartracht betrifft, einer Dauertäuschung; an der ist ihr Spiegel schuld, ein alter Spiegel aus dem Jahr 1894, der zu Lenis Unglück zwei Weltkriege überdauert hat. Leni betritt nie einen Frisiersalon, nie einen reich bespiegelten Supermarkt, sie tätigt ihre Einkäufe in einem Einzelhandelsgeschäft, das soeben davorsteht, dem Strukturwandel zu erliegen; so ist sie einzig und allein auf diesen Spiegel angewiesen, von dem schon ihre Großmutter Gerta Barkel geb. Holm sagte, er schmeichle nun doch zu arg; Leni benutzt den Spiegel sehr oft. Lenis Haartracht ist einer der Anlässe für Lenis Kummer, und Leni ahnt den Zusammenhang nicht. Was sie mit voller Wucht zu spüren bekommt, ist die sich stetig steigernde Abfälligkeit ihrer Umwelt, im Haus und in der Nachbarschaft. Leni hat in den vergangenen Monaten viel Männerbesuch gehabt: Abgesandte von Kreditinstituten, die ihr, da sie auf Briefe nicht reagierte, letzte und allerletzte Mahnungen überbrachten; Gerichtsvollzieher; Anwaltsboten; schließlich die Sendboten von Gerichtsvollziehern, die Gepfändetes abholten; und da Leni außerdem drei möblierte Zimmer, die gelegentlich die Mieter wechseln, vermietet, kamen natürlich auch jüngere männliche Zimmersuchende. Manche dieser männlichen

Besucher sind zudringlich geworden – ohne Erfolg selbstverständlich; jeder weiß, wie gerade die erfolglos Zudringlichen mit den Erfolgen ihrer Zudringlichkeit prahlen, so wird jeder ahnen, wie rasch Lenis Ruf ruiniert war.

*

Der Verf. hat keineswegs Einblick in Lenis gesamtes Leibes-, Seelen- und Liebesleben, doch ist alles, aber auch alles getan worden, um über Leni das zu bekommen, was man sachliche Information nennt (die Auskunftspersonen werden an entsprechender Stelle sogar namhaft gemacht werden!), und was hier berichtet wird, kann mit an Sicherheit grenzender Wahrscheinlichkeit als zutreffend bezeichnet werden. Leni ist schweigsam und verschwiegen – und da hier nun einmal zwei nichtkörperliche Eigenschaften aufgezählt werden, seien zwei weitere hinzugefügt: Leni ist nicht verbittert, und sie ist reuelos, sie bereut nicht einmal, daß sie den Tod ihres ersten Mannes nie betrauert hat. Lenis Reuelosigkeit ist so total, daß jegliches »mehr« oder »weniger«, auf ihre Reuefähigkeit bezogen, unangebracht wäre; sie weiß wahrscheinlich einfach nicht, was Reue ist; in diesem – und in anderen Punk-ten – muß ihre religiöse Erziehung mißglückt sein oder als mißglückt bezeichnet werden, wahrscheinlich zu Lenis Vorteil.

Was aus den Aussagen der Auskunftspersonen eindeutig hervorgeht: Leni versteht die Welt nicht mehr, sie zweifelt daran, ob sie sie je verstanden hat; sie begreift die Feindschaft der Umwelt nicht, begreift nicht, warum die Leute so böse auf sie und mit ihr sind; sie hat nichts Böses getan, auch ihnen nicht; neuerdings, wenn sie notgedrungen zu den notwendigsten Einkäufen ihre Wohnung verläßt, wird offen über sie gelacht, Ausdrücke wie »mieses Stück« oder »ausgediente Matratze« gehören noch zu den harmloseren. Es tauchen sogar Beschimpfungen wieder auf, deren Anlaß fast dreißig Jahre zurückliegt: Kommunistenhure, Russenliebchen. Leni reagiert auf Anpöbeleien nicht. Daß »Schlampe« hinter ihr hergemunkelt wird, gehört für sie zum Alltag. Man hält sie für unempfindlich oder gar empfindungslos; beides trifft nicht zu, nach zuverlässigen Zeugenaussagen (Zeugin: Marja van Doorn) sitzt sie stundenlang in ihrer Wohnung und weint, ihre Bindehautsäcke und ihre Tränendrüsenkanäle sind erheblich in Tätigkeit. Sogar die Kinder in der Nachbarschaft, mit denen sie bisher auf freundschaftlichem Fuß stand, werden gegen sie aufgehetzt und rufen ihr Worte nach, die weder sie noch Leni so recht verstehen. Dabei kann hier nach ausführlichen und ausgiebigen, aber auch die letzte und allerletzte Quelle über Leni erschöpfenden Zeugenaussagen festgestellt werden, daß Leni in ihrem bisherigen Leben mit an Sicherheit grenzender Wahrscheinlichkeit im ganzen wahrscheinlich zwei dutzendmal einem Mann beigewohnt hat: zweimal dem ihr später angetrauten Alois Pfeiffer (einmal vor, einmal während der Ehe, die insgesamt drei Tage gedauert hat) und die restlichen Male einem zweiten Mann, den sie sogar geheiratet hätte, wenn die Zeitumstände es erlaubt hätten. Wenige Minuten, nachdem es Leni erlaubt wird, unmittelbar in die Handlung einzutreten (das wird noch eine Weile dauern), wird sie zum ersten Mal das getan haben, was man einen Fehltritt nennen könnte: sie wird einen türkischen Arbeiter erhört haben, der sie kniefällig in einer ihr unverständlichen Sprache um ihre Gunst bitten wird, und sie wird ihn – das als Vorgabe – nur deshalb erhören, weil sie es nicht erträgt, daß irgend jemand vor ihr kniet (daß sie selbst unfähig ist zu knien, gehört zu den vorauszusetzenden Eigenschaften). Es sollte vielleicht noch hinzugefügt werden, daß Leni Vollwaise ist, einige peinliche angeheiratete Verwandte hat, andere, weniger peinliche, nicht angeheiratete, sondern direkte, auf dem Land, und einen Sohn, der fünfundzwanzig Jahre alt ist, ihren Mädchennamen trägt und zur Zeit in einem Gefängnis einsitzt. Ein körperliches Merkmal mag noch wichtig, auch für die Beurteilung männlicher Zudringlichkeit von Bedeutung sein. Leni hat die fast unverwüstliche Brust einer Frau, die zärtlich geliebt worden ist und auf deren Brust Gedichte geschrieben worden sind. Die Umwelt möchte Leni am liebsten ab- oder wegschaffen; es wird sogar hinter ihr hergerufen: »Ab mit dir« oder »Weg mit dir«, und es ist nachgewiesen, daß man hin und wieder nach Vergasung verlangt, der Wunsch danach ist verbürgt, ob die Möglichkeit dazu bestünde, ist dem Verf. unbekannt; hinzufügen kann er nur noch, daß der Wunsch heftig geäußert wird.

Zu Lenis Lebensgewohnheiten müssen noch ein paar Einzelheiten geliefert werden; sie ißt gern, aber mäßig; ihre Hauptmahlzeit ist das Frühstück, zu dem sie unbedingt zwei knackfrische Brötchen, ein frisches, weichgekochtes Ei, ein wenig Butter, einen oder zwei Eßlöffel Marmelade (genauer gesagt: Pflaumenmus von der Sorte, die anderswo unter Powidl bekannt ist) braucht, starken Kaffee, den sie mit heißer Milch mischt, sehr wenig Zucker; an der Mahlzeit, die Mittagessen heißt, ist sie wenig interessiert: Suppe und ein kleiner Nachtisch genügen ihr; abends dann ißt sie kalt, ein wenig Brot, zwei-drei Scheiben, ein wenig Salat, Wurst und Fleisch, wenn ihre Mittel es erlauben. Den größten Wert legt Leni auf die frischen Brötchen, die sie sich nicht bringen läßt, sondern eigenhändig aussucht, nicht, indem sie sie betastet, nur, indem sie deren Farbe begutachtet; nichts – an Speisen jedenfalls nichts – ist ihr so verhaßt wie laffe Brötchen. Der Brötchen wegen und weil das Frühstück ihr tägliches Feiertagsmahl ist, begibt sie sich sogar morgens unter Menschen, nimmt Beschimpfungen, mieses Gerede, Anpöbeleien in Kauf.

Zum Punkt Rauchen ist zu sagen: Leni raucht seit ihrem siebzehnten Lebensjahr, normalerweise acht Zigaretten, keinesfalls mehr, meistens weniger; während des Krieges verzichtete sie vorübergehend aufs Rauchen, um jemandem, den sie liebte (nicht ihrem Mann!), die Zigaretten zuzustecken. Leni gehört zu den Menschen, die hin und wieder ein Gläschen Wein mögen, nie mehr als eine halbe Flasche trinken und je nach Wetterlage sich einen Schnaps, je nach Stimmungs- und Finanzlage einen Sherry genehmigen. Sonstige Mitteilungen: Leni hat den Führerschein seit 1939 (mit Sondergenehmigung erhalten, die näheren Umstände werden noch erklärt), aber schon seit 1943 kein Auto mehr zur Verfügung. Sie fuhr gern Auto, fast leidenschaftlich.

Leni wohnt immer noch in dem Haus, in dem sie geboren ist. Das Stadtviertel ist aufgrund nicht zu eruierender Zufälle von Bomben verschont worden, jedenfalls *ziemlich* verschont worden; es wurde nur zu 35 % zerstört, war also vom Schicksal begünstigt. Kürzlich ist Leni etwas widerfahren, das sie sogar gesprächig gemacht hat, sie hat es bei nächster Gelegenheit ihrer besten Freundin, ihrer Hauptvertrauten, die auch die Hauptzeugin des Verf. ist, brühwarm erzählt, mit erregter Stimme: morgens, als sie beim Brötchenholen die Straße überquerte, hat ihr rechter Fuß eine kleine Unebenheit auf dem Straßenpflaster wiedererkannt, die er – der rechte Fuß – vor vierzig Jahren, als Leni dort mit anderen Mädchen Hüpfen spielte, zum letztenmal erfaßt hatte; es handelt sich um eine winzige Bruchstelle an einem Basaltpflasterstein, der schon, als die Straße angelegt wurde, etwa im Jahr 1894, vom Pflasterer abgeschlagen worden sein muß. Lenis Fuß gab die Mitteilung sofort an ihren Hirnstamm weiter, jener vermittelte diesen Eindruck an sämtliche Sensibilitätsorgane und Gefühlszentren, und da Leni eine ungeheuer sinnliche Person ist, der sich alles, aber auch alles sofort ins Erotische umsetzt, erlebte sie vor Entzücken, Wehmut, Erinnerung, totaler Erregtheit jenen Vorgang, der – womit dort allerdings etwas anderes gemeint ist – in theologischen Lexika als »absolute

Seinserfüllung« bezeichnet werden könnte; der von plumpen Erotologen und sexotheologischen Dogmatikern, auf eine peinliche Weise reduziert, mit Orgasmus bezeichnet wird.

*

Bevor der Eindruck entsteht, Leni sei vereinsamt, müssen alle jene aufgezählt werden, die ihre Freunde sind, von denen die meisten mit ihr durch dünn, zwei mit ihr durch dick und dünn gegangen sind. Lenis Einsamkeit beruht lediglich auf ihrer Schweigsamkeit und Verschwiegenheit; man könnte sie sogar als wortkarg bezeichnen; tatsächlich »geht« sie nur sehr selten »aus sich heraus«, nicht einmal ihren ältesten Freundinnen Margret Schlömer geb. Zeist und Lotte Hoyser geb. Berntgen gegenüber, die noch zu Leni hielten, als es am allerdicksten kam. Margret ist so alt wie Leni, verwitwet wie Leni, doch könnte dieser Ausdruck Mißverständnisse hervorrufen. Margret hats ziemlich mit Männern getrieben, aus Gründen, die noch benannt werden, nie aus Berechnung, gelegentlich allerdings – wenn es ihr allzu dreckig ging – gegen Honorar, und doch könnte man Margret am besten charakterisieren, wenn man feststellt, daß ihre einzige berechnete erotische Beziehung zu dem Mann bestand, den sie als Achtzehnjährige geheiratet hat; damals auch machte sie die einzige nachweisbare hurenhafte Bemerkung, indem sie zu Leni sagte (es war im Jahr 1940): »Ich hab mir nen reichen Knopp geangelt, der unbedingt mit mir vor den Traualtar will.« Margret liegt zur Zeit im Krankenhaus, in einer Isolierstation, sie ist auf schlimme Weise wahrscheinlich unheilbar geschlechtskrank; sie bezeichnet sich selbst als »total hinüber« – ihr gesamter endokriner Haushalt ist gestört; man kann nur durch eine Glasplatte geschützt mit ihr sprechen, und sie ist dankbar für jede mitgebrachte Schachtel Zigaretten und jede kleine Portion Schnaps, und wäre es auch nur der kleinste im Handel erhältliche und mit dem billigsten Schnaps nachgefüllte Flachmann. Margrets endokriner Haushalt ist so durcheinander, daß sie »sich nicht wundern würde, wenn plötzlich statt Tränen Urin aus meinen Augen käme«. Sie ist für jede Art von Betäubungsmittel dankbar, würde auch Opium, Morphium, Haschisch annehmen.

Das Krankenhaus liegt vor der Stadt, im Grünen, ist bungalowartig angelegt. Um Zutritt zu Margret zu erlangen, mußte der Verf. zu verschiedenen verwerflichen Mitteln greifen: Bestechung, Hochstapelei in Tateinheit mit Amtsanmaßung (er gab sich als Dozent für Prostitutionssoziologie und -psychologie aus!).

Es muß hier als Vorschuß auf die Auskünfte über Margret hinzugefügt werden, daß sie »an sich« eine weit weniger sinnliche Person ist als Leni; Margrets Verderben war nicht ihr eigenes Begehren nach Liebesfreuden, ihr Verderben war die Tatsache, daß von ihr so viel Freuden begehrt wurden, die sie zu spenden von Natur begabt war; es wird darüber noch berichtet werden müssen. Jedenfalls: Leni leidet, Margret leidet.

Gert Loschütz
Lagebericht

Man wird unsicher
Freunde geraten ins Irrenhaus
Umzüge sind im Gespräch
die Stadt sei unbewohnbar geworden
die Hauswirtin, begegnen wir uns
zufällig, bekreuzigt sich
M. ein alter Bekannter
begann mit einem Schnauzbart
jetzt nach Wochen, da er es ablehnt
sich die Haare schneiden zu lassen
ist M. zugewachsen, er bewegt sich
mit Hilfe eines weißen Stocks vorwärts
seine Frau treibt sich
in einschlägigen Lokalen herum
die Post kommt unregelmäßig
meine Frau verweigert sich mir
jeder ist sich selbst der nächste, sagt sie
der Müllschlucker ist verstopft
der Stuck fällt von den Decken
es wird auch nicht mehr richtig hell
die Fälle von Brandstiftung nehmen zu

Josef W. Janker
Der Umschuler

Um als Alteingesessener zu gelten, wohnt er lange genug im Block. Seine Erfahrungen im Umgang mit Sozialmietern entsprechen statistisch belegbaren Mittelwerten. Er kennt die Spielformen sozialer

Neurosen als Eigenart von Wohnungs-Insassen, die lange wie unter zu hohem Druck gestanden. Er schätzt Männer seines Alters und Versehrtengrades nicht sonderlich, doch respektiert er diejenigen, die den Zustand freiwilliger Zernierung ohne sichtbare Beschädigungen ertragen.

Block 46 und 48, ein dreigeschossiger, flach eingedeckter, auf Lücke gestellter Langbau eines staatlich geförderten Bauträgers, mit zwölf genormten Wohneinheiten, zwei separaten Eingängen, zwei lärmempfindlichen Treppenhäusern und Balkons – bei neun Parteien als verdeckte Loggia ausgebildet und bei den restlichen drei nach SW frei vorgebaut in einer Länge von zwei Liegestühlen –, gilt als bestens geeignet für die Unterbringung von Schwerkriegsbeschädigten. Die einschlägigen Pflichten der Mieter liegen in einem Mustervertrag der GSW leicht einsehbar paraphiert. Die Hausordnung regelt Art und Umfang der mit der Nutzung vertraglich auferlegten Pflichten und Rechte. Auf den hauseigenen Grünflächen sind Spiele jeglicher Art grundsätzlich untersagt. Das Halten von Haustieren ist unerwünscht. Die GSW ist berechtigt, den geltenden Mietvertrag aufzulösen, wenn der Mieter von den Räumen einen vertragswidrigen Gebrauch macht. Mieter haben bei ihrem Auszug die Räume besenrein und ungezieferfrei zu übergeben. Der überlebende Ehegatte hat das Recht, von der Kündigung Gebrauch zu machen …

Die Wohnungs-Insassen von Block 46 und 48, organisiert und zu unkündbarer Gefolgsschaftstreue weniger entschlossen als zur Wahrnehmung handfester Interessen ermächtigt, mit Jahresausflügen ins Montafon beschäftigt, einmal im Kalenderjahr mit einem Barscheck bedacht, bei Bockwurst und Freibier mit dem Anhören eines Rechenschafts-Berichts befaßt, auf Ellbogen-Fühlung mit Kameradenfrauen im Einminuten-Gedenken bei geräuschvoll zurückgeschobenen Stühlen, schlappe Akklamation bei der einstimmig verweigerten Wachablösung des zweiköpfigen Vorstands und protokollgerechter Entlastung nicht minder verdienter Kassenwarte.

Neun der Verbandsmitglieder führen den Nachweis ihrer Fähigkeiten in hochglanzpolierten Karosserien vor. Zwei sind Beamte des höheren Dienstes und benehmen sich wie Beamte des höheren Dienstes; einer versieht seinen Beruf einbeinig in einer Pförtner-Loge; einer zeigt gärtnerischen Ehrgeiz, schließt Gartenzwerge mit Fußkettchen an Fliederbüsche an; einer lebt unwidersprochen berufslos …

Wenn ihn gewisse Denkzwänge vorübergehend freigeben, sieht Mertens sich als Mieter in einer der 36 Wohnschachteln ansässig, als Dauer-Mieter, der die Sünden spartanisch gesinnter Bauträger büßt, ihren fahrlässigen Umgang mit seiner demoskopisch geprüften Langmut. Er hat nicht nur mit eigenen, sondern auch mit den Geräuschen von Nachbarn zu leben, ein bedienter Typ, dessen Arbeitstag mit sechsmaligen Spülvorgängen seine erste Weihe erhält, der beim Hochfahren aus der spiralgefederten Horizontalen entdeckt, daß seine Frau bereits ihren ersten Sättigungsgrad an häuslichem Zorn erreicht hat.

Gefälligkeiten, seiner Frau hinterrücks zugetragen, Mitteilungen über Auftritte und Verhaltensweisen, seine vertrackte Art zu grüßen, die einmal als »hochtrabend« und einmal als »betont devot« bezeichnet wird; sein vornübergeneigtes Gehen, dieses mitunter beängstigende Vorfallen aus der Vertikalen. In einem Wohnblock, dessen Insassen überwiegend ausgesucht waren nach ihren medizinischen Befunden, wertet man seine Haltungsschäden als Ausdruck seiner Arroganz oder auch seiner eingestandenen Unterwürfigkeit. Angesichts dieser reizbaren Übergrößen, vor denen das Kaufen von der Stange zu einem beneideten Privileg wird, hält Mertens sich lieber betont zurück.

Stimmschwach verlästert er den auf Selbstdarstellung abzielenden Mieter-Ehrgeiz, der die Parteien zu übertriebenen Grußformen nötigt. Im halben Hinhören notiert er sich den verschwiegenen Handel mit Vergünstigungen und Pressionen, diese zuteilungsreifen Artigkeiten und Gehässigkeiten von Balkon zu Balkon. Unbekümmert zunächst noch um die eingesteckten Rüffel, verwirft er das kleinliche Aufrechnen von Unterlassungen und geleistetem Redesoll. Er bewahrt sich vor begegnungssüchtigen Mieterinnen im Treppenhaus, weicht scheinheilig herbeigeführten Kollisionen auf wischfeuchten Treppenstufen aus, mit größerer Wendigkeit, als ihm zuträglich …

Unter einem Barometer, das an diesem aufklarenden September-Morgen bei leichtem Druckanstieg sinkende Temperaturen anzeigt, sein aufgeräumter Schreibtisch, angefertigt nach Maßen, die die langfasrige Rüsterplatte nicht gerade zu einer Startrampe seiner Gedanken verlängern. Vor ihm, im selbstverdübelten Bücherbord, Wo warst du, Adam? – diese Gewissensfrage, die ihn vom Abbundplatz weg an den Schreibtisch trieb; Vor dem grossen Schnee – der ihn noch immer den Kältefiebern von Moskrosenz und Korowino aussetzt; STALINORGEL und FEUER IM SCHNEE, ihn im Umkreis der Zerstörung haltend wie einen Dreschochsen im zu kurzen Geschirr seines endlosen Rundlaufs –: Leseerfahrungen, die zugleich Umweltserfahrungen sind, geteilt mit Gleichaltrigen, die auf Leseerfahrungen dieser Art verzichten:

Der eigentlich schon ruchlose Versuch, den Krieg als freigebigen Stofflieferanten anzuzapfen durch immer drastischeres Ausleuchten auch noch der letzten Minen-Hölle.

Ein detailgerecht geschilderter toter Soldat, der im Schlamm liegt, ist nichts als ein toter Soldat, der im Schlamm liegt.

Erinnerung an den Krieg ist nicht Erinnerung an Erlebbares und Datierbares; sie prüft Mertens nicht länger am Jargon der zusammengebissenen Zähne, sie mißt ihn gefühllos an seinen Einsichten. – Die erinnerten Schrecken büßen ihre Erzählbarkeit ein, werden zu eingeredeten Schrecken.

Die Niederlage erst bewirkt Umdenken. Der Sieger erstickt nicht an seinen Widersprüchen.

Im Zweifelsfall setzt der Soldat auf blinden Gehorsam. Wo es ums nackte Überleben geht, ist der Reflex der Reflexion überlegen. Der Selbsterhaltungstrieb absorbiert Widerstände, funktioniert sie um in brauchbare Antriebe.

Der Soldat ist vor allem jung; das entscheidende Handicap: sein vormilitärischer Status. Je ausgeprägter sein ziviler Instinkt, desto schmerzhafter die Prozedur seiner Umkremplung.

Wie aus Anstand Anständigkeit, aus Solidarität Gruppentreue, aus Menschenwürde Mannesehre wird: töten, um nicht getötet zu werden! – Der Soldat, eine Charakter-Charge des Massenschlächters Krieg …

Was eigentlich unternimmt Mertens, wenn er – von zwei handgeschnitzten MAKONDE-Figuren flankiert – sein tägliches Pensum absolviert? Er setzt mit unverhältnismäßigem Aufwand beträchtliche Energien in bloße Bewegungen seiner Hand um. Dieser beschönigte Selbstbetrug, der zum Überleben so anfällig macht! Seine Frau, durch erzwungenen Konsumverzicht im Umgang mit Mertens erfahrener, definiert ihn, halb verächtlich, als sozialen Typ. Damit weist sie ihm nicht unbedingt schon eine Funktion in der Gesellschaft zu. Etwas abschätzig mißt sie sein politisch eingefärbtes Engagement als Kompensations-Objekt seiner gestörten Umweltbeziehung. Sein altruistischer Elan, sein Mangel an gesundem Egoismus, sein karitativer Übereifer!

Eheliche Gouvernante mit scharf aufsitzender Intelligenz, Zuchtmeisterin mit nachtragender Gründlichkeit. Wie sollen Hausleute in ihrem verständlichen Argwohn seine sporadischen Tätigkeiten anerkennen, wo er doch zu beliebigen Zeiten seine Wohnung aufsuche, sie verlasse oder sich tagelang in ihr verkrieche? Sieht er sich mit zu viel Nachsicht bei einer Arbeit zu, die auf Nachsicht nicht zählen kann?

Der gewohnheitsmäßige Blick auf die vier Etagen eines Wohnblocks der nächsten Größenordnung, vormittags von bettenlüftenden Frauen beherrscht, lenkt Mertens nicht nachhaltig genug von seinen Überlegungen ab.

Mertens, der mit durchgedrücktem Kreuz einige Lockerungsübungen vornimmt, sieht seine Frau im Markisenschatten des Balkons Wäsche von der Leine nehmen. Der Blick geht nicht gerade ins volle Grüne, aber schon der spärliche Blattbesatz einer verkümmerten Esche genügt, um seine Verkrampfung zu lösen.

Mertens stellt sich auf eine Denkweise ein, die ihm zu einer entspannteren Gangart verhilft. Er überprüft sein angeschlagenes Selbstverständnis als Mieter. Er klopft sich redlich ab, inwieweit sein Mißverhältnis zum eingespielten häuslichen Konsensus der Mehrheit noch Anlaß bietet zu produktivem Ärger.

Einfallendes Messegeläut in seine schalldurchlässige Wohnwabe macht ihn hellhöriger für das gelebte Kuriosum seiner Vereinzelung. Was hat Mertens den pünktlich zur Betsing-Messe Antretenden voraus? Was den prompt zum Mittags-Schoppen einsitzenden Familien-Vorständen, Wagenhaltern, Prothesen- und Pneuträgern? Den puritanischen Gestus einer Weigerung, der vor dem eingeschworenen Mieter-Kollektiv als künstlich erkannt wird.

Warum baut Mertens die unzuträgliche Belastung nicht einfach ab, zieht sich stillschweigend auf natürlichere Gegnerschaften zurück, gibt endlich dem vernünftigen Verlangen nach Gleichheit nach, tut das Selbstverständliche mannhaft, ohne sein Gewissen wie ein unkommodes Gebrechen mit sich herumzutragen? Was also hat er ihnen voraus? Den durchgehaltenen Status permanenten Erinnerns? Ihr Gedächtnis strapazieren schließlich auch die Veteranen und Invaliden an ihren Stammtischen.

Bei gestauchtem Bier und im Geschäker mit Kellnerinnen wird unter die Haut Gehendes anekdotisch aufgewärmt: ihre ungebrochene Mannbarkeit nach zwei verlorenen Kriegen, das Spätpubertäre ihrer heldischen Phase.

Mundartlich gefärbt, rhetorisch Griffiges, in ehedem Jüngerscher Forschheit: Wagemut und Kampf als die männlichste Art der Zeugung, ein immer reineres, immer kühneres Kriegertum herausgeschmolzen in Stahlgewittern. In öd indikativischem Tonfall, die banale Chiffrierung organisierten Mangels, als hinge noch immer von der prompten Belieferung mit Starkbier und klopffestem Kellnerinnen-Fleisch ihr Wohlverhalten bei der kämpfenden Truppe ab. Jahrestage. Gedenktage. Auch Mertens altert mit ihnen. Warum setzt er sich nicht versuchsweise zu ihnen, feiert mit ihnen die Wiederkehr ihrer Feuertaufe. Ortszeit: ein September-Sonntag 43:

... Angedonnert wie Schneegänse über einem Schlag ungenießbarer Steckrüben, ein zusammengekratzter Haufen maroder Gefreiter. Verkaterte Unterführer, die den Schriftsatz eines Krad-Melders entschlüsseln. Nahkampf-Distanz. Zwei Halbzüge gelernter Rückzügler im Feuerbereich eines wassergekühlten ›Maxim Gorki‹ ...

Seiner Schätzung nach spricht jetzt der jüngste Bruder das Confiteor, schlägt Mutter ihren mit Ablaßzetteln gespickten Volks-Schott auf, verläßt Vater dienstbereit den Tudorbogen der Sakristei. Gutliegendes Pakfeuer durchbellt die Gebetsstille vor dem Introitus. Würdig ist das Lamm, das geschlachtet wird. Eine Staffel ›Iljuschin‹ läutet das Graduale ein. Im sichtbaren gezeugt, nicht geschaffen, um verheizt zu werden. Aufgefahren in den Himmel, von einem Haubitzen-Volltreffer befördert. Abgestiegen in die Pakhölle von Cadjatsch. Er wird wiederkommen in Herrlichkeit, Gericht zu halten über lammfromme Schützen-Eins, die an Sonntagen das große Heulen ankommt. Sursum Corda. Hoch mit den Flossen, wer jetzt noch nicht mürbe genug gewalkt ist! Mein Fuss steht auf dem rechten Pfad. Zuversichtlich betrete ich das von Spring-Minen verseuchte Gelände, preise dich mit neuem Verlege-Schema. Mit glühendem Steine gereinigt, ausgeschwefelt von einem Fächer weißzischender Ausbläser, lasst uns im Geheimnis dieses Wassers, das er aus einer vollgelaufenen Panzersuhle schlürft, unsere Menschennatur annehmen unter gezieltem Beschuß ...

Lange genug an diesem geräuscharmen Vormittag sieht Mertens sich zu, wie er sich zwischen diesen vier steingrau gestrichenen Wänden beweglich hält für den Umgang mit Nachbarn. Mit Altersgenossen verbessert er sich, ohne nun gleich etwas zu denken, das weit genug ist, die Gesellschaft zu umfassen, die auf Veränderungen aus ist, versessen darauf, sich ein menschlicheres Gesicht zu geben. Sarkasmus der verpaßten Gelegenheiten! denkt er schlagfertiger als ihm zukommt.

Die Mieterin unter ihm, im Geschwindschritt ihren Fünf-Personen-Haushalt besorgend, scheint den kritischen Punkt erreicht zu haben, an dem das Verrücken von Möbeln an der Reihe ist. Seine Frau, dem Gesetz der angemessenen Antworten unterworfen, schließt einen Fensterflügel kräftiger als nötig. Umgehend ersucht Mertens um Übertönung offensichtlich unvermeidbarer Fallgeräusche durch Musik. Das gefährdete häusliche Gleichgewicht der schwachen Nerven ist wieder hergestellt. Der bereits einmal von ihm umgemodelte Satz: »Wahr spricht, wer Schatten wirft!« wird ihm zur Tageslosung: »Wahr spricht, wer um sich wirft!«

Sein nicht recht motivierbares Aufspringen, Reflex eines ihm nachgerade peinlichen Fluchtdranges, fängt er zum Glück noch vor Erreichen der Zimmertür ab. Eingeklemmt zwischen den Makonde-Figuren und einer Geranien-Leiste, wird Mertens sich der Lächerlichkeit seiner Lage bewußt. Er tritt an das Fenster heran, sucht auf der gegenüberliegenden Fassade nach freiem Auslauf, verfolgt mit sichtlichem Interesse eine Frauenhand, die unter einem hochgelassenen Rolladen ausdauernder, als ihm vernünftig scheinen will, ein Paradekissen aufschüttelt, nimmt sich dieser heftigen Zärtlichkeit für Weißgestärktes an.

An seinen Schreibtisch zurücktretend, fühlt er sich nicht mehr eingefroren in diesem Zustand permanenter Gekränktheit, spornt sich nicht mehr zu reinen Abhorch-Leistungen an, nur um sich als lärmgeschädigter Bewohner auszuweisen. Frei von lästigsten Nötigungen wendet er sich den Gegenständen seines spontanen Interesses zu:

ein Ortswechsel vielleicht, eine Reise von begrenzter Dauer, ein befristeter Absprung. Das Blättern in Fahrplänen und Prospekten verschafft ihm ein lange nicht mehr gekanntes Vergnügen. Seiner kühl rechnenden Frau trägt er plausible Gründe vor, nicht eben zwingende.

Flucht aus einer prekären, für sie einer verfahrenen, Lage.

JÜRGEN BECKER
Zur Sache

Blau wird erst der Abend
wieder,
                blau, atmosphärisch gesagt, denn
dieser Abend ist sonst eine miese,
wortlose Sache, zäh
wie die Lähmung im Kopf,
seit Tagen, weil, und
das ist fast alles an Grund,
kein Wort fällt: zur Sache, zu
dieser Sache zwischen uns; ich
nenne es Sache, diesen wortlosen,
miesen Kampf, seit Wochen; eine Lösung
vielleicht, weil, zwar
wie oben gesagt, aber
wirklich
                  der Abend blau wird.

INGEBORG BACHMANN
Malina

Zweites Kapitel
Der dritte Mann

Malina soll nach allem fragen. Ich antworte aber, ungefragt: Der Ort ist diesmal nicht Wien. Es ist ein Ort, der heißt Überall und Nirgends. Die Zeit ist nicht heute. Die Zeit ist überhaupt nicht mehr, denn es könnte gestern gewesen sein, lange her gewesen sein, es kann wieder sein, immerzu sein, es wird einiges nie gewesen sein. Für die Einheiten dieser Zeit, in die andere Zeiten einspringen, gibt es kein Maß, und es gibt kein Maß für die Unzeiten, in die, was niemals in der Zeit war, hineinspielt.

Malina soll alles wissen. Aber ich bestimme: Es sind die Träume von heute nacht.

Ein großes Fenster geht auf, größer als alle Fenster, die ich gesehen habe, aber nicht auf den Hof unsres Hauses in der Ungargasse, sondern auf ein düsteres Wolkenfeld. Unter den Wolken könnte ein See liegen. Ein Verdacht kommt mir, welcher See es sein könnte. Aber er ist jetzt nicht mehr zugefroren, es ist nicht mehr Freinacht, und die gefühlvollen Männergesangvereine, die einmal auf dem Eis, mitten im See, standen, sind verschwunden. Und den See, der nicht zu sehen ist, säumen die vielen Friedhöfe. Keine Kreuze stehen darauf, aber über jedem Grab wölkt es sich stark und finster; die Gräber, die Tafeln mit den Inschriften sind kaum zu erkennen. Mein Vater steht neben mir und zieht seine Hand von meiner Schulter zurück, denn der Totengräber ist zu uns getreten. Mein Vater sieht befehlend den alten Mann an, der Totengräber wendet sich furchtsam, nach diesem Blick meines Vaters, zu mir. Er will reden, bewegt aber nur lange stumm die Lippen, und ich höre erst seinen letzten Satz:

Das ist der Friedhof der ermordeten Töchter.

Er hätte es mir nicht sagen dürfen, und ich weine bitterlich.

Die Kammer ist groß und dunkel, nein, ein Saal ist es, mit schmutzigen Wänden, es könnte im Hohenstaufenschloß in Apulien sein. Denn es gibt keine Fenster und keine Türen. Mein Vater hat mich eingeschlossen, und ich will ihn fragen, was er vorhat mit mir, aber es fehlt mir wieder der Mut, ihn zu fragen, und ich schaue mich noch einmal um, denn eine Tür muß es geben, eine einzige Tür, damit ich ins Freie kann, aber ich begreife schon, da gibt es nichts, keine Öffnung, jetzt keine Öffnungen mehr, denn an allen sind schwarze Schläuche angebracht, angeklebt rings um die Mauern, wie riesige angesetzte Blutegel, die etwas aus den Wänden heraussaugen wollen. Warum habe ich die Schläuche nicht schon früher bemerkt, denn sie müssen von Anfang an da gewesen sein! Ich war so blind im Halbdunkel und bin die Wände entlanggetappt, um meinen Vater nicht aus den Augen zu verlieren, um die Tür zu finden mit ihm, aber nun finde ich ihn und sage: Die Tür, zeig mir die Tür. Mein Vater nimmt ruhig einen ersten Schlauch von der Wand ab, ich sehe ein rundes Loch, durch das es hereinbläst, und ich ducke mich, mein Vater geht weiter, nimmt einen Schlauch nach dem anderen ab, und eh ich schreien kann, atme ich schon das Gas ein, immer mehr Gas. Ich bin in der Gaskammer, das ist sie, die größte Gaskammer der Welt, und ich bin allein darin. Man wehrt sich nicht im Gas. Mein Vater ist verschwunden, er hat gewußt, wo die Türe ist und hat sie mir nicht gezeigt, und während ich sterbe, stirbt mein Wunsch, ihn noch einmal zu sehen und ihm das Eine zu sagen. Mein Vater, sage ich ihm, der nicht mehr da ist, ich hätte dich nicht verraten, ich hätte es niemand gesagt. Man wehrt sich hier nicht.

Wenn es anfängt, ist die Welt schon durcheinandergekommen, und ich weiß, daß ich wahnsinnig bin. Die Elemente der Welt sind noch da, aber in einer so schaurigen Zusammensetzung, wie sie noch nie jemand gesehen hat. Autos rollen herum, von Farben triefend, Menschen tauchen auf, grinsende Larven, und wenn sie auf mich zukommen, fallen sie um, sind Strohpuppen, gebündelte Eisendrähte, Pappfiguren, und ich gehe weiter in dieser Welt, die nicht die Welt ist, mit geballten Fäusten, ausgestreckten Armen, um die Gegenstände, die Maschinen, abzuwehren, die auf mich auffahren und zerstieben, und wenn ich vor Angst nicht mehr weiterkann, mache ich die Augen zu, doch die Farben, leuchtend, knallig, rasend, bekleckern mich, mein Gesicht, meine nackten Füße, ich mache die Augen wieder auf, um mich zu orientieren, denn ich will hier herausfinden, dann fliege ich hoch, denn meine Finger und Zehen sind zu luftigen himmelfarbenen Ballonen angeschwollen und tragen mich in eine Nimmermehr-Höhe, in der es noch schlimmer ist, dann platzen sie alle und ich falle, falle und stehe auf, meine Zehen sind schwarz geworden, ich kann nicht mehr weitergehen.

Sire!

Mein Vater kommt aus den schweren Farbgüssen nieder, er sagt höhnisch: Geh weiter, geh nur weiter! Und ich halte mir die Hand vor den Mund, aus dem alle Zähne gefallen sind, die liegen unübersteigbar, zwei Rundungen aus Marmorblöcken, vor mir.

Ich kann ja nichts sagen, weil ich weg von meinem Vater und über die Marmormauer muß, aber in einer anderen Sprache sage ich: Ne! Ne! Und in vielen Sprachen: No! No! Non! Non! Njet! Njet! No! Ném! Ném! Nein! Denn auch in unserer Sprache kann ich nur nein sagen, sonst finde ich kein Wort mehr in einer Sprache. Ein rollendes Gestell, vielleicht das Riesenrad, das Exkremente aus den Gondeln schüttet, fährt auf mich zu, und ich sage: Ne! Ném! Aber damit ich aufhöre, mein Nein zu rufen, fährt mir mein Vater mit den Fingern, seinen kurzen festen harten Fingern in die Augen, ich bin blind geworden, aber ich muß weitergehen. Es ist nicht auszuhalten. Ich lächle also, weil mein Vater nach meiner Zunge langt und sie mir ausreißen will, damit auch hier niemand mein Nein hört, obwohl niemand mich hört, doch eh er mir die Zunge ausreißt, geschieht das Entsetzliche, ein blauer riesiger Klecks fährt mir in den Mund, damit ich keinen Laut mehr hervorbringen kann.

Mein Blau, mein herrliches Blau, in dem die Pfauen spazieren, und mein Blau der Fernen, mein blauer Zufall am Horizont! Das Blau greift tiefer in mich hinein, in meinen Hals, und mein Vater hilft jetzt nach und reißt mir mein Herz und meine Gedärme aus dem Leib, aber ich kann noch gehen, ich komme ins erste matschige Eis, bevor ich ins ewige Eis komme, und in mir hallt es: Ist denn kein Mensch mehr, ist hier kein Mensch mehr, auf dieser ganzen Welt, ist da kein Mensch und unter Brüdern, ist einer denn nichts wert, und unter Brüdern! Was von mir da ist, erstarrt im Eis, ist ein Klumpen, und ich sehe hinauf, wo sie, die anderen, in der warmen Welt wohnen, und der Große Siegfried ruft mich, erst leise, und dann doch laut, ungeduldig hör ich seine Stimme. Was suchst du, was für ein Buch suchst du? Und ich bin ohne Stimme. Was will der Große Siegfried? Er ruft von oben immer deutlicher: Was für ein Buch wird das sein, was wird denn dein Buch sein?

Plötzlich kann ich, auf der Spitze des Poles, von der es keine Wiederkehr gibt, schreien: Ein Buch über die Hölle. Ein Buch über die Hölle!

Das Eis bricht, ich sinke unter dem Pol weg, ins Erdinnere. Ich bin in der Hölle. Die feinen gelben Flammen ringeln sich, die Locken hängen mir feurig bis zu den Füßen, ich spucke die Feuer aus, schlucke die Feuer hinunter.

Bitte befreien Sie mich! Befreien Sie mich von dieser Stunde! Ich rede mit meiner Stimme aus der Schulzeit, doch ich denke, mit einer hohen Bewußtheit, es ist mir bewußt, wie ernst es schon geworden ist, und ich lasse mich auf den qualmenden Boden fallen, weiterdenkend, liege ich auf dem Boden und denke, ich muß die Menschen noch rufen können, und mit ganzer Stimme, die mich retten können. Ich rufe meine Mutter und meine Schwester Eleonore, ich halte die Reihenfolge genau ein, also zuerst meine Mutter, und mit dem ersten Kosenamen aus der Kinderzeit, dann meine Schwester, dann – (Beim Aufwachen fällt mir ein, daß ich nicht nach meinem Vater gerufen habe.) Meine ganze Kraft nehme ich zusammen, nachdem ich vom Eis ins Feuer gekommen bin und darin vergehe, mit einem schmelzenden Schädel, daß ich rufen muß in der hierarchischen Reihenfolge, denn die Folge ist der Gegenzauber.

Es ist der Weltuntergang, ein katastrophales Fallen ins Nichts, die Welt, in der ich wahnsinnig bin, ist zu Ende, ich greife mir an den Kopf, wie so oft, erschrecke, denn ich habe Metallplättchen auf dem abrasierten Kopf und sehe mich erstaunt um. Um mich sitzen einige Ärzte in weißen Kitteln, die freundlich aussehen. Sie sagen übereinstimmend, daß ich gerettet sei, auch die Plättchen könne man mir nun abnehmen, mein Haar werde wieder wachsen. Sie haben einen Elektroschock gemacht. Ich frage: Muß ich gleich bezahlen? mein Vater bezahlt nämlich nicht. Die Herren bleiben freundlich, das habe Zeit. Die Hauptsache ist, Sie sind gerettet. Ich falle noch einmal, ich wache zum zweiten Mal auf, aber ich bin doch noch nie aus dem Bett gefallen, und keine Ärzte sind da, meine Haare sind gewachsen. Malina hebt mich auf und legt mich zurück aufs Bett.

Malina: Bleib ganz ruhig. Es ist nichts. Aber sag mir endlich: Wer ist dein Vater?

Ich: (und ich weine bitterlich) Bin ich wirklich hier. Bist du wirklich da!

Malina: Herrgott, warum sagst du immer ›mein Vater‹?

Ich: Gut, daß du mich erinnerst. Laß mich aber lang nachdenken. Deck mich zu. Wer könnte mein Vater sein? Weißt du, zum Beispiel, wer dein Vater ist?

Malina: Lassen wir das.

Ich: Sagen wir, ich mache mir da eine Vorstellung. Machst du dir denn keine?

Malina: Willst du ausweichen, willst du schlau sein?

Ich: Vielleicht. Ich möchte auch dich einmal hinters Licht führen. Sag mir eines. Warum bist du draufgekommen, daß mein Vater nicht mein Vater ist.

Malina: Wer ist dein Vater?

Ich: Ich weiß es nicht, ich weiß nicht, wirklich nicht. Du bist der Klügere, du weißt doch immer alles, du machst mich noch ganz krank mit deinem Alleswissen. Macht es dich nicht selber oft krank? Ach nein, dich nie. Wärm mir die Füße, ja, danke, nur meine Füße sind eingeschlafen.

Malina: Wer ist es?

Ich: Ich werde nie reden. Ich könnte doch nicht, denn ich weiß es nicht.

Malina: Du weißt es. Schwöre, daß du es nicht weißt.

Ich: Ich schwöre nie.

Malina: Dann werde ich es dir sagen, hörst du mich, ich werde es dir sagen, wer es ist.

Ich: Nein. Nein. Sag es mir nie. Bring mir Eis, ein kaltes, feuchtes Tuch für den Kopf.

Malina: (im Gehen) Du wirst es mir sagen, verlaß dich darauf.

MAX FRISCH
Fragebogen

1.
Sind Sie sicher, daß Sie die Erhaltung des Menschengeschlechts, wenn Sie nicht mehr dazugehören, wirklich interessiert?

2.
Warum? Stichworte genügen.

3.
Wieviele Kinder von Ihnen sind nicht zur Welt gekommen durch Ihren Willen?

4.
Wem wären Sie lieber nie begegnet?

5.
Wissen Sie sich einer Person gegenüber, die nicht davon zu wissen braucht, Ihrerseits im Unrecht und hassen Sie eher sich selbst oder die Person dafür?

6.
Möchten Sie das absolute Gedächtnis?

7.
Wie heißt der Politiker, dessen Tod durch Krankheit, Verkehrsunfall usw. Sie mit Hoffnung erfüllen könnte? Oder halten Sie keinen Politiker für unersetzbar?

8.
Wen, der tot ist, möchten Sie wiedersehen?

9.
Wen hingegen nicht?

10.
Hätten Sie lieber einer andern Nation (Kultur) angehört und welcher?

11.
Wissen Sie's, wenn Sie lachen?

12.
Wenn Sie Macht hätten zu befehlen, was Ihnen heute richtig scheint, würden Sie es befehlen gegen den Widerspruch der Mehrheit? Ja oder Nein.

13.
Warum nicht, wenn es Ihnen richtig scheint?

14.
Hassen Sie leichter ein Kollektiv oder eine bestimmte Person und hassen Sie lieber allein oder in einem Kollektiv?

15.
Wann haben Sie aufgehört zu meinen, daß Sie klüger werden, oder meinen Sie's noch? Angabe des Alters.
16.
Überzeugt Sie Ihre Selbstkritik?
17.
Was, meinen Sie, nimmt man Ihnen übel und was nehmen Sie sich selber übel? Und wenn es nicht dieselbe Sache ist: wofür bitten Sie eher um Verzeihung?
18.
Wenn Sie sich beiläufig vorstellen, Sie wären nicht geboren worden: beunruhigt Sie diese Vorstellung?
19.
Wenn Sie an Verstorbene denken: wünschten Sie, daß der Verstorbene zu Ihnen spricht, oder möchten Sie lieber dem Verstorbenen noch etwas sagen?
20.
Lieben Sie jemand?
21.
Und woraus schließen Sie das?
22.
Wie erklären Sie es sich, daß Sie nie einen Menschen umgebracht haben?
23.
Was fehlt Ihnen zum Glück?
24.
Wofür sind Sie dankbar?
25.
Möchten Sie lieber gestorben sein oder noch eine Zeit leben als ein gesundes Tier? Und als welches?

Eugen Gomringer
einsam gemeinsam

einsam
gemeinsam

gemeinsam
einsam

das teil
das ganze

das ganze
das teil

einsam das teil
gemeinsam das ganze

gemeinsam das teil
einsam das ganze

das benannte
das unbekannte

das unbekannte
das benannte

das benannte ganze
das unbekannte teil

das unbekannte ganze
das benannte teil

einsam das benannte teil
gemeinsam das unbekannte ganze

gemeinsam das unbekannte teil
einsam das benannte ganze

einsam das unbekannte teil
gemeinsam das benannte ganze

gemeinsam das benannte teil
einsam das unbekannte ganze

FRIEDERIKE MAYRÖCKER
»Fliegermai«

»Du bist wie der chinesisch-japanische Krieg.«
Ernst Jandl

Negerin das englische Alfabet kauend.
Hundi Overreiter Ovid im Original zitierend.
Ein Spiegelei in ihrem Munde zubereiten vorher Ei an Nase kicken.
Wie groß sind sie stassen-junior sagt es ihnen.
Besonders gefranste, gretl greul, kupf farbig.
Die Finger solln dir einzeln vertrocknen eh du wieder –
du stolze von Berlin Pompondahlie.
Undulata zwischen winterharten Stauden pisspiss zeigt vier Finger der großen Hand, eine Vier? männliche Pflanze, netter Kärntner.
Wirklich heikel in der Tat heikel. Da gibts keine Stelle er küßte erst mein dann mein das entkräftete alles bisherige und entschied für ihn: seltsamer Krieg bis dahin langwierig und die Hilfsmittel reichten nicht aus; bei jeder Bewegung – Denn: es liegt in der Natur zu widerstehn zu überleben.
Wenns keine Wahl gibt, den Fluchtweg.
Auch gibt es Vorkommnisse die dir Gelegenheit geben zu widerstreben; eine kleine Streitsache wechselt die Methoden; und wie Wasser seinen Lauf in Übereinstimmung mit dem Gelände formt so bewerkstelligt das vorherwissen richtiges nehmen: ist eine Stelle zu greifen die der Feind nicht schützt, kenne sie und ihn und dich selbst!
Verlangt nicht von uns daß wir uns in allen Fällen anpassen.
Die Vorspiegelung sich in den Kampf eingelassen zu haben, soll erst scheu sein wie eine Jungfrau.
Den Mann vollkommen rühren ist der Gipfel der Kundigkeit.
Dann erst werden wir ihn meistern & die Übereinstimmung.
Um sicher zu sein daß er nimmt was ihm gefällt überlasse ihm das Fünffache an Schwäche, teile seine Stärke mit ihm selbst, wenn du dann immer noch zu stark, geh zurück, nimm zurück, sei fähig, dich zu entziehn und seis im letzten Augenblick.
Allgemein in der Schlacht verwende die direkte Schwäche zur Einführung, biete dem Feind deinen Körper an ihn zu locken, heuchle UNORDNUNG schreckliche UNORDNUNG dann schlage ihn daß er nicht weiß was er tut.
Behandle ihn nachher gut und sorge für ihn.

Das heißt eine Schlacht gewinnen und stärker werden.

Dies alles kann nicht überliefert werden noch durch Analogie übertragen, mit vielen Berechnungen kann man gewinnen, mit wenigen jedoch auch; verlasse dich nicht auf die Zahlen, dies muß von solchen die erkannt haben, erfahren sein; und gesichert, daß keine Aussicht besteht, *die Verzweiflung nicht zu bekämpfen.*

Herbert Achternbusch
Die Alexanderschlacht

Meine Freundin

da ich

1

schreibe, lieber eins sage, da ich kein Freund der Literatur bin, aber eine Einteilung brauche, denn unter Literatur versteh ich den geglückten Versuch, sich verständlich gemacht zu haben, da aber Verständnis ein Irrtum ist und ich dennoch die Kapiteleinteilung genommen habe, und die Gedanken, mit denen ich schon tagelang spiele, mit mir zu spielen beginnen, und ich an ihrer Freizügigkeit nicht teil habe, vollständig Opfer bin, willenlos im Tunnel der grünen und Garaschenmauern, daß, als schösse wie aus einem Vorrat fetzender schriller greller bunter farbiger Gedanken eine Handvoll wie Fäden an einer Marionette in den Kopf eines alten Mannes, der mir den Riedenerweg hoch entgegenkommt, er plötzlich das Gesicht des verstorbenen Konrad Adenauer gehabt hat

und ich weiterstrebe und in stehender Stellung meine Person, oder welche Person es ist, die Rippenbögen aus meiner Brust vor mich her drückt und ich beinah falle, da ich in diesen Augenblicken ständig vor mich hinfalle, als sei es wahr, daß, aber davon später, denn ich kann es nicht wahrhaben, als könnte es sein, daß sie, daß überhaupt jemand, daß meine Freundin, aber davon später, gleichsam an den Zäunen hinge hundertfach jetzt, jetzt natürlich, für den Fall, daß ich es wahrhaben könnte, aber jetzt laßt mich in Ruhe, jetzt Ruhe, Ruhe, damit ich weiterkomme, weiter, als sei doch nichts geschehen, was geschehen ist, geschah, wird wird, da mir alles zusammenfällt, weil ich anfange, was schon zusammengefallen ist, sie, und ich fliege wie der letzte japanische Jäger auf Pearl Harbor, der auch noch was zerstören möchte und nur Rauchqualm vorfindet, in dem nur noch die Zerstörung dessen nachzittert, was gewesen ist, da ich also weiterschreibe und allerlei um mich her steht, als seien es nur Pseudonyme, da sie aber nur Reste, farbige Kannelüren im Perserschutt, den wegzuschaffen, noch dazu ohne die Touristen zu stören und in der Regenzeit gehts sowieso nicht, da ich also weiterschreibe und eine neue Zeile beginne, bleiben mir die Freuden der Rekonstruktion fremd, bleibt mir die Trauer komplett und ich brauch kein Jota von dem aufzugeben, was war, und wenn ich nur an ein einziges Haar denke, das gewesen ist und bis zur Verwesung noch tagelang sein wird, sagt dieses Haar: Ehe Abraham ward bin ich, da es so ist, und ich aufrufe, sich vor meiner Nase zu verneigen, die sich wie eine wunderbare Nase den Geschmack der Verbrennung nicht stumpf machen lassen kann, wie ein Auge, das sich nicht satt sieht und lieber den Körper seines Wirts verläßt, als unterm Lid zu verfaulen, wie eine Wunde, wie ein Bewußtsein, das die Ausschnitte der Welt überm Raster der Herzschläge betrachtet, wie Hyperbelbögen aus dem All, die immer näher kommen und doch die Brust nicht zerdrücken, bis dann ein Schüler radiert, und, so ein Dummkopf, die Hyperbel aus dem Nullpunkt des Koordinatensystems ins Unendliche treiben läßt, ich weiß nicht mehr recht, und eine nachträgliche Information, wäre das nicht wie das schändliche Interesse für einen Toten, den man zu Lebzeiten zu wenig kennengelernt hat?

Da ich aber rede und schreiben muß, als folgerte ich die Zustände des Nichtseins aus meinem eigenen Tod, müßte ich doch gleichsam sagen, das ist für dich, der weiße VW, den ich erwähne, ist für den weißen VW, die Abendstunde für die Abendstunde und die Gehirngeschwulst des Morgens rauft mit sich selbst, da aber Schritte ins Wohnzimmer Schritte ins Wohnzimmer sind, lebe ich also, und morgen heute sein wird, lebe ich also morgen auch und so weiter, wenn nicht übermorgen morgen gestern sein würde und nicht dazwischen mein Erinnerungsvermögen Vergeßlichkeit würde, da ich also heute vergessen habe, woran ich mich morgen wieder erinnere und das Auftauchen dieser Erinnerung heute unmöglich ist, kann ich vielleicht morgen vergessen, was mich heute beinahe kaputt macht?

Da jetzt im Radio At last von Glenn Miller gespielt wird, lächelt meine Freundin, wie Miller die Musik dirigiert, der gestorben ist, da ihr Lächeln dasteht wie ein römischer Fußsoldat, ist es nicht ihr Lächeln und sie selbst ist ein Fingernagelschnipsel wie die faustdicken Erfindungen zur Vergangenheit wie Kohorten, Legionen und Limeswälle, aber das Produkt einer starken Fantasie, die aus blanker Erde Schwertgriffe formte und verrostete Klingen und

Münzen mit grünen Kaiserköpfen und damit Museen füllte, daß man beinah glauben könnte, sowas hats einmal gegeben, und da jetzt In the mood von Miller gespielt wird, das Otto immer auf seiner Quetsche gespielt hat, und da er es Abfahrt vom Jenner nannte, damals, als wir auf dem Schikurs gewesen sein sollen und mir erst neulich auf seiner Hochzeit eine seiner Schwestern sagte, daß er das Stück, das im Radio immer noch läuft, so genannt hat, obwohl er es auch früher spielte, jetzt ist Schluß, hat er vielleicht doch letzten Samstag geheiratet, und da jetzt immer noch Schluß ist, hat er vielleicht doch nicht geheiratet und er ist immer noch ledig oder nur verheiratet, wenn ich In the mood höre, und da das Quatsch ist, da ich also doch letzten Samstag schon kurz nach 10 vor der Sebastian-Kirche stand und einen fragte, der vielleicht dann im Chor mitsang, und da ich jetzt also zu Recht ein wehmütiges Gefühl habe, als müsse ich jetzt groß aufs Klo, denn dort verschwindet ja immer ein gewichtiges Stück unseres Lebens, das wir nie mehr zu Gesicht bekommen, da ich also vor der Kirche und den ganzen Tag und am Abend wieder dieses wehmütige Gefühl hatte, als müsse ich für ein paar Stunden die Kanalisation eines ganzen Viertels mit meinen Ausscheidungen verstopfen, als ginge ich seit 13 ja 15 Jahren zum erstenmal wieder auf die Toilette aber diesmal unausweichlich und ohne Garantie, daß diesmal nicht auch mein Gedärm und der Magen und die Speiseröhre und überhaupt alles und auch die Anzugjacke, die ich den ganzen Tag nicht auszog, da ich also anständig bekleidet und Zeuge sein mußte und immer noch die Bangigkeit habe wie ein Mensch, der unmittelbar davor steht, das Opfer einer Darmverstopfung zu werden, wie der Pfarrer, der mich mit Gerda in Perlach getraut hat und eine Woche später an einem Ileus gestorben ist, und da ich einen Schulfreund, den ich 10 Jahre nicht gesehen, sofort erkannte, und er mich mit Herbert begrüßte und ich das Franz, an dessem Zutreffen ich zwar zweifelte, nicht aus dem Mund brachte, aber da ich, wenn man mir einen neuen Tisch bringt, ich lediglich die Platte abwische, höchstens noch mit Vim reinige, dann auf ihn die Schreibmaschine setze und weiter gehts, da ich aber Ottos Braut erblickte, da mir dabei kalt wurde, kalt oder warm, da sie Irene ähnlich sieht, da ich zweimal hinsah, oft hinsah, ob sies nicht vielleicht sei, wer weiß, Otto hatte mich oft gemahnt, Irene nicht sitzen zu lassen, da ich wie vom schönen sonnigen Vorplatz der Kirche gerissen und in die unwiederbringliche Vergangenheit geworfen mich unwiederbringlich verloren dünkte und da ich nur noch hilflos dem schwarz gekleideten Ottokäse, so schlecht sah er aus, 5 Mark abknöpfte, Wettschulden, weil er mir vor 13 Jahren geradezu schwor, daß er Luise heiraten werde, da also Ingeborg dastand wie meine nun doch in ein Verdienst umgewandelte Schuld und mich für eine lange ich weiß nicht vergangene Zeitspanne erst recht verwarf, und ich zu kreisen begann zu den Schaukästen an der Kirche mit unvergänglichen Worten und gleichsam die Pflasterung dieses hellen Kirchenvorplatzes siebte, ohne einen Stein durchs Sieb zu bringen, daß sie an mir zogen und ich die Tiefe des Meeres in seiner Dimension der Vernichtung wahrnahm und aufblickte zu den Gästen, Bauern aus der Oberpfalz, Ottos Verwandte und Lehrer, seine Kollegen und ehemaligen Schulfreunde, bist du auch Lehrer, fragten sie mich, und in Hände griff, als ging nun ich in der Hochzeit unter, nicht der Bräutigam, der zu mir aus der Käserei herüberblickte, als weide ich, obwohl ich den gleichen Prozeß mitgemacht, schon wieder die Kühe und sei nicht ploß eine Scheibe Emmentaler zwischen den Broten des Vorübergehenden, diese Wiese grün wie die am Bahnhof Neumarkt-Sankt Veit, wenn man rechts vom Bahnhof weggeht, das gehört schon hier her, genauso wie die Toten vom Nürburgring, die über Strohballen hängen, da ich also nicht verzweifelt den Mund wie der Emmentaler ein Loch aufreißt, nicht gefressen zu werden, da also Otto jetzt nicht über das Parkett, über die Bohlen vom Baumgartner Tanzsaal in Deggendorf schlitterte, um mit Luise über sämtliche Meere schaukelnd zu schwitzen und aus dem Schweißgesicht zu grinsen, als habe er, der Gorilla-Mann eine ganze Weibchenherde seinem Rivalen abgerauft und tobe nun besoffen durch die Orkane seiner Gefühle und doch nicht selbst Orkan, denn er, Otto, ist gehalten von seinem lieblichen Schiffchen Luise, ja lieblich war sie, wenn sie auch später Volksschullehrerin wurde und nicht Ottos Frau, da sie also nicht Ottos Frau wurde, und ich Ingeborg ins Gesicht sah und wähnte, ob sie nicht doch Irene sei, nun also Ingeborg blieb aber mit Irenes Wind in den Segeln, und mir ein Boot wegfuhr, daß ich plötzlich licht wähnte aus den schwarzen Engen der vertrockneten Schultinten, da also alles einen Weg ging, der mich überflüssig machte, überflüssig als alten Sündenbold und zahlungspflichtige Zukunftsschaukel, da ich neben Franz über alte Zustände auf der Schule schimpfend, die gerade noch über uns ihr Maul zugeklappt hatten, auch in die Kirche trödelte und schon längst wieder gegen die Schwärze boxte, die mir diese zufälligen Umstände übergeworfen hatten, wann ist endlich in uns auch die ordentliche Abfolge von Tag und Nacht wie in Tagen und Nächten, damit wir uns einstellen können und weder zu verzweifeln noch froh zu sein brauchen, also Luise leb wohl, stirb wie ein Maikäfer Ende Mai im Geschlechtskrampf und komm mir nicht mehr mit unvergänglicher Anemonenraschheit, weg, weg, da wir also in die Kirchen tauchten und eine furchtbare Musik den Tod daherlatschen lassen wollte, wie einen Herkules, daß wir uns ja unseres Augiasstalls bewußt würden, als sei der Tod nicht milböser als Bakterien und Viren, die Luft ist zu schwer ihn zu wiegen, dem wirklich nur die Leichtigkeit unseres Lebens entgegengehalten werden kann, das ihm allerdings oft einfach zu leicht erscheint, daß er es über 80 Jahre geflissentlich in der Luft stehen läßt, da also mit unglaublichem Gedröhn die Mariazeller Messe von Haydn zur Aufführung kam, daß wir uns von dem Gott, den wir in der Schule gelernt haben, ergriffen fühlten, der so von der Salzburger Autobahn hereinkam, wo er eben einen Igel zerdrückt hatte, den Finger noch naß und solange blieb, daß in Pfarrkirchen gewiß ein Flug Tauben zu weit in den Himmel hinauskam und die Felder unter sich nicht mehr erkannten und so das Leben verloren, einfach erstickten irgendwo in der Stratosfäre aus Unachtsamkeit, da das zum Verzweifeln war und ich fatale Sitzschmerzen bekam, vergißt du nicht zu erwähnen, daß Irene die Freundin deiner Freundin gewesen ist, die einmal fast wie die schöne Französin neben dir saß, die dann versprach, in 50 Jahren wieder neben dir in einem Kafe aufzutauchen, hei! grau und ledern, aber mit ihren Augen, ihrem Blick, einen Augenblick?

Martin Walser
Aus dem Wortschatz unserer Kämpfe

1
Kampf mit einem Überlegenen, der nichts hört

Gehen Sie weg.

Lassen Sie mich los.

Hören Sie nicht gut.

Sie brauchen gar nicht so zu schauen. Sie werden schon sehen, was passiert.

Machen Sie, daß Sie weiterkommen. Los, ab mit Ihnen. Sie haben hier nichts verloren.

Von mir aus können Sie sich auf den Kopf stellen. Nun gehen Sie schon. Ich kann doch nichts dafür. Ich bitte Sie, wenn jetzt jemand kommt.

Daß Sie sich nicht genieren. Was es doch für Menschen gibt. Das hätte ich nicht von Ihnen gedacht. Aber jetzt reicht es mir bald. Das ist doch einfach unglaublich. Am hellichten Tag. Ich sage es Ihnen jetzt zum letzten Mal. Ich bin eine Seele von einem Menschen, mit mir ist nicht gut Kirschen essen. Herrgott, nun nehmen Sie doch Vernunft an.

Haben Sie denn überhaupt kein Herz.

Sie machen sich ja lächerlich.

Ich bin gespannt, wie lange Sie das durchhalten.

Glauben Sie ja nicht, Sie könnten mit mir umspringen, gerade wie es Ihnen paßt. Da könnte ja jeder kommen. Da sind Sie bei mir an die falsche Adresse geraten.

Ich bitte Sie. Was habe ich Ihnen getan. Es gibt doch hundert andere. Warum gerade mich. Ich habe doch nichts verbrochen. Jeder ist seines Glückes Schmied. Aber gar alles kann man sich auch nicht gefallen lassen.

Man versteht ja sein eigenes Wort nicht mehr.

Ich muß schon sehr bitten. Es gibt eine Grenze.

Sie werden mich noch kennenlernen.

Sie sollten sich was schämen.

Bei Ihnen ist wirklich Hopfen und Malz verloren. Seien Sie doch nicht so grausam. Wissen Sie denn überhaupt, wen Sie vor sich haben. Ich würde mir meine Leute wenigstens anschauen vorher. Ich bin doch auch nur ein Mensch. Mein Gott, sind Sie gemein.

Mir blutet das Herz.

Ein reizender Abend. Das Lichtermeer. Das Rauschen der Bäume. Mein Blut pocht in den Schläfen. Mir zittern die Knie. Meine Stimme flattert. Ich schwitze. Vergeblich versuche ich, meiner Stimme einen festen Klang zu geben. Ihre Augen bekommen einen stählernden Glanz. Ihre Mundwinkel straffen sich. Ihre Bewegungen werden geschmeidig wie bei einer Raubkatze. Ihre Zähne sind fest aufeinandergebissen. Ihre Gelenke knacken. Sie lassen die Luft hörbar durch die Lippen streifen. Ihr Kinn hebt sich. Ihre Hände haben sich zu Fäusten geballt und färben sich an den Knöcheln weiß. Sie lassen die Gerte an mir vorbeizischen: Sie durchbohren mich mit Ihrem Blick. Ich bin schon ganz erschlagen. Was verlangen Sie eigentlich von mir. Wissen Sie überhaupt, was Sie zu tun im Begriffe sind. Haben Sie sich überlegt, was alles passieren kann. Sie machen es sich sehr leicht. So schön möchte ich es auch einmal haben. Ich passe Ihnen in den Kram. Mit mir haben Sie gewonnenes Spiel. Ich bin ein gefundenes Fressen für Sie.

An mir werden Sie sich Ihre Zähne ausbeißen. Sie werden es noch bereuen. Sie kommen mir sehr bekannt vor. Mit Ihresgleichen wird man schon fertig werden. Das werden Sie bitter büßen.

Menschenskind, Ihnen ist wirklich nicht mehr zu helfen. Sie sollen mich mal von der anderen Seite kennenlernen. Und nicht zu knapp. Ihnen werde ich mal zeigen, was ne Harke ist. Sie haben bei mir verschissen bis in die Steinzeit. Daß das klar ist. Sie mach ich ja so zur Sau, Sie werden sich wundern. Ihnen wird Sehen und Hören vergehen, das versprech ich Ihnen. Sie werden alle Engel singen hören, da können Sie Gift drauf nehmen. Ihnen wird der Arsch auf Grundeis gehen, das dürfen Sie mir glauben. Sie pfeifen aus dem letzten Loch. Mit Ihnen werde ich Schlitten fahren, Mann, mit Ihnen mach ich kurzen Prozeß, Sie mach ich fertig bis auf die Knochen, kurz und klein schlag ich Sie, dann werden Sie schon sehen. Das haben Sie sich selber zuzuschreiben. Was zu weit geht, geht zu weit. Was nicht geht, das geht nicht. Da können Sie machen, was Sie wollen. Mit mir nicht. Nicht mit mir. Das kann ich Ihnen sagen. Das können Sie sich gesagt sein lassen. Ein für alle Mal. Wo kämen wir denn da hin.

Bei Ihnen weiß man überhaupt nicht, wie man dran ist. Sie sind mir völlig schleierhaft. Ich kenn mich nicht aus mit Ihnen. Man weiß überhaupt nicht, wie man es anfangen soll bei Ihnen. Sowas ist mir noch nicht vorgekommen. Sie sind wie vernagelt. Sie haben überhaupt kein Einsehen.

Sie sind mir so einer.

Sie meinen es gar nicht so.

Wahrscheinlich haben Sie Komplexe.

Sie können einem wirklich leid tun.

Ich kann Sie sehr gut verstehen. Glauben Sie, mir macht es Spaß. Ich begreife das doch selber nicht. Aber es ist nun einmal so. Es ist nicht alles Gold, was glänzt. Ich kann doch auch nichts dafür. Zum Glück, sind Sie kein Unmensch. Sie verlieren nicht so schnell den Kopf. Jetzt fangen Sie nicht schon wieder an. Nehmen Sie sich doch ein klein wenig zusammen. Das tut nämlich ganz schön weh. Ich bin ja auch nicht mehr der Jüngste.

Bitte, übereilen Sie nichts.

Sie haben es auf mich abgesehen.

Das ist eine schöne Bescherung.

Ihr Gesichtsausdruck verrät nichts Gutes.

Mir wird angst und bange. Bange machen gilt nicht.

So können Sie auf keinen Fall weitermachen.

Lassen Sie mich, bitte, los.

Ich weiß mir bald nicht mehr zu helfen.

Sagen Sie bloß nicht, Sie hätten das nicht gewußt.

Ich finde das überhaupt nicht komisch.

Ich muß doch sehr bitten.

Ich protestiere. Ich lasse mir das nicht länger gefallen. Ich weiß nicht mehr ein noch aus. Ich möchte bloß wissen, was es da zu lachen gibt.

Sie haben mir gerade noch gefehlt. Ich hatte ohnehin nichts zu lachen. Ich bin ja auch nur ein Mensch. Ich habe längst die Nase voll.

Bei mir rennen Sie offene Türen ein. Mir hängt das doch längst hier raus. Sie hören überhaupt nicht zu. Sie wissen einfach alles besser. Mir können Sie nichts erzählen. Diese Sorte kenn ich. Ich bin doch nicht von gestern. Bilden Sie sich bloß keine Schwachheiten ein. Eines Tages werden Sie mir recht geben. Alles, was recht ist. Das wäre doch gelacht. Sie sind doch gar nicht so. Menschenskind, wir könnten doch auskommen miteinander. Es geht ja nicht bloß um mich dabei. Ich denke an Sie. Sie haben noch was vor sich. Aus Ihnen kann noch was werden. Bei Ihnen ist noch alles drin. Nun lassen Sie schon ab von mir. Sic versäumen noch Ihren Zug. Es weht ein Wind. Das Gekräusel der Wellen. Das Geraschel der Wäsche. Spitzenberufe. Ihnen kann man wirklich gratulieren.

Ihre Züge verfinstern sich. Ihre Brust hebt und senkt sich. Ich möchte bloß wissen, was Sie sich davon versprechen. Warum lassen Sie mich nicht los. Warum lockern Sie nicht wenigstens Ihren Griff. Warum schnüren Sie mir den Atem ab. Warum pressen Sie mir das Gesicht in den Dreck. Warum spucken Sie mir jetzt schon wieder ins Gesicht. Was soll'n das, Mensch. An mir kann Ihnen doch wahrlich nicht gelegen sein. Mensch, Sie haben doch ganz andere Möglichkeiten. Das Schiff tanzt auf den Wellen. Die Vögel singen. Es flimmert die Luft. Das Leben ist lebenswert. Ein Kerl wie Sie. Ich glaube, Sie sind auf dem besten Wege. Ihren Namen wird man sich merken müssen. Sie haben es in sich. Sie werden es weit bringen. Ihnen ist nichts zu viel. Wo Sie hinhauen, da wächst kein Gras mehr. Sie möchte man nicht zum Gegner haben. Mit Ihnen ist nicht gut Kirschen essen. Mit Ihnen könnte man Pferde stehlen. Und neu geschaffen wär die Erde. Sie sind ein Könner. Sie sind praktisch nicht zu schlagen. Ihnen geht man besser aus dem Weg. Sie machen nicht viel Federlesens. Sie haben das gewisse Etwas. Sie gehen über Leichen. Sie enttäuschen einen nicht. Sie kennen keine krummen

Touren. Wer wagt, gewinnt. Wie gewonnen, so zerronnen. Erfolg hat auf die Dauer nur der Tüchtige. Sie sind einer von den ganz wenigen.

Ich kann Ihnen nicht das Wasser reichen. Mit sowas wie mir geben Sie sich überhaupt nicht ab. Ich bin Luft für Sie. Von sowas nehmen Sie noch nicht einmal Notiz. Da hätten Sie viel zu tun.

Mir wird schwarz vor den Augen. Ich sehe jetzt, mit wem ich es zu tun habe. Ich gebe mich keinen Illusionen mehr hin. Das tut ganz schön weh. Ich hätte nicht gedacht, daß sowas möglich ist. Trampeln Sie ruhig herum auf mir. Ich habe Schmerzen wie ein Pferd. Ich habe das Gefühl, Sie haben mir sämtliche Knochen gebrochen. Ich brülle vor Schmerz. Sie ziehen mir die Haut bei lebendigem Leib ab. Auf meinem Gesicht breitet sich Hoffnungslosigkeit aus. Ich sehe meinem Ende entgegen. Ich bäume mich noch einmal auf. Die Erde ist ein Jammertal. Mein Atem geht stoßhaft. Gelobt sei der Name des Herrn. Bei Philippi sehen wir uns wieder. Sie werden nichts zu lachen haben. Die Sonne bringt es an den Tag.

2
Kampf mit einem Unterlegenen, der nichts hört

Komm, Mensch, geh weg.

Hörst du schlecht. Ich glaube wirklich, du bist taub. Idiot. Siehst du, jetzt blutest du, ich hab dir's ja gleich gesagt, geh weg. Aber du wolltest ja nicht hören. Sowas Dummes. Du kriegst gleich nochmal eine, wenn du jetzt nicht abhaust. Wo kommen wir denn da hin. Läuft mir einfach übern Weg.

Ich sag dir jetzt zum letzten Mal, du sollst dich verziehen.

Los, verduften, hab ich gesagt.

Hat man denn sowas schon gesehen. Du hast sie wohl nicht alle, was. Sowas von schwerhörig ist mir noch nicht vorgekommen. Du glaubst wohl, mit mir kannst du das machen. Da hast du dich aber ganz schön getäuscht. Ich habe dich gewarnt. Also, entweder oder.

Bitte, wie du willst. Ich bin auch bloß ein Mensch. Alles hat seine Grenzen. Wer nicht hören will, muß fühlen. Aha, jetzt, siehst du, ich hab's dir doch gleich gesagt, aber du wolltest ja nicht hören. Du mußtest partout deinen Dickkopf durchsetzen. Jetzt hast du's. Mit Vernunft ist bei dir offenbar nichts auszurichten. Du hast es dir selbst zuzuschreiben. Ich kann nicht mehr tun als dich warnen. Wenn du nicht hören willst. Wenn es im Guten nicht geht, bitte.

Jetzt schau sich einer den an. Wie er jetzt tut. Als wäre ihm weiß Gott was für ein Unrecht geschehen. Was bleibt mir denn anderes übrig, Mensch. Du willst es doch gar nicht anders. Dir kann man doch sagen, was man will. Da predigt man tauben Ohren. Jetzt haben wir den Salat.

Hab ich dir das nicht gleich gesagt. Ich wußte, daß es so kommen würde. Das mußte ja so kommen. Das kommt davon. Du zwingst mich ja dazu. Glaubst du vielleicht, mir macht das Spaß. Jetzt kann ich dir auch nicht mehr helfen. Sowas von eigensinnig. Sowas ist mir noch nicht gleich begegnet. Jetzt will er's natürlich nicht gewesen sein. Ich habe ihm gesagt, alles hat seine Grenzen. Ich habe ihn auf die Folgen hingewiesen. Aber er wollte ja nicht hören. Er wußte es ja besser. Er mußte partout seinen Dickkopf durchsetzen. Jetzt hat er's. Mit Vernunft ist bei dem offenbar nichts auszurichten. Ich konnte nicht mehr tun als ihn warnen. Wenn er nicht hören will. Jetzt sehen Sie sich ihn an. So sieht er jetzt aus. Wie ein Häufchen Elend. Das hat er jetzt davon. Da predigt man tauben Ohren.

Franz Xaver Kroetz
Wildwechsel

7. Szene

In der Küche. Erwin und Hilda. Hilda ist beschäftigt. Erwin trinkt ein Bier. Sie schweigen einige Zeit.

Erwin Das geht mir nicht ein.

Hilda Steht alles drin im Protokoll.

Pause.

Hast es ja nicht mitmachn müssn, wies mit dem Auto gekommen sind und gläutet habn. Is Ihre Tochter da, habn sie gsagt, dann folgn Sie uns aufs Revier. Mir müssn Ihnen unangenehme Enthüllungen machn, ham sie gsagt.

Pause.

Erwin Hast den Kerl gsehn?

Hilda Nur ein Foto habn sie mir zeigt. Der is in Untersuchungshaft in der Stadt.

Pause.

Wos in der Nacht noch mit seine Puppn schlaft.

Erwin Wo ist sie überhaupt?

HILDA Beim Singunterricht für die Feier am Sonntag. Ich habs gehn lassn, schon damits wie immer ausschaut. Muß eh gleich aus sein.

ERWIN Ham die Nachbarn was gmerkt?

HILDA Ich glaub nicht, weil die mit einem Zivilauto gekommen sind und erst gredt ham, wie mir im Wohnzimmer warn. Lies das Protokoll, da steht alles genau drin.

ERWIN Habs schon gelesn.

HILDA Morgn vormittag muß du kommen, ich brauch nicht mehr hin.

ERWIN Allein geh ich nicht.

HILDA Geh eh mit.

ERWIN Sonst geh ich nicht. Gehst aufs Finanzamt auch immer für mich, wo ichs mit die Ämter nicht kann.

HILDA Geh eh mit. Die Kinder sind heute frühreif, das hat der Polizist gsagt, das kommt öfter vor.

ERWIN Was nutzt mich das, daß das öfter vorkommt, wo ich nur eine Tochter hab.

HILDA Der Mann hat sie verführt.

ERWIN Den müssens zum Tode verurteiln, den müssens aufhängen.

HILDA Wo mir keine Todesstrafe mehr ham.

ERWIN Dann müssens sies wieder einführn für den Kindesverführer! Oder ich bring ihm mit die eigenen Händ um.

Pause.

Hat er sich nicht eine andere nehmen können, hat er ausgerechnet unser Kind sich vergreifn müssn?

HILDA Weißt du, was die Hanni gsagt hat? Er hat sie gar nicht verführt, hat sie der Polizei gsagt, sie ham beide wolln, in Schutz gnommen hats ihm noch.

ERWIN Das glaub ich nicht von meinem Kind, das is glogn.

HILDA Vergewaltigt hat ers nicht, das steht fest, sagt die Polizei.

ERWIN Er muß sie auch nicht vergewaltigt ham. Der hat seine Tricks, der hats verführt mit dem Geist, und sie is wehrlos gwesn, so is das gwesn.

Pause.

HILDA Was solln mir denn jetzt tun mit dem Kind.

Pause.

ERWIN Was solln mir denn tun. Nix tun mir, nix.

HILDA Ich hab auch gsagt, daß gstraft gnug is, so wies is.

ERWIN Da kann sie nix dafür, sonst is sie nicht mehr meine Tochter, wenn sie was dafür kann, drum kann sie nix dafür.

HILDA Willst ihr gar nix sagn?

ERWIN Umbringen tu ichs, wenns nochmal passiert, bevors zwanzig ist, das kannst ihr von mir sagn, sonst fallt mir nix ein. Jetzt is es Redn zu spät, das hättn mir uns früher überlegn müssn.

HILDA Willst mir einen Vorwurf machn?

ERWIN Wenn ich auf der Tour bin, kann ich nicht wissn, wo meine Tochter is.

HILDA Willst mir einen Vorwurf machn?

Pause.

ERWIN Das hast ja nicht wissen können, daß Kind plötzlich sowas anfangt, sonst hättn mir das ja verhindert, wenn mir das gewußt hättn.

HILDA Ich bin mir auch keiner Schuld bewußt, weil ich mir nix zuschulden hab kommen lassen. Wos mich nie anglogn hat, wie hätt ich da wissn solln, daß plötzlich, wenns sagt, sie geht zur Freundin oder zur Handarbeit, zum Mann geht.

ERWIN Das is zuviel verlangt, das kann man nicht von uns verlangn. Das war unselig, mir können alle nix dafür, weils verführt wordn is.

Geräusch.

HILDA Jetzt kommts.

ERWIN Schicks auf ihr Zimmer, weil ich sie nicht sehn kann heute.

HILDA Alles schiebst auf mich.

ERWIN Ich hab auch meine Scham.

HILDA Ich vielleicht nicht?

ERWIN Weil ich sie nicht sehn kann. Bist ja seine Mutter. Und morgn tun mir so, als wär nix gwesn, genau wie immer, weil mir an dem alle nicht schuld sind.

(...)

12. Szene

In der Küche. Erwin ißt. Hanni am Herd. Einige Zeit vergeht. Erwin ißt seine Suppe.

ERWIN Ich hab mir sagn lassn, daß du mit deim ehemaligen Freund wieder schiebst.

HANNI Wieso? Wer hat des gsagt?

ERWIN Das spielt keine Rolln, wenns wahr is.

HANNI Sowas is eine Verleumdung.

ERWIN Wirklich?

HANNI Eine glatte Verleumdung, weil mir uns überhaupt nicht gsehn habn, nie.

Erwin *schaut sie an.*
Hanni Iß, wird ja kalt, wennst nicht ißt.
Erwin Der Appetit tät eim aber vergehn, wenn man sich denkt, daß das wieder losgeht.
Hanni Geht aber nix los, weil mir uns nie gesehn habn.
Erwin *ißt weiter.*
Hanni Schmeckts?
Erwin *gibt ihr eine Ohrfeige.*
Hanni Wenn ich doch sag, daß mir uns nicht gesehn ham.
Erwin Und daßd dich gestern mit ihm troffn hast an der untern Brücke, was heißt das?
Hanni Das is glogn, von dem, der das gsagt hat.
Erwin Weil man euch gsehn hat.
Hanni Wenn mir uns aber nur zufällig begegnet ham.
Erwin Und warum sagst das nicht, wenn man dich danach fragt?
Hanni Damitst nicht wieder schimpfst.
Erwin Hat er dir aufglauert? Brauchst es nur sagn! Dann steh ich nämlich vom Tisch auf und geh zur Polizei. Die holn ihn sich schon. Dann darf er seine übrigen drei Monate absitzn, dies ihm gschenkt ham, und kriegt gleich noch was dazu.
Hanni Wenns aber nicht so gwesn is, Vater. Mir ham uns alle beide ganz zufällig begegnet.
Erwin Weitergehn hättst solln, gar nicht hinschaun hättst solln.
Hanni Wenn man sich nach vier Monaten auf der Straßn plötzlich sieht und sich vorher kennt hat.
Erwin Kein Anstand hast.
Hanni Is ja nix gwesn. Er hat gsagt: sieht man dich auch einmal wieder, und ich hab gsagt: jetz ham mir uns begegnet … Keine Minutn sind mir beieinander gstandn, dann ham mir uns auf Nimmerwiedersehn verabschiedet. Wie normale Leut auch.
Erwin Ihr seids keine normaln Leut.
Hanni Das hab ich nicht gwußt.
Erwin Jetzt weißt es.
Hanni Jetzt begegnen wir uns sowieso nicht mehr, wo mir uns schon einmal zufällig begegnet ham.
Erwin Das wird gut sein, wenn ich nochmal was hör, übergeb ich ihn sofort der Polizei, und du kannst mich kennenlernen.
Hanni *räumt den Suppenteller weg.* Hats dir geschmeckt?

(…)

14. Szene

In der Küche. Erwin und Hilda.

HILDA Kanns nicht wer anderer gwesn sein?

ERWIN Keine zehn Meter bin ich vorbeigfahrn an ihnen. Ich bin doch nicht blind.

HILDA Warum bistn dann nicht stehenbliebn und hast es zur Rede gstellt die beidn.

ERWIN Freilich, stehnbleiben werd ich, damit der Johanser genau sieht, was für eine Tochter ich hab. Der wo eh sein Maul nicht haltn kann, damit die Firma orientiert wird, damits in Ort naustragn wird, daß unsere Tochter eine Schlampn is.

HILDA Sowas darf man nicht sagn.

ERWIN Weils keinen Funkn Moral im Leib hat. Keinen Funkn. Von mir hats das nicht, weil ich mein ganzes Lebn lang meine Moral im Leib gehabt hab.

HILDA Ich vielleicht nicht?

ERWIN Das hats nicht von mir und nicht von dir, das hats von sich selber, da sind mir unschuldig.

HILDA Willst ihn wieder anzeign?

ERWIN Vielleicht nicht?

HILDA Daß sich da die Polizei hineinmischt in unser Kind, was nur uns angeht.

ERWIN Die brauchn den Bermeier nur wieder verhaftn, dann is gleich eine Ruh! Hättns ihm seine neun Monat absitzen lassn, dann tätn mir jetz nicht dasitzn. Aber jetz kriegt ja jeder Lump seine Bewährung. Beim Hitler wär er ins Konzentrationslager marschiert, da hättn sies ihm schon austriebn.

HILDA Was fangst denn seit Neuestem immer mit die Nazis an. Wegn guter Führung is es ihm gschenkt wordn.

ERWIN Die kommt daher, weils im Gfängnis keine Weiber gibt. Sowas müßert man ganz einfach kastriern. Wegschneidn und fertig. Da spürst es ebn doch, daß mir kein Regime mehr habn sondern eine Regierung. Wos die dreizehnjährigen Kinder nicht schützn können.

HILDA Die Nazis ham auch ihre Fehler ghabt.

ERWIN Sie ham die Judn vergast. Gut, das war nicht recht! Aber lieber vergasns mir hunderttausend Judn, als daß mir so eine Sau mein Kind verunglimpft. Hat ihnen doch überhaupt weh tan, daß den jungen Mann ham einsperrn müssn. Sind eh mir schuld an dem Ganzen, weil mir unsere dreizehnjährige Tochter immer ohne Dedektiv ham fortgehn lassn. Keinen einzigen Vorwurf kann ich mir machen, keinen einzigen.

HILDA Mir brauchn uns keine Vorwürfe machn.

ERWIN Wenn ich davon red. Der Johanser hat drei Töchter und ein Bubn, was glaubst, wies da hergeht. Da is unser Tochter ein Königskind dagegn. Und trotzdem is bei dem Sauberkeit in der Familie.

HILDA Sollst du nicht einen neuen Beifahrer kriegn?

ERWIN Was hatn das damit zu tun?

HILDA Is mir so eingfalln.

ERWIN Der Johanser bleibt.

HILDA Reg dich nicht auf, nutzt doch nix.

ERWIN Weil mein eign Fleisch und Blut uns ruiniern tut. Weils keine Moral im Leib hat.

Pause.

Den Bermeier müßtert man kastriern, einfach kastriern, das is das einzige. Das hat man von der Demokratie, daß sich der Bürger nicht mehr schützen kann. Da warn die Nazis anders.

HILDA Bist doch sonst auch nicht für die Nazis. Warst nicht einmal bei der Partei.

ERWIN Wenns eim so geht in der Demokratie. Da denkt man ebn zurück an bessere Zeitn, da kommt das ganz von selber.

15. Szene

Ein Unterschlupf. Hanni und Franz kommen.

FRANZ *will sie küssen.*

HANNI Laß mich steln. Es hat mich erwischt. Ich bin schwanger.

FRANZ Das kann sich verzögern. Hab ich doch gesagt.

HANNI Wenn ich aber einen Test hab machn lassn. Ich krieg ein Kind. Zehn Mark hats kost.

Pause.

FRANZ Dann lassn mir dirs abtreibn.

HANNI Von wem?

FRANZ Mir werdn schon einen Doktor findn. Gehst einmal vormittag nicht ind Schul und fertig.

HANNI Da brauch ich eine Entschuldigung.

FRANZ Dann hast halt keine Entschuldigung. Is doch besser wie ein Kind.

HANNI Hast die tausend Mark?

FRANZ Wieso tausend?

HANNI Ghört hab ich, daß tausend kost.
FRANZ Sechshundert. Wer ich schon wo herkriegn. Dumm is, daßd noch so jung bist.
HANNI Ich schau älter aus.
FRANZ Nix schaust älter aus, wie dreizehn schaust aus.
HANNI Wost selber gsagt hast, daß ich älter ausschau.
FRANZ Ein Doktor sieht genau wie alt du bist. Wennst du dem kommst, laßt dich der vom Polizisten heimbringen.
HANNI Was redstn dann, wenns eh nicht geht.
FRANZ Deswegn brauchn mir nicht streiten.
HANNI Streit eh nicht. Aber passiern muß was, bevor mans merkt. Wo sogar die Mutter gestern zugebn hat, daß ich dicker werd, wie mir gessn ham. Wenns der Vater merkt, dann können mir uns anschaun, was da los is.
FRANZ Das weiß ich auch.
HANNI Mir müssn uns was überlegn. *Sie knöpft ihre Jacke auf.* Was mir tun.
FRANZ Ziehst dich aus?
HANNI Warum denn nicht. Jetz is eh wurscht. Brauchn die Zeit nicht verplempern. Es wird mir schon was einfalln.

ERNST SIEGFRIED STEFFEN
Rattenjagd

Das hier ist keine Literatur und soll auch keine sein. Ich *spreche*. Aber weil ich nicht unmittelbar mit Euch sprechen kann, schreibe ich das Sprechen. Und weil ich in einer Zuchthauszelle spreche, bedeutet diese Sprache ausschließlich *Medium*. Deshalb geht es mir nicht darum, Literatur zu machen. Kapiert, Herr Kritiker? Wissen Sie *was*? Besuchen Sie mich! Aber bringen Sie zehn Jahre absolvierte bundesdeutsche Haft mit, damit wir nicht aneinander vorbeireden. Hier gibt es viele viele Leute, die nicht wagen, den Mund aufzutun, weil sie der Meinung sind, sie dürften nur Literatur zum besten geben. Thema: Warum sprechen Alis nicht? He, Ihr! Warum sprecht Ihr nicht? Ihr müßt den Mund aufmachen! Macht doch den Mund auf! Wovor habt Ihr denn Angst? Ihr braucht doch keine Literatur zu machen. Ihr dürft so primitiv in Euren Mitteln sein, wie jene Mittel waren, die Euere Kindheit beherrschten. Sprecht! Sagt, was sie Euch angetan haben. Schreit aus Krankenhäusern, Zuchthäusern, Irrenanstalten, aus der Enge Eures verängstigten, gedemütigten Daseins. Ihr dürft ans Tageslicht kommen – die Bomben fallen nicht mehr. Eure Mütter haben keine fremden Männer mehr im Bett. Die Sperrstunden finden woanders statt. Und seht: es gibt genug zu essen.

Sind Sie noch da, Herr Kritiker?

Ich könnte eine Story daraus machen und sie einen Roman nennen. Doch auf Literatur pfeife ich. Ich will die Wahrheit sagen und zeigen, daß es die Wahrheit ist. Eure dreckige Welt. Und weil Ihr nicht sehen wollt, wie dreckig die ist, deshalb schreibe ich das hier. Ich will Euch zeigen, was alles unter Euch geschieht, in diesem Moment, in allen Momenten, während Ihr mich selbstzufrieden einen Verbrecher nennt. Vielleicht bin ich es wirklich. Und manchmal wünsche ich mir, es konsequent sein zu können. Jetzt zum Beispiel: Ich möchte Euch ein Stück Eures gediegenen Daseins stehlen. Ich erzähle nicht die Geschichte, wie ich zum Verbrecher wurde, die kennt Ihr zur Genüge. Ich will zeigen, wie es hinter der Fassade Eurer Sicherheit zugeht. Ich will Euch zeigen, wo die Worte des Herrn Staatsanwalts ausrollen, dieses Geäffe von Entrüstung und Selbstgefallen und Überheblichkeit. Ich will Euch die Mülleimer Eurer Gesellschaft zeigen, ganz tief will ich darin herumstochern, daß der Gestank aufsteigt. Und vor allem will ich Euch einmal die Abfallverwertung vorführen. Ich will Euch das KZ und seine Schergen der Gegenwart zeigen. Perfektioniert und human. Von edlen Fürsorgetanten umlagert und wohltätigkeitsgeilen Chorjungfrauen beglückt. Ich saß an diesem Tisch und wartete.

Und dann ging die Tür auf. Ein Wachtmeister fragte mich, ob ich schon einmal Rückenlehnen geflochten hätte. Als ich verneinte, sagte er, ich solle mit in die Nachbarzelle kommen, um das Flechten von Autorückenlehnen zu lernen. In der Nachbarzelle liegt Erich. Erich ist ein halbes Jahr nach mir vom Hohenasperg geflohen. Er freute sich, daß ich da war.

Arbeit ist das wichtigste Kapitel im Zuchthaus.

Während ich das schreibe, sitze ich da, und es ist Abend, und ich kann mich kaum aufrecht halten vor Erschöpfung. Das ist Arbeit im Zuchthaus.

Acht Stunden lang auf einem Hocker, mit gekrümmtem Rücken, auf den Knien Autorückenlehnen flechten. Autorückenlehnen, die verhindern sollen, daß der Fahrer des Autos Rückenschmerzen oder Haltungsschäden bekommt. Sechs Stück. Sechs Autofahrer bewahrte ich heute vor Rückenschmerzen und Haltungsschäden.

Dafür werden sechzig Pfennig meinem Konto gutgeschrieben. Meine Rückenschmerzen sind die Rückenschmerzen eines Zuchthäuslers. Das ist eine Frage der Gewöhnung. Und mit der Zeit mache ich selbstverständlich mehr Rückenlehnen. Das ist eine Frage der Übung. Bald werde ich acht oder zehn am Tag machen. Dann bekomme ich auch mehr Geld gutgeschrieben. Zehn Pfennig pro Stück.

Ich weiß leider nicht, was diese Dinger im Laden kosten. Aber Ihr könnt ja mal nachschauen. Sie stecken in Klarsicht-Plastik-Beuteln, auf denen in blauer Schrift steht:

flexiform macht das Fahren zur Freude: Seit Jahren bewährt. Höchste Qualität – günstige Preise. Bequemlichkeit und Komfort. Achten Sie beim Einkauf stets auf das Qualitätszeichen *flexiform*.

Ich schätze, sie kosten ungefähr 25,– DM.

Wenn ich acht Stück am Tag mache, arbeite ich an einem eine Stunde. Heute habe ich sechs gemacht. Ich bin erst ein Anfänger, deshalb tut mir auch der Rücken weh. Die Luftblase ist auch wieder hinter den Augen. Und die Hämorrhoiden schmerzen.

Wie hieß noch die Zeitung? Kann es »Parlament« gewesen sein? Auf eine Anfrage zur Entlohnung von Strafgefangenen – soweit ich mich entsinne – sprach einer im Landtag über den Unterschied der Arbeit von Gefangenen und freien Arbeitern. Es sagte es etwa so:

Und, meine Herren, es ist uns allen doch wohl klar, daß ein Strafgefangener niemals die Arbeit leisten kann, die ein freier Arbeiter leistet, weder qualitativ noch quantitativ! –

Ich will gar nicht annehmen, daß der Mann bewußt log. Ich nehme zu seinen Gunsten an, daß er nie in einem Gefängnis war.

Herr Landtagsabgeordneter oder was immer Sie sein mögen, es gibt nirgends – *nirgends* – so viel verschwitzte Hemden wie in Gefängnissen und Zuchthäusern! Wenn Sie Verstand hätten, würde der Ihnen sagen, daß gerade Strafgefangene aus allen möglichen Gründen – vor allem aber deshalb, weil sie *müssen – gut* und *viel* arbeiten. Sehr viel mehr als jeder freie Arbeiter! Wenn Sie Bildung besäßen, wüßten Sie, daß immer schon der Sklave der fleißigste Arbeiter war. Und wir sind Sklaven, Herr Abgeordneter. Mit allen erdenklichen Mitteln und Kniffen werden wir an der Arbeit gehalten. Wer die Arbeit verweigert, wird in den Arrest gesperrt – und zwar immer wieder, bis er entweder überschnappt oder zu arbeiten anfängt. Es gibt hier einige Leute, die monatelang Arrest absolvierten, weil sie die Arbeit verweigerten. Jahrelang gingen sie rein in den Arrest, raus aus dem Arrest. Jetzt arbeiten sie. Oder sie sind auf dem Hohenasperg, Psychiatrische Abteilung. Oder draußen in einer Irrenanstalt, wie dieser Engländer, den die englische Botschaft scheinbar von weiterem bewahrt hat.

Skowronek – Sie kennen Skowronek? Skowronek ist der Heiland erschienen und hat ihm befohlen, den Bart stehen zu lassen und nicht mehr zu arbeiten. Skowronek arbeitet wieder. Und ist rasiert. Das ist die Peitsche.

Hier nun das Zuckerbrot:

Die Hälfte des Verdienstes darf vom Strafgefangenen verbraucht werden. Er darf sich davon Tabak, Lebensmittel und Toilettenartikel einkaufen.

Nach einer Rechnung, wie sie »*Christ und Welt*« einmal in einem Bericht über »ostzonale« Gefängnisse aufstellte, kann ich mir also für meine heutige Arbeit rund drei Zigaretten kaufen. Ich kann mir also nichts kaufen, denn wer verkauft mir schon drei Zigaretten. Aber wenn ich schön fleißig bin, kann ich es am Ende des Monats bis auf 20,– DM bringen und für 10,– DM einkaufen. Wenn ich noch fleißiger bin – sagen wir mal, ich mache jeden Tag 20 Rückenlehnen, das wären bei 22 Arbeitstagen 44,– DM – dann kann ich für ganze 33 Mark einkaufen. Das ist nämlich so: bis zu einer Mark pro Tag kann ich verdienen; was ich darüber hinaus verdiene, ist *Leistungsprämie*, über die ich ganz verfügen kann. Leistungsprämie gibt es allerdings nur bis zu 20 Mark; was darüber hinaus verdient wird, wird dem folgenden Monat gutgeschrieben. Und wenn ich in diesem Monat wieder zuviel habe, kommt es wieder auf den folgenden Monat. Und wenn ich in diesem folgenden Monat wieder zuviel habe, dann – wird das Pensum erhöht! Für die gleiche Rückenlehne, die ich jetzt mache, gab es einmal 30 Pfennig pro Stück, Herr Abgeordneter.

Artikel 4 der Hausordnung:

»Strafgefangene haben bei ihrer Arbeit nicht nur das vorgeschriebene Pensum zu verrichten, sondern darüber hinaus während der ganzen Arbeitszeit weiter zu arbeiten. Mehrarbeit wird durch höheren Lohnsatz belohnt.

Untersuchungsgefangene sollten sich Arbeit geben lassen, sie ist das beste Mittel zur Erhaltung ihrer seelischen und körperlichen Gesundheit.«

Herr Abgeordneter oder was immer Sie sein mögen, das ist eine Fabrik hier. Eine Fabrik, die mit Sklaven betrieben wird.

IHR ABER TRAGT DAS RISIKO
Reportagen aus der Arbeitswelt

HARALD SCHMID
24 Jahre, gelernter Maschinenschlosser, gegenwärtig Kunstharzpresser, Mitglied der IG Metall.

»Nummer 36«

Ein Werktag wie jeder andere, sechs Uhr morgens.

Das Klingeln seines Weckers reißt ihn brutal aus dem Schlaf. Er steht auf, wäscht, rasiert sich, schaltet das Radio ein. Es folgen die Nachrichten, Musik, zwischendurch die Zeitansage.

Letzterer gilt sein Hauptinteresse, denn er wird nach Stunden, die kontrolliert werden, bezahlt. Kommt er fünf Minuten zu spät, wird ihm eine viertel Stunde abgezogen, passiert das öfter, bekommt er einen Anraunzer, und es wird ihm mit Entlassung gedroht.

Er zieht sich an, frühstückt und schmiert sich seine Stullen für den Tag. Dann geht er hinunter zum Bus.

Zehn Minuten später betritt er den Betrieb.

Links hinter dem Tor befindet sich die Stempeluhr, ein Apparat aus Blech, der an der Vorderseite mit einem Schlitz versehen ist. Im Inneren des Apparates ist ein Triebwerk eingebaut, das unbarmherzig tickt und zwei Zeiger voranschiebt, die ihm die Stunden angeben, denen er sich zu unterwerfen hat.

Neben der Stempeluhr hängt der Kartenstecker. Er nimmt sich eine numerierte Karte heraus, steckt sie in den Schlitz des graugrünen Uhrgehäuses und stempelt sich zur Nummer.

Somit wird er zum Kalkulationsobjekt, wird nach Belieben eingespart, ausgespart, eingeplant und ausgeplant, wenn der Konkurrenzkampf, die Rationalisierung oder es auch aus einem anderen Grunde das Profitstreben des Arbeitgebers fordert.

Nummer 36 begibt sich in den Ankleideraum.

Schweißgestank, heiße Feuchtigkeit, verschlafene Gesichter.

»Morgen!« – »Morgen!«

Kurzer nichtssagender Wortwechsel.

Nachdem sich Nummer 36 umgezogen hat, geht sie in die Halle, in der sie fünf halbautomatischen Pressen dient oder sie bedient. Sie weiß selbst nicht, was richtiger ist. Jedenfalls sie bedient sie, damit sie arbeiten und produzieren können.

Noch herrscht Ruhe im Betrieb.

Der Einrichter legt sich seine Werkzeuge zurecht.

Der Sirenenton zerreißt die Stille. Arbeitsbeginn.

Ein Druck auf den Schaltknopf »Ein« und der Bär, der obere Teil der Maschine, hebt sich vom Tisch, dem unteren Teil, ab und fährt langsam hoch.

Aus einem für die Maschine bereitstehenden Massebehälter entnimmt Nummer 36 eine für die Größe des Teiles bestimmte Dosierung Preßmasse und schüttet sie in die Form, die sich zwischen Tisch und Bär befindet.

Ein Druck auf den Schaltknopf »Ab« und der Bär fährt langsam wieder herunter. Unter Einwirkung der mechanischen Druckkraft des Bärs und einer bestimmten Temperatur wird die Formmasse durch spanlose Formgebung bleibend zum gewünschten Formteil geformt.

Ist der Härtungsvorgang der Masse zum festen Kunststoffteil vollendet, so fährt die Maschine automatisch wieder hoch.

In der Zeit, in der sich dieser Arbeitsprozeß vollzieht, bedient Nummer 36 die anderen vier Maschinen, die der ersten gleich sind.

Die Arbeit ist so eingeteilt, daß ihr keine Zeit zu einer Zigarettenpause bleibt. Sie muß, um den Arbeitsrhythmus beibehalten zu können, sich bis zu den Pausen im Laufschritt bewegen.

Bleiben öfter Maschinen offen stehen, so kann sie mit ihrer Versetzung in eine andere Abteilung, in der der Verdienst schlechter ist, oder mit ihrer Entlassung rechnen.

Aber Nummer 36 weiß von selbst, daß Ernst und Anstrengung notwendig sind, denn sie hat jeden Tag eine bestimmte Produktionszahl zu erreichen.

Damit der Arbeitstag reibungslos verläuft und Störungen im festen Getriebe des Arbeitstages auch wirklich vermieden werden, wurde die Betriebsordnung geschaffen, die den Betriebsfrieden erhalten soll. Diese Gebote, die vom Betriebsrat mit unterzeichnet sind, hängen auf einem schwarzen Brett im Betrieb.

Ihr Inhalt fordert:

Sicherheit, Geheimhaltungspflicht, Fleiß, Ehrlichkeit, Sauberkeit, Nüchternheit, Wahrhaftigkeit, Opfersinn, Selbstdisziplin, Ausdauer, Pünktlichkeit, Bescheidenheit, Sparsamkeit, Zufriedenheit, Pflichtbewußtsein, Einsatzbereitschaft, Sorgfalt, Gewissenhaftigkeit, Ordnung, Ruhe, Treue, Geschicklichkeit, Zuverlässigkeit, Ergebenheit, Verzicht, Selbstaufgabe, Anhänglichkeit, Hingabe und Geduld.

Diese Bestimmungen sind zur Selbstverständlichkeit jedes redlichen Arbeiters geworden, trotzdem sie ihn in Wahrheit rechtlos machen.

Nummer 36 wird Nummer 36 bleiben und als solche ungefragt hin und her geschoben werden.

Eine viertel Stunde Frühstück, eine halbe Stunde Mittag.

In den Pausen sich ständig wiederholende Gespräche über Sport, Kino, Fernsehen, Sex.

Sechzehn Uhr.

Der Sirenenton kündigt den Feierabend an.

Peng!

Nummer 36 bleibt in der Öffnung des Kartensteckers zurück. Er geht in den Ankleideraum, duscht sich und zieht sich um. Nun fühlt er sich wieder als Mensch, nicht mehr als Nummer.

Wieder zu Hause.

Er schaltet das Radio an, macht sich sein Essen zurecht.

Im Anschluß versucht er einen Brief zu schreiben. Kann sich aber nicht mehr konzentrieren.

Achtzehn Uhr.

»Verflucht, beinahe hätte ich den Western im Fernsehen vergessen!« 20 Uhr 15.

Ende der Tagesschau.

Er schaltet den Fernseher aus und stellt den Wecker für den nächsten Tag.

Die Monotonie seines Atems verrät, daß er gleich eingeschlafen ist.

HEINZ PIONTEK
Einfache Sätze aus dem Jahr 68

I

Jemand läßt durchblicken, daß er
gegen die Zeit ist.

Jemand protestiert mit seinem Transparent
gegen Transparente.

Andere haben gleichschenklige
Dreiecke im Kopf.

Die Aufklärung nimmt zu.
Es wird dunkel.

Neue Bücher ergeben neue
Transparente.

Die Zukunft soll
rothaarig sein.

Über die Zukunft
sprechen wir morgen.

2

Jemand weiß Bescheid.
Er ist Schüler.

Alte Leute erzählen immer nur
alte Geschichten.

Ein Seminarist und eine Wucherin
in St. Petersburg:

Klassiker, gut für
Kreuzworträtsel.

Nichts ist so lästig wie
was gut ist.

Man kann nicht immer nur
auf Fliegen Jagd machen.

Mode wird bald
die Axt unterm Mantel.

Alle sprechen vom Überfluß.

Es soll wieder
überflüssige Menschen geben.

3

Täglich verliert jemand seine Unschuld
unter Schlagstöcken.

Täglich verstehen wir uns weniger.

Tageszeitungen kommen noch
täglich.

Der Frieden eine Komödie.

Es hat keinen Sinn mehr
auszuwandern.

Einfache Sätze werden
nicht einfacher.

MARTIN SPERR
Münchner Freiheit

Dritte Szene

Leberkäsfrühstück in Ederers Haus.
Ossi Bock, Manja, Jesus Christus und Jackie Ruhpolding haben eine Auseinandersetzung mit Katharina und Ederer. Ossi ißt gerade das restliche Pfund Leberkäs. Zwei Welten.

EDERER Als ich in Ihrem Alter war, war ich auch jung, jung und rebellisch und hab nichts ausgelassen, aber lassen wir das. Ich weiß, daß ein Staat ohne unruhige Jugend nicht auskommt, nicht wahr. Die revoltierenden Studenten sind sozusagen das Salz der Politik. Erfreulicherweise finden wir heute beim jungen Menschen staatsbürgerliches Bewußtsein. Nun: Theorie und Praxis stimmen tatsächlich nicht immer überein, Sie haben recht, das alte sozusagen Urübel der Menschheit. Damit sich die Kluft zwischen den Generationen nicht noch mehr vertieft – denn ich halte diese Jugend für hoffnungsvoll – –
JESUS *unterbricht* Richtig!

Ederer – – deshalb hab ich nichts unternommen gegen die Aktion in der Brauerei. Aber ihr kommt jetzt jeden Tag. Man hat euch den kleinen Finger gegeben und ihr nehmt die ganze Hand.

Jesus Jawohl!

Ederer *weise* Ich lasse mich nicht provozieren. Ich versteh euch. Ich billige, was ihr macht. *Pause.* Aber ihr sprecht von Revolution. Wenn die Wahrheit fällt, stürzt sie auf den Schwächeren.

Jesus Auf wen denn sonst.

Ederer Revolution! Jede soziale Veränderung geht mit dem Tod Hand in Hand, jede Revolution mit Armut und Verbrechen, das lehrt die Geschichte. Das Leben ist grausam in seinen Gesetzmäßigkeiten. Und den Tod – ich bitte Sie inständig – den Tod wollen wir doch gemeinsam vermeiden. Gut.

Jesus Die Brauerei bleibt von den Genossen besetzt. Holen Sie doch die Polizei.

Ederer Das werde ich nicht tun.

Katharina Nun, Christoph, wie du meinst. Die Vorwürfe, die mich betreffen, sind lächerlich. Es ist überall dasselbe, und München ist kein Sonderfall. *Zu Ossi.* Noch etwas Leberkäs?

Ossi *mit vollem Mund* Was hab ich dir gesagt, Manja, man kann mit denen nicht diskutieren.

Ederer Meine Frau fragte, ob Sie noch Leberkäs wollen. *Keine Antwort.* Sehen Sie, junger Mann, das wiederum haben wir auszusetzen: Meine Frau hat gefragt und Sie antworten nicht einmal.

Ossi Sehen Sie nicht, daß ich den Mund voll hab? Sehen Sie das nicht?

Ederer *nach einer Pause* Grundsätzlich bin ich doch mit Ihnen einig. Wir wollen das Thema wechseln.

Manja Wieso? Es ist nichts besprochen.

Katharina Wir wollten das Thema wechseln. *Zu Ossi.* Jetzt noch etwas Leberkäs?

Ossi läßt sich nachgeben.

Wir hatten dich alleine eingeladen, Manja. Hast du Angst vor uns? Brauchst du eine Rückendeckung? Ich verstehe nicht, daß du dich nicht entblödest, du als Alleinerbin einer der ältesten Brauereien von Bayern, dich in den Zeitungen als geläuterte Kapitalistin feiern zu lassen. Du machst dich lächerlich. Merkst du das nicht? Merkst du nicht, daß du dich lächerlich machst? Aber das ist deine Sache. Ich hab nichts dagegen, daß du hier ausgezogen bist. Geschenkt. Du sollst das kennenlernen. Aber es ist mir nicht zuzumuten, daß ich das auch noch finanziere. Ich hab dich weltoffen erziehen lassen, daß heißt aber nicht, daß ich billige, daß du bei jeder Cafehausrevolte mittobst: Auf unserem Rücken. Denn darauf läufts hinaus. Wir planen, wir haben die Verantwortung und werden diffamiert.

JACKIE Die Verantwortung sieht so aus, daß die Bevölkerung aus einem Stadtteil vertrieben wird, und die Planung, daß ihr noch mehr Geld aus euerem Besitz herausschlagen wollt. Viele Leute können nicht mehr das Geld für die Miete aufbringen. Und werden in Stadtrandgebiete abgeschoben, die noch trostloser sind als die Innenstadt. Dieses System, das gestattet, daß die Ausbeuterclique des Sankt Anna Viertels auf dem Rücken der Ausgebeuteten immer reicher wird, muß bekämpft werden.

KATHARINA Wo gibts denn bei uns Ausgebeutete.

JACKIE Die Innenstadt wird entvölkert. Die Trabantenstädte haben miserable Verbindungen zum Zentrum. Innen ein Ghetto, in dem gearbeitet wird, draußen ein Ghetto, in dem geschlafen wird. Und zwischen den beiden Ghettos ein Verkehr, in dem der Arbeitnehmer zwei Stunden am Tag an den Abgasen erstickt.

KATHARINA Wir ersticken auch.

JACKIE Eure Stadtplanung ist ein Mordanschlag auf die Bevölkerung.

KATHARINA Die Bevölkerung lebt noch.

JACKIE Die Arbeitnehmer haben keine Zeit, sich Gedanken zur Stadtplanung zu machen. Sie sind ihr Opfer. Wir verlangen eine Veränderung des Sankt-Anna-Projekts nach den Bedürfnissen der Bevölkerung, oder wir werfen ein paar Bomben in Ihre verschissene Brauerei.

KATHARINA Da werden sich meine Bierbrauer herzlich bedanken, mein liebes Kind. – Hör zu, Manja: Machst du weiterhin Schlagzeilen, werde ich den Dauerauftrag sperren. Dann kannst du dein Studium selber finanzieren.

JACKIE Das sind doch faule Witze.

JESUS Sie sind verpflichtet, das Studium zu finanzieren.

KATHARINA Warum hast du das angezettelt, Manja? Glaubst du, daß diese Leute deine persönlichen Schwierigkeiten lösen? Bist du tatsächlich so naiv? Was bezweckst du mit deinen Aktionen. Man weiß, daß die Linken nur kommen, wenn man sie bestellt. Warum hast du sie bestellt?

OSSI *hat fertiggegessen und steckt noch Obst ein* So, wir gehen. Man kann hier nicht diskutieren. Das sind alte Leute, Manja, komm. Der Leberkäs war ausgezeichnet. Mild, wie vom Land.

Vielen Dank. Komm, Manja, mit solchen Eltern mußt du dich schämen.

Katharina Ihr seid beide rührend. Wir werden sehen, wie du zurechtkommst, Manja.

Manja Das werden wir auch sehen. Und auf dein Verständnis ist auch geschissen, Papa. Wir machen eine Kommune. Ich brauch euch nicht.

Katharina Hoffentlich. Wir werden sehen, wie du zurechtkommst.

Manja Das werden wir auch sehen.

Die Linken gehen ab. Katharina und Ederer sitzen schweigend. Sie klingelt. Das Mädchen kommt.

Katharina Meinen Pelz. *Das Mädchen geht ab.*

Ederer *nach einer Pause* Mir sind die Gehirne dieser jungen Menschen ein Rätsel. Man sitzt ihnen gegenüber und kann nicht mit ihnen reden. Es geht nicht.

Katharina Du darfst sie nicht unterschätzen, Chris. – Ich versteh dich nicht: Manja macht mit dir, was sie will.

Ederer Ich laß es nicht zu, daß sozusagen die Familie zerbricht.

Katharina Denn das ist das Wichtigste, wie, am Sonntag mit Frau und Kind ins Grüne fahren.

Ederer Bin ich schuld, daß wir uns kaum mehr sehen?

Katharina zieht den Pelz an, den das Mädchen gebracht hat.

Katharina Lassen Sie den Wagen vorfahren.

Das Mädchen geht ab.

Ich gehe ins Büro – Christoph, ich bin mit deinem Papier an den Belgier nicht einverstanden. Die Gespräche in der EWG stocken nur, wer sagt, sie scheitern. Die Zeit ist reif. Ich erinnere: Man hat schon investiert. Vorwiegend der Franzose. Dein Papier ist richtig, wenn man vom Scheitern der Verhandlungen ausgeht. Wer geht vom Scheitern aus, ich bitte dich.

Ederer Ich bin nicht gegen den Europamarkt per se, ich bin ausgehend von der europäischen Situation für schrittweises Vorgehen, das koordiniert – – –

Katharina *unterbricht* Wir müssen entschlossen vorgehen. Der Europamarkt muß her, auch wenn du dagegen bist. Wie wollen wir mit den Streiks fertigwerden. Da macht auch der Italiener mit, wenn wir fusionieren.

Ederer Wir sind uns einig, was die große Linie – – –

Katharina *unterbricht und geht auf und ab* Und mein Ausgangspunkt ist günstig, gemessen an den Partnern. Das Olympiageschäft steht vor der Tür. Ein Jahrhundertgeschäft. Die Reklameflächen in den Stadien hab ich in der Tasche. Wir haben damit die Chance, daß der Poschl-Olympia-Bock zur Europa-Marke der fusionierten Brauereien für den Weltmarkt wird. Der Belgier hat schon zugestimmt. Ich fusioniere, Chris, auch wenn du dagegen bist. Ich kann den Partnern außerdem ein Verwaltungsgebäude im Zentrum einer europäischen Metropole anbieten. Wer kann das schon. Wir können die Bedingungen diktieren. Wir haben alles. Alles, Christoph! Wir haben: Den Namen Poschl. Wir haben: München. Wir haben Olympia. Und wir sind Bayern: Kein Volk der Welt steht so für eine Ware. Und du unterstützt Kinder. Ich fürchte, du wirst in einigen Punkten umdenken müssen.

Sie küßt Ederer auf die Wange.

Auf Wiedersehen, Chris. Wir könnten gelegentlich wieder einmal zusammen essen?

EDERER Ja.

KATHARINA Ich wünsch dir einen schönen Tag. *Sie geht ab.*

GASTON SALVATORE

Einleitung in die schwierige Bourgeoisie

Wessen Sache
die Verwaltung der Tagträume ist
war unter dem Eindruck gewisser
Versprechungen zunächst unsicher.

Vorbei das ganze
Fummeln nach Frieden!

Laßt uns diesen Ruf besingen.
Er würde vielleicht
die bis ins einzelne gehende
Verzweiflung
beiseite schieben.
Vielleicht wäre sie dann tragbar
die Phantasie
in ihrer Unvollkommenheit
wie ein müdes Zirkuspferd
von seinen alten Kunststücken verlassen.

Thomas Bernhard
Gehen

Während in Deutschland der Name Hollensteiner unter den Chemikern der geachtetste gewesen ist und auch heute noch ist, ist Hollensteiner hier in Österreich vollkommen totgeschwiegen gewesen, das Außerordentliche ist in diesem Land, sagt Oehler, immer und zwar zu allen Zeiten totgeschwiegen worden, so lange totgeschwiegen, bis es sich umgebracht hat. Ist ein österreichischer Kopf außerordentlich, sagt Oehler, brauchen wir nicht darauf warten, daß er sich umbringt, es ist nur eine Frage der Zeit und der Staat rechnet damit. Hollensteiner hatte so viele Angebote, sagt Oehler, die er aber alle nicht angenommen hat. In Basel hätten sie Hollensteiner mit offenen Armen aufgenommen, in Warschau, in Kopenhagen, in Oxford, in Amerika. Aber selbst nach Göttingen, wo man Hollensteiner alle Mittel zur Verfügung gestellt hätte, die er haben wollte, ist Hollensteiner nicht gegangen, weil er nicht nach Göttingen gehen hat können, ein Mensch wie Hollensteiner, sagt Oehler, ist unfähig, nach Göttingen zu gehen, überhaupt nach Deutschland zu gehen, bevor ein solcher Mensch nach Deutschland geht, bringt er sich um. Und gerade in dem Augenblick bringt er sich und das heißt, bringt der Staat ihn um, in welchem er auf das Erschütterndste auf die Hilfe des Staates angewiesen ist. Das Genie wird im Stich gelassen und zum Selbstmord getrieben. Ein Wissenschaftler, sagt Oehler, ist in Österreich ein armer Hund, der früher oder später, aber vor allem dann, wenn es am Unsinnigsten erscheint, verenden muß an der Stumpfsinnigkeit der Umwelt und das heißt, an der Stumpfsinnigkeit des Staates. Wir haben einen außerordentlichen Wissenschaftler und ignorieren ihn, keiner wird mit größerer Gemeinheit bekämpft, als der Außerordentliche und das Genie geht vor die Hunde, weil es in diesem Staat vor die Hunde gehen muß. Wenn eine Kapazität wie Hollensteiner die Kraft und in so hohem Maße die Anlage zur Selbstverleugnung hätte, um ohne weiteres Österreich und das heißt Wien aufzugeben und nach Marburg oder nach Göttingen zu gehen, um nur zwei Hollensteiner betreffende Beispiele zu geben und dort, in Marburg oder in Göttingen die wissenschaftliche Arbeit, die in Österreich und in Wien fortzusetzen unmöglich geworden ist, fortzusetzen, sagt Oehler, aber ein Mann wie Hollensteiner war nicht in der Lage, nach Marburg oder nach Göttingen zu gehen, überhaupt ist Hollensteiner ein Mensch gewesen, der nicht nach Deutschland gehen hat können. Aber auch nach Amerika gehen, ist für Hollensteiner unmöglich gewesen, wie wir sehen, denn dann wäre ja Hollensteiner, der nicht nach Deutschland gehen hat können, weil ihm dieses Land unheimlich und in höchstem Grade zuwider gewesen war, ja nach Amerika gegangen. Die wenigsten haben die Kraft, den Widerwillen gegen das Land, das sie im Grunde genommen mit offenen Armen und mit einer Gutmütigkeit ohnegleichen aufzunehmen bereit ist, aufzugeben und in dieses Land zu gehen. Lieber bringen sie sich im eigenen Land um, weil letztenendes die Liebe zu dem eigenen Land oder sagen wir besser, zu der eigenen, zu der österreichischen Landschaft größer ist, als die Kräfte, die eigene Wissenschaft in einem andern Land auszuhalten. Was Hollensteiner betrifft, sagt Oehler, haben wir ein Beispiel, wie der Staat mit einem ungewöhnlich klaren und wichtigen Kopf umgeht. Jahrelang hat Hollensteiner um die Mittel, die er für seine Forschung gebraucht hat, gebettelt, sagt Oehler, jahrelang hat sich Hollensteiner vor einer Bürokratie erniedrigt, die die abstoßendste der Welt ist, um zu seinen Mitteln zu kommen, jahrelang hat Hollensteiner versucht, was vor ihm schon Hunderte Außergewöhnliche und Geniale versucht haben: Ein bedeutendes und nicht nur für Österreich, ein zweifellos für die ganze Menschheit bedeutendes Vorhaben wissenschaftlicher Natur mit Hilfe des Staates zu verwirklichen. Aber er hat einsehen müssen, daß man in Österreich nichts mit Hilfe des Staates verwirklichen kann, wenigstens nichts Außerordentliches, nichts Bedeutendes, nichts Epochemachendes. Der Staat, an den sich eine Natur wie Hollensteiner in höchster Verzweiflung wendet, hat für eine solche Natur wie Hollensteiner nichts übrig. Dann muß eine solche Natur wie Hollensteiner erkennen, daß sie in einem Staat existiert, der, müssen wir ohne Zögern und mit der größten Rücksichtslosigkeit gegen diesen Staat sagen, das Außerordentliche haßt und der nichts tiefer haßt, als das Außerordentliche. Denn daß in diesem Staat nur das Stumpfsinnige und die Mittellosigkeit und der Dilettantismus geschützt sind und immer wieder gefördert werden und daß in diesem Staat nur in das Stümperhafte und in das Überflüssige alle Mittel gestopft werden, ist klar. Das sehen wir tagtäglich in Hunderten von Beispielen. Und dieser Staat will ein sogenannter Kulturstaat sein und verlangt, daß er bei jeder Gelegenheit als solcher bezeichnet wird. Machen wir uns nichts vor, sagt Oehler, mit einem Kulturstaat hat dieser Staat nichts zu tun und werden wir nicht müde, das immerfort und ununterbrochen und bei jeder Gelegenheit zu sagen, und erwachsen uns aus dieser pausenlosen Feststellung als Wiederholung des immer Gleichen, daß dieser Staat ein grenzenlos verstandes- und gefühlloser ist, auch die größten Schwierigkeiten. Hollensteiners Unglück ist gewesen, an dieses Land, nicht an diesen Staat, verstehen Sie, an dieses Land gefesselt zu sein mit allen seinen Sinnen. Und was das heißt, sagt Oehler, ein Land wie das unsrige mit allen Sinnen zu lieben gegen einen Staat, der alles unternimmt, um einen zu zerstören, anstatt einem zu Hilfe zu kommen, einen zu lähmen, anstatt einem zu Hilfe zu kommen, wissen wir. Hollensteiners Selbstmord ist ein Selbstmord unter vielen, alle Jahre müssen wir das feststellen, daß sich viele, die wir schätzen und die Talent und Genie gehabt haben und die außerordentlich und außergewöhnlich gewesen sind, umgebracht haben, denn wir gehen immer nur auf die Friedhöfe zu Begräbnissen von Leuten, sagt Oehler, die sich aus Verzweiflung gegen den Staat umgebracht haben, wenn wir nachdenken, die sich aus dem Fenster gestürzt oder aufgehängt oder erschossen haben, weil sie sich von diesem unserem Staat im Stich gelassen gefühlt haben und auch tatsächlich von diesem Staat im Stich gelassen worden sind. Wir gehen nur auf die Friedhöfe, sagt Oehler, um ein vom Staat zugrundegerichtetes und in den Tod getriebenes Genie einzugraben, das ist die Wahrheit.

Gerhard Amanshauser
Der Schriftsteller

Die Falten in seinem Gesicht sind keine Alterserscheinung; es sind Falten des Eigenwillens, und sie zeigen unter anderem unverwüstliche Jugend. Je schärfer sie sich einprägen, um so persönlicher sind sie. Die Sonne allerdings, die durchs Badezimmerfenster kommt, scheint keinen Wert auf Marotten zu legen. Doch was versteht die Sonne von Sprache? Hat sie je an der Verwitterung von Sätzen, an der Aufspaltung von Wörtern gearbeitet? Mag sie Steine aufleuchten lassen. Die Facetten der Persönlichkeit glänzen im Schatten und werden am besten von der geschliffenen Künstlichkeit des Spiegels reflektiert.

Die Hose des Schriftstellers, sein Hemd, sein Rock – das alles hat nichts Beliebiges, hält äußerste Distanz zur Konfektion. Hier ist jede Nuance bedeutend; und ist sie nicht manieriert, so ist sie gediegen, naturecht, wie preisgekrönte Weine, die auf dem Etikett die Bezeichnung *Gewächs* führen dürfen. Ein gewisses Sinnlichkeitsaroma schwebt um diese Kleider; sie sind alles andere als gesetzt, geben diskrete Winke, daß hier noch Eskapaden geplant sind, daß jederzeit beginnen kann, was die Kinder Zündeln nennen; auf höherer Ebene freilich.

Und das ist nicht etwa frivol, sondern Heilmittel gegen Mechanisierung, sogar Kampf gegen Diktatur. Hier ist gleichsam ein Medizinmann, der, sichtbar für alle, seine Insignien mitführt, seine Rezepte für alles Verfehlte. Nach und nach wird sein persönliches Fluidum wichtiger als das seiner Schriften. Er kommt nicht mehr, sondern *erscheint*, und dann geht ein Raunen durch die Versammlung. Man fragt sich erstaunt: Wird er, der schon fast den Ruhm eines bedeutenden Schauspielers erreicht, auch noch den eines Stars erlangen, der schon nichts mehr kann? Was ist sublimer als totale Unbrauchbarkeit in einer Welt der totalen Verwertung? Und er ist doch wirklich gänzlich unbrauchbar, Luxus für Emotionen und inkarnierter Protest. Seine Existenz spricht Bände. Die Schriften selbst sind überflüssig geworden, Lesen unnötig; der Lektor reist ihm nur nach, um überhaupt etwas zu erwischen.

Nun ist es Zeit, daß ein Minister das Podium besteigt, während auf Backen und Nackenwülsten der Ehrengäste noch der Abglanz eines Quartetts von Schubert liegt. Flankiert von Topfpflanzen baut der Stolz der Heimat sich auf.

Noch zu Lebzeiten des Schriftstellers wird in seinem Geburtsort eine Gasse nach ihm benannt. Und weil das Wort Gasse an Gassenjungen erinnert, nennt man sie *Weg*. Er jedoch ist abergläubisch und traut sich selbst nicht über den Weg. Überhaupt vermeidet er seinen Geburtsort, den er insgeheim, im vertrauten Kreis, mit dem Wort *obszön* bedachte. Nur einmal muß er noch hin, weil die Institution eines Ehrenrings geschaffen wird, damit er als erster einen solchen trage. War sein Geburtsort ein Dorf, so ist es jetzt auf allen Prospekten, sich selbst und den Fremden zur Ehre, ein *Künstlerdorf*, die Anrainer des bekannten Weges sind angehalten zu intensiver Verschönerung und Gartenpflege.

Unkraut wird ausgejätet, lichtscheues Gesindel ist unerwünscht. Und wenn er, der Schriftsteller, sich hier wie einst, in seiner besten Zeit, mit Freunden und Freundinnen betrunken umhertriebe, würde die Polizei ihn wegtransportieren.

Doch wie gesagt: das ist durchaus nicht nötig, denn er lebt im Ausland. Überdies heißt es, daß schon eine berühmte Klinik an ihm laboriert.

Hans Magnus Enzensberger
Zwei Fehler

Ich gebe zu, seinerzeit
habe ich mit Spatzen auf Kanonen geschossen.

Daß das keine Volltreffer gab,
sehe ich ein.

Dagegen habe ich nie behauptet,
nun gelte es ganz zu schweigen.

Schlafen, Luftholen, Dichten:
das ist fast kein Verbrechen.

Ganz zu schweigen
von dem berühmten Gespräch über Bäume.

Kanonen auf Spatzen, das hieße doch
in den umgekehrten Fehler verfallen.

Paul Celan

Ein Blatt, baumlos
für Bertolt Brecht:

Was sind das für Zeiten,
wo ein Gespräch
beinah ein Verbrechen ist,
weil es soviel Gesagtes
mit einschließt?

Editorische Notiz

Als Vorlage für die Textwiedergabe dienten, wenn irgend möglich, die Fassungen der Erstdrucke. Im Anhang sind der Erstdruck und, falls der nicht zur Verfügung stand, die abweichend verwendete Vorlage verzeichnet. Die Datierung der Prosatexte richtet sich in der Regel nach dem Erstdruck in Buchform, bei Theaterstücken auch nach der Uraufführung, bei Gedichten auch nach ihrem Erstdruck in Zeitschriften.

Es wurden möglichst nur abgeschlossene Texte (Gedichte, Erzählungen usw.) gedruckt. Aus umfangreicheren Texten (Romanen, Dramen, Hörspielen usw.) wurden in sich geschlossene Sinneinheiten aufgenommen. Auslassungen zu Beginn und am Ende eines Textes wurden nicht gekennzeichnet. Auslassungen im Text sind durch (...) markiert. Leerzeilen vor und nach dem Auslassungszeichen bedeuten, daß nicht nur Absätze, sondern ganze Kapitel oder Szenen ausgelassen wurden. Vom Herausgeber eingesetzte Gedichttitel sind kursiv.

Offensichtliche Druckfehler wurden stillschweigend korrigiert. Hervorhebungen, in den Vorlagen gesperrt oder kursiv, erscheinen hier kursiv. Anmerkungen und Fußnoten der Autoren zu ihren hier abgedruckten Texten werden in den Nachweisen wiedergegeben.

Bei der Besorgung der Texte und der Erarbeitung der Dokumentation haben mir Dirk Engelhardt und Jan Strümpel geholfen. Dafür danke ich ihnen. Eckhard Thiele danke ich für Ratschläge. Schließlich danke ich den Lizenzgebern, daß sie diese Dokumentation möglich gemacht haben – und dem Deutschen Taschenbuch Verlag dafür, daß er dieses umfängliche Unternehmen an die Öffentlichkeit bringt.

H.L.A.

Nachweise 1967-1971

Bei einigen Texten waren die Rechteinhaber nicht zu ermitteln. Da diese Texte für die Anthologie unerläßlich waren, sind sie dennoch aufgenommen worden. Wir bitten dafür um Verständnis. Rechteinhaber solcher Texte mögen sich bitte beim Verlag melden.

ACHTERNBUSCH, HERBERT (* 1938)
»Die Alexanderschlacht«. Erstveröffentlichung: Frankfurt/M. (Suhrkamp) 1971. S. 134-139. © 1971 by Suhrkamp Verlag, Frankfurt/M. *Seite 369*

AMANSHAUSER, GERHARD (* 1928)
»Der Schriftsteller«. Erstveröffentlichung: »Literatur und Kritik«. 1971. H. 51. S. 17-18. © by Gerhard Amanshauser. *Seite 399*

ANDERSCH, ALFRED (1914-1980)
»Efraim. Roman«. Erstveröffentlichung: Zürich (Diogenes) 1967. S. 199-208. © 1967 by Diogenes Verlag, Zürich. *Seite 37*

ARENDT, ERICH (1903-1984)
»Troja«. Erstveröffentlichung: »Ägäis. Gedichte«. Leipzig (Insel) 1967. S. 73-75. © 1967 by Insel Verlag, Frankfurt/M. *Seite 66*

ARTMANN, H.(ANS) C.(ARL) (* 1921)
»how lovecraft saved the world«. Erstveröffentlichung: »die fahrt zur insel nantucket. theater«. Neuwied, Berlin (Luchterhand) 1969. S. 415-418. © by Verlag Klaus G. Renner, München und Salzburg. *Seite 244*

ASTEL, ARNFRID (* 1933)
»Notstand«; »Sauberer Krieg«. Erstveröffentlichung: »Notstand. 100 Gedichte«. Wuppertal (Peter Hammer) 1968. S. 88, 89. © by Arnfrid Astel. *Seite 137*

BACHMANN, INGEBORG (1926-1973)
»Malina«. Erstveröffentlichung: Frankfurt/M. (Suhrkamp) 1971. S. 181-187. © 1971 by Suhrkamp Verlag, Frankfurt/M. *Seite 360*

BARTSCH, KURT (* 1937)
»chausseestraße 125«. Erstveröffentlichung: »Kürbiskern«. 1968. H. 2. S. 187. © by Kurt Bartsch. *Seite 92*

BAUER, WOLFGANG (* 1941)
»Change«. Uraufführung: Volkstheater Wien, 26.9.1969. Regie: Bernd Fischerauer. Erstveröffentlichung: »Magic Afternoon.

Change. Party for six. Drei Stücke«. Köln, Berlin (Kiepenheuer & Witsch) 1969. S. 94-101. © by Literaturverlag Droschl, Graz. *Seite 246*

BAUMGART, REINHARD (* 1929)
»Pax Americana«; »Epilog«. Erstveröffentlichung: »Kürbiskern«. 1967. H. 2. S. 123, 125. © by Reinhard Baumgart. *Seite 27, 30*

BECKER, JÜRGEN (* 1932)
– »Ränder«. Erstveröffentlichung: Frankfurt/M. (Suhrkamp) 1968. S. 19. © 1968 by Suhrkamp Verlag, Frankfurt/M. *Seite 124*
– »Geselliges Beisammensein«. Erstveröffentlichung: »Umgebungen«. Frankfurt/M. (Suhrkamp) 1970. S. 36-37. © 1970 by Suhrkamp Verlag, Frankfurt/M. *Seite 250*
– »Zur Sache«. Erstveröffentlichung: »Schnee. Gedichte«. Berlin (Literarisches Colloquium) 1971. S. 30. Alle Rechte vorbehalten durch Suhrkamp Verlag, Frankfurt/M. *Seite 360*

BECKER, JUREK (1937-1997)
»Jakob der Lügner«. Erstveröffentlichung: Berlin, Weimar (Aufbau) 1969. Hier aus: Neuwied, Berlin (Luchterhand) 1970. S. 238-245. © 1969 by Aufbau-Verlag, Berlin. Alle Rechte bei und vorbehalten durch Suhrkamp Verlag, Frankfurt/M. *Seite 223*

BERGER, UWE (* 1928)
»Die Fuge«. Erstveröffentlichung: »Neue Deutsche Literatur«. 1967. H. 5. S. 63. © by Uwe Berger. *Seite 60*

BERNHARD, THOMAS (1931-1989)
– »Verstörung«. Erstveröffentlichung: Frankfurt/M. (Insel) 1967. Hier aus: Frankfurt/M. (Suhrkamp) 1969. S. 42-47. © 1967 by Suhrkamp Verlag, Frankfurt/M. *Seite 72*
– »Gehen«. Erstveröffentlichung: Frankfurt/M. (Suhrkamp) 1971. S. 34-37. © 1971 by Suhrkamp Verlag, Frankfurt/M. *Seite 397*

BICHSEL, PETER (* 1935)
»Ein Tisch ist ein Tisch«. Erstveröffentlichung: »Kindergeschichten«. Neuwied, Berlin (Luchterhand) 1969. S. 21-31. © 1969 Luchterhand Verlag. Alle Rechte bei und vorbehalten durch Suhrkamp Verlag, Frankfurt/M. *Seite 231*

BIELER, MANFRED (* 1934)
»Barbo spricht«. Erstveröffentlichung: »Der junge Roth«. München (Biederstein) 1968. S. 173-175. © by Hoffmann und Campe Verlag, Hamburg. *Seite 102*

BIENEK, HORST (1930-1990)
– »Die Zelle. Roman«. Erstveröffentlichung: München (Hanser) 1968. S. 42-43. © by Carl Hanser Verlag, München. *Seite 189*

– »Transparente«. Erstveröffentlichung: »Vorgefundene Gedichte. Poèmes trouvés«. München (Hanser) 1969. S. 28. © by Carl Hanser Verlag, München. *Seite 207*

Biermann, Wolf (* 1936)
»Drei Kugeln auf Rudi Dutschke«. Erstveröffentlichung: »Mit Marx- und Engelszungen. Gedichte. Balladen. Lieder. Mit Noten zu allen Liedern«. Berlin (Wagenbach) 1968. S. 73-75. © 1991 by Verlag Kiepenheuer & Witsch, Köln. *Seite 163*

Boehlich, Walter (* 1921)
»Autodafé«. Erstveröffentlichung: Kursbogen zu »Kursbuch«. 1968. H. 15. © by Walter Boehlich. *Seite 140*

Böll, Heinrich (1917-1985)
»Gruppenbild mit Dame. Roman«. Erstveröffentlichung: Köln (Kiepenheuer & Witsch) 1971. S. 7-13. © 1971, 1994 by Verlag Kiepenheuer & Witsch, Köln. *Seite 347*

Borchers, Elisabeth (* 1926)
»Krieg«. Erstveröffentlichung: »Der Tisch, an dem wir sitzen. Gedichte«. Neuwied, Berlin (Luchterhand) 1967. S. 24-25. © by Elisabeth Borchers. *Seite 28*

Born, Nicolas (1937-1979)
»Marktlage«. Erstveröffentlichung: »Marktlage. Gedichte«. Köln, Berlin (Kiepenheuer & Witsch) 1967. S. 13. © 1978 by Rowohlt Verlag, Reinbek. *Seite 16*

Braun, Volker (* 1939)
»Fragen eines Arbeiters während der Revolution«; »Wir und nicht sie«. Erstveröffentlichung: »Wir und nicht sie. Gedichte«. Halle (Mitteldeutscher Verlag) 1970. Hier: Lizenzausgabe: Frankfurt/M. (Suhrkamp) 1970. S. 73, 25. © by Mitteldeutscher Verlag, Halle. *Seite 291, 320*

Brinkmann, Rolf Dieter (1940-1975)
– »Der Mond, der Präsident und die amerikanische Prärie. Populäres Gedicht Nr. 11«. Erstveröffentlichung: »Merkur«. 1967. H. 9. S. 248. © 1980 by Rowohlt Verlag, Reinbek. *Seite 26*
– »Rote Tomaten«; »Und«; »Lebenslauf einer Frau«. Erstveröffentlichung: »Die Piloten. Neue Gedichte«. Köln, Berlin (Kiepenheuer & Witsch) 1968. Hier aus: »Standphotos. Gedichte 1962-1970«. Reinbek (Rowohlt) 1980. S. 248, 275, 251. © 1980 by Rowohlt Verlag, Reinbek. *Seite 92, 94, 155*
– »Keiner weiß mehr. Roman«. Erstveröffentlichung: Köln, Berlin (Kiepenheuer & Witsch) 1968. S. 266-274. © 1970 by Rowohlt Taschenbuch Verlag, Reinbek. *Seite 182*

– »Cinemascope«. Erstveröffentlichung: »Standphotos«. Duisburg (Hildebrandt) 1969. Hier aus: »Standphotos. Gedichte 1962-1970«. Reinbek (Rowohlt) 1980. S. 295. © 1980 by Rowohlt Verlag, Reinbek. *Seite 206*

BRUYN, GÜNTER DE (* 1926)

»Buridans Esel. Roman«. Erstveröffentlichung: Halle (Mitteldeutscher Verlag) 1968. Hier aus: München (Kindler) 1969. S. 53-60. Alle Rechte vorbehalten S. Fischer Verlag, Frankfurt/M. *Seite 174*

CELAN, PAUL (1920-1970)

– »Hafen«. Erstveröffentlichung: »Atemwende. Gedichte«. Frankfurt/M. (Suhrkamp) 1967. S. 47-49. © 1967 by Suhrkamp Verlag, Frankfurt/M. *Seite 70*

– »Wer herrscht?«; »Die Wahrheit«; »Denk dir«. Erstveröffentlichung: »Fadensonnen. Gedichte«. Frankfurt/M. (Suhrkamp) 1968. S. 10, 32, 121. © 1968 by Suhrkamp Verlag, Frankfurt/M. *Seite 139, 188*

– »Einem Bruder in Asien«. Erstveröffentlichung: »Lichtzwang. Gedichte«. Frankfurt/M. (Suhrkamp) 1970. S. 33. © by Suhrkamp Verlag, Frankfurt/M. *Seite 315*

– »Warum dieses jähe Zuhause«; »Ein Blatt, baumlos«. Erstveröffentlichung: »Schneepart. Gedichte«. Frankfurt/M. (Suhrkamp) 1971. S. 37, 59. © 1971 by Suhrkamp Verlag, Frankfurt/M. *Seite 330, 401*

CIBULKA, HANNS (* 1920)

»Mater terra«. Erstveröffentlichung: »Windrose. Gedichte«. Halle (Mitteldeutscher Verlag) 1968. S. 64-65. © by Hanns Cibulka. *Seite 179*

CZECHOWSKI, HEINZ (* 1935)

»Auf eine im Feuer versunkene Stadt«. Erstveröffentlichung: »Wasserfahrt. Gedichte«. Halle (Mitteldeutscher Verlag) 1967. Hier aus: »An Freund und Feind. Gedichte«. München (Hanser) 1983. S. 20-21. © by Heinz Czechowski. *Seite 47*

DEGENHARDT, FRANZ JOSEF (* 1931)

»Deutscher Sonntag«. Erstveröffentlichung: »Spiel nicht mit den Schmuddelkindern. Balladen, Chansons, Grotesken, Lieder«. Hamburg (Hoffmann und Campe) 1967. S. 40-43. © by Aufbau-Verlag, Berlin. *Seite 22*

DELIUS, FRIEDRICH CHRISTIAN (* 1943)

»Selbstschutz I«; »Ruhige Minute in Steglitz«. Erstveröffentlichung: »Wenn wir bei Rot. Achtundvierzig Gedichte«. Berlin (Wagenbach) 1969. S. 55-56, 9. © by Friedrich Christian Delius. *Seite 198, 217*

Domin, Hilde (* 1912)
»Ich will dich«. Erstveröffentlichung: »Ich will dich. Gedichte«. München (Piper) 1970. S. 7. © 1987 by S. Fischer Verlag, Frankfurt/M. *Seite 285*

Eich, Günter (1907-1972)
»Hausgenossen«; »Sammlerglück«. Erstveröffentlichung: »Maulwürfe«. Frankfurt/M. (Suhrkamp) 1968. Hier aus: »Gesammelte Werke«. Bd. I: »Die Gedichte. Die Maulwürfe«. Frankfurt/M. (Suhrkamp) 1991. S. 328-329, 329-330. © by Suhrkamp Verlag, Frankfurt/M. *Seite 135*

Elsner, Gisela (1937-1992)
»Der Nachwuchs. Roman«. Erstveröffentlichung: Reinbek (Rowohlt) 1968. S. 47-54. © by Alfred Hackensberger. *Seite 128*

Enzensberger, Christian (* 1931)
»Größerer Versuch über den Schmutz«. Erstveröffentlichung: München (Hanser) 1968. S. 12-15. © by Christian Enzensberger. *Seite 100*

Enzensberger, Hans Magnus (* 1929)
– »Gemeinplätze, die Neueste Literatur betreffend«. Erstveröffentlichung: »Kursbuch«. 1968. Nr. 15. S. 187-189, 196-197. Auch in Hans Magnus Enzensberger: »Palaver«. © 1974 by Suhrkamp Verlag, Frankfurt/M. *Seite 142*
– »an alle fernsprechteilnehmer«; blindlings«. Erstveröffentlichung: »Landessprache. Gedichte«. Frankfurt/M. (Suhrkamp) 1969. S. 26-27, 20-21. © 1969 by Suhrkamp Verlag, Frankfurt/M. *Seite 199, 204*
– »Aufbruch in die siebziger Jahre«; »Zwei Fehler«. Erstveröffentlichung: »Gedichte 1955-1979«. Frankfurt/M. (Suhrkamp) 1971. S. 158, 162. © 1971 by Suhrkamp Verlag, Frankfurt/M. *Seite 346, 401*

Fassbinder, Rainer Werner (1945-1982)
»Katzelmacher«. Uraufführung: Action-Theater München, 7.4.1968. Regie: Rainer Werner Fassbinder / Peer Raben. Erstveröffentlichung: »Antitheater. Katzelmacher. Preparadise sorry now. Die Bettleroper«. Frankfurt/M. (Suhrkamp) 1970. Hier aus: »Sämtliche Stücke«. Frankfurt/M. (Verlag der Autoren) 1991. S. 68-73. © by Verlag der Autoren, Frankfurt/M. *Seite 116*

Fichte, Hubert (1935-1986)
– »Die Palette«. Erstveröffentlichung: Reinbek (Rowohlt) 1968. S. 122-126. © 1978 by S. Fischer Verlag, Frankfurt/M. *Seite 113*

– »Detlevs Imitationen ›Grünspan‹«. Erstveröffentlichung: Reinbek (Rowohlt) 1971. Hier aus: Frankfurt/M. (Suhrkamp) 1979. S. 34-39. © 1979 by S. Fischer Verlag, Frankfurt/M. *Seite 334*

FORTE, DIETER (* 1935)
»Martin Luther & Thomas Münzer oder Die Einführung der Buchhaltung«. Uraufführung: Basler Theater, 4.12.1970. Regie: Kosta Spaic. Erstveröffentlichung: Berlin (Wagenbach) 1971. S. 95-98. Alle Rechte vorbehalten S. Fischer Verlag, Frankfurt/M. *Seite 292*

FRICK, HANS (* 1930)
»Der Plan des Stefan Kaminsky. Roman«. Erstveröffentlichung: München (Rütten & Loening) 1967. S. 23-31. *Seite 31*

FRIED, ERICH (1921-1988)
– »Fortschritt«; »Höre, Israel«. Erstveröffentlichung: »Anfechtungen. Fünfzig Gedichte«. Berlin (Wagenbach) 1967. S. 40, 44. © by Verlag Klaus Wagenbach, Berlin. *Seite 30, 64*
– »Zurückblickend«. Erstveröffentlichung: »Die Beine der größeren Lügen. Einundfünfzig Gedichte«. Berlin (Wagenbach) 1969. S. 28. © by Verlag Klaus Wagenbach, Berlin. *Seite 217*
– »Revisionismusrevisionismus«; »Beim Lesen von H. M. Enzensbergers ›zweifel‹«. Erstveröffentlichung: »Unter Nebenfeinden. Fünfzig Gedichte«. Berlin (Wagenbach) 1970. S. 43, 22-23. © by Verlag Klaus Wagenbach, Berlin. *Seite 291, 317*

FRISCH, MAX (1911-1991)
»Fragebogen«. Erstveröffentlichung: »Merkur«. 1971. H. 5. S. 411-412. © 1972 by Suhrkamp Verlag, Frankfurt/M. *Seite 365*

FRISCHMUTH, BARBARA (* 1941)
»Die Klosterschule«. Erstveröffentlichung: Frankfurt/M. (Suhrkamp) 1968. S. 38-40. © 1978 by Residenz Verlag, Salzburg und Wien. *Seite 125*

FRITZ, WALTER HELMUT (* 1929)
»Die Verwechslung. Roman«. Erstveröffentlichung: Frankfurt/M., Hamburg (Fischer) 1970. S. 7-16. © by Walter Helmut Fritz. *Seite 264*

FRÖHLICH, HANS JÜRGEN (1932-1986)
»Tandelkeller. Roman«. Erstveröffentlichung: Frankfurt/M. (Insel) 1967. S. 163-168. © 1987 by Carl Hanser Verlag, München und Wien. *Seite 17*

FUCHS, GÜNTER BRUNO (1928-1977)
– »Raus mit der Sprache«. Erstveröffentlichung: »Handbuch für

Einwohner«. München (Hanser) 1969. S. 22-26. © by Carl Hanser Verlag, München. *Seite 237*

– »Erlernter Beruf eines Vogels«. Erstveröffentlichung: »Blätter eines Hofpoeten und andere Gedichte«. München (Hanser) 1970. S. 78. © by Carl Hanser Verlag, München. *Seite 286*

GERLACH, HARALD (* 1940)

»Der Mondwald«. Erstveröffenlichtung: »Neue Deutsche Literatur«. 1969. H. 1. S. 142. © by Harald Gerlach. *Seite 236*

GERSTL, ELFRIEDE (* 1932)

»In diesem Juli«. Erstveröffentlichung: »Akzente«. 1967. H. 5. S. 428-429. © by Literaturverlag Droschl, Graz. *Seite 78*

GOMRINGER, EUGEN (* 1925)

»einsam gemeinsam«. Erstveröffentlichung: Duisburg (Hildebrandt) 1971. Hier aus: »vom rand nach innen. Die konstellationen 1951-1995. Band 1«. Wien (edition SPLITTER) 1995. S. 163-165. © by edition SPLITTER, Wien. *Seite 366*

GRASS, GÜNTER (* 1927)

– »In Ohnmacht gefallen«. Erstveröffentlichung: »Ausgefragt. Gedichte und Zeichnungen«. Neuwied, Berlin (Luchterhand) 1967. S. 58. Auch in Günter Grass: »Gedichte und Kurzprosa«. Studienausgabe Bd. 11. © 1993 by Steidl Verlag, Göttingen. *Seite 29*

– »örtlich betäubt«. Erstveröffentlichung: Darmstadt, Neuwied (Luchterhand) 1969. S. 169-175. © 1993 by Steidl Verlag, Göttingen. *Seite 212*

HÄRTLING, PETER (* 1933)

»Das Familienfest oder Das Ende der Geschichte. Roman«. Erstveröffentlichung: Stuttgart (Goverts) 1969. S. 42-49. © 1995 by Verlag Kiepenheuer & Witsch, Köln. *Seite 218*

HANDKE, PETER (* 1942)

– »Dic drei Lesungen des Gesetzes«. Erstveröffentlichung: »Die Innenwelt der Außenwelt der Innenwelt«. Frankfurt/M. (Suhrkamp) 1969. S. 56-58. © 1969 by Suhrkamp Verlag, Frankfurt/M. *Seite 210*

– »Die Angst des Tormanns beim Elfmeter«. Erstveröffentlichung: Frankfurt/M. (Suhrkamp) 1970. S. 7-15. © 1970 by Suhrkamp Verlag, Frankfurt/M. *Seite 257*

HARTUNG, HARALD (* 1932)

»Geben und Nehmen«. Erstveröffentlichung: »Hase und Hegel. Gedichte«. Andernach (Atelier) 1970. S. 30. © by Harald Hartung. *Seite 287*

HAUFS, ROLF (* 1935)
»Sonntag«; »Landposten in Kohlhasenbrück«. Erstveröffentlichung: »Vorstadtbeichte. Gedichte«. Neuwied, Berlin (Luchterhand) 1967. S. 55, 25. © by Rolf Haufs. *Seite 25, 55*

HEIDUCZEK, WERNER (* 1926)
»Mark Aurel oder Ein Semester Zärtlichkeit«. Erstveröffentlichung: Berlin/DDR (Verlag Neues Leben) 1971. Hier aus: Frankfurt/M. (Fischer) 1975. S. 89-94. © by Werner Heiduczek. *Seite 341*

HEISSENBÜTTEL, HELMUT (1921-1996)
– »Deutschland 1944«. Erstveröffentlichung: »Merkur«. 1967. H. 9. S. 861-865. Auch in Helmut Heißenbüttel: »Textbücher 1-6«. © 1980 by Verlag Klett-Cotta, Stuttgart. *Seite 43*
– »Der kommende Mann«. Erstveröffentlichung: »Projekt Nr. I. D'Alemberts Ende«. Neuwied, Berlin (Luchterhand) 1970. S. 377-379. © 1988 by Verlag Klett-Cotta, Stuttgart. *Seite 251*

HENKEL, HEINRICH (* 1937)
»Eisenwichser«. Uraufführung: Basler Theater, 23.9.1970. Regie: Horst Siede. Erstveröffentlichung: Zürich (Diogenes) 1972. S. 43-48. © by Verlag der Autoren, Frankfurt/M. *Seite 287*

HERBURGER, GÜNTER (* 1932)
»Jesus in Osaka. Zukunftsroman«. Neuwied, Berlin (Luchterhand) 1970. S. 321-326. © by Günter Herburger. *Seite 324*

HERHAUS, ERNST (* 1932)
»Die homburgische Hochzeit. Roman«. Erstveröffentlichung: München (Piper) 1967. S. 210-219. © by Ernst Herhaus. *Seite 84*

HOFFMANN, DIETER (* 1934)
»Früher«. Erstveröffentlichung: »Akzente«. 1967. H. 2. S. 145. © by v. Hase & Koehler Verlag, Mainz. *Seite 91*

HÖLZER, MAX (1915-1984)
»Sète«. Erstveröffentlichung: »Gesicht ohne Gesicht. Gedichte«. Frankfurt/M. (Fischer) 1968. Hier aus: Aachen (Rimbaud) 1989. S. 37. © by Rimbaud Verlag, Aachen. *Seite 182*

JANDL, ERNST (* 1925)
»fortschreitende räude«. Erstveröffentlichung: »außerdem: Deutsche Literatur minus Gruppe 47 gleich wieviel?« Hg. von Hans Dollinger. Bern, München, Wien (Scherz) 1967. S. 220-221. © 1985 by Hermann Luchterhand Verlag, Darmstadt und Neuwied. Jetzt: Luchterhand Literaturverlag, München. *Seite 91*

JANKER, JOSEF W. (* 1922)
»Der Umschuler«. Erstveröffentlichung: Frankfurt/M. (Suhrkamp) 1971. S. 11-18. © by Josef W. Janker. *Seite 353*

JELINEK, ELFRIEDE (* 1946)
– »Die Nacht Lisa«. Erstveröffentlichung: »Lisas Schatten«. München, Würzburg, Bern (Relief) 1967. unpag. © by Elfriede Jelinek. *Seite 77*
– »wir sind lockvögel baby. roman«. Erstveröffentlichung: Reinbek (Rowohlt) 1970. S. 9-13. © by Rowohlt Verlag, Reinbek. *Seite 253*

JENDRYSCHIK, MANFRED (* 1943)
»Periodicum«. Erstveröffentlichung: »Die Fackel und der Bart. Dreiunddreißig Geschichten«. Rostock (Hinstorff) 1971. S. 54-57. *Seite 339*

JENTZSCH, BERND (* 1940)
»Führender Kopf«. Erstveröffentlichung: »forum« (DDR). 1967. H. 21. Das Gedicht folgt der korrekten Fassung in Bernd Jentzsch: »Quartiermachen«. München (Hanser) 1978. S. 20-21. © by Bernd Jentzsch. *Seite 55*

JOHNSON, UWE (1934-1984)
– »Über eine Haltung des Protestierens«. Erstveröffentlichung: »Kursbuch«. 1967. H. 9. S. 177-178. Auch in Uwe Johnson: »Berliner Sachen. Aufsätze«. © 1975 by Suhrkamp Verlag, Frankfurt/M. *Seite 28*
– »Jahrestage 1. Aus dem Leben von Gesine Cresspahl«. Erstveröffentlichung: Frankfurt/M. (Suhrkamp) 1970. S. 162-165. © 1970 by Suhrkamp Verlag, Frankfurt/M. *Seite 279*

JONKE, GERT (* 1946)
– »Bemerkung zur allgemeinen Situation Nummer sieben: Das neue Gesetz«. Erstveröffentlichung: »Geometrischer Heimatroman«. Frankfurt/M. (Suhrkamp) 1969. S. 122-125. © 1980 by Residenz Verlag, Salzburg und Wien. *Seite 207*
– »Wiederholung eines Festes«. Erstveröffentlichung: »Beginn einer Verzweiflung. Epiloge«. Salzburg (Residenz) 1970. S. 18-23. © by Residenz Verlag, Salzburg und Wien. *Seite 270*

JÜNGER, FRIEDRICH GEORG (1898-1977)
»Abend des Einsamen«. Erstveröffentlichung: »Es pocht an der Tür«. Frankfurt/M. (Klostermann) 1968. Hier aus: »Sämtliche Gedichte 3«. Hg. von Citta Jünger. Stuttgart (Klett-Cotta) 1987. S. 51. © by Vittorio Klostermann Verlag, Frankfurt/M. *Seite 181*

KAHLAU, HEINZ (* 1931)
– »Massengrab in Posen«. Erstveröffentlichung: »Neue Deutsche Literatur«. 1967. H. 6. S. 122. © by Heinz Kahlau. *Seite 31*
– »Der Sturz des Ikarus«. Erstveröffentlichung: »Balladen«. Berlin, Weimar (Aufbau) 1970. S. 37. © by Aufbau-Verlag, Berlin und Weimar. *Seite 320*

KARSUNKE, YAAK (* 1934)
»konzertierte aktion«. Erstveröffentlichung: »reden & ausreden. gedichte«. Berlin (Wagenbach) 1969. S. 13. © by Yaak Karsunke. *Seite 212*

KASCHNITZ, MARIE LUISE (1901-1974)
»Steht noch dahin«; »Brandsatz«; »Ein Mensch«; »National«; »Aus großer Zeit«; »Pause«; »Leeres Papier«. Erstveröffentlichung: »Steht noch dahin. Neue Prosa«. Frankfurt/M. (Insel) 1970. Hier aus: »Gesammelte Werke«. Bd. 3: »Die autobiographische Prosa II«. Hg. von Christian Büttrich und Norbert Miller. Frankfurt/M. (Insel) 1982. S. 341, 351, 358, 361, 366, 369, 382. © 1970 by Insel Verlag, Frankfurt/M. *Seite 321*

KEMPOWSKI, WALTER (* 1929)
»Im Block. Ein Haftbericht«. Erstveröffentlichung: Reinbek (Rowohlt) 1969. S. 7-13. © by Rowohlt Verlag, Reinbek, mit Genehmigung des Autors. *Seite 190*

KIESERITZKY, INGOMAR VON (* 1944)
»Ossip und Sobolev oder Die Melancholie«. Erstveröffentlichung: Neuwied, Berlin (Luchterhand) 1968. S. 25-29. © by Ingomar von Kieseritzky. *Seite 108*

KIPPHARDT, HEINAR (1922-1982)
»Lehren«. Erstveröffentlichung: »Kürbiskern«. 1967. H. 2. S. 64-65. © by Rowohlt Verlag, Reinbek, mit Genehmigung von Pia Kipphardt. *Seite 21*

KIRSCH, SARAH (* 1935)
»Aus einer kleinen Stadt«; »Schneelied«. Erstveröffentlichung: »Landaufenthalt. Gedichte«. Berlin, Weimar (Aufbau) 1967. Hier aus: Ebenhausen (Langewiesche-Brandt) 1967. S. 49-50, 19. © by Sarah Kirsch. *Seite 25, 61*

KIRSTEN, WULF (* 1934)
– »Schlachtfeld«. Erstveröffentlichung: »Neue Deutsche Literatur«. 1969. H. 2. S. 182. Auch in Wulf Kirsten: »Die Erde bei Meißen. Gedichte«. © by Wulf Kirsten. *Seite 230*

– »satzanfang«. Erstveröffentlichung: »satzanfang. gedichte«. Berlin, Weimar (Aufbau) 1970. S. 5. Auch in Wulf Kirsten: »Die Erde bei Meißen. Gedichte«. © by Wulf Kirsten. *Seite 277*

KOEPPEN, WOLFGANG (1906-1996)
»Jugend«. Erstveröffentlichung: »Merkur«. 1971. H. 9. S. 55-58. © 1971 by Suhrkamp Verlag, Frankfurt/M. *Seite 331*

KROETZ, FRANZ XAVER (* 1946)
»Wildwechsel«. Uraufführung: Dortmunder Schauspielhaus, 3.6.1971. Regie: Manfred Neu. Erstveröffentlichung: Wien, München (Lentz) 1973. Hier aus: »Stücke 1«. Frankfurt/M. (Suhrkamp) 1989. S. 132-134, 139-140, 142-145. © by Franz Xaver Kroetz. *Seite 378*

KROLOW, KARL (* 1915)
– »Schultag«; »Staatsgewalt«; »Naturgeschichte«. Erstveröffentlichung: »Alltägliche Gedichte«. Frankfurt/M. (Suhrkamp) 1968. Hier aus: »Gesammelte Gedichte 2«. Frankfurt/M. (Suhrkamp) 1975. S. 81, 95, 55. © 1975 by Suhrkamp Verlag, Frankfurt/M. *Seite 125, 136, 180*
– »Blindekuh«; »Hinreichend«. Erstveröffentlichung: »Nichts weiter als das Leben. Neue Gedichte mit einem Anhang ›Über ein eigenes Gedicht‹«. Frankfurt/M. (Suhrkamp) 1970. Hier aus: »Gesammelte Gedichte 2«. Frankfurt/M. (Suhrkamp) 1975. S. 102, 124. © 1970 by Suhrkamp Verlag, Frankfurt/M. *Seite 277, 319*

KÜHN, DIETER (* 1935)
»N«. Erstveröffentlichung: Frankfurt/M. (Suhrkamp) 1970. S. 105-109. © by Dieter Kühn. *Seite 296*

KUNERT, GÜNTER (* 1929)
– »Bedauerlicher Hitler«. Erstveröffentlichung: »Kürbiskern«. 1967. H. 3. Hier aus: »Tintenfisch«. 1967. H. 1. S. 25. © by Carl Hanser Verlag, München. *Seite 54*
– »Vorschlag«; »Mündliche Verlautbarung«. Erstveröffentlichung: »Warnung vor Spiegeln«. München (Hanser) 1970. S. 87, 13. © by Carl Hanser Verlag, München. *Seite 278, 318*

KUNZE, REINER (* 1933)
»Fanfare für Vietnam«; »Sensible Wege«. Erstveröffentlichung: »Sensible Wege. Achtundvierzig Gedichte und ein Zyklus«. Reinbek (Rowohlt) 1969. Hier aus: Reinbek (Rowohlt) 1976. S. 67, 51. © 1984 by S. Fischer Verlag, Frankfurt/M. *Seite 212, 231*

LAABS, JOOCHEN (* 1937)
»Eisenbahnfahrt«. Erstveröffentlichung: »Neue Deutsche Literatur«. 1967. H. 2. S. 37-38. © by Joochen Laabs. *Seite 59*

LASCHEN, GREGOR (* 1941)
»Landschaft, deutsch«. Erstveröffentlichung: »Kürbiskern«. 1967. H. 2. S. 79. © by Gregor Laschen. *Seite 15*

LENZ, HERMANN (* 1913)
»Im inneren Bezirk. Roman«. Erstveröffentlichung: Köln (Hegener) 1970. Hier aus: »Der innere Bezirk. Roman in drei Büchern«. Frankfurt/M. (Suhrkamp) 1980. S. 336-342. © 1980 by Suhrkamp Verlag, Frankfurt/M. *Seite 304*

LENZ, SIEGFRIED (* 1926)
»Deutschstunde«. Erstveröffentlichung: Hamburg (Hoffmann und Campe) 1968. S. 7-11. © 1968 by Hoffmann und Campe Verlag, Hamburg. *Seite 169*

LETTAU, REINHARD (1929-1996)
– »Erlebnis und Dichtung«. Erstveröffentlichung: »Akzente«. 1967. H. 4. S. 327. © by Carl Hanser Verlag, München. *Seite 90*
– »Kurze Rede«. Erstveröffentlichung: »Feinde«. München (Hanser) 1968. S. 68-71. © by Carl Hanser Verlag, München. *Seite 104*

LIND, JAKOV (* 1927)
»Selbstporträt«. Deutsche Erstveröffentlichung: Frankfurt/M (Fischer) 1970. S. 93-98. – Dem Buch ist die folgende Notiz vorangestellt: »Zur deutschen Ausgabe: Auf deutsch konnte ich das Buch nicht schreiben, ich brauchte die Distanz zum Thema – sie hat sich, meine ich, auch in der vorliegenden Übersetzung von Günther Danehl erhalten. London, Mai 1970. Jakov Lind« *Seite 310*

LORENC, KITO (* 1938)
»Die Struga«. Erstveröffentlichung: »Neue Deutsche Literatur«. 1967. H. 3. S. 134-136. © by Kito Lorenc. *Seite 58*

LOSCHÜTZ, GERT (* 1946)
»Lagebericht«. Erstveröffentlichung: »Gegenstände. Gedichte und Prosa«. Frankfurt/M. (Suhrkamp) 1971. S. 25. © 1971 by Suhrkamp Verlag, Frankfurt/M. *Seite 353*

MAURER, GEORG (1907-1971)
»Gewitter am Abend«. Erstveröffentlichung: »Gespräche. Gedichte«. Halle (Mitteldeutscher Verlag) 1967. S. 7. © by Mitteldeutscher Verlag, Halle. *Seite 57*

MAYRÖCKER, FRIEDERIKE (* 1924)
– »Punkt und Linie (eine Flugzeugtypen-Prosa)«. Erstveröffentlichung: »Minimonsters Traumlexikon. Texte in Prosa«. Reinbek (Rowohlt) 1968. S. 82-83. © by Suhrkamp Verlag, Frankfurt/M. *Seite 99*

– »›Fliegermai‹«. Erstveröffentlichung: »Fantom Fan«. Reinbek (Rowohlt) 1971. Hier aus: »Gesammelte Prosa 1949-1975«. Frankfurt/M. (Suhrkamp) 1989. S. 146-147. © 1975 by Suhrkamp Verlag, Frankfurt/M. *Seite 368*

MECHTEL, ANGELIKA (* 1943)
»Die feinen Totengräber«. Erstveröffentlichung: »Die feinen Totengräber. Erzählungen«. München (Piper) 1968. S. 7-15. © by Angelika Mechtel. *Seite 157*

MECKEL, CHRISTOPH (* 1935)
»Die Tränke«. Erstveröffentlichung: »Bei Lebzeiten zu singen. Gedichte«. Berlin (Wagenbach) 1967. S. 15. © by Verlag Klaus Wagenbach, Berlin. *Seite 16*

MEISTER, ERNST (1911-1979)
»In meinem Bett«; »In dem Gewölbe, dem«; »Nichts«. Erstveröffentlichung: »Zeichen um Zeichen. Gedichte«. Neuwied, Berlin (Luchterhand) 1968. S. 33, 46, 68. © by Rimbaud Verlag, Aachen. *Seite 187*

MON, FRANZ (* 1926)
»herzzero«. Erstveröffentlichung: Neuwied, Berlin (Luchterhand) 1968. S. 5-10. © by Janus press, Berlin. *Seite 95*

MORGNER, IRMTRAUD (1933-1990)
»Hochzeit in Konstantinopel. Roman«. Erstveröffentlichung: Berlin, Weimar (Aufbau) 1968. Hier aus: München (Hanser) o.J. (1969). S. 221-224. © 1979 by Hermann Luchterhand Verlag, Darmstadt und Neuwied. Jetzt: Luchterhand Literaturverlag, München. *Seite 106*

MÜLLER, HEINER (1929-1995)
»Ödipuskommentar«. Erstveröffentlichung: »Programmheft Deutsches Theater Berlin«. Hier aus: »Mauser«. Berlin (Rotbuch) 1978. S. 43-44. © 1978 by Heiner Müller. Alle Rechte bei und vorbehalten durch Suhrkamp Verlag, Frankfurt/M. *Seite 65*

NICK, DAGMAR (* 1926)
»Den Generälen ins Soldbuch«. Erstveröffentlichung: »Zeugnis und Zeichen. Gedichte«. München (Delp'sche Verlagsbuchhandlung) 1969. S. 7. © by Rimbaud Verlag, Aachen. *Seite 229*

NOVAK, HELGA M. (* 1935)
– »Oktobersturm 1965«. Erstveröffentlichung: »Colloquium mit vier Häuten. Gedichte und Balladen«. Neuwied, Berlin (Luchterhand) 1967. S. 71-72. © by Verlag Schöffling & Co., Frankfurt/M. *Seite 56*

– »Der Filetiertisch«. Erstveröffentlichung: »Geselliges Beisammensein. Prosa«. Neuwied, Berlin (Luchterhand) 1968. S. 33-35. © by Verlag Schöffling & Co., Frankfurt/M. *Seite 156*

PIONTEK, HEINZ (* 1925)

– »Die mittleren Jahre. Roman«. Hamburg (Hoffmann und Campe) 1967. S. 227-235. Auch in Heinz Piontek: »Werke in sechs Bänden«. Bd. 2: »Die Münchner Romane«. München (Schneekluth) 1985. © 1966 by Heinz Piontek. *Seite 49*

– »Einfache Sätze aus dem Jahr 68«. Erstveröffentlichung: »Tot oder lebendig. Gedichte«. Hamburg (Hoffmann und Campe) 1971. S. 38-41. Auch in Heinz Piontek: »Werke in sechs Bänden«. Bd. 1: »›Früh im September‹. Die Gedichte«. München (Schneekluth) 1985. © 1970 by Heinz Piontek. *Seite 390*

POETHEN, JOHANNES (* 1928)

»Die aber das zeichen noch tragen«. Erstveröffentlichung: »Im Namen der Trauer. Gedichte«. Hamburg (Claassen) 1969. Hier aus: »Gedichte 1946-1971«. Hamburg (Claassen) 1973. S. 223. © by Claassen Verlag, Hildesheim. *Seite 229*

RASP, RENATE (* 1935)

»Ordnung«. Erstveröffentlichung: »Eine Rennstrecke. Gedichte«. Köln (Kiepenheuer & Witsch) 1969. S. 10. © 1969 by Verlag Kiepenheuer & Witsch, Köln. *Seite 197*

REHMANN, RUTH (* 1922)

»Die Leute im Tal. Roman«. Erstveröffentlichung: Frankfurt/M. (Suhrkamp) 1968. Hier aus: München (Deutscher Taschenbuch Verlag) 1989. S. 90-96. © by Ruth Rehmann. *Seite 120*

REINIG, CHRISTA (* 1926)

»Schwalbe von Olevano«; »Gesang auf die Benommenheit im Wind«. Erstveröffentlichung: »Schwalbe von Olevano. Neue Gedichte«. Stierstadt/Ts. (Eremiten-Presse) 1969. S. 17-18, 33. © by Verlag Eremiten-Presse, Düsseldorf. *Seite 235, 237*

RÜHM, GERHARD (* 1930)

»Sylvias Ballkleid«. Erstveröffentlichung: »Akzente«. 1967. H. 5. S. 402-406. © by Gerhard Rühm. *Seite 80*

RUNGE, ERIKA (* 1939)

»Erna E. Hausfrau«. Erstveröffentlichung: »Bottroper Protokolle«. Frankfurt/M. (Suhrkamp) 1968. S. 48-55. © 1968 by Suhrkamp Verlag, Frankfurt/M. *Seite 148*

SALVATORE, GASTON (* 1941)

»Einleitung in die schwierige Bourgeoisie«. Erstveröffentlichung: »Der langwierige Weg in die Wohnung der Natascha Ungeheuer.

Gedichte«. Neuwied, Berlin (Luchterhand) 1971. S. 58. © by Gaston Salvatore. *Seite 396*

SCHARANG, MICHAEL (* 1941)
»Die Ausbreitung des Unglaubens«. Erstveröffentlichung: »Schluß mit dem Erzählen und andere Erzählungen«. Neuwied, Berlin (Luchterhand) 1970. S. 99-100. © by Michael Scharang. *Seite 314*

SCHMID, HARALD
»Nummer 36«. Erstveröffentlichung: »Ihr aber tragt das Risiko. Reportagen aus der Arbeitswelt«. Hg. vom Werkkreis Literatur der Arbeitswelt. Reinbek (Rowohlt) 1971. S. 13-15. *Seite 388*

SCHNEIDER, PETER (* 1940)
»Über die Mühen des Kampfes in Deutschland«. Erstveröffentlichung: »Ansprachen, Reden, Notizen, Gedichte«. Berlin (Wagenbach) 1970. S. 63-65. © by Peter Schneider. *Seite 316*

SPÄTH, GEROLD (* 1939)
»Unschlecht. Roman«. Erstveröffentlichung: Zürich (Arche) 1970. Hier aus: Frankfurt/M. (Suhrkamp) 1992. S. 197-200. © 1970 by Suhrkamp Verlag, Frankfurt/M. *Seite 273*

SPERR, MARTIN (* 1944)
»Münchner Freiheit«. Uraufführung: Düsseldorfer Schauspielhaus, 20.2.1971. Regie: Michael Kehlmann. Erstveröffentlichung: »Theater heute«. 1971. H. 12. Hier aus: »Bayrische Trilogie«. Frankfurt/M. (Suhrkamp) 1972. S. 135-139. © 1972 by Suhrkamp Verlag, Frankfurt/M. *Seite 392*

STEFFEN, ERNST SIEGFRIED (1936-1970)
– »Das Vorleben«. Erstveröffentlichung: »Lebenslänglich auf Raten. Gedichte«. Neuwied, Berlin (Luchterhand) 1969. Hier aus: Rastatt (fox produktionen) 1977. S. 10-11. *Seite 196*
– »Rattenjagd. Aufzeichnungen aus dem Zuchthaus«. Erstveröffentlichung: Neuwied, Berlin (Luchterhand) 1971. S. 32-36. *Seite 384*

STILLER, KLAUS (* 1941)
»H. Protokoll«. Erstveröffentlichung: Neuwied, Berlin (Luchterhand) 1970. S. 5-12. © by Klaus Stiller. *Seite 300*

TASCHAU, HANNELIES (* 1937)
»Fernsehen«. Erstveröffentlichung: »Gedichte«. Hamburg (Wegner) 1969. S. 29. © by Hannelies Taschau. *Seite 205*

THEOBALDY, JÜRGEN (* 1944)
»Familientag«. Erstveröffentlichung: »Neue Rundschau«. 1968. H. 1. S. 79-82. © by Jürgen Theobaldy. *Seite 132*

TÖRNE, VOLKER VON (1934-1980)
»Regierungserklärung«; »Bleibende Werte«. Erstveröffentlichung: »Wolfspelz. Gedichte, Lieder, Montagen«. Berlin (Wagenbach) 1968. Hier aus: »Im Lande Vogelfrei. Gesammelte Gedichte«. Berlin (Wagenbach) 1981. S. 59, 50. © by Verlag Klaus Wagenbach, Berlin. *Seite 138, 139*

TUMLER, FRANZ (* 1912)
»Die erste Stadt der Welt«. Erstveröffentlichung: »Merkur«. 1967. H. 5. S. 465-467. © by Franz Tumler. *Seite 68*

VESPER, GUNTRAM (* 1941)
»Kriegerdenkmal ganz hinten«. Erstveröffentlichung: »Kriegerdenkmal ganz hinten. Prosa«. München (Hanser) 1970. S. 60-61. © by Guntram Vesper. *Seite 308*

WALSER, MARTIN (* 1927)
– »Berichte aus der Klassengesellschaft«. Erstveröffentlichung: Vorwort zu Erika Runge: »Bottroper Protokolle«. Frankfurt/M. (Suhrkamp) 1968. S. 7-10. © 1968 by Suhrkamp Verlag, Frankfurt/M. *Seite 146*
– »1. Kampf mit einem Überlegenen, der nichts hört«; »2. Kampf mit einem Unterlegenen, der nichts hört«. Erstveröffentlichung: »Aus dem Wortschatz unserer Kämpfe. Szenen«. Stierstadt/Ts. (Eremiten-Presse) 1971. Hier aus: Reinbek (Rowohlt) 1981. S. 5-12, 13-16. © 1971 by Martin Walser. Alle Rechte vorbehalten durch Suhrkamp Verlag, Frankfurt/M. *Seite 373*

WANDER, FRED (* 1917)
»Der siebente Brunnen. Erzählung«. Erstveröffentlichung: Berlin, Weimar (Aufbau) 1971. Hier aus Frankfurt/M. (Fischer) 1994. S. 105-108. © by S. Fischer Verlag, Frankfurt/M. *Seite 327*

WELLERSHOFF, DIETER (* 1925)
»Die Schattengrenze. Roman«. Erstveröffentlichung: Köln, Berlin (Kiepenheuer & Witsch) 1969. S. 202-209. © 1969 by Verlag Kiepenheuer & Witsch, Köln. *Seite 200*

WIENER, OSWALD (* 1935)
»Die Verbesserung von Mitteleuropa, Roman«. Erstveröffentlichung: Reinbek (Rowohlt) 1969. S. XXI-XXII, XXIV, XXXVIII. © 1969, 1985 by Rowohlt Verlag, Reinbek. *Seite 240*

WOHMANN, GABRIELE (* 1932)
»Ablenkung«. Erstveröffentlichung: »Sonntag bei den Kreisands. Erzählungen«. Stierstadt/Ts. (Eremiten-Presse) 1970. Hier aus: »Selbstverteidigung. Prosa und anderes«. Neuwied, Berlin (Luchterhand) 1971. S. 146-149. © by Gabriele Wohmann. *Seite 262*

WOLF, CHRISTA (* 1929)
»Nachdenken über Christa T.«. Erstveröffentlichung: Halle (Mitteldeutscher Verlag) 1968. Hier aus: Neuwied, Berlin (Luchterhand) 1969. S. 68-75. © 1969 by Hermann Luchterhand Verlag, Darmstadt und Neuwied. Jetzt: Luchterhand Literaturverlag, München. *Seite 164*

WOLF, ROR (* 1932)
»Pilzer und Pelzer. Eine Abenteuerreise«. Erstveröffentlichung: Frankfurt/M. (Suhrkamp) 1967. Hier aus: »Pilzer und Pelzer. Die Gefährlichkeit der großen Ebene«. Frankfurt/M. (Frankfurter Verlagsanstalt) 1992. S. 20-24. © 1992 by Frankfurter Verlagsanstalt, Frankfurt/M. *Seite 61*

WÜHR, PAUL (* 1927)
»Sauftour durch Gegenmünchen. Startplatz: Ausschank: Max-Emanuel-Brauerei«. Erstveröffentlichung: »Gegenmünchen«. München (Hanser) 1970. S. 264-267. © by Carl Hanser Verlag, München. *Seite 282*

ZORNACK, ANNEMARIE (* 1932)
»kleiner zwischenfall«. Erstveröffentlichung: »zwei sommer«. Darmstadt (Bläschke) 1968. unpag. © by Annemarie Zornack. *Seite 93*

Siegfried Lenz im dtv

»Siegfried Lenz gehört nicht nur zu den ohnehin raren großen Erzählern in deutscher Sprache, sondern darüber hinaus auch noch zu den ganz wenigen, die Humor haben.«
Rudolf Walter Leonhardt

Der Mann im Strom
Roman
dtv 102

Brot und Spiele
Roman
dtv 233

Jäger des Spotts
Geschichten aus dieser Zeit
dtv 276

Stadtgespräch
Roman
dtv 303

Das Feuerschiff
Erzählungen
dtv 336

Es waren Habichte in der Luft
Roman
dtv 542

Der Spielverderber
Erzählungen
dtv 600

Haussuchung
Hörspiele · dtv 664

Beziehungen
Ansichten und Bekenntnisse zur Literatur
dtv 800

Deutschstunde
Roman
dtv 944 und
dtv großdruck 25057
Siggi Jepsen hat einen Deutschaufsatz über ›Die Freuden der Pflicht‹ zu schreiben. Ein Thema, das ihn zwangsläufig an seinen Vater denken läßt...

Einstein überquert die Elbe bei Hamburg
Erzählungen
dtv 1381 und
dtv großdruck 2576

Das Vorbild
Roman
dtv 1423

Der Geist der Mirabelle
Geschichten aus Bollerup
dtv 1445

Siegfried Lenz im dtv

Heimatmuseum
Roman
dtv 1704

Der Verlust
Roman
dtv 10364

Die Erzählungen 1949–1984
3 Bände in Kassette
dtv 10527

Elfenbeinturm und Barrikade
Erfahrungen am Schreibtisch
dtv 10540

Zeit der Schuldlosen und andere Stücke
dtv 10861

Exerzierplatz
Roman
dtv 10994

Ein Kriegsende
Erzählung
dtv 11175

Das serbische Mädchen
Erzählungen
dtv 11290 und
dtv großdruck 25124

Lehmanns Erzählungen oder So schön war mein Markt
Aus den Bekenntnissen eines Schwarzhändlers
dtv 11473

Leute von Hamburg Meine Straße
dtv 11538

Die Klangprobe
Roman
dtv 11588

Über das Gedächtnis Reden und Aufsätze
dtv 12356

Die Auflehnung
Roman
dtv 12155
Zwei Brüder auf der Suche nach Auswegen.

Heinrich Böll im dtv

»Man kann eine Grenze nur erkennen, wenn man sie zu überschreiten versucht.«

Heinrich Böll

Irisches Tagebuch
dtv 1

Zum Tee bei Dr. Borsig
Hörspiele · dtv 200

Ansichten eines Clowns
Roman · dtv 400

Wanderer, kommst du nach Spa...
Erzählungen · dtv 437

Ende einer Dienstfahrt
Erzählung · dtv 566

Der Zug war pünktlich
Erzählung · dtv 818

Wo warst du, Adam?
Roman · dtv 856

Billard um halb zehn
Roman · dtv 991

Die verlorene Ehre der Katharina Blum oder: Wie Gewalt entstehen und wohin sie führen kann
Erzählung
dtv 1150 und
dtv großdruck 25001

Das Brot der frühen Jahre
Erzählung · dtv 1374

Ein Tag wie sonst
Hörspiele · dtv 1536

Haus ohne Hüter
Roman · dtv 1631

Du fährst zu oft nach Heidelberg und andere Erzählungen
dtv 1725

Fürsorgliche Belagerung
Roman · dtv 10001

Das Heinrich Böll Lesebuch
dtv 10031

Was soll aus dem Jungen bloß werden? Oder: Irgendwas mit Büchern
dtv 10169

Das Vermächtnis
Erzählung · dtv 10326

Die Verwundung und andere frühe Erzählungen
dtv 10472

Christa Wolf im dtv

»Grelle Töne sind Christa Wolfs Sache nie gewesen; nicht als Autorin, nicht als Zeitgenossin hat sie je zur Lautstärke geneigt, und doch hat sie nie Zweifel an ihrer Haltung gelassen.«
Heinrich Böll

Der geteilte Himmel
Erzählung
dtv 915

Nachdenken über Christa T.
dtv 11834

Kassandra
Erzählung · dtv 11870

Voraussetzungen einer Erzählung: Kassandra
Frankfurter Poetik-Vorlesungen
dtv 11871

Kindheitsmuster
Roman · dtv 11927

Kein Ort. Nirgends
dtv 11928
Fiktive Begegnung zwischen Karoline von Günderrode und Heinrich von Kleist.

Was bleibt
Erzählung · dtv 11929

Störfall
Nachrichten eines Tages
dtv 11930

Im Dialog
dtv 11932

Sommerstück
dtv 12003

Unter den Linden
Erzählung
dtv 12066

Gesammelte Erzählungen
dtv 12099

Auf dem Weg nach Tabou
Texte 1990–1994
dtv 12181

Medea. Stimmen
Roman
dtv 12444

Die Dimension des Autors
Essays und Aufsätze, Reden und Gespräche 1959–1985
SL 61891

Christa Wolf/Gerhard Wolf:
Till Eulenspiegel
dtv 11931